Ernst Martin

Alpharts Tod

Dietrichs Flucht: Rabenschlacht

Ernst Martin

Alpharts Tod
Dietrichs Flucht: Rabenschlacht

ISBN/EAN: 9783743654099

Hergestellt in Europa, USA, Kanada, Australien, Japan

Cover: Foto ©Andreas Hilbeck / pixelio.de

Weitere Bücher finden Sie auf **www.hansebooks.com**

DEUTSCHES
HELDENBUCH

ZWEITER TEIL

ALPHARTS TOD   DIETRICHS FLUCHT
RABENSCHLACHT

HERAUSGEGEBEN VON ERNST MARTIN

BERLIN
WEIDMANNSCHE BUCHHANDLUNG
1866

ALPHARTS TOD

DIETRICHS FLUCHT RABENSCHLACHT

HERAUSGEGEBEN

VON

ERNST MARTIN

BERLIN
WEIDMANNSCHE BUCHHANDLUNG
1866

*ALPHARTS TOD ist nur durch eine handschrift erhalten, welche
B. Hundeshagen in Hanau, später in Bonn besass. Diese handschrift selbst
ist jedoch seit lange unzugänglich; trotz der giltigen verwendung namhafter
gelehrten ist es auch mir nicht gelungen einsicht davon zu erhalten. So
konnte ich nur die abschrift vergleichen, welche v. d. Hagen 1810 erhalten
hatte und welche sich gegenwärtig auf der königlichen bibliothek zu Berlin
befindet als ms. germ. fol. 785.*

*Einen vollständigen abdruck dieser abschrift hat v. d. Hagen erst 1855
im Heldenbuch, Leipzig bei H. Schultze bd. I gegeben; doch hatte er abgesehn von kleineren proben eine 'erneuung' des gedichts schon 1811 in 'der
Helden Buch,' bd. I veröffentlicht.*

*Die handschrift Hundeshagens ist auf papier in kleinfolio. Nach ihrer
in der abschrift angemerkten bezifferung enthielt sie ursprünglich 46 blätter; doch waren, als die abschrift genommen wurde, bl. 1 und 18 sowie
23—34 verloren gegangen.*

*Geschrieben ist das gedicht, das in der nibelungenstrophe abgefasst ist,
in langzeilen, von denen im ersten der vorhandenen stücke 29—32, im
zweiten 25—30 auf der seite stehn. Jede langzeile beginnt mit grossen
buchstaben, die innerhalb der zeile selten sind (Gewalt 60, 1 Adelarn 94,
2 Dytherich 4, 2 uö. Amelung 77, 3 Brysache 310, 4 ua.). Die stro-
phenanfänge sind nicht ausgezeichnet, wol aber grössere abschnitte durch
grössere und verzierte buchstaben, bei st. 13. 19. 31. 45. 50. 56. 66. 70.
86. 97. 108. 112. 131. 138. 144. 153. 159. 166. 173. 178. 185. 189.
198. 205. 213. 230. 238. 263. 266. 278. 284. 291. 299. 321. 326. 335.
342. 358. 368. 379. 385. 391. 409. 416. 443. 456. Vor 56. 284. 291.
424 ist überdies je eine zeile durch eine verzierung: ~:~:~: ausgefüllt.*

*Die orthographie der hs. ist ziemlich wild. Ich stelle das hierherge-
hörige möglichst ausführlich zusammen, um in den lesarten nur die stellen
angeben zu müssen, an welchen der text wesentlich von der handschriftlichen überlieferung abweicht. Nur die schreibung der eigennamen führe*

ich in den lesarten an. und zwar mit allen etwaigen orthographischen ver-schiedenheiten zu der stelle, wo sie zuerst vorkommen.

Von den orthographischen eigentümlichkeiten ist zunächst ohne be-deutung für die aussprache, dass der schreiber y *für* i *und* l *braucht, auch in diphthongen zb.* ye *und* ey. j *aber im anlaut der pronomina* jm 25, 1 jne 16, 1 *usw. Ebenso steht es mit* ee *für* ė *wce* 240, 1 *uǒ.* ee 12, 2 *ua. und wol auch mit* e, *das fast durchaus für* æ *gebraucht wird* wer 11, 2 wenstu gedechstu neme *usw. Dagegen zeigt sich die mundart des schreibers in folgendem: er setzt anstatt mhd.*

a : *öfters* e geswechet 8, 3. 15, 2. 255, 4 mecht 82, 2 echt 90, 4 echte
  196, 3 geweltig 217, 3 geweldiglich 325, 3 fellten 303, 4
 : aü *nur* aücht 119, 3

à : *meist* o wont 46, 2 mogen 83, 4 cloſftern 119, 3 noch wo unge-
  noden mol *usw.*
 : aü *nur* gaüten (gàhten) 413, 1

e : y hylden 47, 2. 48, 2 *uǒ.* styrk 100, 3 rytten 142, 11
 : ey weychter 390, 2. 3
 : i *in den flexionssilben* ergehin 243, 1 gegebin 287, 3

æ : a sprach 191, 4 hat 223, 3

ė : ü hülſſ 252, 4. 262, 4
 : a salbander 270, 4
 : o holfe 81, 4 *uǒ.* wost 84, 2 zwolf 281, 1 ; *besonders oft im praefix*
  ver- vordynet 5, 4 *ua.*

ė : i *nur* wing 114, 4

i : *oft* ye hyen 2, 3. 8, 2 syede 15, 1 gyeb 37, 1 *ua.*
 : *sehr oft* e wel 2, 2 *usw.* ere (ir) 25, 2 *usw.* freden brengen weder
  ich geb 61, 6 gereden: seden 57, 3. 4 *ua.*
 : ie gerieden 11, 1 ernieder 152, 3 entwieche 164. 4
 : ee seeges 239, 2

ī : ye bye 7, 2 frye: drye 194, 3
 : e zehe 84, 2
 : ei sein 4, 1
 : ey reyden 91, 1 vorreyter 396, 3 reydent 249, 2 beydent 407, 4

o : a *oft*, ader 33, 3. 91, 4 *usw.* (oder 216, 2 *uǒ.*) ah 48, 1 sal salt
  dach nach begaszen rasz *ua.*
 : u uwe 36, 3. 203, 1

ō : a *in* da 4, 2 *usw.* (do 118, 1)

œ : o hore 13, 3 *usw.* .

u : *meist* o no 2, 1 dorch 7, 3 jonge 14. 4 *usw.* (junge 136, 4) jogent
  holde fromten sprongen wonder golden *ua.*

û : o zornet 2, 1   konige 4, 4 *usw.*   vorlore 109, 4   vor 44, 2 *usw.*
      forste 6, 2 *ua.*
   : a aber 319, 4 402, 4 459, 4
iu : *meist* û trüwen 6, 2 *uð.* urlüges 64, 3 früntlich 39, 3 enbût 58, 2 *ua.*
   : eu euwer 81, 4
   : ye hye 354, 3 *uð.*
   : o dorsten 101, 4
   : üe füer: düer 240, 3. 4 füer 388, 3
ie : *oft* y hysz 3, 1   dy 30, 3   schyt verlyse *ua.*
   : i gedinet 10, 4 *uð.* : y genyszen 274, 4
   : iy riydent 62, 3
   : e fredel 116, 2   met 32, 2   lecht 149, 3   josterten 230, 2
   : o nommer 16, 1 *uð.* nomer 27, 3
   : v vmber (iemer) 8, 4. 9, 2 *usw.*
ei : *öfters* e ohem 104, 3. 131 4 *uð.* gescheden 163, 2 vrtel 168, 1. 173, 1
   : eü feüge 197, 2   erzeügen 348, 4
   : y wysz got 303, 1
oi : aü faüt 80, 3
ou : aü aüch 16, 1 *usw.* fraüw 113, 3 *uð.*
   : a vrlap 3, 4 *usw.* zam 191, 1   fraw 103, 4 *uð.* hawen 451, 4
   : eu seümer 385, 1
öu : ei freidenrichs 108, 3 : ey freyden 321, 1
   : ow frowt 84, 1
uo : *meist* û müs 59, 2   güt   düt   hüb *ua.*
   : eü geüdes 349, 1   geüt 441, 4
   : ey reyfen 390, 3
   : o bestonden 15, 1. 172, 2   stont 25, 2
   : oe schwoert 216, 1
   : üe füer 107, 1
   : w thw 186, 1
   : üw hüwt 377, 1
üe : û küne 3, 3 *usw.* hüden 40, 3
   : o bestonde 7, 4   stande 254, 1 : ö vorwöstet 84, 3

*Ich füge die fälle an, in denen e oder eine silbe mit e zu viel oder zu
wenig ist.*

e *ist syncopiert* bliben 108, 2 *uð.* glyche 20, 4 *uð.* glaübt 281, 1 globten
332, 4 gnomen 52, 4. *uð.* gnot 288, 3 dynst 1, 4 *uð.*

e *ist apocopiert* schyr 3, 3   bern forst gern *usw.*

en *ist abgeworfen* myn 5, 3 *usw.* eyn dyn *ua. fast immer; adv. auf* lichen
lesterlich 12, 4 dugentlich 37, 4 *usw.*

andere silben mit e sind aus oder abgeworfen keym 120, 4 *usw.* ge-

rûcht(et) 26 , 4 gelobt(est) 8 , 1. 27, 2. 33, 1 mûsztu 253, 3 wolstu
287, 1 wer(de)t 346, 2 *ua.* snel(le) 364, 4 enwol(le) 250, 1 gewon(nen)
300, 2 hertzochin(ne) 103, 4 dan(ne) 170, 1 zûsam(ne) 190, 1 erken(nen)
224, 4 *ua.* fer(re) 171, 1 *ua.*

     e ist angehângt ere 25, 2 *uô.* jne 16, 1 *usw.* were 403, 1 here 210,
4 *usw.* hörste dû 280, 2 blûde 271, 4 bade 320, 3 slûge 272, 1. 288,
2 stonde 166, 1 lyffe 165, 4 schyffe 309, 3 *ua. Im versausgang* stryde:
zyde 33, 3 here:mere 34, 1. 2 ryche 50, 1 ere:mere 62, 1. 2 mere:
lere 66, 1. 2 zele 96, 3 synne 148, 1 here 151, 3 mene 182, 3 here:
mere 183, 3. 4 tale:schale 192, 1. 2 wale:ale 213, 1. 2 here:mere 215,
2 balde 224, 4 synne 228, 1 stryde 234, 3 gewalte:balde 236, 1. 2
mylde:schylde 238, 1. 2 were:kere 259, 3. 4 jne 387, 2 überale:schale
388, 3. 4 herre:sere 414, 3. 4 Hyldengrine 194, 1. 431, 2 schare 436, 3

     Auch bei den consonanten schicke ich die für die aussprache gleich-
gûltigen fehler voraus.

     Gemination wird vereinfacht bei ll (elen 266, 2 elenthafften 121, 4
usw. heln 176, 2) mm (flame 128, 4 gryme 167, 4) nn (mane 46, 3
danoch 36, 3 *usw.* gewinet baner genenen *ua.*) rr (fere 182, 1 *usw.* hern
148, 3 *uô.*) ss (rosen 161, 5 *uô.*) tt (ret 62, 1 *uô.*)

     Einfacher consonant wird verdoppelt f (botschafft 45, 3 vff 1, 4 *usw.*
dyffen 181, 1 düffel 159, 2) g (geggen 177, 3) l (allein 282, 3 woll 107, 4)
m (bekommen 117, 1) n (gewann 120, 3 denn 135, 1 mann 55, 1 jnn
417, 4) t (hatten 453, 2 *uô.* gott 107, 3 hertten sytten *ua.*) z (hertzog
53, 4 *usw.* ertzornet 78, 1 *ua.*)

     Andere fälle in welchen nur die schreibung vom mhd. abweicht, sind
für c : gk magk 203, 3 zogkten 237, 1 vngefügk 438, 2

     v : f felde 36, 3 for 295, 2 herfart 31, 3 *ua.*

     h : ch *vor consonanten* icht 5, 2 *usw.* mocht *ua.*

     t : dt sneidt 305, 1

     s : sz ereloszer 27, 3 dyszer reisz grasz:wasz 152, 3. 4 rasz *im-*
         mer, ua.

     z : das 4, 2 *usw.* ys 2, 4 *uô.* wyset 3, 2 geheisen 78, 3 *ua.*

     : sz geseszen 3, 3 vszgesant 20, 3 *ua.*

     Ausgelassen ist

  h *öfters* gescheen 39, 1. 238, 4 verze 42, 2 emphae 65, 2 zie 224,
3 sen 398, 4 stellen (stæhlin) 377, 1 *ua. im anlaut* erweder 211, 1 er
vsz 164, 4 ernider 152, 3. 241, 3

    n *vor* t seget 113, 2. 117, 4 entwopet 180, 1

    r *in* focht 25, 1 *usw.* pene 28, 2

     Zugesetzt ist

h wohl 88, 3 (= woll 107, 4?) thun 2, 4 gethan 48, 4 *uö.* vszer-
welther 374, 1 vortzehegen 328, 2 lyph 146, 4

h *nach* m *in* vmber 8, 4. 9, 2 *usw.*

p *zwischen* m *und* t kompt 60, 1 *uö.* rümpt 250, 3

t *zwischen* n *und einen anderen consonanten* degentlich 250, 3 mynt-
willen 332, 2 entblost 301, 2 *ua.*

Verschrieben (oder verlesen?) ist ferner
für r : n *in* mene 27, 3 *usw.; vielleicht auch*
sch : s sylt 106, 3
w : m myr 120, 3
i : g begaget 114, 4
Die noch übrigen abweichungen zeigen zum teil den übergang zum
nhd. *so für* sl : schl schlügen 237, 2
sm : schm geschmyde 293, 3
sw : schw schwor 9, 1 geschwechet 8, 4 *uö.*
tw : zw zwang 18, 3 *uö. und die assimilationen* hoffertiglich 58, 1
(gewaszen 160, 1) *und für*
mb : mm dommen 98, 1 *oder* m komer 206, 2 kommerlich 87, 2
Mundartliche eigentümlichkeiten sind endlich für
t : d dot 12, 2 *usw.* syede:myde 14, 1 zyden 17, 2 baden boden
blüde detstu gedan *ua. (doch* triben 5, 3)
tt : d reden 60, 4
d : t trang 164, 4 *usw.* getrongen 271, 2 getrang 450, 1 trabt 39, 2
vnterstan 271, 2 wort (wurde) 365, 1
z : t hertlich 70, 2. 81, 2 (*doch* hertziglich 82, 4)
b : p pene (Berne) 28, 4 püwe 165, 2
ph : p plegen 25, 4 *usw.* stapet 121, 1 *usw.* (stapfet 141, 3) pande 250,
3 poch 290, 2. 305, 2 kop 309, 2 *ua.*
f : p wapen 95, 1 *usw.* (waffen 378, 2)
w : b leben 107, 1 blütfarbes 378, 2 verben 239, 2. 293, 2
g : ch manch 10, 2 *usw.* hertzoch 169, 3 *uö.* eynchen 120, 4 gesyecht
197, 4 mocht (muget) 125, 4 *ua.*
c : g *im auslaut* zornig 64, 1 sprang 119, 3 *ua.* dang 119, 4 krang :
anefang 234, 2 wang : dang 372, 3. 4
Conjugation.
n *ist angehängt in der* 1. *sing. ind.* ich geben 37, 2 fochten ich 30, 4
ziehen ich 5, 4 *usw. In der invertierten* 1. *plur. tritt keine apocope ein*
sollen wir 52, 1 *usw.* t *wird angehängt in allen personen des plurals* wir
mogent 51, 3 hant wir 389, 4 si leytent (*praet.*) 55, 2 dadent 293, 1 *ua.*
In der 3. *plur. praes..wird* t *auch weggelassen* han 335, 4 komen 349, 2
sin 359, 4 *ua.* geben *als part.* 71, 1 *usw.* (gegebin 287, 3). setzt *praet.*

362, 3 erschelte 363, 1 steckten 419, 3 *ua.* ging 38, 2 *usw.* gefing 443,
1 entphing 80, 4 *usw.* hyeb 302, 1 hyeben 368, 3 hien (hiuwen) 433,
2 laszen 406, 1 laszet 192, 1 slaget 278, 2 ryt 175, 4 *usw.* gryff 369,
2 stryt 175. 3. ich hab 316, 2 *uô.* hat (hete) *immer.* machstû 9, 3
mogst 223, 2 sollent 25, 2 *usw.* (solt 156, 2) wollent ir 63, 1. dorfen
für türren: darf 88, 3 getarf 93, 3 dorft 36, 4 *uô.* sint 1. *plur.* 42, 2
usw. sye (si) 158, 2 bysz (wis) 398, 3 *usw.* war 117, 1 strüchelt 377,
3 (struchen 286, 3) samelt 459, 3

Declination.

dye lande 64, 4 helt *schw.* 2, 3 *usw.* (*st.* 273, 3) dem rücken 269, 4
eyn freden 270, 2 *usw.* herre (her) 5, 1 *usw.* borgmenner 307, 4 schaden
nom. 26, 2 luft *fem.* 180, 2 fan *fem.* 144, 1 *usw.* (*masc. nur* 55, 2) wal
fem. 57, 2. 213, 1. 368, 1. 463, 1 meynster 324, 4 *usw.* wernt 62, 3
elent (ellen) 107, 4 *usw.* adelarn (arn) 94, 2 ebentüwer 310, 4 banner
(banier) 170, 4 baner 366, 1 byeder man 185, 1. 255, 2. 275, 4. 379, 1

hart (herte) 350, 4; e *im nom. sing. fem. und plur. neutr.* alle ding
227, 4 *usw.*

vch (iu) 26, 1 *usw.* yren 368, 4 *usw.* selber 12, 4 *uô.* selbst 36, 1
uô. nymant 33, 4 *usw. dat.* 95, 4 nymants 95, 2 *usw.* ymant; *für sw* : w
wer 100, 2 *usw.* wo 9, 2 *usw.* wan 78, 4 *usw. Keine inclination* das yst
216, 2 das ich 7, 2 *usw.* das ys 62, 3 es yst 6, 2 *ua.* zü den 77, 3 *usw.*
zü dem, zü der, zü eym *ua.* über das 45, 3 *uô.*

Partikeln.

vnd, *nie* unt, *wie ich gesetzt habe* 60, 2. 84, 3. 217, 3 desda (deste)
16, 3 *usw.* zü *immer,* züschen 151, 4 *usw.* zwoschen 423, 3 bylch 11, 1
voln 16, 1 *usw.* dalig (tâlanc) 387, 2 von ferem 124, 3 *usw.* yrgent 92,
3 nyrgen 193, 4 *usw.* nit *immer, die negationspartikel* ne *oder* en *fehlt
oft; ich habe sie vor den hilfszeitwörtern ergänzt.* ader 33, 3 *uô. für* od.

*In laut · und formverhältnissen weist also vieles auf den nhd. ge-
brauch; nach v. d. Hagen gehört die hs. dem XV jh. an. Für den dialect
sind besonders charakteristisch die a für mhd.* o (sol) e:i (geschreben) o:u
(mogen) o:â (wopent); d:t (güden) p:ph (plegen). *Diese eigentümlichkeiten weisen auf die gegend des Mittelrheins etwa zwischen Strassburg und
Mainz. Ich fand kein anderes schriftstück, das mehr mit unserer hs.
stimmte als die von Weinhold in der Alemannischen grammatik als elsäs-
sisch bezeichnete hs. 61 zu den Altdeutschen erzählungen, herausgegeben
von v. Keller. Hier ist s. 604 aus der genannten hs. das gedicht von den
ses cronen abgedruckt. Da findet sich auch* sal *nach* (noch) brenget monde
wondert frommen orlaube konigin noch (nâch) wo drüge dede rodem
myde pliget düg (tücke) *usw.* dützschem heübt wernde (werlde) fochte
vmmer nummer nit yme vch (iu) ging hingent ich sehen rüwen ich *ua.*

*Aber auch die hss. der Wetterau, wo die hs. des Alphart ja wiederum auf-
getaucht ist, haben vieles ähnliche.* So besonders das Büdinger Reichwalds
Weistum von 1380 in der abschrift von 1452 (Grimm 3, 426). Auch
diese urkunde hat ader sal brenget besegelten ober armbrost dorre wont
gonnen darnoch oue deylen riden staden dag geleyde stamme myrde pen-
ninge panden perden. *Andere besonderheiten der Alpharthandschrift finden
sich hier gleichfalls wieder:* zuschen zwolf geschworne frauwen yme yne
ene dye, eyn bracken, ich bestellin, ich bekeunen vnd sprechin; *sogar rein
graphische* bergk magk wer esz Dyetherich. *Nur kommen hier auch nieder-
rheinische formen vor:* haim, sal he, diit, *während die obenerwähnte hs. nur
etwa in dem elsässischen i für* ie: gelirte *von der Alpharthandschrift abweicht.*

Mehr als die orthographie ist freilich die nachlässigkeit zu beklagen,
mit welcher der abschreiber seine vorlage verglich. Vielfach hat er einzelne wörter wiederholt oder ausgelassen; so entstanden lücken, die zum
teil nicht auszufüllen sind. So hat er aus der nächsten zeile worte herübergenommen zb. 250, 4. 251, 4. 466, 3. Ganze zeilen hat er übersprungen 72, 2. 185, 4. 188, 2; doppelt geschrieben 258, 1. 2 (nach 249,
4) 224, 1 (nach 220, 4) 280, 1—4 (nach 277, 2, wobei 2 zeilen dieser
strophe weggefallen sind): es ist deutlich, dass der schreiber zuerst einige
strophen übersprungen hatte, die er dann nachholte. Noch häufiger sind umstellungen der gewöhnlichen wortfolge zu liebe zb. 16, 1. 52, 3. 71, 1 usw.
oder veränderung des textes und zusätze, um dem leser jener zeit ver-
ständlicher zu sein, so 5, 2. 10, 2. 12, 2 usw. Eine ganze zeile ist zugesetzt nach 393, 4. Dabei ist noch zu bedenken, dass der Hagensche text
kein ganz genaues bild der verderbnis bietet, da er einige fehler stillschwei-
gend verbessert hat, besonders die umstellungen, wofür sein system keine bezeichnung hatte. Ich habe alle im von der Hagenschen drucke verbesserten
stellen durch ein der handschriftlichen lesart vorgesetztes H bezeichnet.

Mit der verbesserung einzelner fehler ist jedoch die aufgabe der kritik
nicht zu ende. Schon in der ernennung v. d. Hagens war ersichtlich, dass
das uns erhaltene gedicht nicht das werk eines dichters ist. 1822 sprach
Lachmann in der recension des Moneschen Ortnit in der Jen. allg. Litera-
turzeitung n. 14 s. 187 anm. sich über das gedicht so aus: 'Nach des
dichters zeugnis (45. 55) ist aus dem alten buche str. 45—55, 2, und 68 f.
folglich auch (s. 53) die folgende erzählung von Wölfing und alles übrige.
Hingegen kann nicht aus dem buche sein 56, 3—67. Nun bleiben noch
2 abschnitte 13—16, 3 der anfang einer rhapsodie; und 2) 1—12. 17—44
die gut zusammenhangen und mit denen ein lied enden kann. Dass beide
abschnitte ein lied bildeten, ist nicht wahrscheinlich; warum stünde der

*anfang in der mitte (13)? Also der dichter hatte ein buch vor sich (das
beiläufig gesagt, aus 5 liedern bestand: die ruhepuncte sind 115. 176,
dann wahrscheinlich in der lücke 306, nach 411 nicht ausdrücklich.) Dazu
setzt er ein lied, gewiss nicht von ihm gedichtet, denn es passt nicht zum
übrigen und gehört doch zu derselben sage 1—12, 17—44, 56, 3—67.
Das buch fing an mit der einleitung 13—16, 3; dann folgte 45—55, 2
(nämlich 16, 4 war etwa gleiches sinnes mit 46, 1); dann 68— 115. Man
könnte — damit wir nichts verschweigen — auch denken, der liedesanfang
13—16, 3 gehöre nicht zum buche. Dies ist aber unwahrscheinlich. Dann
müsste zwischen 13—16, 3 und 56, 3 eine grosse lücke sein, und da nun
1—12, 17—44 aus dem buche wären, ebenso wie das folgende 45 ff., so
sieht man nicht ein, warum dasselbe 45 erwähnt wird. Dass der verlorne
anfang des werkes etwas aufklären würde, bezweifeln wir.' W. Grimm
heldens. s. 236 erkannte, dass 'als die grundlage ein deutsches buch, ein
altes lied angegeben werde' — also beide ausdrücke dasselbe bezeichnen
— 'dessen sprache wahrscheinlich nur verändert, dessen inhalt wol ohne
wesentliche abänderung erhalten, vielleicht nicht einmal abgekürzt sei.'
In der note dazu giebt er eine reihe sachlicher widersprüche in unserem
gedichte an, und vermutet endlich, dass 'zwei abweichende handschriften
des gedichtes, jede vielleicht unvollständig, nach der weise des XV jahrhunderts d. h. nachlässig und ungeschickt zusammengefügt wären.' Er versucht aber nicht die einzelnen bestandteile des gedichts zu sondern und
so die ursprüngliche gestalt wiederherzustellen.*

*Und doch scheint eine solche wiederherstellung möglich, wenn auch
nicht überall mit der gleichen sicherheit und auf andere voraussetzungen
hin, als sie W. Grimm annahm. Die methode der wiederherstellung ist dieselbe, die Lachmann an den Nibelungen gefunden und durchgeführt hat:
auch in unserem gedichte ist eine alte grundlage von späteren zusätzen
zu scheiden.*

*Ein zeugnis für eine solche ältere grundlage ist an den schon von
Lachmann angegebenen stellen des gedichtes selbst zu finden. str. 45
heisst es*

Heime alsó von Berne   mit der boteschaft schiet,
als uns saget diz Tiusche buoch   und ist ein altez liet.

*Der Dichter nennt also hier als seine quelle ein lied, das ihm als ein buch
d. h. geschrieben vorlag. str. 55, 3. 4 und 59, 1. 2 sagt er*

'nû hebe wir von Berne   daz guot liet wider an,
(ir muget ez hœren gerne   als wir ez vernomen hân)
Wie ez an dem buoche   hie stèt geschriben,
waz grózer untriuwe   an dem Berner wart getriben.

Er giebt also ausdrücklich an, dass er seine vorlage, das aufgeschriebene lied wiederholte; dass er es mit seinen zusätzen wiederholte, dafür geben schon die ebenangeführten stellen beispiele, da sie natürlich nicht zum alten lied gehört haben können. Aber auch an anderen stellen des werkes geben sich die zusätze zu erkennen, und zwar auf doppelte weise: einmal durch merkmale, die sich auf den sinn beziehen, durch widersprüche, durch unterbrechung der erzählung, durch abweichung des tones, durch dürftige wiederholung; zweitens aber können gründe, die die metrische form angehn, für die ausscheidung sprechen. Letztere sind meist ganz dieselben, die Lachmann auf der Nibelunge Not angewandt hat: vor allem reime in der cäsur der langzeilen; sodann übergang der construction aus einer strophe in die andere. Die sonstigen metrischen verhältnisse, besonders die reime, sollen erst nach ausscheidung der zusätze besprochen werden.

Indem ich nun versuche diese grundsätze im einzelnen durchzuführen, zerlege ich zunächst zur leichteren übersicht das gedicht in seine abschnitte. Dabei können die grösseren anfangsbuchstaben und die raumfüllungen der hs. nicht leiten, da sie zb. 56 beide gerade zwei durch die construction verbundene strophen trennen; und erstere auch in 19. 66. 86. 112. 131. 144. 263. 299. 321. 379 keineswegs mit einem abschnitte der erzählung zusammenfallen. Als solche erscheinen mir I 1—69 die kriegsankündigung Ermenrichs an Dietrich durch Heime; II 70—120 die beratung Dietrichs mit seinen helden und Alpharts auszug; III 121—180 Alpharts scheinkampf mit Hildebrant und sieg über die feindlichen vorposten; IV Alpharts tod: 181—212 Witeges auszug, 213—246 kampf Alpharts und Witeges, 247—305 Alpharts unterliegen gegen Witege und Heime; V der mit einer von Hildebrant aus Brisach geholten hülfe über Ermenrich erfochtene sieg Dietrichs.

Besonders scharf tritt nun im II abschnitt der unterschied zwischen dem alten lied und den zusätzen hervor; ich gebe daher zuerst von diesem teile die unechten strophen an.

Str. 70 und 71 greifen voraus. Dietrich tritt erst 72, 1 vor seine recken, kann es also nicht schon 69, 4 getan haben. 70 ist mit ausnahme eines wortes in v. 1 sowie der 6—8. halbzeile ganz wörtlich aus 81 entlehnt: nur der innere reim in zeile 3: 4 ist hinzugekommen. Der zorn Dietrichs auf Sibeche (71) ist übrigens im gedichte unbegründet und ohne folgen.

75 ist durch construction mit 74 verbunden, ist inhaltsleer und widerspricht dem folgenden: wenn z. 1 gesagt ist 'ich kann die helden nicht nennen', so erwartet man nicht, dass 76 die aufzählung weiter geht, wol aber, wenn 76 sich anschliesst an 74, 4: dannoch was der recken mér.

77 hat eine nichtssagende 4. zeile. Die beiden erstgenannten helden,

Amelolt und Nere kommen nur in den zusätzen vor; Walther von Kertingen nur im V unechten teil: es ist leicht begreiflich dass sie hier eingeschwärzt werden sollten. Helmnot ist schon 74 genannt; dort ist freilich in dem überlieferten texte aus der vorhergehenden zeile Helmschrot dafür eingedrungen.

80, 3. 4 ist wiederum die wiederholung von Dietrichs eintritt in den sal überflüssig und wol nur wegen des folgenden, an sich für die situation genügenden 'nū sitzent mine man' eingefügt. Die drei zuletzt genannten helden nehmen sich sehr schlecht aus nach der schönen durch 2 strophen geführten beschreibung des herzogs Nuodunc, die im vollen, beabsichtigten gegensatz steht zu der vorhergehenden, einfachen aufzählung der anderen helden. Zugleich bewahrt die aufzählung in 73. 74. 76 und den ebengenannten 2 strophen ein einfaches zahlenverhältnis, das für den katalogischen zweck sich vortrefflich eignet. Die 1. strophe gibt 10, die 2. auch 10, die 3. 9 helden an, zu denen in den letzten 2 strophen noch einer hinzukommt, also 3×10. Es begreift sich nun, dass Hildebrant, der 72 schon angeführt war, 76, 4 nochmals genannt wird um die volle zahl zu erreichen. Dass aber die sage des XII jh. wirklich so viel namen von helden Dietrichs kannte, ist durchaus nicht unwahrscheinlich: vielmehr ist gerade die zahl 30 in einer sehr alten quelle überliefert, im dritten Gudrunliede der Edda str. 6

Hér kom þiódrekr með þriä tegu,
lifa þeir né einir þriggja tega manna.

Die gegen die echtheit der überlieferung in diesem liede von P. E. Müller sagabibl. II und W. Grimm heldens. 33 erhobenen zweifel hat Müllenhoff Zeitsch. 10, 172 fg. zurückgewiesen.

83 hat ganz durchgereimte cäsuren. Dem überarbeiter missfiel das schweigen der helden bei der anzeige der ungeheuern gefahr (82), so natürlich und schön es uns auch vorkommen mag. v. 3 ist aus 86, 4 entnommen. mäge werden Dietrichs mannen mit unrecht genannt. Mit 83 fällt auch str. 84: in der 2. und 3. zeile wird eine überflüssige frage getan, die von den mannen selbst nicht berücksichtigt und von Dietrich selbst sofort verlassen wird, indem z. 4 den übergang zum folgenden vorbereitet. Vortrefflich aber schliesst sich 85 die mahnung an das gegebene wort an das schweigen der helden 82 an.

93. 94. 95, 1. 2 sind wieder durchgereimt. 93 ist vollkommen überflüssig; 94 und 95 aber, in denen löwe und adler, Dietrichs wappen auf dem schilde verdeckt werden, stehen im gröbsten widerspruch zu 193, wo Alphart einen goldenen löwen mit einer krone auf dem haupte und nicht Dietrichs wappen, den adler führt. So schon W. Grimm a. a. O. Über-

haupt aber erhält Alphart seinen schild erst 106 von der herzogin Ute; hier muss er zunächst noch die abmahnung Dietrichs und Hildebrants anhören.

107—115 unterbrechen die bewaffnung des helden durch Ute. 107, 1. 2 haben inneren reim; die redensart dô vuor in eins lewen muote z. 1. kehrt 175, 1 mit dem gleichen câsurreim wieder. Die folgenden 5 strophen sind ein besseres stück: aber erstens ist die sage von einer königstochter Amelgart aus Swéden weder sonst belegt, noch für den zusammenhang unseres gedichtes bedeutsam, also wol willkürlich erfunden; sodann ist es dem character Alpharts und der deutschen heldensage gleich unangemessen dass ein so junger held schon verheiratet sei (zer ê gegeben 108, 4, ze wibe 109, 3; juncvrouwe 108, 1 beweist nichts dagegen); drittens endlich ist die strophe 113, mit der die scene erst recht abschliesst, ebenso sicher unecht wie die 2 nächsten. Denn sie nimmt in z. 2. 3 voraus, was schicklich erst 117 beim abreiten selbst erzählt wird, das segnen der frauen; z. 4 hängt durch satzverbindung mit dem folgenden, ganz leeren und ungehörigen excurs über Alpharts traurigen untergang zusammen. Str. 115 kennzeichnet sich neben diesem inhalt durch den innern reim 3. 4.

120 ist aus demselben grunde verwerflich (1. 2): doch wird 119 deswegen nicht gestrichen werden müssen; vielmehr scheint die erwähnung Alpharts z. 4 nothwendig wegen str. 144, die wie wir sehen werden, sofort hier anknüpft.

Ich kehre nun zurück zum anfang. Schon deswegen ist hier schwerer zu entscheiden, weil das erste blatt und damit 15 oder 16 strophen fehlen. Wegen äusserer kennzeichen sind verwerflich: strophe 2 mit durchgängigem câsurreim, 3 wegen strophenzusammenhangs mit 4, diese wegen des câsurreims (1. 2). Das ganze gespräch Heimes und Ermenrichs, zu dem auch 1, 4 gehört, hat für das gedicht, welches das von Heime und Witege an Dietrich begangene unrecht schildern will, keine bedeutung; wol aber konnte ein interpolator darin Heimes tat entschuldigen wollen. Wie nun in der überlieferten gestalt des gedichts an die einfache angabe 4, 3. 4 dass Heime Dietrich die aufsage des königs überbracht habe, gleich str. 5 die antwort Dietrichs angeknüpft wird, so konnte auch im anfang des liedes der inhalt der von Heime überbrachten botschaft kurz erwähnt sein; dies mochte vom überarbeiter als eine vorläufige ankündigung angesehen werden, der er noch eine scene zwischen Heime und Ermenrich nachfolgen lassen wollte.

Die echte str. 6 ist auf eine leichte, einigermassen durch interpunction entschuldigte weise mit 7 verbunden: übrigens liesse sich auch dies hindernis leicht beseitigen, wenn man 6, 4 Heime wegliesse und hinter mich mère einschöbe, und 7, 1 schriebe Wer sol mich des ergetzen; der ausdruck würde dadurch nur gewinnen.

Zwischen 7 und 10, in denen Dietrich die woltaten aufzählt, wodurch

er sich Heimen verpflichtet habe, treten 8 und 9 mit überflüssigen andeu-
tungen, wie er Heimes übergang zu Ermenrich beurteilen werde. 9 hat
zudem innern reim z. 3. 4.

13—16 sind schon längst, wie oben angegeben wurde, als unverträg-
lich mit den nächsten strophen erkannt worden. Der inhalt ist überflüssige
reflexion, die der erste dichter nur am anfang oder zu ende der erzählung, nicht aber hier mitten im gespräche geben konnte. 15, 3. 4 steht ein
innerer reim, zweifelhaft ist, ob 13, 1. 2 ebenso anzusehen ist keiser:
vreise. Vielleicht hat es 17, 1 ursprünglich geheissen Also sprach der
küene, denn Dietrich fährt in seiner rede fort. (vgl. 25, 3.)

18—20 haben cäsurreim in der 1. und 2. zeile. 21 ist leer und kann
die antwort Heimes nicht begonnen haben. 22 hat im letzten zeilenpare,
23 in beiden, 24 im ersten gereimte cäsuren; 24, 1. 2 ist noch dazu ganz
=20, 1. 2. Vortrefflich schliesst nach diesem hin und hergerede — wie
kann Heime sich gegen Dietrich damit entschuldigen, dass er vom kaiser
oder von 80000 mann ausgesandt sei! — endlich 25 sich an 17 an. Heime
antwortet auf die ermahnung seiner verpflichtung gegen Dietrich zu gedenken: als er von Dietrich sich getrennt habe, sei es in friede und freund-
schaft gewesen; er begehe also keinen treubruch, indem er sich jetzt für
einen anderen dienst entscheide. Darauf erwidert Dietrich, — denn 26
gibt kaum mehr als die unsinnige mitteilung Heimes, dass man an Dietrich verrat üben wolle; überdies ist sie in der cäsur (1. 2) gereimt —
Heime habe gerade bei diesem abschiede versprochen nie gegen ihn zu
kämpfen. Heime schweigt; denn die in den cäsuren gereimten strophen
28 (1. 2), 29 (3. 4), 30 (3. 4) enthalten nur eine ganz nutzlose warnung.
Dietrich aber fährt fort und fragt, ob Heime nun wirklich gegen ihn zu
felde ziehen wolle, was er schon wissen müste, wenn 20—22 echt wären.

Das folgende bis 40, auch 42 ist echt und schön; aber 41 mit dem
inneren reim in z. 1. 2 ist eine überflüssige und gedehnte einleitung zur
antwort Heimes. Alles folgende ist zusatz, und zwar deutlich von verschiedenen händen. 43 ist ein versöhnlicher und freundlicher schluss der
unterredung, wie er namentlich für Dietrich nicht passt. Vielleicht ist hier
1. 2 gerner: Berne als cäsurreim beabsichtigt. Sicher ist dieser in 44, 1.
2; das geleite ist nach dem vride 37 überflüssig, besonders da es erst er-
beten wird, als Heime schon über die brücke reitet.

45 zeigt sich dann die älteste interpolation, die sich auf das früher
gehörte, nun geschrieben vorliegende alte lied beruft (55). Diese interpolation hatte hauptsächlich den zweck durch aussendung des herzogs Wülfinc den ersten kampf Alpharts vorzubereiten. So kann also 47—49 nicht
dazu gehören, da sonst die unechte str. 44 schon als dem buche angehörig
bezeichnet würde. Auch str. 46, die überdies in z. 1 und 2 gereimte cäsur

hat, mit dem überflüssigen entgegenkommen des kaisers wird später sein: sie sollte nur das gespräch Ermenrichs mit Heime auf die heide verlegen, damit ein zweites im lager folgen könnte. 50—56, 2 gehören dagegen zur ältesten interpolation. 51, 52 und 55 sind ganz durchgereimt, 53. 54 im 1. teile. Der ausdruck 55, 3 ze Berne daz guot liet zeigt, dass das folgende wie das ganze vorhergehende stück des alten liedes zu Bern spielte: 56, 3. 4 muss daher etwas anderes gestanden haben, was zu 72 passte. Die überlieferten zeilen müssen dem zweiten überarbeiter beigelegt werden, welcher die rede wieder auf Heime bringen wollte; sie sind aber, da er eben den abschied der beiden geleitsmänner ausführlich beschrieben hat, ein beweis seines geringen geschicks. Die folgende'unterredung im lager 57—67 soll Heimes edelmut herauskehren. Inneren reim hat 58, 3. 61, 3. Der zudichter wiederholt sich selbst: 61, 2 ist dem sinne nach = 67, 2; 63, 1. 2 = 66, 3. 4, letztere beide verse sogar fast wörtlich aus 5, 3. 4 entlehnt.

Diese partie 43—67 ist übrigens die einzige, in welcher sich mehrere interpolierende hände genau unterscheiden lassen; möglich und wahrscheinlich ist freilich, dass auch sonst mehr als eine tätig gewesen ist.

68. 69 sind überflüssige wiederholung von 47—49, überdies durch überlaufende construction verbunden; die letzte zeile von 69, ziemlich genau aus 72, 1 entlehnt, soll zur folgenden beratung überführen.

Eine grössere interpolation ist auch die auf den auszug Alpharts zunächst folgende partie 121—143. Schon äusserlich erweist die unechtheit der häufige innere reim 124, 1. 126, 3. 127, 1. 128, 1. 129, 3. 130, 1. 3. 132, 1. 133, 1. 134, 1. 135, 3. 136, 1. 137, 1. 3. 138, 3. 139, 1. 3. 141, 1. 142, 1. 3. 143, 1. 3. Frei davon sind nur 121. 122. 123 (3?) 125. 131. 140, welche jedoch von den andern nicht getrennt werden können. Ebenso ist aber die ganze scene in inhalt wie in ausdruck der gerade gegensatz zum alten liede. Nach dem würdigen und ernsten, aber nicht übertriebenen auftreten Alpharts sticht der komische kampf des alten Hildebrant mit dem jungen helden sehr nachteilig ab: an und für sich ist der kampf Alpharts genügend dadurch abgestuft, dass er erst die warte der feinde überwindet, dann selbst im ungleichen streite gegen die feindlichen haupthelden fällt. Wie unwürdig ist übrigens in dem einschiebsel die rolle Hildebrants, der nicht nur von Alphart zu boden geschlagen wird, sondern auch kläglich um sein leben bittet und endlich noch den spott Dietrichs ertragen muss. Die ganze partie ist zudem zusammengeflickt aus versen, die sonst noch vorkommen. So ist, um nur die grösseren partien anzugeben, 124, 3. 4 = 213, 3. 4. 131, 1. 2 = 243, 1. 2. 133, 3. 4 = 242, 3. 4; unmittelbar wiederholt sich 137, 4 in 141, 2. Endlich erweist sich 143, welche das banner Wülfings und seine achtzig helden der folgenden strophe vorwegnimmt, deutlich als die naht, welche den neuen lappen an das alte kleid anheften sollte.

Der III hauptabschnitt 144—180 schliesst sich in seiner ersten strophe recht gut an 119 an. 152 ist durch streichung des Daz in der 1. z. leicht von der verbindung mit der vorhergehenden strophe gelöst. Auch in 153 ist der cäsurreim im ersten zeilenpare möglicherweise erst durch umstellung der 2. z. aus zim gähen si begunden entstanden: doch ist die strophe nicht durchaus notwendig. In 155 dagegen ist, abgesehen von der verbindung mit der folgenden str., die ihrerseits ganz gut dieser einleitung entbehrt, z. 1 = 146, 1; und in v. 2 wird die prahlerei mit den tausenden, die Alphart besiegen will, doch gar zu arg. Auch 158 ist doppelt anstössig: durch satzverbindung mit 157 und durch den innern reim v. 3. 4; an sich ist die rede Alpharts ganz gut. 163, 1 hat inneren reim. Ich glaube 162, 2— 164, 1 sind unecht: sie sollten erklären, wie Alphart die 77 feinde besiegen konnte. Auch 172, 1 hat gereimte cäsur (?); 174, 1. 175, 1 ebenfalls. 174 ist auch wegen satzverbindung mit 173 verwerflich; diese selbst, weil die erste zeile völlig dieselbe ist wie 168, 1. Ebenso ist 172, 4 aus 169, 4; 175, 1. 2a aus 107, 1. 2a wiederholt. Mit 175 ist 176 notwendig verbunden, wenn schon die überlaufende construction dem schreiber der hs. zur last fallen mag. Die ganze strophenreihe 173—176 ist übrigens nicht weniger anstössig durch ihren inhalt, das überschwengliche lob Alpharts und die vorzeitige angabe, wie er fiel. 177 schliesst wiederum an 171 an; allein hier nicht echtes lied sondern ältere interpolation zu sehen, rät der widerspruch gegen 170, 4. Dort reitet Alphart den feinden nach unter einem prächtigen banner; hier wird angenommen, dass er den sper im kampfe, wahrscheinlich gegen herzog Wülfing verloren hat und daher vom boden aufheben muss: noch dazu wird vergessen zu erzählen, dass er zur walstatt zurückgeritten ist. Gegen 178. 179 kann ich dann nur das ungeheuerliche der absicht Alpharts mit Wolfhart Dietrich und Hildebrant das lager Ermenrichs angreifen zu wollen als grund des anstosses angeben; eine solche absicht taucht 190 fg. nochmals in sicher unechten strophen auf. Um so deutlicher tritt wieder 181 die interpolation auf: die 1. zeile wiederholt fast wörtlich 180, 3. 4.

So beginnt der erste teil des IV abschnittes erst 182. 183, 3. 4 werden wegen des inneren reims wegfallen müssen; streicht man aber auch 184, 1. 2, so führt 184, 3 sehr gut die notwendige erste hälfte von 183 weiter. Verwerflich sind dann wieder 188 — 192. Mit einem unerträglichen widerspruche, den schon W. Grimm a. a. o. aufdeckte, wird die frage Ermenrichs 187, auf welche in z. 4 sofortige auskunft versprochen wird, gar nicht beantwortet, sondern 192 wiederholt und 193 wirklich erledigt. Abgeschmackt ist aber auch der inhalt des einschiebsels. Ermenrichs recken, als sie hören, Alphart werde wol selbst kommen und sie angreifen, rücken mit ihren zelten zusammen und jagen mit furchtsamer gebärde vor den kaiser: Alphart sieht es und denkt wirklich daran allein den angriff zu machen. 192, 1 hat übrigens auch inneren reim.

Ein grösseres stück ist dann zwischen 201 und 206 eingeschoben. Die letzten worte jener str. die küenen wigande alle gar stille swigen werden sofort durch die erste zeile dieser aufgenommen 'Nû swîgent si alle stille.' Unmöglich können also die helden Ermenrichs gesprochen haben, wie dies 202 geschieht; dass sie dann nochmals schweigen 204, 3 zeigt, dass der überarbeiter selbst seinen fehler wieder gut machen wollte. 203 und 204 haben in den ersten zeilen gereimte cäsuren. 203, 4 ist noch dazu wörtlich aus 200, 4 entlehnt. Endlich gibt 205 eine antiquarische notiz, die der alten poesie nicht angemessen ist, hier überdies den zusammenhang stört.

214 kann trotz des cäsurreims (3. 4) nicht entbehrt werden. Vielleicht ist hier in z. 3 so umzustellen Witege in mære vrågte. 217 dagegen wird man mit dem inneren reim in 1. 2 und der aus 19, 3 entlehnten 2. zeile gern entbehren; auch 218, wenn schon in dieser zu der unmässigen prahlerei, welche die vorwürfe Alpharts unterbricht, kein äusseres zeichen der unechtheit hinzutritt. 222 hat rührenden cäsurreim in 1. und 2. überdies in der 1. zeile den gleichen sinn wie 223, 1, an sich aber wenig sinn. 224, 3. 4 dagegen ist zwar ein innerer reim überliefert; doch zeigt die überladung beider verse, dass die ganz entbehrlichen worte bî allen minen zîten zugesetzt sind, wahrscheinlich aus der gleichen stelle der nächsten strophe: ich habe durch versetzung des ich hân aus z. 4 beide vv. hergestellt. 226 ist mit der ersten hälfte aus 266, 1. 2 geborgt und hat überhaupt hier keine bedeutung. 234 ist mit der folgenden str. durch die construction verbunden, besagt auch in der 4. z. dasselbe wie in der 1.; 235 aber ist wegen des binnenreims z. 3 verwerflich. Beide str. sollen nur anzeigen, dass Alphart auch absass. 239, 3. 240, 1 haben gereimte cäsuren; damit fällt aber auch 241, deren 1. und 2. z. = 246, 1. 2 sind. Innern reim hat auch str. 244, 3, die eine leere prahlerei ausspricht.

Durch den ausfall des 18. blattes sind uns 14 strophen verloren gegangen. Nach den ersten darauf folgenden worten scheint es, dass Witige im angesichte des hinzutretenden Heime noch einen angriff auf Alphart machte, der ebenso unglücklich ablief wie der erste.

252, 1 und 253, 1 haben cäsurreim; sie sind nur überflüssige ausführung von 251, 4 mit beziehung auf eine sonst wenig bekannte sage.

258 ist nur eine wiederholung von 257, zum teil mit denselben worten. 259 ist in den cäsuren beider verspare durchgereimt. 260, 3 und 262, 1 haben ebenfalls innere reime: mit diesen beiden str. fällt auch 261. Die ganze scene, dass nach einer mutigen antwort Alpharts Heime

*erschrickt und sühne sucht, worauf ihn Witege schilt, ist nach den ent-
schlossenen worten Heimes 257 nur ein hemmnis der erzählung.*

*264 ist wiederum eine str. mit cäsurreim (1. 2), die nicht entbehrt
werden kann: am leichtesten wird der anstoss beseitigt, wenn man anstatt
der junge, was aus ähnlichen stellen herübergenommen sein kann, etwa
schreibt zewâre, ez wær usw. 266 hängt mit 267 zusammen. Streicht
man in der ersteren str. die zwei letzten und in der zweiten die 2 ersten
zeilen, so verliert man eine fromme äusserung, die leicht zugesetzt sein
kann.*

*268, 1 hat gereimte cäsur. Der schluss, der Alphart siegreich vor-
dringen lässt, passt nicht zur folgenden str. 273 hat keinen halbvers, der
nicht sonst noch vorkäme: zz. 1 und 2 in 295, 3. 4, wo sô starc was der
junge man als letzter halbvers richtig ist, während hier in der mitte der
str. eine hebung zuviel ist; die 5. halbzeile ist aus 304, 1, der schluss von
der 6. an aus 209, 3. 4.*

275, 1 ist in der cäsur gereimt, überdies z. 1 aus 297, 4 entlehnt.

*Nach 277, 2 ist 280, 1 — 4 mit veränderung der 2. und einschiebung
einer 3. halbzeile wiederholt, wie oben 224 hinter 220. Zunächst liegt anzunehmen dass dadurch die zweite hälfte der str. 277 verdrängt worden
sei; doch ist es auch möglich, dass die wiederholung zu gleicher zeit mit
der interpolation statt fand und der interpolator die zweite hälfte von 277
zu 278 verwandt habe, so dass er 278, 1 (= 269, 2) sowie den 4. halbvers (= 279, 4b) und den 5. zusetzte.*

*282 mit innerem reim in der 1. und 2. zeile ist eine müssige wieder-
erzählung von 214; damit fällt auch 281.*

*284, 1 hat cäsurreim; die str. ist grösstentheils aus 268, 1. 2 und
297, 4 zusammengebettelt. In der 4. zeile verspricht Witige ganz gegen
sein bisheriges verfahren, vom kampfe zurückzutreten um Heime allein
kämpfen zu lassen. 285, 1 hat ebenfalls inneren reim, dazu unerlaubt
rührenden endreim; endlich satzübergang in die folgende str. Damit
müssen 286—288, die auf die annahme des einzelkampfes zwischen
Heime und Alphart gestützt sind, fallen; umsomehr als auch das folgende
deutliche zeichen der unechtheit an sich trägt. 289, 3 hat inneren reim;
290, 1 ist aus 274, 1; 2 aus 305, 3 entlehnt. 291. 292 sind an sich
nicht schlecht, jedoch ohne die vorhergehenden strophen unhaltbar; 294
schliesst die scene mit einer leeren versicherung ab. Wunderbar folgt
nun 295, wonach von der furchtbaren wunde Alpharts keine spur ist: hier
haben wir eben wieder das echte lied vor uns. 296 ist dann ganz durchgereimt, dazu inhaltsleer. 297 gibt den wendepunct des gefechts. Das folgende ist echt bis auf 302 mit dem inneren reim in 3. 4; eine an sich
gute, aber nicht unentbehrliche strophe. Auch 303, 1 ist zu lesen weiz*

got wie jæmerliche er durch daz bluot sach; *aber der dann entstehende cäsurreim auf riche lässt sich leicht durch entfernung dieses ganz überflüssigen beiwortes beseitigen.*

Die folgende lücke von 12 blättern entzieht uns etwa 170 strophen. Wie weit sich das echte lied darin noch erstreckte und wie es schloss, lässt sich natürlich nicht sagen. Ganz sicher aber ist alles nach der lücke folgende unächte fortsetzung.

Sie ist vollständig leer an sagenhaftem inhalte, so sehr sich auch der nachdichter bemüht ungeheure kämpfe zu häufen: erst nächtlicher weile zwischen Hildebrant und Studenfuchs, wobei jener anfangs mit vier helden sechstausend mann erschlägt! (358 vergl. mit 352) dann vor Bern zwischen Dietrichs 30000 und Ermenrichs 80000 mannen (425). Beide kämpfe haben trotz der vielen toten (in der letzten schlacht verliert Ermenrich 50000) doch kein wesentliches resultat: aus der schlacht vor Bern entrinnen Ermenrich, Sibeche, Witege und Heime. Man ersieht jedoch daraus, dass das alte lied, vorausgesetzt dass es dem interpolator unversehrt vorlag, die rache Dietrichs an Witige und Heime für Alpharts tod nicht enthielt, wenn auch des letzteren grab 409 erwähnt wird. Dagegen muss in der lücke von kämpfen Hildebrants und Nitgers vor ihrer ankunft in Brisach die rede gewesen sein; denn 309 werden sie sturmmüede genannt.

Der nachdichter hatte aber neben den ungeheuren kämpfen noch ein zweites mittel sein werk interessant zu machen: die komischen situationen. Dazu dienen ihm namentlich Hildebrant und der mönch Ilsam: ersterer in seiner listigen ausrede vor der feindlichen warte 342 fg. und in seiner scherzhaften behauptung ein diener Ermenrichs zu sein gegenüber Wolfhart 396; letzterer überall wo er mit seinen 1100 mannen auftritt, die über den liehten ringen truogen swarze kutten an 319. 402, zuletzt 459, wo sie aus der grossen schlacht ganz ohne verlust hervorgehn.

Bei diesem späten ursprunge des ganzen schlusses hat man nicht nötig den übrigens unfruchtbaren versuch zu machen, ob die mit den äusseren zeichen der unächtheit behafteten strophen von den übrigen auszuscheiden sind. Innerer reim findet sich 311, 1. 314, 3. 316, 1. 319, 1. 323, 3. 325, 1. 3. 329, 3. 335, 3. 337, 1. 338, 1. 339, 3. 341, 3. 342, 3. 343, 1. 346, 3. 348, 1. 3. 349, 1. 350, 3. 354, 3. 355, 1. 357, 3. 361, 1. 364, 1. 370, 1. 374, 1. 3. 377, 3. 380, 3. 381, 1. 382, 3. 385, 3. 387, 1. 389. 1 (*rührend*). 391, 1. 394, 3. 395, 1. 397, 1. 402, 1. 408, 3. 414, 3. 417, 3. 418, 3. 423, 1. 428, 1. 435, 1. 436, 1. 437, 3. 439, 1. 440, 1. 444, 1. 449, 1. 461, 1. *Die satzverbindung läuft in die nächste str. über hinter* 311. 312. 343. 348. 383. *Matte wiederholungen sind* 322, 1. 2 = 388, 1. 2; 324, 1. 2 = 385, 1. 2; 332, 1 = 387, 1; 342, 3. 4. (= 149, 3. 4); 343, 1 *a*. 2 *a* (= 41, 1 *a*. 2 *a*); 352, 2 — 4 = 376,

2 — 4; 356, 2 — 4 = 380, 4. 381, 1. 2 (356, 3 *auch* = 429, 3); 383,
1 = 455, 3; 371, 4 (= 170, 3); 392, 1. 2 = 414, 1. 2 (= 182, 1. 2);
432, 2 — 4 = 446, 2 — 4; *ja sogar gleich nebeneinander* 315, 2 = 320,
4; 332, 2 = 333, 2; 338, 3*a* = 339, 1*a*; 343, 1 = 344, 3; 368, 3 =
371, 3; 395, 3 = 398, 1; 398, 3 = 400, 1; 411, 1 = 415, 1; 426, 2 =
427, 2; 433, 1*b* — 434, 2 = 447, 1*b* — 448, 2; 433, 2 = 434, 2; 439,
1*b*. 2 = 440, 1*b*. 2; 440, 3 = 442, 2. 451, 1*b*. 1 = 453, 1*b*. 2. *Man kann
sagen, die schlacht vor Bern besteht grossenteils aus wiederholten phrasen, in welchen nur die namen verändert sind.*

*Einem so elenden dichter muss man aber auch wol zutrauen, dass
er die widersprüche in seiner erzählung nicht bemerkt hat. Dahin gehört 328, wo es im 1. v. heisst* alle stille swigen, *im 3.* si sprächen alle
geliche. *Ferner dass 333 der herzog Nitger sich zuerst erbietet mit Hildebrant schildwache zu tun, 336 aber nur 5 ritter (Hildebrant Walther
Ilsam Eckehart Huc) auf der wache erwähnt werden und 364 Nitger das
übrige heer zu hilfe führt. Hier könnte man freilich durch auswerfen der
str. 333 den widerspruch beseitigen. Drittens hat 418 und 436 Nudung
die fahne, aber 419 heisst es* dô gap man Walderichen daz banier in die
hant; *kaum könnten* vane *und* banier *verschiedenes bedeuten.*

*Differenzen dagegen zwischen der fortsetzung und den interpolatio-
nen des gedichts scheinen zu beweisen, dass beide nicht von demselben verfasser herrühren. So wird Walther von Kerlingen 77 als bei Dietrich be-
findlich erwähnt, in der fortsetzung aber von Hildebrant aus Brisach geholt.
Auch Eckehart von Brisach könnte wol derselbe sein, der 74 (in einer echten
strophe) sich bei Dietrich befindet. Aus der annahme eines sehr späten
ursprungs der fortsetzung erklärt sich endlich auch die im verhältnis zum
ersten teile viel geringere verderbnis dieser partie.*

*Die gesammte untersuchung hat also ergeben, dass Alpharts tod auf
dieselbe weise entstanden ist wie die gedichte, die aus der besten zeit des
volksepos erhalten sind, der Nibelunge Not und die Kudrun: nur tritt
das neue moment hinzu, dass unser gedicht nicht einen ganzen sagenkreis
in mehreren liedern darstellt, sondern in einem einzigen ein einzelnes ereignis aus dem grösten cyklus unserer heldensage, dem von Dietrich von
Bern. Wie bei jenen werken oder ihren teilen kann man nicht nach einem
bestimmten verfasser fragen, sondern nur nach der zeit und der gegend in
welcher es entstand. Für beide gibt es, da sich nirgends eine bestimmte hinweisung auf ein ereignis aus der zeit des dichters findet, nur eine allge-
meinere bestimmung zwiefacher art: eine auf die metrischen verhältnisse
gestützte und eine, welche den inhalt mit dem strome der sonst überliefer-
en heldensage vergleicht und hier die ungefähre stelle ermittelt, an wel-*

cher die darstellung unseres liedes einmündet. Ich beginne mit der letzteren untersuchung.

Alpharts tod durch Witege wird nur noch in einer quelle erwähnt, im *Rosengarten D* im v. d. Hagenschen drucke v. 2430. *Als Witege durch den neid Wolfharts über den von Dietrich ihm zurückgegebenen Schemming veranlasst wird Dietrich zu verlassen, heisst es daz* kom sider ze leide dem jungen Alphart (*Strassb. hs.* Alffhart). *In demselben gedichte tritt Alphart jedoch auch 205 auf, als Wolfhart sich weigert nach Worms zu ziehen:* Er wolt (*Pommersf. hs.* 97 Du wilt) daz man im (*P* dir) vlégte, sprach Alphart (*P* Wolfhart) der bruoder sin (d. br. s. *fehlt P*) und 225 Dô sprach Alphart der junge 'ich wære ouch gerne dar: nû râte, lieber bruoder, ob ich mit iu var.' 'ich sage dir, Alphart, bruoder (br. *fehlt Strassb.*), swie uns dort geschiht, irs kusses enbir ich wol, irs strits enbir ich niht.' *Die Pommersfelder hs. hat die ersten 2 zeilen dieser stelle gar nicht, die 3. (101) nur allgemein gewandt:* doch sage ich uch vorwar swi mir dort geschicht *usw. Noch einmal bringt sie dagegen allein Alphart an, als Rüdeger in den rosengarten reitet, angetan mit einem prächtigen kleide 259:* her und der junge Alfart riten uber die heide breit. *In D 824 hat die Heidelb. hs.* sin kneht Herman mit im reit; *die Strassb. lässt hier den namen weg, bringt ihn aber mit der Heidelberger 828* wie balde ez sin kneht Herman dô von im gebant, *wo die Pommersfelder die 2 ersten zeilen der str. weglässt und in der 3. sich mit einem* si (die vorhergenannten Rüdiger und Alfart) *begnügt.*

Die bruchstücke von F z. 240 (abh. der Berl. ac. 1859 s. 483) haben ebenfalls Alfart, wie er bei dem kämpfe Ilsans mit Aldrian sich bereit zeigt ersterem zu helfen, vielleicht auch nachher über des mönches streitlustige haltung gegenüber dem volke der Burgunden sich besorglich ausspricht.

Diese darstellung, die Alphart am zuge teil nehmen lässt, ist aber wol noch weiter verbreitet gewesen. Wenigstens lässt der anhang des Heldenbuches (v. d. Hagens heldenbuch 1855, I s. CXXI z. 348) Amelolt seine söhne Alphart und Wolfhart dem schutze Hildebrants empfehlen; im Roseng. D 316 sind es Wolfhart und Sigestap, die so empfohlen werden und beide auch am kampfe teil nehmen.

Der anhang *s. CXX z. 325 sagt ferner, das Wolfhart Alphart und Sigestap söhne Amelolts waren; XCIII 83, dass Alphart Wolfharts bruder gewesen sei. Die im alten drucke zum namen Alpharts zugefügte bestimmung* von Auche (Aachen) *findet sich, wahrscheinlich ebenhieraus entnommen nur noch in der von Zingerle Germ. 2, 433 angeführten stelle in Burglechners tirolischem Adler II* Wolfhart und sein bruder Alphart von Aach. *Auch in unserem liede ist Alphart Wolfharts bruder 89. 90. 91. [179. 427]. Als sagenhaft wird dies verhältnis durch die übereinstimmung der*

beiden namen in dem einen teile bewiesen. Anders steht es mit Sigestap,
der in den oben angeführten späteren quellen teils neben Alphart genannt
wird, teils an seine stelle getreten zu sein scheint. Nach der echten sage
ist er nicht wie Wolfhart mit Hildebrant, sondern mit Dietrich selbst verwandt. Nib. 2220 heisst er Dietriches swestersuon, 2195 der herzoge
üzer Berne, 2223 klagt Hildebrant um ihn owé liebes hêrren. Auch wird
Sigestap in unseren echten strophen nicht als bruder Alpharts genannt,
wenn auch 76 mit ihm zusammengestellt. Deutlicher weist die fortsetzung
auf verwandtschaft der beiden: Sigestap führt mit Wolfhart den mönch
Ilsam zum grabe Alpharts, [409] und sucht in der schlacht diesen besonders zu rächen [451. 452], wie Wolfhart den vorstrit in anspruch nimmt,
weil sein bruder Alphart von den feinden erschlagen sei [427].

Ein sonstiges verwandschaftliches verhältnis Alpharts wird in unserem
liede nicht erwähnt, namentlich nicht, wer sein vater war. Aus der sorge,
die sein bruder Wolfhart, sein oheim Hildebrant und dessen frau Ute für
ihn nehmen, lässt sich schliessen, dass sein vater als tot oder doch fern
gedacht wird. Die zusätze nennen freilich Alphart [94] das kint Sigehers,
der als held Dietrichs noch [80] aufgeführt wird; aber da, wo er als vater
Alpharts am ersten hätte erwähnt werden müssen, beim versuche den jungen
helden zurückzuhalten oder beim abschiede, ist keine rede von ihm. Die
gewöhnliche sage nennt als vater Alpharts Ameloll, den schwager Hildebrants, so die oben angegebene stelle des anhangs zum heldenbuch. In unserem gedichte erscheint Ameloll überhaupt nur in unechten strophen und
ohne jemals als verwandter Alpharts aufgeführt zu werden. W. Grimm
heldens. 240 muste sich in bezug hierauf irren, da er nur v. d. Hagens
erneuung mit der willkürlichen änderung 94 sprach Ameloltes kind vor
sich hatte.

In gewisser beziehung steht Ameloll zu Alphart auch in Dietrichs
flucht. Ameloll hat Bern für Dietrich zurückerobert und fordert ihn zur
rückkehr auf. 5582 sagt er Alpharten hân ich verlân in der stat ze Berne.
Auch sonst hat sie öfters nähere, aber von unserem gedichte ganz abweichende und offenbar erfundene nachrichten über Alphart. Sie nennt ihn
öfter unter den helden Dietrichs, 5865 nochmals neben Ameloll, lässt ihn
dann zweimal erschlagen werden, zuerst 9527 von Bitrung, dann 9700
von Reinher: mit den von Reinher erschlagenen wird auch er von Dietrich
beklagt 9921. Aus der Flucht entnimmt sicher die Rab. 10 die angabe, Dietrich habe um seine gefallenen helden, besonders um Alphart getrauert.

Dies zeugnis beweist aber ebenso wie die zuerst angeführte stelle des
Rosengartens, dass man von Alpharts tod im dienste Dietrichs gegen Ermenrich auch später noch wuste, den jungen helden aber willkürlich verwandte. Die echte sage war dass Alphart, Wolfharts bruder bei der ver-

*treibung Dietrichs aus Bern seinen tod fand. Daher erscheint er nicht in
den Nibelungen unter den helden Dietrichs.*

*Freilich scheint dies mit einem teile des gewöhnlichen sagenkreises in
widerspruch zu stehn: mit dem tode Diethers und der kinder der Helche
durch Witige. Wenn dieser bei der vertreibung Dietrichs einen so grossen
frevel durch die hinterlistige ermordung eines jungen helden verübt hat,
so ist es häufung und wiederholung, dass er auch die jungen könige töten
soll. W. Grimm heldens. 355 vermutete daher, das ganze gedicht von Alpharts tod sei 'eine nachahmung von dem kampfe der söhne Etzels mit
Wittich und ihrem rührenden tode.' Das verhältnis möchte vielmehr das
umgekehrte sein. Der tod der söhne Etzels ist viel weniger motiviert, ist
bedeutend sentimentaler als der Alpharts. Ja mit voller wahrscheinlichkeit
hat P. E. Müller Sagabibl. II in der übersetzung von Lange s. 224 vermutet 'dass die drei phlegebrüder Erp, Ortwin und Thetter zum kampfe gegen Ermenrek ziehen und in der gewonnenen schlacht fallen, sei eine dunkle
erinnerung an Sörles und Hamdirs zug gegen Jörmunrek.' Es werden also
in dem tode der söhne Etzels zwei elemente verschmolzen sein, der untergang eines brüderpars, das gegen Ermenrich auszieht, und die ermordung
eines jugendlichen helden Dietrichs durch Witege. Daneben konnte die ältere
darstellung des letzteren motivs immer noch für sich bestehn, so früh auch
jene verschmelzung vor sich gegangen war. Denn wenn auch der tod der
söhne Etzels und Diethers ausdrücklich zuerst im Eckenliede 198. 199,
im Meier Helmbrecht 76, in der Thidreksaga c. 316—339 erwähnt wird,
so ist doch schon die stelle der Klage 995 fg. Etzel der künek her . . in sine
hulde mich enphie gewiss auf den tod der jungen könige im heere Dietrichs
zu beziehn. Auch wird in den Nibelungen 1637 der tod Nudungs durch
Witege berührt, welcher nach der Thidreksaga mit jenem morde verbunden war.*

*W. Grimm erhebt a. a. o. noch einen einwurf gegen ein höheres alter
der auffassung unseres gedichtes: die herabziehung Witiges; denn was
Hildebrant betrifft, so haben wir die erzählung von seiner schimpflichen
niederlage vor Alphart als späteren zusatz erkannt. Witige aber wird nur
von dem liede, dem die Thidreksaga folgte, so edel dargestellt und sogar in
solchem masse gefeiert, dass Dietrich selbst gegen ihn zurücktritt: in den
echt deutschen liedern ist die treulosigkeit Witiges gleichmässig bekannt und
verabscheut. Dass der Dichter des Alphart ihn noch schwärzer malt, ist
aus dem bestreben seinen helden hervorzuheben leicht verständlich. Dazu
kommt der vergleich mit Heime. Dieser wird in der Thidreksaga aufs
schlimmste herabgesetzt: hier erscheint er edel genug; nur durch den
äussersten widerstand Alpharts und durch die bitten seines waffenbruders
wird er zum angriff auf den jungen helden bestimmt.*

*Unser lied zeigt aber auch in nebenbeziehungen eine solche kenntnis
der echten sage, wie sie uns in bezug auf Dietrich nur in der Thidreks-
entgegentritt. Dass Heime zu Dietrich kam, ihm aus übermut kampf an-
bot, von ihm besiegt und zum kriegsgefährten gemacht wurde, erzählt str.
7. 10 Ths. c. 19. 20. Gleiche verpflichtung gegen Dietrich fesselt Witige
216. 219. Ths. 92—95; wozu noch eine beziehung in einer deutschen
quelle tritt, in dem gedichte von dem übelen wibe 258 vgl. Zeitsch. 12, 367.*

*Wenn uns sodann eine grosse zahl von helden Dietrichs aufgeführt
wird, so will ich das oben angegebene zahlenverhältnis und dessen übereinstimmung mit dem III Gudrunliede auch hier nicht allzusehr geltend
machen; wol aber darf ich hervorheben, dass unter den helden des echten liedes keiner ist, von dem es sich nachweisen liesse. dass er ursprünglich einer anderen sage angehört habe; was in den späteren gedichten, zb.
dem Rosengarten im reichsten masse geschieht. Vielmehr finden sich die
namen des Alphartliedes gröstenteils auch sonst in guten quellen wieder.
Weit verbreitet ist zunächst der gesammtname der Wülfinge 39 uö. In der
aufzählung der einzelnen helden stimmt der Nibelunge Not bei Hildebrant
Wolfhart Ritschart (hier Richart) Helphrich Helmnot Sigestap; auch Gerbart N. 2218. 2260 ist wol derselbe wie Gerhart Alph. 73. In der Klage
und im Biterolf finden sich noch Wicher Wicnant, in dem letzteren gedichte
auch Gotel; in Dietrichs flucht und Rabenschlacht Berhter Sigebant Hunolt Friderich; Eckehart, der dort freilich immer als der Harlunge mann
auftritt, und vielleicht Helmschröt, den W. Grimm mit dem dort erscheinenden Helmschart identificiert. Sonst kommen in der heldensage, aber unter anderen verhältnissen vor: Hache, hier der junge genannt, wahrscheinlich zum unterschied von dem Hache, der nach Bit. 5231 den Harlungen
dient; ferner dem, der im Wolfdietrich B 942, und dem bruder Hildebrants, der im anhange des heldenbuchs z. 242 vorkommt; sodann Hartung,
Volkwin, Ratwin, Bouge (Müllenhoff, Zeitschr. 6, 453), Amelger von Brisen
(= Brissan, Brescia s. Ortnit 5). Nur im Alphart erscheinen Hunbrecht,
Bramker, Wolfhelm, Witschach (wie W. Grimm bemerkt, wol ein slavi-
scher name; = Wyszek?) und der merkwürdiger weise mit dem geschlechts-
namen bezeichnete Wülfing (als vorname sehr beliebt in Oestreich gegen
das ende des 13. jahrhunderts: von Stubenberc Lichtenst. 81, 23. 212,
30 und öfters bei Ottacker, der auch eine burg dieses geschlechtes, den Wül-
fingstein anführt; von Gurnetz Licht. 202, 13; von Horschendorf 226,
17; von Gerlös Helbl. 6, 103; von Hannaw Ott. 484*). Durch seine nähere bezeichnung steht ganz eigentümlich da Nudung 78. 79, der herzog
aus deutschem lande, dem Swanfelden dient und bei Nürnberg der Sand.
Allerdings hat die hs. nydong, auch 418. 436; allein von einem Nidunc im
amelungischen sagenkreise ist nichts überliefert; und der name, der als*

appellativum im schlimmsten sinne gebraucht wird: her eren nidinc *MS.
2, 234*ᵇ *, passte schlecht für einen besonders treuen helden. Es liegt vielmehr sehr nahe ihn mit Nudung zu identificieren, der nach den Nibelungen
und der Dietrichsaga von Witege erschlagen wird; und dies taten schon v.
d. Hagen in der erneuung, und daraus schöpfend W. Grimm heldens.
244. Als sohn Rüdegers erscheint Nudung erst im Biterolf und im Rosengarten (heldens. 101); in der Dietrichsaga ist er der bruder der Gudilinda
c. 369. 370. Diese quelle nennt ihn übereinstimmend mit Alpharts tod immer
herzog, freilich von Valkaborg. Seine mark wird auch in der Nib. Not 1840
erwähnt, und nichts steht dem entgegen, dass die nähere bezeichnung unseres gedichts die sagengemässe ist. Im Biterolf ist allerdings Steier Nudungs land 13257. 13275; sollte hier auf gelehrtem wege der norische
held von Nürnberg nach dem alten Noricum versetzt worden sein? Aus
der auszeichnenden weise, mit welcher das lied Nudung und seine heimat
nennt, liesse sich dann wol der schluss ziehn, dass der dichter desselben
in den gegenden sang, als deren helden er Nudung preist. In Nordbaiern
lebte ja auch der gönner Spervogels, Walther von Steinberg, den dieser mit
Rüdiger von Bechelaeren und Fruot von Tenemarke zusammenbringt
MSF. ss. 25 und 26; dorther stammte Wolfram, der unter den höfischen
dichtern die genaueste kenntnis und die gröste vorliebe für die deutsche
heldensage zeigt. Wäre aber diese vermutung richtig, so liessen sich auch
die schwierigkeiten, die in den differenzen unseres gedichtes von den östreichischen quellen der besten zeit liegen, durch die annahme verschiedener
sagenauffassung je nach den verschiedenen gegenden leicht lösen.*

    *Von helden in Ermrichs dienst nennt das alte lied ausser Witege und
Heime, deren väter Wieland und Adelger es ebenfalls der alten sage gemäss anführt, 144 herzog Wülfing, 154 Sigewin, 159 Gerbart. Der letztgenannte kommt in den Nibelungen als mann Dietrichs vor. Wülfing wird
zugleich als zu Dietrichs geschlecht gehörig bezeichnet 146, so dass er ursprünglich vielleicht geheissen haben mag* ein Wülfinc; *Sigewin aber lässt
sich sonst nicht in der sage nachweisen. Ferner 199 Rienolt und sein bruder
Randolt, welche beide im Biterolf und sonst vorkommen, 200 Sewart der
alte, der mit dem im Biterolf von Herbort erschlagenen eine person sein könnte,
und Berhtram herzog von Tuscan, der vielleicht derselbe ist wie Berhtram
von Bole in Dft. und Rs. Die Alpharths. trennt zwar den herzog von
Tuskan vom herzog Berhtram, aber beide zu verbinden rät sowol das
versmass als der umstand, dass wir nun an dieser stelle 3 pare haben, während sonst ein ungenannter störend zwischen die sonst bekannten helden tritt.*

    *Namen von waffen, die in echten strophen vorkommen, sind folgende:
Nagelring als schwert Heimes 272 und Hildegrin als helm Dietrichs 42.
194. Als abzeichen legt das lied dem Alphart bei einen weifsen schild mit*

einem goldenen löwen und einer goldnen krone darüber 193, was sonst
Dietrichs wappen ist: Thidr. Eckenlied, Roseng. D (heldens. 143); Dietrich
hat aber hier einen adler.

Damit setzen sich nun die zusätze in den verwirrtesten widerspruch,
wenn sie 94 löwen und adler, das wappen Dietrichs (wie Drachenk. in v. d.
Hagens heldenbuch 309. 340. Sigenot 3?) verdecken lassen oder 260
Heimen wünschen lassen den löwen oder den adler auf dem schilde zu sehen. Die fortsetzung legt ausserdem Hildebrant ein sarbant auf dem
schilde bei, wie er es im Roseng. D 375 auf dem helme führt; grün sind
die banner des kaisers 143, Hildebrants 325, Nitgers 366.

Von waffen und pferden werden hier mehr namen genannt. Der echten sage gemäfs sind Mimmung Witiges schwert und Schemming sein pferd.
Mit dem Biterolf stimmt, dafs sein helm Limme heifst (hs. lonen) und das
pferd Eckeharts Röschlin (im Biterolf Rusche). Sonst aber sind nicht zu
finden und vielleicht erst vom verfasser der zusätze benannt Hildebrants
schwert Brinnig (wofür ich nicht geglaubt habe Brinninc schreiben zu
müssen) und das Eckeharts Gleste. Bei beiden liegt die bedeutung zu tage.

Die helden Dietrichs hat der interpolator um folgende vermehrt: Wolfwin und Wolfbrant, die auch in den Nibelungen vorkommen; Sigeher
und Walther von Kerlingen, die im Biterolf erwähnt werden; Amelolt und
Nere wie in Dfl., hier beide als geleitsmänner Heimes, der letztere auch in
der fortsetzung genannt als bruder Hildebrants [417]; Schiltbrant, den W.
Grimm mit dem in der Flucht 5858 erscheinenden Schiltrant zusammen-
stellt; endlich Helmnot von Tuscan, der aus dem Otnit entlehnt ist.

Mit Walther kommt in der fortsetzung Eckehart von Brisach Dietrich
zu hilfe. Bei diesem ist auch herzog Nitger, vielleicht derselbe der in den
Drachenkämpfen als herzog von Muter erscheint, und Huc von Tenemarke, der sonst nur im Eckenliede 59 als von Dietrich getötet vorkommt;
endlich der mönch Ilsam, der seine existenz in dieser charakteristischen
figur erst dem Rosengarten verdanken wird.

Die fortsetzung bringt auch auf Ermenrichs seite teils neue helden,
teils neue bestimmungen über die im liede auftretenden. Letzteres ist der
fall mit Rienolt, der nun von Meilan heifst wie im Biterolf, Dietrichs flucht,
den Drachenkämpfen; mit Berhtram, den sie von dem Berge nennt. Letzterer wird getötet, wie dies in den willkürlichen dichtungen öfters mit er-
logenen personen geschieht. So fällt auch der graf von 'Dütschgaw' 428.
Aufser diesen kommt hinzu Studenfuchs von dem Rine, der im nächtlichen
kampfe von dem heere aus Brisach besiegt wird; über ihn vergl. Müllenhoff,
Zeitschr. 12, 419. Sein bruder Gere wird 375 von Eckehart erschlagen;
er ist doch wol identisch mit dem markgrafen in den Nib. 684 uö., der
auch in Dfl. und als herzog in Gunthers dienst im Biterolf vorkommt.

Ebenfalls nur in den zusätzen findet sich Sibeche, der wie gewöhnlich die hauptschuld des erzählten frevels tragen soll, damit namentlich Heime in einem milderen lichte erscheine als das echte lied wollte.

Noch sind einige nebenbeziehungen der sage, die sich in den unechten teilen finden, zu besprechen. Die jungfrau Amelgart, Alpharts gemahl, von Hildebrant aus Sweden, ihres vaters reich gewaltsam entführt, kehrt dem namen nach in Dfl. wieder, aber als aus der Normandi gebürtig, tochter des Pallus und gemahlin Sigehers; im Wolfdietrich B in v. d. Hagens heldenb. I str. 880, 3 sagt Wolfdietrich zur königin werd es aber ein maidlin so heyfs es Amelgart durch den willen mein. *Der name wird im geschlechte der Amelungen seine bedeutung gehabt haben.*

Um Heime zum gemeinsamen kampfe gegen Alphart zu bewegen, erwähnt Witige erstens [261] tadelnd, dafs, wo er mit feinden gekämpft, Heime stets sühne gesucht habe; bezieht sich dies etwa auf die treulosigkeit, die Heime an Witige übte, als dieser zu Dietrich zog, Thid. 88 fg.? Zweitens erinnert Witige [253] Heimen daran, dafs er ihn und Dietrich bei Mutaren aus lebensgefahr errettet habe. Wahrscheinlich meint er die gefangenhaltung Dietrichs auf Muter und seine befreiung durch seine gesellen die in Dietrichs Drachenkämpfen (v. d. Hagens heldenbuch I Dietrich und seine gesellen) str. 315 fg. erzählt wird, wol nach einer östreichischen localsage, die der interpolator von Alpharts tod kannte.

Einige züge der fortsetzung stimmen mit der darstellung der Rabenschlacht in der Dietrichsaga überein: das nächtliche zusammentreffen Hildebrants mit feindlichen wachtmännern, von welchen er ohne seinen namen genannt zu haben erkannt wird [345] c. 325; ferner Rienolt als houbetmeister [424] c. 324, welcher erst flieht, als er niemand mehr stand halten sieht [454] c. 334. Sonst unbekannt ist dagegen der kampf Dietrichs in Ermenrichs interesse gegen Eckehart [401], wobei vielleicht sein oheim vor Garten vom mönch Ilsam erschlagen wurde [404]. Wer dieser oheim sein soll, weifs ich nicht.

Im ganzen stimmt also der inhalt der zusätze und der fortsetzung zu den gedichten der späteren zeit, ganz besonders zum Rosengarten. Auch im ausdrucke zeigt sich diese übereinstimmung. Str. [128] ist fast ganz gleich Roseng. D Zeitsch. 11, 554 z. 693—696 (nicht im v. d. Hagenschen drucke). [324, 4] dö reit ze aller vorderst meister Hildebrant *ist* =. Ros. D (Hagen) 353; [459, 1] dö hiez der .. bläsen sin herhorn *R.* 639. 1103; *das häufige* [3, 2 usw.] daz wizzent sicherlich *R.* 28. 70. 438. 1926; biderman 185, 1 uö. *R.* 623. 943. 1820. 2385.; *die* zwêne küene man (degen) 76, 3 [77, 1] usw. *R.* 2039 uö. *Wolfdietrich B* 424. 425 uö. *Auch das echte lied hat dergleichen, wie die zuletzt angeführten stellen zeigen. Der reim* als ein armez wip : ze aller zit 90, 3. 4 *findet sich*

Ros. D 1895 *wieder. Fast ganz wie Alph.* [19, 3. 421, 2] *heiſst es Wolfd.* (*Holtzmann*) 346 er gap mir harte gerne sin silber und sin golt. *Wie Alph.* [324, 1] *im Hugdietrich* 230 Wol hundert soumære wâren swære geladen und die kamerwegene die dâ solten tragen. *Aus den Nibelungen* 1939, 1. 2 sine leiche lûtent übele .. jâ vellent sine doene .. *scheint Alph.* 435, 4 *entlehnt. Der Ausruf Alph.* [371, 2] *wie mohte er küener wesen findet sich auch Nib.* 1883, 4 (gesin), *aber auch Kudr.* 875, 1 (sin). 4 (wesen).

Fast durchaus sticht der ton des echten liedes von der erschlaffung und verwirrung der zusätze ab; er ist ernst, einfach, zuweilen etwas wortreich in den reden, wie das XX lied der Nibelungen: denn die reden Alpharts, mit denen er seinen entschluſs vertheidigt und später Witige den verrat vorwirft, sind in der tat etwas weit ausgedehnt. Zuweilen begegnen epische wendungen der schönsten art wie die antwort Dietrichs 27 auf Heimes entschuldigung 25, oder die herabsetzende äuſserung des Berners 34. Eine besondere kunst zeigt der dichter in der composition, in der steigernden wiederholung der motive. Alphart wird erst von Wolfhart, dann von Dietrich, endlich von Hildebrant abgemahnt; er besiegt erst die feindliche warte, dann Witige, endlich unterliegt er den beiden gröſten helden, die damit einen doppelten verrat an ihrem früheren herrn und an der ritterlichen ehre begehn. Auch die gegenüberstellung der beiden feindlichen lager mit aufzählung der bedeutendsten helden ist wol bedacht.

So können wir das gedicht nur in die beste zeit des epischen volksliedes setzen, in die nächsten jahre vor oder nach 1200. *Die äuſserlichen kennzeichen des alters fehlen nicht, ich meine die an der metrischen form erscheinenden. Vor allem kommt es hier auf die reime an, da das innere der verse zu sehr der verderbnis ausgesetzt war und sie auch unleugbar im reichsten maſse erfahren hat.*

Ungenaue reime. Dazu sind nicht zu rechnen die dialectischen formen (barn :) geswarn 32, 3, dâvan (: an) 186, 1, niet (: liep 78, 1 : diet [415, 3]). *Sie weisen auf bairisch-östreichische heimat.* geswarn *findet sich Bit.* 3447. *Helbling* 2, 50. 4, 653 *ua. Ueber* van *s. Gramm.* 1³, 130. *bei Östreichern: Helbling* 1, 363. 880. 1399 *usw. Ott.* 131ᵇ. 174ᵇ. 221ᵇ. 232ᵇ. *Haslau (Zeitschr.* 8) 546. 644. 1207. *Teichner s. mhd. wb.* niet *erscheint Kürenberger MSF.* 7, 13. 9, 28. 10, 14, *und sonst in der frühen lyrik* 3, 25. 11, 6. 14, 6. 18, 6. 33, 34. 36, 4. 37, 17 *usw. stets im reim auf* liep. *Weggeschafft habe ich den reim erwogen :* beliben 238, 3, *aus welchem man auf niederdeutschen ursprung des gedichtes geschlossen hatte, durch abänderung des ersteren reimworts in* verzigen; *so steht auch in der Pommersfelder hs. des Rosengartens* 515 erwegen, *wo die übrigen richtig* verzigen *haben.*

a : â *ist häufig, aber fast nur vor* n, *so* dan : lân 6, 3 *usw. vor* t
  stat : hât [463, 1]

e : ê sper : hêr 151, 4. 207, 4: Nitgêr [367, 1]

i : î mich : rîch 203, 3.

n : m *in einer echten str.* lobesam : hân 11, 3 : *sonst* man : genam [3, 3]
  kam : plân [4, 1] *usw.*

c : t sluoc : wuot [286, 1] : guot 293, 3. [445, 1]

p : t niet : liep 78, 1 wîp : zît 90, 3

nc : nt lanc : hant [369, 1] erclanc : want [240, 1]

rc : rt Tenemarc : Eckehart [334, 3]

ben : gen erhaben : gesagen [13, 3]; degen : eben [372, 1. 393, 1] :
  geben 35, 3. [80, 1. 218, 3.] 269, 3 : gegeben [68, 1] 207, 1.
  229, 1 : vergeben 297, 3 : leben 40, 3 [48, 1. 59, 1] 86, 3..92,
  1 [109, 1] 146, 3 [153, 3] 200, 3. [203, 3] 251, 1. [252, 3] 267,
  3. 283, 3. 305, 1. [315, 1. 351, 3. 374, 1. 421, 3. 422, 1. 440,
  1] : geleben 266, 1 beliben : verzigen 238, 3

den : gen schaden : erslagen [256, 3] geladen : tragen [324, 1.
  385, 1.]

Den im in- und auslaut ungenauen reim eber : degen [393, 1] *habe
ich nach 372, 1 corrigiert.*

*Die übrigen ungenauigkeiten, die des liedes wie der zusätze finden sich
alle in den besten mhd. volksepen und der lyrik des XII jh. wieder. Nirgend erscheinen fernerstehende laute gereimt, wie in den gedichten des XIV,
zb. den jüngeren fassungen des Rosengartens und des Wolfdietrich, nie* s :
z, ê : æ *ua. Ja ein selbst in den Nibelungen erlaubter reim erscheint hier
weder im liede noch in den zusätzen,* ê : e.

Bedenklicher sind die reime mit apokope. So nicht nur die adv. auf
lich *sicherlich* [2, 1] 36, 2 *usw. ua. auch* eben [372, 2. 393, 2.] rich *als
subst.* [64, 4], *adj.* [2, 1 *usw.*], *verbalformen* widerseit [4. 4]. *substantiva:* wart 87, 4. 102, 2. 144, 4. [204, 3.] 250, 2. [259, 1] (*vielleicht
ist hier eine kurze nebenform anzunehmen*); *die dative* strit 221, 3 gewalt [235, 1] tan [351, 2] Rin [398, 4]. *Nicht hierher gehören die unflectierten adj. nach dem artikel (Gramm. 4, 541) der* unverzeit [94, 3. 123,
2] 177, 3 *ua. Ueber die synkope van* für vanen 144, 1 [424, 4. 454,
3] *vergl. Lachmann zu den Nib.* 216, 1.

Stärker und nur dialectisch zu rechtfertigen sind die apokopen Bern :
ungern 145, 3; êr : mêr [62, 1] mær : lær [66, 1]. *Das letztangeführte
beispiel ist vielleicht so zu ändern* ich wil iu sagen mê, iu macht der Berner lære manegen satel ê. *So könnte man auch mit kühnerer änderung
den überschiessenden reim vertriben :* beliben [58, 3] *wegschaffen :* helfen
wider in daz er dâ ze Berne niht langer muge gesin. *Einfacher ist* [65,

1] vlêhen : lêhen *durch ausstossung des* h *und zusammenziehung zu bessern.*

Neben diesen freiheiten erscheint, und zwar in der fortsetzung eine altertümlichkeit: der zweisilbige stumpfe reim mit tonlosem e *in der letzten silbe* mære : wære [454, 1]. *Aber auch andere epen der späteren zeit haben diesen reim, so Wolfd. B bei v. d. Hagen str.* 394; *und* grise : wise *Wolfd. (Holtzmann)* 528.

Rührende reime kommen im liede nur bei eigennamen vor Dietrich : rich 81, 3. 187, 1: Ermenrich 5, 1. Râtwin : Volcwin 73, 1; Helmnôt : nôt 74, 1; Alphart : Wolfhart 90, 1; *in den zusätzen auch sonst, sogar unerlaubte* hân [23, 3. 162, 3] gewert [285, 1].

Vier gleiche reime kommen auch in echten strophen vor. Kaum sind hierher zu rechnen bei verschiedener quantität der beiden reimpare in : in : in : in 148. an : an : ân : ân 274; *aber* eit 150 *und* an : ân : ân : ân 270 *sind nicht zu entbehren.* an : ân : ân : ân 162 *würde durch annahme einer interpolation wegfallen; dagegen durch dieselbe annahme hinzukommen* 266, 1. 2. 267, 3. 4 degen : leben. *Von unechten strophen gehören der entschuldigten art an* [43. 140. 190. 360]; *der andern* [23. 24. 55. 123. 134. 178. 319. 341. 401. 402. 409. 424].

Die cäsurreime dagegen waren kennzeichen der unechten strophen. Von ungenauen habe ich nur die durch ein hinzugefügtes n *unterschiedenen gerechnet zb.* gewalte : behalten [18, 3]; *andere wie* keiser : vreise [13, 1] Berne : gerner [43, 1. 58, 3] *kommen auch in echten strophen vor, so* einander : wiganden 159, 3, *wo allerdings* r : n *reimen müste,* Heime : beine 272, 3; *corrigiert habe ich des versbaus wegen* schande : selbander 270, 3. *Den cäsurreim wegzuschaffen habe ich vorgeschlagen zu* 214, 3. 264, 1. 303, 1. *Jedenfalls ist die grosse menge der inneren reime in strophen, die durch inhalt und ausdruck mit dem alten gedichte in widerspruch stehen, eine neue bestätigung dafür, dass die form der durchgereimten strophe erst einer späteren, schlechteren periode der volkspoesie angehört. Leicht hätten sich übrigens noch mehr cäsurreime in unechte strophen bringen lassen, was v. d. Hagen auch mehrmals getan hat: so* keiser riche : sicherliche [21, 1] die recken ûf sprungen : Amelunge [90, 3] *ua. Dass die cäsurreime in den unechten strophen wirklich beabsichtigt sind, geht aus der wiederholung und der bedeutungslosigkeit der reimwörter hervor: so reimt* küene : grüene 8 *mal,* beide : leide (heide) 9 *mal,* riche *auf* -liche 16 *mal usw.*

Stumpfe cäsur bei 4 hebungen im ersten halbverse ist natürlich ohne anstoss. Nicht zweifellos sind dagegen die klingenden cäsuren mit kurzsilbiger hebung. Ueber diese anomalie vgl. Lachmann zu den Nib. 119, 2. 698, 2. 2050, 4. *Rieger, zur kritik der Nib. s.* 95. *Müllenhoff zur Kudr.*

s. 115. *Ich füge hinzu, dass auch die fragmente von Walther und Hilde-*
gunde in Haupts zeitsch. 2, 217*fg. in diesem puncte sich den epen der*
besseren zeit anschliessen: I, 1, 4 das ir uns leitet nâch den iuwern sitèn,
II, 6, 1 swâ ie des vürsten b(oten). *Gegenüber dieser menge von hand-*
schriftlich überlieferten stellen habe ich den einwendungen Bartschs in den
Unters. über das Nibelungenlied s. 170 *nicht folgen zu müssen geglaubt. Ich*
habe der hs. gemäss diese anomalie beibehalten: in echten strophen gesagen
5, 2, erwegen 34, 4, vride 37, 1, gewesen 187, 2, lebet 198, 4, schaten
(schatewen?) 212, 4. 245, 4, clagen 276, 2 (*s. anm.*), heben 279, 4, schaden 283, 3; *in unechten* phlegen [112, 3] leben [131, 4] erslagen [261, 4]
vride [289, 2. 406, 2] vanen [418, 2] geriten [322, 2. 438, 3].

Das mass der Nibelungenstrophe ist in der überlieferten gestalt des
gedichtes vielfach verderbt. Sieht man von den gröbsten zusätzen und
lücken ab, so bleiben noch immer eine anzahl stellen, die eine hebung zu
viel oder zu wenig haben, ohne dass doch das satzgefüge auf eine be-
stimmte ursprüngliche lesart hinwiese. Zu wenig haben öfters die letzten
halbzeilen der strophe, bloss 3 hebungen: so über 70 unechte strophen.
In folgenden echten strophen habe ich durch eine kleine, meist naheliegende
oder für den sinn notwendige veränderung oder einschaltung nach-
geholfen: 31. 33. 40. 85. 86. 92. 101. 116. 119. 150. 164. 216. 230.
231 (*l.* hie min). 263. 264. 267.

Zu viele hebungen könnte man öfters durch dreisilbigen auftact ent-
schuldigen wollen. Mit ausnahme von 87, 2 *und* 168, 3, *wo wahrschein-*
lich kürzere synonyma von kumberlichen und ellenthaften gestanden haben,
habe ich den dreisilbigen auftact überall entfernt; auch den zweisilbigen,
wo sich eine leichte änderung bot; sonst liess ich ihn stehn, so ich nam
10, 4. daz man [14, 4] *usw. Vielleicht ist das wiederholte* Dâ saz 73, 1.
74, 1. 76, 1 [77, 1] 78, 1 *auch zu streichen und sonst noch kühner zu ver-*
fahren. In vielen fällen war mit der annahme von apokopen und syn-
kopen geholfen, welche wir oben durch den reim erwiesen haben und mit
dem bairisch-österreichischen dialecte rechtfertigen können.

II.

DIETRICHS FLUCHT und RABENSCHLACHT sind durch vier
handschriften, immer zusammen überliefert. Die älteste ist

R 'der dem grafen Starhemberg zugehörige, auf dem schlosse Rie-
degg sich befindliche pergamentcodex in fo., dessen mitteilung ich dem
bibliothekar Chmel zu St. Florian verdanke; enthält 1. *Iwein,* 2. *Amis,*
3. *Nitharts gedichte,* 4. *Dietrichs flucht,* 5. *Rabenschlacht. In den beiden*
letzten gedichten fehlen einige blätter gänzlich, andre liegen abgelöst oder

herausgeschnitten darin, deren platz ich durch eingeführte paginabezifferung nachgewiesen habe.' W. Grimm vor seiner am 20.—30. oct. 1831 genommenen abschrift der Dietrichsflucht. Diese sowie die am 5. januar 1831 vollendete abschrift der Rabenschlacht sind jetzt in die hiesige königliche bibliothek übergegangen. Die handschrift selbst ist bekanntlich nicht mehr zu finden; über sie berichtet auch Benecke, beiträge II, 297 fg. 495 fg. Sie war aus dem ende des XIII oder dem anfange des XIV jahrhunderts, und wie die häufigen schreibungen ai. ei, ev. ov für ei, i, iu, û; ch für k, zuweilen auch p für b, w für b und umgekehrt beweisen, in östreichischbairischer gegend geschrieben. Aus W. Grimms bezeichnung geht hervor, dass Dietrichs flucht in abgesetzten reimzeilen geschrieben war, von denen je 48 auf einer columne standen; jedes blatt hatte 4 columnen. Die überschriften waren rot geschrieben, ebenso die initialen der abschnitte; die roten buchstaben hatte der schreiber freilich zuweilen gar nicht oder falsch nachgetragen. Dietrichs flucht, von welcher zwischen fo. 32 und 33 ein blatt (vv. 8467—8656) fehlt, endigte auf 40 d z. 4. W. Grimm fügt hinzu 'unmittelbar schliesst sich hier die Rabenschlacht an.' Auch diese war zu 48 zeilen geschrieben, wobei zuweilen durch zeilenvereinigung sowie durch die überschriften die ordnung, wonach 8 strophen eine columne ausfüllen sollten, gestört war. Ausser 10 d waren von der Rabenschlacht noch 34 blätter vorhanden; zwischen dem 32. und dem 33. fehlte ein blatt mit str. 1030—1061; ebenso fehlte der schluss von 1126 an. Von einer anderen, weniger abbreviaturen gebrauchenden hand waren str. 790—854 und 870, 5—902, 4 (fo. 28) geschrieben.

W, die Windhager hs. in Wien cod. Germ. 2279, pergam. fo. Auf blatt 1. spalte 1. findet sich eine notiz aus dem jahre 1358. Dietrichs flucht und Rabenschlacht stehen von fo. 91—130 auf 4 lagen, die alle auf dem 1. bl. vw. unten durch lateinische ziffern bezeichnet sind: lage I enthält 10, II 10, III 12, IV 8 blätter. Vor und nach III 2 fehlt je ein blatt: auf dem ersten stand der schluss der flucht von 9886 ab und der anfang der Rabenschlacht bis 16, 2, ebenso unmittelbar auf einander folgend wie in R; das andre enthielt Rabenschlacht 75, 4—133, 4. Nach der jetzigen bezifferung beginnt die Rabenschlacht auf fo. 112, so dass 21 blätter der hs. zu Dietrichsflucht, 19 zur Rabenschlacht gehören. Jedes blatt enthält 6 spalten zu 60 zeilen, die in der regel mit den reimzeilen übereinstimmen. Auch diese hs. ist in Oestreich geschrieben.

P, die Heidelberger hs. cod. Pal. 314. papier, gross 4°. Der inhalt, Boners Edelstein mit schlechten bildern ua., ist von Mone in Wilkens geschichte der heidelberger bibliothek s. 405 angegeben. Auf s. 105—161 steht Dietrichs flucht, auf s. 162—197 die Rabenschlacht. Jedes blatt enthält 4 columnen zu 35—46 zeilen. Am ende der Rabenschlacht notierte der schreiber 1447 die 20 decembris.

A, die Ambraser hs. des Heldenbuchs, Ambr. sammlung nr 73. pergam. gross fo. Auf jedem blatte stehen 6 spalten zu 68 zeilen, die nicht mit den reimzeilen übereinstimmen. Nach einem aufsatz in Pfeiffers Germania 9 s. 381—384 ist die handschrift von Hans Ried, zolner am Eisack in Botzen 1502—1515 für kaiser Maximilian geschrieben. Dietrichs flucht steht fo. LI—LXXVᵃ, Rabenschlacht LXXVᵇ—XCIIᵇ.

Ich habe W. Grimms abschriften von R durch gütige vermittelung des hrn prof. Müllenhoff bereits aus J. Grimms nachlass zur benutzung erhalten; die übrigen hss. habe ich zu Dietrichs flucht selbst verglichen, ebenso für die Rabenschlacht W; von A und P habe ich zur Rabenschlacht hier auf der königlichen bibliothek die abschriften benutzt, die von der Hagen besessen hatte.

RW geben in beiden gedichten eine von AP verschiedene recension, die besonders durch die weglassung des eingangs der Dietrichsflucht bis auf Wolfdietrich, durch die überschriften der einzelnen abschnitte in beiden gedichten, sowie durch zahlreiche grössere und kleinere versehn oder änderungen sich absondert. Als beispiele der absichtlichen änderungen, die zum teil vorhergehende versehn verdecken sollen, führe ich besonders an Dfl. 6305 und 6367; ferner aus der Rs. 39, 5. 154, 2. 4. 261, 2. 4. 661, 4.

Aber auch A und P stimmen in einer anzahl von fehlern überein, die freilich weder so häufig noch so bedeutend und absichtlich sind als die von RW. Dahin gehören aus Dfl. 3951 von mir zugesetzt, 4348 clagelichen für gelichen, 4634 der wirt für er, 5525 vrauwe Helche für si, 6508 mit kreſſten für m. guften, vgl. auch 8290. 1. 9414. 15; aus Rs. 477, 3 die augen mir nicht leugent, P laugent (: vliuget, RW daz ouge mir nicht liuget), 699, 6 facht (: krahte, RW wahte), 843, 1. 2 Das vil grymmige plut (RW daz vil vaste daz bluot), 1106, 6 umbkeren (wenden). Nicht selten sind in der Rs. gemeinsame zusätze, so 71, 6 und 185, 3 her Dietrich. 180, 3 so wol. 183, 6 künig. 649, 5 so. 682, 5 er sprach. 1049, 3 Rudiger. 1124, 4 creſſligen ua. Ich könnte noch solche stellen anführen, an welchen beide hss. notwendige wörter oder zeilen auslassen; doch könnte diese übereinstimmung eher auf zufall beruhn.

Ich habe nun geglaubt genug zu tun, wenn ich von beiden classen nur die lesarten der besseren hs. vollständig verzeichnete. P ist höchst nachlässig geschrieben, besonders sehr lückenhaft. Dem schreiber kam es offenbar darauf an, möglichst viele überflüssige wörter und sätze zu tilgen; ob das versmass dabei zu grunde ging, kümmerte ihn nicht. So fehlen Rs. str. 79. 80. 96. 97. 99. 100 ua. 542—545 lauten Hinfur

trat her yrinckh Alz ein helt gut Sechtzehen tusent sprach der hochge-
mut Die han ich hie konig rich Gantz vnd gar vollekliche Ich vnd myn
bruder Erwin Daz habt auf die truwe min war ich kere mit der schar Mit
truwen si helffen uch vor war Do sprach Gotel der margman Sechs und
zwaintzig tusent ich hie han Die auch wol geturren striten mit dem vanen
wil ich selbe riten Uon Antioch sprach her ymian vnder mynen vanen ich
hie han viertzig tusent recken Daz sint auch wol die kecken die da dorren
striten Ermrichen sie noch hute ze laide riten. 568 Dez bericht ich uch
sprach helffrich der degen Ir sollt balde senden aller wegen zwaintzig-
tusent recken ja nenne ich vch die starken und die kecken. *Noch schlim-
mer ist es in Dfl. wo das metrum noch weniger schützte. Dieser zustand
der hs. lässt ihr in vergleich zu den andern fast gar keinen wert. Ich
konnte überdies ihre lesarten um so mehr weglassen, als von der Hagen
die hs. seinem drucke von 1825 zu grunde gelegt hat, interpoliert mit den
ergänzungen aus A, die er in klammern einschloss. Wie wenig freilich
dies system auch nur ein vollständiges bild der Pfälzer hs. gibt, kann eine
vergleichung der eben angeführten stellen mit seinem texte lehren. Bis Dfl.
3000 habe ich übrigens P doch angegeben, teils zur probe, sodann weil
sie im anfange mit A alleinstehend die jüngeren sprachformen dieser hs.
corrigieren half. Ebenso habe ich nur bis zu diesem v. die lesarten von
W vollständig verzeichnet, sonst nur wo R fehlt. Es wäre unnütz die
fehler, mit denen W die von R vermehrt, aufzuführen; wo R durch W
verbessert wird, habe ich die lesart von W der von R vorgesetzt, jedoch
abgesehn von den ganz leichten versehn in R, die jeder leser verbessern
muste.*

*Es gibt nun verschiedenheiten zwischen RW und AP, wo die entschei-
dung schwanken könnte. Ausser einer anzahl einzelner stellen sind es besonders eine reihe von fällen, die sich unter allgemeine gesichtspuncte
fassen lassen. Hierher gehören in der Rs. die reime der 3. auf die 1. stro-
phenzeile. In AP fehlen sie häufiger als in RW; es frägt sich, ob jene
hss. sie gemeinschaftlich weggelassen oder die vorlage dieser beiden sie erst
eingeführt hat. In allen hss. fehlt der reim an dieser stelle nur 388 Witige : gelten, 1032 Witigen : AP reichen, W (R fehlt hier) künege, 934
Witige : schulden; denn das hier in R allein zugefügte unsitige ist als ad-
verb anstössig, dem sinne nach überflüssig und überlädt den vers: die von
dinen schulden unsitige. Sollte dies reimwort entnommen sein aus Helmbrecht 80 Witige der küene und der unsitige?*

Der in AP fehlende reim ist dagegen in RW vorhanden 273 werde
(RW dar .. kêre): sêre, 390 ungetriuwer : sô rîche künege (k. so tiuwer),
678 einander (ein a. hie) : nie geschieden (gesch. nie), 806 Môrunc : rechen (junc), 808 gêre : ecken (e. sêre), 850 kom (k. an der vart) : Wolf-

hart, 852 kophe : vielen (v. als ein hophe), 945 Rienolt: óheim (sglt)
1118 Witege (getân) : rehte (verstân). *In diesen fällen ist der ausdruck
mit dem reime mindestens eben so gut und dieser in AP wohl durch absichtliche oder unwillkürliche änderung ausgefallen. Dagegen wird man
sich in folgenden fällen dafür entscheiden, dass er in RW oder ihrer vorlage erst später eingeführt worden ist:* 572 welle : her (gesellen), 845
herte : starke (werte), 1056 beiden : Helche (*R fehlt, W* verscheiden), 1091
leide : kinden (k. beiden), 1121 sturme (her) : rehte (Rüedegér), 1122
Berne (B. bestân) : kómen (*W* wâren komen, *R* wâren komen dan), 1123
Rienolt (R. sint) : kint. *Hier entsteht durch die herstellung des reims teils
überfüllung des verses, teils ein gesuchter und schlechter ausdruck. Den
reim aber, was methodischer scheinen könnte, in allen fällen, in denen er
in AP fehlt, für später eingeführt zu halten, davor warnt die beobachtung,
wie leicht der reim durch ausfall oder unabsichtliche änderung verschwinden kann. So fehlt er in A allein durch ausfall* 56, 1. 281, 1. 1034, 1,
durch änderung 125, 1. 165, 1. 519, 3. 527, 1, *durch verlängerte wortform* 287, 1, *durch umstellung* 153, 1. *Auch R allein hat einigemale den
reim verloren, durch änderung* 91, 3 (*W fehlt hier*), *durch auslassung*
580, 3. 1017, 3; *sogar R und W zusammen durch änderung* 689, 3.

*So ging der reim auch an anderen stellen der strophe, wo er durch-
aus notwendig war, verloren. In A allein durch ausfall* 164, 4. 800, 4,
durch verlängerte wortform 132, 4; *in R allein durch ausfall* 363, 4.
809, 4, *durch änderung* 433, 2.

*Wie der reim nun in der 1. und 3. zeile einigemale erst durch RW
absichtlich hergestellt ist, so ist auch an dieser stelle der ungenaue reim
zuweilen durch RW verbessert worden. In allen hss. finden sich diese
zeilen ungenau gereimt nur* 453 grimme : ringe, *was jedoch durch* 243, 5
entschuldigt ist; anstössiger 235 Lunders : wunder, 299 wénic : iht, 494
Hessen : sehsen. *Nun ist zwar der ungenaue reim von AP verderbt* 455
Durch daz ahselbein und durch den lip daz swert niderwuot (zwivel ist
des dehein) dazz ûf der gürtel widerstuont: *RW haben richtig in* 1. 2 Daz
swert durch daz ahselbein und durch den lip niderwuot, *und* 4 ez was
unmâzen guot. *Umgekehrt haben AP den genauen reim bewahrt* 170, 1
ére : sére, *wo RW* tiwer : triwe *lesen. Allein erst später in RW verbessert
scheint mir* 983 Dietleip : breit (Rüedegére : sére), 1120 ougen (geloubet):
houbet. *Denn auch an andern reimstellen zeigt sich das bestreben in RW
den reim genau zu machen. So* 674, 5 lîde : lîbe (*RW* nîde), *vielleicht
auch* 579, 2 niht (n. sîn) : lieht (schîn). *Auch in Dietrichs flucht findet
sich dieser fall. Hier reimen AP* ougen : gelouben 7174. 8824. 9456;
RW setzen als zweites reimwort sunder lougen.

Endlich ist der rührende reim in AP von RW verändert worden

150, 4 was : und allez daz dâ indert was. *RW* als uns daz buoch las *wie* 447, 2. 617, 4. *Dfl.* 1924. 2270. 2683 uö.; *auch W. Grimm über den reim, in den abhandlungen der Berliner academie 1851 s. 574 sah darin nur eine absichtliche änderung.* Ebenso 345, 4 in *AP* lân : daz sult ir (*A* ir herren) âne zorn lân *wie* 535, 4. 566, 4; *RW* daz sult ir niht vür zorn hân. *Deutlich zeigt sich dieses bestreben die rührenden reime zu tilgen* 526, 4: *W hat da noch den rührenden reim, welcher durch eine leichte veränderung des ursprünglichen textes (A) entstand; R ändert nochmals um dem rührenden reim zu entgehn. So tilgen RW den rührenden reim auch Dfl. 5402. 6095. Andererseits ist der rührende reim in AP ganz sicher verderbnis* 773, 1. 3 vürste herre : der herre (*RW* v. mære : Bernære).

Unter diesen umständen habe ich geglaubt bei der herstellung des textes nicht einer der beiden handschriftlichen recensionen ausschliesslich folgen zu müssen. Ich habe die älteste handschrift R zu grunde gelegt, jedoch wo sie eine absichtliche änderung zu bieten schien oder wo die verwandte W mit A in einer guten lesart übereinstimmte, die letztgenannte hs. vorgezogen.

Ebenso wird man es gerechtfertigt finden, dass ich für beide gedichte die von v. d. Hagen gewählten, den inhalt passend bezeichnenden namen beibehalten habe. In der Rabenschlacht ist kein titel des maeres angegeben; in Dietrichs flucht, wo der dichter gar nicht zum schlusse kommen kann (10061. 10102. 10119. 10152) *nennt er sein werk* daz buoch von Berne.

Fragt man nun nach der entstehung der beiden gedichte, so tritt zunächst der enge zusammenhang hervor, in welchem sie in der uns vorliegenden form zu einander stehn. Dietrichs flucht enthält nach der einleitung von den ahnen Dietrichs seinen zwist mit Ermrich, seine flucht zu Etzel, seine rückkehr mit dem heere des Hunnenkönigs, dann einen zweiten dankbesuch bei Etzel und eine zweite rückkehr um den durch Witiges verrat wieder in Ermrichs hände gekommenen teil seines landes zurückzuerobern; nach glücklichem ausgange der schlacht kehrt er zum dritten mal zu Etzel zurück. Hier schliesst die Rabenschlacht an. Str. 6, 4 heisst es: *nach dieser heerfahrt blieb Dietrich nur ein jahr bei den Hunnen; natürlich ist die heerfahrt im letzten teile von Dietrichs flucht gemeint. Die gleiche zeitbestimmung findet sich* 11, 1 Allen den winder er mit leide ranc; *auch das* str. 1, 6 *bezieht sich auf Dietrichs flucht zurück. Die wie man erwarten muss günstigen folgen der letzten grossen schlacht werden allerdings ganz ignoriert; allein auch in Dfl. werden sie gar nicht berührt. Dietrich bekümmert nur der tod seiner helden, die in der letzten schlacht gefallen sind,* str. 6 und 23, 6. 24, 1; *besonders betrauert er Alphart und*

Helmschart 10; *ihn drückt der gedanke, dass sein reich noch immer im besitze Ermrichs sei.*

Dazu kommt die übereinstimmung des stiles und der auffassung. Beide gedichte schwelgen in furchtbaren, aber kaum jemals durch individuelle zülge belebten schlachtschilderungen; beide lieben besonders kriegslisten: das umreiten der feinde, das aufbinden der feindlichen fahnen. In beiden tritt zu diesem blutdurst ein frommes element hinzu, s. die im namensverzeichnis zu Jésus Crist und Maria *angeführten stellen; besonders auffällig in Wolf-harts munde Fl.* 10035. *Verwandt ist das häufige weinen der helden* 1076. 2697. 4243. 4415 *usw. Rab.* 324. 1021. 1027 *usw.: hierin erinnern diese dichtungen an die interpolationen der Kudrun.*

Ebenso stimmen unzählige einzelheiten in beiden gedichten. Was die reime betrifft, so lässt sich dies aus der unten folgenden zusammenstellung der ungenauen verbindungen leicht ersehn; ich mache besonders auf vinde : hinte, Rôme : schône (lône) *aufmerksam. So kehren auch die reime von* Normandie und siner bruoder drie *Dfl.* 8641 *in Rab.* 482. (Ormenie 69) *wieder. Ebenso Dfl.* 1147 cleider von Troyande, üz der heiden lande die aller besten siden, *vergl. Rab.* 115. *Vergl. auch Dfl.* 9988 — 90 *mit Rab.* 911, 1—3. *Ganz besonders sind die formeln in den kampfschilderungen gemeinsam:* nieman den andern nerte 9466, *Rab.* 769; heizer tunst der rouch üz ir libe *Rab.* 674. 778, *Dfl.* 3433. 6548. 8866. 8926; *der tod der pferde, worauf die helden zu fuss gingen* 8861. 9492. *Rab.* 828; *der kampf währt* unz ze vruoimbiz zit *Dfl.* 6512. 9544, *vgl. Rab.* 371. 587; daz velt, die wilde, daz wal tungen *Dfl.* 3418. 6600. 8328. 8908. 8961. 9084. 9725 (den galgen 9824), *Rab.* 517. 528. 611. 830. 855 *vgl.* 747 min tunge (*Ecke* 215 mins libes t.); *wunden die nimmermére gebunden werdent Dfl.* 6047. *Rab.* 662. 996, ellens hant *Dfl.* 3369. 6765. 9837. *Rab.* 853, welrecke *Dfl.* 8863, *Rab.* 536. 635. 811. 850. 923 *vergl. Gramm.* 2, 1021. meizen *s. das mhd. wb.* dà was wan ach unde wé *Dfl.* 8839, *Rab.* 697. lützel wunne *Dfl.* 3458. *Rab.* 670. 697. *Oft wird wiederholt, dass die frauen den kampf zu beweinen hatten Dfl.* 3475. 3486. 8900. *Rab.* 757. 998; *oft wird Ermrich verflucht* 3505. 6554. 9381. 9626. *Rab.* 758. *Besonders beliebt ist die redensart* sunder melme *s. Dfl.* 3420 *und das mhd. wb. Auch* enouwe gàn *Dfl.* 3408. 9278. 9572. *Rab.* 711. in aller der gebære *Dfl.* 8867. *vgl.* 6549, *Rab.* 778. *Auch in einigen eigentümlich-keiten kommen die beiden gedichte überein s. die anm. zu Dfl.* 6586. 8848. 9912. *Rab.* 189. *Allerdings ist anderes nur Dfl. eigen, so* nûtrà *s. zu* 3019.

Auf diese übereinstimmungen gestützt hat W. Grimm zu Athis C 74, wie schon früher von der Hagen, liter. grundriss 75 Dietrichs flucht und Rabenschlacht einem verfasser zugeschrieben. Dem könnte man zunächst die sachlichen widersprüche zwischen beiden gedichten entgegenhalten, auf welche zum teil schon W. Grimm heldens. 208 aufmerksam gemacht hat. Rienolt wird in der flucht 3368 von Wolfhart erschlagen, in der Rabenschlacht ist er 222 in Badouwe, 930 fg. aber bei Witege, als dieser vor Dietrich flieht, und findet da seinen tod; was auch 1123 berichtet wird. Noch andere helden, die in Dfl. erschlagen werden, erscheinen in der Rab. von neuem: Berchtram von Bole (Fl. 9708) Rab. 114. 205. 225. 732 (?); Eckewart (9716 vergl. 9897) 723; Starcher (9717 auf Dietrichs seite) auf Ermrichs seite 628—632. Allein diese wie einige kleinere widersprüche sind nicht beweisend, da sich ähnliche in den einzelnen gedichten selbst finden s. u. Der verfasser der Flucht zeigt sich so gedankenlos, dass er im nächsten gedichte seine willkürlichen angaben vergessen haben konnte.

Allein eine andere betrachtung führt weiter. Es finden sich so viele hauptzüge in beiden gedichten wieder, dass der dichter der Flucht kaum so vollständig sich selbst ausschreiben konnte. Vielmehr kannte er die Rabenschlacht in einer früheren, wahrscheinlich weit kürzeren form, welche er in Dietrichs flucht benützte, dann aber selbständig überarbeitete. So entweicht nach der zweiten schlacht Ermrich nach Raben, wird dort belagert und flüchtet in der nacht mit den besten, worauf sich die stadt an Dietrich ergiebt 6831 fg. wie Rab. 989—1015. Nach der letzten schlacht erreitet Eckehart den verräter Ribestein und erschlägt ihn Dfl. 9815—9845; Rab. 863. 864 fängt er Sibeche und droht ihm den galgen. Eine dritte wiederholung dieses gewiss alten, sagenhaften zuges ist die erhenkung von Sibeches sohn Sabene durch Wolfhart nach dem reitertreffen bei Badouwe 8350. (Auch Alph. 445 sucht Eckehart den ungetriuwen der den rât hete getân; als Sibeche ihn sieht, nimmt er sein zeichen vom helm.) Ganz offenbar deutet die Flucht auf die folgende Rabenschlacht in der begegnung Diethers mit Dietrich 7438—52: Diether wird später nur noch einmal 7756, vorher aber in der ausführlichen beschreibung der ersten fahrt Dietrichs zu Etzel gar nicht erwähnt.

Setzt hier also die Flucht den kern der Rabenschlacht voraus, so sahen wir schon oben, dass die anfangsstrophen dieser an die Flucht anknüpfen. Auch im nächstfolgenden wird nur, was dort schon angedeutet war, weiter ausgeführt vgl. str. 11—27 und Dfl. 5278 fg. Noch deutlicher ist dies bei der hochzeit der Herrat str. 34—145 vgl. mit Dfl. 7503—7683. Diese partien der Rabenschlacht können nur später als die Flucht sein: es ergibt sich also, dass wir das erstere gedicht nur in einer überarbeitung besitzen.

Dies konnte jedoch schon die untersuchung des werkes selbst zeigen, dessen einzelne teile ganz unvermittelt neben einander stehen.

Das hochzeitsfest unterbricht die rüstungen Etzels und seiner fürsten für Dietrich, und wird wiederum unterbrochen durch den traum der

Helche 123—126, welcher gleich in den nächsten strophen, die das weitere tun der königin beschreiben, ganz vergessen ist. Der tod der jungen könige wird ausführlich beschrieben; dann tritt die schlacht ein, während welcher jene und ihr gegner Witige gar nicht berührt werden. 12 tage dauert sie (827); als aber Dietrich nach der schlacht die kunde von dem entweichen der königssöhne erhält und über ihren leichen trauert, da sieht er Witege vorüber reiten, als käme er eben vom morde. Zu dieser schlechten verbindung, ja den offenbaren widersprüchen, von denen unten die rede sein wird, kommt der verschiedene inhalt und ton. W. Grimm heldens. s. 372 spricht sich hierüber so aus: 'Die Rabenschlacht und Ecken ausfahrt besitzen wir leider nur in umarbeitungen; wie sie vorliegen, sind sie beides älter und jünger als die so eben beurteilten werke' (Otnit und Wolfdietrich, Rosengarten und Alphart, welche W. Grimm in die zweite hälfte des XIII jahrhunderts setzt). 'Hier unterscheidet sich das edle metall deutlich von dem tauben gestein und unverkennbar ist der geist der alten dichtung da wo kampf und tod Diethers und der beiden söhne der Helche erzählt wird, noch in dieser wortreichen, durch wiederholungen geschwäch- ten darstellung einer unsicheren hand.' Den versuch eine alte grundlage aus unserem gedichte auszuscheiden machte Ettmüller 1846 (daz mære von froun Helchen sünen) und lieferte damit, wie ich glaube, den beweis, dass eine solche herstellung unmöglich ist.

Allerdings muss man zugestehn, dass das gedicht einigemale durch ausscheidung einzelner strophen ein bedeutend besseres gefüge erhält, be- sonders im letzten teile des gedichts. Hier lässt sich durch athetesen eine zusammenhängende und recht lebendige erzählung herstellen, und zwar meist auf die von Ettmüller angegebne weise. 867 gebietet Dietrich die toten und verwundeten auf dem schlachtfelde aufzulesen. Gut ist dann die ankunft Elsans erzählt und seine meldung von dem entweichen der knaben. Nur 874 ist leer und vielleicht nur gedichtet um die bemerkung Dietrichs einzuleiten, er wundere sich die jungen könige nicht bei der fahne zu finden; er muss natürlich voraussetzen, dass sie aus Bern entweichend dem heere nachgefolgt sind und sich nun mit diesem bei dem banner einfinden müsten. Ebenso wäre auch aus der klage, die Dietrich über den von Helphrich aufgefundnen leichen erhebt, vielleicht 893 und 895 aus- zuscheiden wegen des frömmelnden tones, den Ettmüller mit gutem grunde dem überarbeiter zuweist. Auch aus der sehr gedehnten klage Dietrichs über seinen bruder liesse man nicht ohne vorteil 909—912 weg; dann schlösse sich die verzweiflungsgebärde Dietrichs und die erwähnung, dass man Witige vorüber reiten sah, gut an den wunsch Dietrichs an nicht eher zu sterben als bis er sich gerächt habe. Mit recht hat nun Ettmüller aus der folgenden wilden jagd Dietrichs hinter Witige her die einmischung

*Rienolts, des neffen Witiges, entfernt: an sich ist freilich dies einschiebsel
vortrefflich. Die einzige spätere erwähnung seiner beteiligung am kampfe
1123 gehört zu einem unechten stücke, ja sie ist vielleicht jünger als die
ihr zunächst stehenden strophen. Denn scheidet man 1122, 5—1123, 4
aus, so hat man einen ganz guten zusammenhang:* von sin eines hende
1123, 6 *bezieht sich auf den* 1118 *genannten täter des mordes, Witege
zurück; jetzt widerspricht es dem, dass in der 4ten zeile der str. gesagt
wird, die knaben hätten mit beiden, Witige und Rienolt gestritten. Damit
ist auch mehr gesagt, als sonst im gedicht von Rienolt erzählt wird: denn
bei der ermordung der kinder 376 fg. ist Witige ganz allein beteiligt und
wird auch bei der verfolgung ursprünglich wie in der Thidreksaga allein
genannt worden sein. Die den Rienolt einmischenden strophen stehen zudem im widerspruch zu den übrigen. Dietrich kämpft nach 951 mit Rienolt ohne sper helm und schild, die er auf der walstatt zurückgelassen
hat;* 924 *aber heisst es* Her Dietrich rief vil sêre über schildes rant. *Leicht
und sogar mit vorteil für den zusammenhang der übrigen erzählung wären
also auszuheben* 930. 931 *(und wenn damit str.* 932, *welche nur* 925 *wiederholt und die inhaltsleere* 933 *getilgt würden, so schlösse* 934 *die ironische
frage Dietrichs an ihre ankündigung* 929 *an); ferner* 940—957, *wovon
955, 1—4 ziemlich gleich* 916, 1—4 *ist. Endlich wären* 936, 5. 6 *und* 937,
1—4 *auszuscheiden wegen des* ‘nû sint dîn doch zwêne’, *was man doch auf
Witige und Rienolt beziehen muss. Liesse man* 936, 5. 6 *stehn und die
ganze str.* 937 *wegfallen, so fehlte der verbindende gedanke* ‘siehestû mich,
des hâstû immer êre’.

Ist nun die auffindung der jugendlichen leichen gut, und die verfolgung Witiges sogar grossartig ausgeführt, so finde ich auch an dem
schlusse, der verkündigung des unglücks vor Helche und der versöhnung
Dietrichs mit dem königspare (1038 bis zum schlusse) nicht viel auszu-
setzen. Nur müste man mit Ettmüller 1102—1132, die ungeschickte
einmischung Etzels auswerfen, vielleicht noch einige strophen aus der gedehnten klage der Helche, ohne dass ich bestimmte gründe gegen eine
oder die andere strophe angeben könnte. Sehr anstössig ist jedenfalls 1059
der leere trost Helpherichs, der in 5 und 6 nur eine wiederholung von 1077
ist; dieselben worte werden übrigens zum 3. mal im munde Dietrichs an-
gebracht 980, 5. 6. Auch die kalte rede Rüdegers 1095—97 wird entfernt
werden müssen; die letztgenannte str. erinnert an 419.

Hier scheint also die kritik ein annehmbares resultat zu liefern; nicht
so im ersten teile des gedichts. Dass der anfang wegfallen muss, ist klar:
die ersten strophen wegen der verweisung auf Dietrichs flucht, die hochzeit
Dietrichs wegen des ungehörigen inhalts und der ganz schlechten ausführung. Aber wo soll nun das alte lied angefangen haben? Ettmüller nimmt*

als anfang den traum der Helche an 123—126; ich denke, durchaus mit unrecht. Abgesehen von den gewaltsamen veränderungen, durch die Ettmüller das stück vom vorhergehenden losreissen und die von ihm selbst angegebnen zeichen des späteren ursprungs entfernen muss, scheint die idee dieses traumes überhaupt aus den Nibelungen entlehnt und die schlechte ausführung, dass die kinder durch einen greifen geraubt werden, aus dem anfang der Kudrun. Nie wird später darauf zurückgewiesen. Man könnte den anfang nun etwas später suchen, etwa beim abschied 148 oder bei der ankunft des heeres in Bern 259; allein nirgends sticht eine strophe so von dem vorhergehenden ab, dass man sie für den eingang eines liedes erklären könnte. Am deutlichsten aber wird die uumöglichkeit die trümmer eines älteren liedes nachzuweisen, wenn man gerade die von W. Grimm hervorgehobne stelle vom tode der drei jünglinge durch Witige vornimmt 376—464. Die verwirrung ist hier selbst in den kernpunkten der erzählung unaustilgbar vorhanden. Witige trifft Scharpfen mit einem schwertschlag 403; 405, 3. 4 sticht er ihm zwischen den augen hinein; 5. 6 schlägt er ihm wieder durch hirn und zähne: und diese zwiefache todesart lässt Ettmüller stehn. Schon vorher aber hätte Witege den jüngling mit dem stiche tief in den leib 398, 1 getötet haben sollen. Ganz schlecht ist ferner Diethers tod erzählt. Witege schlägt ihn durch die schulter, durch leber und herz: er hat aber noch zeit ze unsers herren opher erde in den mund zu nehmen und ein gebet, das eine ganze strophe einnimmt zu sprechen. Als drittes beispiel der geschmacklosen schilderung, die auch in den unentbehrlichsten strophen herscht, führe ich noch die steigerung in der zahl der wunden an, welche die jungen helden Witige zufügen: Scharpfe 2, Orte 3, Diether 4.

Noch weniger lässt sich mit der partie machen, welche die stücke verbindet, die zu einem alten liede gehört haben könnten. Denn mit wahrscheinlichkeit hat Ettmüller vermuthet, dass dieses nur das schicksal der drei königskinder enthielt: scheint doch die stelle im Meier Helmbrecht 76 fg. von frowen Helchen kinden, wie die wilen vor Raben den lip in sturme verloren haben, dô si sluoc her Witege, der küene und der unsitege, und Diethern von Berne, darauf hinzudeuten, dass man in der mitte des XIII noch darüber ein eigenes lied besass. Natürlich gehörte auch Dietrichs versuch sie zu rächen hinzu: ob auch die endliche versöhnung Dietrichs mit Etzel, lässt sich nicht bestimmt angeben; doch schliesst sie erst das ganze richtig ab und konnte wie die Rabenschlacht, der hintergrund der einzelkämpfe, durch eine kürzere darstellung angedeutet werden. Was die schilderung dieser letzteren in unserem gedichte betrifft, so ist sie allerdings durchweg spät und schlecht. Die aufzählungen der helden auf beiden seiten, noch dazu ungleich bei den verschiedenen malen, nehmen kein

ende; trotzdem wird gerade nach einer sehr mangelhaften aufzählung 555
versichert, keiner der helden Dietrichs sei vergessen worden. Dabei passiert
es dem dichter — denn ich wüste hier keinen unterschied zu machen zwischen grundlage und zusätzen — dass er aus einem ansatz die schilderung
der fahnen Ermrichs dem alten Hildebrant in den mund zu legen zurück-
fällt in die trockne eigne beschreibung 478. 508 — 565 schildert er einen
schlachtanfang, der aber sofort durch die nächtliche umgehung der feinde
unterbrochen wird, ohne dass sich durch eine spätere anknüpfung die unechtheit dieser partie wahrscheinlich machen liesse. Später wird eine reihe
von einzelkämpfen aufgeführt, deren willkürliche zusammenstellung der
dichter zum überfluss selbst verrät, wenn er 725, 6 sagt dem hàn ich
einen geverten vunden, und 735, 6 den wil ich prüeven ouch ze disen dingen. Ettmüller hat daher geglaubt dies lange und langweilige schlacht-
gemälde ersetzen zu können durch die schilderung der schlacht vor den
toren der stadt Raben und die belagerung Ermrichs in derselben Aber
wenn schon jede annahme einer versetzung misslich ist, so erscheint auch
an sich dies ganz in allgemeinen, gewöhnlichen phrasen gehaltne stück
nicht würdig die stelle der sagengepriesenen schlacht einzunehmen.

Bis jetzt haben wir bloss danach gefragt, ob sich durch ausscheidung
von strophen ein zusammenhängendes würdigeres gedicht gewinnen liesse.
Es versteht sich aber von selbst, dass ohne weitere beweise im einzelnen
dies gedicht nur hypothese bleiben müste. Solche beweise für unser gedicht
zu geben ist wol unmöglich. Ettmüller nimmt als äussere zeichen der unechtheit an: zusammenhang der strophen und schwierigkeit den reim der
1. und 3. zeile zu entfernen. Aber ersterer findet sich nicht nur in dem
von ihm als echt angenommenen traum der Helche, sondern auch sonst
an stellen, die unzweifelhaft den meisten sagengehalt haben zb. 901. 927.
935. 961. Die willkür, mit welcher Ettmüller diesen zusammenhang löst,
wird nur noch überboten durch das bestreben in allen für echt erklärten
strophen den reim der 1. und 3. zeile aufzuheben: vor solchen mitteln
kann keine einzige strophe diesen reim behaupten. Ja es finden sich sogar
die stellen, an welchen nach der handschriftlichen überlieferung diese reim-
verbindung fehlt, in partien, die Ettmüller mit recht für die jüngsten erklärt hat: so in den aufeinanderfolgenden strophen 1121 — 23.

Wir müssen uns also begnügen, das ganze als ein werk hinzunehmen,
dessen dichter, wahrscheinlich der verfasser von Dietrichs flucht, für einen
teil seiner erzählung schon eine grundlage, wol ein im gleichen metrum
gedichtetes lied vorfand, dieses aber nicht nur gröstenteils umarbeitete,
sondern auch durch eigns an zahl gewiss weit überwiegende strophen ver-
mehrte.

Auch in Dietrichs flucht scheint auf den ersten blick so manches

*für einen verschiedenen ursprung der einzelnen teile zu sprechen. Vor
allem tritt der grosse unterschied zwischen der einleitenden partie von den
ahnen Dietrichs und dem hauptteil des gedichts, der flucht hervor. Diese
letztere hat namentlich zuerst einige leidliche stellen; der eingang dagegen
ist anfangs durch hohle phrasen und erborgte namen aufgeschwellt, dann
durchaus dürftig. Auch der inhalt ist im mittelstück zum grösten teil
sagengemäss (vgl. Thidreks. c. 376—390 und Anhang des heldenbuchs bei
von der Hagen z. 366—460); die genealogie erzählt dagegen gröstenteils sonst ganz unbekannte dinge. Ganz abgeschmackt sind dabei die
zahlen der lebensjahre, die den alten königen beigelegt werden und ihrer
kinder, welche sämmtlich bis auf 1 oder 2 wieder sterben müssen. Von
dem mittelstück ist aber zweitens wieder sowol an sagengehalt wie an ausdruck die letzte partie durchaus verschieden, welche die rückfahrt Dietrichs
zu Etzel und die zweite siegreiche rückkehr in sein reich hinzufügt: es ist
dies fast nur eine wiederholung des mittelstücks mit schwächlicher veränderung der motive und steigerung der dimensionen bis ins abenteuerliche.*

*Zu diesen verschiedenheiten kommt noch eine äusserliche. Die schlimm-
sten reimungenauigkeiten finden sich sämmtlich vor 2000 und nach 8000.
So al : âl, u : uo, uom : uon, eim : ein, im : in, s : st, nde : nte, be : de, tet :
det, den : gen, immec : innec, ap : ât: s. das unten folgende verzeichnis.*

*Allein einmal gehn doch auch viele eigentümlichkeiten durch das
ganze durch, zb. die wiederholungen, die sich sogar auf ganze verse er-
strecken, die confusionen, die auch im mittelstücke zahlreich vorhanden
sind; andrerseits ist es fast unmöglich für das mittelstück einen selbstän-
digen eingang und schluss zu finden, oder an den beiden endstücken spu-
ren von einer ansetzung an das hauptgedicht zu entdecken. Auf keinen
fall darf man im anfang der hss. RW den ursprünglichen eingang des
gedichtes suchen: die genealogie ist hier noch nicht zu ende, und der ausdruck sô wil ich iu kurzlîche sagen zeigt, dass man hier eine abkürzung
vor sich hat. Ebensowenig hält die vermutung stich, welche mir einfiel:
dass der schluss nach 6988 hiemit endet sich daz mære eine fortsetzung
sei. Das unmittelbar folgende schliesst sich so eng an die letzten worte an,
wie es bei einer fortsetzung kaum glaublich wäre: dem rîchen künege ûz
Rœmisch lant wart Raben gegeben alzehant; die vorhergehenden worte sind
also nur eine übergangsformel wie sonst nû lâze wir diu mære stân 2055
uô. nû ist ez an daz ende komen 4525, hiemit daz mære ende nam
7453 ua.*

*Es wird also die verschiedenheit des inhalts und des ausdrucks den
differenzen der quellen zur last zu legen sein. Der schluss scheint ganz
der phantasie unseres dichters entsprungen zu sein mit benutzung des
mittelstücks und häufung der von allen seiten zusammengerafften, zum*

*teil ganz erfundenen namen. Anders steht es mit der einleitung. Hier
findet sich ausser den gewöhnlichen, hergebrachten und nichtssagenden be-
rufungen auf die sage, zb. als uns tuot kunt daz mære 253, als uns daz
buoch seit 2028, doch auch eine bestimmte hinweisung auf eine vorarbeit: der
uns daz mære zesamne slôz der tuot uns an dem buoche kunt 1840. 41.
Man wird also annehmen müssen, dass schon vor unserem dichter jemand
eine genealogie Dietrichs willkürlich zusammengestellt habe; wahrscheinlich waren da schon die fabelhaften zahlen für die lebensjahre und die
kinder der alten könige angegeben. Diesen katalog nahm der dichter der
Flucht vor und suchte ihn anfangs mit pomphaften schilderungen und zahl-
reichen namen auszufüllen, bis er dann mehr und mehr ermattete und zugleich bemerkte, wie sehr er die aufmerksamkeit der zuhörer in anspruch
genommen hatte. Daher die vielen redensarten von dem langen mære, das
er kurz machen wolle: 1402. 1761. 1783. 1939. 1960. 1968. 1996.
2010. 2365. Für die namen der nebenpersonen ist zum teil die entlehnung aus dem sagenkreise der Flucht, der im zweiten teile verarbeitet ist,
offenbar: so Erwin, Herman, Berchtram, Bitrung, Tibalt, Hunolt, Diepolt,
Sigeher, Wigolt, Starcher, Reinher, Sigebant, Sindolt. Einiges mag aus
anderen sagenkreisen entnommen sein, von welchen ich besonders die Ruo-
thersage hervorhebe, die in der zweiten hälfte des XIII jahrhunderts noch
gesungen wurde (vergl. das zeugnis des Marners, W. Grimms heldens.
n. 60) und doch wohl in bedeutend erweiterter gestalt als im gedichte des
XII. Mit diesem stimmen die namen: herzoge Herman, R. 85 als marc-
gråve bezeichnet, lantgråf Erewin R. 152 gråve genannt, Arnolt R. 1395,
ja Ladiner selbst wird als vater Ruothers genannt 1315, der von ihm
das land Westenmer erhalten soll. Auch bei den sagen von Ortnit Wolfdietrich und Siegfried ist die benutzung anderer quellen offenbar; nur
weichen die einzelheiten, besonders die namen, zum teil von unseren gedichten ab. Diese benutzung fremder sagenkreise fand sich wahrscheinlich schon in der vorlage.*

*Diese glaubte nun W. Grimm noch in einem anderen gedichte, unab-
hängig von der Flucht benutzt zu finden: in der fortsetzung der Weltchronik durch Heinrich von München. Die auf die heldensage bezüglichen stellen hatte er schon in den altdeutschen wäldern 2, 115—134 nach zwei
handschriften mitgetheilt, der Kremsmünsterschen, deren abschrift in Dres-
den ist und der Gothaner. Er hatte dabei die erstere, welche mehr von
unserem gedichte abweicht, für die ältere fassung erklärt, die andere sei
durch vergleichung an Dfl. angenähert. Gewisse verschiedenheiten, besonders genauere bestimmungen in der Weltchronik schienen ihm eben zu beweisen, dass die stellen, die mit unserem gedichte übereinstimmen, nicht*

aus diesem geschöpft seien, sondern einer anderen, ursprünglicheren fassung angehörten.

Allein er irrte ebensowohl in bezug auf das verhältnis der hss. als auf das der beiden gedichte. Ersteres wird aus der vergleichung der übrigen hss. offenbar. Das betreffende stück der Weltchronik, welches mit Dietrichs flucht übereinstimmt, habe ich zwar weder in einer der Wiener hss. noch in der Arolsener [*]) *gefunden, noch auch hat es die Grätzer, wie*

*) *Die Arolsener hs. welche mir durch vermittelung des königlichen cultusministeriums hierher zugeschickt wurde, ist im XV jahrh. geschrieben, auf perg. in grossfo. Sie besteht aus 328 blättern (der bezifferer hat irrtümlich 327) und ist aus drei teilen zusammengebunden; jeder beginnt mit einer grossen initiale: auf s. 1. 104. 237. Das blatt hat vier columnen zu 66—71 zeilen: doch kommen noch 220 miniaturen dazwischen, welche scharf gezeichnet, aber schlecht coloriert und zum teil von sehr naiver auffassung sind. Im ganzen mag die hs. etwa 80000 vv. umfassen. Zu grunde liegt die pseudorudolfische (Cristherre) chronik, wie die übereinstimmung mit den von Vilmar, die zwei recensionen der Weltchronik des Rudolf von Ems, Marburg 1839 mitgeteilten auszügen beweist. Im einzelnen weicht allerdings die hs. vielfach ab, besonders in dem abschnitte von Noahs trunkenheit, wo u. a. Noah durch einen steinbock zum weinstock hingeführt wird. Die erwähnung des landgrafen Heinrich von Düringen fehlt nicht, fo 2ª; in der zweiten stelle ist der name selbst unterdrückt, 34ᵇ; die anspielung auf den Parzifal, Lachmanns auswahl s. V. kommt nicht vor. Aber die rudolfische chronik ist beigemischt: 24ᶜ erscheint, wenn auch verderbt, das akrostichon vor der zweiten welt; ebenso 159ᶜ das vor der fünften. Die widmung an könig Konrad vor den büchern der könige fehlt; aber 159ᶜ wird ausführlicher als sonst, der tod Rudolfs beklagt, also die fortsetzung seines werkes benutzt:* Der ditz puch vntz her alda   Hat in läwtzsch geticht ... Der starb in Wälhischen reichen .. Er starb an Salomon   Do er geticht gar dauon .. Rüdolff von Amse was er genaunt. *In der vorrede zur new Ee ist die stelle, in welcher sich Heinrich von München nennt, unterdrückt. Doch stimmt die hs. zu denjenigen, welche seine fortsetzung haben, besonders zur Gothaner s. Jacobs, beiträge zur älteren literatur bd 2, 243 anm. Dies bezieht sich freilich nur auf die grundlage: die Arolsener ist durch zusätze und auslassungen eine ganz andere geworden. In das buch der richter ist* Die Troy *eingeschoben: damit beginnt der 2. teil der hs.* Do Jepte vñd Abysson. Vnd Alyon vñ Abdon. Die vier Richtär waren. In den Israbelischen scharen. Da waz in der zeit ein chunig ze Troy. Den twang der tugennlt poy *usw. Es ist ein auszug aus Konrads Trojanerkrieg, wie es scheint, nach einer ziemlich guten hs: anfangs zeile für zeile, später mit lücken, 17346—18966 nach 13380 eingeschoben, und von 15419 ab (fo 147ᵈ) in der dürrsten kürze. Anstatt Tr. 355—378 ist eingeschaltet, wie der traum der Eckuba von Sabilon gedeutet wird; der meister weissagt auch von dem sohne der jungfrau, der nach 1200 jahren die durch Adams schuld verlorne welt wieder erlösen werde, und als der könig zweifelt, lässt er auf einer jagd dessen verstorbenen bruder* Malaus *aus der hölle in gestalt eines gekrönten hirsches erscheinen und die weissagung bestätigen. Die liebesgeschichte des Achill und der Deidamia wird schwankhaft erzählt, wie bei Docen, misc. 2, 160. fo 154ª nach Eneas Frigaz und Franko folgt Sambson. — Im dritten teil ist die geschichte der kaiser fast ganz weggelassen: auf die beiden Herodes 267ᵇ folgt sofort die geschichte der ahnen Karls des Grossen; die überschriften weisen auf die noch nicht abgekürzte gestalt hin: 267ᶜ* Aber von einem Constantinus der was Leo sun dem drey vnd achtzikisten chaiser *usw.* 269ª Von Adriano dem sechs vnd hunderdisten pabst vnd von chunig Karl dem vnd achzigisten chaiser von augusto *usw. Auf Karls krönung 271ª, die wie in der Gothaner hs. erzählt wird, folgt* Hort hie wie wilhalem in Chaiser Karels hof cham vnd darynn ertzogen wart: *also der Willehalm in seinen drei teilen. Der anfang der erzählung des Ulr. v. Türlein (Casparson 4ᵇ) ist 271ᵇ benutzt* Ez sas ein graf in den tagen In dem Chunikreich Naribon Er was ein Graf der hochen

Massmann Kaiserchr. III 101 *mitteilt; so dass ich überhaupt bezweifele,
dass es von Heinrich von München aufgenommen worden ist. Aber das
andere auf die heldensage bezügliche stück von Chriemhilden hochzeit und
Etzels tod kommt vor in der Wiener hs.* 2768 (*von Vilmar als nr* 34 *bezeichnet*): *hier stimmt die Wiener hs. mit der Gothaner zusammen gegen
die abkürzende Dresdener. Dieses äusseren zeugnisses bedarf es übrigens
kaum. Die abkürzende form wird durch die in ihr eintretende verwirrung
als später erwiesen. So wird zb.* 187. 188 (die gewan er einem heiden an
chain chinder er nie pey ir gewan Gordian ir vater hiez) *von Ortnit
gleich bei der verheiratung mit Liebgart erzählt, dass sie kein kind zusammen hatten, was doch erst* 218 *weitläuftiger berührt wird. Auch wäre
zwar erklärlich, dass die Gothaner hs. aus einer vergleichung mit der aus-
führlicheren form der Flucht grössere stücke aufgenommen hätte, aber
nicht warum sie in einzelnen kleinigkeiten sich vom text der Dresdener
hs. ab zum anderen gedichte gewendet haben sollte. So hat sie* 160 *mit Dfl.*
guoten, *die Dr. hs.* fruoten; 165 mære, *Dr.* rede. *Der umgekehrte fall,
dass solche gleichgiltige worte vom abkürzenden umarbeiter vertauscht
wurden, ist leicht denkbar.*

   *Die stellen, wegen deren W. Grimm behauptet, die Weltchronik könne
nicht aus Dietrichs flucht geschöpft haben, sind folgende: v.* 124 *wird Lamparten als das reich Sigehers genannt, während in Dfl. dies land erst* 2440
*erwähnt wird, wo es Dietmar empfängt. Ein ausziehender bearbeiter
konnte aber doch wol das land, das dem erben zugewiesen wird, auch als
das des vorfahren nennen. Ferner wird Otnit nach Dfl.* 2240 vor einer
wilden steinwant (*wie fast wörtlich Ecke* 21, 10—13) *schlafend von dem
wurme gefunden und in den berg getragen; in der Weltchr.* 200 *aber wird
er von einem wurme, der ihn schlafend findet, in die steinwant getragen.
Der unterschied scheint mir sehr unbedeutend.* 3) *macht die Weltchronik*
70 *den zusatz, dass Dietwart könig in Meran gewesen sei. Dies konnte
sie aus der sage von Wolfdietrich entlehnen, heldens.* 53. 4) *Aus der ganz
allgemeinen sage stammt die notiz* 324, *dass Dietmar das* wunderhûs ze
Berne gebaut habe, *während in der flucht nur steht* Dietmâr bûwete Berne

---

lon mit myone dinst vnd mit lon erwarb Sein preys daran nie verdarb Torst yemant
tat gein im geren Der graff hiez Heinrich nach märs wern. 272ᵃ *sind noch einige sa-
genhafte züge aus der schlacht bei Runtzifal eingemischt.* 289ᵃ Ir wist nw wol wo
ich es han mit dem Markis verlän . . do er . . chawm ein jar da baim gewesen Waz vnd
lebt da mit gewalt Arabel man der chunig Tybalt Minn verlust nw klagte *führt auf
Wolfram* 8, 2 *über. In diesem teile stimmt unsre hs. durchaus mit der Wolfen-
büttler, bei Lachmann* x : *zb.* 9, 3. 4. 6. 65, 1. 2. 90, 7. 151, 22. 452, 15. *Doch
fehlt ir* 9, 7—10, 6, *während* x *zu* 9, 24. 27 *angezogen wird.* fo 295ᵇ *schliessen sich
Rennewarts taten an und Willehalms mönchsleben. Mit seinem tode endigt* 327ᶜ
die hs: Gott müzz vnz all leren Daz wir sein huld gewinnen Ee daz wir scheiden von
hynnen Des helff vnz sand Wilhalem Daz got erhör vnseren galem.

und was dà alle zît vil gerne 2497. 5) *und* 6) *macht die Weltchronik zu-*
sätze, wegen deren sie sich gerade auf ihre quelle beruft. Einmal lässt sie
238 *fg. Wolfdietrich zu* Bàr *(Bari) in Püllen sterben als uns diu geschrift*
der wârheit diu rehten mære hât geseit. *Allein diese berufung ist erlo-*
gen, da die notiz unsagenhaft ist: Wolfdietrich stirbt sonst immer im klo-
ster, nach Ecke 22 *zu* Tischen *(Dijon) im land* Burgûn. *Sodann aber*
lässt Ermrich nach 311 *die Harlunge zu Raben hängen als ez an sinem*
buoche stât von dem ungetriuwen man. *Ich vermute, diese ebenfalls*
sonst nirgends bezeugte behauptung ist eine verwechselung mit der henkerei
der frauen zu Raben in Dfl. 7715 *fg.* 8410 *fg. Endlich eine durchgehende*
art von veränderungen zeigt sich als absichtlich: das unnatürlich hohe al-
ter der vorfahren nnd die zahl ihrer kinder wird unterdrückt. Eine spur
von der zweiten art findet sich noch in der Gothaner hs. zu 106, *ist aber*
im Dresdener text auch getilgt worden, so dass dann 108 *ganz unmoti-*
viert steht der ich iu einez nennen kan.

Was sollen aber diese kleinen und meist offenbar willkürlichen abwei-
chungen besagen gegenüber der menge von übereinstimmungen, und zwar
in den kleinsten nebendingen, in den unbedeutendsten phrasen. So zb. in
der dreizahl der Harlunge 306, *Dfl.* 2469; *während sonst immer nur*
zwei vorkommen. Und ferner: 130. 1 nù lâze wir in nemen ein wîp mit
einem kurzen mære = Fl. 1938. 9; 149—151 die vrouwen wil ich nennen daz man si muge erkennen, ich meine Sigehêres kind = Fl. 2039—
41 ua. *Sollen diese redensarten auch in der vorlage gestanden haben? Wo*
dagegen der fortsetzer der Weltchronik von der Flucht abweicht, zeigt die
verschlechterung des reimes und des sinnes, dass er nicht einer älteren besse-
ren quelle folgt, sondern selbständig zu dichten versucht: vgl. 229. 30 waz
ˈkinde er bi Liebgart gewan dô er si genam *mit Fl.* 2300 *fg. Ganz offenbar*
ist die entlehnung, wenn, wie oben gezeigt wurde, die Gothaner hs. den äl-
teren text bietet: da ist Fl. 2109—2229 *fast wörtlich aufgenommen.*

Für den hauptteil der Flucht, welcher dem stoffe nach etwa mit
v. 2543 *anfängt, lässt sich keineswegs ein älteres gedicht als grundlage*
nachweisen; vielmehr schöpfte der dichter wol nur aus der volkssage,
welche nach den oben angegebenen quellen gerade über die flucht Dietrichs
ziemlich ausführlich gewesen zu sein scheint. Nur ein bruchstück eines
alten liedes scheint aufgenommen zu sein, und zwar unversehrt: vv. 2921
—36, *welche* 5785—96 *mit ausnahme von vier vv. fast wörtlich wieder-*
holt werden. Auch die situation ist an beiden stellen dieselbe: Saben und
Friedrich von Raben senden Volknant nach Bern, damit er Dietrich den
einfall Ermrichs melde. Beidemale sondert schon die einleitung des dich-
ters der Flucht ʻich will euch sagen, wie Volknant die mære kund tat' *das*
stück ab; es hat sodann an beidem stellen den eigenen eingang ein degen

heizet (hiez 2921 *scheint jünger*) Volcnant, *der kom ze Berne vür gerant,* *eine sonst in diesem gedichte unerhörte unterbrechung des zusammenhangs,* *die aber in den Nibelungeliedern (XV s. Lachmann vor 2023) vorkommt.* *Dem inhalte nach wird das alter und die echtheit des zuges durch die Thidreksaga bestätigt, welche in c. 286 den Widga, der hier eine sehr verwirrte rolle spielt und wahrscheinlich nur an die stelle des Volknant getreten ist, um mitternacht nach Bern kommen, die wartmänner aufrufen und Dietrich die kunde von Ermrichs anrücken geben lässt. Auch der ton der zweimal vorhandenen 12 zeilen sticht entschieden von dem ganzen übrigen gedicht ab: er ist unbedingt vortrefflich und sehr alt. Man hat also hier die spur eines epischen volksliedes in kurzen reimparen, eine für die literaturgeschichte nicht unwichtige thatsache.*

Sonst wüste ich nirgends die benutzung einer vorlage nachzuweisen. Die ungleichheiten und einige widersprüche der erzählung möchte ich nicht dem abstande von überarbeitung und grundlage, sondern nur dem schwachen erinnerungsvermögen des dichters zur last legen. Besonders confus ist derselbe in seinen zahlenangaben. So werden 8 recken von Helche für Dietrich geworben 5896; aber nur 7 werden genannt, an welche dann ohne irgend einen übergang die mannen Etzels angereiht werden. 9695 werden 8 helden von Reinher erschlagen; doch werden 9 aufgeführt, darunter Alphart, der doch schon 9527 von Bitrung getödtet war. In der zweiten grossen schlacht (vor Meilan) teilen sich Dietrich und Rüdiger in das heer; von der abteilung Dietrichs fallen 9000 (v. 6650), von den feinden 56000 (6633); Rüdiger verliert 4000 (6678) und der ihm entgegengestellte Witege 14000 (6666), Isolt als bote Etzels erfährt aber nur von 9000 toten Dietrichs (7285) und 56000 Ermrichs (7280).

Andere widersprüche sind die folgenden. 6624 bedauert der dichter, dass Saben von der flucht Ermrichs nach Raben nichts wisse, während er doch den helden 5729. 5849 nach Meilan versetzt hat und nach der ganzen darstellung Raben in den händen Ermrichs sein muss. Volknant kommt 2903—2967 als bote zu Dietrich; ohne dass von seinem abgange die rede gewesen wäre, kommt er 3008 unter den mannen nochmals an. Sigebant wird 5622 beim heere Etzels zu Gran zurückgelassen, 5857 soll er mit Tydas aus Meilan kommen. Erewin kundschaftet 3156; aber Erwin von Elsentroye ist Etzels mann 5146 usw.; sollte an der ersteren stelle Nentwin gemeint sein, der 7071 erwähnt wird? Eckenot begleitet Dietrich 4155 in die verbannung, kommt aber dann zu ihm von Meilan 5860. Dietleip ist zuerst immer bei Dietrich, 3635 fg. auf der unglücklichen fahrt nach Bole; erscheint auf einmal ohne dass von einer absendung die rede gewesen wäre, als bote bei Helche 4680. 4831 um ihr Dietrichs misgeschick zu berichten, und tritt dann 5385 unter den mannen Etzels auf, die Die

trich ihre hilfe zusagen. *Merkwürdig ist auch sein streit mit Wate:* 3919
—66 *bestimmen sie sich auf sechs wochen danach bei Meilan zu einem
kampfe; dieser findet auch wirklich statt* 6690—6799, *aber unter umständen die früher unmöglich vorhergesehen werden konnten; denn dazwischen liegt Dietrichs zug zu Etzel und seine rückkehr. Isolt begleitet Dietrich* 5918, *kommt als bote Etzels ihm entgegen* 7225, *vergl.* 7301. *Sturmger
steht auf Dietrichs seite* 5160, *ein St. von Engellant aber* 8639 *und ein
dritter von Islant* 9300 *auf der Ermrichs; dazu kommt, dass dieselben länder noch anderen helden zugeteilt sind: Bitrung von Engellant* 9431,
Ramung von Islant 8647. *Liudegast und Liudeger stehen* 5900 *zu Dietrich,* 8629 *und* 8631 *zu Ermrich. Randolt von Ankone ist Ermrichs
mann* 2661, *warnt jedoch Dietrich, und erscheint auf dessen seite* 5858.
7589*fg. rät Rüdiger Dietrich Herrat zu nehmen mit worten die denken
lassen, dass Dietrich noch im elend wäre, obschon er eben sein reich zurück
erobert hat. Witege ist hauptmann des hinterhalts* 3678, *welcher von Heime kommandiert wird* 3742; *dieser hinterhalt zieht nach Bole* 3681, *legt
sich dann aber bei Muntigel nieder* 3711. *Ueberhaupt ist diese expedition
höchst confus geschildert. Dietrichs helden kommen nicht zur wehr* 3753,
fassen doch die schwerter 3755, *nehmen jeder einen ger* 3760. 3681 *bezieht sich si noch auf Ermrichs mannen,* 3682 *auf die Dietrichs,* 3685 *in
wieder auf die leute Ermrichs. Andere beispiele übergehe ich.*

Einigemale dürfte freilich die schuld an den hss. liegen. So sollte
Strither 5851, *Dietrichs mann,* Berbther *heifsen wie* 5731. 9872; Strither
von Tuscân *ist auf Ermrichs seite* 6486. Diezolt von Gruonlant 9285
muss Diepolt *heissen wie* 8636; Diezolt *ist von* Tenemarke 8634. 9050
heisst Mórholt von Grvndewale *in R,* von Gurdewale *in A; ich habe beides
auf* Gurnewale *zurückgeführt, was beide handschriftenclassen* 8656 *haben.*

Der verfasser unseres gedichts nennt sich nun selbst v. 8000 *als*
Heinrich der Vogelære. *Er war ohne zweifel ein fahrender sänger:* 723
—744 *preist er Dietwarts und seiner fürsten milde gegen die varende diet.
Ebensolche stellen finden sich in der Rabenschlacht* 96—100. *Dass Heinrich ein Oestreicher oder Steirer war, beweisen seine reime s. u. Auch die
Rs. ist in jenen gegenden gedichtet. In dieser tritt zugleich das bestreben
auf einzelne helden in Oesterreich zu localisieren, so* Dietmâr von Wienen,
Ruodwin von Treisenmûre; *sie nennt auch* Astolt von Mutaren, *der sagenhaft ist (Nib. Bit.). Dazu kommen in östlichen gegenden:* Marholt von Sibenbürgen, Tibalt von Sibenbürgen, Wolfgêr von Gran; Isolt von grôzen
Ungern. *Doch sieht es aus, als wenn die Flucht von der heimat Isolts
wüste, da sie ihm* 7382 *von Etzel die mark von* Rôdnach unz Budine
schenken lässt: Rôdnach *wird die* civitas Rodna *sein in Siebenbürgen im*

*gebiete der Sachsen bei Bistritz, welche 1241 von den Kumanen überfallen
wurde* (*Monum. Germ.* XI, 640); Budine *aber Widdin vgl. Ioa. Bonfinii rer.
Hungar. decades s.* 477 Corvinus . . Budinum Bulgariae metropolim ve-
nit quae ad Danubium sita est. *Die localisierung der helden diesseits der
Alpen, die auch andere deutsche gegenden heranzieht,* Düringen, Missen,
Brünswic *usw. unterscheidet die Rabenschlacht von der Flucht. Diese gibt
ihren helden heimat in italienischen städten:* Saben *und* Friderich *in* Rabene, Randolt *in* Ankóne, Amelolt von Garte, Iubart von Latrán, Berhtram von Bóle (*Pola*). Tydas von Meilán, Túrián von Spóllt. *Die Flucht
nennt auch sonst oft das Inn- und Etschthal, Botzen, Trient und von italienischen städten Brescia* (Brissán *vgl. zb. Monum. Germ.* XI, 787, 7 uö.
Prissanum), *Montecchio* (Muntigel), *doch wol das bei Vicenza, Padua,
Bologna, Siena* (Höhensien *vgl. Neidh. herausg. von Haupt s.* 146).
Das darüber hinausliegende kennt Heinrich nur dunkel, ausser Laterán
noch Brindisi (Brandis), *wo er die von Westenmer (und Portugal) kommen-
den boten Dietwarts landen lässt! Wie die Rabenschlacht lässt die Flucht
Dietrich mit Etzels heere über Saders ziehn (Zara, wie Ettmüller vermutete,
slavisch Zader; Ottokar nennt es öfter als hafen der zwischen Ungarn und
Italien reisenden zb.* 110ᵃ 222ᵃ 226ᵃ.) *Möglich wäre dass der dichter die
oberitalienischen gegenden in den letzten kämpfen der Hohenstaufen und
ihrer partei kennen gelernt hätte (Ezzellino di Romano fiel* 1259, *sein
bruder Alberich* 1260, *Manfred* 1266, *Konradin* 1268).

     Denn die z e i t *in welcher die Flucht gedichtet wurde, lässt sich genauer
bestimmen, als bisher geschehen ist.* W. Grimm, heldens. 184 *nahm als solche
das* XIV *jh. an und die literarhistoriker wiederholen dies. Einer solchen annahme widerspricht schon das alter der hss. Die Riedegger, die doch schon
einen abgekürzten und auch sonst nicht immer ursprünglichen text giebt,
stammt aus der scheide des* XIII *und* XIV *jh. Allein die vv.* 7949—8018 *geben einen noch sichreren anhalt. Der dichter spricht da die unzufriedenheit
der edelen,* gráven vrìen dienestman *über die fürsten aus, von welchen sie
durch vielfachen dienst bald auf* hervart *bald auf* hovevart *ruiniert würden; ja man setze ihnen sogar die* geste úf ir erbeveste 8009. *Zu dieser
äusserung stimmt, dass im eingang* 63—96 *der dichter als die vorzüglich-
ste tugend Dietwarts preist, dass er seine edlen immer um sich gehabt und
sie befragt habe, und meint, die jetzigen fürsten würden es auch so machen,
wären sie nicht blind, und* 1912 *fg.* daz noch den vürsten wol stát swá si
volgent wiser lére; *und* 187 *fg., wo die fürsten, die von der milde nichts
wissen wollten, verflucht und die herren* gráven vrìen dienestman *beklagt
werden.*

     Diese stimmung und diese verhältnisse passen weder auf die zeit der

*letzten Babenberger, für welche die gedichte auch zu schlecht, ihre sagen-
kenntnisse zu mangelhaft sind; noch in die des interregnums. König Ottokar aber wird vielfach gerade wegen seiner milde gepriesen, zb. in der östr.
chr. 82* die varunden ellenden vertigt er so guotlich und in dem klagelied
auf seinen tod Zeitsch. 4, 573. Freilich verfuhr er in der letzten zeit recht-
los gegen die östreichischen edeln; allein seine grausamkeit und sein arg-
wohn, wegen dessen er zuletzt die burgen mit gesten besetzte (chron. 128*)
erscheint mehr geeignet im ganzen volke die verzweiflung und die sehnsucht
nach fremder erlösung zu erwecken, als das übermütige murren des adels,
wie es die angeführten stellen der Flucht ausdrücken.*

*Dies weist vielmehr auf die erste regierungszeit Albrechts, welcher im
jahre 1282 von seinem vater die länder Oestreich und Steiermark erhielt,
die Ottokar 1276 verloren hatte, s. Kurz, geschichte Oestreichs unter Ottokar und Albrecht I, 2. hauptstück. Schon über die steuererhebungen könig
Rudolfs im jahre 1277 beklagt sich der fortsetzer der Melker annalen im
cod. Sancrucensis Mon. Germ. XI, 653. 1291 brach ein offener aufstand
steirischer ministerialen gegen Albrecht aus, welche dabei von erzbischof
Konrad von Salzburg und herzog Otto von Baiern unterstützt wurden;
doch warf ihn Albrecht noch im folgenden winter nieder, contin. Vindob.
717. Ottacker 477*fg. 1295 (Karajan in Haupts zeitsch. 4, 262) erhoben
sich gegen Albrecht zuerst die Wiener (Ottacker 566*—571*) um ihre hand-
veste bestätigt zu erhalten; dann nach dem unterliegen der stadt die östreichischen landherren, um Albrecht zu nötigen die schwäbische ritterschaft zu entlassen, welche dieser stets begünstigt und zum teil, wie die
drei herren von Waldsee mit östreichischen edlen frauen verheiratet hatte.
Auch dieser aufstand scheiterte an der festigkeit Albrechts, vgl. Ott. 572—
583. Den grund der unzufriedenheit, die begünstigung der fremden deutet
Ottacker auch sonst an, zb. 229* und Helbling (Zeitsch. 4) 1, 472, vergl.
anm. zu 4, 720 fg. Der continuator Vindob. 717 sagt von Albrecht* non prae-
sumens de fidelitate suorum Australium utpote qui sæpe offensus fuerat ab
eis inpingentes ei quod nichil daret eis nisi Suevis suis et quod omnes proventus
terrarum suarum transmitteret ad Sueviam et inde compararet ibi civita-
tes et castra et possessiones diversas et quod nobiles dominas viduas et
divites relictas de terra quandoque vi copularet Suevis suis, quod nec castra
nec claustra edificaret in terra sicut fecerant predecessores sui olim. *Derselbe annalist fügt, als Albrecht mit seinen Schwaben zum kriege gegen
Adolf abzieht, hinzu* Et sic Suevi recesserunt de terra nunquam de cetero
si Deo placet redituri. amen.

*Die östreichischen dichter dieser zeit, besonders Ottacker in seinen
epischen wendungen, stimmen öfter mit dem sprachgebrauche der Flucht;
worüber in den anm. einiges beigebracht ist: s. zur Flucht 208. 734. 2383.*

2483. 3019. 3028. 3288. 3525. 6858 *und zur Rab.* 730. *Auch der ungewöhnliche inf.* günnen : künne 7539 *findet sich mit dem gleichen reimworte in Ottacker wieder* 17ᵇ Ceciljə moht wol âne scham im sîn selbes günnen: er was von küneges künne ouch muoterhalp geborn; *ebenso Helbl.* 4, 847 künne. des solt ir mir günne. *Vgl. ferner* 6794 *und Ott.* 625ᵃ er geseit hin ze Wienen diu mære nimmermêre, 7035 *mit Ott.* 577ᵇ beschatze umbe guot, 7867 *mit Ott.* 577ᵇ sehen und muoz daz kurzlîch geschehen.

Ich füge gleich die stellen an, in welchen die beiden gedichte mit anderen übereinstimmen oder die sie aus andern entlehnt haben. Dietrichs flucht 3952 nû lât den lewen ab der keten *erinnert an Nib.* 2209 lât ab den lewen, meister! *vgl. auch Haupt zu Neidh.* 77, 20; *Wolfharts rat das blut der erschlagenen zu trinken an Nib.* 2050; *endlich kämpfen* 9229 *Dietrich und Gunther,* 9235 *Volker von Alzey und Wolfhart zusammen, wie N.* 2293. 2202. *Dass die erste strophe der Rabenschlacht die erste der Nib. nachahmt, hat Lachmann, über die ursprüngliche gestalt des gedichtes von der Nib. not s.* 85 *bemerkt. Öfter stimmt die Rabenschlacht zur Kudrun. Schon das metrum setzt die Kudrunstrophe voraus. Der greif im traum der Helche, Sigeband von Irland stammen sicher aus der Kudrun, vielleicht auch der eine Morung. Dazu kommen mehrere gemeinsame ausdrücke:* 916 sîn leit begunde in grîfen (955 zorn). *K.* 60, 1 Sigebandes vriunde greif (*hs.* griffen) disiu leide nôt. *Rab.* 653 Sivrides vergaz ouch niht der vogt von Berne. *K.* 711 ouch vergaz er selten der vil liehten brünne. 1408 ir ietweder des andern mit stiche niht vergaz. *Ott.* 195ᵇ herzog Lokêt niht vergaz sînes kamphgesellen. *In der Flucht erinnert* 10025 *Wolfharts vorschlag mit der rache zu warten bis die jungen erwachsen sind, an K.* 928. 940; *und der von den Alpen her abkommende schnee wird zu vergleichen gebraucht Fl.* 9414 *K.* 861. *Der der Kudrun bekanntlich sehr nahestehende Biterolf stimmt in v.* 48. 1648 *mit der Flucht* 37. 6858; *vgl. auch Bit.* 1301 *mit Fl.* 7411. *Ausserdem benutzt die Flucht* 115 *fg. Iw.* 67 *fg.*; 613. 614 *Iw.* 365. 6; 2334—7 *den armen Heinrich* 64 —67; *und* 2762 *den beliebten vers Walthers* 56, 15. *Auffallend ist an der stelle der Rabenschlacht, die den meisten sagengehalt hat,* 959 *das zusammentreffen mit Wolframs Willehalm* 59, 1; *das original Wolframs hat diese ausführung nicht V,* 1053 *fg.* se à Orenge vos pooie tenir, je vos feroie à grant henor servir. *Sicher scheint, dass Rab.* 937, 5 *und die ganze situation nachgeahmt ist in Heinrichs von Freiberg Tristan* 5563 *fg.*

Es bleiben noch die metrischen verhältnisse der beiden gedichte zu besprechen. Man könnte gegen die oben angegebene zeitbestimmung, wonach die Flucht 1285 — 90 *gedichtet und wahrscheinlich bald darauf die Rabenschlacht überarbeitet worden ist, einwenden, dass Ottacker und Hel-*

*bling bedeutend mehr dialectische reime haben. Doch lässt sich leicht
denken, dass, während diese dichter ihren provinziellen stoffen und zwecken
gemäss der stammesmundart nachgaben, ein fahrender, der einen allgemeinen epischen stoff in den hergebrachten formeln behandelte, sich dem
gemein mhd. brauche näher hielt.*

 Ungenaue reime finden sich in Dietrichs flucht

  a : â *vor* c lac : wâc 1399 gelac : mâc 9487

    vor ch sprach : nâch 1006. 1075. 3405 *usw.* : gâch 1335. 3973
     uô. gesach : nâch 1601 ersach : nâch 4693 *uô.* geschach :
     nâch 2183. 9453 : gâch 3261 ungemach : dar nâch 2841
     gemach : nâch 4617

    vor ht maht : brâht 5974 naht : gedâht 1755. 6877. 8401
     : brâht 5930 hinaht : gedâht 4633

    vor l stâl : wal 8328

    vor n gewan : hân 55 *usw. ua.*

    vor r gar : jâr 139. 287 *usw.* : wâr 1287. 1523 *usw.* : hâr 9907.
     11005 : Dietmâr 2439. 3589. 4765 dar : wâr 1349. 2775
     usw. war : hâr 4281. 9017 schar : wâr 1737. 3315 *usw.*

    vor t stat : rât 135. 269 *usw.* : hât 673. 771 : gât 4341. 9849
     rat : wât 8885

  e : ê *vor* r er : hêr 7 : mêr 337. 1883. 2023 : gêr 1607 : Rüedegêr
     10111 ger : niemêr 31 : mêr 87 : Rüedegêr 5445 *ua.*

  i : î *vor* ch mich : mortlich 2053 : Dietrich 2923. 5787. 7751
     ich : Ermrich 2411 : Dietrich 3097. 4761 sich : Dietrich
     3027. 4625

    vor n bin : in 4669 hin : künegin 5225 : in 5569. 6901

  ê : e *vor* ge wege : slege 8999, — gen verphlegen : legen 223 degen
     : slegen 6727. 9226. 9441 degene : engegene 2743

    vor lt, lle *und vor* ste *s. Gramm.* 1³, 140

    vor te tete : stete 2278. 4419; gebeten : keten 3952 : steten 5679

  i : ie *vor* r ir : tier 1579 : zier 5395 mir : tier 1663 : zier 4177 :
     hersnier 6763 : banier 8149. 8717 gir : hersnier 9069 : tier
     8459

  u : uo *vor* nt stunt : tuont 9535

    vor r kurn : vuorn 9031

  û : uo *vor* t Bârût : gemuot 411

  m : n *nach* a an : sam 3343 : nam 153 vreissam : man 2251. 8338
     lobesam : gewan 743 : man 6045. 8189 Baltram : man 5943
     Berhtram : man 3018 zam : tan 1529 genam : entran 9281
     nam : gewan 2361. 2369

    nach ei heim : mein 1867

nach i im : in 1709 : sin 8495

nach u vrum : sun 2371. 8383

nach uo hêrtuom : tuon 8133

rc : rch werc : verch 9065

p : t beleip : breit 1877 : seit 2027 Dietleip : unverzeit 3635 : seit
3921. 8586 : bereit 3965 : geseit 4831 : widerleit 5385
: breit 6715; lop : spot 2107; gehuop : tuot 3067

ns : nst uns : gunst 8757

en : e tugende : jugende 907 überdacten : blacte 717 mære : wæren
1449 enden : wende 1713 gewinnen : küniginne 2143 gewinne : winnen 3401 brünnen : wünne 3457 günnen : künne
7539 allen : gevalle 8249 kinden : vinde 8571

nde : nte vinde : hinte 8969

ben : gen râtgeben : phlegen 291 gelouben : ougen 4231. 7173. 9456

be : de habe : stade 1113. 1395

det : tet lidet : bitet 1143

me : ne Rôme : schône 1437

den : gen geladen : getragen 1793 genâden : lâgen 8167

am : ân sam : undertân 79 Berhtram : Laterân 9701 : hân 425. 3609
lobesam : lân 1303 : getân 6075 kam : kastelân 1361 benam : wolgetân 2469 vernam : lân 4049 nam : gegân 7425
Baltram : verlân 5883

ap : ât gap: rât 8029

In der Rabenschlacht:

a : â *vor* ch sprach: gâch 69 (*die nicht bezeichneten strophenzeilen
sind bei stumpfem reim die 2. und 4., bei klingendem die 5.
und 6.*) 832. 941. 1098 : nâch 185. 529 geschach : gâch 435
sach : nâch 495 : gâch 803 ungemach : nâch 1026 stach :
gâch 952

vor ht hinaht : gedâht 36 naht : gedâht 569, 1. 585. 1009, 1

vor n hân : began 13 kan : hân 24 *uso.* Jôhan : Elsân 287, 1

vor r dar : wâr 48. 163. 410. 583 : hâr 879 schar : wâr 231.
488. 496. 543. 557, 1. 558. 636. 711. 813. 838 bluotvar :
wâr 624 gar : wâr 671. 764

vor t stat : Herrât 67 : rât 177. 208. 229. 898 : gelât 311 : hât
227. 257, 1. 354. 369. 490. 680. 1005. 1012. 1084

e : ê *vor* r her : Rüedegêr 130, 1. 509. 1044. 1121 : mêr 239. 290.
485. 552 : iemêr 702 : Rüedgêr 498 ger : Rüedegêr 1104
wer : Wichêr 72, 1 : Gunthêr 422, 1

i : î *vor* ch mich : Dietrîch 134. 889

e : ë *vor* gen slegen : degen 399. 597. 697. 785 : bewegen 661 : ge-

wegen 816; engegene : degene 231. 612, 1. 615. 655. 857,
    1. 1038. 1136, 1

vor ll, lt *und vor* st

vor te stete : tete 118

i : ie *vor* r mir : hârsnier 953, 1

m : n *nach* a lobesam 275. 512. 708. 1024. 1051, 1   Berhtram : kan
    716 Sintram : kan 994 : man 1037 vernam : dan 1054
    vreissam : man 563. 984

nach u vrum : swestersun 945

p : t gap : bat 683; lip : lit 1079; beleip : geseit 735, Dietleip : breit
    983, 1

c : ch lac : geschach 470, 1; *nach* r halsperc : verch 810

en : e getrouwe : bouwen 312 : schouwen 1097 vrouwe : schouwen
    103, 1 : getrouwen 1100, 1 wæren : mære 480, 1 mach-
    ten : lachte 117 herze : smerzen 199 marken : starke 371,
    1 herticlichen : riche 791 schilden : milde 93, 1

me : ne Rôme : lône 69

be : de lide : libe 674 gesmide : libe 973

re : rre mére : herre 22. 183

mme : nge grimme : ringe 243. 453, 1

    : nne grimme : versinne 774; limmet : brinnet 946

nnen : ngen Schemmingen : sinnen 410

nde : nte vinde : hinte 516

am : àn lobesam : hân 35 : getân 382 Baltram : hân 57. 705 vreis-
    sam : gestân 842 Berhtram : hân 71 : Meilân 205 : Elsân
    114 ram : hân 497

*Einige dieser ungenauen reime sind schon beweisend für die östreichi-
sche heimat beider gedichte, so* ir : ier, c : ch; *dazu kommen dialectische
formen, die durch den reim bewiesen werden. So* ou *für* ù *in* getrouwe
Dfl. 884. 946 *ud. Rs.* 18, 3. 68 *usw.* gebouwet : getrouwet *Dfl.* 5647 ge-
bouwe *Rs.* 289 *usw.; die verlängerte form* iuwer *anstatt* iure *in* tiuwer
(: iuwer) *Dfl.* 4999 tiuwer 6551, *adv.* 9183 viuwer : ungehiuwer 1545; *Rs.*
tiuwer 390. 953, 1, *adv.* 604. 785, 1. 851 : viuwer 412, 1. 659, 1. 907.
1010 tiuwer : ungehiuwer 698 gehiuwer : stiuwer 193. *Einiges findet sich
nur in der Flucht, so* nuo : duo 95 (*daneben* dô : vrô 3281); *aber* nuon
(: suon) 2418 *auch Rs.* 1067, 1; geswarn (: unervarn) 4067 wart (: Alphart)
9557; *anderes nur in der Rab. so* nieht 374. 579 *usw. neben* niht 100.
171. *Gemeinsam dagegen sind wieder einige altertümliche formen, die
sich in der volkspoesie gehalten zu haben scheinen* âbunt : wunt *Dfl.* 9687,
âbunde *Rs.* 429, *wo auch die participia* weinunde 324 töuwunde 438 *vorkommen.*

Einem östreichischen dichter sind endlich auch die in beiden gedichten zahlreich vorkommenden apokopen gemäss. Durch den reim bewiesen sind Dfl. die dative wigant 2438 gebel 8926 tor 4353 *ua.* von Grüenlant 9285 von Rœmisch rich 4780 *usw. sonst von subst.* wart 43 suon 3954. 4113. 5362 *usw.* ér 6993 huot 6386 rich (*pl.*) 7840; *von adj.* clein 1120. 5654; *von adv.* sunderbâr 1929 verholn 8302, *die auf* lich *sehr oft* 267. 4768 *usw. von verben* ich mein 1868. 1984. 3197 brâht 5930 enwolt 9836 solt 4692 wolt 3828 machet 8386 saget 5833 hât 772 *usw.* wurt 647; *in der Rabenschlacht bei casus* e plân 433 stunt 584 lant 642 gras 998, 1 *ua. sonst von subst.* rich 32 *usw.* (*als adj.* 282 *uô.*) himelrich 313. 895 huot 1119 unmuoz 1136 ér 1081. 1094 Bernær : mær 46, *von adv. nicht nur die auf* lich *wie* gelich 274 *usw.* lieplich 122, 3 *ua.*, *sondern auch* sunderbâr 523. 920 offenbâr 390 ebensleht 737, 1. *von verbalformen* junget 601 wolt 1028.

Dieser apokopen sowie der synkopen und inclinationen muss man sich auch im innern des verses häufig bedienen, um ihm das rechte mass zu geben. Sonst ist in der Flucht wenig über den bau der kurzen reimpare zu bemerken. Nicht selten ist starker auftact, sogar dreisilbiger zb. als von der 492 si wolten 629 im wærn die 1650 emphâht mich 3898 *usw. Erwähnung verdient, dass an etwa* 60—70 *stellen vier hebungen mit klingendem reim auf zeilen mit drei hebungen reimen. Zuweilen könnte man sich zwar durch die annahme eines dreisilbigen auftaktes helfen; allein nicht immer: s. zb.* 3060. 3448. 3468 *ua.*

Die strophe der Rabenschlacht sollte nach dem strengen gesetze bestehn aus 6 *zeilen, von denen die* 1. *und* 3. *klingend zu* 3, *oder stumpf zu* 4 *hebungen, die* 2. *stumpf zu* 3, *die* 4. *stumpf zu* 4 *hebungen; die* 5. *klingend zu* 3, *die* 6. *klingend zu* 5 *hebungen ausgienge. Also der erste teil sollte die zweite hälfte der Nibelungenstrophe, der zweite die letzte zeile der Kudrunstrophe wiedergeben. Dann sollten* 1. *und* 3., 2. *und* 4., 5. *und* 6. *reimen.*

Die fälle in denen v. 1. *und* 3 *gar nicht oder ungenau gereimt sind, habe ich oben s. XXXVI fg. zusammengestellt. Stumpfgereimt sind sie in etwa einem fünftel aller strophen. Ausnahmsweise ist* 437 *auch der reim der* 5. *und* 6. *stumpf mit* 4 *und* 6 *hebungen; dagegen sind vielleicht einige der obenerwähnten apocopen in der* 2. *und* 4. *zeile* (46?) *in überschiessende klingende reime zu verwandeln.*

Viel zahlreicher sind die ausnahmen in der zahl der hebungen, besonders in der 4. *und der* 5. *zeile. Erstere scheint zuweilen nur* 3 *hebungen zu haben: doch kann man meist mit der annahme, dass eine silbe, gewöhnlich die erste, für hebung und senkung stehe, die* 4. *hebung herstellen. Es geschieht dies ja auch in den anderen zeilen, wo eine freiheit kaum denk-*

bar ist: dô 277, 6 sprach 279, 6. 474, 6 sluoc 451, 6 daz 859, 6 *ua. So
wird man also auch lesen müssen* sprach 37, 4 wart dà 215 mit 224 *und*
1020 geboren vón Îrlant 248 dà 273 vier 514 daz 967; Etzèlen 437, 4
und únmàzen 455, 4; 2, 4 *wird* Rœmischez lant *zu lesen sein wie* Rœmischen gelt 53, 4 Rœmische marke 62, 6.

   *Viel öfter ist die 5. zeile überfüllt; ja die hss. bieten fast in einem
viertel aller strophen mehr als 3 hebungen an dieser stelle. Man möchte
geneigt sein, darin verderbnis durch die abschreiber zu sehen, besonders
weil meist die überfüllung in einer vorgesetzten interjection (owé ahî heià
leider) besteht. Möglicherweise wollten die schreiber durch diese zusätze
die 5. zeile mit der 6. auf die sie reimte, in ein gleiches verhältnis bringen.
Manchmal sind ganze reihen von strophen so entstellt* zb. 354—366 (*ausser*
360. 363. 365). *Ueberflüssig und störend sind diese interjectionen* zb.
owé 318, 5. 354, 5. 362, 5 *usw.* ahî 235, 5. 236, 5 *usw.* heyà 290, 5 *usw.
Entbehrlich sind sie auch sonst überall, ausser wo ein casus von ihnen ab-
hängt. So* 126 owé der jungen künege hére, 198 owé der jæmerlîchen
vreise, 322 owé der grózen herzenswære, *wo freilich* grózen *wegfallen
kann,* 603 *und* 746 owé der jæmerlîchen swære, 607 owé der jæmerlîchen leide, 874 *und* 1036 owé der clegelîchen swære, 1067 owé der dînen süezen mære. *Hier ist also nur durch eine grössere veränderung zu
helfen; ebenso in den fällen, wo nicht eine interjection, sondern der zusammenhängende satz über das mass der zeile hinüberragt. Ich habe nicht
geglaubt, die überschiessenden verse einfach durch weglassung oder abänderung eines wortes verbessern zu dürfen; vielmehr mich begnügt, das
wegzuschaffende oder zu verändernde wort cursiv drucken zu lassen, und
im letzteren falle das wort, das in den text eintreten sollte, in den lesarten
gesperrt anzugeben. Denn ich muste immer noch den weg offen halten,
durch den man die meisten fälle etwa entschuldigen könnte, die annahme
eines dreisilbigen auftactes. Dieser findet sich nämlich, wenn auch in weit
geringerer zahl, auch in den übrigen zeilen der strophe:* wir riten 173, 3
unz an den 296, 3 wirn wizzen 318, 6 Nù überhebt 347, 1 *usw.*

   Nicht selten ist auch versetzte betonung im auftact, zb. 771, 4 die
gére man, 788, 4 und nàmen diu, 868, 4 und vindet ir *usw. Aber es
scheint, als ob diese freiheit in der Rabenschlacht nicht auf den auftact be-
schränkt sei, vielmehr manchmal auch im inneren verse die betonung so-
weit verletzt werde, dass die silben mehr gezählt als ihrem tonverhältnisse
nach gemessen seien. So ist die erste silbe zur senkung herabgedrückt,
die zweite gehoben in* von Berné der herre 22, 6, sprach Etzél der hére
183, 6; mit trûrigem muote 290, 6. 414, 6 *usw. Diese freiheit ist freilich stark; weniger die verlegung des nebentons von der 2. auf die 3. silbe:*
unrehté gelêret 373, 6 *vergl. Lachmann zu Iw.* 33.

Ich schliesse mit dem ausdrucke aufrichtiger dankbarkeit für herrn prof. Müllenhoff, welcher meine arbeit angeregt und ihren fortgang, insbesondere die bearbeitung des Alphart mit beständiger teilnahme begleitet hat. Auch herrn prof. Haupt bin ich für die entscheidung einiger zweifelhafter stellen zu danke verpflichtet.

E. M.

ALPHARTS TOD.

. . . . (*bl.* 1 *fehlt.*)

1 'sol ich des ûf der heide   keinen dienest von dir hân?'
2 'Nû zürnet niht ze sêre,   edeler keiser rich'
   sprach Heime, ein degen hêre.   'sô wil ich sicherlîch
   draben hin gein Berne   den helden widersagen.
   ich tuon ez ungerne: ez wirt mir lenger niht vertragen.'
3 Dô hiez er balde bringen   der keiser Ermenrîch
   ein guotez ros dem helde,   daz wizzet sicherlîch.
   dar ûf was schiere gesezzen   Heime der küene man.
   als er zuo dem keiser   urloup dô genam,
4 Heime der küene   ûf sîn ros kam.
   dô drabte er ûf die grüene   ûf einen wîten plân.
   Heime der ritter küene   alsô gein Berne reit
   daz er hern Dietrîche   von dem künege widerseit.
5 Dô sprach gezogenlîche   von Bern hêr Dietrich   (1)
   'Heime, kanstû mir gesagen,   wes zîht mich Ermenrîch?
   wil er mich von dem trîben   daz mir mîn vater hât lân,
   daz ziuhe ich an iuch alle   daz ich ez niht verdienet hân.'
6 'Nein' sô sprach Heime,   'er hât uns niht geseit.   (2)
   edeler vürste und hêrre,   eist mir entriuwen leit.'
   urloup nam dô Heime,   er wolte rîten dan.
   dô sprach der von Berne   'Heime, dû solt mich wizzen lân,
7 Wer mich des ergetzet'   sprach der nôtige man,   (3)
   'deich dir bî mînen zîten   sô vil gedienet hân?
   du bestüende mich in kintheit   durch dînen übermuot:

1,4 ichs vﬀ   2,2 *H* sprach hen (*meist so*, heim z. b. 6, 1. 3)   4 nit lenger
3,1 ementrich (*immer, von* 330, 3 *an* ermentrich)   2 güt   dem helde *fehlt*
4,4 her Dytherich (*daneben auch* dytrich ditrich dythrich dytterich dyterich
ditherich dytherych Dyttherich)   5,1 *H* herre   2 myr icht g.   *H* was z.
mych myn vetter e.   3 *H* dem myn tr.   gelan   4 ichs nit   6,1 *H* so
fehlt   2 *H* an gantzen tr.   3 r. von dan   7,2 so wel

    ich betwanc dich mit gewalte'   alsô sprach der helt guot.

  8 'Du gelobtest mir ze dienen'   sprach hêr Dietrich.
    'wil dû hinne rîten,   sô brichstû sicherlîch
    an mir dîne triuwe   und die êre dîn,
    und muost vor allen recken   immermêr geswachet sîn.

  9 Dû swûer mir an den zîten,   helt, dînen eit.
    dû hâst sîn immer schande,   swâ man ez von dir seit.
    wiltû nû hinne kêren,   wie mahtû ez verschamen?
    ez schadet dir an den êren   und an dîm hôchgelopten namen.

10 Dû stractest mir dîn hende   und wurde mîn man,   (4)
    do ich dir vor manegem recken,   helt, gesigte an.
    ich begienc an dir mîn êre   guot unde lant.
    ich nam dich ze schiltgesellen.   hât des gedienet mir dîn hant?'

11 Dô sprach der helt Heime   'ich hetez billîch vermiten,   (5)
    daz ich durch solhe strâfe   wær gein Berne geriten.
    dû solt dar an gedenken,   vürste lobesam,
    deich dir in mîner jugende   alsô vil gedienet hân.'

12 Dô sprach der vogt von Berne   'Heime, ez tuot mir nôt.   (6)
    gedæhtestû an êre,   dû soltest ligen tôt
    ê dû dîn triuwe bræchest   an keinem gêrten man.
    gedenke bî dir selben,   ez stêt dir lesterlîchen an.'

13 Alsô der rîche keiser   hêrn Dietrich widerbôt,
    dô huop sich michel vreise   angest unde nôt.
    der daz gerne hœre,   daz kan ich gesagen,
    waz grôzer untriuwe   an dem Berner wart erhaben.

14 Witege unde Heime   die brâchen gotes reht,
    die beiden hergesellen: hie vor dô was ez sleht.
    daz müeze got erbarmen   daz ez ie geschach,
    daz man an eim jungen ritter   daz gotes reht ie gebrach.

15 Zwêne bestuonden einen: daz was hie vor niht site.
    Witege und Heime swachten   ir êre sêr dâmite,
    daz sî ûf einer warte   vrumten grôzen schaden
    an dem jungen Alpharten.   des wurdens lasters überladen.

16 Si enkunden ouch ze Berne   in nimmer volleclagen.
    er wære dan nâch êren   ritterlîch erslagen,
    sô hæten si den recken   deste baz verkorn.

    7,4 alsô *fehlt*   8,3 *H* die trüwe   4 vmber geschwechet   9,3 hyen
4 schat   an dynen e. v. an dynen h.   10,1 *H* streckest   myn eygen man   4 des
hat   11,1 der *fehlt*   4 so   12,2 *H* gedechstü   an rytters ere   *H* solst
ee geligen   13,1 *H* her   2 *H* reysen   14,1 wytdich (*immer so, ausser* 422,1
wyttich)   2 *H* beiden *fehlt*   *H* hern g.   15,4 myt laster   16,1 Sye konden
sue aüch zü bern n.   2 *H* rytterlichen

hêrn Dietrîche   wart ûf Heimen zorn.

17 Dô sprach der degen küene   'hôchgelopter man,   (7)
hân ich dir bî mînen zîten   dienest ie getân,
daz læstû übel schînen,   ritter unverzeit,
daz dû mir mîn ungemach   von dem künege êrste hâst geseit.

18 Warumb læstû niht rîten   einen vremden man?' —
dô sprach der helt Heime   'vürste lobesam,
dâ twanc mich mit gewalte   der keiser Ermenrîch.
der wil ouch mich behalten,   daz wizzent sicherlîch.'

19 Dô sprach der vogt von Berne   'daz tuot dir unnôt.
ich behielte dich gerne   biz in mînen tôt.
ich gap dir harte gerne   mîn silber und ouch daz golt.
daz wizze, degen küene,   ich was dir ie mit triuwen holt.'

20 'Neinâ, vürste rîche'   sprach Heime, ein küener man.
'des müeste ich sicherlîche   immer laster hân.
manic degen küene   hât mich ûz gesant.
si wartent alle gelîche   wanne ich kom gerant.

21 Ez hât der riche keiser   ahzic tûsent man
(daz wizzent sicherlîche)   gevüeret ûf den plân.
die hânt mich alters eine   zeim boten ûz gesant.
si wartent alle gelîche   wanne ich kom gerant.

22 Des werte ich mich gar sêre'   sprach Heime, ein küener man,
'biz daz der rîche keiser   zürnen dô began.
er wolte mir sîn hulde   dar umbe hân verseit.
des versehet ir mîn schulde: dar umbe ich her gein Berne reit.'

23 Dô sprach der vogt von Berne   'Heime, küener man,
tætestûz niht gerne,   er hete dichs wol erlân.
wolt sich der keiser küene   dar umb gezürnet hân,
von der heide grüene   soltestû geriten hân.'

24 'Neinâ, vürste rîche'   sprach Heime der küene man.
'des müeste ich sicherlîche   immer schande hân.
wie solt ich gebâren?   des müest mich wunder hân.
bî allen mînen zîten   ich græzer sorgen nie gewan.'

25 Alsô redt dô Heime,   als im von vorhte gezam,   (8)
'ir sult wizzen, hêrre,   dô ich urloup nam
und dô ich schiet von dannen,   dô stuont ez, küener degen,
in güete und in liebe   daz ich solt iwer nimmêre phlegen.

16, 4 H her   17, 3 H Des   4 konig zum ersten   19, 2 behylt
20, 1 Neyn   21, 3 H Da haut   22, 4 Das versehe ich m.   23, 2 Detstû es
24, 1 Neyn   3 das m. m.   4 groszer sorgen ich   25, 3 dô stuont ez fehlt
4 Da stont ys in   da ich   nimmêre fehlt

26   An triuwen welnts nû wenken.   edel hérre Dietrich.
    dar an sult ir gedenken   é der schade werde ze rich'.
    alsô redt dó Heime   'got lâz iuch mit vreuden leben!
    dó ich urloup gerte,   do geruocht ir mir den selbe geben.'

27 Dó sprach der vogt von Berne   'des gestén ich dir.   (9)
    dô dû urloup næme,   dû gelobtest mir,
    daz dû niemermére woltest,   dû érelóser man.
    ûf mínen schaden riten: dâ soltû, helt, gedenken an.'

28 'Dar an gedæhte ich gerne'   sprach Heime, der küene man.
    'min hérr wil iuch ze Berne   strites niht erlân.
    er und al die sinen,   vürste unverzeit,   .
    si habent sich ze Berne   ûf iuwern schaden geleit.

29 Ez hât der riche keiser   wol ahzic tûsent man.
    die mugent ir sicherlîche   mit strite niht bestân.
    besendet iuwer besten   und habent wisen rât:
    eist schade, der vremde geste   ze nâhe bi im hûsen lât.

30 Berâtent iuch des besten,   daz dunket mich vil guot.
    min hérre und die sinen   sint zornic gemuot.
    é daz wir uns scheiden   ûf dem witen plân,
    só vürhte ich, daz ir beide   grózen schadeu müezet hân'.

31 Dó sprach der vogt von Berne   'dû solt mich wizzen lân,   (10)
    wiltû dem richen keiser   mit dienste bi gestân?
    wiltû die hervart riten?   daz sage mir, küener degen.'
    'jâ ich' sprach Heime,   'ich hân mich zwâre sin erwegen.

32 Ich hân dar umbe enphangen   daz liehte golt só rót.   (11)
    ich nam die riche miete   die er mir dó bót
    daz ich im wolte dienen'   sprach Adelgéres barn.   —
    'swigâ' sprach hér Dietrich,   'dû hâst der eide mér geswarn.

33 Du gelobtest mir ze dienen   ûf die triuwe dín.   (12)
    wiltû nû hinnen riten,   des soltû sicher sin,
    swâ dû mir wider ritest   in dem sturm od in dem strit,
    uns zwéne scheidet nieman   wan diu lezziste zit.'

34 Alsó sprach von Berne   der edele vürste hér   (13)
    'waz wænstû daz ich vliese?   ich vliuse an dir niht mér
    wan ein schilt ein ros und einen   ungetriuwen man:
    des muoz ich mich erwegen   só ich allerbeste kan.'

26, 1 *H* woln sy an vch no   edeler   3 *H* vch da myt   27, 2 n. dyn trüw gelobtü myr   3 woltest *fehlt*   4 sch. woltest r.   28, 3 alle   forsten 4 zu pene   29, 2 mit stryde sycherlich   3 und *fehlt*   4 *H* fremden gest   30, 1 das best   31, 1 *H* bern heo dü   2 by stan   4 zwâre *fehlt*   32, 3 sp. ben *H* an born   33, 1 *H* gelobt   ûf *fehlt* und gebt myr dye   2 *H* hinnen *fehlt*   3 Wyderredestü myr   4 dao die leste   34, 2 verlyse *beidemale*

35 Dó sprach der helt Heime   'sol ich aber urloup hån   (14)
    wider zuo dem here breit,   dù tugenthafter man?
    daz lázent mich wizzen,   vil edeler degen.
    durch aller vrouwen êre   geruochet mir geleite geben.'

36 'Habe vride vor mir selben'   sprach hêr Dietrich   (15)
    'und vor anders niemen,   daz wizze sicherlich.'
    'owê, ir hånt' sprach Heime   'dannoch manegen man,
    kom ich hin ûz ze velde,   der min siben wol torste bestån.

37 Gip mir ein stæten vride,   edeler Dietrich,   (16)
    wan dù ie daz beste tæte,   wider ze Ermenrich.'
    'ich gibe dir vride, Heime,   biz an din gemach
    vor allen minen mannen.'   daz wort er tugentliche sprach.

38 Des sagte im gnåde Heime,   urloup er dó nam.   (17)
    er gie ze sinem rosse,   er wolte riten dan.
    dar ûf was schiere gesezzen   der ritter unverzeit,
    im was leit daz er gein Berne   die boteschaft ie gereit.

39 Dó sprach der helt Heime   'reht ist mir geschehen,   (18)
    do ich drabte gein Berne   und wolte vinde sehen.
    si sint niht mine vinde,   si hânt vriuntlich getån,
    daz ich ungevangen   vor den Wülfingen stån.'

40 Heime der küene   reit über die brücken dan.   (19)
    dó sprach von Berne   der vürste lobesan
    'dù solt dich vor mir hüeten,   Heime, küener degen.
    swâ dù mir wider ritest,   helt, só giltet ez din leben.'

41   Dó sprach Heim mit listen   (er was ein küener degen),
     dâ mit wolt er sich vristen.   er hete sich erwegen,
     wan er sine triuwe   an hêrn Dietrichen brach,
     er und sin geselle Witege.   von Sibeches ræten daz geschach.

42 Dó sprach der helt Heime   zuo hêrn Dietrich   (20)
    'ich unde Witege,   daz wizzet sicherlich,
    wir hån ez alsó verre   ûz dem eide genomen,
    daz wir ûf Hildegrinen   niemanne weln ze helfe komen'.

43   Dó sprach der vogt von Berne   'torst ich mich dar an lân,
     so verkür ich deste gerner   daz dù mir håst getân.'

35, 1 dogenthafftger   3 *H* vil *fehlt*   4 eren   36, 1 *H* fründe   herre
3 sp. hen yr hant   4 myner wy wol dorft   37, 2 *H* zü dem keyser ementrych
3 bysz heim   39, 1 *H* Das sat   2 ryden von dan   4 dye botschafft gein bern
ye geseyt   39, 3 hant myr fr.   4 vor den wolflogen vngefangen   40, 1 die
etschbrücken hindan   3 ben dü k.   4 so gylt ys helt   41, 1 myt lysten her er
H eine   küener *fehlt*   4 sebychs (*meist so, daneben* syebich)   42, 1 her
2 wytdich sint üch kein schade das wysz sicherlych   3 *H* ferre mit worten
vsz   4 hyldengrin nymant   43, 1 dorft   2 so verze ich   *H* gerne

      'jâ ich' sprach Heime,   (er was ein küener man)
      'ich wil daz beste reden   sô ich von herzen kan.'

44   Alsô sprach Heime,   geleites er bat.
      Amelolt und Nêre   wisten in vür die stat.
      Heime schiet von dannen   vür den keiser rîch.
      zuo allen sinen mannen   gie von Bern hêr Dietrich.

45   Heime alsô von Berne   mit der boteschaft schiet,
      als uns saget diz diutsche buoch   und ist ein altez liet.
      Heime reit überz gevilde   über ein witen plân.
      dâ vant er bî dem keiser   ligen ahzic tûsent man.

46   Daz Heime was sô lange,   des verdrôz den keiser rîch.
      er wânte in hete gevangen   sîn neve Dietrich.
      mit tûsent sîner manne   er gein Heimen reit.
      im begegent ûf der heide   der degen unverzeit.

47   Alsô der helt Heime   den keiser komen sach,
      zuo Amelolt und Nêren   nû hœret wie er sprach
      'nû sult ir widerkêren,   ir stolzen helde guot.
      dort kumt der rîche keiser   und ist zornic gemuot.

48   Ob er iu iht leides tæte'   sprach der küene degen,
      'sô müeste ich bî iu wâgen   lîp unde leben.
      dâ von kêrent widere,   ir helde lobesam.
      got lône iu aller triuwen   die ir mir hât getân'.

49   Amelolt und Nêre   an der selben stat
      kêrten wider umbe,   als si Heime bat,
      ûf einen berc grüene,   die ritter unverzeit,
      dâ si daz her übersâhen   daz sich dar nider hete geleit.

50   Heimen dô vrâgte   der edele keiser rîch
      'waz enbiutet mir der Berner   mîn neve Dietrich?
      wie wil er gebâren?   daz soltû mir sagen'.
      dô sprach der helt Heime   'daz mac ich lenger niht verdagen.

51   Dâ hân ich dem von Berne   von iu widerseit.
      ir welt gern oder ungerne,   er ist sîn unverzeit.
      wir mugen wol engelden   sîner ellenthaften hant,
      wan man den vürsten selden   in zageheite vant'.

52   'Desn sul wir niht geruochen'   sprach der keiser rîch.
      'wer wil die warte suochen   gein mîm neven Dietrich?
      er wil wider daz rich sich setzen,   daz hân ich wol vernomen.

an éren wil ich in letzen, hât ieman mînen solt genomen'.

53 Alsô sprach von Lamparten der edel keiser rîch
'wen send wir ûf die warte, ir recken lobelîch?'
die küenen wîgande sprungen an einen rinc.
'ich wil die warte suochen' sprach ein herzoge, hiez Wülfinc.

54 Dô welte er von dem ringe zuo im ahzic man,
die sich mit Wülfinge huoben hin dan
under einem banier rîche von golde unmâzen breit.
ahzic helde küene mit dem herzogen Wülfinc reit.

55 Alsô sich ûz bereiten des keisers wartman.
den vanen si dô leiten über den wîten plân.
nû hebe wir ze Berne daz guot liet wider an,
(ir mugent ez hœren gerne, als wir ez vernomen hân)

56 Wie ez an dem buoche hie stêt geschriben,
waz grôzer untriuwe an dem Berner wart getriben.
alsô der helt Heime kom ein mîle von der stat,
Amelolt und Nêre niht mêr geleites er dô bat.

57 Dô drabte er bî der Etsche mit dem keiser ze tal.
dô vant er bî einander ahzic tûsent ûf dem wal.
under die kom Heime verre dar geriten.
dô wart er wol enphangen nâch ritterlîchen siten.

58 Dô sprach der keiser küene alsô hôchverticlîch
'Heime, sage mînen helden, waz enbiut mir Dietrîch?
daz si mir deste gerner helfen in vertrîben,
daz er dâ ze Berne niht langer muge belîben.

59 Er treit übermüete, der ûz erwelte degen.
er muoz mir diu lant rûmen od ez gêt im an sîn leben'.
'hêrre, dâ ist dem von Berne gein iu alsô zorn.
er hât von iuwern schulden vreude vil verlorn.

60 Ez kumet von gewalte, daz clagt der küene degen.
des wil er gein iu wâgen sînen lîp unt leben
mit allen sînen helden, der vürste hôchgenant.
die wellent ime helfen retten bürge unde lant'.

61 Dô sprach der rîche keiser 'ich gibe im zornes nôt.
er muoz mîn schilt vürhten biz an sînen tôt,
hêr Dietrîch von Berne und al die helde sîn,
gern oder ungerne, ûf die triuwe mîn'.

52, 4 het mînen *fehlt* 53, 2 *H* die fart 4 wolffïng (*so immer*)
54, 2 myt dem hertzog w. 3 *H* eyn 4 hertzog 55, 1 Also wurden vaz bereyt
56, 4 Weder reyt amelot 57, 1 etzsch 3 *H* dar *fehlt* 58, 2 *H* myr myn
nefe dyterich 3 *H* jne des da gerner helfen 59, 2 lant hye r. 4 *H* hat *fehlt*
61, 3 alle 4 Sye wolten gern

62 Daz widerrett dô Heime durch des vürsten êr.
'vertribt ir in der lande, ir verwindetz nimmermêr.
und dazz iu al die rieten, die in der werlde sint,
ir sult in niht volgen: er ist iuwers bruoder kint.

63 Welt ir alsô vertriben den edelen Dietrich,
ûf alle mine triuwe, daz ist gar unvriuntlich.
von allem minem herzen ist ez mir umbe in leit'.
alsô rett dô Heime, ein degen unverzeit.

64 Dô sprach der riche keiser als ein zornic man
'waz wil der von Berne mit mir heben an?
wænt er urliuges herten, der edel Dietrich?
er muoz mir diu lant rûmen, wan mir dienet Rœmisch rich.

65 Ich tribe ez mit im umbe, dem helde wil ich niht flên,
ern gebe mir dan Berne und enphâz von mir ze lên.
hêr Dietrich von Berne muoz rûmen mir daz lant,
darzuo die Wülfinge und der alde Hildebrant'.

66 Dô sprach der helt Heime 'ich wil iu sagen mær.
ê macht iu der von Berne manegen satel lær,
welt irn von dem vertriben daz im sin vater hât lân.
daz ziuhe ich an iuch selben, ez ist unvriuntlich getân'.

67 Dô sprach der riche keiser 'diu rede ist gar verlorn.
ez muoz der von Berne vürhten minen zorn.
man siht mich schier vor Berne und ahzic tûsent man,
die ich mit richer gâbe her ûf sin schaden gevûeret hân'.

68 Alsô wâren an den stunden wider komen die degen,
die dem helde Heime daz geleite heten gegeben.
si wâren geriten verren, als ich iu sagen kan,
biz daz die ritter beide ersâhen ahzec tûsent man,

69 Die mit dem richen keiser ze velde wâren komen.
hêrn Dietrich von Berne was vreude vil benomen.
er was ir aller hêrre, der keiser Ermenrich.
dô gie der vogt von Berne vür sine recken lobelich.

70 Dô sprach der vogt von Berne 'nû hœrent, mine man,
herzeliche swære, die ich iu ze clagen hân,
daz mich wil vertriben min veter Ermenrich.
möht ich vor im beliben!' sprach von Bern hêr Dietrich.

71 'Sibeche der ungetriuwe hât über mich rât gegeben
mim vetern Ermenrichen und wil mir an min leben.

`wolte got von himele, daz ich in solte bestân!
só wurde ungetriuwer rât   von Sibechen nimmermére getân'.

72 Dô gie der vogt von Berne   vûr sin recken in den sal   (21)
. . . .
dâ saz mit grôzen éren   der aldé Hildebrant
und manic werder recke   die ich schiere bân genant.

73 Dâ saz Hâche der junge,   Bouge und Râtwin,   (22)
Berhther der starke   und ein, hiez Volcwin,
Richart unde Gérhart   und der küene Witschach,
Helphrich unde Helmschrôt   die man in stûrmen werben sach.

74 Dâ saz Eckehart und Hûnbrecht,   Hartunc und Helmnôt,   (23)
Gotel unde Hûnolt,   zwên helde ze rehter nôt,
Bramkér unde Wülûnc,   von Brisen Amelgér
und Wolfhart der küene.   dannoch was der recken mér,

75   Der ich iu aller   niht genennen kan,
die küenen Wülûnge   hérn Dietriches man.
ez was ein witez künne.   dâ si in dem sal
sâzen, die recken junge,   man hôrte einen lûten schal.

76 Dâ saz Friderich der junge,   Wicher und Wienant,   (24)
Walderich der küene   und ein, hiez Sigebant,
Alphart unde Sigestap   die zwêne küene degen,
Hildebrant und Wolfhelm   zallen nœten ûz erwegen.

77   Dâ saz Amelolt und Nére,   die zwêne küene man,
Walther von Kerlingen,   Helmnôt von Tuscân,
als der vogt von Amelungen   si hete ûz erkorn.
dâ was bî einander   manic recke hôchgeborn.

78 Dâ saz einer in eim ecke,   der hete gesellen niet.   (25)
er legte ein swert über bein,   daz was im alsô liep.
er was geheizen Nuodunc   und was zen brusten wit.
swenne er wart erzürnet,   só gap er hundert gnuogen strît.

79 Er was ûz diutschem lande   ein herzoge hôch geborn.   (26)
alle valsche ræte   het sin herze versworn.
er was stæt und getriuwe,   ein helt ze siner hant.
im diente Swanvelden   und ze Nüerenberc der Sant.

71, 3 jne mit stride s.   4 *H* vngetrüw   72, 3 *H* dar   73, 1 *H* hoch
bange   rotwin   2 Berchter   eyner   3 wytzschach   4 Helfrich   74, 1 echhart
bünbrecht   *H* helmschrot   2 Bottel   havnolt   4 Wolffhart (*daneben
auch* wolffart)   75, 1 *H* iu *fehlt*   2 *H* herre   76, 1 *H* Das   frederich
wiker   *H* wytgenat   2 eyner b. syegebant   3 *Neben* Alphart *auch* alpart
segenstap (*auch* segestap)   4 wolffhelm waren zü den n.   77, 2 tützschgan
3 Also aye der v. v, amelüng zü den noten hat   78, 1 *H* der zet   2 vber sin b.
als   3 nydong (*so immer*)   er was zü den   4 stryts gnug   79, 1 dützschem
4 ze *fehlt*   nornberg.

80   Dâ sâzen dannoch recken,   den ich wol lop wil geben:
     Schiltbrant unde Wolfwin   und Sigehér der degen.
     der vogt der Amelunge   in den sal gie.
     ûf sprungen die recken   dô man den vûrsten enphie.

81   Dô sprach der vogt von Berne   'nû sitzent, mîne man.   (27)
     herzelîche swære   die ich iu ze clagen hân,
     daz mich wil vertrîben   von Rôme der keiser rîch,
     daz clage ich ûf iur helfe'   sprach von Berne hér Dietrîch.

82   Si swigen alle stille,   ir keiner sprach dô,   (28)
     daz einer mit eim worte   den vûrsten machte vrô.
     als der vogt von Berne   diu wort vollensprach,
     in herzeclîchem leide   einer den andern ane sach.

83   Si sprâchen alle gelîche   'hérre, gehabt iuch wol.
     wir weln iu niht entwîchen,   als man von rehte sol.
     wir wellen bî iu wâgen   lîp unde leben.'
     von sînen rîchen mâgen   wart im guoter trôst gegeben.

84   Des vreut sich an den stunden   der edel Dietrîch.
     er sprach 'ich weste gerne,   wes mich zîhe Ermenrîch,
     daz er mir âne schulde   verwüestet liute unt lant.
     nû dar, ir küenen helde,   durch got sô sît gemant!

85   Ir sult dar an gedenken'   sprach der küene man,   (29)
     'als iu mîn vater Dietmâr   in güete ie habe getân.
     ir straht im iuwer hende   und hânt im triwe gegeben.
     dar an sult ir gedenken   die wîle unde ir hânt daz leben.

86   Der mir nû in disen nœten   welle bî gestân,   (30)
     mit dem sô wil ich tejlen   swaz mir mîn vater hât lân'.
     dô sprachen si dô alle   die ûz erwelten degen
     'wir wellen bî iu, hérre,   wâgen lîp unde leben'.

87   'Nû lône iu got von himele!   und gebent mir iuwern rât   (31)
     ze mîner grôzen swære,   wandez mir kumberlîchen stât.
     wie sol ich gebâren?'   dô sprach Alphart
     'dâ sult ir gein in senden   einen recken ûf die wart.'

88   'Wen sol ich gein in senden?'   sprach hér Dietrîch.   (32)
     'daz sult ir mich' sprach Alphart,   'ich wer ez endelîch,
     ich tar wol bevinden   des keisers gelegenheit.'
     daz er die wart wolt suochen,   daz was den Wülfingen leit.

89 Dô sprach Wolfhart der küene 'lieber bruoder mîn, (33)
nû lâz ein andern recken noch hiute wartman sîn.
lâz uns ûz den Wülfingen nemen ein versuochten degen.
dû bist ein kint der jâre, einen andern lâz der warte phlegen.'

90 Des antwurt im mit zorne der junge Alphart (34)
'du enganst mir keiner êren, bruoder Wolfhart,
daz ich hie heime belibe als ein armez wip.
sô hât man iuch vür recken und aht ûf mich ze keiner zît.

91 Ich wil ûf die wart rîten' sprach der küene man. (35)
'daz wizze, bruoder Wolfhart niemen michs erwenden kan.
ich wil mîn heil versuochen' sprach der helt balt.
'ich wil noch hiute sterben ichn werd zeim recken gezalt.'

92 Dô sprach Alphart der junge 'ich hieze nicht ein degen, (36)
waz solte ich tragen wâfen, wâgt ich niht lîp unt leben!
gote ich wol getrûwe, daz iender lebe ein man,
der mir alterseine ze strite müge gesigen an.'

93 Alsô sprach der küene 'ich hân michs angenomen.
sint ûf die heide grüene unser vînde sint bekomen,
des keisers dienære getar ich wol bestân.
ir komen ist mir niht swære, wand ich den lîp ze lêhen hân.'

94 Si mugent mich niht erschrecken' sprach Sigehêres barn.
'heizent mir verdecken den lewen und den arn,
daz mich nieman kenne' sprach der unverzeit,
'swann ich die vînde anrenne, daz der brîs werde breit'.

95 Hêrn Dietrîches wâfen an dem schilte verdecket wart.
'nû vürhte ich niemens strâfen' sprach dô Alphart.
'ich wil ûf die wart rîten durch mîne degenheit.
durch vorhte noch durch liebe wirt nieman mîn name geseit'.

96 Alsô rett der küene 'mîn vriunde, wizzent daz, (37)
ich stên noch unbetwungen und rede ez âne haz.
kom ich ûf die warte, ich suoche unz ûf daz zil:
da ist nieman alsô küene dem ich dar ab entwichen wil.'

97 Dô sprach der vogt von Berne 'lieber Alphart, (38)
ich lân dich alterseine ungerne ûf die wart.
aller recken bærde sint gein dir ein wint:
der sinne und der jâre bistû leider noch ein kint.

98 Swer in herten stürmen alle zît vehten wil' (39)

89, 3 *H* No lasz 4 lasz ein andern 91, 1 *H* der wart 2 mych des
4 ader ich w. zü cym 92, 1 sp. aüch alphart 2 tragen wâfen *fehlt* 4 mych
ze strite *fehlt* 93, 1 mych sin 2 komen 3 *H* getarf 94, 2 *H* den
adelarn 95, 1 Her *H* ditherich 2 *H* dô *fehlt* 96, 3 süche basz vff
97, 3 geberde 98, 1 st. zu vil fechten.

sprach der vogt von Berne   'und tribet er sin vil,
witze unde sinne   wære im beider nôt.
ez wundet dicke ein wiser   ein starken tumben in den tôt.'

99 Dô sprach Alphart 'hêrre,   ir sult mich wizzen lân,   (40)
sol einer nâch dem andern   an mich ze strîte gân,
alsô ez von alter her   reht ist gewesen,
in stürmen und in strîten   getrûwe ich harte wol genesen.

100 Ich wil ûf die wart rîten   durch mîne degenheit.   (41)
swer mir daz nû wendet,   daz ist mir immer leit.'
alsô rett der küene   'mîner sterke ich nie gewuoc,
einem nâch dem andern   gibich tûsenten strîtes gnuoc.'

101 Dô sprach Hilbrant der alde   'her neve, ir sint ein kint,   (42)
und enwelt niht wizzen rehte   wer die recken jenhalp sint:
der keiser von Rôme   hât sînen solt gegeben
den tiursten in der werlde   sô si nû hânt daz leben.'

102 'Desn sult ir niht geruochen'   alsô sprach Alphart,   (43)
'deste williclîcher   wil ich ûf die wart.'
alsô antwurt der küene   dem alden Hildebrant.
er hiez im balde bringen   ros harnasch und gewant.

103 Alsô die andern sâhen   des küenen recken muot,   (44)
do begunde sêre trûren   manic ritter guot.
si nâmen in bi der hende,   Alphart den jungen man,
si vuorten in vûr vroun Uoten   die herzoginne lobesan.

104 Dô seiten si der vrouwen   wes er hœte muot. •   (45)
do begunde sêre trûren   diu herzoginne guot.
'Alphart, lieber ôheim,   wem wiltû mich lân?
wer sol mich des ergetzen   deich dich sô lange erzogen hân?'

105 Dô sprach vermezzentlîche Alphart der junge degen   (46)
'der rîche Crist von himele   der sol iuwer phlegen!'
dô wolte niht belîben   Alphart der junge man:
in harnesch und in ringe   wâpent in diu vrouwe wolgetân.

106 Si gap im einen wâpenroc,   der was guot genuoc.   (47)
si hiez ein ros im ziehen,   daz in wol verwâpent truoc.
den schilt gap si im ze arme,   den helm si im ûf bant.
dô er dan wolte rîten,   ein sper gap si im in die hant.

107   Dô vuor in lewen muote   Alphart der junge man.

98, 2 und *fehlt*   sin ze vil   4 dommen bys in   99, 1 *H* a. der junge herre   2 eyn reck noch   3 Als   4 wol zu genesen   100, 2 *H* myr hüde vnd vmber   3 myn   101, 1 *H* herre   2 r. dar geinhalp   3 Es hat d. k. v. rome   4 nû *fehlt*   102, 1 Darümb   rüchen   2 Ich wel desda williglicher   103, 4 in *fehlt*   Vten (vde 107, vdde 113)   104, 3 Sye sprach a.   105, 1 *H* Alphart *fehlt*   2 üwer aller p.   106, 2 jm dar zyhen ein rasz   107, 1 *H* in eins l.

     diu herzogin vrou Uote   weinen dô began
     er sprach 'schœnest aller wîbe,   lât iuwer weinen sîn:
     gote ich wol getrûwe,   dar nâch dem starken ellen mîn.'

108   Dar kom ein juncvrouwe,   diu hiez Amelgart.
     'dû solt heime belîben,   vil lieber Alphart,
     und solt bî mir gewinnen   ein vreudenrîchez leben.
     gedenke, vürste edele,   deich dir zer ê bin gegeben.

109   Ze Swêden ûz dem lande   vuort mich hêr Hildebrant
     ûz mînes vater rîche   mit werlîcher hant.
     er gap mich dir ze wîbe.   wem wiltû mich lân?
     verlûre ich dich nû, hêrre,   sô müeste ich einic hie bestân.'

110   Dô sprach vermezzentlîchen   Alphart der junge degen
     'wil sîn got geruochen,   ich wil der warte phlegen.
     daz tuon ich durch dîn willen,   dû schœne triutîn.
     nû gnâd dir Crist der rîche!   ez mac niht anders gesîn.'

111   Diu edel juncvrouwe   lie sich an diu knie.
     'genâde, lieber vriedel,   nû were dû mich hie.
     sît dû niht wilt belîben,   sô lâ mit dir ein man,
     der uns sage diu mære   swann dich die vînde rîten an.'

112   Dô wolte niht belîben   Alphart der junge degen.
     er wolt die warte suochen,   des hete er sich erwegen.
     daz er der wolte phlegen,   der ritter unverzeit
     und keiner helfe geruochte,   daz was den schœnen vrouwen leit.

113   Er kust die juncvrouwen,   im was von dannen gâch.
     er wolt die wart dô suochen.   dô segent ime nâch
     diu herzogin vrou Uote   mit ir snéwîzen hant.
     ahzic helde küene   Alphart ûf der warte vant,

114   Die der rîche keiser   hete ûz gesant
     hêrn Dietrîch ze leide.   er was in unerkant.
     die hielten ûf der heide,   die ritter unverzaget.
     dô wart von in allen   an Alphart wênic prîs bejaget.

115   Wæren zwêne helde   in dem here niht gewesen,
     vor ahzec tûsent mannen   wære er wol genesen,
     die sluogen in an den triuwen,   daz wil ich iu sagen.
     ez moht si wol geriuwen,   er hete si bêde wol erslagen.'

116 Mit umbegurtem swerte   er zuo dem rosse gie.   (48)
     dar ûf saz er balde,   urloup er enphie.

109, 1 *H* mych ye her   4 stan   110, 2 *H* wart noch hüde plegen   4 sin
111, 3 *H* dyr ryden ein   4 *H* die mere sage   112, 3 *H* der wart wolt
4 *H* Vnd er keynen   114, 2 Her dytherychen   4 *H* an *fehlt*   116, 1 vmbgorten
    2 *H* balde *fehlt*   vnd vrlap

       'wære ez nû mit willen   des lieben hêrren mîn,
       die warte wolte ich suochen   nâch den grôzen éren sîn.'

117   Dó was Alphart der junge   ûf sîn ros bekomen.   (49)
       dô hete er umbe und umbe   schôn urloup genomen.
       er reit mit guotem willen   verre vûr die stat.
       nâch im manic schœne vrouwe   segente, diu im heiles bat.

118   Dó giengen ûf die mûre   die ritter unverzeit.   (50)
       Alphart der junge   über die brücken reit.
       si sâhen im nâch alle :   williclîche reit der degen.
       si bâten Crist den rîchen   daz er des recken wolte phlegen.

119   Dó wolt daz ros versuochen   Alphart der junge degen,   (51)
       ob er drûf torste wâgen   sînen lîp unt leben.
       aht clâftern wîten   ez under im spranc:
       'diu dich mir ie gegap,   diu habe des immer danc!'

120   Daz sach an der zinne   von Bern der wîgant: ·
       'gehabt iuch wol dâ inne: wir haben ûz gesant
       den allerküensten ritter,   der den namen ie gewan.
       vor keinem einegen recken   ich sîn keine sorge hân.'

121   Dó staphte überz gevilde   Alphart zehant.
       dô sprach von Berne   sîn ôheim Hildebrant
       'nû langt mir ein gesmîde,   ein vrömdez sturmgewant.
       jâ wil ich in twingen   mit mîner ellenthaften hant.

122   Ich wil im nâch rîten   durch triuwe ûf den plân.
       er müest mich immer riuwen,   sold wir in vloren hân.
       ist ez daz ich in vinde,   ich mache in strîtes sat:
       von der heide grüene   muoz er her wider in die stat.'

123   Dó wart er schiere bereitet   in ritterlîchiu cleit.
       sîn wâpenroc was tiure   mit golde wol durchleit.
       sîn ros wart im verdecket,   ûf saz der unverzeit,
       er wânde in erschrecken,   daz er im nâch ûf die warte reit.

124   Dó staphte überz gevilde   meister Hildebrant,
       dô er Alphart den milden   alterseine vant.
       als in der degen hêre   von verren ane sach,
       'dort komt des keisers diener,   wæn mir lieber nie geschach.

125   'Mit dem só wil ich strîten'   sprach der junge man,
       daz ros warf er umbe   gein im ûf den plân.

    116, 3 *H* Er sprach wer   4 den *fehlt*   117, 3 M. g. w. reyt er gern vor
4 seget manch schon frauw   118, 1 dye borgmüern   2 die etschbrücken
3 *H* alle nach   so w.   4 *H* wol   119, 2 darvû dorste   4 des *fehlt*
120, 2 Er sprach gehabt   in   3 recken der rytters namen   123, 2 wapenrock
myt dyren mit g.   124, 2 alparten   3 Also   4 wan   liebers

        alsô daz der alde   von dem jungen sach,
        gerne muget ihr hœren,   wie meister Hildebrant sprach.

126   ‘Daz ich gein einem kinde   ze velde komen bin,
        ist daz ich sîn niht schône,   wer gap mirz in den sin?
        und ist daz ich sîn schône’   sprach der küene man,
        ‘son wirt mir niht ze lône,   danne daz ichs laster hân.

127   Ich muoz im niht entwîchen,   ich muoz in bestân.’
        si riten sicherlîche   beide einander an,
        Hildebrant der alde   zebrach sîn sper zehant.
        si erbeizten von den rossen   her nider ûf daz lant.

128   Die ûz erwelten beide   sich under schilde bugen
        ûf der grüenen heide,   zwei scharphiu swert si zugen.
        si sluogen ûf einander,   die wolgemuoten man,
        daz des viures vlamme   über ir beider helmen bran.

129   Dô sprach Alphart der junge   ‘solt ich dar umbe verzagen,
        ich wolte ê sicherlîche   ze tôde werden erslagen.
        nû vliuhe ich doch niht gerne’   sprach der junge man,
        ‘sint ich bin von Berne   her komen ûf den plân.

130   Ich hôrte sagen mære’   sprach der ritter guot,
        ‘wie ez grôz laster wære,   swer zegelîchen tuot.
        nû wert iuch vrümeclîchen,   ir ûz erwelter man.
        ich wil iu niht entwîchen: ez muoz mir êrlich ergân.’

131   Alphart der junge   gap Hilbrant einen slac,
        daz er ûf der heide grüene   vor im gestrecket lac.
        dô rief vil geswinde   der alde dâ zehant
        ‘dû solt mich lâzen leben: ich binz dîn ôheim Hildebraut.’

132   ‘Dem tæte ich doch ungerne’,   sprach der junge man.
        ‘ich liez in hiute ze Berne   vor mînem hêrren stân.
        dû solt dich dran niht lâzen,   dû bist dar an betrogen.
        solte ich den hie vinden?   daz ist niht wâr und ist gelogen.

133   Dû wilt dich dâ mit vristen,   trûtgeselle mîn.
        dich hilft niht dîner liste,   ez muoz dîn ende sîn,
        der grôzen ungenâden’   sprach der ritter guot,
        ‘die ir unverschulter dinge   dem edelen vogt von Berne tuot.’

134   ‘Nein ich ûf mîn triuwe’   sprach meister Hildebrant.
        ‘ez müest dich immer riuwen, / slüege mich dîn hant.
        bint mir von dem houbte   den helm sâ zehant

und sich mich under dougen,   sô wirde ich dir bekant.'

135   Alphart der junge   im den helm abe bant.
er sach im under dougen,   er wart im schiere bekant.
'nù dunkt ir mich niht wise',   sprach der junge man:
'nù sint ir wol sô grise,   ir solt der reise uns hân erlân'.

136   Sprach Hildebrant 'jâ gerne.   ich hânz getân durch guot.
nù var mit mir gein Berne,   ritter hôchgemuot,
ab der warte grüene,   dû ûz erwelter degen'.
sprach Alphart der junge   'ich wil noch hiute der wart phlegen'.

137   'Sô gnâd dir Crist der riche!'   sprach meister Hildebrant.
'wan mir ist sicherliche   din manheit wol erkant.
daz sage ich dâ ze Berne   dem vürsten lobesam:
er hœrt ez niht ungerne.   daz dù mir hâst gesiget an.'

138 . Hildebrant der alde   dô gein Berne reit.
do erbeizte er ritterliche,   der degen unverzeit.
als in der vürste riche   von verren ane sach,
er gruozte in tugentliche.   nù hœrent wie er sprach.

139   'Ir sint gewesen lange,   meister Hildebrant.
wâ ist iwer gevangen,   den ir bringet an der hant?'
der spot tete dem alden   zuo dem schaden wê,
er sprach mit gewalde   'hêrre, ich wil iu sagen mê.

140   Wir haben ûz gesendet   den aller küensten man,
der bî unsern ziten   ritters namen ie gewan,
mich bestuont der vürste junge   ûf dem witen plân:
ich sage iu, lieber hêrre,   ich enmohte im niht vorgestân.'

141   Dô sprach der vogt von Berne,   ein vürste lobesan
'daz hœre ich niht ungerne,   hât er iu gesiget an.
daz iuch der degen junge   zuo der erden sluoc,
ûf alle mine triuwe,   ez was von einem kinde genuoc'.

142   Die ûz erwelten beide   retten dô niht mê.
Alphart stuont ûf der heide,   sin ros in dem clê.
er strict daz vürgebüege   und gurt sin rosse baz.
ez dûhte in harte gevüege: wie ritterlich er dar ûf saz!

143   Dô reit er unbetwungen   wol eine raste wit,
ê daz der ritter junge   kom in den andern strit.
ahzic helde küene   im engegene reit
under einem banier grüene,   was mit golde durchleit.

131, 4 die augen   135, 2 dye augen   4 uns der reisz   136, 1 han ys
2 *H* myr heym g.   137, 1 *H* meister *fehlt*   3 *H* den   138, 3 ferem
139, 2 *H* gefanger   3 Dem alden det der spot   140, 1 *H* gesant   4 *H* ju
141, 2 das er vch hat   142, 1 *H* mene   3 sin rasz

144 Dô sach er vor im vûeren   ein harte rîchen van   (52)
    den herzogen Wûlfinc   und ahzic sîner man.
    gegen in staphte er schône.   si vrâgte Alphart,
    wer des heres meister wære   oder houptman ûf der wart.

145 Dô sprach der herzoge   alsô vermezzentlîch   (53)
    'dâ hât uns ûz gesendet   der keiser Ermenrich,
    daz wir ze schaden bringen   den edelen vogt von Bern.'
    diu mære hôrte Alphart   von sînem hêrren ungern.

146 Dô sprach gezogenlîche   Alphart der junge man   (54)
    'nune weiz ich niht der leide   diu mîn hêrre iu habe getân.
    jâ ist er iurs geslehtes,   ûz erwelter degen,
    ir soltet in sîm dienste   wâgen lîp unde leben.'

147 Dô sprach der herzoge   'sagt, hêrre, wer ir sît,   (55)
    daz ir alterseine rîtent   ûf der heide wît
    und ouch sô sêre vrâget   nâch des keisers man:
    daz weste ich harte gerne,   wurd ez mir kunt von iu getân.'

148 Des antwurte Alphart   (er hete eins mannes sin)   (56)
    'ir sult wizzen, hêrre,   deich iuwer vîent bin,
    und dar nâch al der recken   die dem hêrren min
    ze schaden wolten rîten,   der vîent wil ich immer sîn.'

149 Des antwurt ihm geswinde   der herzoge zehant   (57)
    'jâ hân ich von dem keiser   guot unde lant,
    ich hân den solt enphangen,   daz liehte golt sô rôt:
    swanne er mir gebiutet,   sô muoz ich rîten in die nôt.'

150 'Sô haltent ûz den vanden   durch iuwer degenheit,   (58)
    ûz dem gesinde   ûf die heide breit!'
    zwei sper ze handen nâmen   die degen unverzeit.
    dô wart von in beiden   ein swinder tjost dâ bereit.

151 Durch ir beider zürnen   wârn sie ze velde komen.   (59)
    ein schedelîchez rîten   wart schiere dô genomen.
    Alphart der junge   stach dem herzogen hêr
    vorn zwischen sînen brüsten   durch sînen lîp ein scharphez sper.

152 Im entweich craft unde maht,   sins lebens was er ein gast.   (60)
    er stach in vornân inne   dazz rückeshalp ûz brast.
    den satel muoste er rûmen   her nider ûf daz gras.
    in einer kurzen wîle   von im diu sêle gescheiden was.

<hr>

144, 1 *H* er *fehlt*   rych   145, 1 h. wolfling also   3 *H* schaden solten brengen   146, 2 No veh myn herre   3 Ja er yst   147, 1 h. wolfling sagt   148, 1 *H* synne   3 *H* aller   149, 1 h. wolffing z.   2 Da habe   150, 1 usz dyn fande   3 namen sye zü den handen   4 dâ *fehlt*   151, 1 zorn   3 den   4 *H* syne br.   *H* scharp   152, 1 Das jm   2 ver an joc das ys rückenhalp   3 *H* das grüne gr.   4 die sele von jm

153　Alsó die andern sâhen,　　ir hèrre was tôt ,
　　si begunden zuo im gâhen,　　daz tete in gróze nôt.
　　do bestuont in ûf der heide　　àn einer ahzic degen.
　　dô muoste Alphart der junge　　wâgen sîn werdez leben.

154 Einer spranc von dem rosse,　der hiez Sigewîn.　　　　(61)
　　'nû müezet ir mir gelden　　den liebsten hèrren mîn,
　　der von iuwern schulden　　ist gelegen tôt.
　　nû wert iuch vrûmeclîchen:　　daz tuot iu endelîchen nôt.'

155　Dô sprach gezogentlîche　　Alphart der junge man
　　'wil mir got nû helfen,　　iwer tûsent sige ich an.
　　wænt ir an mir rechen'　　sprach der hôchgeborn
　　'des Wüllinges ende　　und iuwer selbes zorn,

156 Sô welt ir sanfte küelen　　iuwer herzenleit.　　　　　(62)
　　ir sult iuch vor mir hüeten,　　iu sî allen widerseit:
　　und schermet iuch wislîchen　　vor mînen swinden slegen.
　　ergrîfe ich iuch zem verche,　　ich wil iuch ze iuwerm hèrren legen.'

157 Alphart spranc von dem rosse　　und liez ez von im gân.　　(63)
　　er dâhte in sînem muote,　　er müeste ouch den bestân.
　　Sigewîn der starke　　huop an im den strît:
　　Alphart der junge　　sluoc im die tiefen wunden wît

158　Mit sînem guoten swerte.　　er mohte niht genesen.
　　'daz habe dir durch dîn hèrren,　　ob er dir sî liep gewesen.
　　dû hâst den solt enphangen　　den er geleisten mac:
　　ez ist umb dich ergangen,　　dir nâhet schier dîn jungster tac.'

159 Gèrbart spranc von dem rosse,　　gar ein starker man:　　(64)
　　'und wærestû der tiuvel,　　ich wolt dich ouch bestân.'
　　si liefen an einander　　ûf der heide wît,
　　zwischen den zwein wîganden　　huop sich ein ungevüeger strît.

160 Si wâren ze strîte　　beide gewahsen gnuoc.　　　　　(65)
　　Alphart der junge　　im tiefe wunden sluoc,
　　daz er muoste vallen　　und dâ geligen tôt.
　　Alphart der junge　　was ein helt ze rehter nôt.

161 Alsó Alphart ersach　　daz die drî wârn gelegen,　　　(66)
　　'alrèrste sul wir strîten'　　sprach der küene degen.
　　'wol abe von den rossen　　zuo mir ûf daz lant!
　　swem got des heiles gunne,　　der vüere den sic an der hant!'

162 Dô sprungen von den rossen　　siben und sibenzic man.　　(67, 1)
　　si bestuonden Alpharten　　ûf dem wîten plân.

153, 1 s. das yr　　2 *H* grosz　　154, 2 *H* Er sprach no　　155, 2 sych ich　　3 So
went　　4 selbest　　157, 4 jm der dyffen　　158, 2 dynen　　3 den du g.　　159, 1 Der-
bart　　2 werstü glich der　　3 vff eyuander　　160, 1 beyde zü stryde　　161, 3 aber

si wolten alle ze måle   ûf in geslagen han:
dô sprach ein alder ritter   'des müest wir immer laster hån.

163   In bestê der man besunder,   als ez reht si gewesen.
ez wære ein michel wunder,   solte er hie genesen.
ez was ein der Wülfinge,   der hete den råt getån.
alsô Alphart einen   ersluoc, er lief ein andern an.

164   Si umbzugen in ûf der beide   daz in niht entwiche der man.
dô muoste er alterseine   mit den vinden umbegån   (67, 2-4)
mit sinem guoten swerte   daz im in der hende erclanc,
daz durch die liehten helme   daz rôte bluot herûz dranc.

165   Dô sprach einer under in   'wir sin niht wol gevarn.   (68)
wær ich då heime ze bûwe,   ich wolte ez baz bewarn,
daz ich nimmer kæme   gein Berne in daz lant,
ez ist niht ein ritter,   ez ist ein tiuvel her gesant.'

166   Dô stuont ûf der heide   Alphart der junge man.   (69)
sin wolt nieman erbarmen,   des ritters lobesam.
Alphart het alterseine   sich strites angenomen,
er wære wol mit êren   rehte von der warte komen.

167   Er valte ir alsô manegen,   der junge Alphart,   (70)
der mit sinem swerte   von dem leben gescheiden wart.
er hiu durch die ringe   daz vliezende bluot
und vaht mit solhem grimme,   kein junge ez nimmermêr getuot.

168   Ez was ir urteile   unde ir leste zît.   (71)
daz si sin niht erkanden,   si huoben an im den strît.
des muostens liden smerzen   von siner ellenthaften hant.
vil liehter ringe wurden   von ir brüsten entrant.

169   Si muosten zuo der erden   von sin eines hant,   (72)
des keisers dienære,   die er ûf der warte vant,
der herzoge Wülfinc   und abzic siner man.
Alphart der junge   gesigte in lobelîchen an.

170   Der ahzec niht mêre   genas dan aht man.   (73)
die huoben sich zen rossen,   Alphart tete alsam.
man sach si überz gevilde   vliehen zegelîch.
nâch in jagte Alphart   under einem banier, daz was rich.

171   Er jagtes niht ze verre,   als ein nôtic ritter tuot,   (74)
er hielt ûf einer ecken,   der ritter hôchgemuot.

162, 3 *H* zu mal myt swerten vff   163, 1 Der man bestee jne   2 *H* eyner
wolffing   4 Als   164, 4 rôte *fehlt*   165, 1 *H* Da was eyner vnder jn der
sprach wyr   *H* sin *fehlt*   3 *H* ich *fehlt*   4 *H* es ys nit   düffel vff die wart
g.   166, 3 alterseyn hat   167, 4 mêr *fehlt*   168, 4 von yren brüsten worden
169, 1 erden fallen von syner eyngen   3 Dem hertzoch   170, 1 gennsz nit
mene   171, 1 nottiger

er hete gestriten sére,   dem helde dem was heiz,
daz im ûf der heide grüene   durch die ringe dranc der sweiz.

172   Der clé wart begozzen   mit dem heizen bluote naz.
ich enweiz wes si genuzzen   daz si durch ir baz
bestuonden ûf der heide   den kindischen man.
Alphart der junge   gesigte in lobelichen an,

173   Ez was ir urteile   unde ir leste zît.
si lâgen ûf der heide   in dem bluote wît.
man seite uns, daz er wære   der küeneste man,
Alphart der junge,   der daz leben ie gewan

174   Oder von muoterlîbe   ie geboren wart.
diu schœnest aller wibe   zôch den jungen Alphart.
dâ phlac sîn wol mit éren   meister Hildebrant,
er was stæt und getriuwe,   in heldes muote man in vant.

175   Er vuor in lewen muote,   si was an im niht betrogen,
diu herzogin vrou Uote,   diu in dâ hete erzogen
ûf von einem kinde.   wie degenlich er streit,
biz im der helt Witege   nâch ûf die warte reit!

176   Er und sîn geselle Heime   nâmen sîn genôte war.
der tiuvel ûz der helle   vuorte si bêde dar.
si sluogen in an den triuwen   mit ellenthafter hant   .
hérn Dietrich ze leide: des muostens rûmen diu lant.

177   Do erbeizte er von dem rosse,   daz sper enhant er nam.
wider ûf saz er schiere   und staphte von dan.
eine linden grüene   sach der unverzeit.
Alphart der junge   gein dem schaten dô reit.

178   Als Alphart der junge   under die linden kam,
den rouch sach er vliegen   über den witen plân.
er sprach 'wolt got von himele,   hæte ich tûsent man,
sô wurde der riche keiser   von mir strîtes niht erlân.

179   Wan hæte ich Wolfharten   den lieben bruoder mîn
und ouch den vogt von Berne   (des sult ir sicher sîn)
unde mînen ôheim   den alden Hildebrant,
heten die drî mîn gemüete,   si müesten rûmen uns diz lant.'

180   Er entwâpent sich des helmes,   als ein nôtic ritter tuot.   (75)
er kêrt sich gein dem lufte   der degen hôchgemuot.
bî den selben zîten   kômen die abte gerant,

172, 2 Ich weysz nit   4 *H* gesach   175, 3 *H* der stryt   176, 1 Er *fehlt*
die nament syner genade   4 *H* ller   177, 1 er in dye hant   2 *H* er vff sasz
3 Geggen eyner l.   4 scheyden   178, 1 Also   *H* flychen   3 von himele
fehlt   179, 3 den alden myn ohem   4 vns rümen   180, 3 dye aucht kamen

si erbeizten mit den wunden   vůr den keiser ůf daz lant.

181 Mit ir tiefen wunden   kómen si gerant,
vůr des gezeldes snůere   erbeiztens ůf das lant.
ir schilde unde ir helme   wårn von bluote naz.
si giengen geime gezelde,   dà der riche keiser saz.

182 Als si der riche keiser   verre ane sach,   (76)
ůz trůreclichem muote   nů hœret wie er sprach
'sint willekomen, ir recken.   wå sint der helde mé
die ůf der warte wåren?   mir tuont iuwer wunden wé.

183 Wå ist der herzoge   und ahzic siner man?'   (77, 1. 2)
'hèrr, er ist tòt und dandern   sint bi im gestàn.
diu rede ist àne lougen,   edeler keiser hèr.
wir sàhen ez mit ougen: vråget nàch in nimmermèr.

184 Unser wåren ahzec: der sint ahte wider komen.
die andern habent alle   dort ir ende genomen.
si ligent ůf der heide   alle ze tòde erslagen.'   (77, 3. 4)
do begunden die recken   den herzogen Wůlfinc clagen.

185 Dò sprach der keiser riche   'nù sage mir, biderber man,   (78)
wie vil was der recken   die iu hànt gesiget an?'
'ich hàns iu schiere gezellet: ez was ein einic degen

. . . .

186 Dò sprach der keiser riche   'nù sage mir mèr dàvan,   (79)
wer was der selbe recke   der iu hàt gesiget an?
waz vůert er an dem schilde?   kanstù mirz gesagen,
deich in dà bi erkenne   swà man in siht daz wàpen tragen?

187 Od hàstù iht gemerket'   sprach der keiser rich,   (80)
'ob ez si gewesen   min veter Dietrich.
od deheiner siner diener?   daz soltù mich wizzen làn.'
dò sprach der selbe recke   'ez wirt iu schiere kunt getàn.

188 Er ritet ůfme gevilde   der degen unverzeit

. . . .

der die helde dine   hàt in den tòt versniten.
ich weiz in solhes muotes,   er kumet schiere her geriten.'

189 Die sich gegarwet hàten   ze strìte ůf daz velt,
die sach man zesamne   růcken hůtten und gezelt,
als si diu starken mære   von dem helde hòrten sagen.

181, 4 gein dem   182, 1 Also   3 wylkom   *H* mene   4 Die mit veh vff
183, 1 h. wolffing vnd   2 Si sprachen herre   dye andern   3 yst keyn
H lügen   4 myt den augen   184, 1 nücht her weder   3 *H* alle vff der heyde
4 recken alle den   185, 3 han es   186, 1 *H* riche *fehlt*   *H* k. no thw so
wol und sage   mèr *fehlt*   4 *H* das wapen sycht   187, 4 *H* ez *fehlt*
188, 1 reyt   3 dine *fehlt*   189, 1 garwyt   2 rücken myt h.

si jagten vûr den keiser   und gebârten als die zagen.

190 Als Alphart zesamne   daz her dâ rücken sach,
er begunde lachen.   nû hœret wie er sprach.
'ricber got von himele,   war ist in hin sô gâch?
des keisers dienæren,   ich sol in jagen nâch.'

191 Daz ros nam er bi dem zoume   und wolt ûf gesezzen hân.
do gedâhte in sinem muote   der ritter wol getân
'jâ ist daz ich zin rite   und wurde ich danne erslagen,
man spræche ez wære ein übermuot   und dorfte mich niht clagen.'

192 Under der linden grüene   hielt er hin zetal.
dô sprach der keiser küene   'lât beliben disen schal.
noch sage mir, werder recke,   wer was der selbe man?'
'her, daz wâpen ich brüeve   nâch dem und ichz gesehen hân.

193 Von dem iuwer recken   sint erslagen tôt,   (81)
er vüeret einen wizen schilt,   ein lewen von golde rôt,
dar obe ein guldin crône: alsô sach ich in varn.
jâ vüert er ninder wâpen   hern Dietriches, den arn.

194 Den ich vil wol erkenne,   den liehten Hildengrin.   (82)
der gap dâ ze velde   keinen liehten schin.
vor dem von Berne   si wir gewesen vri
vnd wer syner gewalt schon drye

195 Er ist dirre lande   ein gast, des muoz ich jehen,   (83)
den selben helt den hân ich   selten mer gesehen,
von dem wir ûf der heide   hân grôzen schaden genomen.
er ist dem vogt von Berne   verren her ze helfe komen.

196 Im mac der vogt von Berne   gern sinen solt geben.   (84)
er kan helme houwen   den helden durch ir leben.'
ûz den verwunten   der ahte einer sprach
'bi allen minen jâren   ich sterkern man nie gesach.

197 Ich setze in mine triuwe   dâ wider guot und lant,   (85)
daz ist allez veige.   er vüert in siner hant
ein swert daz snidet sêre, er ist selbe ein starker man.
mit sin eines hende   gesigt er al der werlde an.'

198 Die rede erhôrte der keiser,   si was im harte leit.   (86)
'owê miner êren!   min laster wirt breit.
kumt er under mine recken,   er verderbet mir die schar.
die wile der selbe lebet,   gein Berne gerücke ich nimmer dar.'

190, 1 Also a. dar here da züsam   3 wo   4 *H* dyner   191, 1 wolt dar vff
192, 2 *H* laszet   3 selbe *fehlt*   4 herre   ich ys   193, 4 her *H* dytherich   adelarn   195, 1 eyn gast dyser lande   *H* sehen   2 helden hau
196, 4 *H* man *fehlt*   197, 3 selber yst er   4 siner *H* eygen   alle dye wernt
198, 1 warn   2 Er sprach üwe   3 *H* er myn under

199 Dâ saz unter den gezelden   manic küener man,   (87)
dà man diu starken mære   von den helden dô vernam.
dà saz mit grôzen êren   der herzoge Rienolt
und Randolt sin bruoder,   den gap der keiser beiden solt.

200 Sêwart der alde   gar ein starker man,   (88)
unde von Tuscàn   der herzoge Berhtram,
Witege unde Heime   die zwêne starken degen.
man sach den richen keiser   harte trûriclîchen leben.

201 Hervûr hiez tragen der keiser   silber unde golt.   (89)
'swer suochen wil die warte,   der neme richen solt,
golt und edel gesteine,   swaz ûf schilde mac geligen.'
die küenen wigande   alle gar stille swigen.

202 Swaz edeles gesteines   man vûr die hêrren truoc,
si sprâchen alle gelîche   'hêrre, wir hân selbe gnuoc,
war umbe wolt wir danne   wâgen lîp unt leben
und unser rîche? ir sullet   den solt den vremden recken geben'.

203 'Owê der herzenleide'   sprach der keiser rich.
'hân ich nieman ûf der heide, der wolte rechen mich?
mac ich iuwer niht geniezen,   ir ûz erwelten degen?'
man sach den richen keiser . harte trûreclîchen leben.

204 'Ich clage iu algelîche   mîn creftic ungemach.'
die armen zuo den richen   ir keiner wort gesprach:
si swigen alle stille,   ir kein wolt ûf die wart.
dannoch under der linden ' hielt der junge Alphart.

205 In den selben zîten   wâren diu reht,
swer die wart wolte suochen,   ritter oder cneht,
der phlac ir wol mit êren   biz der tac ein ende nam.
alsô tete ouch Alphart   als einem ritter wol gezam.

206 'Nù swigent si alle stille,   die mir gâben rât.   (90)
si welnt wênic mich ergetzen   des mîn herze kumber hât.
ich mane dich dîner triuwe,   Witege, ein wigant:
sô wil ich mit dir teilen   bürge guot unde lant'.

207 Dô sprach der helt Witege   (der was ein küener degen)   (91)
'ir hânt mir iuwer gâbe   dicke volleclich gegeben.
der müezent ir geniezen,   edeler keiser hêr.'
er hiez im balde bringen   ros schilt harnasch unde sper.

200, 1 Sewalt (*vergl.* 139)   2 Der hertzoch von dützchgen vnd d. h. bertram
3 *H* st. man degen   201, 2 wel süchen   3 was vff sym s.   202, 1 man
edels gesteins   getrüg   2 herre   203, 2 heyde da wolt   204, 1 alle
kreftiges   2 keyner nye w.   3 keyner   4 hylt vnder der lynden   205, 2 er
wer rytter   206, 1 g. den r.   2 mych wenig   das m. h. vil komers h.   3 eyn
küner w.   207, 2 follyckelychen   4 brengen her

208 Darin wâpent er sich unde gie   ze sinem rosse dan.   (92)
dar ûf saz er schiere,   den schilt er ze arme nam,
daz sper ze siner hende,   der degen unverzeit.
seht hin, wie ritterlichen   Witege ze Alpharten reit!

209 Als er ûf daz gevilde   kom von dem here hin dan,   (93)
do begunde sêre grûsen   den ûz erwelten man.
dô dructen in die ringe,   dem helde wart sô heiz,
daz im ûf der heide grüene   durch die ringe dranc der sweiz.

210 Er sprach 'got von himele,   wie ist dem herzen min,   (94)
od waz mac ûf die warte   hiute komen sin ?
ich solt die reise lâzen'   dâht der werde man.
daz ros warf er umbe   und sach daz her wider an.

211 Er dâhte in sinem muote   her wider als ein helt   (95)
'dû muost nû liden smerzen,   sit dich hât ûz erwelt
ûz ahzic tûsent mannen   der keiser lobesam.
dâ wirt êre begangen   od ez muoz mir an min leben gân.'

212 Über daz gevilde   wart Witegen alsô gâch.   (96)
ûf sô macht sich Heime   und reit sich Witegen nâch,
der wolt sich hân gerochen   an dem kindeschen man.
Heime hielt undr eim schaten   biz Witege von dem sige kam.

213 Dô kam der helt Witege   geriten ûf daz wal.   (97)
dâ vant er vil der tôten   ligen über al.
als in Alphart der junge   von verren ane sach,
'dort komt des keisers diener,   wan mir lieber nie geschach.'

214 Den helm bant er zem houpte   zuo der selben stunt,   (98)
er staphte gein im schône   in einen tiefen grunt.
Witege vrâgte in mære,   ob er im kunde gesagen,
ob er der ritter wære,   der die helde hæte erslagen.

215 'Jâ ich' sprach Alphart.   'saget mir, degen hêr,   (99)
wie getürret ir gein recken   iuwer sper geleiten mêr?
ez ist iu ze verwizen,   ir sit ein triwelôs man.
jane weiz ich niht der leide   diu iu min hêrre habe getân.

216 Ir swuoret im ze stunden,   helt, den iuwern eit.   (100)
den hânt ir gebrochen,   deist allen recken leit.
iu hât der von Berne   und alle sine man
dâ her bi allen ziten   ie des besten vil getân.

217   Dir was der vogt von Berne   ie mit triuwen holt,

208, 1 rasz hyen dan   209, 1 Also er kam vff das gefylde   3 *H* ringen
212, 1 alsô *fehlt*   2 wytdich   3 Er   4 bylt binder eym scheyden   vom s.
213, 4 wan m. liebers   214, 2 gein jne   3 fraget jne der mer   215, 2 gedort jr üwer sper gein keym recken   3 *H* ir *fehlt*   das sit   4 Ja
216, 4 ie *fehlt*

er gap dir harte gerne   sîn silber und ouch daz golt:
er liez dich sîn gewaltec   über bürge unt lant,
die küenen Wülfinge   die dienten dir dâ zehant.

218 Diu rede ist âne lougen,'   alsô sprach Alphart.
'dû wellest oder enwellest,   dû volgest mir die vart'
sprach gar vermezzentlîchen   Alphart der junge degen,
'od dû muost mir dîn houbet   zeime gîsel geben.

219 Hâstû niht gemerket,   wie gezimet recken daz,   (101)
daz man in heizt meineidec?   er gewinnt der werlde haz,
daz man in sêre schildet   der dâ brichet sînen eit.
ich gibe dir des mîn triuwe,   ez wirt der sêle dort vil leit.

220 Dû bist an ganzen êren   vor allen recken tôt   (102)
und muost ouch vor den vrouwen   stên dicke schamerôt.'
alsô sprach vermezzentlîche   Alphart der junge man
'keinem wol gérten recken   mahtû niht gelîchen an.'

221 Sô sprach der helt Witege   (der was ein küener man)   (103)
'wie lange ûf dirre heide   sol ich ze bîhte stân?
des muoz engelden einer   von des andern strit.
nû saget, küener recke,   werder ritter, wer ir sît.'

222 'Waz hâstû nû ze vrâgen   nâch dem namen mîn?
dû maht lieber vrâgen   "wer ist der hérre dîn?"
durch den ich mich lîbes   und lebens hæte erwegen.
und wolt sîn got geruochen,   ich wolt noch hiute der wart phlegen.

223 Hætestû rehte sinne,   dû liest dîn vrâgen sîn'   (104)
sprach Alphart der junge   'nâch dem namen mîn.
jâ ziuhe ichz an dich selben,   wurdestû ervalt,
sô müest man mich erkennen'   sprach Alphart der helt balt.

224 Dô sprach der helt Witege   'daz wær mir harte leit   (105)
und müest mich immer riuwen,   swâ man ez von mir seit.
ich hân noch ie von mînen   kintlîchen tagen
in stürmen unde in strîten   den prîs ritterlîch betragen.

225 Ir sint dort al eine   ich bin al eine hie.   (106)
mit alsô scharphen worten   wart ich gestrâfet nie

217, 3 syn ein geweltig man vber   4 wolffingen   219, 1 yst angelogen
2 Du woltest gern oder vngern   219,1 getzemet eym r.   4 *H* der sere   *Vor*
221 *steht folgende strophe* (= 224) Da sprach wytdich   das were myr harte leyt
Vnd müst mych vmber rüwen   wo man das von mir seyt   By allen mynen zyden
in mynen kyntlichen tagen   Han ich jn stormen vnd in stryden   den prysz nach ryt-
terlich getragen   221, 1 Also   *H* ein *fehlt*   2 sal ich vff dyeser heyde
3 Es m. eyner entg. von eyns a.   222, 2 mogst   3 Dorch des willen ich   223, 2 *H*
nym   3 selber so w.   4 müsz   *H* der helt *fehlt*   224, 3 ich hân noch ie
fehlt   Bey allen mynen zyden von   4 st. han ich den   225, 1 *H* alleyn dort

bi allen minen ziten sit ich min leben gewan.
ob ich iu daz vertrüege, só hieze ich weiz got niht ein man.'

226 Dó sprach úz vriem muote Alphart der junge degen
'swem got des heiles gunne, der mac wol geleben.
uns zwén wæn nieman scheide dan eines jungster tac,
ez entuo Crist von himele, der alliu dinc volenden mac.'

227 'Der wider daz reht nû sprache, der hæte unrehten sin. (107)
man sprach mir ie daz beste swar ich komen bin.
daz wil ich noch behalten,' sprach Witege der helt,
'sit mich der riche keiser úz ahzic tûsent hât erwelt.

228 Der küeneste und der beste sol ich undr in sin. (108)
deste gerner wil ich wägen noch hiut daz leben min
al durch des keisers êre, wan er mirz selbe gebót:
só setze ich úf die wâge minen lip vür in in den tót.'

229 Diu vrâge nam ein ende, der vride wart úf gegeben. (109)
dó justierten zesamne die zwêne küene degen.
ez was diu grœste êre diu Witegen dó geschach,
daz er sin sper ze stücken úf Alpharts brüsten dó zebrach.

230 Dó wart von in beiden gar crefticlich gestriten. (110)
zesamne si stâchen mit ritterlîchen siten.
Alphart der junge mit ellenthafter hant
stach den ritter küene von dem rosse nider úf daz lant.

231 Dó der helt Witege hinder dem rosse lac, (111)
'owê dirre schande, deich ie gelebt den tac!
daz müeze got erbarmen, daz ich ie wart geborn,
sol ich alsó schiere min leben hân verlorn.'

232 Dó sprach Alphart der junge 'ez ist ein anevanc. (112)
mac ich ez aber gevüegen, din leben daz wirt kranc.
dú muost den solt erarnen der dir ist gegeben.
von min eines hende gêt ez dir an daz leben.

233 Dú gibst dich habe der keiser under al dem her erwelt: (113)
deste gerner wil ich striten mit dir' sprach der helt.
'wir sullen úf der heide teilen den solt mit strit,
wem es got gunne. der danne vellet der lit.'

225, 3 *H* leben ye g. 4 wysz got ich bysz 226, 2 der leb die wil er gemag
leben 3 Ich wen uns zwen 4 Es dü dan e. 227, 1 *H* sprecht *H* vnreht
synne 3 noch hüde b. 4 hat usz erwelt 228, 3 *H* Alle 220, 3 die herre
w. 4 da *nach* sper 230, 1 *H* beiden *fehlt* 4 von dem rosse *fehlt*
231, 1 Das *H* w. fere hinder 2 Er sprach üwe 232, 2 ich ys 3 erarmen
4 myner eyngen 233, 1 Du sprechest vnder achtzig düsent erwelt
2 *H* dir *fehlt* myt stryden sp. alpart der 3 solten den solt deyln
4 wer dann

234 Ûf sô riht sich Witege,   wan er ûbel gevallen was.
     hin sô lief Schemminc   und az daz grüene gras.
     er aht den val gar cleine,   den sîn hêrre hete getân.
     dô sich gerihte Witege   wider ûf den plân,
235 Do erbeizte anderthalben   Alphart mit gewalt
     in einem grôzen schalle,   sîn ellen daz was balt.
     er sprach vermezzentlîchen   zuo dem küenen degen
     'nû wer dich vrümeclîchen,   ob dû wilt lenger leben!'
236 Dô zuctens von den sîten   zwei scharphiu wâfen blôz.   (114)
     si sluogen ûf einander,   daz ez vil lûte erdôz.
     si gâhten zesamne   ûf der heide wît.
     zwischen den zwein helden   huop sich ein ungevüeger strît.
237 Alphart was ein junger   ritter küene unt milt.   (115)
     er konde wol geleiten   sîn swert und sînen schilt
     nâch ritterlîchem prîse,   des muoste im Witege jehen.
     er wære im gerne entwichen,   moht ez mit êren sîn geschehen.
238 Er sprach 'got von himele,   waz hân ich getân!   (116)
     od welhen übelen tiuvel   hân ich hie bestân!
     swie daz mir gelinget,   siges hân ich mich verzigen.
     wolte got von himele,   wær ich bî mînem hêrrn beliben.
239 Doch wil ichz baz versuochen.'   êrste geschach im wê.
     dô begund sich verwen   gras und ouch der clê
     von dem wilden viure,   daz von den helmen stoup.
     zageheit was dô tiure,   Witege wart von slegen toup.
240 Er schriet im mit gewalte   zuo des helmes want.
     daz houpt er im erschalte,   dazz durch daz hirne erclanc,
     daz er muoste strûchen   her nider ûf den plân.
     Witege wolte sîn gevallen   vor Alpharten, daz ist âne wân.
241 Dô stuont er ze schirme   ûf dem wîten plân
     under sînem schilde grüene   vor dem küenen man.
     er dâhte in sînem muote   'wie sol ich von im komen?'
     Alphart der junge   het im die sinne gar benomen.
242 'Zwiu sol ich din schônen?   dû muost dich mir ergeben.   (117)
     mac ich ez aber gevüegen,   ez gêt dir an daz leben,
     der grôzen ungenâden,'   sprach der ungemuot,
     'die ir unverschulter dinge   dem edelen Bernære tuot.'
243 Alphart der junge   gap Witegen einen slac,   (118)

  vil wunderlichen schiere gein Brisach si dô riten.
  si giengen mit einander Hilbrant und Nitgêr,
  si wurden wol enphangen die edelen recken hêr.

307 Walthêr von Kerlingen in engegene gie,
  dâ man die recken harte wol enphie,
  und Hûc von Tenemarke, ein ûz erwelter degen.
  vünfhundert burcmanne enphie die recken ûz erwegen.

308 Eckehart hiez bringen vil richiu guotiu cleit
  den recken, und viel schiere was in ein bat bereit.
  dar in wiste man si balde: Nitgêr und Hildebrant
  von maneger schœnen vrouwen wurden si balde erkant.

309 Eckart hiez balde bringen ein begozzen brôt
  und einen koph mit wine. ez tete in grôze nôt.
  daz schuof des hûses herre, Eckehart der degen.
  er hiez der sturmmüeden minneclichen phlegen.

310 Man phlac ir alsô schône biz man in die spise bereit.
  si giengen zuo den tischen. dannoch was ungeseit
  den von Brisache, si heten gerne vernomen,
  ûf waz âventiure Hilbrant ze lande wære komen.

311 Als si dô gesâzen, der alde Hildebrant,
  getrunken unde gâzen, dô seit erz in zehant.
  'da enbiut iu der von Berne, der vürste lobesam,
  iu recken allen vieren, durch got gedenket dar an,

312 Daz der vogt von Berne bi allen sinen tagen
  aller recken zühte an im hât getragen,
  daz er nieman tuot kein leit, der edel Dietrich.
  des wil in vertriben der keiser Ermenrich

313 Ân alle sine schulde, daz hiez er iu sagen.
  Alphart der junge ist im ze tôde erslagen.
  dar an sult ir gedenken, an sine grôze nôt,
  und sult im helfen rechen des jungen Alphartes tôt.'

314 'Sô wol mir dirre mære' alsô sprach Eckehart,
  'daz ich dem von Berne hilfe an miner vart!
  der mich wolte vertriben durch den keiser Ermenrich,
  nû læt mich lihte beliben von Berne hêr Dietrich.'

315 Alsô sprach des hûses hêrre Eckehart der degen
  'ich wil durch den von Berne wâgen lip unt leben.

  306, 2 sye gein brysach 307, 1 Walter *uö.* *H* entegen reyt ging
3 und *fehlt* hög von denmark 4 entphingen 308, 1 ekart, *auch* eckart
rych güt cl. 2 eyn bat was jn vil schyer 310, 1 alsô *fehlt* 4 wœro *fehlt*
311, 2 sat er ys 314, 2 *H* hilfe *fehlt* 4 herre

        jä bringe ich im ze helfe   zehen tûsent man
        mit alsó guotem harnesch   só si kein kûnic ie gewan.
316   Dó sprach gezogenlîche   der herzoge Nîtgêr
        'nú wizze ez Crist der rîche,   ich hân anders nieman mêr.
        ich liez bî dem keiser   zwei tûsent man:
        ich hilfe im alterseine   só ich aller beste kan'.
317   Dó sprach von Kerlingen   Walthêr der degen
        'hilfe ich im, des keisers hulde   hân ich mich erwegen.'
        'nú bricht er niht sîn triuwe,   der dem vriunde bî gestât'
        sprach Hildebrant der alde,   'swann ez an die rehte nót gât.'
318   'Nú rede ichz niht darumbe   daz ich im habe gesworn.
        ich wil des keisers hulde   dâ mit niht hân verlorn.
        jâ wil ich im bringen   ouch zehen tûsent man,
        die dem vogt von Berne   mit ganzen triuwen bî gestân.'
319   'Nú hân ich niht sîner hulde,'   sprach der mûnech Ilsam.
        'vergæbe er mir mîn schulde,   der hôchgelobte man,
        só bræhte ich im ze helfe   einlif hundert man,
        die über den lichten ringen   trüegen swarze kutten an.'
320   Dó gie ûz dem clôster   Hûc von Tenemarc.
        mit im manic ritter junge,   ez wâren helde starc.
        Hildebrant der alde   bat im helfe geben.
        'wir weln bî dem von Berne   wâgen lîp unde leben.'
321   Hildebrant von Berne   vor vreuden ûf spranc.
        'edeler Hûc von Tenemarc,   habe immer danc!
        nú leget iuch ze velde,   ir ritter unverzeit.
        und sendet nâch der helfe   daz wir werden schiere bereit.'
322   Dó tâten si gar gerne   des si der alde bat.
        si leiten sich ze velde   ze Brîsach vûr die stat.
        dó kam schiere geriten   manic küener degen:
        Eckart des hûses herre   bat ir minniclîchen phlegen.
323   Si trâten von den rossen   nider in daz gras,
        biz er sehs tûsent   der besten ûz gelas.
        ein banier si ane bunden, · von dannen was in gâch.
        in sach an den stunden   manic schœne vrouwe nâch.
324   Alsó die soumer wâren   gereit und ûf geladen,
        und die kamerwegene   die dâ solten tragen

316, 1 sp. gar g.   4 alleyn   317, 2 Dän ich jm no holffe des   3 *H* den
fromden myt by stat   4 *H* der alde *fehlt*   es jm an   318, 1 ich ys   4 stan
320, 2 jn manchen   4 *H* Sye sprachen wyr   321, 2 *H* Er sprach edeler
4 schyer werden   322, 1 das sye   323, 2 besten dar vsz   4 fraüw bin nach
324, 1 Also sye d.   *H* süner   wâren *fehlt*

trinken unde spîse   durch diu vremden lant,
dô reit ze aller vorderst   von Berne meister Hildebrant.

325   Ein banier grüene   nam er in die hant,
der edel ritter küene,   der alde Hildebrant.
alsô gewalticliche   sehs tûsent man
leite er durch diu riche   an daz hôchgebirge vran.

326   Si gâhten mit einander   über den witen plân
nâch Hildebrant dem alden,   manic küener man.
der tac was zegangen   an der selben stunt.
Stûdenfuhs und die sinen   wârn vür si komen in den grunt.

327   Si trâten von den rossen   nider ûf daz lant,
si wâren unverdrozzen   die helde zuo ir hant.
dô sprach Hildebrant   der alde wise degen
'wer wil der schiltwahte   noch hinte phlegen?'

328   Die vil küenen helde   alle stille swigen.
Hildebrant dem alden   was ez nâch verzigen.
si sprachen alle geliche,   die ûz erwelten degen
'Hildebrant der alde   kan ir aller beste phlegen.'

329   'Daz tuon ich an den stunden'   sprach Hildebrant
'durch hêrn Dietriches willen,   der mich hât ûz gesant.
dáz lant ist mir wilde'   sprach Hildebrant der degen.
'under helme und under schilde   wil ich ir williclîche phlegen.

330   Wir sin den vinden nâhe   und ligen sorcsam.
in harnesch sol beliben   ein ieglich biderman.
hie nâhe ligent diener   des keisers Ermenrich.
wir mugen in niht entwichen,   wir müezen striten sicherlich.

331   Ich weiz si solhes muotes,   wir werdens niht erlân.
nû dar, ir wigande!   wir sulen si bestân.
wir suln die strâzen houwen,   ir ritter unverzaget.
umb Alpharten wirt manger   zuo dem tôde gejaget.'

332   Sprach Hildebrant der alde   'lieben vriunde min,
ir sult durch minen willen   hinte in harnesch sin
mit umbegurten swerten,   diu ros habt an der hant.'
daz gelobten si dô gerne   dem alden Hildebrant.

333   Dô sprach der herzoge Nîtgêr   'lieber ôheim min,
ich wil durch dinen willen   noch hinte in harnasch sin
und wil der schiltwahte   dir gerne helfen phlegen.'

'des lôn dir got von himele!'   sprach Hildebrant der degen.

334 Dô sprach von Kerlingen   Walthér der degen
'ich und der mûnich Ilsam   weln schiltwahte phlegen.'
'daz wil ich ouch an den stunden'   sprach Eckehart.
'sô wil ich ouch mit iu rîten'   sprach Hûc von Tenemarc.

335 'Nû merket mich ebene'   sprach der hôchgeborn.
'swanne ir bœret schellen   mîn vil cleinez horn,
sô komet uns ze helfe,   daz dunkt mich guot getân,
mit michelme gelfe   sô hânt uns die vinde bestân.'

336 Si riten alle vûnfe   über daz gevilde wît.
dannoch vor mitter nahte   kam Hilbrant in den strît.
der mâne in schône lûhte,   als wir ez hân vernomen.
dô wâren die vinde   zuo in ûf die warte komen.

337 'Nû sint uns vremde geste   komen in daz lant'
sprach der getriuwe veste   meister Hildebrant.
'nû twinget mich diu vinster'   sprach der küene man,
'daz ich ir an den schilden   noch an den wâfen niht erkennen kan.

338 Ir sult mîn hie bîten'   sprach der küene degen.
'ich wil zuo in rîten,   ich hân mich des erwegen.'
gegen in reit er verre   von sînen gesellen dan.
dô wârn der vinde zwêne   zuo im komen ûf den plân.

339 Gegen in reit er verrè,   der degen unverzeit.
daz tete der alde grise   durch sîne degenheit.
dô vrâgte si der mære   der alde Hildebrant,
von wannen si wæren   od wer si hæte ûz gesant.

340 Dô sprâchen dâ die zwêne   alsô vermezzentlîch
'dâ hât uns ûz gesendet   der keiser Ermenrîch.
daz wizzent sicherlîchen,   vil werder man,
daz wir die von Brîsach   gein Berne niht sulen lân͜

341 Dar umbe hât uns ûz gesant   der herzoge sô gemeit.
stege unde strâzen   hân wir in gar verleit
ze leide dem von Berne,   dem vürsten unverzeit.
dem keiser helf wir gerne: helt, daz sî iu geseit.'

342 Si vrâgten, wer er wære.   dô sprach Hildebrant
'ich bín ein soldenære   von des keisers hant.
ich hân die gâbe enphangen,   daz liehte golt sô rôt.
swanne er mir gebiutet,   sô muoz ich rîten in die nôt'.

343 Alsô sprach ûz listen   der alte Hildebrant:
dâmit wolt er sich vristen.   'nû hât mich ûz gesant

der keiser von Rôme   her ûf disen plân,
ob mir iender wider rite   ein hêrn Dietrîches man:

344   Mit dem sô wolte ich strîten'   sprach der küene degen.
'ich muoz der schiltwahte   ze allen zîten phlegen'
alsô sprach mit listen   der alte Hildebrant
'dâ mich der keiser verre   hât her ûz gesant.'

345   Dô sprâchen si 'der keiser   hât iuch niht ûz gesant.
jâ sint irz der von Berne,   der alde Hildebrant,
den der Bernære   nâch der helfe hât gesant,
nû wert iuch vrümeclîchen,   ir hât den tôt an der hant.'

346   'Sît daz iuwer herze   strîtes an mich gert'
sprach Hildebrant der alde,   'ir werdet sîn gewert.
wir suln den solt teilen   ûf der heide wît.
gêt ez nâch gotes heile,   êrste hebet sich ein strît.

347   Nû sint ir dienære   des keisers Ermenrich,'
und vrâgte si der mære   'wâmit hât hêr Dietrich
Ermenrichs des keisers   hulde verlorn?'
daz was den recken beiden   ûzermâzen zorn.

348   'Nû wert iuch vrümeclîchen: wir sîn übel gemuot.
ir muget uns niht entwîchen: iwer lîp unde guot
daz ist unser eigen,   ros und gewant.'
'sô wil ich iu erzeigen'   sprach der alde Hildebrant

349   'Mîn baldez ellen'   sprach er mit guoten siten.
'koment mîne gesellen,   ir lâzt iuch vrides erbiten.'
an ranten si in beide   mit ellenthafter hant:
ez moht si wol geriuwen,   sich werte der alde Hildebrant.

350   Der edel ritter küene   ein scharphez wâfen truoc,
daz was geheizen Brinnic,   dâ mit er wunden sluoc
durch die liehten ringe   an der selben zît.
daz hôrt mau lûte erclingen: sô herte wart der strît.

351   Dô sluogen si dô beide   ûf den alden man,
daz ez begunde erdiezen   ime berge und ime tan.
die slege hôrte erschellen   Stûdenfuhs der degen.
end er den sînen ze helfe kom,   ez gie in an daz leben.

352   Als si diu sper zebrâchen,   mit den swerten si dô striten.
Stûdenfuhs von dem Rîne   kom schiere dar geriten
mit sechs tûsent mannen   ûf den wîten plân.
Hildebrant der alde   in græzer sorge nie kam.

343, 4 ein *fehlt*   herre   344, 4 *H* k. so feren   hint her vsz   345, 1 sp.
dye zwen der   347, 1 *H* ermentrychs   350, 2 brinnig   *H* da myt der rytter
edel dyff wond   4 Syn swert hort   351, 2 erdoszen   4 En   352, 2 da

353 'Ist ez daz ich nú vliche'   sprach der hóchgeborn,
    'kére ich dann hin widere,   só bin ich gar verlorn.
    sehs tûsent man sint mir   einigem hie ze vil'
    sprach Hildebrant der alde,   'doch bin ichz der ez wâgen wil.'

354 Daz ros warf er umbe,   der alde Hildebrant.
    die vinde er an rande   mit ellenthafter hant.
    er begund die helme schellen   und hiu die wunden wit:
    daz erhórten sine gesellen.   érste huop sich ein strit.

355 Dó komen die viere   zuo im gerant
    vil wunderlichen schiere.   der alde Hildebrant
    müeste von den vinden   sin ende hán genomen,
    und wæren im die viere   niht só balde ze helfe komen.

356 Ir schar was cleine,   ir ellen daz was starc.
    dó tete wol daz beste   Hûc von Tenemarc.
    Walthér von Kerlingen   und der müncch Ilsam
    die kómen mit gewalte   anderhalben hin dan.

357 'Nú haltent iuch zesamne'   alsó sprach Eckehart.
    'nement diu swert zen henden,   so geriuwet si diu vart.'
    si sluogen unde stàchen,   die vünf wol gemuoten man,
    daz si daz her durchbràchen   gar ritterlichen hin dan.

358 Als Stûdenfuhs vom Rine   die sine hete verlorn,
    dó blies er nàch der helfe   ein vil cleinez horn.
    daz vernam sin bruoder Gére,   dà er lac in der schar:
    sehs tûsent helde küene   sande er im ze helfe dar.

359 Alsó die vünfe sàhen,   daz si wàren überladen,
    si vorhten si næmen   von den vinden grœzern schaden.
    dó sprach der alde wise   meister Hildebrant
    'uns sint die unsern verre,   wir hàn den tót an der hant.'

360 Dó sprach Eckehart   'ez dunkt mich guot getàn,
    nû làze wir viere   mit den vinden umbegàn
    und senden den vünften   hinder sich hin dan
    daz uns ouch komen ze helfe   die unseren man.'

361 Dó sprach Hilbrant der alte   'der bote wil ich sin.'
    vil manegen er dó valte,   er tete sin ellen schin,
    er hiu sich ûz dem sturme   verre dort hin dan.
    dó hielt ûf einer ecke   Hildebrant der küene man.

362 Alsó kam er ûz dem sturme   der alde Hildebrant,
    vil endelichen schiere   er den helm ab bant

353, 1 *H* flyegen   2 dan hyn dan w.   3 eynig   354, 2 rant er an
356, 1 *H* was grosz vnd st.   358, 1 Also   von dem rin   2 *H* er aüch noch   *H* vil
cleinez *fehlt*   359, 4 zü feren   360, 1 *H* sp. Hylbrant ys   361, 2 *H* er vor dó *fehlt*

und greif nâch sîme hornelîn   und sazte ez an den munt:
er blies ez crefticlîchen   nâch der helfe dâ zestunt.

363 Daz horn er lûte erschalte   der vil küene man.
dâ mit er dem here bediute   hinder sich hin dan.
daz er mit den vinden   nôt hete geliten
und mit sehs tûsent mannen   die lange naht hete gestriten.

364 Dô sprach gezogenlîche   der herzoge Nitgêr
'wol ûf alle gelîche   und sûmet iuch niht mêr!
sint daz die vinde   unser vriunde hânt bestân,
wir komen in schiere ze helfe,   ez dunket mich guot getân.

365 Ob Hildebrant der alde   ze tôde wurde erslagen,
wer solte den recken danne   mære gein Berne sagen?'
si giengen zuo den rossen   und wâren wol bereit.
si ranten alle gelîche,   ir einer des andern niht enbeit.

366 Ein banier grüene vuorte   Nitgêr in der hant.
daz sach harte gerne   der alde Hildebrant.
als er die getriuwe helfe   sô vrœlich komen sach,
er reit wider zen vieren: nû hœret wie er sprach.

367 'Uns bringt getriuwe helfe   der herzoge Nitgêr.'
diu here ze beiden sîten   neigeten ir sper,
die schefte lûte ercrachten   von maneges heldes hant:
zesamne si dô kômen,   rehte als niderbrœche ein want.

368 Alsô si zesamne   geriten ûf daz wal,
dô huop sich von den recken   gar ein grôzer schal.
sie hiewen durch die ringe   daz fliezende bluot,
ez lac von ir handen   manic küener ritter guot.

369 Dô gap der herzoge Nitgêr   daz banier ûz der hant
und greif ze sîner sîten,   diu wîle was niht lanc,
nâch einem guoten swerte,   daz was lanc unde breit.
Stûdenfuhses mannen   stifte er nôt und arebeit.

370 Dô streit vermezzentlîchen   der alde Hildebrant.
nieman kond im gelîchen.   er vuorte in sîner hant
ein scharphez swert swære   lanc unde breit,
daz ze beiden sîten   gar crefticlîchen sneit.

371 Swelhen er moht erlangen   den liez er niht genesen.
Hildebrant der alde,   wie möht er küener wesen?
er hiu durch die ringe   daz vliezende bluot,
er vaht mit solhem grimme,   kein alderz nimmermê getuot.

362, 3 an sin m.   363, 1 *H* vil *fehlt*   4 und *fehlt*   364, 2 *H* nit lenger
4 jn snel zü   367, 1 *H* br. dye g.   3 *H* erbrachten   368, 3 *H* flyszen
369, 2 *H* was jm nit   371, 2 *H* küner sin gewesen   4 alder ys

372   Dô streit vermezzentlîchen   Walthér der degen.
       sîn swert hórt man erclingen.   dô vaht er só eben
       und streit ouch gar sére   âne allen wanc.
       mit libe und mit guote   seite mans im sider danc.

373   Daz tete der vogt von Berne,   der küene wîgant.
       Walthér von Kerlingen   vuorte an sîner hant
       ein swert daz in dem sturme   als ein glocke erdóz,
       Walthéres ellen   was ûzermâzen gróz.

374   Hûc von Tenemarke,   ein ûz erwelter degen,
       manegem ritter starke   nam er dó sîn leben.
       er begunde helme houwen   und maneges schildes rant,
       als in die schœnen frouwen   von Brisach hâten gesant.

375   Eckehart der küene,   ein mœre wîgant,
       vil wunderlîchen schiere   kom er dar gerant.
       er was geriten verre,   daz wil ich iu sagen.
       Stûdenfuhses bruoder   het er sîn houbet ab geslagen.

376   Der was geheizen Gére,   ein küener wîgant.
       Stûdenfuhs von dem Rîne   kam schiere dar gerant
       mit sehs tûsent mannen   ûf den wîten plân.
       Eckehart der küene   in grœzer sorge nie kam.

377   Dô sluoc er Eckeharten   ûf sînen stælîn huot,
       daz man daz bluot sach vliezen   von dem helme guot.
       ûf der heide grüene   strûchte er in daz gras.
       Eckehart der küene   mit creften dó bestanden was.

378   Dô kam der herzoge Nîtgér   zuo gedrungen dâ zehant.
       ein bluotvarwez wâfen   vuort er in sîner hant.
       er schriet die liehten helme   und manegen niuwen schilt,
       dó valte er in dem sturme   manegen küenen helt milt.

379   Eins biderbes mans geniezent   tûsent küener man,
       só ein her verzagt macht einer,   der ez niht geleiten kan.
       als was der herzoge Nîtgér   ein ûz erwelter degen.
       er spranc ze sînen vriunden   unde half in strîtes phlegen.

380   Eckehart der küene   wider ûf spranc.
       sîn guot swert im lûte   an der hende erclanc.
       ez was geheizen Gleste   und was unmâzen starc.
       dó tete wol daz beste   Walthér und Hûc von Tenemarc.

381   Hildebrant der alde   und münich Ilsam
       die kómen mit gewalde   anderhalp hin dan

373, 1 *H* der edel v.   4 *H* elende   374, 4 Also   375, 2 *H* da ● 377, 2 *H* büt
378, 1 zü getragen   3 schrot   4 *H* Da solt er   379, 2 So macht eyner
eyn her verzagt   3 also   380, 2 *H* lûte *fehlt*

durch daz her gedrungen,   daz wil ich iu sagen.
alter unde junger   der wart dô vil ze tôde erslagen.

382   Stûdenfuhs von dem Rîne   und zwelef sîner man
ûz dem herten sturme   an daz gebirge entran.
man sach si überz gevilde   vliehen zegelich
under helme und schilde   vür den keiser Ermenrich.

383   Dô jagtens die von Brîsach   wol einer raste wît.
dô kêrten si hin widere   da geschehen was der strît
und dâ si in dem sturme   zesamne wâren komen.
dô heten die von Brîsach   einen schœnen roup genomen

384   Und ervohten mit dem swerte   harte degenlich.
Stûdenfuhs von dem Rîne   was guotes alsô rich:
er hete dar gevûeret   golt silber und gewant.
daz hiez ûf laden   von Berne meister Hildebrant.

385   Alsô die soumer wâren   bereit und ûf geladen,
und die kamerwegene,   die ez dâ solten tragen,
dô vuorten si gein Berne   daz creftige guot.
daz sach hêr Dietrich gerne: er was tugentlich gemuot.

386   Stûdenfuhsen von dem Rîne   wart nôt vür Ermenrich.
Hildebrant mit sînen vriunden   reit gein Berne sicherlich
über tal und berge,   der tugenthafte man.
an dem sibenden âbende   der helt vür Berne kam.

387   Dô sprach Hilbrant der alte   'lieben vriunde mîn,
got müeze unser walten!   uns læt tâlanc nieman în.
diu stat ist beslozzen'   sprach Hildebrant der degen.
'ich wil der schiltwahte   williclichen hie phlegen.'

388   Dô tâten si vil gerne   des si der alde bat.
si legten sich ze velde   vür Berne die stat.
manec viur si ûf sluogen   die helde über al,
sich huop ze beiden sîten   ein vil lûter schal.

389   'Die schilde kêret umbe   nider ûf daz lant.
daz tuon ich dar umbe'   alsô sprach Hildebrant
'daz uns nieman erkenne,   ir stolzen helde guot.
dâ hân wir schiere versuochet   der küenen Wülfinge muot.'

390   Die schilde kêrten si umbe   nider ûf daz lant.
dô wart schiltwehter   der alte Hildebrant.
er begund die wehter rüefen   ûf dem burcgraben
'nû mugent ir' sprach er   'der stat niht behaben.'

381, 4 H des   382, 3 si *fehlt*   383, 1 jageten sye   2 H Das   H sye da
hyn weder   3 und *fehlt*   warn züsamen   384, 4 H Da   385, 1 H vnd weder
vͦr   2 ez *fehlt*   388, 1 das   4 beyder   389, 1 umbe *fehlt*   390, 4 H Vnd mogent sprach

391 Alsó der liebte morgen   an den himel kam,
dó stuont úf mit sorgen   der vürste lobesam,
der degen vil küene   als in diu sorge betwanc.
wann im die helde kæmen,   diu wile was im lanc.

392 Alsó der vogt von Berne   die úf dem velde ersach,
úz trûreclichem muote   nú hœrent wie er sprach
'der uns diu mære ervüere,   ir stolzen helde guot,
wannen die recken wæren,   er wære tugentlich gemuot.'

393 'Wer sol ez bevinden'   sprach Wolfhart der degen
'noch baz danne ich selbe?'   (er vaht alsó eben,
swanne er wart erzürnet   und er kam in den strit)
'der vor mir diu mære ervüere,   ich wolte im immer tragen nit.'

394 An leite er sin gesmide,   der helt was unverzeit.
ein guot ros man im brähte,   'ir herren, iu sí geseit,
ich wil al eine riten   ze Berne vür die stat,
mit den helden wil ich striten.'   keiner helfe er dar zuo bat.

395 Hóch wart und witen   diu phorte úfgetán,
an den selben ziten   Wolfhart wart úz gelán.
über die heide grüene   kom er dar gerant:
gegen im reit von Berne   sin óheim Hildebrant.

396 Dó het er an sich gekéret   daz guldin sarbant.
Wolfhart der vrâgte in mære,   wer in hæt úz gesant.
'dâ sí wir vorriter'   sprach der küene man
'und sulen herberge enphâhen   dem keiser úf disem plân.'

397 'Die sult ir enphâhen   noch hiut von miner hant,
daz ez dem mac versmâhen   der iuch hât úz gesant.'
daz ros warf er umbe,   im wart unmâzen zorn,
er ruorte ez crefticlichen   ze beiden siten mit den sporn.

398 Über die heide grüene   kam er dar gerant.
den schilt warf Hilbrant umbe: dó sach er daz sarbant.
'wis got wilkomen, Hildebrant,   lieber óheim min!
die helfe sihe ich gerne,   die dú bringest von dem Rin.'

399 Wolfhart der kom widere   in die stat gerant.
dem edelen vogt von Berne   tet er diu mære bekant.
mit vünf hundert mannen   er vür die porten gie:
gar tugentlichen   er die recken alle enphie.

391, 3 H vil fehlt   H jme   392, 1 H dye helden vff   4 Wan   er was trâryglich g.   393, 1 H es basz b.   H er er facht   als eyn eber   4 Der dye mere vor mych e.   H, nach 4 Da wapent sych swinde   der küne wolffart   394, 2 H man im brähte fehlt   4 kein   395, 1 H Hoch vnd wyt wart   2 wart hin vsz   4 reit fehlt   396, 2 jne der mere   397, 4 ze beiden siten fehlt   398, 1 H da   3 H Er sprach bysz   399, 1 H der küne kam

400 ‘Wis got wilkomen, Hildebrant,   lieber meister mîn,
und der herzoge Nitgêr,   der sol mîn ôheim sîn:
Walthêr von Kerlingen   und Hûc der küene man,
dar nâch die recken alle,   die ich niht genennen kan.

401 Wis got wilkomen, Eckehart,   dû vil werder man.
dû treist ein getriuwez herze,   dû wilt mich niht lân.
swaz ich dir durch den keiser   ze leide hân getân,
des wil ich dich ergetzen   die wîle ich daz leben hân.’

402 Dannoch lac verborgen   der münich Ilsam
mit harte grôzen sorgen,   biz man im hulde gewan,
er und sîne clôsterman,   eilf hundert wolgetân,
die über den liehten ringen   truogen swarze kutten an.

403 Dô vrâgte er der mære,   wer si möhten sîn.
sprach Hildebrant der alte   ‘er hât niht der hulde dîn.
jâ ist ez mîn bruoder,   der münich Ilsam.
vergip im sîne schulde   durch got, dû werder man.’

404 .‘Nû darf ich niht sîner helfe’   sprach hêr Dietrich.
‘ich bin sîn stæter vîent,   daz wizze sicherlîch.
er sluoc mir vor Garten   den lieben ôheim mîn:
vriuntschaft unde suone   sol im gar versaget sîn.’

405 ‘Sô hæt wir übel gedienet’   alsô sprach Eckehart.
dô sagten si im diu mære,   wie er ûf der vart
mit Stûdenfuhses mannen   hæte gestriten
und waz er ûf der strâzen   grôzer nôt hæte erliten.

406 ‘Des wil ich in lân geniezen’   sprach hêr Dietrich.
‘einen stæten vride,   daz wizzent sicherlîch;
sol er hân gein Brîsach   wider an den Rîn.’
alsô sprach der von Berne   ‘des sult ir geweret sîn.’

407 ‘Sô wol ûf schiere!’   sprach Eckehart der degen.
‘vride und geleite   wel wir im selbe geben.’
si wolten sîn gescheiden: do erwischt si mit der hant,
‘nû bîtent eine wîle!’   sprach meister Hildebrant.⸹

408 Dô bâten unde flêgten   im die von Brîsach.
als der vogt von Berne   daz ze rehte ersach,
‘vergeben si diu schulde   dem münich Ilsam.
durch iuch sô habe er hulde,   daz wizzen mâge unde man.’

409 Do enphie in lobelîchen   der vürste lobesam,

400, 1 H Er sprach bysz   401, 1 H Er sprach bysz   2 H nit in noden lan
4 H Das   402, 2 H harten   405, 2 jm der m.   3 H Stüdenfüsz nö.
406, 1 H Das   2 daz fehlt   3 H gein brysach han   dem   407, 3 S. w. alle
von dan sin g.   409, 3 H Er sprach v.   4 wysz

     der edel vogt von Berne   und alle sine man.
     Wolfhart unde Sigestap,   die zwêne küene man,
     si vuorten den münich Ilsam   über Alphartes grap dan.

410   Dô clagtens clegelîche   den kindischen degen,
     Alphart den jungen,   der tôt was gelegen.
     'daz weinen lât belîben,   man und ir wîp,
     und aht wie man vergelte   uns den Alphartes lîp!'

411   Dô sprach Eckart der guote   'ez dunkt mich wol getân,
     ros unde liute   sul wir ruowen lân
     biz an den sehsten morgen'   sprach Eckehart der degen.
     'sô müge wir ûf dem velde   gein den vinden strîtes phlegen.'

412   Stûdenfuhs von dem Rîne   vûr Ermenrich was komen.
     Sibeche der ungetriuwe   hete diu mære vernomen.
     er sprach 'wol ûf vûr Berne,   lieber hêrre mîn!
     koment si în zer porten,   sô wirt diu stat nimmer dîn.'

413   Si gâhten überz gevilde   über die heide breit,
     manic ritter küene   und degen unverzeit,
     des heres ein michel teil   kômen ûf daz velt.
     dô sluoc man ûf dem keiser   manic schœne gezelt.

414   Alsô Wolfhart der küene   die ûf dem velde ersach,
     ûz trûreclîchem muote   nû hœret wie er sprach
     'edel vogt von Berne   und ôuch mîn lieber hêr,
     nû ræche ich harte gerne   unser herzelîchez sêr.'

415   Dô sprach Eckart der küene   'ez dunkt mich guot getân,
     wir warten bî der zîte   waz wir volkes mügen hân,
     die uns ûz dem sturme   hie entwichen niet.'
     si heten einlif tûsent,   daz was ein edel diet.

416   Die edelen burgære   giengen in den sal,
     ie zwêne mit einander   und stigen hin ze tal.
     der was wol zwênzic tûsent   ûz erwelter man.
     sprach Hildebrant der alte   'wir weln die vinde wol bestân.

417   Nû lâze wir (ez dunket   ouch mich vil guot getân)
     mînen bruoder Nêre   bî der porten stân.
     als wir müesten wichen,   lieber herre mîn,
     dem keiser Ermenrîchen,   er læt uns balde în.'

418   'Nû ist hie niht entwiches'   sprach Nuodunc der degen.
     'gebent mir den vanen,   ich wil sîn selbe phlegen.

410, 1 *H* k. man   3 *H* Er sprach das   4 vns vergelte   den *fehlt*
412, 1 was vor ermentrich   4 zü der porten hin ja   414, 1 *H* dye ßnde vff
3 *H* bern küne vnd   415, 4 eylf   *H* was *fehlt*   416, 1 borghern   417, 1 Nû
lâze wir *fehlt*   2 Wyr laszen myn   415, 2 dye fant   wel yr selber

ich vüere iuch sicherlíchen   in des sturmes nôt.
uns muoz der keiser wíchen   oder wir weln gelîgen tôt.'

419   Dô gap man Walderíchen   daz banier in die hant.
dô wart sîn geleite   der küene Sigebant.
si vuorten ez von Berne   und stactenz ûf den plân,
biz daz der hinderste   zem vordersten kam.

420   Als Sibeche der ungetriuwe   daz banier ersach,
er jagte vür den keiser,   nû hœret wie er sprach.
'uns wil der vogt von Berne   mit strîte hie bestân.
bereitet iuch ze sturme!   ez dunket mich guot getân.

421   Witege unde Heime,   iu ist der keiser holt:
er gibt iu vil gerne   sîn silber und sîn golt.
dar an sult ir gedenken,   ir ûz erwelten degen.
ir sult in sînem dienste   wâgen lîp unde leben.'

422   'Wiltû strîten, Sibeche'   sprach Witege der degen,
'dû und der keiser riche,   mit lîbe und mit leben
weln wir bî iu wâgen   uns in sturmes nôt,
ich und der helt Heime,   oder weln gelîgen tôt.'

423   'Nû wil ich bî iu strîten'   sprach der keiser rîch,
'zwischen iuwer beider sîten,   daz wizzet sicherlîch.'
'so bereitet iuch ze sturme   und iuwer her sô breit:
den küenen Wülfingen   ist umb Alpharten leit.'

424   Dô wart houbetmeister   Rienolt von Meilân.
dar umb wart im ze miete   diu selbe stat getân.
in bat der rîche keiser   balde vür sich gân:
er bevalch im an den stunden   sînen sturmvan.

425   Aht schare riche   wurden dô bereit
under einem banier grüene,   was von golde breit:
under iegelîchem banier   zehen tûsent man.
dô mohte der vogt von Berne   niht mê dann drîzic tûsent hân.

426   Dô sprach von Kerlingen   Walthér der degen
'ich wil des vorstrîtes   noch hiute hie phlegen
durch hêrn Dietrîches willen,   des vürsten, sâ ze hant.
ich tuon ez wol mit êren: ich bin geborn ûz Diutschlant.'

427   'Daz enwelle got von himele!'   sprach Wolfhart der degen.
'ich wil des vorstrîtes   noch hiute hie phlegen.
ich tuon ez wol von schulden,   mich twinget des diu nôt:
Alphart mîn bruoder   ist mir gelegen tôt.'

418, 4 entwichen   wir *fehlt*   420, 1 *H* Also   422, 3 Wolten   uns *fehlt*
424, 1 rynolt   2 *H* stat so gethan   3 *H* balde *fehlt*   425, 1 Dye schare
3 Acht banner vnder yglichen z.   426, 3 her   427, 1 *H* got got   3 *H* des *fehlt*
Heldenbuch II.   4

428 Mit den selben worten ersprengen dô began
   von Berne von der porten Wolfhart der küene man.
   gegen im reit ein grâve von Tuscân geborn:
   von Wolfhartes handen het er den lip balde verlorn.

429 Er stiez in von dem rosse her nider ûf daz lant.
   nâch im kom gedrungen der alde Hildebrant,
   Walthêr von Kerlingen und der münich Ilsam.
   diu her ze beiden siten sâhen dô ein ander an.

430 Dô sprach der vogt von Berne 'durch got, nû sit gemant
   über Witegen unde Heimen, die helde, sâ zehant,
   Sibechen unde Ermenrich: wurden die viere erslagen,
   sô wolte ich Alpharten nimmer mêre geclagen.'

431 Der edel vogt von Berne tete sin ellen schin.
   swâ er reit in dem sturme, da vermelte in Hildengrin.
   er begunde die vinde suochen hin unt dan,
   Witegen unde Heimen, von den er grôzen schaden nam.

432 Alsô Witege und Heime daz ze rehte ersach,
   ir iegelich sin zeichen von sinem helme brach:
   die schilde si swungen hinder sich zehant,
   daz si in dem strite niemanne wurden erkant.

433 Hâche unde Hildebrant, die zwêne helde guot,
   die hiewen durch die ringe daz vliezende bluot.
   si wâren in dem strite mit zorne überladen.
   dô tete dem richen keiser nieman alsô grôzen schaden.

434 Walthêr von Kerlingen und Hûc von Tenemarc,
   die zwêne ritter junge, ez wâren helde starc:
   si hiewen durch die ringe daz vliezende bluot,
   ez lac von ir handen manic ritter guot.

435 Dô streit vermezzentliche der münich Ilsam.
   dô sprach der keiser riche 'waz hân ich dem getân?
   daz ich clôsterliuten ie sô getriuwe was!
   si singent übele dœne und vellent manegen in daz gras.'

436 Nuodunc strites gerte, wan er des vanen phlac.
   mit sinem guoten swerte tete er manegen slac.
   er hiu eine strâzen durch die wite schar.
   diu her ze beiden siten nâmen sin genôte war.

437 Wolfhart stürmen geriet und meister Hildebrant

428, 3 dütschgaw 429, 4 *H* sytten sagen 430, 2 (*und* 431, 4) wyttich u.
heime 3 Sebich die vyer worden 4 *H* mee 431, 2 jne der hyldengryne
432, 2 yglicher 3 d. sch. swongen sye zü rücke 433, 2 *H* flyszen 435, 4 singen gar ü. 336, 1 Sydong 437, 1 Wolffart der storm g.

ze vorderst in dem strite.   dô wart schiere enphant
manic ritter junge   umb Alphartes tôt.
si wurden underdrungen   in des sturmes nôt.

438 Berhtram von dem Berge   manegen man ersluoc.
Sêwart der alte   stifte êrst ungevuoc.
zuo dem kom schiere geriten   Wolfhart der küene man:
er wânde hân gevunden   die von den er schaden nam.

439 An ranten si dô beide   den küenen degen.
si wolten in hân gescheiden   von sige und von leben.
dô wolte in niht entwichen   der küene Wolfhart:
ûf der heide grüene   im sin ros ze tôde erslagen wart.

440 Dô stuont zwischen in beiden   der küene degen.
si wolten in hân gescheiden   von sige und von leben.
ein scharphez swert swære   clanc Wolfhart in der hant.
daz erhôrte in dem strite   der alte Hildebrant.

441 Hildebrant der alte   kom zuo im gerant,
dâ er Wolfharten   in grôzen nœten vant.
er sprach 'ôheim Wolfhart,   habe dir einen man
und lâz mir den andern.   daz dunket mich guot getân.'

442 Berhtram von dem Berge   den sluoc Hildebrant.
ein scharphez swert swære   vuort Wolfhart in der hant:
er namz ze beiden handen   und gap Sêwart einen slac
daz er âne schande   tôt vor im gelac.

443 Hildebrant der alte   ein schœnez marc dô vie,
daz in dem strite   nâhe bi im gie.
dar ûf was schiere gesezzen   Wolfhart der ûz erkorn.
swelhen er moht erlangen,   der hete sin leben verlorn.

444 Eckehart der küene,   ein mære wîgant,
durch die schilde grüene   valte er ûf daz lant
manegen ritter küene,   daz wil ich iu sagen.
von Eckehartes handen   wurden tûsent man erslagen.

445 Alrêrste wart erzürnet   Röschlin daz ros guot.
wie vaste ez vor Eckarten   beiz unde sluoc!
dri hundert man treip ez   hinder sich hin dan.
er suochte den ungetriuwen   der den rât hete getân.

446 Als Sibeche der ungetriuwe   Eckeharten ane sach,
vil schiere er sin zeichen   von dem helme brach:

  den schilt swanc er ze rücke hinder sich zehant,
  daz er in dem strîte niemanne wurde erkant.

447 Witege unde Heime, die zwêne helde guot,
  die hiewen durch die ringe daz vliezende bluot.
  si wâren in dem strite mit zorne überladen.
  dô tete dem vogt von Berne nieman alsô grôzen schaden.

448 Walthêr von Kerlingen und Hûc von Tenemarc,
  die zwêne ritter junge (ez wâren helde starc),
  Hildebrant der alde und der münich Ilsam,
  die kêrten alle viere gein den zwein küenen man.

449 Hûc von Tenemarke ein scharphez wâfen truoc,
  dâ mit der degen starke ûf Witegen dô sluoc
  daz Limme der helm veste dô diezen began.
  dô kêrte nâch dem schalle Eckehart der küene man.

450 Nagelringes ecke dô vil lûte erclanc.
  umb Witegen unde Heimen wart ein grôz gedranc
  daz durch die liehten helme daz wilde viuwer schôz.
  Mimmunges ecke an Witegen hende lûte erdôz.

451 Sigestap der junge houwen dô began
  eine strâzen wîte durch zehen tûsent man.
  als er den vogt von Berne von verren ane sach,
  ûz zorneclîchem muote nû hœrent wie er sprach.

452 'Edeler vogt von Berne, lieber hêrre mîn,
  ich kan ir niender vinden (des muoz ich trûrec sîn),
  Witegen unde Heimen, die ez hânt getân.
  mac ichz aber gevüegen, ez muoz in an daz leben gân.'

453 Der edel vogt von Berne houwen dô began
  eine strâzen wîte durch zehen tûsent man.
  Witege unde Heime, die den strît heten erhaben,
  Sibeche unde Ermenrich, die vier entrunnen gegen Raben.

454 Dô sagte man Rienolden dô diu mære
  wie Sibeche unde Ermenrich entrunnnen wære:
  'sô halde ich al ze lange.' zer vluht leit er den van:
  dô volgte im ûz dem strîte niht mêr dann drîzic tûsent man.

455 Noch mêr dann vünfzictûsent wâren gelegen tôt.
  die andern sich huoben ûz dem strît: daz tete in nôt.
  dô jagtens die von Berne wol einer raste wît

  447, 2 *H* flyszen 4 bern an lüden nymant so gr. 449, 3 (Limme *W. Grimm HS.* 147) lonen *H* da dreffen b. 450, 4 *H* Mynfurges e. wyttiches
451, 2 *H* dorch dye z. 3 ferem 452, 3 Wyttychs 453, 3 hen hatten den stryt e. 4 *H* ermentrych wytdich vnd hen dye geyn 454, 2 *H* da entronen 4 *H* nit mene üsz dem stryde 455, 2 hüben sych 3 jageten sye dye

und kêrten dô widere.   zegangen was der strit.

456 Alsô si widere   zesamne wâren komen,
der edel vogt von Berne   hæte gerne vernomen
waz er in dem strite   liute hæte vlorn.
umb die was im leide,   dem vürsten ûzerkorn.

457 Dô si daz vernâmen   und zesamne wâren komen
und umbe besâhen,   dô heten si vernomen,
daz der von Berne   zwei tûsent was gelegen.
die clagte clegelichen   der ûz erwelte degen.

458 Dô sprach Hilbrant der alde   'lieber hêrre mîn,
edeler vürste rîche,   lât iuwer clagen sîn.
ir wizzet doch wol selbe,   vürste lobesam,
daz man in solhen striten   müeze grôzen schaden hân.'

459 Dô hiez der münich Ilsam   blâsen sîn herhorn:
dô hete er der sinen,   dô keinen verlorn,
dô samnet er der sinen   dâ eilfhundert man,
die über den liehten ringen   truogen swarze kutten an.

460 Wie balde der vogt von Berne   in des keisers zelt gie!
dâ vant er hort grôzen,   den er hete gelâzen hie,
silber und gesteine   und daz golt sô rôt,
daz der edel vogt von Berne   sinen helden dô mit êren bôt.

461 Des lobt man in dem lande   den edeln Dietrich.
dar kom âne schande   manic witewe rîch.
ûf der heide grüne,   hœre wir noch sagen,
dâ huop sich von den vrouwen   weinen unde clagen.

462 Dô sprach der vogt von Berne   'ez sol erloubet wesen,
daz man vüere ze lande,   die mugent noch genesen.
die tôten alle gelîche   sol man hie begraben.
vinde unde vriunde   sulen des urloup haben.'

463 Daz wal si dô rûmten   gein Berne in die stat.
die minniclichen vrouwen,   als man uns gesaget hât,
mit der herzoginne   vroun Uoten gie,
dâ iegelichiu   ir man tugentliche enphie.

464 Rîcher spise und koste   was dâ vil bereit,
man phlac der stritmüeden,   als uns ist geseit.
vrou Uote diu rîche   vür die tische gie.
der vil edelen helde   phlac man mit triuwen ie.

<hr>

456, 1 weder in dem storm züsamen   3 *H* lüde in dem stryde   459, 1 vff
blasen   460, 1 getzelt   2 groszen bart   hete *fehlt*   4 edel forst von
462, 2 *H* noch *fehlt*   3 *H* hie *fehlt*   463, 1 rümten vnd reden gein   3 V den iglich
ging   464, 1 Rych   *H* wa   4 *H* mit *fehlt*

465 Daz guot wart geteilet den helden lobesam.
  dô sprach Eckart der küene 'wir sulen urloup hân.'
  der edel vogt von Berne sô manic golt sô rôt
  er dô mit guotem willen den von Brisache bôt.

466 Urloup ze stunde nâmen die helde lobesam.
  und Eckehart der küene ouch urloup genam.
  daz tete der vogt von Berne mit triuwen dâ zehant
  und der vil getriuwe, der alde Hildebrant.

467 Der edel vogt von Berne daz dô niht vermeit,
  des weges eine raste er mit den helden reit.
  dâ hin gein Brisache was in alsô nôt.

468 nû hât diz buoch ein ende und heizet ALPHARTES TÔT.

465,1 gedeylt vader dye helden l. 4 *H* guotem *fehlt* 466, 1 zü der st.
3 *H* von Berne *fehlt* 4 *H* und *fehlt* *H* getrüw von bern der 467. 1 dô *fehlt*
4 Vnd hat aüch dysz

DIETRICHS FLUCHT.

Welt ir nû hœren wunder,
sô künde ich iu besunder
diu starken niuwen mære.
lât iu niht wesen swære,
5 ob ich iu sage die wârheit
(daz enhabent nicht vür leit)
von einem edelen künege hêr:
Dietwart sô hiez er.
dem dient vür eigen Rœmisch lant
10 und muoste im warten allesamt
schône mit gewalde.
im dienten helde balde
vil unde mêre
durch die grôzen êre,
15 der er phlac in sinem rîche.
er lebte sô hêrlîche,
daz man im jach des besten
von vriunden und von gesten
in siner blüenden jugende.
20 swaz man uns von tugende
ie gesagte mære,
des was der êrbære
ein gimme und ein adamant:
dâ von er wîten was erkant.
25 er lebte in reinen blüenden tagen,

als wir die wîsen hœren sagen,
sô gar ân alle schande.
vride was in sinem lande,
und tet ouch niewan daz beste.
30 swaz er ze tugenden weste,
dar zuo was sinem herzen ger.
ez gelebet hôher künec niemêr
sô hêrlîch noch sô schône.
er warp nâch prîses lône
35 noch mêr danne ie künec getæte.
dar an was er sô stæte,
daz man im niwan êren jach
alles daz im ie geschach.
siner ougen spiegel was diu zuht.
40 des hete diu êre zuo im vluht
und minnet in naht unde tac
durch daz er ir sô schône phlac.
    Alsô phlac er der tugende wart.
ez wart nie guot deheinz verspart,
45 ern gæbe ez swer ez wolde.
er warp nâch reinem solde
und nâch tugentlîchem lobe.
sin lop lac allen künegen obe,
die dâ lebten bî den tagen.
50 swaz ich ie hôrte sagen

2 verkunde *A*   6 habt *A*   verlait *A*   9 aigen die Römischen *A*
10 musten *P*   12 d. die helden *A*   15 der phlag er *A*   reich *P*   17 sprach *A*
19 seinen pl. tugenden *PA*   20 ie von jugenden *PA*   29 nun *A und so meist*
30 tugent *P*   31 seines *A*   32 lebet *A*   38 d. in ie gesach *P*   41 in *fehlt* *P*
43 er *fehlt* *P*   44 gut noch d. *A*   45 gab *P*   48 allen den *A*

von tugenden und von wirdikeit,
dá was sin herze mit gecleit.
man sach in in sinen ziten
nâch allen den éren striten
55 die ie herre gewan.
vür wâr ich daz vernomen hân,
er was der allerbeste,
den dô ieman weste
über alliu riche.
60 er lebt só wünnecliche,
daz im allez daz was holt.
daz riet im der éren solt.
sin allerbestiu stunde,
die er betrahten kunde,
65 daz was, swenne im daz heil geschach,
daz er die hôchgeborne sach:
só blüete im immer hôher muot.
die nam er vür allez guot,
die wâren sin morgensterne.
70 die edelen ritter sach er gerne
swa er kunde und swâ er mohte.
er tete swaz in ze guote tohte
und wonete in bî mit reinem site.
dâ liebte er si só schóne mite,
75 daz si im dienten widerstrit.
si wontn im güetlîch alle zît
bî hie unde dort:
an im lac ouch ir vreuden hort.
er sach si gern, si tâtn in sam.
80 si wârn im dienstes undertân
âne valsches riuwe.
daz macht sin güetlich triuwe

die er in ze allen ziten bôt.
er lie si selten in keiner nôt:
85 er behielt in williclich ir muot,
er gap in só richez guot.
si dienten im mêr danne mér:
ze dienste was in also ger
daz sie ez gerne tâten.
90 keinen andern muot si hâten
danne der im ze dienste stuont,
alsó noch al die gerne tuont
die ir herren dienste willec sint.
wæren die vürsten nû niht blint,
95 so gedæhten si an dienste nuo
alsó die vürsten tâten duo.
Dietwart der hôchgemuote,
der reine und der guote
der minnete só vürstlichen site
100 und liebt só sére sich dâ mite,
daz in die liute enwiderstrit
begunden suochen alle zît
swâ er des landes kêrte.
sin reinez herze in lêrte
105 daz er die êre het ze hûs.
er lebte rehte als Artûs
mit rehter ritterschefte.
er hete ot wol die crefte
an libe und an guote.
110 er blüete in hôhem muote.
Swenn er niht ritterschefte
phlac,
só wart sus selten der tac,
ern hæte volle hôchgezit.
sin hof der stuont âne nît.

60 furstekliche *P*   63 in a. *AP*   65 haile beschach *P*   67 ym sin h. *P*
70 die Edl ritterschaft *A*   72 im *P*   gedochte *A*   73 *hinter* 74 *P*   75 *hin-*
ter 76: und dienten im w. *P*   77 beide *P*   79 so taten *P*   ym *PA*   83. 84 *feh-*
len P   83 im *A*   85 habet *P*   89 ez *fehlt A*   90 habten *P*   92 alle *AP*
gerenden t. *P*   93 die in lr *A*   williklich *A*   94 nicht so pl. *A*   95 nuwe *P uö.*
97 der het gemůt *A*   99 nach fürstlichem sit *A*   100 sich so sere *P*
101 im *A*   103. 104 *fehlen P*   105 auch hette er d. e. zu h. *P*   107 ritterschaft *P*   108 auch h. er w. d. kraft *P*   110 lept *P*   112 sunst *A, fehlt P*
113 volhe *P*   hochzeit *A uö.*   114 der *fehlt P*

115 die tanzten unde sungen
von allen ordenungen,
sô redten die von minne
und heten in ir sinne
wie si gedienen mohten
120 dâ mite si wol getohten
den meiden und den vrouwen,
so begunden die schouwen
den buhurt vor dem palas.
sin hûs also gestiftet was,
125 daz man dar in niewan vröude
vant.
trûren dâ vil gar verswant.
Nû lâze wir diu mære stân
unde heben aber an,
wie Dietwart der riche
130 lebte sô vürstliche
als Artûs ie gelebete.
sin herze darnâch strebete
daz milte unde êre
und tugent noch mêre
135 sin phlac unde was sin rât:
si entwichen im an keiner stat.
Die rede lâze wir nû sin.
er hete êren vollen schrin
dar nâch als manegiu jâr.
140 er hete allez daz sô gar
mit tugenden beslozzen
und was dar an unverdrozzen.
man sach in ouch nie dâ hin komen
swâ untât wart vernomen.

145 dannoch het er einen site,
dâ übergulte er allez mite
daz er ze tugenden ie begie
an beiden orten dort unt hie,
daz er got tougen
150 mit herzen und mit ougen
minnete swâ er kunde.
darzuo er im ein stunde
ouch in dem tage nam,
daz er got ruofte an
155 umbe siner sêle heil.
daz was ein der beste teil,
den im got ze sinem leben
in dirre werlte hete gegeben.
Alsô lebte Dietwart (daz ist wâr)
160 in blüenden tugenden drizec jâr
unz er gewuohs vil nâch ze man.
dô was ein site alsô getân:
er wære junc oder alt
oder swie er wære gestalt,
165 arm oder riche,
man liez in sicherliche
nimmer gewinnen wibes teil
noch versuochen solh meil,
daz minne wære genant.
170 der site was dô ûbr alliu lant.
daz wert man man und wiben.
des muosten starc beliben
die liute bi den jâren.
man sach ouch si gebâren
175 vil vrœliche unde wol.
die liute wârn dô tugende vol

115 die raiten die P A   tantzen P   116 aller ordenunge P   118 bet mir s. A   122 bie s. P A   123 den Burgfrid A   pallast P   125 nur freuden A   128 b. wider an P   130 so *fehlt* A   furstekl. P   133—136 *fehlen* P   136 dhaiuer A   137 Dise A   138 schein P   139—142 *fehlen* P   140 wie er A   142 was *fehlt* A; *danach* jm ze dienste genomen   143 in nymmer d. A   144 da A   wurde P   146 daz m. P, dar mit A   147 untugenden A   152 er *fehlt* A   155 selden P A   heile P   156 teile P   159 Dietwart *fehlt* P   160 Ditwart in t. P   xxx j. *P und so öfter die luteinischen ziffern anstatt der zahlen*   161 u. daz er A   nâch *fehlt* P   162 sein A   so P   163 er sey A   166 geliesz P   167 ymmer A   168 solhen P   170 des siten A   171 mannen P

durch den kiuschlîchen site:
dô wonte in reiniu vuore mite.
sit der site ist hin getân,
180 daz man die vrouwen und die man
ê ir tage ze einander gît,
des ist diu werlt bî dirre zît
an manegen sachen gar ze kranc,
daz er haben muoz undanc
185 der uns den site brâhte
und sîn von êrste gedâhte.
Nû lâze wir den site stên.
dirre mac jenen niht ergên.
doch wil ich einez mezzen,
190 des ich niht mac vergezzen.
wâren dô die liute starc,
sô sints nû ungetriuwe unt karc.
swie gerne ein man nû tæte,
sô ist sô vil der valschen ræte,
195 daz man deheim getriuwen man
rehter vuore niht engan,
als er doch gerne tæte.
nû ist diu werlt sô unstæte,
daz unvuore und unzuht
200 zuo den liuten hât nû vluht.
der besten vuor der man nû
phliget,
deist daz diu schande nû wiget
ze vaste vûr die êre.
swelhez ende ich kêre,
205 dâ vinde ich niht wan untât.
diu êre hât ze hove ir stat,
owê, leider gar verlorn.
sit diu êre ist ab geborn
und daz diu schande vûr sich gêt

210 und die êre hinden stêt:
daz macht der vürsten blœde,
daz ir hove stênt sô œde.
Ouch wæne ich mich selben
trûge,
ob ich die vürsten nû zûge.
215 swaz ich in des vor gesage,
dâ mit ich si nû gar verjage.
si enruochent waz die alten
tugent haben hehalten,
si tuont niwan den niuwen site.
220 dâ lâze wirs belîben mite.
sit ich in niht gesagen kan
waz die alten haben getân,
lâz wir ir den tiuvel walten
unde sagen von den alten.
225 die wârn getriuwe und tugenthaft:
got der vuogte in die craft
daz si heten rîchez guot.
si gewunnen sigehaften muot
und alsô vil der êren.
230 waz hilft mich nû mîn lêren
daz die vürsten nû niht tuont?
ez stêt nû niht als ez dô stuont,
sit des sites ist verphlegen,
daz man beginnet hin legen
235 die alten tugent unde zuht.
des komen die vürsten an die
suht,
dâ von si werden nimer erlôst!
ir herrn, ir habt nû kleinen trôst,
grâven, vrîen, dienestman,
240 sit man iu niht dienstes lônen kan.
swie gerne ich iuch nû machte vri,

181 tagen *A*　　192 bey der z. *A*　　*Nach* 192 faul (weise *P*) und unstâte *AP*
195 dhain *A* dehainen geroden m. *P*　　198 so ist *A*　　204 welcher *A*　　nu
fehlt P　　205 unrat *A*　　213 selbs treuge *A*　　214 zige *A*　　215 *fehlt P*
217 sein ruchet *A*　　218 gehalten *A*　　222 daz *PA*　　223 ir *fehlt P*
230 nû *fehlt P*　　lernen *A*　　231 nân nit ent. *P*, nu so mehtig t. *A*　　232 nû
fehlt P　　234 hin ze l. *PA*　　235 t. und die *A*　　alten z. *AP*　　236 des kam *A*
237 nymmer werden *PA*　　239 die da hayssent g. *A*, ir seit g. fr. oder d. *P*
240 ewr dienst nicht l. *A*

só stént die vürsten iu niht bí.
jâ muoz ich iuch lâzen under-
    wegen.
si hànt der alten mære verphlegen.
245 nù wil ich wider grifen an,
wie die alden haben getàn.
  Dietwart der künec von Rœ-
    mischlant
als ich iu é tete bekant,
der lebt mit éren drîzec jàr:
250 daz ich iu sage, daz ist wâr.
der minte in sîner jugende
alsó vil der tugende.
als uns tuot kunt daz mære,
swie unkunt im wære
255 die vrouwen und diu minne,
doch het er in sîm sinne
der minne alsó guoten vlîz,
daz si im nie itewîz
vür breiten kunde.
260 er diente ir sîne stunde
swà er sold oder mohte.
swaz der minne ze dienste tohte,
des vleiz er sich mit guotem site.
der minne diente er dà mite,
265 daz er niht wan guotes sprach.
swà im ze dienste iht geschach,
daz tete er gerne und williclích:
dà von er der éren rich
dicke wart an maneger stat.
270 sîn herze gap im solhen rât.
bescheidenlìch ist mir gesaget,
diu sælde was mit im betaget,
daz si im só schóne bí
wonte und machte in schanden
    vrì.

275 des érten in diu reinen wîp.
des müeze sælic sîn sîn lîp!
  Dó er mit éren drîzec jàr
hete gelobet só schóne gar,
dó hete er in der jugent sîn,
280 alsó uns daz buoch tuot schîn,
vier und zweinzic râtgeben.
die zugen in ze rehtem leben
und rieten im daz beste.
dar an was er só veste,
285 dem wolte er nie entwîchen.
des begunde er mére rìchen
an tugenden denne ein ander
    man.
er greif nie dehein dinc an,
im muoste wol gelingen
290 in allen sînen dingen.
  Im rieten sîne râtgeben,
die in heten in ir phlegen
'ir sît, künec von Rœmischlant,
. in der mâze nù zehant
295 nâhen gewahsen zeinem man,
des al die tróst wellent hân,
die in iuwern rîchen sint.
hóch edelez küneges kint,
die wellent houpten an dich.
300 nù hât got bedàht sich
an dir só hoher sælikheit
und allez daz an dich geleit
daz tugent und ére heizen sol:
kunde wir nù dir gerâten wol
305 daz alle liute heten vür guot!
nù gebe uns got só wîsen muot,
daz wir dich daz beste léren
und uns an dir niht unéren!'
- 'des sol iu wesen vil unnót.

310 mir wære lieber der tót
    dann ich àn iuwer ræte
    immer iht getæte.'
    'sit ir, lieber herre min,
    in unserm gebote wellet sin,
315 só sult ir niht wenken
    und ruocht daran gedenken,
    daz mér dann vierzehen lant
    wartent niwan iuwer eines hant.
    só sit ir niwan einic kint.
320 swenn iu al die willec sint
    die iuch habent gesehen ie,
    nù ruochet ir gedenken hie,
    daz iu wartet manic man
    der iu aller éren gan.
325 só hàt iu got den wunsch gege-
                    ben,
    schœnen lip und liebez leben.
    nù làt iu niht beslifen,
    ir ruochet dar zuo grifen,
    werdet ritter schiere.
330 só habt ir volle ziere
    an libe und an guote.
    welt in iuwerm muote
    der iu dar zuo gevalle,
    als wir iu ràten alle,
335 die mit iu swert wellent nemen,
    die iu ze gesellen mugen zemen.'
    'daz tuon ich gerne' só sprach er,
    'dar an zwivelt ir niht mér.
    nù ràtet selbe àne strit,
340 wenne wir die hóchgezit
    in dem jàre wellen hàn.'
    dó sprach ein sin dienestman

    'daz kan nimer só wol gesin,
    von Rœmisch lant herre min,
345 só in des sũezen meien zit,
    só allez daz geblũemet lit
    über berge und über tal
    und daz der vogeline schal
    über al den walt clinget
350 und daz alliu crẽàtiure dinget
    gegen des liebten sumers vruht.'
    dó sprach ùz reine bernder zuht
    Dietwart der junge helt
    'ich bin bereit, swenne ir welt.
355 ze sant Jörgen misse.
    só kumt uns vil gewisse
    der sumer und der meie.'
    dó sprach der tugent heie
    'daz si vil gerne getàn.
360 nù ràt wen ich sol ze gesellen
                    hàn.'
    Si spràchen 'lieber herre min,
    daz wirt iu kurzlíchen schin.
    ouch sũme wir uns niht dar an,
    ir mũezet solhe gesellen hàn,
365 die iuwern éren wol gezemen
    und wol mit éren mũgen nemen
    von iu pherit unde cleit.
    wir haben iu allezan bereit
    ahtzehen schiltgeverten
370 die sich ie schanden werten.'
    dó sprach der lantgràve Erewin
    'möhten ir noch zweinzec sin,
    kunde wir die ùz gelesen?'
    der kũnic sprach 'daz sol wesen.
375 nù trahtet, liebe ràtgeben,

oh uns got læt gelehen
die lieben sumer wunne,
swer mir dann éren gunne,
der si dar umbe gemant
380 und bereite sich zehant
und kome ze miner hôchgezit.
dem gebe ich vride âne strit
vür alle viande
her ze minem lande,
385 daz er ân sorge drinne si.
'des gestén ich im bi
unz ich in âne sache
heim bringe mit gemache.'
dô sprach der lantgrâve Erewin
390 'diu zit müez immer sælec sin,
alsô si der liebe tac,
dâ din geburt ane lac!
nù sul wir alle trahten
und vil ebene ahten,
395 wer die geverten sulen sin
die swert nemen mit dem herren
min.'
Dô sprach der herzoge Herman
'vil wol ich iu genennen kan,
die swert mit éren mugen tragen:
400 der namen wil ich iu nù sagen.
daz sol der herzoge Âbel sin
und Candunc der herre min
und der herzoge von Tuscân:
der ist geheizen Îwàn.
405 die zwêne sint von Spôlit,
die gelâzent nimmer keine zit
den werden künec von Rœmisch
lant

und wartent gerne siner hant
und sins gebotes alle stunt.
410 den vierden tuon ich iu kunt,
daz ist Rûàn von Bârût.
sin lip und allez sin gemuot
daz ist durch ritterschaft gewegen.
er ist ein ûz erwelter degen
415 libes unde guotes,
dar zuo manlîches muotes.
einen bruoder den hât er,
dem ist ze ritterschaft sô ger,
swà er sitzet oder stàt,
420 sin muot den selben willen hât,
daz er daz beste gerne tuot.
Arnolt der hôchgemuot
sô ist er genennet,
daz ir den ouch bekennet.
425 daz sehste si Berhtram.
den sult ir, lieber herre, hân
ouch ze schiltgeverten.
solt iemer man beherten
den Grâl mit ritters hende,
430 daz tæt er ân missewende.
der sibende daz si Baldewin,
daz aht sin bruoder Bôlin.
sô si der niunde Tûriân:
den wil ich niht under wegen lân,
435 dern si, herre, ze in gewegen.
der kan wol hôher éren phlegen.
swenne er nù ze ritter wirt,
ahi, waz éren der birt!
der zehende si ouch ûz gelesen,
440 der sol ouch schiltgeverte wesen

377 geleben wir die *P*   lieben *fehlt P*   378 der e. *P*   383 veinde *A*
385 darynne *AP*   386 In *A*   388 wider h. *AP*   390 müz *P*   397 der *fehlt P*
393 In *A*   400 nù *fehlt P*   403 Thôscan *A*   404 Twan *P*, Tiban *A*
406 lassent *A*   407 dem *A*   409. 410 *fehlen P*   410 v. gesellen t. *A*
411 daz virde R. *P*   paruht *A*   412 gephennt *A*   415. 416 *fehlen P*   417 h. auch
er *P*   419. 420 *fehlen P*   424 erk. *P*   425 so sey d. s. *A*   431 daz *fehlt P*
432 der Acht *A*   433 daz ix *P*   434 ich auch nit *A*   under *fehlt P*
437 nûn *P*   438 alhie was *A*   wirt *A*   439 ouch *fehlt P*   440 solt *A*

des küniges von Rœmisch lande.
er lebet gar ân alle schande,
daz ich des wil ân angest sîn,
und wirt iu sîn tugent schîn,
445 ir sît im ie lenger ie mér holt.
er wirbet umb iuch solhen solt
daz er des wol geniuzet,
wan iuch sîn nimer verdriuzet.
Mimunc heizt der mære.
450 Tûrtân der érbære,
bruoder sint si beide.
nimmer ichs gescheide
ûz iuwerm dienste, herre.
nâhen oder verre
455 si sint iu immer undertân,
dar umb sult ir niht zwîvel hân.
herren sint si dâ ze Isterrîch.
der einlift daz si sicherlîch
Bitrunc von Heste,
460 der ie tete daz beste
und noch immer tuon wil.
er hât tugende alsô vil,
daz ir nieman mâze hât.
sîn herze in solher vuore stât,
465 daz si wol heizt ein sælec wîp
diu immer triutet sînen lîp.
der zwelfte den ir ouch sult hân,
des name ist alsô getân,
daz er vil wîten ist erkant.
470 der ist Berhtunc genant.

. . . .
sîn vater was von Kriechenlant
und was geheizen Wizlân.

als ich mich, herre, versan,
475 der nam die schœnen swester
     mîn
und gewan bî ir daz kindelîn,
den ich iu é genennet hân.
der ist iu dienstes undertân.
der driuzehend sî an der vart
480 daz nieman tiurer wart.
der ist geborn von Püllenlant,
Tîbalt sô ist er genant,
ein helt in rehter mâze,
dâ heime und ûf der strâze
485 ein guoter redegeselle.
swer einen tiurern welle
nû kiesen, daz lâz ich âne haz.
ûf mîne triuwe meine ich daz,
solt ieman bejagen den Grâl
490 alsam der küene Parzivâl,
des ist er wol als gar bewegen
als von der tavelrunde dehein
     degen
bî Artûses zîten.
er ist in allen strîten
495 als gar ein vrum man
als ez dô ieman hât getân.
der vierzehende sî ouch an der
     schar
(des muoz man schône nemen
     war):
deist von Gâlaber Balmunc.
500 der ist der tugende ursprunc
mit manlîchem ellen.
der zimt iu wol ze gesellen

442 alle *fehlt* *A*   443—448 *fehlen P*   445 ie *vor* mêr *fehlt A*   459 Minnunckh *A*   450 erherre *A*   454 es sihe n. *P*   noch *A*   verhe *P*   455 sein *A*   456 daz solt ir kainen z. *P*   457 dâ *fehlt P*   hysterreich *A*   458 *fehlt P*   459 Pittrunck *A*   462 tugenden so v. *A*   463. 464 *fehlen P*   467. 468 *fehlen P*   467 den zwelfften *A*   469 der zwelffte ist v. w. e. *P*   470 *fehlt P*   477 é *fehlt P*   480 des *P*   getruwer *P*   481 pâlen lanndt *A*   484 dabaymet *A*   485 gut recht leb geselle *A*   486 ainen getruwen *P*   487. 488 *fehlen P*   490 partzefal *A*   491 w. alswol b. *P*   492 Tauelrunnen *A*   493 wie Arthuses *A*   495 ain Raban *A*   496 als ie do *P*   497 si—499 ist *fehlt P*   499 Palmunck *A*   501 ellend *P*

dà man die werden ahtet.
allez daz er betrahtet
505 ist niwan ritterschaft und ère.
sìn herze gìt im die lère
daz er naht unde tac
tuot daz beste daz er mac.
den vünfzehenden swertdegen,
510 den ich iu wil ze gesellen wegen, /
der ist Reinher genant
und dienet in Cèciljen lant
schòne mit gewalde.
er ist ein degen balde
515 mit ûz erwelter manheit.
daz ich iu hàn von im geseit,
daz ist endelìchen wàr,
ich liuge niht gròz umb ein hàr.
sò sult ir, lieber herre min,
520 den sehzehenden làzen sìn
iuwern schiltgesellen,
ob siz iu ràten wellen,
die lieben hûsgenòze min.'
der künic sprach 'daz sol sìn.'
525 'sò sì iu sìn name kunt getàn.
Hûnolt heizt der werde man
und ist daz lant ze Swàben sìn
und dienet im unz über Rìn.
sìn herze unde ouch sìn muot
530 sich vor schanden hàt behuot.
noch solt dû einen gesellen hàn,
wirt immer ère ze dir getàn,
daz muoz von sìnen schulden
    komen.
swaz ich von tugenden hàn ver-
    nomen,
535 des hàt er mèr dann ieman.
wol er dir an verdienen kan,

daz du im bist liuterlìchen holt.
er heizt von Franken Diepolt.
noch nìm einen, herre mìn,
540 der blüemet mit den tugenden
    sìn
dìnen hof und al dìn lant.
er ist Sigehèr genant
und ist herre ze Westvàl.
er gewan nie schanden màl
545 in allen sìnen zìten.
er kan nàch èren strìten.
vil gerne er daz beste tuot,
er ist milte und hòchgemuot.
dìn lant hàt sìn ère
550 und dìn hof noch mère.
er prüevet vreude und wirdikeit,
er ist dienstes dir bereit
mit lìbe und mit guote,
daz weiz ich wol an sìnem muote.
555 noch kumet dir wol ze màze,
den ich des niht erlàze
ern sì der schiltgeverte dìn:
daz sol der herzoge Wìgolt sìn.
er ist vürste über Zæringen.
560 ich hàn ouch des gedingen,
daz tiurer man nie wart gesehen.
ich hœre im maneger èren jehen.
noch soltû niwan einen hàn,
des wil dich vrou Ère niht erlàn.
565 geheizen ist er Fridgèr.
bringt dir den vrou Sælde her,
sò ist dìn hof und dìn sal
mit vröuden schòne überal.
die ich dir alle hàn genant,
570 daz sint vürsten unde habent lant.
nù solt dû dich rihten

---

505 das ist *A*   508 tât wo er *A*   509 xvi *P*   swertdegen—511 der
fehlt P   512 ym *P*   513. 514 *fehlen P*   516 daz sei uch von *P*   517.
518 *fehlen P*   520 siebentzehen *P*   522 ob sie uch *P*   528 biz *P*
ûbern *A*   535 me *P*   539 Noch weisz ich einen *P*   540 der tugent *P*
541 alle *AP*   547. 548 *fehlen P*   555—557 er sì *fehlt P*   557 der zweintzgist
s. *P, am rande* xix   558 daz *fehlt P*   566 den *fehlt P*
Heldenbuch II.   5

und dínen hof só tihten,
daz ez dir nách éren sté.
só bistú dar nách immermé
575 gevróut an dínem muote.
nu gebiut, künic guote,
allen den dínen,
daz si sich dar zuo pínen
daz si komen alle
580 mit vróude berndem schalle,
des din hof si géret
und mit vróude geméret,
swer ze díner hóchzít kumt,
daz ez im immer vrumt.'
585 Hiemit ist nù gar geseit
und die schiltgeverten ouch gereit,
die er ze gesellen haben wil.
'nu bedarft dù guoter sinne vil.
got dich daz beste lére!
590 nù beite niht mére,
vertege boten in diu lant
mit dínen brieven alzehant
und künde dise hóchzít
den dínen vriunden áne strít,
595 dar nách armen unde ríchen,
daz die sicherlíchen
komen an sant Jörgen tage.
vernim wol, waz ich dir sage,
daz dine boten tuon kunt
600 allen den varenden nù ze stunt,
swer guot welle enpháhen,
daz die her zuo dir gáhen.'

Dó sprach der künec von Rœmischlant
ze sinen rátgeben zehant
605 'nu gebietet mínen schaffæren,
als ich iu wil bewæren,
daz si iht lenger beiten
unde llen reiten
alle die gerechnung her zuo,
610 dà mite man der hóchzít tuo
ir reht und dem gesinde.
schaffet daz man vinde
in mim hove alles des die craft,
daz dà heizet wirtschaft.'
615 Diu rede was alsó ergàn,
swaz er gebót daz wart getàn.
noch wil ich des niht verdagen,
in welle iedoch den liuten sagen
umb die werden geselleschaft,
620 mit wie hérlîcher craft
si kómen in des küneges lant,
der Rœmisch herre was genant.
si vuorten werdez ingesinde.
als ich ez an dem mære vinde,
625 si wáren alle hóchgemuot.
si vuorten selb só richez guot
von gesteine und von golde rót,
daz in ze nemenne was unnót.
si wolten nách ir selbes willen
leben,
630 ob in der künec iht wolde geben,
daz des unnót wære.
ez wáren ir soumære

572 só *fehlt* P   573 er P   576 *fehlt* P   580 freuden bernden P, freud-
gepernden *A*   581 daz P   gemeret P   582 und din selde geeret P   584 yn P
586 schiltuerten P   berait *A*   589 bedarf P   590 bite P   593 hoch-
gezit P   594 den *fehlt* P   vriunden *fehlt A*   597 georgen P   598 Und ver-
nym mer was *A*   601 wer nûn g. P   603 k. alzuhant P   604 ratgebern allesant P   605 nu solt ir nicht (n. langer P) baiten ir gepietet (g. meinen schafferen P)
zu reiten (zu rihten P) *AP*   den meinen schafferen *A*   606—608 *fehlen* P
608 ze reyten *A*   609 und bringent alle g. P   613 des *fehlt* P   616 gebat P
618 ich wil P   621 si *fehlt AP*   622 gemant *A*   623 Die *A*   625 die *A*
628 in zerung was P   630 iht *fehlt* P

mit maneger rîcheit wol geladen.
si muoten niht des küneges
    schaden.
635 dar umbe was in unnôt,
ob in der künic niht enbôt
dehein êre noch dehein guot.
er was ab sô tugentlich gemuot
daz er daz durch ir guot niht lie,
640 swie vil si des heten hie,
er bôt in dannoch êre
und gap in michel mêre
danne si dar brâhten:
swie wênic si gedâhten,
645 daz si rât haben wolden
daz si nemen solden,
der künic doch daz niene lie,
grôze tugent er begie
an sînen schiltgesellen.
650 er hiez von sîner kamern zellen
manegen edeln samît,
als ez noch an dem mære lît,
unverschrôten dar tragen
und dannoch, als ich iu wil sagen,
655 zobel unde hermîn,
phelle unde baldekîn
und manegen guoten scharlach,
über die vedern sô rîchiu dach
spæhellchen wol genæt,
660 diu berlîn dar ûf gesæt,
(die enkunden ouch niht bezzer
    sîn)
diu guoten teschel guldîn
gezieret mit gesteine
ze guoter mâze und niht ze cleine,

665 zuo den cleidern edel gürtel guot,
als man ze hove gerne tuot:
die zement wol umb rîche wât.
der künic hie mit nû hât
gezieret sîne geselleschaft
670 mit vil hêrlîcher craft.
    Nû habt ir hie mit wol verno-
    men,
wie ez allez ist bekomen,
daz sich der künec bereitet hât.
nû ist ez komen an die stat
675 daz er swert nemen wil.
dar was komen alsô vil
maneger hande liute,
als ich iu nû bediute,
gîger singer unde sagen
680 und noch mêre bî den tagen.
aller hande kurzewîle
man hete wol ûf ein mîle
ûf einem hêrlîchen plân,
dâ der künic wolde hân
685 sîne schœne hôchzît.
man hôrt dâ clingen wider strît
von zoumen und von gesmîde.
niht lenger ich daz mîde
oder ich welle iuch wizzen lân,
690 manec verdecket castelân
pherit unde râvît
wâren ûf den plân wît
ûz ze dem buhurte brâht.
da der ritterschefte wart gedâht,
695 ûf daz hêrlîche velt
geslagen wart vil manec gezelt.
alsô daz dâ wart getân,

635 kain not *P*   638 aber so *P*, also *A*   639 nit enlie *P*   641 pote *A*
dennach *A*   647 doch dez nit enlie *P*   650 liez *A*   sinen *P*   651 Samat *A*   652 er *A*   655 härmlîn *A*   656 Paldegin *A*   660 gelet *P*
661 dienen kunden *A*   662 tarschal *A*   667 gezament *A*   671 mit *fehlt P*
673. 674 *fehlen P*   677. 678 *fehlen P*   679 sager *P*   682 nun h. *P*,
nu h. *A*   683 ein *A*   684 daz der *A*   689 als ich iu wil w. l. *P nach* 690
691 pharst *P*   rapheit *P*, kapheit *A*   692 war *A*   dem *AP*   693 üntz *A*
puchurte *A*   696 zelt *P*

dô kômen ouch die capelân
und huoben ûf und sungen.
700 der künic kom gedrungen
mit sîner massenîe,
manec grâve und manic vrîe
und maneger hôher dienestman.
diu messe schiere wart getân.
705 dô stuont der künec mit schalle
und sîne geverten alle,
dô man in segente diu swert.
zehant wart dar nâch gegert
ze dringen ûz dâ ze der tür.
710 diu ros wâren komen dâ vür,
diu heten in die knaben brâht.
buhurtes dâ wart gedâht
vaste mit gedrange.
der werte wol als lange
715 unz si zebrâchen die schilde.
die schivern daz gevilde
wol halp überdacten,
daz sîn vil wênic blacte.
Dô si des vil getâten
720 daz sis genuoc hâten,
dô wâren diu gesidel bereit.
si erbeizten nider, als man seit.
dô wâren komen mit schalle
die varenden vil nâch alle,
725 die man dâ heizet varende diet.
der künic si vil wol beriet.
die werden schiltgeverten sîn
die tâten dô vil wol schîn
daz si vürsten hiezen.
730 zehant si des niht liezen,
diu cleider wurden ab gezogen

(des enhân ich niht gelogen),
gegeben hermîn unde grâ:
lûter vêch gap man dâ,
735 die soumer alsô wol geladen.
des nâmen die vil cleinen schaden,
die dar umb gâbe kâmen
und ez umb êre nâmen.
dâ wart alsô vil gegeben,
740 daz ich daz nime ûf mîn leben,
daz diu werlt erstorben ist,
als wîte sô diu erde ist,
daz nie künec sô lobesam
sô grôze hôchzît ie gewan.
745 gerihtet wâren die tische.
wîze semel unde vische
und edel wildbræte
und ander guot geræte,
des gap man dar mêr danne vil.
750 vor den tischen singn und seitspil
hôrt man dâ michel wunder.
alsô man dô besunder
het vrœlîche gezzen,
dô wart des niht vergezzen,
755 sich huop der buhurt verre mê
und noch herteclîcher dann ê.
Der buhurt wart herte.
ûf dem plâne manec geverte
wart getân hin unde her.
760 die schilte giengen dicke entwer
sust unde sô, hie unde dâ.
alle die jâhen sâ,
daz nie sô herter buhurt
ze küneges hôchgezît ie wurt.
765 ez werte alsô unz an die naht.

700 geklüngen A   702 und fehlt A   manic fehlt P   703 manic hohe P
707 in fehlt P   708 darnach w. P   begert A uô.   710 darfur A   712 Behurtes A
714 wol fehlt P   716 gewilde A   717 halbe P   über dachte P A
718 plachte A   723. 724 fehlen P   725 hinter 726 P   die varenden d. A
726 sie do vil P   727 schiltgeferten A   730 das A   732 des hab A
733 grae P   734 vehe A P   742 also P   744 ie fehlt A   749 daun ze vil A
750 saitenspil A   752 als so A   759 bere P   76.) dicke fehlt P
761. 762 fehlen P   764 hochzeit A   ie fehlt A

wâ diu ros næmen die maht,
des muoz mich immer wunder
    hân.
dô der buhurt wart verlân,
do gesclleten sich ie viere
770 zuo einander schiere
und kêrten alle gegen der stat,
dâ der künic hûs hât,
zuo der guoten veste.
man hiez sumelîch geste
775 an den selben zîten
mit samt dem künege rîten
in die burc ûf den palas.
der künec mit hôhem muote was.
dô hiez er des morgens vil vruo
780 bereit sîn alle die dar zuo,
die bî dirre hôchzît
wâren slehtes âne strît
komen zuo im in daz lant.
des gewerten si in alle zehant.
785   Als ez des morgens wart tac,
nû hœret wes der künic phlac.
der was vrüeje ûf gestân
und die er mit im wolde hân.
er gie ûf sînen palast.
790 er sprach 'hie ist manc edel gast
und ouch mîner mâge vil,
die ich dar zuo haben wil:
daz si mir râten des ist zît.
etwer ist der mir gît
795 sô guoten rât umbe ein wîp.
in der mâze ist nû mîn lîp
daz ich darf einer vrouwen wol
und die man vûr guot dol
über miniu rîche.'
800 des gedûhtes guot al gelîche.

Nû wârn ouch alle die komen,
die des nahtes heten vernomen
daz si vruo kæmen
und die messe ze hove vernæmen.
805 dô daz ingesinde überal
mit vreuden kômen ûf den sal,
dô was das ezzen nû bereit:
dô rihte man die tavel breit.
der künec gebôt bî ir leben
810 den schaffæren gnuoc ze geben
allen den die ez wolden
und die ez nemen solden.
dô man hete gezzen,
der künic hiez mezzen
815 die hôhen und die besten,
die alliu lant wol westen.
sumelîch die nam wunder
und trahten ouch besunder,
waz der künic wolde.
820 die besten man ûz holde
und bat die mit dem künege gân,
dâ er ir rât wolde hân.
in einer kemenâten
si sich schiere vertâten.
825 zuo zin er nidere gesaz.
er sprach 'ir herren, wizzet daz,
iuwern rât ich gerne haben sol.
nu bedorfte ich iuwer nie sô wol
ze allen mînen êren,
830 ich wolde dar zuo kêren
daz ich ein wîp næme
swâ ez mir rehte kæme.
nû mac ez âne iuch niht ergân.
nû wil ich iuwern rât hân,
835 ob ez iu wol gevalle.'
si begunden swîgen alle

767 ich *A*   773 in der *P*   777 b. off seinen pallast *P*   779—784 *fehlen P*
779 frûe *A*   781 So *A*   784 geferten *A*   im *A*   786 waz *P*   790 maniger edeler *A*   794 etwenn ist ainer der *A*   797 bedarff *AP*   799—804 *fehlen P*   805 Nun waz auch komen off den sal *P*   806 daz ingesinde mit fr.
überal *P*   807 und w. *P*   810 ze *fehlt P*   820 solde *AP*   822 jrn *A, fehlt P*
823 ein *P*   830 da zû *A*   835 wo es *A*

und retten niht über lange stunt,
dô er in hete getân kunt,
wie gestalt was sîn muot.
840 si dûht sîn rede alsô guot,
si trahten als si solden,
waz si im râten wolden.
    Dô si nû lange alsô geswigen,
dô was ir aller muot gedigen
845 under in an einen man,
der hete sinne sunder wân
und weste ir iegelîches muot.
der sprach ze dem künege guot
'herre, wir suln iu antwurt geben.
850 iu hât got guot unde leben
geordent in dirre werlde vil.
nû welt ir der tugent zil
mit triuwen übergulden.
ir welt in gotes hulden
855 nâch reinen êren werben
und in sînem dienste sterben.
ir sît in ein reinez phat getreten.
ir habt uns, herre, gebeten,
daz wir iu râten umbe ein wîp.
860 wâ vind wir nû der vrouwen lîp,
dâ mit ir werdet wol gewert?
sît ir sô reiner êren gert,
sô vüege iu got die sælikheit
dâ von iu nimer geschehe leit!'
865 Einer der sprach under in
'swaz ich noch lande gevarn bin
bî mînen zîten lange stunt,
sô wæne ich wol, mir sî kunt
in der mâze wol sehzec lant
870 und in den landen bekant
al die vürsten dar inne.

als ich mich rehte versinne,
sô kan ich geschouwen
alle die vrouwen
875 die in den selben rîchen sint.
dar ûz hân ich genomen ein kint,
diu mir übr alle die behaget,
die der tac ie hât betaget.
diu selben hêrlîchen lant
880 diu ich iu ê hân genant,
dar undr ich einez vunden hân
(des sult ir iuch an mich wol lân):
dar inne ist diu vrouwe.
des ich wol gote getrouwe,
885 und wirt iu diu schœne maget,
von der ich iu hân gesaget,
sô sît ir alles des gewert
des iuwer lîp ze vreuden gert.
alle die ich hân gesehen
890 (des wil ich bî mînen triuwen
    jehen)
die sint ein tou und ein wint
wider künic Ladineres kint.
ich wil iu kunt tuon ir namen,
des darft dû dich nimmer scha-
    men.
895 wirt dir diu küneginne,
sô hâstû mit gewinne
der minne lôn errungen
und ist dir wol gelungen.
Minne sô ist si genant
900 und heizet Westenmer ir lant,
dar in si und ir vater ist.
nû vüege der süeze Crist
dir den tac ze heile,
daz si dir werde ze teile,

840 alle g. P   841. 842 fehlen P   843 alsô fehlt A   845 on A
846 het sin sinne P   und w. AP   847 weste fehlt AP   itschliches P,
yedes A   848 sp. da ze stund zu A   852 t. lr zil AP   857. 858 fehlen P
858 heer A   859 Ir hebt iuch heissen raten P   860 der fehlt P   873 ban AP
    gesehen P   875 selben fehlt P   876 ich han P   879—884 fehlen P
885 und fehlt A   887 des des P   890 daz AP   892 w. des küniges AP
893 iu fehlt P   894 du darft dich P   895 wurd A   902 f. dir der AP

905 Minne diu vil schœne,
die ich vûr alle vrouwen crœne
mit éren und mit tugenden.
só hât dir got in dîner jugende
vreude und ére gegeben.
910 dû maht wol lieplichen leben,
dû und dîn âmie.
vor allen sorgen ich dich vrîe.
só hâstû ére unde guot
und blüet dir immer hôher muot.
915 diz bedenke dû nû baz.
ich wil daz lâzen âne haz,
ob dir nû ieman drâte
ein bezzer dinc gerâte,
daz wil ich lâzen âne zorn.
920 schœne unde hôchgeborn
ist si ob allen künegen wol,
ûf mîn triuwe ich daz nemen sol.
nû vrâge, künic rîche,
dise herren alle gelîche,
925 ob ez in wol gevalle.'
dô sprâchen si alle,
daz ez guot wœre.
dô liebt dem künec daz mære
daz ez si alle dûhte guot.
930 er sprach 'ich sage iu waz ir tuot.
nû helfet dar nâch trahten
und habt in iuwern ahten,
wie wir daz an ein ende getragen
daz wir in kurzen tagen
935 werben umb die vrouwen.
benamen ich muoz si schouwen
od mich enirre sîn der tôt.
ez understêt kein ander nôt.'
Si sprâchen 'lieber herre,

940 ez ist nicht ze verre,
ez enkomen her unde dar
die boten die ir nemet gar
in iuwer heimlîche,
die vil getriuliche
945 werbent umb die vrouwen,
den ir des welt getrouwen.'
Dô sprach der künic Dietwart
'nû wen aht wir ze der vart?
daz wolte ich gerne vernemen.'
950 'ze boten sol iu wol gezemen'
sprach der lantgrâve Erewîn,
'só râte ich, lieber herre mîn,
an vier iuwer man,
die ich iu wol genennen kan.
955 daz eine daz sî Starcher,
der var gegen Westenmer:
daz ander sî Arnolt,
der ist iu mit triuwen holt:
só wil ich selbe der drite sîn.
960 der vierde sî Baldewîn.
die sint iu zuo der reise guot.'
der künic sprach 'nû tuot
mînen willen dar an
und bitet her ze hove gân
965 die edeln recken balde,
wellents mit gewalde
der reise vor gesîn.'
dô sprach der lantgrâve Erewîn
'iu ist nieman só guot.
970 iuwer boteschaft wirt wol behuot.
nu enbietet swaz ir wellet
oder swaz iu gevellet
dem rîchen künege Ladiner.
die boten habent deheine wer,

906 alle leute er. *P*   908 iugenden *A*   918 bezzers *P*   921 ob *fehlt AP*
929 ez *fehlt P*   933. 934 *fehlen P*   935 zu w. *P*   937 mich müesse s. *A*
938 ez *fehlt A*   940 so verre *A*   941 enkome *P*, kam *A*   942 ir *fehlt P*
943. 944 *fehlen P*   945 erwerbent die fr. *A*   und w. *P*   946 vor 945 *P*
948 wen a. w. nu *P*   953 aigen m. *P*   955 Der aine der sey *A*   957 daz si *P*
960 daz v. daz *P*   961 *fehlt P*   sein *A*   962 Do sprach der k. wolgetan
P   963 nu tut m. *P*   964 her *fehlt P*   h. alle *P*   gân *fehlt P*   966 *fehlt P*
967 Zu der r. *A*, der r. mag niemand vorg. *P*   sein *A*   972 *fehlt A*

975 si enleisten allen iuwern muot.'
diu rede dûhte den künic guot. "
  Nù wâren die boten komen,
die der künec het ûz genomen
dâ hin ze sîner reise.
980 er sprach 'nû habet niht vreise
umbe dise boteschaft.
ich gibe iu guots sô rîche craft
und tuon iu sô getâne êre,
des ir habt vrumen immer mêre.'
985 dô sprach der marcgrâf Baldewîn
'solte ez unser tôt sîn,
wir werben iu die boteschaft,
uns irre dann diu gotes craft:
sus tuot ez dehein ander nôt.
990 wir sterben dann benamen tôt,
wir bringen iuch ab oder an.
wir scheiden nimmer von dan,
wir erwerben iu die vrouwen:
des sult ir uns getrouwen.'
995 Dô sprach der künic alzehant
'nû habet ûf mînen triuwen phant,
sît ir ez sô gerne tuot,
mir zerinne denne lîp unt guot,
ich rîche iuwers kindes kint,
1000 und swaz iuwer mâge sint,
den wirt guot von mir getân.
die wîle ich eine huobe hân,
die wil ich in halbe geben
und mit dem andern teile leben.'
1005 der marcgrâve Erewîn dô sprach
'nu betraht ein anderz dar nâch,
wann die boten sullen sîn bereit.'

dô sprach der künic vil gemeit
'so ez aller schierist mac gesîn,
1010 daz ist wol der wille mîn.'
  'Bereitens ist uns vil unnôt.'
der künic bat und gebôt
sînen schaffæren,
als ich iu wil bewæren.
1015 'nû habt in iuwern sorgen
daz ir gwinnet hin umb morgen
einen kocken zuo der habe.
und gâhet noch hinte abe,
sô ez morgen welle tagen,
1020 daz allez daz si ûf getragen
daz mîne boten sulen hân.'
sîn gebot wart getân.
der künic hiez springen,
vil baldeclîchen bringen
1025 die sîne kamerære:
die kâmen durch daz mære,
als in der rîche künec gebôt.
dô hiez er manegen phelle rôt
vil snelleclîchen dar tragen,
1030 die guoten samît wol beslagen
mit gesteine und mit golde,
als er ez geben wolde
den herzelieben boten sîn,
und hiez in vüllen manegen
  schrîn
1035 ûz sîner kemenâten.
die boten wurden wol berâten
mit maneger guottæte.
spîse und gewæte
des wart in wunder gegeben.
1040 der künic sprach 'iuwer leben

977 Do waren nûn *P*   die poten *wiederholt A*   984 frum *P*   989 sunst *A*
990 wir geen denn ab mit t. *A*   991. 992 *fehlen P*   998 mir zerûme dem l.
A   1005 Her wein *A*   1009 sust alle schrift mag sein *A*   1013 mit s. *A*
s. s. ylen mit sorgen *P*   1014. 1015 *fehlen P*   1015 Nu eilt und habt *A*
1016 daz sie gewünen *P*   1018 Er sprach gant noch heinacht a. *P*   heint hin
abe *A*   1020 ûf *fehlt AP*   1021 des *A*   1024 die kamere here br. *P*
1025 -- 1028 *fehlen P*   1028 phellin *A*   1029 *nach* 1030 die die boten solten
an tragen *P*   1031 von gest. *P*   1033 boten *fehlt P*   1036 wol *fehlt A*
1037 guten tate *P*   1035 und auch g. *P*

müeze got gevristen.
nû werbet mit listen!
und vüeg mir got in kurzer stunt
daz ich iuch sehe gesunt
1045 und gebe iu got sinen segen!'
  Dietwart der junge degen
mohte daz nie verlân,
diu ougen muosn im übergân
umb die lieben boten sin.
1050 der herzoge Arnolt sprach 'herre
        min,
nû wâge wir lip unde guot.
nu gebiete iu got daz ir tuot
an uns hie heime daz beste.'
der künic vil wol weste
1055 waz si meinten dâ mite,
'dar umbe dû mich niht bite!
got behüete iuwern lip!
iuwer kint und iuwer wip
sulen mir wol bevolhen sin.
1060 daz habet ûf den triuwen min.'
  Nû ist ez komen an die stat
daz der künec gevertegt hât
sine lieben boten dan.
dô kômen ouch ir mâge gegân,
1065 dar nâch diu kint und diu wip.
si heten mit clage an ir lip
sô grôze ungehabe getân:
swaz ich von clage vernomen
        hân,
daz ist allez gar ein wint.
1070 si kustn ir wip und diu kint,
dar nâch alle ir mâge.
dô stiezen si ze wâge

ir kocken unde schieden dan.
dô wart weinen niht verlân.
1075 der künic sach in lange nâch.
vil ofte er weinende sprach
'herre got vil guote,
nû habe in diner huote
die vil lieben boten min!
1080 ob ez niht anders müge gesin,
sô brinc si mir wider gesunt!'
nû was ez komen an die stunt
daz er ir niht ersach mê:
si wâren verre ûf den sê
1085 von dem stade hin gevarn:
dô hat ouch er si got bewarn.
got der vuogte in einen wint,
der in ze staten kom sint
ûf dem breiten wâge.
1090 got vuogte in die lâge
daz si mit gemache
ân aller slahte sache
vuoren inner einlif tagen,
als wir daz mære hœren sagen,
1095 ze Westenmer in daz lant,
dar si ze boten wârn gesant.
dô si begunden gâhen
zuo der habe sô nâhen,
dô begunde ir schifman
1100 die segel nider lân.
  Ûf der burc ze Valdanis
begunden die liut alle wis
ab den zinnen schouwen,
ritter unde vrouwen,
1105 und nam si michel wunder,
waz schiffes sô besunder

1041 fristen *A*   1043. 1044 *fehlen P*   1057 euch den l. *A*   1059 entphollen *P*   1060 die truwe *P*   1061. 1062 *fehlen P*   1063 von dann *A* Als nuw die bottē wolten dan *P*   1064 ouch *fehlt A*   maget *A*   1065 ir kinde *P*   diu *vor* wip *fehlt P*   1066 b. nicht kl. *A*   1071 und auch a. *P* 1072 die *A*, domit *P*   1081 mir sie *P*   1083. 1084 *fehlen P*   1085 gestade *A*, daz sie verre von dem stade warn gefarn *P*   1086 ouch *fehlt A*   1088 komen *A*   1089. 1090 *fehlen P*   1093 in sindliff *A*   1096 dahin sy *A*   1100 n. zu l. *PA*   1104 und auch f. *P*   1106 schiffer *A*

in die habe wære bekomen.
'nû hete ich gerne vernomen,
welher hande volc ez wære.
1110 einweder ez diutet mære
oder ez sint koufliute.
daz besehe wir wol noch hiute.'
Die boten sigelten in die habe.
ir anker ûz zuo dem stade
1115 hiezen si dô schiezen.
niht mére si daz liezen,
si giengen ûz an daz lant
und sâzen nider allesant.
die herren wurden des enein
1120 'unser sorge ist niht ze clein.
nû râten wie wir wellen varn,
dâ mite wir wol bewarn
beidiu lîp unde guot.'
der eine sprach 'ich sage waz
ir tuot.
1125 nû trahtet wen wir wellen lân
bî dem schiffe alhie bestân:
die andern gên ûf die veste.
daz ist uns daz beste.'
si schuofen zuo dem guote,
1130 daz man ez wol behuote,
vier unde zweinzic man,
die besten die si mohten hân,
und sprâchen alsô zuo in.
'nû well wir scheiden von iu hin.
1135 sô habt dar umb niht sorgen.
wir kumen benamen morgen,
wir werden danne gevangen.
wie ez uns ist ergangen,
daz wirt iu morgen kunt.

1140 verwartet ir vûr die stunt,
sô hebet iuch von hinnen
und habet in iuwern sinnen
daz ir iht lenger bîtet,
dâ von ir kumber lîdet.'
1145 Si hiezen von den schiffen tragen
die guoten samît durchslagen,
cleider von Trôjande,
ûz der heiden lande
die allerbesten sîden,
1150 die mohten wol gelîden
die hôhen boten rîche.
die cleiten sich hêrlîche
und ouch ir geselleschaft.
si heten guotes grôze craft.
1155 wie vil ieglîcher gesellen hât,
daz bescheide ich iu an dirre stat:
ir ieglîcher selbe vierder was.

. . . .

ein phelle grüene als ein gras,
1160 den man wol ûz tûsenten las,
dar ûz ein infel was gesniten:
porten mit spæhelîchen sîten
zuo dem halse und zuo den handen.
zehant si sich dô wanden
1165 ûf gên der veste.
nû wolt diu sunne ze reste
und ouch ze gemache nider gên.
si riten schœniu castelân.
Daz ingesinde under dem tor
1170 innerthalbe und dâ vor
die liezn in niht versmâhen,

1107 komen P   1110 bedutet PA   1112 wol fehlt P   1114 anckhen A
gstad A   1116 da A   1120 si sprachen u. AP   1121. 1122 fehlen P
1123 bewarn l. P   1125 wen ir wellent P   1126 hie sol b. A   1128 ist auch
uns P   1135 nu h. A   1139 des morgens P, des tages m. A   1143 peit PA
1144 leit PA   1145 dem schiffe A   1146 samat A   1149. 1150 fehlen P
1152 die fehlt P   sich fehlt A   1153 sich und ir A   1155. 1156 fehlen P
1157 ir fehlt A   1158 etwa ich sage iu waz ir cleit was   1161 daz uz ein vehel
was P   1164 vanaden A   1166 raste P   1171. 1172 fehlen P

si begunden vaste gâhen
gegen den werden gesten.
ez wârn vil nâch die besten
1175 die der künic mohte hân.
hie mite wart daz niht verlân
(vil rehte sult ir merken daz),
die geste wurden baz dan baz
von dem ingesinde enphangen.
1180 dô kom ouch dort her gegangen
manic hôher burgære,
die wolten vrâgen umb diu mære.
die boten wâren abe gestân.
dô nam man diu castelân
1185 und wart der hêrlich gephlegen.
manic ritter unde degen
die drungen ûz dâ zuo dem tor,
dâ si die geste vunden vor
in tugentlicher mâze.
1190 ich daz ouch niht lâze,
ich sage iu vil unverswigen,
her unde hin genigen
wart beidenthalben vil getân.
hie mit vuorte man die geste dan
1195 in die burc ûf den palas,
dâ der künic inne was.
der saz mit grôzem schalle.
sîn ritterschaft alle
mit vröuden bî im sâzen.
1200 zehant si niht vergâzen
si ruochten gén in ûf stân,
dô si si sâhen her gân.
  Die boten von Rœmisch lant
die stuonden mit zühten alzehant
1205 vür den künic hôchgemuot,

als man noch ze hove tuot.
der künic neic in schône
und sprach mit vollem lône
und ouch mit zühten tugentlich
1210 'sit gote willekomen ir alle
        gelîch
zuo mir in mîn eigen lant.
ze vreuden ist ez mir erkant
daz ich iuch gesehen hân.'
er bat die herren sitzen gân.
1215 dô sprach der lantgrâve Erewîn
'genâde, lieber herre mîn.
welt ir, künic hôchgeborn
nû daz lâzen âne zorn
und vernemet unser botschaft:
1220 wan wir sîn in iuwer craft
komen alsô verre.
nû tuot genâde an uns, herre.'
der künec die boten dô ane sach.
vil tugentlich er zuo in sprach
1225 'die boteschaft und iuwer mære'
sprach der érbære
'sol mir lieplich gezemen.
ich wil gerne vernemen,
waz ir werbet gegen mir.
1230 ich weiz wol daz ir
werbet keinen bœsen rât,
der wider mîne êre stât.'
dô sprach der lantgrâve Erêwîn
'benamen ich wolte ê tôt sîn,
1235 ê ich immer iht gewurbe
dâ von ieman verdurbe.'
dô sprach Ladiner der helt
'nû werbet allez daz ir welt.

1173 lieff g. P   1176 enwart auch da n. P   1177 *fehlt* P   1178 w. schone entpfangen P   1179 *fehlt* P   1187 die *fehlt* P   dâ *fehlt* P   1188 f. dar vor A   1189. 1190 *fehlen* P   1191 iu *fehlt* A   uch auch P   vil von ver-schweigen A   1193 w. da b. A   vil *fehlt* A   1198 sein edel r. A   1199 mit in P   1201 gegen P   gen den gesten A   1202 si die sahen A   1204 die *fehlt* P   1208 neiget A   1209 auch *fehlt* P   1210 gotwillekomen sit P   1212 be-kant A   1217 woldet P   1223. 24 *fehlen* P   1225 *nach* 1226 P   1226 Do sp. d. konig e. P   1230 waiz daz w. P   1231 dhainen P   1234 e wolt ich P   1238 des A

daz ist mîn guoter wille.'
1240 dô wart ein michel stille
daz dâ nieman niht ensprach.
nû sult ir hœren waz geschach.
  Erewîn der sprach 'herre,
so enbiutet iu vil verre
1245 der hôhe künec von Rœmisch
    lant
sînen dienest alzehant
und sîn güetlich triuwe,
slehtes âne riuwe
allez liep und allez guot.
1250 sîn sin und aller sîn muot
iu ze dienste immer stât.
und ist daz ir iu dienen lât,
sô lebet ûf der erde
nindert künec sô werde
1255 dem er dienstes sô willec sî.
des wirt er nimmer von iu vrî.
und ruochet, künec, vernemen
    mêr,
waz iu mîn herre enbiutet her.
ir wizzt wol und ist iu bekant,
1260 er heizet künec übr Rœmisch
    lant,
sîn maht ist michel unde grôz:
und sît ir des wol sîn genôz
an edel und an rîcheit,
daz hât man im wol geseit.
1265 nû muotet des der herre mîn,
daz dû im gebest die tohter dîn
êllîchen ze einem wîbe.
an guote und an lîbe
hât er wol die êre,
1270 daz si immermêre

wol mit vreuden leben mac
mit mînem herren manegen tac.'
mit kurzer antwurt der künic
    sprach
zuo den boten die er sach
1275 'antwurt sult ir von mir hân.
wil ez an gotes willen stân,
sô ist mîn wille des vil guot,
dar zuo aller mîn muot.
swaz got wil daz muoz ergân.
1280 sol mîn tohter immer man
ir ze liebe genemen,
sô mac ir wol gezemen
der künec von Rœmisch lande,
wirbt er ez âne schande.'
1285 'herre, da ist niht zwîvel an.
swaz ich iu gesaget hân,
daz ist allez sleht gar.'
dô sprach der künic 'ist daz
    wâr,
des bringt er mich wol inne.
1290 ob mîn tohter Minne
im zimet ze einer vrouwen,
sô wil ich gote getrouwen,
er werde alles des gewert
des sîn herze ze vreuden gert.'
1295 'lât si got mit vreuden leben,
sô hât got in beiden gegeben'
sprach der lantgrâve Erewîn
'aller tugende vollen schrîn.
nu enbiut slehticlîche
1300 dînen muot, künec rîche:
waz dû hie mite tuon wil,
des gip uns ein slehtez zil.'
dô sprach der künic lobesam

1239 gut P   1241 entsprach A   1242 wie ez P   1247 gut tr. P
1248 on alle r. A   1252 euch mer d. A   in P   1255 so fehlt P   1256 entwirt P   ymmer A   1258 h. nu peut A   1259 uch wol b. P   1263 Adel A   reichet A   1264 vil wol P   1265 daz P   1269 er mut und ere P
1276 wil ich on g. A   1255 Da enist herre P   1286 uch nu P   1288 ist es P
1294 ze frauwen P   1299 schlechtliche A   1301 wilde P   1303 lobesam fehlt P

'daz wil ich iuch wizzen lân.
1305 vart heim, sagt iuwerm herren,
ich lâze im dar an niht gewerren,
komt er her zen nehsten su-
          mertagen
(alsô sult ir im von mir sagen),
sol ez dan gotes wille sîn,
1310 sô gibe ich im die tohter mîn.
hân ich gelt unde lant,
ir sehet daz wol nû zehant,
daz ich niht mêre erben hân
wan miner tohter wol getân
1315 und mînen sun Ruother.
dem gibe ich Westenmer:
sô sî Portegâl
und diu stat ze Mundâl
miner tohter Minne.
1320 dannoch in mînem sinne
hân ich manic rîche guot:
des ist willic mîn muot,
daz ich ir allez daz wil geben,
und hilft mir got daz si sol le-
          ben.'
1325 'sô welle wir scheiden hinnen.
herre, ir habt uns wol mit min-
          nen
geverteget âne schande
wider heim ze lande'
sprach der lantgrâve Erewîn.
1330 'got der lâze iuch sælec sîn
und lange leben wol gesunt.
nû gebet uns urloup hie ze stunt
heim ûz iuwern rîchen.
wir varen vrœlîchen.'
1335 der künic zuo den boten sprach ·

'nû lât iu sîn niht ze gâch.
des belîbt ir âne sorgen,
bestêt unze morgen.'
dô sprach der lantgrâve Erewîn
1340 'herre, daz mac niht gesîn.'
der künec sprach 'ez geschiht
          wol.
geweren man mich des sol:
geruochet hie ze bîten.'
er hiez bî den zîten
1345 die kameræere balde tragen,
als wir daz mære hœren sagen,
zobel unde hermîn.
mohte iht bezzers gesîn,
daz hiete er heizen tragen dar.
1350 doch brâhte man (daz ist wâr)
manic hêrlîch silbervaz
und dâ mite (nû wizzet daz)
manegen bouc rôten,
die samît unverschrôten,
1355 golt und gesteine.
ez enwas nie sô kleine
daz er dâ gap den boten starc,
man ahte ez vür tûsent marc.
Dannoch gap er in mêre
1360 durch ir selber êre,
sehzehen kastelân.
dô diu gâbe ein ende nam,
dô schieden die boten rîche
von dannen vrœlîche.
1365 der künic wolte des niht lân,
wie ez an ir schiffe wære getân,
daz wolte er rehte beschen.
er hiez heimlîchen spehen,
ob in iht gebreste spîse.

1304 fehlt P   1305 so fart hin P   1306 weren A   1307 zu den A
1305 im fehlt P   1313 nymmer A   1314 niewan mein P   1315 Rûcker P
1318 ze fehlt P   1323. 24 fehlen P   das alles A   1325 sch. von h. A
1326 mynne P   1332 hie fehlt P   1334 wirn farn P   1340 sein A
1343 ruchet P   1349 hieten h. A   1353 blanch P   1356 enwart P, war A
     1358 vor P   1360 selbes P   1365 das A   1369 nicht A   ge-
preche P

1370 daz wart versuochet lîse.
dô heten si brôt unde wîn:
swaz ander dinc sol dar zuo sîn,
des hetens an dem schiffe genuoc.
hie mite man in hin wider truoc
1375 ir soumschrîn und daz gewant.
si nâmen urloup zehant.
'dienstes mêr danne vil
ich mînem vriunde enbieten wil'
sprach der künic Ladiner,
1380 'ich und allez mîn her:
und swaz ich guotes ie gewan,
dar über sol gewalt hân
iuwer herr von Rœmisch lant:
und tuot im daz von mir bekant,
1385 ich diene im unz an mînen tôt:
des enirret mich dehein nôt,
daz rehtiu nôt geheizen mac.
gevüeget uns got den tac,
daz wir uns vriunden beide,
1390 swer uns danne scheide,
der muoz haben undanc.
dar an bin ich stæt âne wanc.'
    Urloup wart dô genomen.
nû sint die boten wider komen
1395 zuo ir schiffe in die habe.
si zugen ûf bî dem stade
ir segel unde vuoren dan.
si kom ein guoter wint an,
der in ze rehter mâze lac.
1400 si treip der wint und der wâc
in einer kurzen wîle
(mit dem mære ich île)
ûf dem wâge vaste

manic mîle und raste
1405 unz an den niunden morgen.
si kômen unverborgen
ze Brandîs in die habe.
si sprâchen 'nû sî wir abe
aller unser sorgen komen.
1410 habet ir nû rehte vernomen
wie man uns dort hât geseit,
daz daz iht werde hie verdeit.'
dem potestât von der stat
man diu mære verkündet hât
1415 'des küneges boten die sint
komen.'
nû het er nie sô schier daz vernomen,
er îlte vaste gâhen
dâ er die boten wolte emphâhen.
mit im ein grôziu menege reit,
1420 vil manic burgære gemeit,
die ouch die boten, als man sol,
wolden grüezen und emphâhen
wol.
hie mite in snelle wart bereit
ezzen und trinken, als man seit:
1425 und in den selben stunden
dô hete der potestât vunden
zweinzic soumære,
die truogen golt swære.
dô daz ezzen wart verlân
1430 und si von den tischen giengen
dan,
dô vrâgt der lantgrâve Erewîn
'ist ab ieman rehte schîn,
wâ wir den künic vinden,
der sol des niht erwinden.'

1370 wart *fehlt* P   1374 nider P   1375 schaubenschrein *A*   ir g. P
1383 h. vnd R. P   1385 ich im im P   1385 irret *A*   1397 komen P   von
d. *A*   1398 gute P, gut *A*   1401—1404 *fehlen* P   1405 den mitten m. *A*
1407 prandis *A*   1409 alle P   1411. 12 *fehlen* P   1412 hie werde *A*
1413 Der *A*   1414 chvndet P   1416 daz *fehlt* P   1417 er thet v. *A*
1418 dâ *fehlt* die boten wolde er e. P   1422 wolden *fehlt* AP   1424 u. tr.
fehlt A   1425—1429 *fehlen* P   1432 aber P   1434 sol *A*

1435 dô sprach der potestât an der
        stunt
    'daz tuon ich iu rehte kunt,
    ir vindet den künec ze Rôme.'
    urloup nâmen si schône
    und schieden mit den mæren
        dan,
1440 als in dâ kunt wart getân.
        Si strichen naht unde tac,
    als ich vür wâr wol sagen mac,
    unz an den zehenden morgen
        vruo.
    dô riten si ze Rôme zuo
1445 sô nâhen, als ich hân vernomeu.
    si wârn ir leides ze ende komen
    und ouch ir arebeite.
    nû kom ein bote und seite
    von Rôme dem künege mære,
1450 daz wider komen wæren
    die vil lieben boten sîn.
    'nû wol ûf, al die helde mîn,
    und helfet mirs emphâhen!'
    dô wart ein michel gâhen.
1455   Dô wâren ouch die boten ko-
        men,
    als ich an dem mære hân ver-
        nomen,
    ûf den hof ze Latrân.
    der künec und ander sîne man
    mit vrœlîchem muote gie
1460 dâ er die boten sîn emphie.
    liepliche er ze in sprach
    'leide mir nie geschach
    sît ich iuch gesehen hân.
    daz ist ze vreuden mir getân.

1465 waz saget ir mir nû mære?
    ist mines herzen swære
    mit vreuden inder wider komen?
    gerne hæte ich daz vernomen,
    wie ir habt geworben dort.
1470 aller miner vreuden hort
    unde ouch gar mîn swære
    daz stêt an iuwerm mære.'
        Dô sprach der lantgrâve Erewin
    'herre, ir sult vrô sîn.
1475 daz mære allez ebene stêt,
    nâch iuwerm willn ez schône gêt,
    ez ist geschaffet allez gar.
    sûmt iuch niht und varet dar:
    iuch irret dort niemen niht.
1480 trahtet niwan dazz bî zîte ge-
        schiht.
    dar zuo sul wir iu mære sagen,
    des sul wir iuch niht verdagen:
    iu enbiutet dienest unde guot
    darzuo willigen muot
1485 der künic von Westenmer.
    lip lant unde her
    daz ist iu immer undertân.
    nû gâhet, iuwer wille derst er-
        gân.'
    'wes solt wir danne beiten?'
1490 dô hiez er gereiten
    manegen kiel hêrlîch.
    sô vil der hôhen zierde rîch
    bat er an diu schif tragen.
    er gewan wol in zweinzec tagen
1495 allez daz er solde
    od mit im vüeren wolde.
        Die er mit im wolde hân,

    1435 p. ze st. P   1439. 40 fehlen P   1441 tage P   1444 ze fehlt A
1445—1449 fehlen P   1449 Nün komē dem P   die m. A   1450 were A
1452 Er sprach nu AP   al die fehlt P, alle A   1455 Nun P   1458 anndre A
    1467 ninder P   1469—1472 fehlen P   1475. 76 fehlen P   1480 nûr
AP, daz inzit P   1481. 82 fehlen P   1483 uch enbutet auch P   1489 sol P
    1490 bereiten A   1492 zutle A, erde P   1493 Sat P   ze tr. A
1495 er han s. P   1496 oder AP

vier tûsent sîner man,
die alle ritter hiezen.
1500 die in ouch niht liezen
lîbes noch guotes.
die wâren wol des muotes,
swaz in ir herre gebôt,
daz si daz durch deheine nôt
1505 nimmer niht geliezen,
swâ si ze sturme stiezen.
dô rietn im sine liute
als ich iu nû bediute.
'nu besetzet iuwer veste,
1510 daz ist iu daz beste.
dar an ir niht erwindet.
schaffet daz ir vindet
mit gemache hie heime iuwer
lant.
daz wart betrahtet alzehant,
1515 wen er hie heime wolte lân.
Reinher unde Îwân
den enphalch er die marke
und schuof in helfe starke.
dâ mit tet er in sinen segen
1520 und bâten si got sin phlegen.
Dâ mite schiedens dô von dan,
der künec und ander sine man
über sê, daz ist wâr.
si heten sich bewegen gar
1525 aller sorgen sunder wanc.
nû was ez in den tagen lanc,
sô allez daz meiget,
daz rehte vreude heiget,
beide wilde unde zam,
1530 sô diu heide und der tan
geblüemet allez schône lît

in der süezen sumerzît.
Nû merket waz ich iu sage.
si heten niwan abt tage
1535 gevaren ûf dem breiten sê,
dô kom ein sturm, der tet in wê
und sluoc si leider alzehant
ûz in ein einlant.
ankern dô der künic biez.
1540 die segel man dô nider liez.
ab den schiffen si dô giengen,
bî handen si sich viengen
und clagten vaste ir herzen
sêr.
in der zît dô lief dort her
1545 ein wurm ungehiuwer,
dem vuor wildez viuwer
ûz ze sinem munde,
swenne er blâsen begunde.
sin stimme unmæzlîche erdôz.
1550 ez was ein tier kûm alsô grôz
sam in der mâze ein serpant.
der künic sprach dô zehant
'ir herrn, uns welle got nern
und mit siner craft wern,
1555 wir sin anders ungenesen.'
dô hiez er ab den schiffen lesen
gêren und ouch schilde
gegen dem starken wilde.
iedoch hân ich daz vernomen,
1560 des êrsten was ze were komen
Tîbalt der guote.
mit unverzagtem muote
ze schirme bôt er den schilt.
den gêren nam der recke milt
1565 und lief den starken wurm an.

1501. 2 *fehlen* P   1503 und waz P   1505 niht *fehlt* A   1508 nû *fehlt* P
1511—1514 *fehlen* P   1514 betracht ward A   1515 die sollent ir h. h. l. P
1516 *vor* 1515 P   Yban A   1517 dem A   emphellet d. P   1518 schaffet P   1519 in den segen P   1520 sin got P   zu p. A   1521 da *fehlt* P
1524 het A   1529 zeiget P   1533 Noch A   1534 niwan *fehlt* P, nur A
1535 ein ain l. A, ain arm l. P   1540 dar n. A   1541 dô *fehlt* A   1542 bij den h. P   1549 doz P   1551 als P   1556 von den P   1557 sper A   auch *fehlt* A

do er im só náhen was gegán,
und begunde mit vil starken
		slegen
só baltlíchen dar ze legen
mit stechen und mit schiezen.
1570 des liez in niht geniezen
daz tier ungehiuwer.
ez blies dar ein viuwer,
dá von der vil werde man
kom lebendic nimmermére dan.
1575　In den zíten hete ouch sich
der künec bereit (nů hœret mich)
unde vierzic síner man.
einer vür den andern dan
begunde loufen an daz tier.
1580 zwáre nů geloubet ir,
der wáren drízic schiere tót.
dó der künic dise nót
an sínen lieben liuten sach,
er sprach 'owé und immer ach!
1585 zwiu bin ich immermér!'
dó ruofte er dar unde her
'nů wol úf alle die ich hán,
lát iu mín leit ze herzen gán!'
dise kómen mit ir bogen,
1590 mit armbrüsten úf gezogen,
mit swerten und mit géren:
dó wánten si verséren
diz vreislíche kunder.
dó striten si besunder,
1595 dise sus und jene só.
alsó wert daz tier sich dó
des küneges unde síner man.
dem künege wart solch schade
		getán,
des er immer jámerec was.

1600 ich sage iu wá von er selbe genas.
	Dó der werde künec gesach
daz im daz leit gie vaste nách,
dó wart er só grimmec
und ouch só gar unsinnec,
1605 daz er sich ze lebene gar bewac.
'ez muoz ouch sín mín endes
		tac
an dirre wíle!' só sprach er.
er zucte úf einen scharfen gér
und lief den starken wurm an
1610 und traf in, als er sich versan,
in zuo dem halse und in den líp.
'ich geriche hiute manic wíp
an dir, der dů hást leit getán.
die wíle ich daz leben hán,
1615 so begibe ich dich tálanc niht,
swaz mir halt von dir geschiht.'
	Der stich daz starke kunder
entwelte só besunder,
daz ez vor grimme begunde
1620 holen úf von grunde
ein stimme só vreislích,
dá von der edel künic rích
vil nách den tót hæte genomen.
der wurm was an in komen
1625 mit einem stanke den er blies.
diu brünne zunt sich als ein mies.
dó muost der strítmüede man
durch líbes nót scheiden dan,
er was worden áne wer:
1630 er sanct sich nider in daz mer.
	Dó er erkuolte ein teil,
dó wolt er versuochen aber sín
		heil.
er stuont úf unde huop sich dan

1574 daruon _A_　　1575 ouch _fehlt A_　　1581 da _P_　　1584 da sprach er _A_
1585. 86 _fehlen A_　　1592 do maynten sie zu v. _A_　　1596. 97 sich (sy _A_) do
daz tier _P A_　　1599 daz _P_　　1601 werde _fehlt A_　　k. Dietwart _A_　　1602 daz im
so groszer schade geschach _P_　　1604 ouch _fehlt A_　　gar _fehlt A_　　1612 riche _A_
1615 talung _P_　　dich nu n. _A_　　1616 halt mir _A_　　1617 sich _P_　　1626 der
grunde _A_　　1628 durch seines l. _A P_　　1632 heile _P_

und lief sô grimmiclichen an
1635 disen vreislichen wurm.
sich huop zwischen in ein sturm
sô starc und sô herte.
manic swinde geverte
tribens zwischen in entwer,
1640 der man in hin, der wurm in
     her.
er werte sich als ein man,
der gerne wil sin lebeņ hàn.
alsô lange werte ir strit
unz über vruoimbiz zit.
1645 daz kunder sich vaste werte,
den man ez dicke entwerte
daz er vil ofte umb sin leben
niht einen phenninc hetegegeben.
ouch hàn ich daz wol vernomen,
1650 im wærn die sinen gern zuo
     komen:
des wolte er in gestaten nie.
mit dem vâlande er umbe gie
wol unz über mitten tac.
einen slac er mit creften wac
1655 dem starken wurme ûf sinen
     gebel,
daz ein viur unde ein nebel
ûz dâ ze sinem giele spranc,
daz ez mit dem tôde ranc.
ez begunde von im kêren dan.
1660 er sach ez vil unverre gân
unz ein stimme von im brast,
daz ab den boumen loup unt ast
muoste vallen, dô daz tier

erstarp, daz geloubet mir.
1665 Dietwart der werde degen
hete sich sô gar erwegen
mit vehten an dem wurme,
daz er nâch dem sturme
nider seic ûf daz gras.
1670 er enwiste selb niht wie im was.
die sinen stuonden über in,
si sâhn in sô gar âne sin
unde ouch âne witze ligen:
si heten sich sin vil gar verzigen,
1675 si wânden des, ez wær sin tôt.
si nâmen in mit dirre nôt
und truogn in an ir schif dan.
die segel zôch der schifman
wider ûf alsam ê.
1680 si vuorn dan und beliben niht mê.
ir herre mit uncreften lac
vil nâch unz an den driten tac:
vil kûme er sich dô versan.
dô wârn ouch si nû komen dan
1685 ze Westenmer in daz lant,
dar inne er mit vrôuden vant
durch die er dar was komen.
nû het ouch dâ der künec ver-
     nomen,
Ladiner diu mære,
1690 daz der Rœmisch künic wære
komen mit vil richer habe:
'wol ûf und vart mit mir hin
     abe,
alle die ich bî mir hàn.'
daz gebot vil schiere wart getân,

1636 dick hůb sich *A*   1640 diser m. *A*   1641. 42 *fehlen* P   1643 ir beider s. P   1644 vor 1643 P   1649. 50 *fehlen* P   1650 zu staten k. *A*   1651 auch wolt er den sinē gest. P   1652 daz sie ym ze helfe kemen ie P   1653 daz wert untz P   1657 dã *fehlt* P   1658 do P, da *A*   1659 scheiden d. P   1663 daz daz t. P   1666 verwegen *A*   1669 sig *A*   1670 wiste selbs *A*   1675 w. daz ez P   1677 scheffe P   1679 s. hoch ir s. *A*   1679 widerumb auf als ee *A*   1680 f. von d. *A*   1681 unkrefte P   1682 virden t. P   1684 sie auch P   1688 daz het Ladmer schiere v. P   1689 — 1692 *fehlen* P   Ladimer *A*   1692 der kunig sprach wol *A*   1693 er sprach wol uff alle die ich han P   1994 und helffet mir den kunig entpfan P

<table>
<tr><td>

1695 diu ritterschaft mit schalle
volgten dem künege alle.
wær ez ze hœren niht ze lanc,
wie der gruoz und der antvanc
mit emphähen wart getân:
1700 Dietwartn und alle sîne man,
den enphie der künic Ladiner
âne strît und âne wer.
sô was kein ander zwîvel dran,
hie mite wârn diu castelân
1705 ab den schiffen gezogen,
mich hât daz mære niht betrogen.
der künec reit ûf die veste.
die sînen lieben geste,
die vuorte er mit samt im
1710 ûf sînen palas hin in.
mit tepech und stuollachen
von manegen spæhen sachen
wâren die wende
an allen vier enden
1715 behenget und gezieret.
der palas was gewieret
rîchlîchen unde wol.
nû hœrt waz ich iu sagen sol.
ez was nû komen dar an,
1720 daz man ze tische solde gân.
der wirt die wirtinne
mit lieplîcher minne
des nahtes bat ze tische gân.
ir muot der was alsô getân,
1725 allez daz der künic wolde,
daz si daz gerne dolde.
dô wâren ir juncvrouwen,

</td><td>

die gerne wolden schouwen
die geste und die ritterschaft.
1730 der wirt hete der tugende craft
an alle die vrouwen geleit
und si ze wunsche gecleit.
Mit grôzer massenîe gie,
als ich iu wil bescheiden hie,
1735 des hûses vrouwe aldort her.
hundert maget unde mêr
die volgeten ir an der schar.
ze vorderst gie (daz ist wâr)
Minne diu vil schœne,
1740 die ich an dem mære crœne
vür alle vrowen die lebendec
sint
oder ie wurden wîbes kint.
güetlîchen wol gebâren,
des sach man si wâren,
1745 beidenthalp genîgen in die schar.
si nam vil tugentlîchen war
der swachen zuo den besten.
des wart ir von den gesten
gesprochen güetlîchen,
1750 von armen und von rîchen.
Nû wârn gerîht die tische.
von semel und von vische,
des stuont dâ wunder widerstrît.
si sâzen in lieplîcher zît
1755 wol verre ûf die naht.
nû wart ouch dâ gedâht,
als ir habt ê wol vernomen,
war umbe dar was bekomen
Dietwart der hôchgemuote,

</td></tr>
</table>

1695 nach 1696 P   1696 do volgte sie P   1697. 99 *fehlen* P   1699 Abey
waz freudē da wart g. P   1703. 4 *fehlen* P   daran A   1705 s. wurden g. P
1708 die guteu kastelan gar unbetrogen P   1709 in P   1710 palas mit Jm
hin A   1711 mit *fehlt* AP   1712 m. hübschen s. A   1715 gehanget A
1716 gevieret P   1720 solt ze tische A   1727 do wolden ir junckfrauwen P
1728 gerne die geste schauwen   1729. 30 *fehlen* P   1731 die warē zu flisze wol
geklait P   1732 und nach wünsche schō gemeit P   1734 wil *fehlt* P
1736 mere P   1737 schare P   1738 ware P   1741 alle die f. A   1742 ie
gehaissen w. A   1745 gen. b. P A   1746 vil *fehlt* P   1751 gerichtet A
die *fehlt* P   1756 da wart auch bedacht P   1757 ir e habt v. P   1758 das A
chomen P

1760 umb dise vrouwen guote.
daz ich nú lange gedagte,
unde iu niht sagte,
daz wær ze hœren swære
und den liutn ein michel mære.
1765 nù lâze wirz ein ende hân.
dô wart mit rede vil getân
und allez daz ûz gemezzen
undè des niht vergezzen,
daz man ze èlicher hîrât
1770 tuon sol und getân hât.
    Nû habt irz allez wol vernomen,
wie ez her und hin ist komen.
Ladiner der riche
-der gap endeliche
1775 dem künege von Rœmischlant
sîn schœne tohter dô zehant,
dar zuo lant unde guot,
als ein vater sînem kinde tuot.
er gap ouch ir hin widere,
1780 daz si gevreute sidere,
sîniu lant und sînen lîp.
er wart ir man und si sîn wîp.
nù habet irz niht vûr undanc,
daz ich iu niht hân lanc
1785 disiu mære getân.
dô der hîrât was ergân,
dô wart der vrouwen ze ir phle-
        gen
vierzic meide ûz gewegen.
die vuoren mit samt ir von dan.
1790 hinder ir wart niht verlân
von cleidern noch von golde
und swaz si haben solde,

daz wart zen schiffen getragen,
manic soumschrîn wol geladen.
1795   Weinen wart dô niht verlâzen.
mit zühteclîchen mâzen
wart urloubes dô gegert,
gerne und ungerne gewert.
Ladiner von sînem lande
1800 vierzic ritter sande
mit sîner tohter über sê.
gebiten wart dô niht mê,
si vuoren hin in Rœmisch lant.
boten wurden vûr gesant,
1805 die dâ heime tæten kunt
allen den bî der stunt,
armen unde rîchen
vil gewalticlîchen,
daz die wæren bereit,
1810 swenn daz mære wurde geseit,
daz der künec zuo komende
        wære.
der bote schiet mit dem mære,
er gâhte danne alsô sêre,
er sûmte sich niht mêre.
1815 dô er in Rœmisch lant was ko-
        men,
man hete diu mære schiere ver-
        nomen.
der bote tete den besten kunt
'nù sît bereit in kurzer stunt
und gebietet ouch den besten
1820 ze allen mînes herren vesten,
daz si komen ze Latrân.
dâ wil er die hôchzît hân
mit mîner lieben vrouwen.

1761—1764 *fehlen* P   1764 m. werre A   1765 wir es ennde .A
1767 daz euch gem. A   1769 nicht des AP   1771. 72 *fehlen* P   1777 leut u.
g. A   1779 ir auch P   1780 gefreite A   1781 *fehlt* P   1783. 84 *fehlen* P
1785 Do daz nu alles waz g. P   1786 Und die h. P   1789 mit ir sampt P
1790 in P   1791 cleidern und auch v. P   1792 solden P   1793 zu dem
schiffe P   1794 manigen A   1797 begert A   1800 r. er s. P   1602 mer P
1805 datten P   1809—1812 *fehlen* P   1812 sch. dannen m. A
1813 *nuch* 1814 P   1814 Damit sumpt der bote n. m. P

swer in dâ welle schouwen,
1825 der kome dar kurzlîch.
mîn herre der künic rîch,
der kumet mit grôzem schalle.
nû bitet er iuch alle,
daz ir bereitet iuch dar zuo.
1830 ich wæne er kume morgen vruo.'
    Nû liez ouch daz nieman,
sich huoben vrouwen unde man
ze Rôme, als in der hote seit.
dô was allez daz bereit,
1835 daz man haben solde,
dô der künic wolde
haben sîne hôchzît.
ez enwart weder ê noch sît
nie dehein hôchzît alsô grôz.
1840 der uns daz mære zesamne slôz,
der tuot uns an dem buoche
                kunt,
daz weder ê noch bî der stunt
nie hôchzît sô schœne wart.
dô kom ouch der künic Dietwart
1845 mit sîner mässenîe,
manic grâve unde vrîe,
künec herzoge dienestman,
die besten die er mohte hân,
die enphiengen in güetlîchen wol.
1850 dô tete man als man tuon sol.
gesidel dô bereitet was,
die tepeche nider ûf daz gras
al umbe wârn gebreitet.
die tische wârn bereitet.
1855 man satzt die herren überal

in dem hove und ûf dem sal.
    Schœne was diu hôchzît.
man gap dâ wunder widerstrît.
swer guot nemen wolde,
1860 den richete man mit golde
und gap swer guotes gerte.
diu hôchgezît werte
vierzehen naht unde tac,
daz man niwan ze gebene phlac.
1865 dô diu hôchzît ende nam,
  · nû sage ich iu âne scham,
dô riten alle die heim.
nû merket rehte waz ich mein,
dô endet sich diu hôchzît.
1870 Dietwart der lebte sît
mit êren vierhundert jâr:
daz ich iu sage, daz ist wâr.
alliu tugent bluote an sînem lîbe.
er gewan bî sînem wîbe
1875 vier unde vierzic kint.
owê, die sturben alle sint, ·
daz im niwan einz beleip.
des tugent wart sît sô breit
daz er wol vier und zweinzec
                lant
1880 betwanc mit sîn eines hant.
wie er genennet wære?
daz ist mir ein kundez mære
unde wil iu sagen mêr:
Sigebêr sô hiez er.
1885   Nû ist ez komen an den tac
daz Dietwart niht mêr leben mac.
nû lâze wir in sterben

1824 wel P   1825 da A   1830 ich mayne er A   kümpt P   1837 hoch-
gezit P   1838 wart A   1839—1842 fehlen P   1842 weder nu noch A
1843 Daz nie kein h. P   1844 nûn k. P   1846 und auch f. P   1847 künige A
herzogen P   1851 gereitet P   1853 was AP   gereitet P   1856 den P
1859 golt P   1861. 62 fehlen P   1864 man stete zu P   1867—1869 fehlen P
    1870 lebet daz ist war P   1872 fehlt P   1873 lip P   1874 wip P
1877 nur A   1878 w. auch so P   so berait sit A   1880 zwanng A
1881. 82 fehlen P   1883 also kundet uns daz mer P   1884 vor 1883 P
1887—1892 fehlen P

und sagen waz dirre werben .
welle oder beginne.
1890 er warp ouch nâch prises minne.
nû lâze wir diu mære stân
und heben hie wider an.
Dietwart gap sîniu lant
sinem sune allesant.
1895 dâ mit gelac er leider tôt,
als got über in gebôt
als er noch übr al die werlte tuot.
dô wart lant unde guot
Sigehêr dem richen.
1900 nû hœret sicherlîchen,
sin muoter starp ouch sit.
dô was gewahsen in der zît
Sigehêr ze einem man.
diu mære hebent sich nû an.
1905 er begunde ûf êre pinen.
dô rieten im die sinen,
daz er ein wîp næme
diu im wol gezæme.
des volgte er in vil williclich.
1910 Sigehêr der künic rich
der volgte siner liute rât.
daz noch den vürsten wol stât,
swâ si volgent wiser lêre:
dâ von stiget ir êre.
1915 so geschach dem künege Sigehêr.
er enriht sich nie dâ gegen ze
wer,
ern tæte gern daz beste.
swaz er ze tugende weste,
dar an was stæte ie sin muot.
1920 daz riet im ie allez guot.
Nû ist ez an daz mære komen,

als ir habet wol vernomen,
wie tugenthaft Dietwart was,
als daz buoch von im las.
1925 und waz er êren âne strit
begangen hât bi siner zît.
nû wart er nie sô tugenthaft
noch gwan guotes nie sô grôze
craft,
ez wurde Sigehêr sunderbâr
1930 tugentlîcher, daz ist wâr.
beidiu lop und êre,
des hete er noch mêre
dann ie debein sin künne
bi sinen tagen ie gewünne.
1935 Nû waz welle wir des mêre?
er hete doch guot und êre
und dar zuo einen schœnen lîp.
nû lâze wir in nemen ein wîp
mit einem kurzen mære.
1940 Sigehêr der lobebære,
dem rieten mâge unde man
nâch einer vrouwen wol getân
ze Normandie in daz lant.
diu was vrou Amelgart genant
1945 und hiez ir vater Pallus,
daz mære saget uns alsus.
kunt tuot uns daz mære,
wie schœn die vrouwe wære.
allez daz si ie gesach
1950 anders niht von ir jach,
niwan daz bi den selben tagen
nie schœner kint wart getragen.
Boten wurden dô gesant
ze Normandie in daz lant.
1955 zwêne herzogen rîche

1898 dise *A*   1893 Do gab D. sein l. *P*   1896 da got *A*   1897 die *fehlt P*
1901 m. die st. *A*   1905 pein *A*, bein *P*   1906 sein *AP*   1909 volgte in
w. *P*   1911 er *P*   1912 wol an st. *P*   1915 also *AP*   1916 richtet *A*
da gein nit *P*   1919. 20 *fehlen P*   1922 wol habt *P*   1924 wie das *AP*
1933 dhainer *A*   1934 by ir t. *P*   1935—1936 *fehlen P*   1939 *nach* 1940 *P*
1940 dem loben bere *P*   1941 dem *fehlt P*   magte *A*   1944 Amergalt *A*
1945 hiez *fehlt P*   1947. 48 *fehlen P*   1951 selben *fehlt P*

die wâren boten sicherlîche
und ouch die man zuo in nam.
wie ir iegeliches nam
bekantlîch wære,
1960 daz ist ein langez mære
den liuten vûr ze sagen.
wir suln daz anders gar verdagen
und nenne wir die boten beide.
nû hœret wie ich iu bescheide.
1965 der eine der hiez Sigebant,
Mêrâne was sin lant:
dâ hiez der ander Sindolt.
der künic gap in richen solt
und vertigt si richlîchen dan.
1970 si vuorten vûnf und sehzec man,
schœne phert und rich gewant.
ze Normandie in daz lant
kômen si kurzlîche
und wurben endelîche
1975 ir lieben herren boteschaft
mit vil kurzlîcher craft.
ditz wart schiere an getragen.
wir suln daz mær niht lange
sagen:
lâze wir ez ende hân.
1980 dise vrouwen wol getân
wurbens minniclîche.
Pallus der rîche
kom des schiere überein
(nû merket rehte wiech ez mein)
1985 daz diu schœne Amelgart
dem künege ze wibe wart.
die boten gâhten vrœlîch dan,

als ich iu gesaget hân,
und sagtn ir herren mære,
1990 daz im die vrouwe gegeben
wære.
nû was er vrô und gemeit.
der künic schiere hete bereit
sine werde ritterschaft.
er vuor dâ hin mit grôzer craft
1995 und nam sin wîp mit im dan.
niht lange ich iu gesagen kan
von der grôzen hôchgezit.
man gap dâ wunder wider strit
ze Normandie unde ouch hie.
2000 diu hôchzit dar mit zergie.
Nû hât der künec von Rœmisch
lant,
als iu ist allen wol bekant,
ein wîp genomen, daz ist wâr.
daz gestuont dar nâch niwan
driu jâr,
2005 er wart riter sunderlîch
sô schône und sô hêrlîch
mit hundert gesellen,
die ich iu wol kunde gezellen:
daz aber ich verswîgen wil,
2010 sust wurde der mære gar ze vil
ê unde ich die genante.
wer die rehte erkante?
daz ist nieman sô rehte kunt,
als ir nû hœrt an dirre stunt.
2015 des sul wir vergezzen
und suln ein anderz mezzen,
wie Sigehêr (daz ist wâr)

1956 die *fehlt* P   1958 wie *fehlt* P   jren iglichen nam P   1959. 60 *fehlen* P
1962 daz nem lange wil zu betagen P   1964 nû *fehlt* P   1965 e. heiszet S. P
1967 der ander hiez P   1965 reiches golt A   1969 von dann A   1971 reiches A   1973 si gar k. P   1977. 78 *fehlen* P   1979 wir ditz mer ende P
1984 *fehlt* P   1986 dem *fehlt* A   Romischen k. AP   1987 von dan A
1989 b. die m. A   1992 het schier P   1995 w. und gachte von d. A   1998 dâ
fehlt P   widder widder st. P   2001 *nach* 2002 P   wie der k. P   2002 Nu ist
uch allen P   2003 hat w. P   2004 stunt P   2005 und w. A   sicherliche P
2008 die alle zu zelen P   2009 *nach* 2010 P   2010 so wart d. P
2011 — 2014 *fehlen* P   den A

mit éren vier hundert jâr
lebte in reinen blüenden tagen.
2020 als wir die wisen hœren sagen,
mit éren er kint gewan.
daz buoch uns kunt hât getân,
ein und drîzic kint gewan er.
nû wil ich iu bescheiden mér:
2025 die gelâgen sider alle tôt,
(daz sult ir hœren âne nôt)
daz der enheinez niht beleip
niwan, als uns daz buoch seit,
ein sun und ein tohterlîn.
2030 welt ir, nû tuon ich iu schîn,
wie diu kint wârn genant.
daz ist mir als wol bekant
sam ob ich si hete gesehen:
des müezet ir mir selbe jehen.
2035 Der sun hiez Otnit.
der wart sô biderbe ouch sît
daz man von sîner manheit
vil manegiu wunder hât geseit.
die vrouwen wil ich nennen,
2040 die sol man ouch bekennen,
ich meine Sigehéres kint.
diu hiez diu schœne Sigelint,
alsô ist mir daz mære kunt.
die nam sider der künic Sige-
munt
2045 und vuorte si gén Niderlande.
Sigemunde man wol bekande:
der gewan bî Sigelinden sint
ein lobesamez kint,
Sîvriden den hôchgemuoten,
2050 den starken und den guoten,

an dem sît grôzer mort geschach,
den Hagene von Tronege stach
ob einem brunnen mortlîch.
vil sére riuwet er mich.
2055 Nû lâze wir diu mære stân
und heben hie wieder an.
Sigehér der wart alt,
als ich iu é hân gezalt:
der starp ouch, als man seit.
2060 ez ist ein gewonlîch wârheit:
lebet der mensch kurz oder lange
mit vreuden unde mit gesange,
owé, sô muoz er doch sterben
tôt.
daz ist ein clegelîchiu nôt
2065 daz daz mensch niht sîner tu-
gent
des guotes noch der jugent
vûr baz niht geniezen mac,
swenne im kumet sîn lester tac.
alsô starp der künic Sigehér.
2070 Otnîden dem wart âne wer
allez sînes vater lant.
nû tuon ich iu daz bekant,
wie schône der sît lebete
und in manegen éren swebete.
2075 nû wil ich iuch wizzen lân,
waz Otnit hât getân
von manne. der nam ein wîp
mit der sîn leben und sîn lîp
lebten manegen lieben tac,
2080 als ich iu wol bescheiden mac.
Nû sî iu hie mit kunt getân
unde wil iuch wizzen lân,

2021 kint er mit eren g. P   2023 an eins d. P, Ains und A   2025 Dis g. A sit P   2027. 28 fehlen P   Menhaims belaib A   2029 Nür allein ein P 2030 nû fehlt P   2032 alles P   2033. 34 fehlen P   2035 Ottenit A 2036 ouch fehlt P   2039. 40 fehlen P   2041 nach 2042 P   2042 die tochter hiez S. P   2043 daz ist uns allen wol k. P   2044 vor 2043 P   sit P   2045 Der f. P   2046 erk. P   2047 seit A   2048 fehlt A   2049 Seyfriden A 2051 seyder A   2052 Trongen A   2060 vor war sihe vch geseit P 2061—68 fehlen P   2068 es stirbet wenn A   2070 Ottniden A   2072 daz fehlt P   2073 seyder A uö.   2075 vch nûn w. P   2081. 82 fehlen P

wie tugentlichen und wie wol,
als ich iu nù sagen sol,
2085 Dietwart der rîche
und Sigehèr der lobelîche
lebten aht hundert jâr.
nù ist iu kunt worden gar,
waz si guotes hâten
2090 und dâ mit tugent tâten.
si wârn getriuwe und milde
und volgten wol dem schilde.
    Waz si êren haben getân,
daz wil ich under wegen lân
2095 und wil ein ander mære sagen,
wie Otnît in sînen tagen
lebte vürstlîche.
des wart er êren rîche.
nù ist ez komen an daz zil,
2100 daz Otnît wol zwirent als vil
hât getân an maneger stat
dan dehein sîn vorder begangen
        hât
mit tugenden und mit milte.
Otnîden nie bevilte
2105 manheit noch êren.
sîn herze begunde in lêren
manege zuht unde lop
und tete daz allez âne spot.
    Dô er in der tugende vart
2110 wol vierzic jâr alt wart,
dô tete er an den zîten
wunder an manegen strîten,
daz im dar an nie misselanc.
sîn herze ie nâch êren ranc.

2115 des gewan er prîs und êre.
diu zuht was sîn lêre.
nù sul wir daz mære lân.
Otnîden rieten sîne man,
daz er næme enzît ein wîp
2120 dâ mit er sêle unde lîp
behielte unz an sînen tôt;
'edeler künec, des ist uns nôt.'
dô stuont ouch Otnîdes muot
in reiner zuht wol behuot
2125 nâch sîner liute lêre.
'waz touc der rede mêre?
mich endunket niht ze vil.
gerne ich iu volgen wil
swâ ir mir râtet umbe ein wîp.
2130 des ist gebunden nû mîn lîp.
nû râtet, mâge unde man,
wâ ez mir wol sule ergân.'
    Dô rieten si im âne wer
in ein lant über mer,
2135 dar inne ein künec vermezzen
mit gewalte was gesezzen.
der hiez der künec Gôdîân.
der hete ein tohter wol getân,
diu hiez diu schœne Liebgart.
2140 nie vrowe sô rehte schœne wart
als diu selbe küniginne.
si kund nieman gewinnen,
ez muoste im an sîn leben gân.
ir vater muot was alsô getân,
2145 swer in sîner tohter bat,
dem sagte er an dem leben mat.
dô sprach der künic Otnît

2083 wie vor tug. fehlt P   vil wol P   2085 wie D. AP   2088 daz ist P
2091 milt AP   2092 schilt AP   2093. 94 fehlen P   2095 Nu wil ich ein
P   2097 furstenliche A   2100 zwier A   zwirne P   2101 getan hat A
2102 dbainer A   siner vordern PA   2105 m. und eren P   2106 in begunde P
2107. 8 fehlen P   2111 in den z. A   2115. 16 fehlen P   2117 zucht vnd
prisz er vil gewan P   2119 n. ee z. A   2122 edel P   2123—2126 fehlen P
2126 taugte A   2127 dunket A   end. sprach Otnit n. P   2129. 30 fehlen P
2130 nu gepunden A   2131 maget A   2135. 2136 fehlen P   2137 Do waz
ein kunig hiesz g. P   2139 haysset A   2141 also P   selbe fehlt A
2142 gewynne A   2144 mute A   2146 den P

'nû wil ich an dirre zît
in ir vater lant varn.
2150 er kan daz niemer bewarn,
ich gewinne ims an ân sînen
gestêt ez kurz oder lanc. [danc,
nû wol ûf alle die ich hân
und grîfet baltlîch dar an
2155 und îlet gewinnen
mit allen iuwern sinnen
kiele unde kucken.
wir sulen dar rucken
ze Galamê in daz lant.'
2160 nû geschach ouch daz zehant.
swaz des landes herre gebôt,
daz liezen si durch keine nôt.
dô die kiele wâren gar
wol bereitet (daz ist wâr),
2165 dar an getragen spîse unt wîn,
dô wolt der künec niht lenger sîn.
er vuor dannen über mer
gên Galamê, er und sîn her.
Unlange wart ditz verdeit.
2170 Gôdîân dem künege wart geseit,
man læge in sînem lande
mit wuoste und mit brande
und tæte im creftigen schaden.
dô hete der künec ze im geladen
2175 die besten, die er mohte hân.
dô wolte er mit strîte bestân
den rîchen künic hôchgemuot.
die sînen jâhn 'hêr, dêst niht
guot.'
der künec begunde sêre clagen.
2180 er sprach 'wer kund mir nû
gesagen,

war umbe der künic Otnît
mit gewalte in mînem lande lît?'
in der zît dô daz geschach.
dô kômen boten dar nâch.
2185 die Gôdîânen seiten
und in vil rehte bereiten,
war umb Otnît komen was in
sîn lant.
daz wart Gôdîâne bekant.
'ê wolt ich vliesen daz leben,
2190 ê ich durch gewalt well ieman
geben
die vil schœnen tohter mîn.
ê muoz ez mîn tôt sîn.'
dô sprâchen die boten hêrlîch
'sô wizzet, edel künic rîch,
2195 daz iuwerm lande und iuwerm
leben
niht vride vür baz wirt gegeben.'
die boten gâhten dâ mit dan,
als ich iu gesaget hân.
dô huop sich leit und ungemach:
2200 man brant daz lant, die vest man
brach.
daz treip man alsô verre
unz Gôdîân der herre
gedâhte in sînem muote
'ez enkumt mir niht ze guote
2205 daz leit in mînem lande.'
boten er dô sande
Otnîden dem künege rîch
und hiez im sagen sicherlîch,
ob er in vride wolt lâzen hân,
2210 er gæb im sîn tohter wol getân.
'daz wære baz ê geschehen.

2152 es dann k. *A*   2153 alle myn man *P*   2157 kochen *A*   2161 daz *AP*
daz l. *P*   2165 dar g. *P*   und auch w. *P*   2167 f. dar *P*   2170 dem konig
Godian *P*   2172 mit velde und *A*   2173 tetten *A*   im *fehlt P*   2184 der konig
het zu im *P*   2177 den werden k. *P*   2178 sprachen *P*   daz ist euch nicht *AP*
2180 nû *fehlt P*   wer mir nu kund sagen *A*   2187 O. kam in daz l. *P*
2188 *vor* 2187 *P*   si daten im recht bekant *P*   2189 Er sprach e *AP*   myn l. *P*
2198 hiemit *P*   2200 prennet *A*   2204 kum *A*, enkem *P*   2210 er wolt im geben *A*

sît daz er mir wil verjehen,
nû wil ich in vride lâzen hân.'
hie mite wart getragen an
2215 der hirât, alsô man seit.
Otnit dô niht enbeit,
er nam die vrouwen alzehant
und vuor wider in sin lant,
dâ diu hôchzît geschach.
2220 nû hœret wie sich sît gerach
Gôdiân der künic riche
an Otniden sicherliche,
der im under sinen danc
sîne tohter an ertwanc.
2225   Gôdiân der riche,
der sande heimliche
vier wilde würme in Rœmisch
        lant.
die brâhte ein wilder man zehant
bî Garte in einen tiefen tan,
2230 dâ von sit vil manic man
verlôs lîp unde leben.
dem mær sul wir ein ende geben.
die dâhte ze rechen sît
von Lamparten Otnit.
2235 nû ist iu wol kunt getân,
wie Otnit der küene man
nâch dem wurme in den walt
        reit.
daz hât man iu ouch geseit,
wie in der wurm slâfent vant
2240 vor einer wilden steinwant.
er truoc in hin in einen berc.
die würme sugen in durch daz
        werc.
  Disiu grôze swære

wart ein clagendez mære
2245 mâgen liuten unde man
und sîner vrouwen wol getân,
diu clagte ir lieben mannes lîp.
dô lobt daz tugenthafte wîp,
swer der man wære,
2250 der ir herzen swære
ræch an dem wurme vreissam,
den wolt si nemen ze einem man.
nû habt ir alle wol vernomen,
wie ein und ander ist bekomen,
2255 wie den lîp verlorn hât Otnit
und verderbt hât sîniu lant wît.
ân erben sô verdarp er.
in der zît was komen her
von Kriechen in Rœmisch lant
2260 ein reck mit ellenthafter hant,
küene starc und lobelîch:
der hiez Wolf her Dietrich.
nû ist mich daz niht verdeit,
über al daz lant was geseit
2265 des küneges Otnides tôt.
der umbe heten grôze nôt
arme unde riche,
die clagten in clegeliche.
diu grœste clage diu umbe in
        was,
2270 als uns daz buoch von im las,
daz was daz triuwe und êre
an im verdarp sô sêre.
des clagten man unde wîp
sînen hôchgetriuwen lîp.
2275 daz weinen unde bitter clagen
daz enkunde ich nimmer gesa-
        gen,

2212 daz *fehlt* P   2213 im P   2215 als *AP*   2218 widder heim P
224 zwanck P, abe twanck *A*   2229 einem *A*   2230 sagt *A*   2232 m. wil ich ein P
2234 Ouneit *A*   2235., 36 *fehlen* P   2242 zugen in hin durch *A*   2244 kla-
gende *A*   2245 mage lute *PA*   2253. 54 *fehlen* P   2255 Also verlor O. den
lip P   2256 uud wie v. *A*   und *fehlt* P   unuererbet P   hât *fehlt* P
2258 k. ein frey her *A*, k. ein her P   2264 alles das *A*   2266 hette *A*
2268 — 2272 *fehlen* P   2273 in kl. *AP*   2275 daz *fehlt AP*   2276 ymmer *A*

daz sin vrouwe umbe in tete
ofte und an maneger stete.
Nù was ouch Wolfdietrich komen,
2280 als ir habt ê wol vernomen,
und sluoc den wurm ze tôde sit
und rach den künic Otnit.
dâ mit gwan er die vrouwen sin.
alrêste tuon ich iu schin,
2285 mit wie getâner manheit
er die vrouwen dô erstreit.
nù wizzet ir daz alle wol.
nù hœrt waz ich iu sagen sol.
der unverzagte Wolfdietrich
2290 wart künic über Rœmisch rich.
so ist daz genuogen wol bekant,
mit wie manlicher hant
er manege êre ervaht.
des half im sines ellens maht.
2295 Nù wil ich iu tuon kunt,
welt irz vernemen an dirre stunt,
wie der herre Wolfdietrich,
der lobesame und der rich,
die schœnen Liebgarten nam
2300 und waz kinde er bî ir gewan
und mit wie hôhen tugenden
er bî sinen jugenden
in hôhen êren swebete
und wie lange er lebete:
2305 driu jâr und fünfhundert jâr.
disiu mære diu sint wâr.
er gewan in den selben tagen,
als wir daz buoch hœren sagen,

sehs unde rûnfzic kint.
2310 diu mære mir wol kunt sint.
die sturben alle (daz ist wâr)
unz an einen sun, dem wart gar
Rœmisch êre und Rœmisch lant.
wie der selbe ist genant,
2315 daz künde ich iu endelich.
der hiez Ilugedietrich.
Nù ist sin allez wol gedâht.
alrêrst hân ich iuch brâht
an daz rehte mære,
2320 wer aldern des von Berne wære.
nù ist Wolf her Dietrich
tôt gelegen sicherlich.
nù wart sin sun herre
nâhen unde verre
2325 über aller Rœmer gewalt.
wie ez bî im ist gestalt?
diu lant und diu riche
diu stuonden vridliche.
dô er gewuohs ze einem man,
2330 do begunde er hiemit heben an,
daz zuht unde êre
sin râtgebe was sô sêre.
er minte tugent unde zuht.
er was der nôthaften vluht,
2335 der milte ein glichiu wâge,
ein trôst aller siner mâge:
im enwart über noch gebrast.
er was der rehten triuwe ein
ast,
der zuht ein rehter adamant.
2340 sin herze was alsô gewant,

2279 W. auch *P* 2280 e wol habt *P* 2285 mein wie g. *A* 2286 dô *fehlt A* 2287. 88 *fehlen P* 2291—2294 *fehlen P* 2293 erwacht *A* 2294 ellen *A* 2298 *fehlt A* 2305 funfhundert vnd drew jar *A* 2307 in — 8 sagen *fehlt P* 2310 kunde *A* 2314 were g. *P* 2315 iu *fehlt A* 2316 er *P* 2320 wer oder d. *A* 2325—2328 *fehlen P* vor 2329 *überschrift:* Dietreiches pûch von pern *W* Welt ir darzu stille dagen so wil ich iv chvrzlich sagen Do der wolf her dietrich gelobt het vil wunneclich Driv jar vnt vunf hvndert iar daz ich iv sage daz ist war Do starp der ellenthafte man nv hœret als ichz (ich *W*) vernomen han Er liez sinen sun vil wunneclich der hiez hvgedietrich *RW* 2329 der *RWP* 2331. 32 *fehlen P* 2334 zûflucht *RW* 2339. 40 *fehlen P* rehter *fehlt A*

swaz iu von milte ist geseit,
von tugende und von wârheit,
daz ist an allen orten blint.
alle die ie gewesen sint,
2345 die hânt só vil niht mit milte
getân
als Hugedietrich der eine man.
An sinen besten zîten,
daz er begunde striten
nâch lobe der wisen,
2350 nâch der minne prise,
dó nam er von Francriche
ein küniginne riche,
diu hiez vrou Sigeminne.
als ich mich rehte versinne,
2355 daz ich iuch solt nû wizzen lân,
daz ist iu é wol kunt getân,
wie der herre Hugedietrich
die küneginne von Frankrich
mit ûz erwelter manheit
2360 in ir vater lande erstreit,
waz arbeit er umb si gewan
é er si ze wîbe nam.
dó er si brâhte in Rœmisch lant,
nû ist mir daz wol bekant
2365 an disem langem mære,
wie lange er mit ir wære:
mit guotem leben (daz ist wâr)
vünfthalphundert jâr.
dó diu zît ein ende nam,
2370 ich sage iu waz er kinde gewan:

niwan einigen sun.
der wart só biderbe und só vrum
daz er vil éren bejagete.
diu sælde mit im tagete.
2375 Nû lâze wir diu mære wesen.
dó er niht langer mohte genesen,
owé, dó starp er leider.
dó underwant sich beider
Amelunc der lande,
2380 den man sît wol bekande.
nû sint die künege alle tôt.
Amelunc leit sît grôze nôt
mit manegen urliugen,
uns welle daz mære triugen.
2385 iedoch betwanc er manic lant,
daz ist genuogen wol erkant.
der riche künic Amelunc
der wart der tugende ursprunc
mit triuwen und mit stæte.
2390 wie manege tugent er hæte!
ezn gelebten jene bî ir tagen,
als wir daz buoch hœren sagen,
nie só rehte brislîch
als Amelunc der künic rîch.
2395 Nû wil ich iuch wizzen lân
als ich vûr wâr vernomen hân,
von welhem lande er nam ein wîp
dà mit sîn tugenthafter lîp
maneger éren teil gewan.
2400 wol ich iu daz bescheiden kan,
diu was von Kerlingen geborn.

2341 von tugenden *P*   2342 von milte u. *P*   2344 die ov g. *RW*
2345 mit millt so vil niht *RWP*   2346 einig *PA*   2347 ln *WAP*   2348 do er
P, da Er *A*   2349 weise *RWAP*   2355. 56 *fehlen P*   iv sold *R*, iv nv sold *W*.
W   2357 Ir wisset auch wie *P*   2362 do er *W*   2365 langen *PA*   2371 wann *A*
nicht wan einen *P*   2373 Amlunch wart er genant *P*   2374 betaget *A*   sin
nam witen wart erkant *P*   2375 Nu *fehlt PA*   mir *R*   2376 dò *fehlt P*   er]
bvgedietrich *RWAP*   mocht n. l. *P*, lenger n. m. *WA*   2377 er starb auch als
man seit *P*   2378 vor ein gantz warheit *P*   2379. 80 *fehlen P*   2382 michel
n. *P*   2383 manigem *R*   vrlovgen *A*   2384 dan daz *P*   trovgen *A*
2385 ertwanch *WP*   2396 mit siner ellenthaften hant *P*   genug *A*   2389 der
fehlt P   2389. 90 *fehlen P*   2392 *fehlt A*, als ich das mere horte s. *P*
2395. 96 *fehlen P*   iv *W*   2397 von welchen lannden *A*, *fehlt P*   er nam im
selbe ein edel wip *P*   2401 Kerling *R*, charlyng *W*, Cherlingen *A*

nû sult ir haben niht vûr zorn,
daz ich iuch berihtet hân,
wie ez enneher allez ist ergân.
2405 Amelunc der rîche
der gewan sicherlîche
drîe süne wol getân,
der namen ich iu wol nennen
    kan.
der altest der hiez Diether.
2410 nû sage ich iu âne wer,
der ander der hiez Ermrich.
herre got, nû clage ich,
daz er ie einen tac genas,
wand er der ungetriuwist was
2415 der ie von muoter wart geborn.
von im wart manic man verlorn.
der drite Amelunges suon
(nû hœret disiu mære nuon),
der hiez der künic Dietmâr.
2420 dô Amelunc siniu jâr
vol lebete unz an den lesten tac,
nû sult ir hœrn wes er dô
    phlac.
dô rieten im mâg unde man
'herre, ir sult daz niht lân
2425 od ir teilet iuwer lant
under iuriu kint alzehant.'
dô volgte er ir aller rât,
er teilte diu lant an der stat.
dô gap er Ermriche
2430 Püllen gewalticlîche,
Gâlaber und Wernhers marke.

Wernher der helt starke,
der emphie daz herzentuom unt
    lant
von des ungetriwen Ermriches
    hant.
2435 daz mære ich wâr mache:
dô gap er Brîsache
unde Beiern daz lant
Diether dem wigant.
dô gap er dem künege Dietmâr
2440 Lamparten allez gar,
Rœmisch erde und Isterrich
daz ez im diente gewalticlich,
Friûl stehte über al
und dar zuo daz Intal.
2445 Amelunc der starp da mite.
ze bœren ich iuch alle bite,
waz ich iu nû sagen wil.
dise herren habent landes vil,
dar zuo guot unde lîp.
2450 si nâmen alle drîe wîp
und gewunnen bi den wiben kint,
diu arebeite liten sint.
nû wil ich iu tihten
und der mære slehte berihten:
2455 waz islîcher kint gewan,
daz wil ich iuch wizzen lân.
Ez gewan der künic Ermrich
einen sun, der hiez Friderich,
den er sit versande
2460 hin ze der Wilzen lande.
dar an man sîn untriuwe sach:

2403 iuch des b. *W*   2404 allez *fehlt R*   ym her *P*   2405 *fehlt P*
2406 er g. *P*   sicherliche *fehlt P*   2408 die ich veh *P*   genennen *AP*
2411 Erenrich *A und so oder* Ernreich, Erenreich, Erentrich *immer*   2414 wann
der der *A*   2418 nû *fehlt A*   2421 wol *A*   an sinen l. *RW PA*   2422 was *R*
2423 im *fehlt A*   maget *A*   2424 daz *fehlt P*   enlan *P*   2426 al *fehlt P*
2431 werenheres *A*   2433 der *fehlt P*   herzogtum *AP*   und daz l. *RW PA*
2334 vngetriwe *R*   2335 *fehlt P*   2337 u. bern *RW*   Bergeren *A*
daz *fehlt P*   2435 gab er D. *P*   2441 ere *A*   u. Osterlant *P*   2442 d.
allez sampt *P*   2443 Veriaul *A*   2446 iu nv a. *W*   2452 di *R* uö.   2453. 54 *fehlen P*   2455 daz *W*, waz nu *P*   2456 iv *W*   2457 der *fehlt P*
2260 Vilze *A*

nû seht wie er sîn triuwe brach
an sînem liebem kinde!
an manegem mære ich daz vinde,
2465 daz bî niemannes tagen
ungetriuwer lîp nie wart getragen.
Diether der rîche,
der gewan sicherlîche
drîe süne wol getân,
2470 den Ermrîch sît benam
daz leben, dô er si vie
und si âne schulde hie.
Dietmâr der tugenthaft
der lebte in reiner blüender craft
2475 vümfzic jâr volleclîch
und nam ein küniginne rîch,
eines küneges tohter.
deste baz mohter
geleben nâch sînem muote.
2480 Dietmâr der guote
gwan bî der selben vrouwen kint,
die wurden biderbe und küene
sint.
wer der eine wære?
daz ist der Dernære,
2485 der mit maneger manheit
elliu diu wunder hât bejeit
da von man singet unde seit,
wand er leit michel arbeit.
Dietmâr unde Ermrîch
2490 die zugen bêde ungelîch.
Ermrîch der wart karc:
Dietmâr vor êren niene barc,

er was milte und tugenthaft.
got vuogte im guotes rîche craft.
2495 doch saget uns ein mære,
swie milte Dietmâr wære,
idoch bouwet er Berne
und was dâ alle zît vil gerne
unz an sînes endes zil.
2500 er gewan hôher êren vil.
er was ein vorhtsamer man:
des was im sîebte undertân
Rœmisch lant und Rœmisch
marc.
Dietmâr der was sô starc,
2505 daz im bî sînen zîten
nie künec torst wider rîten.
in den êren lebte Dietmâr
vierzic und driu hundert jâr.
dô kom der dem nieman mac
2510 vorgehalden, der leste tac.
owê, dô starp er leider.
do verzêch er sich ir beider
des lîbes und des guotes,
der vreuden und hôhes muotes.
2515 dô hete er niwan zwei kint,
diu liten arebeit sint.
daz was Diether und Dietrîch,
die sît vertreip künc Ermrîch.
Nû lâze wir diu mære stân
2520 und heben hie mit wider an.
dô der künic Dietmâr starp,
Rœmisch lant nâch im verdarp,
daz ez wart allez œde,
an grôzer rîcheit blœde.

2462 s. da er RWA   2463 lieben PA   2465 d. nie by PA   yemans P
2466 nie fehlt P   wart nie W   2468 der fehlt P   2470 dem Herem reich A
2474 der fehlt P   2475 fumfzehen R   2477 des konig desen t. P, des künig desselben t. A   2481 by ir zwei schone k. P   2483 der selbe w. AP   2486 diu fehlt W
2489 fehlt A, er waz ein degen unverzeit P   2492 nicht enparch P   2495 u.
daz m. P   2497 Peren A   2498 vil fehlt A   2501 fochtsamer P, vorchtbarer A
2508 v. iar vnd RWP   2509. 10 fehlen P   nieman vorgehalten mach der
tot vnd der RWA   2511 owê fehlt P   darnach er starp l. P   2512 v. sich Dietmar RW, verzig D. sich A   2514 vriunt RW   2515 avr W, avn PA   2518 seider A   2520 mit fehlt A   2521 der fehlt P   2523 allez ward P

2525 daz weiz ich wol bescheidenlìch,
daz geschach von künic Ermrìch.
dò Dietmàr den tòt dolte,
als er doch sterben solte,
do bevalch er Ermrìche
2530 sìniu kint gètriulìche.
owè, daz ez ie geschach,
wand er sìn triwe sìt an in
brach.
nù ist der künic Dietmàr tòt,
nù hebet sich jàmer unde nòt
2535 in al Rœmisch lande
mit wuoste und mit brande.
Dietheren unde Dietrìch
die zòch ein herzoge rìch,
Hildebrant der alde,
2540 der küene und der balde,
der sìt nòt und arebeit
durch sìne lieben herren leit.
Nù ist iu wol kunt getàn,
wie Ermìrìch grìfet an
2545 untriuwe und übermuot,
daz leider selten wirt guot.
nù hœret rehte wiez ergie.
Ermrìch die Harlunge vie.
wie er des gedàhte
2550 daz er si zuo sich bràhte?
dò er in tac hete gegeben,
dò schiet er si von dem leben
und zòch sich zuo ir lande.
owè der gròzen schande,
2555 daz die got vertragen hàt!

ez was diu grœste missetàt
diu ùf der erde ie geschach.
got daz sìt allez rach
an sìm lìb unde an sìnem leben:
2560 er nam ùn swaz erm hete geben
und rach den meinræten zorn.
der lìp der wart hie verlorn:
nù ist diu sèle geselle
des tiuvels in der helle.
2565 Dò man die Harlunge
von ir leben hete gedrungen,
dò riet Sibeche und Ribstein
· des ist zwìvel dehein,
edel künic Ermrìch,
2570 mahtù dìnen vetern Dietrìch
von dem leben gedringen,
sò habe den gedingen:
mit swelhem satze daz geschiht,
sò kan dir gewerren niht
2575 hinevùr immer mère:
sò hàstù guot und ère
mè danne dehein dìn genòz.
sò wirt dìn gewalt gròz,
daz sich in den rìchen
2580 nieman getar ze dir gelìchen.
der künic Sibechen ane sach:
nù sult ir hœren wie er sprach.
'nù wol mich daz ich dich hàn!
dù redest als ein getriuwer man
2585 der ninder unstæte hàt.
nù gip mir, Sibeche, den ràt,
dà mit ich beherte Rœmisch lant.

2525 beiz *R* daz gelaubet sicherlich *P* 2526 *vor* 2525 von dem k. *RW A*
2528 wolde *R* 2530 s. lant gewaltichliche *W* 2531 daz daz *P* 2532 an im
W 2533 der *fehlt P* 2535 alle *W* allem römischõ *A* 2537 Dietherren *A* 2538 die *fehlt P* 2541 und *fehlt R* 2542 seinen *A* 2543—2546 *fehlen P* 2548 *fehlt W* 2550 zuo im *PA* (*vergl.* 3028) 2551 geben *A*
2552 von lrem *A* 2553 z. sy *A* 2555 got die *A* 2557 auf erden *P*
2558 g. es seyder *A* 2559 an sinem gùt an *RW* sinem *vor* leben *fehlt W*
2560 gegeben *P* 2561 meinroten *A* 2562 der *vor* wart *fehlt PA* 2565 har-
dvngen *W* 2566 verdrungen *W* 2567 Ribestain *A* 2568 do ist *P*
2570 veter *RW* 2574 mag *W* 2577 mer *RW A* 2579 in deinen r. *W*
2581 k. den S. *A* 2583 Nù *fehlt P* mir *A*

Dietrich von Bern hât an der
  hant
ân aller slahte rede den tôt,
2590 od ich bring in in solhe nôt
daz er mir rûmen muoz daz
  lant.'
dô sprach Sibeche alzehant
'ich getuon iu, herre, wol den rât
der im an sin leben gât.
2595 ich sage iu, herre, wie ir vart
daz daz nimmer wirt bewart,
ir bringet Dietrich swar ir welt.'
der künec sprach 'owê, welch
  ein helt
dù Sibeche ze manegen êren
  bist!
2600 got gunn mir dîn vil lange vrist!
nù râte an wie ez muge ergân.'
'herre, daz wil ich iuch wizzen
  lân,
welt irz hœren gerne.
nu gebietet dem von Berne
2605 und heizt dem iuwern kumber
  clagen:
den ir dâ sendet den bitet sagen,
und ir wellet varn über mer
gote dienen mit einem her,
dem hêrn grab helfen ûz der nôt
2610 umb der Harlunge tôt,
den ir schaden habet getân
und ir leben habt gewunnen an.
daz wellet ir gerne büezen.

ir getrouwet gote wol dem süezen,
2615 daz ir als lange noch gelebt
unz ir im buoze gegebt.
und enbietet im mêre,
iuwer lant und iuwer êre
wellet ir im gêben in sîne phlege
2620 und wellet ir varn after wege.
und heizt den boten mê sagen
und bitet in daz niht verdagen,
aller iuwer riche
der muge sicherlîche
2625 nieman baz gephlegen dann er,
und heizt in komen dâ mit her.
nû seht wie wol iuch daz vrumt.
ich weiz wol daz er her kumt:
als daz danne geschiht,
2630 sô beitet dâ mit langer niht,
ir scheidet in von dem leben.
sô hât iu got den wunsch gegeben
daz aller iuwer vordern lant
wartent iuwer eines hant.
2635 ist aber daz daz niht geschiht,
daz er zuo ziu kumet niht,
sô rîtet mit heren starke
in sîn lant und iu sîn marke
und gewinnt im êre und guot an.
2640 daz kan er nimmer understân.'
'nû râtet mir' sprach Ermrîch,
'ob min veter Dietrich
ze wer sich setzet gegen mir.'
Sibeche sprach 'sô habt ir
2645 sô manegen werden volcdegen,

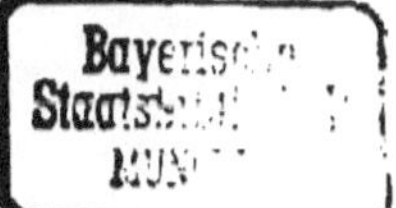

welt ir iuch anders bewegen,
daz ir im mâge unde man
und allez daz ertwinget an,
lant guot unde gelt,
2650 ir machet œde sîniu velt.'
dô sprach der künic Ermrîch
'daz tuon ich vil gewislîch.
nû wil ich dich biten mêre,
Sibeche, getriuwer recke hêre,
2655 wâ wir einen boten dar
nû gewinnen, des nim war.'
dô sprach der ungetriuwe man
'daz sol kurzlîche ergân.
vûr wâr wil ich râten daz,
2660 dîn bote kan nieman wesen baz
denne von Ankône Randolt:
der ist dir mit triuwen holt.'
Randolt der ziere
der wart gewunnen schiere.
2665 dô in Ermrîch ane sach,
nû vernemet wie er sprach
'Randolt, lieber man mîn,
dû solt mîn bote ze Berne sîn
ze mînem vetern Dietrîch.'
2670 Sibeche sagte im heimlîch
dîsen ungetriuwen rât,
den man zesamne gebrouwen
hât.
Randolt sich schier vereinte,
er west wol waz man meinte.
2675 dirre ungetriuwer smerze
der gie im in sîn herze
und betruobte sîniu ougen.

er begunde trahten tougen,
von disem starkem mære
2680 wie er den Bernære
bewarte und behuote
daz ez im kæme ze guote.
nû hœrt wie uns daz buoch las.
dô Randolt gevertegt was
2685 dâ hin gegen Berne,
der künec sprach 'nû wirp gerne
getriulîch die boteschaft.
ich gibe dir guotes rîche craft.'
'ich getuon im sô daz ez dâ wirt'
2690 sprach Randolt. 'dû bist niht
verirt
an allen mînen reisen.
ich bringe dir die weisen,
daz soltû, künic, ûf mir hân.'
der bote schiet hie mite dan,
2695 der reise er slehtes sich bewac.
nû hœrt waz triuwen er phlac.
mit maneger riuwe ûf dem wege,
ûf der strâze und über stege
truckenden sîniu ougen nie,
2700 manegen suft den er lie
hin ze den ougen ûf von grunde.
got er antwurten begunde
ganzlîch unde gerne
die herren bêde von Berne.
2705 er clagte âne mâze
disen mort ûf der strâze
unz daz er kom ze Rabene.
ein herzoge der hiez Sabene,
der was herre über die stat,

2646 wel *W*   irz *P*, irs *A*   iuchs *W*   verwegen *W* uô.   2648 und *fehlt W*   betwinget *R*   2652 gewillich *R*   2653 mer *W*   2654 her *W*
2656 v gewinnen *W*   2658 so *W*   2659 *fehlt P*   2660. 61 der bot sei von A. R. *P*   Ankowe *RW*, Ankue *A*   2662 dir konig m. *PA*   2664 der *fehlt P*
2668 hin gen Pern *A*   2669 v. hern d. *W*   2670 sag *R*   2672 den er z. *P* gepawen *A*, getragen *P*   2675 ungetruwe *P*   2677 trubten *PA*   2679 star-chen *A*   2692 daz er im *P*   2695 gen *A*   2686 sprach *fehlt R*   wirbe *A*
2694 Der pote der s. *W*   2697 t'we *W*   2698 der *fehlt PA*   2699 getruckentea *PA*   ym sin *P*   2700 sevften *P*   2701 o. vnd von *RW*   den *fehlt P*
2603 ganlich *R*, ganntzlichen *A*   2707 ze rabn *R*, Rabin *W*   2709 sabn *R*, Sabia *W*

2710 als man mir gesaget hât.
nû wart Randolten kunt
unde vrâgte ouch an der stunt
wâ er Saben vunde.
man zeigte im bî der stunde
2715 den werden recken ziere.
Randolt der vant in schiere.
Er erbeizte vor dem palas.
in den zîten komen was
Saben unde Friderich.
2720 bêde wârens vürsten rich
und heten liute unde lant
von des Bernæres hant.
si begunden vaste gâhen,
dô si Randolten sâhen.
2725 dô wart er wol enphangen
'nû lât iuch niht belangen
daz ich iu sage diu mære'
sprach Randolt der gewære:
'ich bin ein bote' sô sprach er
2730 'und rite von Ermrichen her
und wil gâhen gegen Berne.
nû sagte ich iu gerne
vil heimlichiu mære.
iuwer herre der Bernære
2735 an guoten triwen verrâten ist,
des bin ich bote an dirre vrist.
daz tuon ich iu wærlîche kunt.
swer im nû gunne an dirre stunt
guotes unde triuwen,
2740 der lâze sich daz riuwen.
ich wil inz selbe wizzen lân.
ich hânz iu umb daz kunt getân

daz ir iuch, edele degene,
rihtet dâ engegene,
2745 daz ir iuwerm herren
helfet wenden solhen werren.'
Dâ mit der bote danne streich.
der reise er nie tac entweich
unz er ze Bern reit in die stat,
2750 als man mir gesaget hât.
er huop sich dâ mit schiere,
Randolt der ziere,
in den hof ûf den sal.
dâ hete michelen schal
2755 der junge künec von Berne.
der sach den boten gerne.
'gote willekomen, Randolt!
von rehte sô bin ich dir holt'
sprach der recke Hildebrant.
2760 'sag an, mærer wîgant,
weist iht mære od wie gehabstû
dich?'
'der mære bringet, daz bin ich.'
Hie mite bat man ûz gân
die man dâ in niht wolde hân.
2765 Randolt der sweic niht mêr,
er sprach 'dir enbiutet her
Ermrich der veter dîn
(daz habe ûf den triuwen mîn),
daz dû sô dû schierste maht
2770 (daz habe ebene in dîner aht)
zuo im balde rîtest,
und hüete daz dû iht bîtest
vür den tac morgen.
ich sage dir unverborgen,

2710 also P   2711 Randolt A   2714 im *fehlt* P   2716 v. ir s. RW
2723. 24 *fehlen* P   2725 von in wart Randolt w. e. P   2727 diu *fehlt* P
2728 vor 2727 P   geuere A   2729 also A   2734 von dem Pernere P
2735 in g. R   er v. P   2736 zu diser A   2740 Die lazzen W
2741 yn selbs A   2742 han euz darumb P   2744 richt dar gegen A
2745 ewren W   2747 Wa mit R   von dannen A   2751 da mit schiere
fehlt P   2752 *fehlt* P   2757 bis g. A   2758 so *fehlt* P   2760 mere P
2761 ich W   weistu P, wayst du A   habestu P   2764 inne RW PA
lan A   2765 R. ensw. P   mere P   2768 die trewe A   2769 Dar zv so RW
magst A   2770 tracht PA   2771 Daz dv zv RW   balde *fehlt* RA

2775 mit swelhem end dû kumest
dar,
(daz habe gewisse vür wâr)
sô hâstû guot und lîp verlorn.
bezzer ist diu reise verborn
denn ob dû lîdest den tôt:
2780 sô müesten immer haben nôt
swaz der dînen liute sint.
nu belîp hie, Dietmâres kint.
nû hân ich dir die wârheit
rehte und ebene geseit.
2785 nû sende, vürste starke,
al umbe ûf dîne marke.
besetze dîne veste:
daz ist dir daz beste.
dû hâst wol vernomen an dirre
vrist
2790 wie dir dîn lîp verrâten ist.
dâ mite müez dich got bewarn.
ich wil mit dînen hulden varn
heim ûf mîne marke.
habe ûf mir' sprach der starke
2795 'daz ich dir bî wil gestân
und slehtes, herre, durch dich lân
man guot unde wîp:
durch dich wâge ich guot unt lîp.'
Dâ mite der bote dannen streich,
2800 der reise er nie zît entweich
unz er Ermrîchen vant.
er huop ûf unde seite zehant,
des doch ze Bern nie wart gedâht.
'herre, ez ist im vür brâht:
2805 dar nâch schaffet swie ir welt.

diu sippe diu ist ûz gezelt
zwischen iu unde sîn.
er kumet her niht, herre mîn.'
nû wurden diu mære schiere
kunt.
2810 in des huop sich bî der stunt
der küene Randolt von dan:
er wolte Ermrîchen niht gestân.
do der ungetriuwe wart gewar,
daz der von Berne wart sô gar
2815 gewarnet dirre mære,
dô wart im harte swære.
do gebôt er eine hervart
daz nie dehein grœzer wart
ûf Rœmischer erde.
2820 vil manegen recken werde
die gewan Ermrich
ze helfe ûf Dietrich.
Nû hebt sich nôt und ungemach.
durch untriuwe daz geschach.
2825 daz ist diu êrste swære,
dâ mite der Bernære
des êrsten begunde heben an
ê er gewuohs zeinem man.
Ermrich daz golt rôt
2830 allen den recken bôt,
und swer ez nemen wolde,
den richte er mit solde.
des wart vil michel sîn her.
nû reit er slehte âne wer,
2835 dâ er bejagen wolte ruom,
ze Spôlît in daz herzentuom.
dâ tete er schaden starke.
ze Ankône ûf der marke

2776 gewis W´, gewislich PA   2782 beleibe R   2786 in d. W´   2789 nu hastu w. RW´   2791 g. wol b. A   2794 habs A   2795 dir wil bey A   bestan W´A   2798 ere und l. P   2803 doch da ze Pern A   2804 h. er wirt nicht f. RW   2705 schaffet es PA   2806 diu vor ist fehlt A   2808 nicht her PA   2810 in der wil P, in dem A   der fehlt P   2812 Ermrich R   2814 d. er v. R   waz P   2818 grôzozer R, grozzorev W´   2819 erden P   2820 werden P   2821 die fehlt g. do E. P   2822 uf hern D. W   2827 gnade R   2828 ê fehlt PA   gewusch P   2837 starchen W´   2838 Ankowe R. Antzawe W´, Ankûn A

då wuoste er liute unde lant.
2840 er hiez werfen an den brant.
då bruofte er nôt und ungemach.
daz gestuont unlange dar nåch
unz man seit diu mære.
die unbillichen swære
2845 die kômen inz lant überal.
dô der schade sô wîte erschal,
den vremden und den gesten,
den hôhen und den besten
den behagte ez allen niht wol
2850 (sît ich iu die wârheit sagen sol),
diu untriwe die Ermrich
begie an hern Dietrich.
umb dise grôze geschiht
dar ûf ahte Ermrich niht:
2855 er hete sichs bêdenthalp bewegen.
er liez daz lant œde legen
mit roube und mit brande:
nieman in des wande.
Rœmisch lant er allez vûr sich
nam,
2860 dar umb het er deheine scham.
er brante unz an Meilån,
er tôte wîp unde man:
der mort was im gar ein wint.
daz rach got allez an im sint.
2865 nôt unde wâfen clagen
daz geschach allez bî den tagen.
Ermrichen des niht verdrôz.
ditze unbilde grôz

und ouch diu ungebære,
2870 daz wart ein gengez mære
von armen und von rîchen.
dem herren Dietrichen
het dannoch nieman geseit
den mort und das herzenleit.
2875 Nu gevriesch der herzoge Saben
diu mære hin ze Raben,
ez læge Ermrich und manic man
vor der stat ze Meilån,
als ez ouch leider wâr was.
2880 nieman vor im genas.
nû ist mir daz vûr wâr geseit,
Ermrich swuor einen eit
daz er nimmer wolde ûf gehân
od im wurde Berne undertân.
2885 Nû habt ir diu mære wol vernomen
wie gewalticliche ist komen
Ermrich in Rœmisch lant.
hie mit vuor er sâ zehant
von Meilån gegen Rabene.
2890 der herzoge Sabene
der gie ze râte und sîne man,
die er dô mohte bî im hân.
er sprach 'weiz ab ieman ende-
ob mîn herre Dietrich   [lîch,
2895 wizze disiu mære?
der nû guot wære,
der durch uns alle gerne
striche gegen Berne
und dâ kunt tæte

2839 rivt RW   2841. 42 fehlen P   brvf R   2743 dise grozzen m. P
2844 und die klaglichen s. P   2845 die fehlt P   in das l. A   2846 laut W
erbal WP   2849 behabt W   iz allez RW   2850 fehlt A, und verfingen es
nicht vor vol P   2851. 52 fehlen P   so E. A   2852 dem herren A
2855 sich P   v'begen W, verwegen P   2856 und h. PA   hiez WA
2858 daz P   2859 allez er RW   vor P   2860 dar ab A   chlaine W'
2861 Maylandt A   2863. 64 fehlen P   m. auf in alles gar A   2867 Ermrich R
2869. 70 fehlen P   der A   ungewære W   2870 was A   w. im ein W'
geges A   2871 arm W   2873 dennoch W   2875 Dv W   2879 laider
auch W   2884 od' W   2891 der fehlt P   2892 dô fehlt A   2893 ab
fehlt P, aber A   2894 herr her D. W'   2896 nu so g. A

2900 dise meinræte.
die der künie Ermrich
an uns tuot ungetriulich.'
'daz wil ich sin' sprach Volcnant.
'ich wil gén Berne alzehant.'
2905 dem helde vil versunnen
balde wart gewunnen
ein meidem den man ledic
zôch,
dar ûf er jagte unde vlôch.
dô der recke wart bereit,
2910 hie mit er niht lenger beit,
sinen meidem nam er in die
hant.
dâ mit durchstreich er daz lant
mit vil grôzen sorgen
unz an den driten morgen.
2915 er kom ein wénic vor dem tage
(nû merket reht waz ich iu sage)
vûr die stat ze Berne.
nû sult ir hœren gerne,
wie der recke lobebære
2920 kunte disiu mære.

Ein degen der hiez Volcnant,
der kom ze Berne vûr gerant.
'nû wol ûf, herre Dietrich! ·
vil sére riuwestû mich.
2925 dir hânt die Ermriches man
sô vil ze leide getân:
si ligent ûf dîner marke
und brennent dich vil starke.

nû ledege wîp unde kint,
2930 die mit grôzen nœten sint.
Ermrich læt nieman genesen:
swer an dir, herre, wolte wesen,
dem tuot er vil ze leide:
vûr wâr ich dirz bescheide.
2935 nû wol ûf, degen hére!
ichne warne dich nimére.'
Hin umb daz er gesagte,
von himele ez schône tagete.
dô was ouch komen Hildebrant,
2940 der vant den degen Volcnant
vor der burc ze Berne.
er sach den recken gerne.
er nam den ellenthaften man,
er wiste in balde mit im dan
2945 vûr den Bernære.
er sagte im diu mære
von Ermriches reise,
den mort und die vreise,
den Ermrich tet in dem lande
2950 mit roube und ouch mit brande.
'ich wil dir sagen waz dû tuo:
nû grif baldiclichen zuo,
sende ûf dîne marke
und bite die recken starke
2955 daz si gedenken dar an,
ob dîn vater in ie liep hât getân,
daz si dir komen schiere.
ich weiz wol' sprach der ziere,
'dû maht wol edele recken hân,

2903 Volechnant _A_　　2904 gein _W_　　2906 baltlich _P_, behenndiklich _A_
2907 einn m. _W_　　den er l. _AP_　　2909 war gerait _P_　　2910 _fehlt W_　　lannge _A_
2911 in _fehlt W_, an _PA_　　2912 straich er durch _A_　　2916 iu _fehlt P_
2917 an die _A_　　2919 rechte _A_　　lobære _R_, lobewær _W_　　2920 Tet kunt _W_
2921—2924 _doppelt, vor der 1. zeile der widerholung rot:_ hie hebt sich der
erste streit _R, vor 2921 rot:_ auenteur. hie h. s. d. e. s. _W_　　2922 k. für Bern g. _P_.A
2924 vil _fehlt PA_　　2925 die _fehlt PA_　　2928 und _fehlt RW_　　die edelen prennent
(prenner) _RW_　　dich vil _fehlt RW_　　2829 Dv l. _W_　　lose w. man k. _PA_　　2930 die
in g. _P_　　_vor_ 2931 _widerholen RW_ 2935 (nu wer dich d. h.) _und_ 2936　　2931 E. der
l. _P_　　2933. 34 _fehlen P_　　den t. _A_　　2934 dir das b. _A_　　2938 ja w. ich _PA_
nit mere _P_　　2937 daz er daz _W_　　2940 der entpfing d. d. _P_　　2944 Der w. _W_
2949 die E. _A_　　2950 ouch _fehlt A_　　2952 grife _RA_　　baltlichen _P_, bald _A_
2953 uf alle d. march _P_　　2956 in din vater _RWPA_　　liebe _PA_　　hab _A_
2959 m. noch w. _P_

2960 wellent si dir gerne bi gestân.'
mit triuwen sô sprach Hildebrant
'nû sage an, herre Volcnant,
hâstû daz grôze volc gesehen?
des hôrte ich dich gerne jehen,
2965 wie vil mac Ermrich liute hân?
daz soltû mich wizzen lân.'
'daz weiz ich wol' sprach Volcnant.
'ich sage dir, herre Hildebrant,
Ermrich der künic hêre,
2970 ahzectûsent und noch mére
mac Ermrich vil wol hân,
als ich mich versinnen kan.'
leit wart dem Bernære.
Hildebrant der mære
2975 der trôste sinen herren.
'umb disen grôzen werren
sult ir, künic, niht verzagen.
ich wil iu ander mære sagen:
ê ez noch hiute werde naht,
2980 wir gewinnen etliche maht
Ermriche ze leide.
ê er hinnen scheide,
er gelæt uns etlich phant,
dà mit uns erbe unde lant
2985 wirt lîhte vergolten.'
der rât wart niht bescholten.
In der zît dô daz geschach,
zuo der stat man riten sach
vil manege schar hêrlich.
2990 dô wart dem herren Dietrich
gesaget niuwiu mære,

daz ein her komen wære
vür die stat ze Berne.
daz hôrte er vil ungerne:
2995 wand im hete niemen kunt getân
daz ez wæren sine man.
man hiez bereiten ûf die wer
armbrustschützen gegen dem
her.
In der zît kom Helmschart
3000 und der starke Wolfhart
mit vil manlichen siten
ze Berne ûf den hof geriten
und sagte dem Bernære
diu starken niuwen mære.
3005 'ez sint komen iuwer man
vür die stat ûf den plân:
Hûnolt unde Sigebant,
Sindolt unde Volcnant,
Eckewart und Nêre,
3010 Alphart ein degen hêre
und der herzoge Saben
unde Friderich von Raben,
Îubart von Latrân,
Starcher unde Elsân,
3015 Stuotfuhs von Rîne,
von Metzen Ortwine
und von Pôle Perhtram:
die habent brâht zwei tûsent
man.
nûtrâ, herre Dietrich,
3020 nu enphâch die herren lobelich.
ich weiz daz wol, ez ist dir guot.
nû rihte dar nâch dinen muot

2960 gerne *fehlt* P   2961 so *fehlt* A   sp. da A   2964 dich vil g. A
2967—2969 *fehlen* P   2970 noch *fehlt* P, dannoch RW   *danach* sprach Volck-
nant der here P   2971 *nach* 2972 P   2973 l. unt w. W   ware A   2980 etlichen R, erleiche W   2981 Ermrichen W   2982 er von hinne W, von vans A
2983 lat PA   2986 gescholten W   2994 gern W   2998 armbstschuzzen R
gein W, gen A   2999 Hellemschart A   3006 *fehlt* A   3009 Ekkewart W,
Ekkebart R, Kebart A   3010 Hibart A   3013 Iwart A   3014 Starher R
3015 Stûtfisch A   3016 Metze A   3017 Berchtram A   3018 Sy h. A
3919 Nu A   3020 nu *fehlt* A   emphahe R, entphahet A   herren herrlich A

und erbiut ez wol den edelen
    degen.
si habent sich durch dich be-
    wegen
3025 alles des in geschehen kan.'
diu rede wart hie mit verlân. |
  Vrô wart der herre Dietrich.
er nam die recken alle ze sich,
als er emphâhen wolde
3030 die recken, als er solde.
gebiten wart dâ niht mêr.
von Berne der vürste hêr
reit ûz der stat ze Berne,
dâ er die helde gerne
3035 lieplich emphâhen wolde
ze rehte, als er solde.
die werden Dietriches man,
dâ von er vreude gewan,
die küenen und die starken
3040 die stuonden von den marken.
her Dietrich lachende ze in
    sprach,
dô er si dort erbeizen sach
'nû sît gote willekomen unt mir,
stolze recken. ich wæn ir
3045 welt nû retten miniu lant.'
mit gemeinem munde si zehant
sprâchen 'daz wirt willeclich
    getân.
welt irz selbe grîfen an,
wir helfen rechen iuriu leit.
3050 wir sîn iu alles des bereit
und ze wenden iuwers landes nôt
od wir geligen bî iu tôt.

dar umbe zwîvelt niht vür wâr:
swanne ir welt, sô rîtet dar.' ꝛ
3055 Die recken bat her Dietrich
mit samt im gên getriulich
ûf den hêrlîchen palas.
daz ezzen nû bereitet was.
über die tische si dô sâzen,
3060 ir müede si vergâzen.
ir wart hêrlîch gephlegen.
Wolfhart der starke degen
riet vaste ûf die reise
ze rechen die vreise,
3065 die Ermrîch und sîne man
im ze leide heten getân.
  Als man die tische gehuop,
sô man nâch ezzen dicke tuot,
dô bat der Bernære
3070 die küenen recken mære
alle samt bereit sîn.
si tâten im mit triuwen schîn
ir dienest schône über al.
diu castelân vür den sal
3075 wâren mit einander komen
diu man zer reis het ûz genomen.
ze rechen wâren si bereit.
nû was übr al die stat geseit
den jungen und den alden,
3080 den tumben und den balden,
wie der herre Dietrich
den ungetriuwen Ermrîch
mit stürmen und mit strîten
des tages wolte an rîten.
3085 dô man diu mære gevreischet
    hât,

3025 das *A*   3031 niemer *A*   3035 l. w. entphah̄ *A*   3036 *fehlt A*
3038 *fehlt A*   3041 zu in *R*   3043 unt *fehlt A*   3044 wen daz ir *R*   su
wenn *A*   3045 nû *fehlt A*   3046. 47 m. sprachen si zehant daz *RA*   3049 ewe-
rev *W*, iriu *R*   3052 g. durch euch *A*   3053 zewar *R*   3056 gen *W*, *fehlt R*
3058 berait *A*   3060 si da v. *A*   3061 w. vil h. *R*   3066 ln *A*
3067 t. auf höb   3068 als *A*   essens *A*   3071 allensamt *R*   alle b. *A*
3074 der k. *A*   fvr den *kaum lesbar R*   3076 zu der *A*   3078 ü. al in der st. *A*
3080 dem t. *R*   3083 sturm *A*

dô giengen die vrouwen von der
    stat
mit clegelîchem leide,
als ich iu nû bescheide,
vûr des hoves porten.
3090 mit gelîchen worten
islîchîu sprechen began
wider ir kint und zuo ir man
'wem welt ir uns nû lâzen?'
mit weinen sölch unmâzen
3095 wart dâ sêre getân
beidiu von vrouwen und von
    man.
  Ûf stuont selbe her Dietrich
'ist iemen hie, den ich
mit deheinem leide beswæret
    hân.
3100 der ruoch daz hiute durch got
    lân.
ich enweiz niht' sprach der
    recke hêr,
'ob ir mich beschouwet immer
    mêr.'
hie wart ein weinen und ein
    clagen.
si sprâchen, als ich iu wil sagen,
3105 'ir habt uns leides niht getân.
got müez iuch in sînem vride
    hân!'
dô wart dâ ze stunde
von maneger vrouwen munde
der segen vlîzeclîch getân.
3110 die edelen Dietriches man
hie mite langer niht enbiten.
mit unverzagelîchen sîten
rûmten si dô Berne.

si wolten rechen gerne
3115 ir schaden und ir herzenleit.
si riten dan, als man seit.
  Ez was nû nâhen bî der naht.
si bâten got daz er in maht
gæbe zuo ir swære.
3120 nû hœret disiu mære,
diu ich iu nû tuon kunt.
nû ahte wir an dirre stunt,
waz her Dietrich recken mohte
    hân,
dâ mit er Ermrîch wolt bestân:
3125 daz wart gahtet ûf den wegen
sehs recken min dan tûsent
    degen.
der reise gâhtens vaste.
die mile und die raste
begunde si gâhen,
3130 unz daz si kômen sô nâhen,
daz si daz Ermriches her
sâhen ligen mit starker wer.
  Nû was ez komen an daz zil,
als ich iuch hœren lâzen wil,
3135 über den êrsten slâf od baz.
si begunden alle trahten daz,
wie si varen wolden
od hie mit tuon solden.
  Dô sprach der recke Hildebrant
3140 'ich râte iu, künec von Rœ-
    misch lant,
daz ir daz iht wendet,
vil wundernbalde ir sendet
iuwern boten al dâ hin,
der in der mâze habe sin
3145 dêr liute kunne ahten
und ouch daz muge betrahten,

3086 g. al die *RA*   3090 klägelichen *A*   3092 u. da zu Irem *A*   3093 wolt es uns *A*   nu *fehlt R*   3097 stüt *R*   3099 beswært *W*, beswart *R*   3101 ich wayss *A*   3103 weinenen *R*   3107 Hie w. *A*   3111 piten *A*   3112 unverzagtlichem *A*   3113 dô *fehlt A*   3116 von dann *A*   3124 Erenreichen *A*   3126 sölch r. mein bey den t. d. *A*   3129 sy ze g. *A*   3137 gefarn *A*   3142 wunderbaldt *A*   3143 iwer *RA*   3144 m. halde sin *A*   3145 Daz er *A*   kunde *A*

wâ wirs mit strîte rennen an.'
'daz wirt gerne getân'
sprach der herre Dietrich.
3150 'nù sult ir, helde lobelich,
ahten mit vil rehter kûr,
wen wir ze boten senden vûr.'
dô sprach mit gewalte
Hildebrant der alte
3155 'ich râte iu, lieber herre mîn,
Volcnant unde Erewîn,
daz ir die sendet an die vart:
daz dritte daz sî Helmschart.
selbe wil ich daz vierde sîn.'
3160 'nù tuo, lieber man mîn.'
Die edelen recken viere
die nâmen harte schiere
die guoten meidem an die hant.
Hilpranden dem was wol bekant
3165 die stîge und ouch die strâze.
si riten in der mâze
zuo dem here sô nâhen
daz si ir gelegenheit wol sâhen.
michel was des heres schal.
3170 si umbedrabten daz wal
und ouch daz her allez gar.
si ersicherten reht vûr wâr,
wâ si die stat vunden,
dâ si bî den stunden
3175 mohten in daz her kumen,
daz ez si mohte gevrumen.
got vuogte in rehte eine stat,
dâ si den vînden sagten mat.
Dô si die stat vunden,
3180 zehant si wider wunden:
niht langer si dô biten,

si kômen widere geriten
und sagten dem Bernære
disiu starken mære.
3185 'vogt von Bern, her Dietrich,
wir haben daz her endeclich
ân alle missewende
umbriten unz an daz ende.
sô vesticlich si ligent,
3190 dînem lande si ane gesigent:
si habent maht und gewalt.
er hât sô manegen helt balt:
als ich mich rehte versinnen kan,
baz danne sehzic tûsent man
3195 die wartent Ermrîche
vil gewalticlîche.
nù merke rehte waz ich mein:
kûnec von Rôm, nù wirt enein,
waz dich hier umbe dunke guot.
3200 nù rihte dar nâch dînen muot:
dûne maht Ermrîche
niht gestriten offenlîche.'
Dô sprach der starke Wolfhart
'ez wirt dehein widervart.
3205 swie ez uns, herre, sule ergân,
wir suln die vîande bestân
nâch übele od nâch guote.
nûtrâ, helde hôchgemuote,
wir sulens ane rennen.
3210 reche wir daz brennen,
daz si uns alle habent getân:
des sul wir si enkelten lân.
nù gâhet zuo den marken,
ir küene helde starken!'
3215 Den vanen nam her Dietrich.
'nûtrâ, helde lobelich,

3147 reymen *A*   3155 in *fehlt A*   3157 *W, nach* 3158 *R*   3159 der v. *A*
3163 an ir h. *A*   3165 ouch *fehlt A*   3168 sy die g. *A*   3169 der here *A*
3170 vmbtraffen *A*   3174 da *W*, daz *R*   3176 *fehlt A*   3178 veinden *W*,
veinde *R*   3183 sagenten *A*   3186 endelich *A*   3189 sô *fehlt A*   vestekli-
chen *A*   3195 warten *W*, waren *R*, warend *A*   3198 wirde *A*   3199 hie
vmbe *R*   3201 du m. *A*   3206 vinde *R*, veindt *A* (wigande *P*)   3208 nu da *A*
3209 sullens *W*, svls *R*   3211 habent *W*, hant *R*   3212 sie geniessen *A*
3216 er sprach nu helde *A*

lât iu die vart niht riuwen:
und habt ûf mînen triuwen,
swer mir hilfet rechen mîniu leit,
3220 dem wirt niemer niht verseit
der triuwen noch des muotes,
lîbes noch des guotes,
noch alles des ich ie gewan,
daz muoz sîn iu undertân.'
3225 'uns enriuwet niht diu vart'
sprach der starke Wolfhart.
    Gegürtet wurden diu marc.
dô volgten die recken starc
ir herren über heide.
3230 nû hœret waz ich iu bescheide.
dô si bekómen an die stat,
dâ man in gespehet hât
daz her und die lucken,
'nû sul wir an si rucken,
3235 edel vogt von Berne.
dir helfent die dîne gerne:
nû tuo ouch in hin wider sam.
von sprunge alrést vert dîn nam:
den soltû machen bekennelîch.'
3240 dô sprach der herre Dietrîch
'ich sûme iuch niht der reise,
dâ ich geriche mîne vreise.'
der zageheit wart vergezzen,
die recken vil vermezzen
3245 die sâzen ûf ir guotiu ros,
si schûhten herte noch diu mos,
si drabten über heide
Ermrîche ze leide.
    Si kómen ein wênic vor dem
        tage

3250 (nû merket reht waz ich iu sage)
an die stat brâhte si diu spé,
dâ si gewesen wâren ê,
dâ si daz here wolden
an rennen, als si solden.
3255 'nû rîht iuch, helde, bî der zît,
ê daz ir kumet in den strît.
ir stricket vast die riemen starc,
ir sitzet ûf diu guoten marc,
ir helfet iuwerm herren
3260 rechen sînen werren!'
    In der zît dô daz geschach,
dô kom ein bote, dem was gâch.
der hete sich heimlîch und ver-
        holn
von dem herren Dietrîche ver-
        stoln:
3265 mit vil manlîchen siten
het er daz her gar durchriten.
si lâgen unverborgen
ûf den betten âne sorgen
und wolten gar ân angest sîn.
3270 der bote tete dem Berner schîn
disiu ganzen mære
'wol ûf, her Bernære!
si ligent alle enphettet.
si sint uns reht gebettet,
3275 daz wir si slahen âne wer
und tœten allez daz her.
die mit Ermrich sint komen her,
die kument wider nimmer mér.'
der im diu mære sagte,
3280 daz was Hûnolt der unverzagte.
    Der mære wurdens alle vrô.

3219 mein l. *A*   3222 des *fehlt A*   3224 s. e.. u. *R*   euch sein *A*
3225 rewet *A*   3228 da *R* uö.   3236 deinen *A*   3234 wert allererst *A*
3239 bechenlich *R*, behendiklich *A*   3241 n. an der *A*   3242 reche *A*
3245 die gôtä *A*   3246 herte *W*, herlte *R*   3247 traffen ü. die h. *A*   3249 dem
W, den *R*   3251 die spehe *R.A*   3252 waren gewesen *A*   3257 vast die *fehlt A*
3260 ze r. *R A*   3263 und *fehlt R*   3264 Diettrichñ *A*   3268 den hetten
sy kainer *A*   3273 emphäret *A*   3274 geperet *A*   3277 Erenreichen *A*
3279 In *A*

si sâzen ûf diu ors dô.
die schar leite her Dietrich
selbe harte manlich
3285 des heres an̄ daz ende.
mit manlicher hende
daz sper er under duohsen twanc.
sin ors in spilnden vrôuden
  spranc.
gebiten wart dô niht mêr.
3290 lûte rief der vürste hêr
'ahtschavelier Berne!'
daz hôrten vil ungerne
alle Ermriches man,
die man des êrsten bungiert an.
3295 gedâht wart an swinden zorn,
diu ors genomen mit den sporn,
dar nâch diu swert in bêde hant.
der strit der was ungewant.
si sluogen unde stâchen,
3300 ir leit si vaste râchen
an allen Ermriches man.
sie liezen genesen nieman.
ze wer sich nieman rihte,
ze vluht man sich phlihte.
3305 si stôrtens ûz dem slâfen.
sô schriren die hie 'wâfen!'
sô riefen die 'harnasch her!'
also wart ez gênt entwer,
dise dâ und jene sô.
3310 ê si kômen ze were dô,
dô was der schade an in getân,
des si jâmerec muosen stân.
 Nû sult ir hœren gerne.
der werde vogt von Berne

3315 der hete geteilet sine schar
envümf ende (daz ist wâr)
in daz Ermriches her,
darumbe ob sich ieman ze wer
rihte od wider slüege
3320 daz man die den sturm an trüege.
dâ von wart Ermrich behert
und alles des sô gar entwert,
des er ze êren solde hân.
des wart im grôzer schade getân,
3325 daz im sit vil übele kom.
die vinde wâren rehte ein om
wider des Bernæres recken.
vaste râchen sich die kecken.
 In des sturmes herte
3330 dô kom mit eime geverte
Rienolt von Meilân:
dem volgten vier hundert man
under helmen und mit schilden.
die starken und die milden
3335 die wolden an Dietrichen
rechen Ermrichen.
gegen der selben schar reit
Wolfhart der unverzeit:
dem volgten zwei hundert degen,
3340 dâ mit der recke vil bewegen
daz her het dristunt durchriten.
ez wart langer niht vermiten,
Rienolt der rante in an,
er tete ouch im hin wider sam.
3345 in was zuo einander ger.
si vertâten schier diu sper:
dô muosten si diu swert zucken.
zesamne wart ein rucken

3284 vast *A* 3287 den vanen er *A* div vhsen *R*, das wuschen *A*
3289 da *R* 3290 levte *R* rôefft *A* 3291 ahetschefalier *A* 3294 buniert *A*
3297 in die h. *A* 3298 der *vor was fehlt A* 3302 l. geniessen *A* 3304 zu
flüchten *A* 3305 den sl. *R* 3306 schryen *A* 3309 geen *A* 3312 mvsen
jamrich *R* vil i. *A* 3316 an funf enden *A* 3317 des *A* 3319 wider
fehlt H 3323 ze ern *W*, zen eren *R* 3324 grozz' *W*, groz *R* 3328 r. sy
die *A* 3330 einem *R A* 3342 er w. *A* 3343 Rinolt *R* 3344 in *A*
sam *W*, san *R*

mit den swerten getân.
3350 daz viuwer von den helmen bran
(von starken slegen daz geschach),
daz man dâ von alsô gesach
sam ob ez wære umb mitten tac.
slac dô wider slac gelac
3355 sô vreislîch und sô sêre,
ez wirt nimmer mêre
in starken hern sô vaste gestriten.
die ringe wurden versniten
sô gremlîch mit den swerten.
3360 ze lebene si niht gerten.
Wolfhart unde Rienolt
der eine arnte den solt
von des andern handen,
daz sit in vremden landen
3365 mit mæren kunt wart getân.
Wolfhart rant Rienolden an
mit einem swerte guot genuoc.
Rienolden er dô sluoc
durch den helm mit ellens hant,
3370 dazz ûf den zanden widerwant.
den helm durch bêde wende
cloup er unz an daz ende
bêdenthalp vil nâch ze tal,
unz daz der recke ûf daz wal
3375 von disem slage starke
schôz von sînem marke
tôt nider ûf daz gras.
Ermrich ab gestanden was
ein sin helfære.
3380 Wolfhart der mære

vil lûte ruofen began
'nû wert iuch, Amelunges man,
und lât einen niht genesen.
ir lât ius alle gelîch wesen,
3385 die jungen und die alden,
die küenen und die balden.
und sehet, ob ir vindet
(daz ir des iht erwindet),
kumt ir an Ermrîchen,
3390 sô slahet in endelîchen.'
In der zît drabten dort her
vünfhundert recken und noch
mêr,
die vuorten einen vanen rôt,
die gerten ouch ze sterben tôt.
3395 der houptmann daz was Heime.
diu ors von dem veime
wârn erswitzet sêre.
Wolfhart der degen hêre
der rief die sine vaste an
3400 'nû wert iuch, helde: ez muoz
ergân
ze vluste ode ze gwinne.
wir vehten als wir winnen:
wir müezen doch ersterben.
wir suln hiute werben
3405 daz man uns clage hin nâch.'
Helmschart der starke sprach
'sit ez niht anders sol ergân,
sô lâze ot wir enouwe gân
beidiu lîp unde leben.
3410 ir sult ze bêden handen geben
diu swert in dem strite.
ir kêret ûf die wîte,

3350 vor *R*   3352 als wol g. *A*   3353 vmb ein m. *R*   3354 da *R*
3359 so grimlich *A*   3360 begerten *A*   3361 reinolt *A usw.*   3362 ordnete *A*
     3370 das uf den sanden wider sant *A*   3472 erklob er *A*   3375 von sinem
sl. *R*   3378 Erenreichen *A*   3379 Ee In sein *A*   3381 lovten *R*   3384 l. sy
alle *A*   3385 und die *W*, zv den *R*   3388 icht *W*, niht *R*   3389 Erenreich *A*
     3390 enndelich *A*   3391 z. da trafft *A*   3394 begerten *A*   3395 hauptman
W, hovp man *R*   daz *fehlt A*   3396 rosz *A*   3399 seinen *A*   3401 gewinnen *R*   3402 winne *A*   3408 ot *fehlt A*, od *R*   3411 streite *W*, striten *R*

ir houwet bluotige brücke,
ir kéret an die rücke
3415 baltlich die schilde,
ir tunget das gevilde
vaste mit den tóten!'
dó wart alrést verschróten
ringe und ouch die helme.
3420 dó sturben sunder melme
die recken vaste âne zal,
dâ si vielen ûf daz wal.
Heime unde Wolfhart
die wâren bède wol bewart,
3425 die kómen zesamne gerant.
zwei scharphiu swert an ir hant
si in dem strite vuorten.
ahî, wie siz ruorten
ûf die helme mit den slegen!
3430 si begunden ûz ir arme wegen
manegen slac ûf die gebel,
daz von in der nebel
ûz dem lîbe vaste rouch.
in der zît dó striten ouch
3435 ir béder recken ûf dem wal.
harte michel wart der schal.
  Die küenen Rienoldes man
die wâren von dem leben getân.
die dâ Heimen dannoch lebten,
3440 hin wider vaste strebten
unde gulten sich vil tiuwer.
ûz den helmen wât daz viuwer,
sich mohte ein raste langer tan
wol dâ von enzündet hân.
3445 nót und angst dâ gie entwer.
ir gesâhet noch nie mér
solhe slege alsó sére erclingen.

si liezen dar dringen
ûf einander só vaste,
3450 daz in ir hant erglaste
diu swert von den starken slegen:
dâ von die ellenthaften degen
muosten leider sterben tót.
dâ was angest unde nót.
3455 manec helm sich von nœten
cloup.
man sach die ringe als ein loup
vliegen ûz den brünnen.
dâ was lützel wünne,
dâ was baz unde nît.
3460 alsó herte was der strît
und werte unz an den liehten tac.
nû hœrt wes der Bernære phlac.
der tete dort michel wunder.
von im gelac dâ under
3465 vil manic Ermriches man.
von im wart solich mort getân
daz ez an dem mære
ungelouplich ze sagen wære.
die houfen lâgen ûf dem wal,
3470 die tóten vaste âne zal
vielen von des Bernæres hant.
si gâben sére widerphant,
wand si vluren dâ den lîp.
owé, daz beweinten sît diu wîp.
3475 der site ist ie und ie ergân:
swaz leides lîdent die man,
daz beweinent allez diu wîp,
die durch die man kestigent den
lîp.
  Nû lâze wir diu mære sîn.
3480 under diu der sunne schîn

3414 den r. A   3415 palde A   3416 lr tzwinget A   3419 ouch die *fehlt* A
3420 sturms under melmen A   3426 in lr A   3428 ahy R, hey A   3430 den
armen zu w. A   3435 der wal A   3436 was A   3439 dâ *fehlt* A
3440 die vast h. w. A   3442 wete A   3446 noch *fehlt* A   3457 der R
brunne RA   3464 dâ *fehlt* A   3471 vielen *fehlt* A   hannde A   3472 wider-
phande A   3474 bewainet seit manig weyb A   3478 die leib A

üf von dem berge gie.
dô heten die recken gebrüevet hie
diu vil manlichen werc.
manic liehter halsperc
3485 der lac dâ verhouwen.
daz clagten sît die vrouwen
und vluochten tegeliche
dem künege Ermriche.
dô der tac von himele erschein,
3490 dô was ez komen allez enein
an dem von Berne über al.
Ermrich wart vlühtic ab dem
    wal.
der schade was ergangen,
dise erslagen, jene gevangen.
3495 Ermrich nam solhen schaden:
die er dar mit im hete geladen,
die wâren vil nâch alle tôt.
daz velt was allez worden rôt
von maneges mannes bluote.
3500 dâ sturben helde guote.
Ermrich der wart entsachet,
an sînen êren sô geswachet,
daz er mit ungemüete reit.
daz wart vil seine gecleit,
3505 wan er ist êwiclich verlorn.
ist er ze helle geborn,
daz dunkt nieman unbillich:
untriuwe ist von im in diu rîch
leider allerêrste bekomen,
3510 als ir habt von im vernomen.
dâ von clag ich in seine,
wande er was unreine
an allen sînen dingen:

des muoste im misselingen.
3515 Dô er wart vlühtic von dan,
do vergaz er mâge unde man.
dô liez er sicherlîchen
sînen sun Friderîchen
unde dannoch manegen man,
3520 der ûf dem wale was bestân.
daz was liep dem von Berne:
er sach in harte gerne.
er vie in und die er bî im vant
und al die recken sâ zehant.
3525 die sachhaften wurden gezalt
ahzehenhundert helde balt:
die vuort der herre Dietrich
gevangen mit im gwalticlich.
Dô ez kom hôhe ûf den tac,
3530 nû hœret wes man dô phlac.
dô kômen geriten ab dem wal
die sînen recken über al.
dô hiez kiesen her Dietrich
die sînen helde lobelich,
3535 wen er hæte dâ verlorn.
dô was dem vürsten hôchgeborn,
als wir daz buoch hœren sagen,
niwan hundert sîner man ersla-
    gen:
vier und zweinzic wâren wunt.
3540 dâ wider was Ermrich bî der
    stunt
sehs und zweinzic tûsent ersla-
    gen.
swie unglouplich ez sî ze sagen,
daz wal und der breite plân
mit bluote über al beran,

3482 geworcht *A*   3484 manigen liehten *A*   3486 das bewaisten seidt *A*
3489 schain *A*   3494 dise wrden ersl. *RA*   erslage *R*   3496 im *W*, fehlt *R*
mit im het dar *A*   3498 worden *fehlt A*   3502 geswachet *W*, geswachen *R*
3504 gar klaine *A*   3506 ze der h. *A*   3507 daucht *A*   3509 chomen *R*
3517 sicherlich *A*   3518 fridrich *A*   3420 der *fehlt RA*   wale da b. *A*
3525 sachaft *A*   3526 Die zehenhundert *W*, achtzechhundert *R*   3530 da *R*
3533 hiez *fehlt R*   3536 der *A*   3538 nivn h. *R*, nun *A*   seiner *W*, fehlt *R*
3540 Ermriche *R*, Erenreichen *A*   3542 vngelouplich *RA*   3544 ran *A*

3545 (nû sehet welch mort dâ ge-
　　　　schach!)
daz die tôten nieman sach
von des starken bluotes craft.
her Dietrich wart dô sigehaft.
　Die rede lâz wir hie mit stân.
3550 die starken Ermriches man,
von mâgen und von gesten
die hôhen und die besten,
die vuort her Dietrich gerne
dâ hin mit im gên Berne.
3555 nû het im got gevüeget
(des in ouch genüeget)
. daz er sin leit alsô gerach.
nû hœret wie ez sit geschach,
wie in diu unsælde verriet,
3560 daz er von al den êren schiet,
die im sin vater Dietmâr
hete geheien menegiu jâr.
disiu starke geschiht
diu kom von im selben niht,
3565 daz er muost lîden arebeit.
nû wirt iu allerêrste geseit,
wie der herre Dietrich
verliuset lant und Rœmisch
　　　　rich,
daz wil ich iuch wizzen lân.
3570 dô der strît was dort ergân
und nâch sînem willen ergangen,
dô vuôrte er dan gevangen
den künic Friderîchen
und dannoch sicherlîchen
3575 vil manegen Ermriches man,
als ich iu ê gesaget hân.
dô er kom hin ze Berne,

(nû sult ir hœren gerne)
dô was vrœlîch sin muot,
3580 vor liebe lachte der helt guot.
do begunde er sêre ahten
und innerclîchen trahten,
wâ er daz guot næme,
daz den recken wol gezæme,
3585 die im lant und êre
gerettet heten sêre.
dar umbe het er swære.
sine kisten wâren lære
und alle sine kamere gar,
3590 die sin vater Dietmâr
volle hete bi sînen tagen.
daz guot was allez zetragen,
golt und edel gesteine:
des vant er vil cleine.
3595 er clagt sô sêre niht daz guot
noch enhete dar umbe trûregen
　　　　muot:
er clagt niwan die edelen degen
den er niht guotes hete ze wegen.
dô sprach der alte Hildebrant
3600 ‘richer künec von Rœmisch lant,
ir sult niht ze sêre clagen
noch dar umbe niht verzagen,
ob ir niht habet richez guot.
ich wil iu sagen waz ir tuot:
3605 grifet unser guot an,
des muge wir wol vil hân.
swer iu dar zuo gevellet,
dem gebetz, ob ir wellet.'
dô sprach von Bôle Berhtram
3610 ‘ir sult umb guot niht sorge hân.
des gibe ich iu wol sô vil,

3545 was mort *A*　　3548 da *R*　　3550 Eriches *A*　　3552 hôchsten *A*
3554 hin *W*, him *R*　　mit im dahin *A*　　3556 begnuget *A*　　3560 allen den *A*
3565 Daz *W*, Da *R*　　3572 den *A*　　3573 friderich　　3574 sicherlich *A*
3577 hin *fehlt A*　　3580 nv (do *A*) lachte vor liebe *R A*　　3582 innerchleichen *W*,
innechl. *R*　　ze tr. *A*　　3586 hetten geretet *A*　　3591 het volle *R*　　3593 edel
fehlt A　　3596 het darumb nit t. *A*　　3597 chagt *R*　　nur *A*　　3598 wegen
W, geben *R*　　3602 noch hier umbe *A*　　niht *fehlt A*　　3608 gebt Irs ob *A*
3609 Pole *A usw.*　　3610 herre Ir *A*

(mit triuwen ich daz tuon wil)
vünfhundert soumære.
vil lieber Bernære,
3615 nâch dem guote sendet swenn
ir welt:
daz wirt iu allez dort gezelt
ze Bôle, dâ ich hûs hân.
dem Bernær lieben began
ditze starke mære,
3620 daz benam im sine swære.
her Dietrich wart ze râte
mit den sinen drâte,
wen er senden wolde
gein Bôle nâch dem golde.
3625 die wurden schiere ûz gewegen.'
ich will iu nennen die degen,
die mit manlichem muote
riten nâch dem guote.
daz eine daz was Hildebrant,
3630 daz ander her Sigebant,
daz drite daz was Wolfhart,
daz viert sin veter Helmschart,
daz vümft von Garten Amelolt,
daz sehste daz was Sindolt,
3635 daz sibend von Stîre Dietleip,
ein edel degen unverzeit.
dar zuo gap man in ze rehte
sô vil der guoten enehte,
die zuo der reise zâmen,
3640 dâ si daz guot nâmen.
si wurden gevertiget dan.
mit in sô reit Berhtram.
Nû hebt sich alrêst diu vreise.
vervluochet sî diu reise
3645 die si tâten umb daz guot:
des wart sît trûriger muot,

über al Rœmisch marke
wart ez beweinet starke,
becleit tiefe und sêre.
3650 der Bernær al sin êre
umb dise eine reise vlôs,
dar umbe er lant und guot verkôs.
dô die boten hôchgemuote
strichen nâch dem guote,
3655 daz wart gesagt Ermriche.
dô sande er heimliche
vümf hundert siner man,
die tiursten die er mohte hân,
und begund daz mit in an tragen,
3660 als ich iu kan wol gesagen.
'nû ritet iuwer strâze.
habt daz in iuwer mâze'
sprach der künic Ermrich,
'daz ir iuch leget heimlich
3665 in eine huote zuo den wegen.
swann ir die Dietriches degen
sehet zuo riten,
sô sult ir niht bîten,
irn rennets an und nemet daz
guot.
3670 vâht die recken hôchgemuot
und bringet die mit iu her.
des habe wir vrumen immer mêr
und wizzet dazz uns wol ergât.
swen uns Dietrich gevangen hât,
3675 die werdent ledic sicherlich.'
den rât den riet Ermrich.
die recken strichen dâ mit dan.
Witege was ir houptman.
si gâhten naht unde tac,
3680 als ich iu wol bescheiden mac,

3614 v. reicher *A*   3615 swenn *W*, swen *R*   3631 der Dritte *A*
3633 der f. *A*   Garten *W*, Gart *RA*   amlot *A*   3634 Der s. *A*   daz vor
was *fehlt A*   3635 Der s. *A*   Stier *R*   3637 gerat man *A*   gerechte *A*
3639 gezâmen *A*   3642 Perchtram *A*   3646 seyder *A*   3651 die ain r. *A*
3666 die *fehlt A*   3669 Ir r. *A*   3675 werlich *A*   3677 von danu *A*
3678 w. der was *A*
Heldenbuch II.   9

unz si ze Bôle quâmen,
dâ si daz guot nâmen.
  Nû hœret waz uns sagt daz liet.
der tievel, der nie guot geriet,
3685 vuogt in ein lâge bî der stat:
als uns daz buoch gesaget hât,
dâ burgen si sich iune
mit sô starkem sinne,
daz ir nieman wart gewar.
3690 in der zît dô heten gar
Dietriches boten genomen daz
        golt,
als manz dannen vüeren solt
gegen Berne ûf durch Isterrich,
als ez der herre Dietrich
3695 den recken geben wolde
allez samt ze solde.
als die soumære
geladen wâren swære,
dô nâmen urloup zehant
3700 her Ameloit und her Hildebrant.
si schieden dâ mit ûz der stat
gegen Berne ûf daz rehte phat.
ir gelegenheit in rehter mâze
si kêrten ûf die strâze,
3705 dâ in sît leide geschach.
dâ von sich huop ir ungemach.
si vuoren âne sorgen
unz an den vierden morgen:
dô wârens mit dem guote komen,
3710 als ich vür wâr hân vernomen
ze Muntigel zuo der veste.
si wolden haben reste
nâch ir arebeite.
si hiezen vil bereite
3715 entladen ir soumære.

nû hebent sich diu mærr.
si wânden sîn âne schaden.
dô ir soumære wârn entladen,
in selben ze leide
3720 si biezen ûf die heide
ir viuwer balde machen.
si lâgen in den sachen
daz si niht heten swære.
hie mit disem mære
3725 dô kômen ir viande,
als si der tievel sande.
die riten zuo in sô nâhen,
daz si die helde vil wol sâhen.
ir eismende diu was grôz:
3730 owê, si sâzen leider blôz.
daz sâhen ir vinde wol:
si tâten als man tuon sol.
dô erbeizten si nider,
(daz gevrumte si wol sider)
3735 si gurten ir orsen baz.
islicher des niht vergaz,
er stricte ouch die riemen.
owê, dô warnte niemen
des herren Dietriches man.
3740 des wart im grôzer schade getân.
'sît ir, helde, nû bereit?'
sprach Heime der unverzeit.
'nû wartet mînem munde
und schriet hie ze stunde:
3745 ahtschavelier Ermrich!
ir sehet wol, helde lobelich,
wir sin über si ein her:
si sitzent blôz und âne wer.'
die Ermriches recken,
3750 die starken und die kecken,
die randen die Dietriches an.

3684 in fvgt (gefueget *A*) der t. der nie dehein (*fehlt A*) g. g. *R A*   3684 vuogt in *fehlt R A*   3687 verpargen *A*   3691 die D. *R*   3696 samt *fehlt A*   3699 u. sy u. *A*   3700 Arnolt *A*   3701 Si *IV*, i *R*   hiemit *A*   3705 seider *A*   3706 ir *fehlt A*   3714 gereit *A*   3717 vermainten *A*   3725 vainde *A*   3727 als n. *A*   3728 vil *fehlt A*   3737 stricke *A*   3745 Ahey schevolir *A*

si wurden schiere under getân,
si beliben gar âne wer.
gegen disem ungetriuwen her
3755 kômens doch zen swerten.
die dicke manheit gerten,
Wolfhart unde Hildebrant,
Helmschart unde Sigebant,
den wart wile niht mér
3760 niwan daz ieslîcher einen gér
gezuhte mit den handen.
ze strîte si sich wanden.
alsô tete her Amelolt,
her Dietleip und her Sindolt.
3765 si werten vaste daz guot.
die küenen recken hôchgemuot
die vinde vaste versêrten.
die rücke si kêrten
zesamne ûf der heide.
3770 swaz ich iu bescheide,
des enliuge ich niht umb ein hâr.
si sluogen hundert, daz ist wâr.
nû waz half ir manheit
und ir guotiu wâfen breit?
3775 si muosten sigelôs doch geligen,
sine mohten leider niht gesigen.
ir wer diu wart hin getân.
den starken Dietriches man
den was ez übele ergangen:
3780 si wurden dô gevangen
und mit dem guote gevüeret
dan.
Dietleip von Stîre danne entran,
der sagte ze Bern diu mære.
owê der herzenswære,
3785 die her Dietrich gewan!
dô muoste er trûriclich gestân,

dô clagte er jæmerlîche
die recken lobelîche
und lie daz guot under wegen.
3790 'owê mîner lieben degen,
die ich alsô verloren hân!
nû muoz ich mit leide stân
und naht und tac umb si clagen.
owê daz mir ie wart getragen
3795 Ermrich ze leide!
alrêrste ich nû verscheide.
ich lebe mit allen sorgen.
nû ist mîn êre verborgen.
owê der jæmerlîchen nôt!
3800 daz wolde got und wære ich tôt!
daz wær mir bezzer hinne vür.
mîn allermeistiu hôhiu kür
diu lac an mînen recken.
verliuse ich die vil kecken,
3805 (daz wizzen alle die hie sint)
daz muoz besiuften muoter kint.'
diu nôt moht got erbarmen,
die die rîchen und die armen
mit jâmer an sich leiten.
3810 mit clage si sich beiten.
Nû lâze wir die rede stân
und heben hie wider an
und sagen umb die gevangen,
wie ez den sî ergangen.
3815 die wâren brâht gewalticlîch
dem ungetriuwen Ermrich
ze Mantouwe in die stat.
nû schuof man in vil bœsen rât.
dô si Ermrich ane sach,
3820 valschlîch er zuo in sprach
'ir sît komen von Berne ze verre.
iuwer mâge und iuwer herre

3755 kamen doch zu den *A*   3760 nun *A*   3761 henden *A*   3773 half
W, hilft *R*   3775 doch *fehlt A*   3778 des *RA*   3780 da *R*   3762 St. bin
e. *A*   3785 vernam *A*   3786 traureklîchen stan *A*   3792 l. gan *A*
3793 und vor naht *fehlt A*   3800 und *fehlt A*   3802 allermaist *W*, almeistiv *R*
3816 vogt'wen *W*, ungetriwem *R*   3817 Montan *A*   3819 sy der E. *A*
3820 Vælschleich *W*, valslich *R*

die kunnen daz nimmer under-
stån,
ir müezt mir iuwer leben lån.
3825 sit ich iuch hån gevangen,
benamen ir müezet hangen.
då vür næm ich niht allez golt,
ob daz ieman vür iuch geben
wolt.'
vil trûreclîch sprach Hildebrant
3830 'ez stét, herre, in iuwer hant
beidiu übel unde guot.
got gebiete daz ir wol tuot.
iwers zornes sult ir entwenken
und ruochet dar an gedenken,
3835 daz mîn herre Dietrich
iuren sun Friderich
håt noch in sînen phlegen
und ahzehenhundert degen.
er ist ouch alsô gemuot,
3840 ist iht des man uns tuot
ze leide, sô læt er des niht,
er tœte si all, swaz uns geschiht.
so verliustû, künic hére,
dar an verre mére,
3845 wil dû liute und kint geben
niwan umb siben manne leben.'
  Dô sprach der künic Ermrich
'mînen sun Friderich
ich é selbe verstieze
3850 é ich iuch leben lieze.'
'daz ist allez als ir welt.'
' diu sippe diu ist ûz gezelt
zwischen mir und mînem neven.
wir suln alréste an heven
3856 mit roube und mit brande.

er erarnet die schande ,
daz ich im lasterlîchen
muost ab dem wale entwîchen.'
'sul wir verloren hån daz leben,
3860 sô ruoch uns sô lange vrist geben,
ob dû daz tuon wil gerne,
daz wir senden boten gein Berne,
ob wir daz mugen getragen an,
daz die dîne werden verlån
3865 mit endehaften måzen,
wil dû uns danne låzen.'
dô sprach der künic Ermrich
'ir muotet vil unbetelich.
wil Dietrich lœsen iuwer leben,
3870 sô muoz er mir vür wår geben
allez daz er ie gewan
und die mînen slehtes ûz lån.
beidiu Garte und Meilån,
Berne und Raben muoz ich hån,
3875 Bôle und ouch Isterrich,
Lamparten gewalticlich,
Rœmisch erde hie unt då,
daz muoz er mir låzen så,
Spôlit unde Tuscån
3880 und swaz ich niht genennen kan,
daz muoz mîn eigen allez wesen
od ich låze iuch niht genesen.'
In der zît dô daz ergie,
dô kom ein bote geriten hie.
3885 den bete her Dietrich gesant
dem künege Ermrich zehant.
wer der bote wære,
den der Bernære
hæte gesendet dar?
3890 daz was Dietleip, daz ist wår.

3823 nymmermer *A* 3931 unde *W*, oder *R* 3832 gepiet euch d. *A*
3833 entweichen *A* 3834 daran zu g. *A* 3842 waz halt uns *A* 3843 herre
A 3844 vil m. *A* 3845 und lant g. *A* 3846 nur *A* 3853 zw. mir vnt
W, zw. iv und *R* 3856 *fehlt A* 3860 gerûch *A* 3861 wilt *A* 3862 einen
boten senden *RA* gegen *A* 3863 tragen *R* 3864 deinen *A* 3866 ob du uns
dann wilt *A* 3873 Badu *A* 3876 Lampparten *R* 3877 u. dort *A*
3878 l. fort *A* 3879 Tuschon *A* 3882 nymmer *A* 3883 d. geschach *A*
3894 g. gach *A* 3859 het *RA* 3890 der *A*

der recke gie unvorhticlîch
vûr den künic Ermrîch.
er wart enphangen seine,
sô dancte er im ouch cleine.
3895 dô er Ermrîchen ane sach,
nû sult ir hœren wie er sprach.
'künec, hâstû daz wol vernomen,
emphâht mich nieman, ich bin
komen
doch zuo dir her in dîn lant.
3900 mich hât her Dietrich gesant
al dâ her von Berne,
und wil dich biten gerne
dîner gnâden alsô vil,
daz du im sagest, waz du wil
3905 tuon an sînen liuten.
daz soltû mir bediuten.
dir enbiut mîn herre Dietrich,
er welle dînn sun Friderîch
lâzen an vil kurzer stat
3910 und alle die er gevangen hât,
daz dû im lâzest sîne man.
wil dû, ez mac wol ergân'.
dô sprach der künic Ermrîch
'nû sage dîm herren Dietrich,
3915 ich hân hie sô guot phant,
er muoz mir slehtes sîniu lant
in mîn gewalt elliu geben
od ich benime in daz leben.'
Wâte balde hin vûr trat.
3920 er sprach mit zorne an der stat
'birt irz der starke Dietleip,
von dem man grôziu wunder
seit?
möht daz danne alsô sîn,

sô wolte ich daz ellen mîn
3925 an iu versuochen endehaft.
ich muoz besehen iuwer craft.
ich wil nimmer vrô gelehen
(des sî iu mîn triwe gegeben)
od ich versuoche wer ir sît.'
3930 dô sprach mit zühten an der zît
Dietleip der starke helt
'nû sî versuochet swanne ir welt.
heizt uns vride bannen
vor des küneges mannen.
3935 ich wil iuch iezuo bestân.'
Wâte zürnen began
mit Dietleibe sêre.
'iwer vier und dannoch mêre,
über die wære ich wol ein her
3940 und slüeges wol ân alle wer
und müezet ir daz selbe sehen.'
Dietleip sprach 'nû lât geschehen.
ich entwîche iu nimmer einen
slac
die wîle ich mich gerüeren mac.'
3945 Wâte der mære
der hiez sunderbære
vürder rûmen ûf dem sal,
er wolt mit strite âne zal
den küenen Dietleip bestân.
3950 antwurten im Dietleip began
'ir werdet tâlanc gebeten,
nû lât den lewen ab der keten,
der dâ wil solhiu wunder tuon.
ez enwirt vride noch suon
3955 zwischen uns nimmer mêre,
unz unser eines êre
von dem andern under gelit.

3891 unerschrockenlich *A*   3894 da *A*   im *W*, in *R*   ouch *fehlt A*
3898. 99 nieman so bin ich doch chomen zv *RA*   3899 in das l. *A*   3900 D. her
ges. *R*   3904 wilt *A*   3908 dinen *RA*   3909 in *A*   3917 alles *A*
3921 seit irs *A*   3922 grozzev *W*, groze *R*   3927 frôlich leben *A*   3929 Ich
wil versüchen *A*   3931 der Edl h. *A*   3937 Dietlaiben *A*   3938 oder noch *A*
3940 alle on w. *A*   3947 fuder *A*   3951 werd dalach von mir g. *A*
3956 vons *A*   3957 andern *W*, anderem *R*

des sit gewis vûr dise zît.'
Ermriche man dó riet,
3960 daz man die recken beide schiet.
zwischen in gemachet wart ein
tac,
eiuen kamph man hin ze Meilân
wac
über sehs wochen dar nâch. .
der unverzagte recke sprach,
3965 von Stire her Dietleip
'daz ist wâr, des bin ich bereit.
nu enbiut, künic Ermrich,
minem herren Dietrich
slehtes allen dinen muot.
3970 waz dû umb dise helde guot
wellest tuon, daz sage mir.
die boteschaft bringe ich im von
dir'.
Ermrich der künic sprach
'nú lâ dir sin hin wider gâch
3975 und sage Dietriche,
ich welle niwan Rœmisch riche,
lant ére unde guot.
ist daz er daz niht entuot,
sô si min triuwe im gegeben,
3980 sô muoz er lâzen mir daz leben.'
Mit urloube er danne reit.
'iuwer grôziu arebeit'
sprach er ze Hildebrande,
'ez kumt ze tiurem phande
3985 dem künege Ermriche.
ir helde lobeliche,
nû habt gein gote guoten trôst,
ir werdet kurzlich erlôst.

dâ mit muoz iuwer phlegen
Crist!
3990 ir sehet boten in kurzer vrist.'
Dietleip niht lenger dó beit,
gegen Berne er balde reit,
dâ er den vogt von Berne vant.
dem sagt er diu mære sâ zehant
3995 und allen Ermriches muot.
dâ bi stuonden helde guot,
die disiu mære hôrten:
dâ von si sich stôrten
an vreuden und an libe,
4000 si bewâgen sich kinde und wibe.
Alsô der Bernære
gehôrte disiu mære,
dó sprach er trûrecliche
'und sol ich Rœmisch riche
4005 alsô vliesen, daz erbarme gote.
sol ich nû warten sim gebote,
sô möht mir lieber sin der tôt
denn daz ich lide dise nôt.'
dó rieten mâge unde man
4010 'é daz wir solch guot lân,
wir mugens é verkiesen
é daz wir verliesen
guot lip unde leben.
sold wir daz umb si siben geben,
4015 so ist bezzer daz si sterben tôt
denn daz wir liden immer nôt.'
dó sprach der herre Dietrich
'und wæren min elliu rich,
diu wolde ich elliu lân
4020 é mine getriuwe liebe man.
diu riche ich elliu verkür

3965 Stŷr R	3966 zwar A	3967 empot A	3969 seinen A	3970 da A
3972 das pringe ich im zu mere von dir A	3976 nur A	3978 tut A
3980 mir sein l. A	3981 Urlaubt dann Dietlaip A	reit *fehlt* A	3983 Hil-
deprant P	3984 das A	3992 baltlichen A	3993 von Rome fant A
3991 m. all zeh. A	3997 dise R *auch* 4002 uö.	4000 chinde W, chint R
4006 nû *fehlt* R	4011 mûgen Ee sy A	4015 daz wir st. A	4018 nu w. A
4019 Die R	ee alle A

é danne ichs alsó verlür.
wá nù ein bote só getriuwe,
den ir leit riuwe?
4025 der var hin ze Ermrîche
und sage im endelîche,
ich wil im al die sîne lân,
dar nâch allez daz ich hân,
daz wil ich im vür eigen geben,
4030 den worten daz er mir lâze leben
mîne recken wol gesunt.'
hin vür trat bî der stunt
Jubart von Latrân.
er sprach 'herre, wildù mich lân,
4035 ich wil an disen zîten
zuo Ermrîche rîten
und im sagen slehtes vür wâr,
swaz dù enbiutest bî mir dar.'
'ich hân michs alles nù bewegen:
4040 nù gâhe, unverzagter degen!'

 Jubart dó nicht langer beit,
gegen Hôhensien er balde reit.
dà vant er Ermrîchen
und sagte im endelîchen
4045 ein und ander, hie unt dâ,
wie sich sîn herre wolde sâ
landes und guotes gar bewegen
umb sîne unverzagte degen.
dó daz Ermrîch vernam,
4050 'wil er mir al die mîne lân?'
'jâ' sprach her Jubart.
'si sint nù ûf der vart.
dù maht wol rîten gerne:
Garte unde Berne,
4055 Botzen unde Brissân,
Triente unde Meilân,

Mantouwe unde Raben,
dà von scheidet hiute Saben,
und dar nâch manic guot stat,
4060 die der künic Dietmâr hât
lâzen den lieben sünen sîn,
die werdent al vür eigen dîn.'
Ermrich der wart nù vró.
er hiez die gevangen recken dó
4065 balde mit im vüeren dan.
sechs und sehzec tûsent man
die wâren alle nù bereit
ze rechen als uns ist geseit:
die heten im alle triwe geswarn
4070 mit guotem willen unervarn,
die alle in dem muote wâren
und des niht verbâren
die hervart mit im ze rîten.
er huop sich bî den zîten
4075 gegen Berne durch die marke
mit maneger schar starke.

 Dó si kómen after wegen,
im wider riten sîne degen,
die der herre Dietrich
4080 gevangen hete sicherlîch
und wârn die alle nù verlân,
Ermrich lachen began
vor vreuden, dó er si sach,
wand im lieber nie geschach.
4085 dó bezzerten si die reise.
owé der grózen vreise
diu dem Bernære zuo gie:
wand er lant und êre lie.
 Alsó kom der künic Ermrich
4090 vür Berne vil gewalticlîch
und hiez slahen diu gezelt

4024 dem *A* 4025 hin *fehlt A* 4027 alle *R* seinen *A* 4031 die meinen r. *A* 4032 tr. an der *A* 4037 u. wil im *R* 4038 bey mir empeütest *A* 4039 als nu *A* 4042 Hohensyn *A*, bohensin *R* 4045 eins und annders *A* 4047 landt und g. *A* 4051 her *fehlt A* . 4055 Prissan *A* 4057 Mantau *A* 4061 den lieben sunen *W*, dem lieben svne *R* 4062 alle *R.A* 4063 nù *fehlt A* 4068 als mir ist *A* 4070 *nach* 4072 *R, fehlt A* 4072 *fehlt A* 4081 nie lieber *A* 4088 eer verlie *A* 4090 vil *fehlt A* 4091 sl. da g. *A*

üf daz hérliche velt. |
mit creften si lâgen,
röubes si phlâgen,
4095 si tâten schaden starke
al umbe üf der marke:
daz lant si ane zunden,
si nâmen swaz si vunden.
rouch vlouc über lant,
4100 der starke roup unde brant
der rouch über Berne.
nû sult ir hœren gerne,
her Dietrich was dar inne
mit grimmigem sinne.
4105 trûric was des herren muot.
er clagte nicht sin selbes guot,
er clagte den jâmer den er sach,
der an sinen liuten geschach.
dô gie er ze râte
4110 mit den sinen drâte.
trûriclich ers ane sach.
nû sult ir hœren wie er sprach.
'ende hât disiu suon.
nû râtet, helde, wie wir tuon.
4115 wir sin nû in grôzer nôt.
daz erbarme got, daz ich nicht tôt
in miner kintheit bin gelegen!
nû muoz ich arebeite phlegen'.
dô sprach der küene Sigebant
4120 'ir seht wol, künec von Rœmisch
lant,
daz kan niemen understên.
nû müezet ir ez lâzen gên,
als ez nû gên kan.
nû tuot als ein wise man

4125 und wellet ûz uns allen,
die iu dar zuo gevallen,
die an ir triuwe denken
daz iu die ibt wenken:
die sô getriuwes herzen sint,
4130 die durch iuch wîp unde kint
und ouch daz guot lân under
wegen'.
dô sprach von Berne der degen
'daz muoz allez an iu stân.
ir muget mir helfen ode lân,
4135 des habt ir guoten gewalt.
ez ist umb mich nû sô gestalt,
daz ich hân weder ditz noch daz'.
dô wurden recken ougen naz.
hin vûr trat her Jubart
4140 'ich sihe wol, Dietmâres zart,
si gebârent umb dich trâge,
die durch dich üf die wâge
solten setzen lip unt guot.
sit man umb dich sô trâge tuot,
4145 sô wil ich der êrste sin,
von Berne lieber herre min,
ich wil mit dir sterben od genesen
und an dir immer stæte wesen.'
dô die andern gesâhen daz,
4150 (nû sult ir hœren vûr baz)
dô sprach der recke Nére
'guot lip und êre wegen.'
wil ich mich durch dich be-
hin vûr trat Eckewart der degen
4155 und ouch der küene Eckenôt
'herre, wir weln liden den tôt

4096 allennthalb auf *A* auf *W*, *fehlt R* 4099 der rauch gie ü. *A* 4100 st. wueste u. *A* 4101 Rvche fvr vber *R* 4104 grymmigen *A* 4113 diser s. *A* 4114 nun *A* 4116 nicht bin tot *A* 4117 die weil ich in *A* 4118 armût *A* 4121 ditz *A* 4123 gegen *RA* 4124 weyser *A* 4125 uber vnns alle *A* 4126 der *A* gevalle *A* 4127 ir trew an d. *A* 4128 die auch nicht *A* 4130 und durch *A* 4131 daz *fehlt A* lazen *RA* 4133 gestan *A* 4138 da w. *R* w. der r. *A* 4144 sô *fehlt A* 4151 ekwart *R* 4155 ekenot *R* 4156 si sp^a chen *R*, er sprach *A* wellen *R A*

od swaz uns ze liden geschiht,
wir komen benamen von dir
    niht'.
   die sich slehtes bewâgen,
4160 des sult ir gerne vrâgen,
wie vil der wâren ode sint,
die guot wîp unde kint
liezen durch den von Berne.
daz sult ir hœren gerne,
4165 der wâren dri und vierzic man:
die sach man alle vor im stân.
die heten alle einen muot,
si liezen gelt unde guot
durch ir herren êre.
4170 si beliben dâ niht mêre.
   Nû lâze wir diu mære stân
und heven hie wider an,
wie der herre Dietrich sprach,
dô im ze rûmen geschach
4175 die edel stat ze Berne.
daz tete er vil ungerne.
'nû muget ir, edel recken zier,
durch iuwer triuwe râten mir,
ob ich den künic Ermrich
4180 bæte' sprach her Dietrich,
'daz er doch gedæhte dar an,
daz ich noch niht zeinem man
vol wahsen bin, als ich sol,
daz er tæte sô wol
4185 und mir lieze Berne.
daz ander wolde ich gerne
im lâzen unde swaz ich hân,
unz ich gewüehse zeinem man.'
der rât dûhte si alle guot,
4190 si sprâchen 'herr, daz selbe tuot.

beseht, ob er iuch welle gewern.
welle ab er des niht enbern,
sô leistet swaz er welle.
swaz ab er iu vor zelle,
4195 des sît im alles bereit
und lîdet die wîl arebeit,
unz dazz iu got verkêre.'
dô wart gebiten nimêre,
diu stat ze Bern wart ûf getân.
4200 man sach vrouwen unde man
hende winden unde clagen,
ir leit vil jæmerlîchen tragen.
ez mohte got erbarmen.
die rîchen und die armen
4205 die clagten al gemeine.
ir leit daz was niht cleine.
Dô reit der herre Dietrich
mit geleite harte clegelîch
vür den künic ûf daz velt
4210 ze des küneges Ermriches gezelt.
dâ lac der meinræte under.
nû hœrt aller untriuwen wunder:
daz muget ir nû hœren gerne,
daz geschach an dem von Berne.
4215 als der vürste ûf daz gras
von dem orse gestanden was,
dô gie er vil clagelîche
vür den künic Ermrîche
mit nazzen ougen trüebe unt
    rôt.
4220 daz houpt er dô nider bôt
Ermrîche ûf die vüeze.
er sprach 'gedenke, veter süeze,
daz ich bin dînes bruoder kint,
daz mîne sinne kranc sint.

4158 von dir beynamen A   4159 slecht A   4161 w. oder s. A   4167 alle
nur ainen A   4175 Din R   4177 zir R   4181 Daz er W, Da er R   Er durch
got ged. A   4183 wol gew. A   4184 t. an mir so A   4192 er aber A
4194 was er Euch aber A   vor zele W, vol z. R   4195 a. vol berait A
4197 daz iv R   euchs A   4198 niemere A   4202 ir fehlt A   iœmerleichen
W', gem'lichen R   4205 alle A   4206 daz fehlt A   4210 chvnich E. R
Erenreich g. A   4211 mainreit A   4213 daz fehlt A   4215 als so der A
4223 iwers br. R

4225 nú tuo an mir din ére.
ich wil nimmer mére
wider dine hulde iht begén.
ruoche dines zornes abe gestén.'
lange sweic der künic Ermrich,
4230 ze leste sprach er unerharmec-
lich
'nú strich von minen ougen!
dú solt vür wár gelouben
und wil dirs mine triuwe geben,
dirn vristet nieman daz leben:
4235 git man mir hiute Berne niht,
so geloube mir, daz dir geschiht
wé von minen handen.
in allen dinen landen,
diu indert lant sint genant,
4240 und begrifet dich min hant,
dá wigt dir niht allez golt rót:
begrife ich dich, só bistú tót.'
  Weinde sprach her Dietrich
'herre veter Ermrich,
4245 habe dir elliu miniu lant,
dar über ich herre bin genant,
daz dú mir Berne ruochest lán
unz ich gewahse zeinem man.
wellestú niht gnáde an mir begén,
4250 só lá mich denn von hinne gén
als ich von dem andern bin gegán
und varen dá ich mich betragen
kan.'
ungetriuwelich der künec dó
sprach

'nú lá dir sin von mir gách!
4255 od ich heiz dich váhen,
an einen boum háhen,
den næhsten den ich vinde.
nimmer ich erwinde
od ich benime dir din leben:
4260 des si dir sicherheit gegeben.'
do getorst der degen hére
gemuoten niht mére
niwan daz eine, daz er sprach
'her veter, vür minen ungemach
4265 só lá mir doch mine man,
durch die ich al min ére verloren hán.
só wil ich niht langer biten
und wil von hinne riten
als ein unsælic man,
4270 der nie vreude gewan.'
  Ermrich sprach zehant
'nú habe úf minen triuwen
phant:
dir wirt diu ére nimer getán
daz ich dich welle riten lán.
4275 dú muost in der máze
arbeiten úf der stráze
ze vüezen swar dú kérest,
dich selben dú unérest.'
von Berne der vil tumbe
4280 kért sich weinde umbe
und vie sich selben in daz hár.
owé, des nam vil cleine war
Ermrich der ungetriuwe.

4227 nicht *A*   4228 geruche *A*   ab ze steen *A*   4231 st. ab von *A*
4232 ich wil dir des niht lovgen *R*   4233 dir *A*   4234 vriste *R*   dein l. *A*
4236 mir *fehlt R*   4238 a. den l. *A*   4239 die ye l. *A*   4240 wa dich begr. *A*
  4241 gewiget *R*   4243 waynende *A*   4247 der wortö daz du mir geruchest
Pern lan *A*   4249 Wiltdu *A*   denn nicht *RA*   besteen *A*   4250 da fuder
geen *A*   4251 gestan *A*   4252 und la mich faren *A*   beiagen *A*   4253 dö
fehlt A   4256 und an *A*   an einen *W*, ovf einem *R*   4259 benem *A*   dir
dein l. *W*, dir daz l. *R*   4262 nimere *R*   4263 nur *A*   4264 herre v. minre
meinen u. *R*   4265 und l. *R*   4266 alle *R*   4269 müesaliger *A*   4277 wo *A*
  4278 da du dich selbs u. *A*   4280 mit wainen *A*

dise grôze herzenriuwe
4285 die rach sit an im sêre got:
disen hazlichen spot
behielt er im unz in sin gruobe:
disiu ougen truobe,
daz wart im sit vür geleit
4290 daz er sin kom in arebeit.
    Mit dirre grôzen herzen sêr
kom ein mässenie her
baz danne tûsent vrouwen.
der schœne mohte schouwen
4295 got ûz dem himel riche.
die wolden Ermriche
biten tiwere zehant
umb den künec von Rœmisch
        lant.
daz er genædicliche
4300 an dem herren Dietriche
tæte durch sin êre.
als die vrouwen hêre
vür Ermrich kômen gestân,
si riefen in weinende an.
4305 ze vorderst gie vrou Uote
mit trûrigem muote
mit vierzic juncvrouwen.
nû sult ir jâmer schouwen.
die begunden vallen âne zal
4310 vür Ermriche zetal
und manten in alsô verre.
vrou Uote sprach 'lieber herre,
nû seht an maneger vrouwen lip
und êret elliu reinen wip
4315 und darnâch allez himelesch her,

dazs iu vüegen sigehafte wer:
und tuot hiute künicliche
an minem herren Dietriche.
lât ritters êre an iu sehen.
4320 si iu von vrowen ie liep ge-
        schehen,
dâ ruochet hiute gedenken an.
sit ir von art ein edel man,
sô weiz ich wol daz ir uns ge-
        wert:
ich hân niht unbetelich gegert.'
4325 diu verteilte jugende
begie ein grôze untugende.
swie nâhen im die vrouwen
        trâten,
swie tiefe si in bâten,
des wurdens leider niht gewert.
4330 'des ir an mich habt gegert,
ir sit vrouwen ode maget,
iu sol sin vil gar versaget:
und ilt iuch von mir wenden,
od ich heiz iuch schenden.'
4335 mit manegen herzensêren
wart dô ein widerkêren
von vrouwen und von meiden.
dô gie ez an ein scheiden,
daz sit galt mannes leben.
4340 her Dietrich hiez Berne geben.
    Hie wart gerûmet diu stat.
owê, welch ein scheiden dâ ergât
von dem herren Dietriche.
der lie des tages Rœmisch riche,
4345 burge stete unde gelt,

4287 er *fehlt A*   in *W*, an *H*   4289 an g. *A*   4290 er des k. *A*
4291 diser *RA*   4292 darnach giengen von der stat dort here *A*   4293 mer d. *A*
    4294 mocht man s. *A*   4297 zehanude *A*   4298 lannde *A*   4302 also *A*
4303 kômen *fehlt A*   4305 voderst *R*   4306 gemute *A*   4309 an ze tal
4310 E. an zal *A*   4311 a. sere *A*   4312 Wûte *A usw.*   4314 raine *A*
4315 himelisches *A*   4317 tû *A*   4319 e. beut an *A*   4320 Sei *W*, sit *R*
4321 denchen *R*   4324 begert *A uö.*   4325 da vert. *A*   4328 und wie *A*
4330 er sprach des *A*   habt *fehlt A*   4332 vil *fehlt A*   4333 iuch *fehlt A*
    4235 m. manigen hertzen s. *W*, m. manigem heizen s. *R*   4336 da *R*
4312 owe wie ein *A*   4345 veld *A*

die wîten urbor unde velt,
· diu muoste er elliu lâzen.
in-gelîchen mâzen
lâzen wart her Hildebrant
4350 und die recken al zehant.
dô giengen clegelîchen
die hôhen vrouwen rîchen
mit manegem weinen ûz dem
tor.
dâ vunden si mit jâmer vor
4355 den werden recken Dietrîch.
vrou Uote ein herzoginne rîch
ze dem herren Hildebrande
sprach, .
dô si in verrest ane sach,
(si druhte in an ir herze)
4360 'owê mir dirre smerze,
den ich hiut muoz an dir sehen!
lieber herre, wie sol mir geschehen,
swenn ir vart iuwer strâze?
saget mir, wem man mich lâze.'
4365 mit zühten sprach her Hildebrant
wider vroun Uoten sâ zehant
'vrouwe, triutinne hêre,
nû claget niht ze sêre.
ich bevilhe iuch an dirre vrist
4370 dem heiligen Jêsû Crist,
der müeze iuwer immer phlegen:
sîn trûtmuoter si iuwer segen
und müeze iuch êwiclîch bewarn.
ir seht wol, ich muoz hinne varn.'
4375 'nû wâ welt ir daz ich bestê?

ichn weiz ob ich iuch immermê
mit mînen ougen beschouwe.'
alsô sprach diu vrouwe,
da enantwurt stuont Ermrîch.
4380 die vrouwen und her Dietrîch
Ermrîchen manten sêre.
her Dietrîch sprach 'künic hêre,
nû gedenke dar an,
daz du hâst swaz ich ie gewan.
4385 daz sî dir allez vergeben,
swaz dû mir bî dînem leben
ie ze leide hâst getân:
daz wil ich den worten hiute
lân,
daz dû nû ergetzest mich:
4390 und erbarme hiute dich
über dise vrouwen, veter mîn,
und lâ si in der stat sîn.'
dô sprach der herre Ermrîch
'ir muotet vil unbetelîch.
4395 ir gewinnet nimmer mêre
weder heinlîch noch êre.
von diu rûmet die stat.
allez daz ir drinne hât,
desn wirt iu nimmer niht.'
4400 daz was ein jæmerlîch geschiht.
daz beidiu vrouwen unde man
ze vüezen muosten scheiden dan
vil trûriges muotes.
ir geltes unde ir guotes
4405 des enwart in nie niht mêre.
mit trûren und mit herzen sêre
schiet her Dietrîch von dan.
seht, alsô muoste er Berne lân.

4346 diu *R*   da wurden urbar vnd gelt *A*   4348 klâgelichen *A*   4349 ge-lassen *A*   4356 die h. *A*   4358 von verren *A*   4362 mir nu g. *A*   4266 all-zeh. *A*   4367 trûebetē h. *A*   4369 iv *R*   ich wil euch bevellen *A*   4370 h. und süessen C. *A*   4371 ymmermer *A*   4372 seit t. *A*   4374 von hinnen *A* 4375 wâ *fehlt R*   4376 ich waiss nit *A*   4377 Euch mit *A*   4378 sp. die raine fr. *A*   4379 dann antwurt *A*   4383 g. hevt d. *A*   4384 h. daz ich *A* 4387 ye hast ze laide *A*   4388 der *A*   4389 und ergetze ymmer laide mich *A*   4392 u. lass die in *A*   4393 der kânig E. *A*   4397 wann da *A*   bald die *A*   4398 dar ynne *A*   4399 des *A*   4401 pedev *W*, beide *R*   4405 ward *A*

Hilprant nam vroun Uoten,
4410 die schœnen und die guoten
vil clagelîch an sîne hant.
dic andern recken alle sant
die tâten ouch ir wîben sam.
dise herzenlîchen scham
4415 die beweint der herre Dietrich
des tages vil dicke clagelîch.
diu jæmerlîche vreise
und diu ellende reise,
die von bürge und von stete
4420 her Dietrich von Berne tete,
daz tete im innêclîchen wê.
er sprach 'mich gesiht nim-
                        mermê
wîp noch man gelachen.
mîn herze daz muoz krachen
4425 imer und imer unz ûf den tac
unz ich mîn leit gerechen mac.
ich bite dich, heiliger Crist,
daz dû mir gebest sô lange vrist:
lâ mich leben sô lange gesunt
4430 und gevüege mir noch die stunt
daz ich gereche mîniu leit.
des hilf mir, vil reiniu meit,
des himels küniginne,
daz ich die helfe noch gewinne.'
4435 alsô giengens über lant,
her Dietrich und her Hildebrant,
her Nére und her Wolfhart,
her Hûnolt und her Helmschart.
von Berne sprach der helt guot
4440 'owê daz gên daz ir tuot!
owê den jâmer, den ich muoz
                        schouwen

an disen hôhen vrouwen,
die niht arbeit hânt gewont.
daz leit mir immer nâch dont.'
4445 In der zît dô daz geschach,
her Dietrich dort her riten sach
den vil küenen Eckewarte
und Amelolten von Garte.
die sagten dem Bernære
4450 nâch leide liebiu mære.
wie diu mære sîn getân,
daz wil ich iuch wizzen lân.
her Amelolt sprach 'herre mîn,
got hât der swære dîn
4455 ein teil gerochen.'
als er daz hete gesprochen,
dô sprach her Dietrich 'sage mir,
daz ichs immer danke dir,
an welhen dingn ist daz ergân?'
4460 dô sprach Amelolt der küene
                        man
'herre, daz wil ich dir sagen.
wir haben ahzec man erslagen
dem künege Ermrîche,
daz wizze sicherlîche.
4465 nû gâhe, herre, harte.
Metzen unde Garte
habe wir bêde in unsern phlegen.
hebe dich balde von den wegen,
daz man dich iht errîte.
4470 niht langer dû hie bîte.'
liebe dem Bernære geschach.
zuo Amelolten er dô sprach
'dû hâst wol an mir getân.
nû tuo als ein getriuwer man.
4475 ich wil dir bevelhen hie

(getriuwer man der wart nie
denne dû, her Amelolt:
aller miner vreuden solt
daz bistû, hôchgetriuwer man)
4480 ich wil dir dise vrouwen lân,
die soltû vüeren mit dir.
dune kanst niht baz gedienen mir
hinne vür immer mér.'
'ich tuon' sprach der recke hér.
4485 von den phärden si dô sâzen.
niht langer si des vergâzen,
si nâmen die vrouwen alzehant.
neben dem gebirge über lant
strichen si gegen Garte.
4490 dâ rach Amelolt sît harte
sines lieben herren leit
und brâht sît dicke in arebeit
den ungetriuwen Ermrich
durch sinen herren Dietrich.
4495   Nû lâze wirz hiemit gestân.
welt ir, ich wil iuch wizzen lân,
welch ein weinen dâ ergie.
nû ruochet ir vernemen hie.
dô die helde guote
4500 mit trûrigem muote
urloup nâmen von ir vrouwen,
dô muost man jâmer schouwen.
diu kuste ir kint, sô diu ir man.
ez möhte ein stein geweinet hân
4505 dise barmunge gróz.
vrou Uote mit armen umbeslóz
den getriuwen Hildebrant.
si sprach 'nû gedenke alzehant,

wie ich dir bevolhen bin.
4510 nu belibe ich hie, sô verstû hin.
mit welhem ende læstû
mich hinder dir nû?
gip mir ein zil, obz mac geschehen,
wenne trouwestû mich næhste
sehen ?'
4515 'vrouwe, des enweiz ich niht,
wenne ez næhste geschiht.
wir varn dâ hin in vremdiu lant:
da belibe wir' sprach Hildebrant
'ichn weiz wie lange sicherlich.
4520 getriuwiu herzoginne rich,
nû clage durch dîn tugent niht
mér.
swenn ich mac sô kum ich her
und sô ez schierste mac gesin.
dâ mit müez got phlegen dîn.'
4525   Nû ist ez an daz ende komen.
urloup hât man nû genomen
beidenthalben zwischen in.
die vrowen beliben, si vuoren hin.
Amelolt der guote
4530 mit unverzagtem muote
die vrouwen brâhte hin ze Garte,
dâ er si wol bewarte.
hin vuor der herre Dietrich
ze Hiunen durch Isterrich.
4535 in wie manegem tage daz ergie,
daz wil ich iu bescheiden hie,
wie der herre Dietrich
kom in Hiunischiu rich.

4476 mensch deren w. *A*   4477 do *A*   4480 dir *fehlt A*   4481 Die *H*, Ilie *R*   4482 du *A*   nimmer bas mir *A*   4483 gedienen h. *A*   nymmer *A* 4484 tuns *A*   recht herr *A*   4486 si *fehlt* da v. *A*   4493 Erenreichen *A* 4494 Diettreichen *A*   4495 wir h. *A*   4497 wie ein *A*   4498 gerüchet *A* 4499 Da *R*   4502 da *R*   4503 da kusten *A*   so da Ire *A*   4510 varst du dahin *A*   4512 h. dein herre ou *A*   4513 müg *A*   4514 getrauest *A*   ze sehen *A*   4515 wais *A*   4520 Hertzogin *A*   4521 klaget d. Ewr t. *A*   tugende *R*   4524 d. so m. *A*   4526 hat *H*, heut *R*   4527 bedenthalb *A* 4528 bel. hie si *RA*   4531 gegen den H. gegen Yst. *A*   4535 manigen tagen *A* 4538 hünisch *A*

daz geschach in drin und zweinzec tagen.
4540 nû hœret starkiu mære sagen.
An dem drî und zweinzigsten
tage
(nû merket rehte waz ich sage,
welt irz hœren gerne)
dô kom der herre von Berne
4545 in eine stat, diu heizet Gran,
er und vümfzec sîner man.
dô si kômen in die stat,
als man mir gesaget hât,
dô wunden si die hende.
4550 'owê dir, ellende'
sprach der herre Dietrich,
'wie gar unerbarmeclîch
dû an ze schouwen bist.
nû râtet, helde, an dirre vrist,
4555 war wir kêren oder gân.'
dô wart siuften niht verlân.
'nû hân ich weder êr noch guot
niwan trûrigen muot.'
dô sprach mit triuwen Hildebrant
4560 ze sînem herren dâ zehant
'wer solt sô clegelîchen
und alsô zegelîchen
gebâren, als ir, herre, tuot?
ir soldet uns herz unde muot
4565 hœhen, daz stüende vürsten wol.
nû tuot, als ich iu râten sol,
und gebâret rehte als ein man,
und gedenket ouch daran,
daz mit trûren nieman mac
4570 sîn leit überwinden einen tac.

und merket rehte dâ bî
und trahtet, herre, wie dem sî:
daz nieman erwenden kan,
daz sol man slehtes varn lân.'
4575 dô sprach der herre Dietrich
'daz sprichestû sô rinclîch. .
ein man, der niwan ein hûs verlür
und anders dâ bî niht verkür,
dem wær dar umbe leide.
4580 ich sprich niht, daz ich scheide
von liuten und von lande:
ob ich nû nimmer schande
gewünne unz an mînen tôt,
so vergæze ich nimmer dirre nôt.
4585 nû schouwe, swie rîch ich ge-
wêsen bin,
wâ sol ich hinte des êrsten hin?
wer siht an mîn êdelkeit,
od wer hât ieman dâ von geseit?
oder waz weiz ieman wer ich
bin?
4590 swelhez ende ich nû kêre hin,
hân ich dâ niht ze bieten dar,
mîner edelkeit nimt nieman war.'
mit triuwen sprach dô Hildebrant
'sîn kan doch nû niht werden
phant,
4595 ir welt uns, herre, leit erwecken.
ir mugetz nû niht errecken,
unz daz ez got bedenken wil.
er hât genâden noch sô vil
und ist umb in alsô gestalt,
4600 swenn er wil, sô gwinnet ir
gewalt.'

4541 zweinzgisten *R* 4542 ich s. *W*, ich iv s. *R* 4544 h. Dietrich von *R*
4545 eine *W*, einen *R* 4550 der *A* 4555 wir nu k. *A* 4556 daz wort
er seufftzen began *A* 4560 h. alzehant *A* 4562 vnd auch so verzaglichen *A*
4564 hertz *W*, herzen *R* 4578 nicht darbey *A* 4584 vergisse *A* ich doch
n. *RA* 4586 ich *W*, fehlt *R* 4588 oder *RA* davon iht g. *R* 4590 welhes
eandes *A* 4592 da nymmet man meiner edelkait klain w. *A* 4595 wecken *A*
4598 g. wol so *A* 4600 gewinnet *RA*

Dâ mit lâz wirz ende hân.
si kêrten eine gazzen dan,
dâ des küneges hûs was,
reht gegen des küneges palas
4605 in ein hûs ze einem koufman.
nû was ez komen dar an,
daz der tac scheiden wolde
von hinnen, als er solde.
dâ herbergten die ellenden în,
4610 als ich der mære berihtet bin.
der wirt gegen in dô gie,
hêrlîche er si enphie.
im wart dô kurzlîche schîn,
daz si dâ bî im wolden sîn:
4615 er wîste si mit im dan.
der wirt was ein guot man,
er schuof in allen gemach.
dô wart bereit dâ nâch
diu spîse ûf die tische,
4620 wiltpræt unde vische:
dâ mit wart ir wol gephlegen.
die vil ellenden degen
die heten manege sorge
und doch des leides borge.
4625 ez legte der herre Dietrich
mit siuften manege clage an sich:
die leit er heimlîche
der edele und der rîche.
dô man die tische het erhân,
4630 Hildebrant der getriuwe man
der gie zuo dem wirte hin,
er sprach 'schaffer ich bin:
welt ir den gelt binaht?'
er sprach 'des wirt noch wol
        gedâht.'

4635 gebettet wart mit râte
in eine kemenâte,
dâ lâgen si unz ûf den tac.
owê, waz man dâ trahtens
        phlac!
si wurden manegen ende enein.
4640 dô diu sunn von himele schein,
dô stuonden ûf die geste.
'got vüege uns daz beste,
als wir des dürftec sîn.'
Hildebrant sprach 'herre mîn,
4645 nu verzaget an iu selben niht:
wizzet daz uns schiere guot ge-
        schiht.'
'ich tuon' sprach der Bernære.
inner des kómen mære,
daz diu küniginne wolde komen.
4650 daz hete Hildebrant vernomen,
daz ez einer sagte,
der vaste dort her jagte.
der was ze boten vür gesant.
dô neigte sich Hildebrant
4655 durch die line unde sprach,
dô er den boten komen sach:
er sprach 'junkherre, saget mir,
von welher stat rîtet ir?'
der bote im antwurten began
4660 und sprach als ein gevüeger man
'von Etzelburc rîte ich,
und hât mîn vrou Helche mich
her ze boten vür gesant
und rîtet in die stat zehant.'
4665 Hildebrant sprach 'saget mir,
wer kumet her mit ir?'
'daz tuot' sprach der bote hér

4604 g. seinem p. A   4613 da R   4614 si wolten mit mit im sein A
4616 ein so g. A   4618 dar nach A   4620 wilpræt R   4622 vil armen d. A
4625 ez *fehlt*, het der A   4627 die *fehlt*, layd A   4632 sp. herr wirt s. A
4633 das gelt A   4634 der wirt sp. A   4635 g. wol m. A   4637 vntz an dem
A   4638 trachtens da A   4639 an m. enden A   4640 vom A   4642 au f.
uns got A   4647 ich thûns A   4648 inner W, inne R, in der zeit da k. A
4650 nu het das H. A   4654 sich nider her H. A   4655 aus durch A   4660 ge-
füege A   4661 Etzelen Burg A   4665 sp. herre s. A   4666 nu w. A

'min herre marcgráf Rüedegér
und ander recken harte vil,
4670 der ich iezuo niht nennen wil.'
dâ mit gesweic Hildebrant.
er trôst mit vreuden alzehant
die sinen nôtgestalden,
die mit im solden alden.
4675 In der zît dô daz geschach,
her Dietrich dort her riten sach
vroun Helchen die guoten,
die reinen hôchgemuoten.
neben ir reit her Rüedegér,
4680 Dietleip von Stîre ein recke hér,
und als ich vernomen hân,
Eckehart der Harlunge man.
dô leinten sich die recken,
die starken und die kecken,
4685 durch die line hin ze tal.
her Dietrich sich allez bal,
als noch tuot ein schemelich
man:
iedoch erblîhte in sunder an
Eckehart der mære.
4690 'ist ditz der Bernaere,
des muoz mich immer wunder
hân.'
dô reit der vil getriuwe man
zuo dem hûse alsô nâch,
dar umbe daz er rehte ersach,
4695 ob ez der Bernære
endelichen wære.
do ersach er Wolfharten
und den starken Helmscharten
und den unverzagten Sigebant.
4700 do erbeizte Eckehart zehant

und lief îlende dan.
daz ersach der reine marcman,
Rüedegér der milte,
den tugende nie bevilte.
4705 nû sult ir hœren wie er sprach,
do er Eckeharten gâhen sach.
er dâhte, ditze bediutet mære.
dô lief der érbære
in daz hûs nâch im dan,
4710 vil vaste er gâhen began.
dô was ouch der von Berne
(welt ir daz hœren gerne)
an einer stiege komen nider.
swaz ir ê oder sider
4715 bi aller künege tagen
gehôrt ie singen unde sagen
von vreuden endeliche,
daz ist sicherliche
wider dise vreude gar ein wint.
4720 Dietrich Dietmâres kint,
ahî wie liebe dem geschach,
dô er Eckeharten sach!
ensamt si dô giengen,
mit armen si sich umbeviengen
4725 und kusten sich wol drîzic stunt.
dô kom ouch an derselben stunt
Rüedegér der guote.
mit vrœlichem muote
er an den vogt von Berne lief.
4730 mit vrôem muote er dô rief
'wol mich hiute und immermér!'
sprach der marcgrâve Rüedegér
'tûsentstunt unde mér
sît gote willckomen her,

4668 h. der m. A   marcgraf W, margrave R   4674 die kunen und die balden A   4678 wol gem. A   4691 und auch als A   4687 schâmiger A
4688 plicket A   4691 ich A   4694 gesach A   4700 e. auch Eghart A
4701 l. vil baltlichen A   4703 Rvdeger R uö.   4706 Egkewarten A
4707 deüten A   4713 ainem steige A   4722 Eghartü A   4723 zusamen A
4724 arm R   4725 chvsten an einander wol RA   4726 in A   4730 frôlichem A
4733 mere A   4734 herre A

4735 vogt von Berne und iuwer man,
alle die hie bî iu stân
und die mit iu komen sint in
daz lant:
daz ist ze vreuden mir bekant.
und sîn ouch hie mit schalle
4740 willekomen alle,
ich meine iuch, Dietriches man.'
er lief ieglichen sunder an
und kuste si getriulîche.
dô sprach von Berne der rîche
4745 'genâde, herre Rüedegêr.
die genâde mac ich nimmer mêr
umb dich gedienn die wîle ich
lebe.
dar nâch ich immer gerne
strebe.'
'herre' sprach der guote,
4750 Rüedegêr der hôchgemuote,
'sagt mir, herre von Berne,
daz hôrte ich alsô gerne,
wie stêt ez in Rœmisch lant?
daz tuot mir, herre, bekant.
4755 und saget mir an dirre zît,
wie ir von lande gescheiden sît.'
dô kund her Dietrich nie verlân,
do in Rüedegêr vrâgen began,
im übergiengen sîniu ougen.
4760 des nam war der marcgrâf tougen.
im antwurt von Bern her Dietrich
'von Berne mac wol heizen ich,
wan ich dâ niht ze schaffen hân.
mir ist allez daz gewunnen an,

4765 daz mir mîn vater Dietmâr
unstrîtlîch hete lâzen gar.
daz hât mîn veter Ermrich
allez vil gewalticlîch
und bin ich gescheiden dan.
4770 weder stete noch bürge ich hân,
gelt erbe noch lant:
als ir mich sehet hie zehant,
anders guotes hân ich niht
niwan als iuwer ouge siht.'
4775 dô daz Rüedegêr vernam,
er sprach 'owê der grôzen
scham,
der ich an iu sehen sol.
nû gevellet mir daz wol,
daz ir mir volget endelîch,
4780 milter vogt von Rœmisch rîch.
ir sît mir triuwen nâhen.
nû lât iu niht versmâhen,
ir ruochet hiute von mir nemen
(ez sol iu ze nemen wol gezemen)
4785 vümfzic guotiu kastellân,
diu ich noch wol geleisten kan.
dar zuo wil ich dir mêre geben.
ich und dû wir sîn ein leben:
swaz dir wirrt, daz werre ouch
mir.'
4790 'alles guotes getrouwe ich dir'
sprach der herre Dietrich.
Rüedegêr schuof heinlich
mit vil hêrlîcher craft
dem von Bern und sîner geselleschaft
4795 vümfzic phärde (daz ist wâr)

und alle die bereitschaft gar ,
diu dar zuo gehœren solde.
von gesteine und von golde
hiez er ab sinem soumer wegen:
4800 er gap den nôtigen degen
aht hundert marc, als man seit,
islichem drier hande cleit
gap der milte Rüedegér.
'enphâch ez, edel vürste hér,
4805 von mir in guoter minne.
ez sol nieman werden inne
diner armuot an dirre vrist ,
daz dû sô armer komen bist.'
dô huop sich ein grôz danken
4810 mit triuwen âne wanken
von dem herren Dietrich.
Rüedegér der éren rich
sprach, als ich iu sagen sol
'herre, mir wirt gedanket wol.
4815 ich weiz dich wol sô tugenthaft,
ganstû mir der boteschaft,
vil edel Bernære,
daz ich gesage diu mære
vroun Helchen miner vrouwen,
4820 ich lâze dich daz schouwen,
daz mir durch dich wirt gegeben
diu miete, unde sol ich leben,
der ich immer vrumen hân:
wan si gesach nie keinen man
4825 sô rehte gerne alsô dich.
des lâ dich rehte an mich.'
    Gebiten wart dâ niht mér.
von danne gâhte Rüedegér
in den hof ûf den palas,

4830 dâ diu vil reine Helche was.
vor ir sô stuont her Dietleip
und hete vroun Helchen nû geseit
diu endelichen mære
von dem Bernære,
4835 wie im sin lant was gewunnen an.
vrou Helche weinen began,
si sprach vil muoterliche
'owê Dietriche!
daz wil ich immer clagen gote.
4840 wâ nû ein sô getriuwer bote,
der des niht langer bite
und in Rœmisch lant rite
und mir den recken bringe her.'
in der zit kom Rüedegér.
4845 dô in vrou Helche ane sach,
nû sult ir hœren wie si sprach.
'herre Rüedegér, und weistû
                niht
der vil jæmerlich geschiht,
diu an dem von Berne ist getân?
4850 im ist allez daz gewunnen an,
und hât daz getân Ermrich.
uchuch, armer Dietrich,
nû sint et grôz diniu leit.'
'richiu küniginne gemeit'
4855 sprach der herre Rüedegér,
'wir wizzen wol, küniginne hér,
daz ir barmherze sit.
nû ruocht vernemen an dirre zit,
ich wil iu sagen mære.
4860 der edele Bernære
der ist komen in Hiunisch lant.'
vrou Helche diu sprach alzehant

4796 geraitschaft *A*   4797 Daz d. hôren *A*   4799 seinen Sâmern *A*
4801 a. man als *R*   4802 yetzlichem *A*   4804 Nu e. *A*   4809 grosses *A*
4816 gunnest du *A*   4817 vil *fehlt A*   4818 din *fehlt A*   4823 des *RA*   meiner frawen h. *A*   4824 dhain *A*   4825 als *A*   4826 dich werlich an *A*   4827 nie
mer *A*   4833 d. parmikliche m. *A*   4834 wie dem *A*   4835 wie im sin *fehlt A*
    Lant und Eere was *A*   4836 w. das b. *A*   4847 und *fehlt*, waistu des n. *A*
4848 jâmerlichû *A*   4850 daz er het g. *R*   4852 wee euch armen *A*   4853 sein
doch gr. *A*   leut *A*   4856 kunigin *A*   4857 parmhertzig *A*   4862 do sp. *A*

'herre Rüedegér, seist dû mir
    wâr?'
er sprach 'vrouwe, ich liug niht
    umb ein hâr.'
4865 'hâstû in ernstlich gesehen?'
'vrou, ich sol anders niht jehen
niwan der rehten wârheit.'
vrou Helche wart der mære ge-
    meit.
si sprach 'getriuwer marcman,
4870 sage mir, wâ hâst dû in verlân?'
'vrouwe, er ist nâhen.'
dô hiez diu reine gâhen
und sprach 'wol ûf alle die ich
    hân!'
ir gebot daz wart getân
4875 mit willigem muote.
vrou Helche diu guote
sprach 'her Rüedegér, mac ez
    geschehen,
mac ich den recken gesehen?
sô wil ich mit iu gâhen,
4880 ich wil in selbe enphâhen.'
'vrouwe, daz wirt wol getân.
ich bringe iu' sprach der marc-
    man
'hern Dietrichen
von Berne endelîchen.
4885 ir gesâht in nie sô gerne
oder iuch sehe der von Berne
gerner, daz ist mir wol kunt.
er hât iwer gewunscht wol tû-
    sentstunt.'
Hie wâren alle die bereit:

4890 diu schar was michel unde breit,
die Rüedegére volgten dan.
her Dietrîch und sîne man
bî handen sich dô viengen,
gegen Rüedegére si giengen.
4895 dô dranc man wider man.
daz enphâhen wart alsô getân
âne valsch ûz ganzem munde.
swer gesprechen kunde,
der enbôt ez wol den gesten.
4900 die ellenden vil wol westen,
daz ez mit triuwen wart getân.
her Rüedegér si wîste dan
ûf den hof gegen dem sal.
vrou Helch gie in der zît zetal
4905 an einer stiege dort her
mit drîzic vrouwen oder mér,
als si wolde enphâhen gerne
den werden künec von Berne.
nû sult ir hœrn wie ez geschach.
4910 dô vrou Helche ane gesach
die ellenden geste,
dennoch si niht weste,
welhez der Bernære was.
ditz geschach vor dem palas.
4915 dô winct si Rüedegéren
und bat den recken héren
'sage mir diu mære,
welhez ist der Bernære?'
dô sprach der marcgrâf Rüedegér
4920 'vrouwe hére, daz ist der,
der dort ze vordrist an der schar
gêt, des sult ir nemen war.'
vrou Helche dô mit zühten gie,

4866 a. nymmermer nicht *A*   4867 waan nur *A*   4868 der rechten m. *A*
4870 verlan *W*, lan *R*   4877 Da sp. *A*   4878 kan ich *A*   rechten *A*
4882 ju euch *A*   4883 den herrn von Perne *A*   4884 *fehlt A*   4886 oder er
gesech euch hundert tausent stunt *A*   4888 *fehlt A*   4890 w. gros u. *A*
4891 Rvdigern *A*   4893 h. sie sich *A*   4894 Rvdigern *A*   4904 gie *fehlt R*
4906 dr. recken o. *R*   4909 wie daz g. *R*   4910 die fr. *A*   sach *A*
4913 Belhz *R*   4914 beschach *A*   4915 nu w. *A*   si *W*, er *R*   4919 ist her
Dietrich B. *A*   4920 fraw kunigin das *A*   4921 ze fordist *R*

wol und hérlich si in enphie
4925 mit grózen triuwen in daz lant.
vil güetlich sprach si zehant
‘nû sît hiute gote willekomen!
iwer komen ich gerne hân vernomen.’
her Dietrich sprach ‘gnâde, vrouwe mîn.
4930 sælic müezt ir immer sîn,
daz ir sô muoterliche tuot
an manegem ellenden recken
guot.’
mit zühten sprach dô Rüedegér
‘nu enphâhet, küniginne hér,
4935 die sînen reckn in iuwer lant.
mir ist daz wærlich wol bekant,
si sint gruozes vil wol wert:
wan si sint helde dâ man ir gert.’
vrou Helche dô niht mére sweic,
4940 den recken güetlich si neic
und bat si willekomen sîn.
her Hildebrant sprach ‘gnâde,
vrouwe mîn.’
Dâ mit vrou Helche danne gie.
her Rüedegér den Berner vie
4945 bî handen unde wiste in dan.
dô giengen nâch sîne man
über hof ûf den palas.
daz ezzen nû bereit was.
geriht stuonden die tische,
4950 wîze semel und guot vische,
dâ bî manic guldîn schencvaz,
dar inne wîn und móraz.
hie mit wart wazzer gegeben.
Rüedegér gebót an sîn leben

4955 der küniginne schaffære,
daz allez daz bereit wære,
dâ mit man die geste
wol ze wirden weste.
an daz hôhgesidel dan
4960 wîste Rüedegér der marcman
den vogt Dietriche
und phlac sîn hérliche.
die wîl man ob dem tische saz,
vrou Helche selten ie vergaz
4965 des herren Dietriches
und darzuo Rœmisches riches,
si clagte sére sîniu leit.
si sprach ‘owé der árbeit,
diu iu âne schulde ist geschehen!
4970 und solte ich noch den tac gesehen’
sprach diu tugentriche,
‘daz mir von Ermriche
ein leidez mære quæme!
swer im den lîp benæme,
4975 der gewunne des sünde cleine:
wande er ist unreine.’
dô sprach der vogt von Berne
‘daz mær hórt ich ungerne,
daz in ieman slüege wan ich.
4980 und sol ich noch gerechen
mich,
dar umb wolte ich Rœmisch
lant verclagen
und mich dest armer betragen.’
Als man dô hete gezzen,
die ellenden vil vermezzen,
4985 die stuonden von den tischen
dan.

4925 trawen in Ir handt *A*   4935 da seine *A*   4938 wan *fehlt A*   sy
sein *A*   4940 sie güetlich *A*   4942 g. hohe fr. *A*   4943 H. von dannen *A*
4944 emphie *A*   4950 guot *fehlt A*   4951 trinckhvass *A*   4954 an Ir l. *A*
4956 beraitet *A*   4958 ze dienen w. *A*   4966 Romisch *A*   4969 Die *R*
sint g. *R*   der ye an Euch solt sein g. *A*   4970 und *fehlt A*   4971 tugentlich *A*
4973 Ein *fehlt A*   Laide mere kâmen *A*   4975 des sunde *W*, sunde des *R*
4979 dann *A*   4982 dester *A*   4983 dô *fehlt A*

her Dietrich dô sprechen began
zuo der küniginne
mit wislichem sinne
'vrou künigin von Hiunisch lant,
4990 ruochet vernemen nû zehant,
wes ich ellender ger.
ich bin komen ûf genâde her,
ûf iuwern trôst in disiu lant.
vrouwe, nû sit durch got gemant,
4995 daz alle ellenden hânt ziu trôst:
und sol ich von sorgen werden
erlôst,
daz muoz an iwern genâden stân.
nimér trôstes ich nû hân
niwan des künic Etzel unde iuwer.
5000 sol ich immer werden tiuwer,
daz wil ich dienen, als ich sol,
umb in und umb iuch vil wol.'
vrou Helche getriulîchen sprach
'her Dietrich, allen den gemach,
5005 den ich immer genden kan,
der wirt iu von mir getân:
und wil des gerne vlîzec sin,
daz Etzel der herre min
iu daz beste immer tuot.
5010 dar umb habt niht zwîvelhaften
muot:
wand ich weiz wol, swes ir gert,
daz iuch des Etzel gewert.'
alsô sprach diu stæte.
'ob Etzel den muot niht hæte,
5015 daz er iu ze dienste wære,

dèswâr her Bernære,
so ist Etzel mir dannoch sô holt,
swes ich in bite, daz er daz dolt.
nu gehabt iuch, edel vürste, wol.
5020 tuot als ein man sol
und claget niht ze sére.
habt ûf mir' sprach diu hére,
'ich gehilfe iu rechen iuwer leit.
daz sî iu vür wâr geseit.'
5025 er sprach 'genâde, liebiu vrouwe.
alrést ich an iu schouwe,
daz ir der ellenden trôst sît
mit reiner helfe alle zit.'
si sprach 'nû habt niht zwîvel
dran,
5030 die wîle ich iht guotes hân,
daz wirt iu geteilet mit:
des entwîche ich nimmer einen
trit.
nu belîbet âne sorgen.
ez kumt hint ode morgen
5035 der künic Etzel zuo uns her,
des zwîvelt niht mér.
ich weiz wol, daz er iuch gerne
siht:
des missage ich niht.
er hât lange gewunscht dîn.
5040 dir sol daz niht zorn sin,
daz ich dir dû spriche:
dar an ich niht zebriche
dehein mîn ére noch mîn zuht,
wan dû hâst her zuo mir
vluht.'
5045 Rüedegér der tugenthaft

4986 do *W*, *fehlt R*   4989 chvneginne *R*   4990 geruchet *A*   4992 gnadö *A*
4994 nu seyt fraw *A*   4995 ellenden *W'*, ellende *R*   zû iv *R*   4996 sorgen
ymmer w. *A*   4999 Etzeln *A*   5000 immer *fehlt A*   5001 bedienen *A*
5004 allen *W*, all *R*   5005 geenden *R*, getûn *A*   5011 wol alles des ir *A*
5014 icht *A*   5015 der euch *A*   d. niht w. *R*   5016 deswas *A*   5017 so ist
mir E. *R.A*   5020 man s. *W*, man tuon s. *R*   5021 nit so s. *A*   5023 hilffe *A*
5025 der Perner sp. *A* ·   5031 wir *A*   5032 ymmer *A*   5041 da sp. *A*
5043 noch die z. *A*

sprach mit tugentlicher craft
'diu muoter müez immer sælec
    sîn,
von der uns ie wart schîn
sô hôhiu triuwe unde guot,
5050 als ir, vrouwe hôchgemuot.
sælic müeze sîn der tac,
dà iwer geburt ane lac!
daz was uns ein hôher trôst:
wand iuwer tugent hât erlôst
5055 vil manegen ellenden man.
alle die müezen vreude hân,
die ic kômn in iuwer lant.
iwer herze und iuwer gebende
    hant
und iuwer tugent manicvalt,
5060 diu vreut vil manegen recken
    balt.'
vrou Helche diu tugentrîche
diu sprach ze Dietrîche
'und habt ir, vürste hôchgeborn,
alle iuwer veste gar verlorn?'
5065 er sprach 'vrouwe, leider ez ist
    wâr.
ich hân als grôz als umb ein hâr
.ninder gewalt ûf Rœmisch erde.
sehzec stete vil werde
die sint mir alle gewunnen an.
5070 dennoch ich verloren hân
vil manege burc hêrlîch:
daz hât allez Ermrîch.'
vrou Helche sprach an der stat
'des mac noch werden guot rât.
5075 dar umbe solt dû niht verzagen.
dir vüeget got in kurzen tagen,
daz dû gerichest dîne nôt,
ez sî daz Etzel sterbe tôt.'

Nù habt ir hie mit vernomen.
5080 in der vrist was Etzel komen
mit einer hêrlîchen craft.
im volgte ein schœniu ritter-
    schaft
die er geleisten mohte wol.
nù hœrt waz ich iu sagen sol.
5085 dô sagt man vrou Helchen mære,
daz der künic komen wære.
si sprach 'daz mær müez sælic
    sîn:
ich sihe gerne den herren mîn.'
si sprach ze Rüedegêren,
5090 ze dem edelem recken hêren
'nû ginc ze Dietrîche
und vrâge in heinlîche,
ob er deheinen gebresten habe:
des rihte in guotlîchen abe.
5095 hât er dehein armuot,
sô nim, edel helt guot,
die zwelf soumære
und büeze im sîne swære.
den ellenden daz guot
5100 nâch ungemüete sanfte tuot.
dà sint inne, wæn ich,
ûf den soumæren, dô ich mich
von hûse huop, helt starc,
dô hiez ich nemen zwelf tûsent
5105 die gip dem von Berne [marc:
und bite in daz erz gerne
von mir ruoche enphâhen
und imz niht lâze versmâhen.'
'ich tuon' sprach her Rüedegêr.
5110 er beite hie mit niht mêr,
er gie vil balde zehant,
dà er die camerære vant
und nam daz golt und daz guot.

5060 m. helt b. *A*   5061 tugentlich *A*
5069 sein *A*   5078 sey dann daz *A*
5090 Edlen *A*   herren *A*   5094 richtet *A*
A   mich *fehlt A*   5103 schied v. h. *A*
5110 beit *A*
5067 romisch' *R*   5068 vil *fehlt A*
5079 h. wol v. *A*   5085 Dv *R*
5100 ungemůt *A*   5102 thů ich
5108 im *A*   5109 thue es *A*

Rüedegér der hóchgemuot,
5115 er bráhte ez baltliche
dem herren Dietriche.
als er den vogt von Berne sach,
Rüedegér der milte sprach
zuo dem recken alzehant
5120 'herre von Bern, dir hát gesant
mín vrou Helche ditze guot.
dû trœste, helt, dínen muot.
dir beizet mín vrouwe sagen,
si welle dín leit mit dir tragen.'
5125 her Dietrich sprach von Berne
'ich wil immer dienen gerne
míner vrouwen hulde,
alles guotes übergulde,
des si ie hát gephlegen
5130 gegen mir und an manegem de-
       gen:
swá ich daz niht gedienen kan,
dá bite ich mâge unde man
daz si ir dienstes sín bereit.
si hát mich bráht von areheit.'
5135   In der zít gie Etzel ûf den sal
und ouch die ritter überal,
die hôhsten und die besten,
die starken nôtvesten,
die tiursten die Etzel mohte hán.
5140 der het er mêr denne ie künec
       gewan.
welt ir, die wil ich iu nennen:
ir muget si wol erkennen.
die schuofen dick wol Etzeln
       dinc.
daz was der starke Îrinc
5145 und daz ander her Blœdelin,
und von Elsentroy her Erewin,

daz vierde was her Îsolt,
dem was der künic Ezel holt,
daz vümfte Gotel der marcman,
5150 von Antloch her Îmiàn,
Pitrolf der Stiræere,
Sintram der gewære,
Palther unde Paltram,
Nuodunc der lobesam,
5155 Norpreht von Bruovinge,
Helphrich von Lutringe
und von Lunders Helphrich,
von Kriechen her Dietrich
und Wigolt der guote,
5160 Sturmgér der hôchgemuote.
swaz ich iu der helde hán ge-
       nant,
daz wâren vürsten allesant,
als ich vür wâr hán vernomen.
die wâren hin ze den Hiunen
       komen
5165 durch der reinen Helchen guot
und durch ir tugentlichen muot
und durch die ére dies in bôt:
si half in dicke ûz maneger nôt.
'Nû ist ez komen an daz zil,
5170 als ich iu nû bescheiden wil,
daz der künic Etzel wol
enphangen wart, als man sol
einen richen künec von rehte
       enphán.
her Dietrich und sîne man
5175 und ouch der marcgrâf Rüedegér
die giengen mit einander her,
dá der künic riche saz.
dô was ouch Etzeln kunt daz,
daz der Bernære

5180 ûf dem hove wære.
     dem hete vrou Helche nû geseit
     umb den recken vil gemeit.
     si hete dem künege kunt getân,
     wie dem Bernær was gewunnen
          an
5185 stete bürge unde lant.
     si sprach 'her Etzel, wis gemant
     durch die künicliche êre dîn
     und lâz dir ez leit sîn:
     wand er ist ûf dîn genâde komen
5190 in dîn lant, daz hân ich verno-
          men.
     nû maht dû wol sîn sæliclich,
     sît ein sô hôher künic rîch
     ûf genâde ist komen in dîn lant
     und gern wil warten dîner hant.
5195 du gewunne nie bî dînen tagen
     (daz wil ich dir vür wâr sagen)
     sô edele dienære,
     als den Bernære.
     nû wil ich ein anderz mezzen
5200 unde wil des niht vergezzen:
     die hôhen recken, die er hât,
     der manheit an maneger stat
     hie und dort ist wol erkant.
     sîn ist getiuwert immer mêr
          dîn lant
5205 und elliu dîniu rîche,
     behaldestû Dietriche.'
     Etzel sprach 'vrouwe mîn,
     er sol mir wol bevolhen sîn.'
     In der zît kom her Dietrich.
5210 vrou Helche diu küniginne rîch
     sprach zem künege 'sich wâ er
          gât!'

     der künic Etzel spranc ûf an der
          stat,
     alsô tâten alle sîne man.
     der künec lief den Bernære an:
5215 vil liepliche er zuo im sprach,
     dô er in dort her komen sach,
     'vogt von Berne, nû sît ir
     gote willekomen unde mir,
     alsô sîn alle iuwer man.
5220 daz ich iuch nû gesehen hân,
     daz ist ze vreuden mir bekant
     und ze hôhen sælden gewant.'
     bî handen si sich viengen,
     ensamt si dô giengen
5225 sitzen ûf daz gesidele hin.
     vrou Helche diu künigin
     neic dem Bernære.
     des dancte ir der gewære.
     des herren Dietriches man
5230 die wurden ungegruozt niht lân
     von der werden ritterschaft.
     man bôt in mit êren solhe craft,
     daz si ez heten wol vür guot.
     Etzel wart hôchgemuot
5235 durch sîne liebe geste.
     er erbôt in daz beste,
     mit vreuden sî sâzen.
     dar under sî niht vergâzen,
     Etzel vrâgte der mære
5240 den edelen Bernære.
     'herre von Berne, tuot mir kunt
     und lât mich hœren hie zestunt,
     wie ez ist ze disen dingen komen,
     daz iu sô slehtes ist genomen
5245 von Ermrich iuriu lant?'
     dô sagt im her Dietrich zehant

5186 bis g. A   5190 ich wol v. A   5191 du magst nu A   5195 gewyn-
nest mer b. A   5198 also dem A   5200 w. sein n. A   5203 bekãt A
5204 mer *fehlt* A   5206 Dietreiche W, Dietrich R   5208 dir R   5211 zů dem
R   5218 recht g. w. mir A   5221 vr. nv b. R   5224 mit einander si A
5227 naigt A   dem W, den R   5230 gelan A   5232 lm A   èren *fehlt* A
5236 pot A   5243 ist es A   5244 hat g. A   5245 von *fehlt* A

vil bescheidenlîche,
wie ungetriuweliche
Ermrîch mit im umbegangen
    was.
5250 über al des küneges palas
mohte daz nieman verlân,
sine weinten, dô der junge man
sô jæmerlîchen sagte.
vil tiure man in clagte.
5255 Etzel sprach ze dem Bernære
'nû lât alle iure swære.
sîn sol guot rât werden.
ûf aller der erde,
die ich noch ze gewalte hân,
5260 dar zuo mâge unde man,
die vüert gewalticlîche'
sprach er ze Dietriche
'swelhez ende ir selbe welt.
ich hân sô manegen biderben
    helt,
5265 die wol geturren strîten:
die heize ich mit iu rîten.
ich wâg allez daz ich hiute hân
und swaz mir mîn vater hât ver-
daz muoz geligen nider   [lân,
5270 od ir gewinnet Rœmisch lant
    wider.'
ûf stuont der künec von Rœmisch
    lant
und neic Etzeln nider unz ûf
    die hant.
Dâ mit daz mær wart hin getân.
man huop die kurzewîle an
5275 mit tanzen ûf dem palas.
allez daz dâ indert was,
daz hete vreude und hôhen muot,
als man ze hove gerne tuot,

ân der Bernære
5280 der clagte sîne swære
und hal doch sînen ungemach.
vrou Helche daz allez vil wol
    sach
und marhte daz vil tougen.
si sach daz sîniu ougen
5285 ofte und dicke truobten,
sîniu leit sich dicke uobten
mit maneger ungebære,
mit siuften und mit swære,
der er vil in sînem herzen truoc:
5290 und gehabte sich doch wol ge-
    nuoc,
ab niwan den liuten ze sehen.
vrou Helche begunde ez vil wol
    spehen
und nam sîn ofte heimlîch war.
dô diu kurzewîle gar
5295 genam ein ende ûf dem sal,
dô gie her Dietrich ze tal
an einer stiege und Hildebrant,
Hûnolt und her Sigebant.
vrou Helche wincte tougen
5300 Rüedegêre mit den ougen
'nû gâhe, helt guote,
mit unverzagtem muote
und brinc den Bernær mit dir
und heiz in komen her ze mir.'
5305 Rüedegêr gâhte sâ zehant,
dâ er den Bernære vant.
her Dietrich gên dem marcgrâ-
    ven gie,
bî handn ietweder den andern
    vie:
si giengen mit einander dan.
5310 swaz schimphes ie der marcman

begie od begunde,
dà bî was zaller stunde
unvrô der Bernære:
sîn vreude was sîn swære.

5315 Her Dietrich was ze hove bràht.
nù wart ouch ezzens dà gedàht.
ez was nù komen dar an,
daz der tac was zergàn.
Etzel und her Dietrich
5320 die sàzen ensamt hêrlich.
vor den tischen hôrt man singen,
ûf durch den palas clingen:
maneger kurzewîle was dà vil,
maneger hande seitspil
5325 man dà hôrte über al den sal.
si wâren dà vrô über al
àn alein her Dietrich,
der gehabt sich trûreclîch.
als man die tische hete erhàn,
5330 Etzel sprechen dô began
'herre von Bern, wie tuot ir sô?
mich dunket, ir sît unvrô.
gebâret manliche,
helt her Dietriche:
5335 ir müezt in kurzen zîten
wider heim ze lande rîten.'
'herre, daz kan nimmer ergàn,
ich müeze iuwer helfe hàn.'
dô sprach Etzel zehant
5340 'her Dietrich, des habt ûf mir
                                  phant.
ich wil iu sagen mînen muot:
'verzaget niht, edel helt guot.
ich wil iu sagen, vogt von Berne,
welt ir heim ze lande gerne,

5345 daz tuot mir endelîchen kunt.
ich wil iu làzn in kurzer stunt
zwelf tûsent wîgande
ûz Hiunischem lande.'
vrou Helche balde ûf stuont,
5350 als noch die reinen vrouwen
                                  tuont,
die noch harmherzec sint.
si sprach 'rîchez Botelunges
                                  kint,
dû hàst ein tugent hiute getàn,
des dir vrouwen unde man
5355 immer dankent gerne,
daz dû den vogt von Berne
in dîn genàde hàst genomen.
daz sol dir ze hôhen êren komen.
ich sihe wol, daz dû triuwe hàst:
5360 swer dir getrouwet, daz dû den
                                  niht làst.'
'vrouwe, ich wil daz immer
                                  gerne tuon.
vûr disen tac vride noch suon
gewinnet nimmer mêre,
vil êdeliu vrouwe hêre,
5365 von mir der künic Ermrich:
des sît gewis, her Dietrich.'
Hinvûr trat her Rüedegêr.
'urloubes ger ich, künic hêr,
und bite daz ez dîn wille sî.
5370 ich wil dem vogt von Berne bî
gestên und alle die ich hàn.
mir wartent noch zwei tûsent
mit den wil ich rîten,   [man,
dem Bernær helfen strîten
5375 ûf den künic Ermrich.

5314 si vr. *R*   5315 ward *A*   5316 da w. auch e. nu g. *A*   5319 Dietrich
W, Dietriche *R*   5320 herleich *W*, herliche *R*   zusamen sicherleich *A*
5324 m. schlachte s. *A*   5326 dà *fehlt A*   5328 was yederman tet er gehôb sich
A   5329 auf erhan *A*   5330 dô *fehlt A*   5340 daz h. *R*   ze ph. *R*
5352 reiches chvniges chint *R*   5353 tugende *R*   5355 danchen *R*   5357 h.
also g. *A*   5358 zu hohem guot k. *A*   5359 ich sich wol *W*, nu sich ich wol *R A*
5361 daz wil ich *R A*   5363 ymmermere *A*   5364 vil *fehlt A*   Edel *A*

des hån ich reht, her Dietrich.'
himvûr trat von Lunders Hel-
    phrich
und von Kriechen her Dietrich.
si sprâchen 'vogt von Berne,
5380 wir wellen helfen gerne
dir ze retten diniu lant.
wir weln dir vûeren alzehant
vier tûsent edeler degene.'
dô dancte in der bewegene.
5385 dô sprach von Stîre Dietleip
'dir wirt dîn schade widerleit.
ich wil dir bringen, ob ich kan,
anderthalp tûsent miner man,
und sint daz allez ziere degen.
5390 wir haben uns durch dich be-
    wegen,
wir wenden alle dîne nôt,
od ich gelige in dînem dienste
    tôt.'
dô sprach Írinc und Blœdelin
und von Elsentroye Erewin
5395 'vogt von Berne, ruochet ir,
vier tûsent recken zier
die welle wir iu bringen
mit helmen und mit ringen.'
her Dietrich sprach 'gerne ichz
    dienen wil.
5400 der helfe dunket mich ze vil,
wand ich ez niht gedienet hân.
ir sult aber ûf minen triuwen
    hân,
ich gediene ez, unde sol ich leben.
ich wil iu des min wârheit geben:
5405 swer durch mich kumber dolt,

der neme min dienst dar umbe
    ze solt.'
Welt ir die helfe hœren gerne,
die der herre von Berne
gewan ze helfe in Hiunisch lant,
5410 daz tuon ich iu kurzlich bekant:
vier und zweinzec tûsent man
mit den die im Ezele hete lân.
vrou Helche diu vil reine
sprach 'herr, diu helfe ist noch
    ze cleine
5415 gegen dem künege Ermrich.
sin untriuwe vürhte ich vreislich.'
Etzel sprach 'vrouwe min,
mac der helfe niht genuoc sin,
sô schicke wir im mére
5420 der edelen recken hére.'
vrou Helche sprach 'des wirt
    guot rât,
sit er dinen willen hât.'
der hôhe Dietmâres zart
alrêste hie mit vrô wart
5425 und nam ein ende sin swære.
der hôhe Bernære
gerte urloubes hie.
ze herberge er dâ mit gie,
im volgten vrœlich sine man.
5430 vrou Helche trahten began
umbe helfe in ir muote
von Berne dem helde guote.
Alsô diu naht dô zergie,
(nû hœret niuwiu mære hie)
5435 reht als der tac wold ûf gân,
dô kom Amelolt der getriuwe
    man

5384 dûncket *A*   5386 w. lait *W*, w. weit *R*   sch. gerait *A*   5388 Dritt-
halb *A*   5389 a. edle d. *A*   5390 hab *A*   5391 w. dir a. *A*   5392 ob Ich *A*
    5393 Eirrach *A*   5394 Crnwin *A*   5396 ziere *A*, zir *R*   5399 ich die
nemen w. *A*   5401 es ungedienet *A*   5402 ir wizzet ane valschen wan *R*
5403 diene *A*   5404 euch alle m. *A*   5405 mich dhain k. *A*   5410 kurzlich
fehlt *A*   5412 die fehlt *R*   In *A*   gelan *A*   5417 E. der sp. *A*   5422 dein *A*
    5424 alrerst hie mit *W*, a. er h. *R*   5433 dort z. *R*

selb zwelfte ûf den hof gerant.
er was gestrichn von Rœmisch
    lant
zwelf naht und zwelf tage:
5440 ez ist wâr daz ich iu sage.
er erbeizte vor dem palas.
dannoch ez sô vruo was,
daz nieman ûf was gestân
niwan der milte marcman.
5445 Amelolten ersach her Rüedegêr.
dem marcgrâven wart sô ger,
daz er harter lief danne er gie.
Amelolten lachende er enphie
und kuste in vriuntlîch an den
    munt.
5450 Amelolt der sprach dâ zestunt
'wâ ist mîn her von Berne?
den sæhe ich harte gerne.'
'den zeige ich dir' sprach Rüe-
    degêr.
'tuo mir kunt, getriuwer recke
    hêr,
5455 weist dû iht guoter mære
ze sagen dem Bernære?'
'guotiu mære diu weiz ich.
liep und leit jaget mich.'
Rüedegêr nam in an die hant,
5460 er vuorte in dâ er balde vant
den Bernær unde sîne man.
Rüedegêr ruofen began
'wol ûf, vogt von Berne,
ir muget hœren gerne:
5465 iu sint diu liebsten mære komen,
diu ir vor lange ie habt verno-
    men.'

hern Dietrich ditze mære be-
    twanc,
baltlîch er gegen der tür spranc.
dô er die tür ûf enslôz,
5470 sîn vreude wart wünschlîchen
    grôz:
liep und leit im geschach,
dô er Amelolten sach.
'wol mich des tages und der zît!
dîn kunft mir leit und liebe gît.
5475 sage mir' sprach der Bernære,
'getriuwer recke vil gewære,
des mac ich niht rât hân,
wie hâstû Garte verlân?
ich vürhte des, ez sî gegeben.'
5480 'ez enist, sam mir mîn leben.
ich sage iu daz ir hœret gerne:
ich hân gewunnen wider Berne.
nû strîchet mit samt mir dar
ê daz wir verliesen gar.'
5485 vor vreuden lacht her Dietrich.
'Amelolt, nû hâstû mich
von aller mîner nôt erlôst.
nû habe ouch dû von mir den
    trôst,
sol ich und dû gesunt leben,
5490 des wil ich dir mîn triuwe geben,
ich getuon zuo dir die êre,
des dû hâst vrum immer mêre.
Triente unde Prissân
daz solt dû dir vür eigen hân,
5495 den Nônes und daz Intal,
daz sî dîn eigen über al:
Potzen unde Garte
dir eigenlîche warte:

5440 w. was ich *A*   5441 von dem *A*   5443 was auf *A*   5444 Nu wann
A   5445 A. den ersach *A*   5447 er mer l. *A*   5448 er *fehlt A*   er lachende *R*
5449 lieplich *A*   5450 sp. an der st. *A*   5451 h're *RA*   5453 lait die j.
A   5459 nam Amloltñ an *A*   5465 Es s. *A*   5466 v. manigen tagen h. *A*
5467 zwang *A*   5469 aufschlos *A*   5470 wnschlich *R*, unmessiklichen *A*   5474 laide
A   5477 rât *fehlt A*   5479 daz *A*   5480 ist *A*   5482 wider *fehlt A*
5483 striht *R*   5491 zuo *W, fehlt R*   5492 frummen *A*   5493 Prissan *W*,
prisan *R*   5495 Temonnes *R*   5497 Botzen *A*

und swann din nimmer müge sin
5500 só si daz guot der kinde din.'
Dà mit was ez nú dar an komen,
als ich vür wâr hân vernomen,
daz ez was worden hôher tac.
nù hœret wes man dó phlac.
5505 dó was der künec ouch ûf gestân,
er und ander sine man.
dó gâhte dort her Rüedegêr.
nù gruozte in der künic hêr
'weist dù iht niuwer mære?'
5510 'jâ' sprach der érbœre,
'niuwiu mær hân ich vernomen.
boten sint dem Bernære komen,
daz Berne die guoten stat
Amelolt wider gewunnen hât,
5515 und ist der recke selbe hie.'
in der zit dort her gie
vrou Helche diu guote.
mit vrœlichem muote
sprach Etzel dó zuo ir
5520 'vrouwe, nù gebt miete mir:
ich sage iu niuwiu mære.
ez hât der Bernære
wider gewunnen Berne.'
daz hórt vrou Helche gerne.
5525 si sprach 'wer hât dir daz geseit?'
'vrouwe, ez ist diu wârheit.
mir hât Rüedegêr kunt getân,
der hât gesehen den man,
der die hêrlichen stat
5530 selbe gewunnen hât.'
Hie mit disem mære
gie ouch der Bernære

über hof dort her.
gebiten wart dâ nimér
5535 von dem edelen künege rich,
er gruozte den herren Dietrich
und Amelolt den küenen man.
er sprach 'dù hâst wol getân
an dinem herren, Amelolt.
5540 er sol dir sin mit triuwen holt.
nù sag an, helt, ze dirre vrist,
wie ez dar zuo komen ist,
daz dù die stat gewunne?'
dó sprach der versunne
5545 'herre, daz wil ich iu sagen.
eines morgens, dó ez wolde ta-
dó hete sich Ermrich erhân [gen,
gegen der stat ze Brissân
ûz der stat ze Berne.
5550 ir mugt ez bœren gerne:
daz was ab mir des nahtes kunt
getân,
daz Ermrich wold gein Brissân.
dó nam ich zuo mir hundert
degen
und huop mich dà mit after wegen
5555 und legt mich bi naht in eine
huote.
dó sach ich' sprach der guote,
'dó ûz der stat Ermrich reit,
dó vuorte er helde unverzeit,
daz ich in torste niht bestân.
5560 ich muoste in vür sich riten lân.
Ermriches vanen ich an gebant,
dó kêrte ich gegen der stat zehant.

5503 hocher *W*, hohe *R*   5504 was *A*   5505 ouch *fehlt A*   5515 rechte
A   5521 niwe *R*   5525 fraw Helche sprach w. hot euch d. *A*   5532 da gieng
A   5533 ü. den h. *A*   5534 dâ *fehlt A*   niht mer *A*   5536 den edelen D. *R*
5537 Ameloltë *R*   5541 h. an d. *A*   5544 der vil v. *A*   5548 der *W*, die *R*
5551 w. als m. des nachtes ward k. *A*   5552 gein *W*, ze *R*   5555 b. der n. *A*
5556 die sach *A*   5557 E. aus d. st. *A*   5559 ich sein nicht t. b. *A*
5560 sich *fehlt A*

die Ermrich ze huote hete lân,
die wânden, wir hôrten si an:
5565 ûf wart uns getân diu stat.
nû hœrt wie ez sich gevüeget
offen stuont daz bürgetor, [hât.
des was uns nieman vor.
dô erbeizte wir und giengen în.
5570 wir liezen nieman komen hin,
wir sluogen swen wir vunden.
wir gewunnen in kurzen stunden
die stat und allez daz dâ was.
nieman dô vor uns genas.
5575 alle die Ermrich gehôrten an,
den muoste ez an ir leben gân.
wir sluogen in der selben zît
ê daz ende næme der strît
vier hundert man Ermrichen,
5580 daz wizzet sicherlichen.
dâ mit bin ich gestrichen dan.
Alpharten hân ich verlân
in der stat ze Berne.
wil mîn herr nû gerne
5585 behalten die veste,
sô gâhe heim, daz ist daz beste,
und bringe ouch mit im sô
vil dar
der biderben, (ich sag iu vürwâr)
ob er behalten wil die stat:
5590 Ermrich sîn samnunge hât.'
'Daz geschiht wol' sprach her
Dietrich.
dô gie der recke hêrlich
vûr die milten Helchen stân.
'vrouwe, ich wil urloup hân:
5595 ich wil gên Berne rîten,

ich mac niht mêr gebîten.'
si sprach 'war umbe ist dir sô
gâch?
wie kumt daz her dann hin nâch?'
'vrouwe, swie ir selbe welt:
5600 ich muoz dâ hin' sô sprach der
helt.
'sît dû niht langer wil bestân,
sô soltû niht angest drumbe hân:
ich schicke dir ze dîner wer
ein vil hêrlichez her,
5605 ob ez dir niht versmâhet.
daz her nâch dir gâhet
sô ez baldiste mac.
des gibe ich dir einen tac
über sehs wochen oder ê.
5610 dar umbe zwîvel dû niht mê.'
Urloup der von Berne nam,
sîne recken tâten sam.
nû wil ich iu bescheiden hie,
waz tugent vrou Helche an im
begie.
5615 si liez an den zîten
vümf hundert recken rîten
mit dem Bernær von dan.
nû ist diu reise gehebt an
umb den herren Dietrich.
5620 der strîcht dâ hin gên Rœmisch
vil vaste ze sînem lande. [rîch
hie liez er Sigebande
und den küenen Wîcman
bî dem here dâ ze Gran.
5625 der von Berne gâhte vaste
die mile und die raste,
er streich naht unde tac,

5563 E. da ze h. *A*   verlan *A*   5564 mainten des *A*   5568 n. vor *W*,
n. da vor *R*   5574 dô *fehlt A*, da *R*   5575 gehorten *W*, horten *R*   5582 lan *A*
5586 g. er b. *A*   5588 b. rekehen ich *RA*   5590 samunge *A*   5594 vrü *R*
5599 selben *R*   5600 sô *fehlt A*   5602 dar umbe *R*   darumb nicht angest *A*
5608 ich *W*, *fehlt R*   5612 t. auch so allsam *A*   5614 tugent *W*, tugende *R*
5617 dem von Perne v. *A*   5621 seinen landen *A*   5622 Sigebanden *A*
5623 Wchman *R*, Wiechman *A*

deheiner ruowe er drunder
  phlac.
er kom reht an dem zwelften tage
5630 (vûr wâr ich iu daz mære sage)
in die stat ze Berne.
dô sâhen in vil gerne
die sínen vil getriuwen man,
die er hinder sín hete verlân.
5635 arme unde riche
den herren Dietriche
mit triuwen wol enphiengen.
ensamt si alle giengen
in den hof ûf den sál.
5640 si wâren vrô dâ über al.
vrœlich sprach her Dietrich
'herre got, nû hâstû mich
in ganze vreude wider brâht.
nû was mir des vil ungedâht,
5645 daz Berne unde Rœmisch lant
mir immer wurde bekant.
ich sibe wol, der dir getrouwet,
daz er vil wol gebouwet
an allen sínen sachen.
5650 dû kanst wol krump sleht machen.'
hie mit man trahten began,
wie man die veste mohte hân.
des wurdens schiere über ein.
'mín sorge ist ringe unde clein'
5655 sprach der junge Amelunc.
'míner vreuden ursprunc
muoz nû hôhe gestân,
sít daz ich Berne wider hân.

wil got der hôhe und der riche,
5660 ich gewinnes mére sicherliche,
daz mir hât Ermrich genomen.
sít ich ze Berne bin bekomen,
mir möhte ouch werdn in kurzer vrist,
daz mir noch vil verre ist.'
5665 Nû was ouch daz niht verdeit,
ez wart vil baltlich geseit
über al daz lant mære,
daz dâ ze Berne wære
her Dietrich unde Hildebrant.
5670 daz mære wart Ermrich bekant.
daz was im leit und ungemach,
nie sô leide im geschach.
dô Ermrich hete vernomen,
daz der von Bern was widerkomen,
5675 und ouch daz Berne was verlorn,
des wart vil grimme sín zorn.
ûz tobendem sinne er dô sprach
'nû lât iu allen wesen gâch
und sít dar umbe alle gebeten
5680 und rítet von steten ze steten
und gebietet bí den hulden mín
und heizet alle die ûf sín,
mâge liute unde man
und die von mir iht wellen hân,
5685 daz die komen alle
mit gewalticlíchem schalle
zuo der stat ze Prissân:
dâ wil ich samenunge hân.
und gebiet, swer ez dar über lât,

5628 klainer *A* rû *R* darundter *A* 5633 Die *fehlt A* sein *A* get'wen *W*, getriwe *R* 5637 enphiegen *R* 5638 mit einander si *A* 5639 h. und auf *A* 5640 dâ *fehlt A* 5647 dir *fehlt R* 5648 d. der wol *A* 5649 in *A* 5653—5658 *fehlen R* der *A* 5659 h. herre *A* und der riche *fehlt A* 5660 g. sein noch mere *A* sicherliche *fehlt A* 5661 mir Erenreich hat *A* 5662 ich gen Perne bin wider k. *A* 5663 wir *A* 5666 wart wart *R* was vil behennd *A* 5676 grimmig *A* 5677 tobenden synnen *A* 5679 dar umbe alle *W*, alle drumbe *R* 5680 stet ze *R* 5687 Pryssan *A* 5688 ich mein sammunge *A*

5690 daz ez dem an sîn leben gât.'
     Ermrîches boten gâhten sêre.
     si vermiten daz niht mêre,
     si strichen vaste über lant.
     si tâten die hervart bekant
5695 vriunden unde gesten.
     si strichen von vesten ze vesten
     und hiezens komen in kurzer
          stunt
     und tâten endelîchen kunt,
     wâ si Ermrîchen
5700 vunden sicherlîchen.
     hie mit disen sachen
     begunden sich ûf machen
     arm und rîch über al daz lant.
     daz her daz seic alzehant
5705 rehte gegen Brissân,
     dâ hin in hete kunt getân
     der mehtic künic Ermrîch.
     daz her daz wart sô eislîch
     und ouch diu grôze hervart,
5710 daz nie deheiniu græzer wart
     ûf Ræmischer erde.
     sich samten dâ helde werde.
       Nû hœrt wie uns daz buoch las.
     die wîl diu samenunge was
5715 vor der stat ze Brissân,
     dô satzt sich wider Meilân
     und kêrtn an den von Berne.
     nû sult ir hœren gerne,
     wer der stat gewaltic was.
5720 ein herzoge, der hiez Tîdas,
     dem was diu stat undertân.
     der mohte wol mit vollen hân

     tûsent recken ode baz,
     rehte sult ir wizzen daz.
5725 er was ein hôchgevriunter man.
     die helde ich wol genennen kan,
     die bî im wâren in der stat,
     als man mir gesaget hât.
     dâ was der starke Sabene
5730 und Friderîch von Rabene,
     Berhther unde Starkân,
     von Ôstervranken Herman
     und manic edeler helt balt,
     die ellens hêten gewalt,
5735 die man nimmer sach verzagen,
     die tâten manheit bî ir tagen.
       Nû gêt ez an ein ahten.
     ich sage iu daz betrahten,
     daz Tîdas tete und sîne man.
5740 er sprach 'ir held, nû grîfet an
     und râtet hie zuo alle:
     ob ez iu wol gevalle,
     daz hôrte ich von iu gerne.
     wen sende wir gein Berne
5745 ze mînem herren Dietrîch,
     der im sage wærlîch,
     daz wir an in gekêret hân
     mit der stat ze Meilân,
     und im sage endelîchen gar,
5750 welle er, wir kumen dar.
     trahtet, wer der bote müge sîn,
     der dem liebem herren mîn
     diu mære tuo kunt al zehant.'
     'ez ist nieman baz dann Volc-
          nant'
5755 sprach der herzoge Friderîch.

5698 t. jn e. *A*   5702 beg. sy sich *A*   5704 d. zoch a. *A*   5706 da in het
hin *R*   dahin man In kunt het g. *A*   5708 daz *nach* her *fehlt A*   so *W*, *fehlt*
R   freyslich *A*   5709 da gr. *A*   5710 kaine so grosse w. *A*   deheiniu *W*,
decheine *R*   5717 keerte *A*   5720 Tidas *A*   5731 Kenther *A*   Starchan *RA*
5733 und *fehlt A*   edel *A*   5736 bey In tragen *A*   5740 gr. wid' an *R*, gr.
dar an *A*   5741 zuo *fehlt A*   5742 wol—5743 iu *fehlt A*   5744 gein *W*,
gegen *R*   5746 und im *A*   5747 gechert *W*, cheret *R*   5749 sage Im *A*
5750 so komen wir zu Im dar *A*   5751 Nu trachte *A*   5753 kunt thũe *A*
al *fehlt A*

daz dûhte si guot al gelîch.
Volcnant der versunnen
wart schiere dar gewunnen.
im wart diu boteschaft geseit.
5760 des was Volcnant bereit,
wan er reit et vil gerne
die reise gegen Berne.
snelle er gevertiget wart
von Meilân ûf die vart.
5765 er kunde die rehten mâze :
er vermeit alle strâze
und streich die wilde über lant.
vaste gâhte Volcnant.
der reise er sich gar bewac.
5770 er streich unz an den vümften tac.
er lie sich ninder ûf haben
unz rehte ze Berne ûf den graben.
swer im die wîle wider reit,
dem wart vil cleine geseit.
5775 Nû sult ir hœren sicherlîch,
in der vrist was Ermrîch
diu mære drâte kunt getân,
daz wider in wære Meilân
und rihte sich gên im ze wer.
5780 dar kêrte er und daz starke her.
Nû wil ich iuch wizzen lân,
wie Volcnant der küene man
kunt tete dâ diu mære
dem edelem Bernære.
5785 Ein degen heizet Volcnant,
der kom ze Berne vür gerant.
'nû wol ûf, herre Dietrich,
sêre riuwestû mich.
dir hânt die Ermrîches man

5790 sô vil ze leide getân.
si ligent ûf dîner marke,
si brennent dich vil starke.
nû lœse wîp unde kint,
die mit vil grôzen nœten sint.
5795 nû wol ûf, degen hêre,
als liep dir sî dîn êre!
dû solt dar umbe niht verzagen.
ich wil dir endelîche sagen'
sprach Volcnant ze dem wah-
tære,
5800 'nû wecke den Bernære
dû sage dem unverzagtem man,
er hât wider Meilân.'
der wahter gâhte in den sal,
er rief daz ez lûte erhal
5805 'wol ûf, edel Dietmâres kint,
boten an dem graben sint,
die sagent starkiu mære.'
dô wahte der Bernære
und ouch die recken über al,
5810 die bî im lâgen ûf dem sal.
man dâ wider man dranc.
ah!, wie der Bernære spranc
gegen der porte an daz tor!
dâ hielt der recke Volcnant vor.
5815 diu porte wart balde ûf getân,
Volcnant wart in verlân.
als in her Dietrich an gesach,
vrœlîch er zuo im dô sprach
'gote willekomen, Volcnant!'
5820 'genâde, herre' sprach der wîgant,
'nû sît ouch ir got willekomen.

5756 all *A*   5760 daz was im nicht ze leit *A*   5761 et *fehlt A*   5764 die rechten v. *A*   5766 meydet *A*   5772 an dem g. *A*   5776 Ermerich *R* 5777 ditz m. *A*   drâte *fehlt A*   5778 und es wâre wider In *A*   5779 gegen *RA*   5783 tut die m. *A*   5784 edlen *A*   5785 Volckhnant *A*   5786 fur Perne g. *A*   5789 die *fehlt A*   5792 brennent da v. *R*   5799 wahtær *H*, waht' è *R*   5801 dû *fehlt A*   5802 widerumb *A*   5804 es vil l. *A*   5808 ent-wachet *A*   5813 Porten *A*   5815 Porten *A*   5816 gelan *A*   5817 sach *A* 5818 do *W*, da *R*, *fehlt A*   5821 wille chome *R*

wol mich, daz ich hân vernomen,
iuwer stimme und iuwern munt.
daz ist mir ein sæligiu stunt.'
5825 her Dietrich sprach 'got lône
          dir.
herre Volcnant, sage mir,
waz sint diu mære diu dû sagest?
daz dû alsô sêre jagest,
daz diutet etlîch wunder.
5830 daz tuo uns kunt besunder.'
'herre, ich hân iu mære brâht.'
hie wart swîgens gedâht.
Volcnant huop ûf unde saget
dem edelen vürsten unverzaget
5835 'herre, ir habt wider Meilân.
Tîdas und ander iuwer man
die sint alle dar inne.
nû merkt in iuwerm sinne,
waz si iu enboten hânt:
5840 daz sage ich iu' sprach Volcnant
'vil getriulîchen gar.
welt ir, si koment iu vûr wâr,
herre mîn von Berne.
nû sult ir hœren gerne,
5845 waz si iu helfe bringent.
vil sêre si an iuch dingent.
ich wil iu nennen, wer si sint,
edel Dietmâres kint.
iu kumt der starke Sabene
5850 und Friderich von Rabene
Strîther unde Starkân
und von Ôstervranken Herman,
her Stûtfuhs von Rîne,
von Metzen Ortwîne,

5855 von Pôle mîn her Perhtram,
der kumt und her Elsân
und der küene Sigebant,
Randolt und her Schiltrant
und der küene Sigebêr,
5860 Eckenôt der kumt ouch her.
sô habt ir Wolfharten
und den küenen Helmscharten:
sô habt ir ouch bî iu Nêren,
ez welle denne got verkêren:
5865 Amelolt und Alphart
die bêde sint an dîner vart,
Hilprant unde Herebrant
die beide helde zehant
die helfent dir vil starke
5870 ze retten dîne marke.'
    In der zît dô daz geschach,
einen boten man dort her stri-
          chen sach.
den hete vrou Helche gesant
dem herren Dietrich in sîn lant
5875 dar umbe daz er im sagete,
daz er die wîle niht verzagte,
unz daz daz her quæme. ,
der bote der wart genœme.
der Bernær wart herzenvrô,
5880 dô er den boten sach dô.
gegen im er vrœlîchen gie,
baz danne wol er in enphie.
'gote willekomen, Baltran.
sage an, wâ hâstû verlân
5885 daz her von Hiunisch marke?'
dô sprach Baltram der starke
'herre, die recken ziere

die koment iu gewislîch schiere,
dar umb sult ir niht sorgen.
5890 ir sehet si benamen morgen
mit einem grôzen schalle
hie ze Berne alle.
und wil iuch des niht verdagen,
ich wil iu liebiu mære sagen.
5895 in der vrist und ir ritet dan,
dô kômen ahte werde man.
daz si iu vür wâr bekant,
die hât ouch iu vrou Helche gesant.
daz eine daz ist Liudigêr
5900 und Liudegast ein recke hêr,
die bringent iu die kecken wer.
iu kumet von Lengers Walther
und Hagen der vil starke,
und kumt von Pôlân ûz der
marke
5905 Hornboge der mære.
vil edeler Bernære,
iu kumt Hiuzolt von Priuzen
und Hertnît von Riuzen,
von Antîoch künic Îmîân
5910 und Gotel der marcman,
her Îrinc und her Blœdelîn
und von Elsentroye Erewîn,
Bitrolf der Stîrære
und Dietleip der mære.
5915 sô bringt iu vil der schilde
Rüedegêr der milde.
ez kumt Nuodunc der hôchgemuot

und Îsolt ein helt guot:
ez kumt von Kriechen her Dietrich
5920 und von Lunders Helphrich.
die recken unverzeit
die bringent schare breit.
nû hœret, künec von Rœmisch
lant,
sô hât iu mîn vrou Helche gesant
5925 vier und zweinzec tûsent man:
die sult ir besunder von ir hân.'
Dirre starken mære
wart vrô der Bernære.
er enbeit kûme, daz diu naht
5930 den anderen tac brâht.
dô er den tac gelebte,
der vogt von Berne gebte
vil manegen meidem unde marc.
diu edelen kastellân starc
5935 gap er den edeleń recken
und mante sêr die kecken,
daz si im hulfen sîniu lant
retten mit ellenthafter hant.
In der zît dô kômen mære.
5940 'wol ûf, her Bernære,
und heizt rihten die burc ze wer:
dort siget her ein creftec her.'
dô sprach der starke Baltram
'herre, daz sint die Helchen
man,
5945 die iu ze helfe sint gesant.
daz ist mir wærlîch bekant.

5888 iu *fehlt* A   5895 frist da Er reitet d. A   5897 d. tôn ich euch f. A 5898 euch auch A   5899 der ain ist A   5900 Levdegast RA   5902 Lenges A 5904 Bolan R, Poland A   5905 Horenpoge A   5906 v. hoher P. A   5907 Hützolt A   Prevzen R, Prewssen A   5908 Hortrit A   Revzen R, Reûssen A 5909 A. her Yman A   5911 Eyrinch R, Ering A   5912 Es kumbt von E. her E. A   5913 und B. A   Styerære R   5914 und *fehlt* A   5917. 18 *fehlen* R kumt auch N. A   5920 und *fehlt* A   L. her H. A   5922 schier b. A   be- reit W, *fehlt* R   5927 dise starch A   5928 wart W, war R   5929 enpait W, beit R   5933 meiden R   5934 castelane R, Castellā A   5942 d. zeucht A 5944 des Etzels m. A   5946 w. wol b. A

si sigent vast mit scharen her:
die vanen vliegent entwer.'
als daz her Dietrich hete ver-
    nomen,
5950 er sprach 'die sin gote willeko-
    men.
nû wol ûf, helde vil gemeit!'
her Dietrich ûz der stat dô reit.
im volgten vier hundert man.
er wolt die geste wol enphân.
5955   Nû habt ir hiemit wol verno-
    men.
nû was ouch daz her komen
zuo der stat sô nâhen,
dazs her Dietrich wolde enphâ-
    hen.
dô sprach der marcgrâf Rüe-
    degér
5960 'dort ritet des landes vogt her:
nu erbeizet nider alle!'
daz geschach mit einem schalle.
her Dietrich und sine man
die liefen lieplichen an
5965 die hôhen werden geste.
diu vreude wart sô veste
bédenthalp zwischen in getân.
dô wart nieman ungegrüezet lân.
dô herbergt man ûf daz velt.
5970 man hiez dô geben wider gelt
spise, trinken ungezalt.
der schal wart grôz manicvalt.
si heten creftige maht,
der liute den hort dar brâht.
5975   Dô diu naht zuo steic,
ein bote dort über velt her seic.
den bete Iubart von Latrân

dar gesant von Meilân,
der sagte dem Bernære
5980 diu starken niuwen mære.
alsô der bote komen was,
dô stuont er nider ûf daz gras.
her Dietrich in dô wol enphie:
dô dancte im der bote hie.
5985 er sprach 'herre von Berne,
wir sæhen iuch harte gerne.
wir sin et vaste besezzen.
Ermrich der vermezzen
der stürmet sére alle tage.
5990 nû merket rehte waz ich sage.
ez si iu liep oder zorn,   [vlorn
kumt ir niht schier, sô habt ir
die stat und al die drinne sint.
man tœtet wip unde kint.
5995 wir sin vil gar nâch alle verzagt.
nû si iu, her, vür wâr gesagt,
swie dû verliusest Meilân,
des muost dû immer schaden
    hân.'
'daz sul wir vil wol bewarn.
6000 sô sul wir é dar varn
und die stat dâ retten,
daz velt mit tôten betten.
nû wol ûf, mâge unde man,
und gedenket alle dar an,
6005 daz ir mir triuwe habt gegeben.
swer durch mich ére unde leben
hiute wâgt in dirre nôt,
umb den diene ichz unz an
    minen tôt.'
dô sprach der marcgrâf Rüedegér
6010 'wir sin umb daz bekomen her,
ich und mine gesellen,

daz wir wâgen wellen
beidiu lîp unde guot
durch dich, vürste hôchgemuot.
6015 nû ahte daz, helt Dietrich,
edel künec von Rœmisch rich
(daz ist dir ouch daz beste)
wie dû lâzest dîne veste.'
'daz hân ich gahtet schiere'
6020 sprach von Bern der ziere.
'hie ze Berne sol bestân
Starcher unde Elsân
und ouch ir helfære'
sprach der Bernære,
6025 'an die wir uns mugen lâzen
ûf stîgen und ûf strâzen.'
Daz wart hie mit snelle getân.
Wolfhart der küene man
sprach als ein unverzagter degen
6030 'wir solden stunt sîn after wegen
zuo den vinden ûf daz wal.
rotiert iuch, helde, über al
und vreut iuch dirre reise:
wir komen Ermrîche ze vreise.'
6035 Dâ mit daz her was bereit.
hie mit man niht langer beit,
den vanen hiez her Dietrich
der dâ hôrte ze Rœmisch rich
vil balde ane binden.
6040 'nû lâze uns got vinden
die vinde ze rehter lâge!
ahî, wie ichz dâ wâge!'
sprach der starke Wolfhart.
'si werdent cleine gespart,
6045 ich meine die Ermrîches man.
nûtrâ, helde lobesam!

nû howet in tiefe wunden,
die nimmermêr gebunden
werdent unz an den lesten tac.
6050 ich solz dâ schaffen, ob ich mac,
dazz muoter kint beweinen
muoz.
wir machen in lebens mit tôde
buoz.
ich geriche mînen smerzen.
ez lît in mînem herzen
6055 diu grôze untriuwe und ouch
der rât,
den er uns lange getân hât.'
Nû lâze wir diu mære stân.
daz her seic gegen Meilân
über velt und über lant.
6060 in was diu strâze wol erkant.
si zogten müezeclîche.
der künec von Rœmisch rîche
der trôste den sînen wol ir muot.
'verzagt niht, edele helde guot.
6065 geloubet mir diu mære'
sprach der Bernære,
'wir bejagen benamen êre,
des wir immer mêre
haben vrum die wîl wir leben.
6070 ich wil iu mîne triuwe geben'
sprach der vogt von Berne,
'swer mir hilfet gerne,
dem tuon ich daz guot,
des sich vreut wol sîn muot.'
6075 Dô wart vil trahtens getân,
unz daz daz her lobesam
ze Meilân komen was sô nâch,
daz man die vinde ligen sach.

6015 d. auch D. *A* 6021 sol *W*, wil *R* 6022 Starher *A* 6023 auch die h. *A* 6025 die sy sich mugen l. *A* 6030 von stund *A* 6035 was gar b. *A* 6036 man da n. *A* 6038 gehort *A* 6042 wie es *A* 6045 *nach* 6046 *R* 6046 norta *A* 6047 in *fehlt A* 6048 werden geb. *A* 6049 werdent *fehlt A* 6050 solts *A* 6051 des m. *A* beuinden *A* 6052 in *fehlt A* 6057 m. sein *A* 6058 h. daz saych gen M. *A* 6060 bekant *A* 6061 zugen *A* mvzechlichen *R* 6062 richen *R* 6074 wol erfreyet *A*

daz was reht an dem ahten tage.
6080 nû merket eben, waz ich iu sage.
der tac gescheiden was von dan,
diu naht begunde slîchen an.
nû sult ir hœren gerne,
daz starke her von Berne
6085 herbergte nider ûf daz velt. .
dâ hebet sich der widergelt
mit grimme und mit zorne.
die recken ûz erkorne
die leiten sich mit schalle.
6090 ob ez iu wol gevalle,
sô ruocht vernemen an dirre zît,
wie sich hebe der strît:
daz wil ich iuch wizzen lân,
als ichz rehte vernomen hân.
6095 Als man hete gezzen,
dô wart des niht vergezzen,
hie wart gesezzen an den rât.
die hœhsten die her Dietrich hât
mit im brâht an den strît,
6100 die rieten alle in der zît
'edel vogt von Berne,
nû hôrt wir alle gerne,
wie wir tuon wolden
od wie wir varen solden.
6105 hie zuo gehœret wîser rât.
Ermrich mehtic hêr hie hât.'
dô sprach der herre Dietrich
'swie ir nû râtet al gelîch,
alsô var ich' sprach der helt guot.
6110 Rûedegêr der hôchgemuot,
der getriuwe und der gewære,

der riet dem Bernære
'mich diuht guot, künec von
             Rœmisch lant,
daz ir boten sendet alzehant
6115 zuo dem Ermriches her,
die betrahten künnen alle ir wer
und uns sagen ir gelegenheit'
sprach Rûedegêr der unverzeit.
im antwurt von Berne der hoch-
             gemuot,
6120 er sprach 'swer uns sî dar zuo
             guot,
die heize ich iezuo rîten vür.
die betrahten mit rehter kür,
daz ez uns mac ze vrumen ge-
             stân,
wederthalp wir si rennen an
6125 noch hînte umbe mitte naht.
mir ist gesaget, si haben maht
sô michel und sô starke,
daz wir in ûf der marke
niht turren widerrîten.
6130 wir mugen ouch niht gestriten
mit in offenlîchen.
ez ist mit Ermrichen
wol zwelf vürsten her bekomen,
daz ich wærlich hân vernomen.'
6135 'daz ist niht ein wunder.
ir gelit dest mêr under'
sprach der starke Wolfhart.
'mir geliebt nie dehein hervart
sô vaste in mînem muote.
6140 got vüege ez mir ze guote.'
     Nû wart ûz dem her genomen,

6079 ahten *W*, ahtem *R*   6080 iu *fehlt A*   6089 laiten *W*, lovten *R*,
freuten *A*   6091 gerûchet *A*   6092 diser *A*   6095 gemezzen *R*   6096 *vor*
6095 *R*   6097 gesetzet *R*   6099 an disen *A*   6100 bey diser z. *A*   6102 wir
das g. *A*   6105 gehôrt *W*, hôret *R*   6111 der *fehlt vor* gewære *A*   6116 kunden *A*   6119 da antwurt Im *A*   6120 er fragt wer *A*   swer *fehlt R*
6122 b. auch m. *A*   6123 als ob es *A*   frvm *R*, frumme *A*   6124 wie wirs
dann reymen an *A*   6129 Nich *R*   6130 gestrite *R*   6136 geligt *A*
6138 hervart *W*, vart *R*   6140 iz mir *W*, mirz *R*

die vûr ûf die warte solden ko-
    men.
daz eine daz was Volcnant,
daz ander her Sigebant,
6145 Hildebrant was daz drite
(ze hœren ich iuch bite),
daz vierde daz was Nêre.
nâch Hildebrandes lêre
kêrten si eine strâze.
6150 si kômen in der mâze
zuo dem here ûf einen lê.
'ir helde, nû sprecht niht mê'
sprach der recke Hildebrant.
'nû lûzent ebene alle zehant,
6155 ob ieman an uns rîte,
daz wir uns gên dem strîte
ê gerihten, daz ist guot.'
des volgten im die helde hôch-
    gemuot.
Dô si alsô hielten dâ,
6160 vil schier dô sâhen si sâ
wol tûsent viuwer brinnen
und dar umbe winnen
die liute sam si tobten.
die küenen hôchgelobten
6165 (ich mein die Dietriches man)
ieslîcher wünschen began
'ôwê, vogt von Rœmisch lant,
wærst dû nû hie alzehant,
dû und dar nâch alle dîne man,
6170 sô müeste wir die vinde an
endeclîchen rîten.'
dô sprach an den zîten
der unverzagte Hildebrant
'daz widerriet ich alzehant.

6175 si tuont ez uns lîhte ze sehen.
wir sulen ê vil ebene spehen,
wes si sich dort rihten.
nû sule wir uns phlihten
mit getriulîchem muote,
6180 daz râte ich' sprach der guote,
'ob uns ieman an rîte,
der lîhte mit uns strîte,
daz wir bî einander gestên.'
Nêre sprach 'daz sol ergên.'
6185 die küenen und die starken
die gurten vaste ir marken,
si begunden rîten hin zuo baz.
si wârn ir muotes niht ze laz.
si sâhen daz daz starke her
6190 ungewarnet lac und âne wer.
Hildebrant noch mêre sach.
si schuofen in dâ guot gemach,
si begunden sich dâ enphetten.
dise sâzen ûf den betten,
6195 jene huoben dort grôzen schal:
sô vermâzen sich die über al,
waz si wunders wolden begân,
sô si die vinde sæhen an.
ditz hôrte allez Hildebrant.
6200 zuo den sinen sprach er alzehant
'wir haben die gelegenheit
hie gesehen vil bereit.
nû sul wir vürbaz rîten
und hie niht lenger bîten
6205 und sehen, ob sich daz her
alswâ inder rihte ze wer.'
Si riten neben dem her nider,
als ez in kom ze guote sider.
si bekômen an eine stat,

6145 der *A*   6151 ainem *A*   6154 lusent *R*, losent *A*   alle *W*, *fehlt R*
6160 dô *fehlt A*   6161 tovsen *R*   6162 d. u. vast w. *A*   6165 manne *A*
6166 beganne *A*   6171 endelichen *A*   6175 so tund uns dise leicht ze sehen *A*
6176 s. vor v. *A*   6177 wie wir uns r. *A*   6183 so hûten d. *R*, so schaut d. *A*
6192 In gûten gemach *A*   6193 die b. *A*   da *W*, *fehlt R*   6202 wol g. *A*
6206 annderswo nider r. *A*   6207 riten *W*, rihten *R*   6209 kamen *A*

6210 als mir daz buoch gesaget hât,
da begunden sich mit sachen
heinlichen ûf machen
vil nâhen zweinzec tûsent man,
die besten die Ermrich mohte
hân.
6215 über alle dise degen
was ze houptman gewegen
her Witege und her Wâte.
ditz was geschehen mit râte.
Hildebrant hôrt al ir trahten,
6220 wie siz begunden ahten.
er hôrte ouch, wie her Witege
sprach
'nû lât iu sîn niht ze gâch
und werdet enein vil rehte,
ir recken unde ir cnehte,
6225 ze welher zît wir an si komen:
daz hete ich gerne vernomen.'
Wâte sprach 'daz wil ich iu sagen.
ê ez morgen welle tagen,
sô sul wir rehte bî in sîn.
6230 ê daz der liehte sunne schîn
liuhte und der schœne tac,
so ist geschehen swaz ergên mac.
ich weiz wol daz dâ schade geschiht:
want si wizzen unser niht.
6235 si hânt sêre gestrichen,
in ist noch unentwichen
diu müede sicherlîche.
nû sult ir, helde ellens rîche,
dar umbe deheine sorge hân,
6240 wir gesigen in endelîchen an.'

Wie ez allez ist bekomen,
daz hât nû Hildebrant vernomen.
ze sînen geverten er dô sprach
'nû sol uns wider wesen gâch.'
6245 bî dem here si niht mêre biten,
si kômen balde geriten
zuo ir her alzehant,
dâ si den künec von Rœmisch
lant
mit schalle dô vunden.
6250 si giengen bî den stunden
vür den Bernære.
vil manic recke mære
sach si dâ vil gerne.
alsô tet ouch der von Berne.
6255 Dô si her Dietrich ane sach,
nû sult ir hœren wie er sprach.
'nû sît willekomen mir,
edele helde, wie habt ir
getrahtet unser reise?
6260 mug ab wir unser vreise
an Ermrich inder gerechen?'
do begunde zehant sprechen
der unverzagte Hildebrant
'ich râte iu, künec von Rœmisch
lant,
6265 vil rîcher künic hôchgemuot,
ez kumet iu niht ze guot,
bestêt ir Ermrichen,
sô müezt ir im entwichen.
er hât imer wol drîzec man
6270 ûf unser einn, wil dûz verstân.'
ditz was Wolfharten leit.
mit zorne sprach der helt gemeit

6211 begunde A   6212 auf ze m. A   6213 in der mass wol zw. A
6214 die tewristen die A   6215 alle d. degen W, al d. degene R   6216 gewegen
W, gewegene R   6219 allez ir RA   6221 Hyldebrant hort wie A   6223 wert
R   w. ainem v. A   6225 si mügen k. A   6231 d. liechte t. A   6232 ist da g.
waz da e. A   6236 noch *fehlt* A   6237 Da mute A   6240 wann gesigen wir
In A   6241 wie ers nu alles ist b. A   6242 d. het H. wol v. A   6243 seinem
A   6253 dâ *fehlt* A   6257 s. got w. A   6258 nu e. h. R   6260 ab *fehlt* A
6261 an Ernreichen wider g. A   6264 ev W', luch R   6265 vnd r. A
6269 Ernreich hat A   imm' RA

'herre von Bern, ditz ist niht
wâr.
wan si bekômen nie dar
6275 noch gesâhen ouch die vinde
nie.'
Hildebrant der sprach hie
'herre von Bern, gehabt iuch
wol:
guotiu mære ich iu sagen sol.
nû heizet, lieber herre min,
6280 alle die bereit sin,
die ir mit iu muget hân.
ez wellent die Ermriches man
benamen mit uns striten
und in die herberge riten.
6285 wand ich bin allz bi in gewesen.
si hânt al die ûz gelesen,
die tiursten die si mugen hân,
und ist Wâte houptman
und her Witege der degen.'
6290 dô sprach von Berne der bewegen
'jâ herre, wie vil mac ir sin?'
er sprach 'daz tuon ich iu schin:
zweinzec tûsent ist ir, niht baz.
die bringent si her, wizzent daz.
6295 nû schafft ez sô' sprach Hildebrant,
'si ritent uns reht in die hant.'
Vrô wart der Bernære.
er bat die recken mære
'nû traht, wie ez iuch dunket
guot.'

6300 Rüedegêr sprach 'nû tuot
nâch minem râte, vogt von
Berne.'
er sprach 'daz tuon ich gerne.'
'welt ir nû êre gewinnen,
sô traht in iuwern sinnen,
6305 daz ir mit wislîcher kür
zweinzic tûsent sendet vür,
die sich legen in ein huote.
und gebiet den helden guote,
daz si sô lange dâ biten,
6310 unz daz si sehen riten
die vinde mit gewalte.
und bitet die recken balde,
daz si in der huot sô lange biten,
und sô wir danne hie gestriten,
6315 sô suln die nôtvesten
binden ûf die vinde bresten:
sô sint si zwischen unser schar,
so entwurke wir si schiere gar,
so ist ez umb si ergangen.
6320 geslagen und gevangen
werdent die Ermriches man.
sô ist ez uns wol ergân.'
In der zit was Alphart komen,
als ich vür wâr hân vernomen
6325 und an den buochen gelesen.
der was ouch bi den vinden gewesen.
er het ir gelegenheit gesehen
und kund ouch die stat gespehen,
wâ man die vinde an rite
6330 und âne sorge mit in strite.

als in gesach Dietmâres zart,
er sprach 'got willekomen, Alp-
    hart.'
'genâde, herre von Berne.
welt ir gewinnen gerne
6335 beidiu vrum und êre,
sô sûmet iuch niht mêre:
ez lît allez Ermriches her
ungewarnet âne wer.'
her Alphart im dô alsô riet,
6340 dâ mit Ermrich von êren schiet.
'wir suln mit ellens hende
anrennen daz her an eim ende.
durch nôt rûment si uns die stat.
mit swerten hou wir ein phat.
6345 wir mugen harte wol gesigen.
si lâzent guot und êre ligen.
sô habe wir unsern degen
des goldes vil ze wegen.
daz râte ich' sprach der guote.
6350 'sô hâstû nâch dînem muote
dînen willen wol getân,
und lâst dû ez alsô ergân,
wir tœten si ân allen schaden.
alle die Ermrich hât her geladen,
6355 die vâh wir' sprach der helt balt.
'sô kumt wider in dîn gewalt,
swaz er dir hât betwungen an.'
dô sprach der milte marcman
'ditz ist der allerbeste rât,
6360 den ieman hie getân hât.
nû seht wie wol ez uns ist ko-
    men.
nû wirt Ermriche beide genomen

liute guot und êre.
waz welle wir danne mêre,
6365 sô ez uns wol ergangen ist.
nû rât ich den allerbesten list,
der uns ze staten wol mac stân.
wir sulen zweinzic tûsent man
schicken an disen zîten.
6370 die sulen slehtes rîten
in die herberge Ermrichen,
sô habe wir volleclîchen
unsern muot verendet .. ﹅
und wirt Ermrich geschendet.
6375 ouch vüegt uns got lîhte ze
    heile,
daz uns wirt ze teile
der ungetriuwe Ermrich.'
dô sprach der herre Dietrich
'nû vüege ez got durch sînen tôt!
6380 sô wurde elliu mîniu nôt
verendet sicherlîchen,
gevienge wir Ermrichen.'
Nû wart hie mit geâhtet
und allez sleht betrahtet:
6385 zweinzec tûsent helde guot
wurden geleit in die huot
(daz was ungewendet),
zweinzec tûsent gesendet
zuo dem here an die stat,
6390 daz was Rüedegêres rât.
dô wurden zweinzec tûsent man
ûf dem wale hie verlân.
'nû trahtet' sprach her Rüede-
    gêr,
'von Berne hôher vürste hêr,

6395 wen schaffet ir ze houptman
den die daz her dort ritent an?'
'welt ir, daz wil ich selbe sin.
' diu reise ist billichen min'
sprach der vogt von Berne:
6400 wan ez tuot nieman só gerne.
' damit muoz iuwer got phlegen
und habe ouch mich in sinem
    segen,
und helf mir got' sprach Dietrich,
'daz wir an einander vrœlich
6405 vinden unde müezen sehen.
got láze uns vil wol geschehen!'
'daz vüege got!' sprach Rüede-
    gêr.
dó wart gebiten niht mér,
einen vanen Dietrich an gebant
6410 und vuorte in selbe in siner
    hant.
über heide strichen si dâ hin,
si wolden werben umb gewin.
Alsó die helde mære
mit samt dem Bernære
6415 bekómen an des strites zil, '
(nû hœrt waz ich iu sagen wil)
dó gurten si den marken.
die küenen und die starken
die sâzen ûf ir kastelân.
6420 Wolfhart sprechen began
'nû vreut iuch, helde guote.
wir suln in mannes bluote
hiute waten unz über die sporn.
ir küenen recken ûz erkorn,
6425 diu sper sul wir verstechen

unser leit an in gerechen.
wir machen setel lære.
ir edele helde mære,
wir sulnz alsó schaffen,
6430 daz leien unde phaffen
von dirre vreise mære sagen,
als ez noch hiute welle tagen,
daz man só vil der tóten
vinde nider verschróten.
6435 só vreut sich min herze
und endet sich min smerze.
ahí, waz vreuden mir geschiht,
swenn noch hiut min ouge an
    siht
daz sich die gîre und die raben
6440 mit dem bluote müezen laben.
nû wol ûf, edele helde starc,
und sitzet ûf diu guoten marc!'
daz geschach alzehant.
si zogten under schildes rant
6445 zuo den vinden über heide wit.
'nû wære buhurdierens zît'
alsó Wolfhart daz gesprach,
nû hœret wie daz geschach.
dar treip ouch der von Berne.
6450 des wâren hülfic im vil gerne
die sinen die dâ mit im riten.
hie wart langer niht vermiten,
si heten sich zuo vier scharn ge-
    slagen.
ich wil iu endelichen sagen,
6455 si brâsten mit ir mehtic wer.
an einem orte in daz her.
Alsó daz dó geschach,

6396 den *fehlt* RA   riten RA   6403 sp. herr D. A   6404 an einander W',
an ander R   6406 unns hie und dort w. A   6408 da R   6409 E. fane der von
Pern an pant A   6410 In auch s. mit s. A   6415 kamen A   an W, in R
6417 Do W, Da R   6419 und s. A   6423 hiute *fehlt* R   hintz ü. A
6426 rechen A   6434 der veinde n. R   6439 gyer R   6442 Ir s. A
6444 zogen A   6446 wær W', wært R   pinierens A   6448 nu sult ir horen
wie es g. A   6450 w. im hilfig gerne A   6452 n. gepiten A   6453 scharn
W, schar R   6455 brachen mit In A

daz man in daz her brach,
dô wart michel der schal.
6460 her Dietrich schrei, daz ez erhal
'ahtschavelier Berne!'
daz hôrten vil ungerne
alle Ermriches man.
sich rihte ze wer nieman,
6465 wand si heten der wîle niht,
des noch harte vil geschiht.
des wart schade dâ grôz ge-
    nomen.
si liezen nieman hin komen,
die edelen Dietriches degen,
6470 die begunden starkes strîtes
    phlegen.
si sluogen, si stâchen,
ir leit si vaste râchen,
si entworhten helde guote.
Wolfhart der hôhgemuote
6475 schrê als ein wüetender man
'nû lât genesen nieman!
swaz ir der Ermriches vindet,
nimmer ir erwindet,
ir slahet si alle gelîche!
6480 wir suln an Ermriche
hiute rechen unser leit,
daz manic vrouwe her nâch cleit.'
    Dâ was nôt und ungemach.
in der zît man dort her komen
    sach
6485 Stritheren von Tuscân,
dem volgten zwei tûsent man
under helme und in halspergen.
den wilden getwergen

vuoren si vil nâch gelîche.
6490 mit ellen sicherlîche
si vuorten kolben unde swert.
'daz sint die der mîn herze gert'
sprach der Bernære.
'nû zuo zin, helde mære!'
6495 dô wart ein dar rucken,
dô huop sich ein zucken
die scharphen gêrn mit handen.
zesamne si geranden,
die gêre si verstâchen.
6500 die Ermriches râchen
ir leit an den von Berne.
si wolten retten gerne
ir herren êre und ir guot.
dô kômen zesamn die hôch-
    gemuot.
6505 der sturm vaste gie entwer.
man sach vliegen manegen gêr
über helme gegen den luften.
dô wâren komen mit guften
zesamne helde guote
6510 mit grimmiclîchem muote.
Der sturm und der starke strît
der werte unz ûf vruoimbizzît.
daz velt und daz breite wal
daz ran mit bluote über al.
6515 si vâhten grimmiclîche
beidenthalp gelîche.
dâ was wan ach unde nôt.
daz ê was grüen, dô wart ez rôt
von maneges mannes bluote.
6520 dô sturben helde guote.
    Daz starke Ermriches her,

6459 w. vil gros d. *A*   6461 Ahey wol Ir Perne *A*   6466 vast v. *A*
6467 grôz *fehlt A*   6475 schray *A*   wüetend *A*   6482 nach schrait *A*
6483 w. nur n. *A*   6490 mit eylen *A*   6492 die *fehlt R*   6693 der Pernære
W, d. edele B. *R*   6494 zû In *A*   6495 Da *R*   6496 Da *R*   6498 si ranten
A   6499 ger *W*, sper *R*   6501 dem *A*   6503 Irer herren *A*   6504 z. helde
h. *A*   6508 mit kreiftâ *A*   6509 h. vil g. *R*   6510 grimmiklichen *A*
6513 und der *A*   6515 sy waren g. *A*   6517 was nun *A*   6518 daz vor w. *A*
da *R*   das was nu r. *A*

des kom vil wénic iht ze wer
àn Strîther von Tuscân
und von Spôlit Tùrtân
6525 und Heime der mære.
die drîe vürsten lohebære
die vuorten sehs tûsent man,
die werten daz wal und den plân
sô rehte vreislîchen.
6530 die vrumten Dietrîchen
vil manegen creftigen schaden.
dà was craft wider craft geladen.
beidenthalp si sich werten.
ûf die helme si dô berten.
6535 daz bluot durch diu hersnier
spranc.
in die köphe dô erclanc
vil manic bitterlîcher slac.
sich cluben die helme unz in den
nac.
man sach dà bresten den herten
stâl.
6540 die von swerten nie gewunnen
mâl,
die wurden des tages verschert:
ich meine die brünnen hert,
dà durch wunden wurden geslagen.
ich wil iu noch mére sagen.
6545 owé, welch nôt dà ergie!
man hôrte die wê schrîen hie.
si genuogt des strîtes niht ouch.
der tunst ûz ir lîbe rouch

gelîche in der gebære,
6550 sam ob ein walt wære
gezündet an mit viuwer.
si gulten harte tiuwer
den solt mit tôdes ende.
umb disen mort got schende
6555 den künic Ermrîchen!
des wünsche ich herzenlîchen.
Ez erhal von den swerten,
dà si niht anders gerten,
wan den tôt wider tôt.
6560 ir gesâht nie solhe nôt
in deheinem sturme mére.
Wolfhart schrê vil sére
'nû lât et einen hin niht,
ir rechet vaste die geschiht,
6565 die uns Ermrich hât getân.
ist under uns hie ieman,
er sî herre oder vürste,
den von hitze dürste,
der lege sich nider und trinke
ez bluot,
6570 und veht aber als ein helt guot.
hie sol nieman rasten.
ich wil ouch nieman vasten,
ob ich si alle mehte erslahen.
wir sulen uns mit bluote twahen,
6575 des gét uns ouch wærlîch nôt.
ob alle die hie lægen tôt,
daz wær sô guot niht sicherlîch,
als ob eine sturbe Ermrich.
nû lât dar nâher clingen!'

6522 iht *fehlt* A   6523 Tusckan R   6526 lobere R   6527 *nach* 6529, *doch durch striche corrigiert* R   6528 daz *fehlt* A   den *fehlt* A   6530 frummen A   6532 Da was chraft vberladen R   6533 sich sere w. A   6534 da R   6535 daz das A   die h. R   6536 chopfe daz ez erchl. R   6537 maniger A   6538 Sy kl. A   auf den A   6539 prechen A   6540 gew. nie R   6541 versert A   6542 präune A   6543 wrden wnden R   6546 so hort man die beschreyen hie A   6547 noch nicht auch A   6550 ob *fehlt* A   6556 hertziklichen A   6557 der schal v. A   6559 nun daz sy wolten ligen todt A   6560 sacht nye so grosse A   6562 vil *fehlt* A   6563 et *fehlt* A   6569 das blut A   6574 uns *fehlt* R   in irem pl. A   6575 und d. R   uns *fehlt* R   ouch *fehlt*, endelichen A   6578 sam ob A   ein R

6580 dô huop sich ein dringen.
beidenthalp (daz ist wâr)
an einander drungen die schar.
mit swerten und mit spiezen
durch die helme si miezen,
6585 daz daz viuwer dar ûz vlouc.
den Bernær dô niht entrouc,
er tete swaz er gemohte
und ouch daz im getohte.
Ermrich satzte im starkiu phant.
6590 im wart erslagen dâ zehant
drîzic tûsent sîner man.
daz bluot ûf der heide ran,
daz man dort unde hie
in dem bluote unz an diu knie
6595 muost vil dicke und ofte waten.
dâ wurden halsperge unde platen
verhouwen und verschrôten.
da gelac sô vil der tôten,
daz ir hete nieman zal.
6600 ez lac getunget daz wal
sô vast dâ mit den tôten.
die gazzen wurden geschrôten
vaste durch Ermriches her.
si wurden cranc an ir wer.
6605 Ez was nû wol ûf mitten tac.
als ich vür wâr sagen mac,
dô was sunderbære
Tîdas der mære
komen ûz der stat ze Meilân
6610 mit zwelf tûsent sîner man.
die sach an den zîten

Ermrich zuo rîten
und daz volc vaste zuo ziehen.
dô gie ez an ein vliehen.
6615 swer dô ze rosse kom zehant,
der hete vil wol vor gerant:
ez was ab ê alsô komen,
in wârn diu ros sô gar genomen,
daz si ir niht mohten hân.
6620 zehant wart diu vluht gelân
von dem künege Ermriche.
si wurden alle geliche
vlühtic gegen Rabene.
owê, daz ez niht weste Sabene!
6625 daz ist mir hiute und immer leit.
nû si iu hie mit geseit,
mit Ermrich nieman entran.
aller der er ie gewan
der beleip nieman dâ gesunt.
6630 ez wart geahtet bî der stunt,
als wir daz buoch hœren sagen,
Ermrichen wurden dô erslagen
sehs und vümfzic tûsent man,
der kom nie deheiner lebendic
dan.
6635 Alsô der âbent zuo gesteic
und daz diu sunne nider seic,
do begunden die strîtherten,
des Bernæres geverten
ruowen dort ûf dem wal.
6640 die beten sich sô sêr über al
in dem starken sturme erwegen,
daz den Dietriches degen

6580 da *R*   6582 s. e. lieffen die *A*   6584 die *W*, *fehlt R*   6585 daz viuwer *fehlt R*   6586 der *R*, dem *A*   n. entovch *R*, nichte taug *A*   6587 mochte *A*
6588 gedochte *A*   6589 starche *R*   6594 hintz über die *A*   div *W*, die *R*
6595 vil *fehlt A*   6596 Es w. *A*   6597 versroten *R*   6599 daz es h. *A*
6601 dà *fehlt A*   6602 gazzen *W*, gazze *R*   6603 kreftiklich durch *A*
6605 wol *W*, *fehlt R*   w. mitter t. *A*   6613 uud *fehlt A*   6614 nu get es *A*
da *R*   6615 da *R*   rossñ *A*   6616 vil *fehlt A*   6617 aber also ee *A*
6618 benomen *A*   6619 sy der wenig m. *A*   6624 weste *fehlt A*   6625 weste
das ist mir vil laid *A*   6628 a. die er *A*   6629 Deren belaib *A*   dà *fehlt A*
6632 da *W*, *fehlt R*   6634 der nie chein' chom lebentig' dan *R*   6635 Als
nu d. *A*   straich *A*   6640 sy h. *A*   6641 den st. sturm *R*

nindert niht beliben was,
als man an dem buoche las,
6645 hût noch vleisch an den handen.
si heten sô ir anden
gerochen an Ermrîchen.
dem herren Dietrîchen
was ouch solich schade getân,
6650 im was erslagen niun tûsent man.
den Bernær des niht verdrôz,
er hete dar umbe clage grôz.
er hiez die sînen über al
lesen ûz dem bluote ûf dem wal.
6655 die wurden alle bestatet wol.
nû hœrt waz ich iu sagen sol.
Hie mite kêrten si dô dan,
dâ si heten dort verlân
den marcgrâven Rüedegêren
6660 und vil manegen recken hêren.
dâ was ouch der strît zegân:
Rüedegêr der marcman
der hete gesiget die wîle ouch
hie.
die wîle jener sturm dort ergie,
6665 dâ was ouch dirre strît ergân.
vierzehen tûsent man
die lâgen ûf dem wale erslagen:
ob Ermrîch niht anders hete ze
clagen
wan die vierzehen tûsent man,
6670 er solt immer jâmerec drumbe
stân.
Nû ist der strît ergangen.
sehs tûsent wârn gevangen
der Ermrîches recken.

sich heten ouch die kecken
6675 vergolten volleclîchen.
dem herren Dietrîchen
was grôzer schade hie getân,
im wârn erslagen vier tûsent
man.
Alsô mit ellens hende
6680 des strîtes an ein ende
gesigte der von Berne.
'nû wolte ich harte gerne'
sprach der herre Dietrich,
'daz wir betrahten endelîch,
6685 wen wir hæten hie verlorn.'
man bat die recken ûz erkorn
zuo einander halden.
dô ahte man die balden.
dô was der biderben niemen tôt.
6690 die wîl man clagte dise nôt,
dô vrâgte der Bernære,
wâ her Dietleip wære:
'hât ab den ieman gesehen?
ich wæne uns sî ein schade geschehen,
6695 dar umb wir immer müezen
clagen.
und ist her Dietleip erslagen,
des muoz ich immer jâmrec
sîn.
nû wol ûf, al die recken mîn,
und suocht den degen guote
6700 ûf dem wale in dem bluote.'
In der zît dô daz geschach,
dô kom ein bote unde sprach
'edeler vogt von Berne,

6644 als unns das pôch las A   6645 in d. R   6649 solher A   6650 waren R   6651 nach 6652 A   6652 dar umb was die klage gros A   6654 ab dem w. A   6655 bestatet alle A   6657 strichñ sy A   von d. A   6659 marcgrave R   6660 vil fehlt A   6663 ouch fehlt A   6665 st. hie ergan R.A   6669 Nur wann A   6670 iammerlich A   6674 sy h. A   6679 A. gesigt m. R.A   6681 gesigte fehlt R   her Dietrich von B. R   6682 nu weste ich R   vast A   6684 berahten R, trachten A   6685 wann A   6686 man hat A   6694 Es ist weger unns A   6695 ymmermor A   6698 alle R   6699 s. die helde g. R   6703 Edl A

wellet ir nù gerne
6705 den aller hertesten strit sehen,
der ùf dem wale ist geschehen,
sò sult ir riten dràte.
her Dietleip und her Wàte
die hànt einander bestàn.'
6710 dò gàhte man vùr man.
　　Si wàren komen in ein tal.
von ir swerten gie ein schal
daz manz hòrte clingen verre.
dò rief von Bern der herre
6715 'wer dich, herre Dietleip!
gedenke daz din name ist breit:
dù heizest vùrste und bist ein
　　　　degen.
über alle recken ùz gewegen
ist mit ellen din hant.'
6720 in des kom Wolfhart gerant
sam ob er wære ein tobender
　　　　man.
er rief Dietleiben an
'là den schilt ùf daz lant,
nim daz swert in beide hant
6725 und slach slege ungezalt!'
des volgte im der helt balt,
er tete alsam ein volcdegen.
swaz ich gehòrte ie von slegen
in allen minen ziten
6730 in stûrmen ode in striten,
daz ist ein tou unde ein wint.
des küenen Bitrolfes kint
vrumte ùf Wàten manegen slac.
Wàte ouch hin wider wac
6735 vil manegen slac herten.

beide si sich werten
sò sère und alsò vaste:
daz viuwer rehte erglaste
in bèden vor den ougen.
6740 ir sult mir daz gelouben,
daz der viurine nebel
ùf ir helme und ùf ir gebel
ofte rouch unde bran.
sich heten die vil küenen man
6745 in dem sturm sò sère erwegen,
siue mohten nimmer strites
　　　　phlegen:
und doch, swie wè in was ge-
　　　　schehen,
einer wolte dem andern nie ge-
　　　　jehen.
　　Dò schrei der starke Wolfhart
6750 'nùtrà, Bitrolfes zart,
douch an in mit starken slegen!'
do erzurnt der ùz erwelte degen,
Dietleip der hère.
an Wàten lief er sère
6755 mit einem slage sò grimme.
ùz im sò kom ein stimme
'got weiz, her Wàte, ir gebt ez
　　　　her.
ir enphàhet nimmermèr
deheinen solt von Ermrichen.'
6760 er sluoc sò crefticlichen
ùf Wàten einen slac,
daz sich sin helm cloup unz in
　　　　den nac.
er sluoc durch patwàt und hers-
　　　　nier,

(daz sult ir wol gelouben mir)
6765 er douht imz mit ellens hende.
durch hirne und durch zende
sluoc er den starken helt guot.
daz hirne her engegene wuot.
ouch was er an Dietleiben komen
6770 mit eim slage, als ich hân vernomen,
dâ mit er den recken hére
entwellet hete sô sére,
daz Dietleip von dem slage gróz
wol speres lanc von im schóz.
6775 daz bluot im ûz den óren spranc
und ouch zen ougen ûz dranc.
hie mit viel ouch Wâte
tôt nider drâte.
Nider stuont her Dietrich
6780 und ouch die recken algelîch.
si wânden Dietleip wære erslagen.
sich huop ein weinen unde ein
clagen
ob dem recken sére.
ûf rihte sich der hére
6785 Dietleip bî der stunt.
er sprach 'ich bin noch wol gesunt,
ân daz mir arm unde gebel
rehte swebet als ein nebel:
nindert ich mîn enphinde.
6790 nimmer ich erwinde,
ich gereche mîne nôt.
ez muoz wesen Wâten tôt.'
dô sprach der Bernære

'er gesagt daz widermære
6795 nimmer mér deheinem man.
dû hâst im sîn reht getân.
wir suln in harte wénic clagen.
nû schouwe, er lît dort erslagen.'
Vor vreuden er wider maht
gewan.
6800 dâ mit schieden si dô dan
ze Meilân in die veste.
vriunde unde geste
den was durft dô gemaches.
'vogt von Bern, nû laches,
6805 des uns hiute ist widergân.
got hât wol ze uns getân.
er hât uns vil wol bewart
und Ermrich ze leide gespart.
swaz er ie ze untriuwen hât getân,
6810 daz ist an im selben ergân.
welle wir sîn wol ze ende komen,
swaz wir hie éren hân genomen,
sô sul wir Ermrichen
rehte nâch strichen
6815 und besitzen swâ wirn vinden.
des sult ir niht erwinden'
sprach der marcgrâf Rüedegér.
'ich getrouwe got, er gebe ez
her.
wir mugen noch wol liute hân.'
6820 hie wart der rât zehant getân,
si strichen gâchlîchen nâch.
in kurzen zîten daz geschach,

6764 wol *fehlt A*   gelowen *R*   6766 durch das h. *A*   durch *vor* zende *fehlt A*   6770 einen *R*   6772 entwelt *RA*   6778 n. t. *A*   6781 mainten *A*   6783 dem *W*, den *R*   6784 vf huop sich *R*   6787 gebele *R*   6789 rehte *fehlt R*   nebele *R*   6792 m. sein *W. A*   6797 vast klain *A*   6799 dort *W'*, al dort *R*   6799 wider umb m. *A*   6800 sy von dan *A*   6803 w. not *A* da *R, fehlt A*   6806 zv vns *W*, an vns *R*   6807 nv hat vns got wol h. *A*   6810 selbe *R*, selbs *A*   aus gegan *A*   6811 sein nu zu *A*   6813 svl wir *W*, sult ir *R*   6815 b. wir in wo *A*   6816 nicht widerwinden *A*   6818 g. wol er *RA*   6821 si fvren geliche da n. *R*   gächlingen *A*

daz man sagte mære,
wâ Ermrich wære:
6825 daz wart in rehte kunt getân.
her Dietrich vrâgen began
'weiz ab ieman, wer bî im ist?'
dô sprach der bote an der vrist
'er mac noch wol tûsent man
6830 vollecliche bî im hân,
und ist ze Raben in der stat.
her Dietrich sprach 'des wirt
        guot rât,
hey, und vunde wirn dar inne.
ez sî daz er uns entrinne,
6835 er arnet manegen ungetriuwen
        rât,
den er vil lange gebrouwen hât.
daz gilt er mit sînem leben.
ich wil iu mîne triuwe geben,
vinde ich Ermrichen,
6840 ich wil in sicherlichen'   [lant
sprach der künec von Rœmisch
'hâhen mit mîn selbes hant.'
    Si wârn nû komen zuo der
        stat.
alsô man mir gesaget hât,
6845 si herbergten nider.
daz kom in ze staten sider
und dem herren Dietriche.
er hete dâ vollecliche
baz danne vierzectûsent man.
6850 man begunde den sturm he-
        ben an
an die mûre und an den graben.
'si kunnen uns niht vor gehaben

die stat deheine lange vrist.
ob Ermrich dar inne ist,
6855 sô mac uns wol gelingen
an allen unsern dingen.'
    Manic tür unde tor
begunde man in dô tragen vor
an graben unde an mûre.
6860 si sturmten vil untûre
sam ob si niht wolten leben.
si begunden vil cleine geben
umb ir wer ûz der stat.
Ermrich man nû gesaget hât,
6865 daz der von Bern wær selbe dâ.'
Ermrich gie ze râte sâ
mit den die er dô mohte hân.
dô rieten alle sîne man
mit herzen und mit sinne
6870 'wir sulen rîten hinne'
sprach Sibeche unde Ribstein.
'des ist zwîvel dehein,
edeler künic Ermrich,
besitzet uns her Dietrich
6875 mit kreften hie in dirre stat,
sô wirt unser nimmer rât.'
hie wart der reise gedâht.
'nu belîbe wir unz an die naht,
sô sul wir hinnen rîten.
6880 und swie wir langer bîten,
sô hab wir êre und lîp verlorn.
ich vürhte den grimmen zorn,
den der herre Dietrich
ûf dich hât, künic Ermrich.'
6885 Nû hœrt wie man mir gesaget
        hât.

6823 man in s. A   6831 Er ist auch zu A   6833 hey gabe got daz wir in
funden d. A   6834 daz W, ob R   sey dann daz A   6836 gepawen A
6837 giltet A   6838 euch allū m. A   6842 Ich hab in mit A   6746 in fehlt A
6747 und fehlt A   6852 nv stvrmt vast si RA   kunden A   uns fehlt R
nymmer A   6858 in fehlt A   6862 b. hart kl. A   6871 Sybech R.
Sibegk A   6875 chraft R   hie fehlt R   6876 wirt W, wir R   6878 üntz
in die A   6879 wir von h. A   6880 und fehlt A   6881 leip und Ecre A
6882 grymmigen A

Ermrich gebôt ûbr al die stat
armen unde ouch rîchen
'nû wert iuch vrûmeclîchen!
uns kumet ein her morgen,
6890 die lœsent uns ûz sorgen.'
 Der sturm wert allen einen tac,
daz man dà niht anders phlac
niwan werfen unde schiezen.
doch liez sich niht verdriezen
6895 her Dietrich und die sînen man.
der sturm sô herte wart getân
beidiu innen und dà vor,
ûf der mûre und an dem tor
dà wart der strît vil herte,
6900 die stat man vaste werte.
man sach ûz unde in
beidiu her unde hin
die liute vaste versêren.
dô hiez man zuo kéren
6905 mit sturme al umbe an die stat.
als man mir gesaget hât,
dà was herte diu nôt,
da gelac vil der liute tôt.
 Alsô diu naht was bekomen,
6910 (nû hân ich daz vûr wâr vernomen)
dô schuof man mit der ahte
über al die stat wahte.
Ermrich gie an den rât.
die besten er ûz genomen hât
6915 und truoc mit den heimlich an
wie er komen möhte dan.

daz wart im gerâten dô zehant.
die besten nam er alle sant.
von danne entran Ermrich.
6920 er rûmte Raben-heimlich,
er lie die guoten stat stân.
dà mit er gâhen began
gegen Bônônje drâte.
vil grôze sorge er hâte.
6925 Daz beleip unz an den tac.
rîtens al die naht er phlac,
ich mein den künic Ermrich.
er hete gestrichen sô vreislîch.
als ez des morgens wolde tagen,
6930 dô hôrt man in der stat sagen,
(vil genge was daz mære)
man sagte daz entrunnen wære
ûz der stat der künic Ermrich.
dà von verzagtens al gelîch.
6935 si vereinten sich mit schalle
in der stat dô alle
und kómen des über ein
'ditz ist niht ein sorge clein.
daz best daz wir nû mugen tuon,
6940 dà mit wir gewinnen suon,
sî ez iuwer wille gerne,
sô gebe wir dem von Berne
hie ze Raben die stat,
wand si nieman sô billich hât.'
6945 Der rât dûhte si alle guot.
si gewunnen slehtes einen muot
und gebuten einen vride:
der wart gebannen bi der wide.

 6886 alle *R* 6887 Armen *W*, Arm *R* ouch *fehlt A* 6891 Dirre *A* aller *A* 6892 nicht anders da *A* 6895 der herre von Perne und s. m. *A* 6897 dâ *fehlt A* 6898 und ôf dem *R* 6899 vil *fehlt A* 6904 die h. *A* 6905 an *W*, *fehlt RA* 6906 als *fehlt*, gesaget man mir rechte hat *A* 6907 der not *A* 6909 Als *A* komen *A* 6912 vachte *A* 6913 E. der gie *A* 6914 auz *W*, ouch *R* 6915 haimlichen *A* 6916 m. von dan *A* 6917 dô *fehlt R* 6919 v. d. schied der künig E. *A* 6923 Polonie *A* 6924 vil *fehlt A* 6925 b. also u. *A* 6926 ze reyten er a. d. n. p. *A* alle *R* er *fehlt R* 6929 m. begunde t. *A* 6931 gengich *R* 6933 der *fehlt R* 6934 verzagtens *W*, verzagten *R* 6936 dô *fehlt A* 6937 vberaine *A* 6938 klaine *A* 6940 und da mit *A* 6941 Ewr aller w. *A* 6945 Diser r. *A*

dô der vride wart an getragen
6950 (nû wil ich iu vil rehte sagen),
dô giengens alle gelîche
arme unde rîche
ûz der stat vûr diu tor.
dâ vunden si mit schalle vor
6955 den herren Dietrîchen.
si giengen sicherlîchen
vûr den künec ûz Rœmisch lant.
genâde gerten si zehant.
'wir sîn umb daz bekomen her,
6960 daz uns der rîche künec gewer'
sprach ein herre von der stat.
'iuwer wille, herre, an uns ergât.
ob ir uns huld welt lâzen hân,
sô mache wir iu undertân
6965 die stat in iuwer gewalt.'
dô sprach der mære helt balt,
Rüedegêr der guot
'ist danne, daz ir aber tuot
als ir ê habt getân,
6970 sô ist ez bezzer nû verlân.
ir brâchet iuwer triuwe ê:
dâ von mac man iu müelîch mê
getrouwen' sprach her Rüedegêr.
'ez ist niht ein cleiniu êr
6975 umb ein sô hêrlîche stat,
swâ die ein rîcher vürste hât.
ein stat twinget ein lant.'
dô sprâchen Rabenære zehant
'swâ wir uns versûmet hân
6980 und wider mînen herren getân,
dar umb ruoch er ze gisel nemen,

die im ze gisel wol gezemen.'
Dô rieten alle gelîche
dem herren Dietrîche
6985 beide mâge unde man
'ir sult si gerne, herre, enphân.'
des volgte der Bernære.
hie mit endet sich daz mære.
dem rîchen künege ûz Rœmisch
lant
6990 wart Raben gegeben alzehant.
si satzten im triuwe unde leben
und muostn im dannoch gisel
geben.
Rabene er sich underwant.
dô kêrte er wider alzehant
6995 gegen der stat ze Meilân.
vil tiwer er clagen daz began,
daz im Ermrîche
entran sô lesterlîche.
dô sprach der starke Wolfhart
7000 'hey getæte wir noch eine vart,
dâ uns als wol an gelunge!
wie dann mîn herze clunge
vor vreuden als ein schelle!
wurd ich in mîner zelle
7005 noch imer gewaltic alsam ê,
sô geschaeh wærlîchen wê
dem künege Ermrîche.
ich wil nimmer vrœlîche
geleben rehte lieben tac
7010 unz ich mich wol gerechen mac.'
Nû lâze wir die rede stân.
'ez mac noch allez wol ergân'
sprach der Bernære,

6950 vil *fehlt A*   6951 giengen a. *A*   6957 k. von R. *A*   6959 komen *A*
6963 hulde *RA*   6969 Ir vor h. *A*   6972 Euch hart mee *A*   6973 her
fehlt A   6976 wann die *A*   6978 sp. die R. *R*   6980 vnnsern *A*   6981 rvch
W, gervch *R*   ze *fehlt A*   6982 zu nemen w. *A*   6985 Beidiv *R*   magt *A*
6986 herre Ir solt sy g. *A*   6987 da v. *A*   6989 auz *W*, von *RA*   6991 im
gût u. *A*   6998 entrunnen was so *A*   7000 tettâ *A*   7001 also *R*   7002 nu
vei denn m. *A*   danne *fehlt*, in vrevden cl. *R*   7003. 4 *fehlen R*   7004 ich nymmer z. *A*   7005 wird (*W* wrd) ich gewaltich imm' als ê *R*   7010 ûntz es kumpt
daz ich m. rechen *A*

'und trahten ein ander mære,
7015 wen ich lâze hinder mîn,
wer sô getriuwe muge sîn,
dem ich bevelhe mîniu lant.'
dô sprach mit triuwen Hilde-
            brant
'dirre sin der ist guot.
7020 ich wil iu sagen waz ir tuot.
Meilân und Raben die stat,
sît iu die got gevüeget hât,
Raben bevelhet einem man,
an den ir iuch des muget lân
7025 mit triuwen manicvalde,
der sich alsô behalde
an iurem lande, herre,
daz iu dâ von iht werre
leit noch ein ungemach.
7030 und besetzet Meilân dar nâch,
sô ist ez wol ergangen.
und traht umb die gevangen,
wie man die hie lâze
sô wir rîten unser strâze.'
7035 'daz sol schiere gerâten sîn.
vümf hundert sulen wesen dîn,
die beschatze umb lîp oder guot,
oder swie dir râte dîn muot.
sô soltû, edeler marcman,
7040 der gevangen ahthundert hân
und schaffe mit in swaz dû wil:
wil dû, si gebent dir guotes vil.
Dietleip von Stiremarke,
unverzagter recke starke,
7045 ahthundert suln ouch wesen dîn.

swaz der andern mac gesîn,
die teilet undr iuch alle
als ez danne gevalle.'
Ditz wart schier gewegen mit
            kür.
7050 die gevangen wurden brâht dâ
            vür.
an ein gedinge komz zehant
boten wurden vür gesant
dâ hin zuo Ermrîchen
mit brieven endelîchen,
7055 ob Ermrîch mit golde
od mit swiu er wolde
lœsen sîne gevangen,
od ez wær umb sî ergangen.
Ermrîch der wart gemeit,
7060 dô im die boten heten geseit,
daz man im sîner liute leben
ze koufen wider wolde geben.
dô sprach Ermrîch der unge-
            muot
' ich gap nie sô gerne guot
7065 her bî allen mînen tagen.'
er bat im die boten sagen
'ist ab iu daz kunt getân
und sint si komen dar an,
kan ich des haben einen tac,
7070 ob ich si erlœsen mac?'
dô sprach der recke Nentwîn
'herre, welt ir, ich tuon iu schîn,
ob irz hœren welt zehant:
si hânt iu den namen her gesant,
7075 sint iu liep die helde starc,

7015 wann *A*   7017 bevalhe *A*   7018 mit tr. sp. do Hylleprant *A*
7025 manigualden *A*   7026 also tue behalden *A*   7028 daz ln davon *A*   werre
W, gew're *R*, verre *A*   7029 Leiht *R*   dhain *A*   7033 wem man *A*
7037 od' *W*, unde *R*   oder umb g. *A*   7038 od' *W*, und *R*   wie dich weyset d.
A   7039 du milter m. *A*   7043 her D. *A*   7045 ouch *fehlt A*   7046 waz
noch d. *A*   mugen sein *A*   7049 Datz *R*   gewegen schier *A*   7050 dâ
fehlt A   7052 vür *fehlt A*   7053 dâ *fehlt A*   7062 wider ze kauffen *A*
7063 vngemûte *A*   7064 gûte *A*   7066 b. die boten im ze s. *A*   7069 han ich
des aber *A*   7070 daz ich *A*   7072 wilt du ich tûn dir das sch. *A*   7073 ob
du es h. wilt *A*   7074 haben dir d. *A*   7075 s. dir l. *A*

só sendet dar ahzectûsent marc.
ist daz dû des niht entuost,
só wizze daz dû nemen muost
solich jâmer unde leit,
7080 dazz nimmer mére wirt vercleit.'
   Ditze mære und der smerze
der gie Ermrich in sin herze.
vil manege treher er dó lie.
an den rât er dó gie
7085 und bat vriunt unde man
'nû râtet wie ez sule ergân.
weder sol ich geben daz guot
(nû râtet, helde hóchgemuot)
od sol ich mich der liute
7090 sicherlîchen und bediute
hiute an disem tage verwegen?'
dó riet vil manic edel degen
dem künege Ermrîche
'só tæt ir zegelîche
7095 und wæret immermér geschant
swâ manz gevriesche in diu lant.
ir wurdet an iuwern éren kranc,
man gæbe iu manegen undanc
und wurde iu al diu werlt gehaz.
7100 swanne ir, künic, tætet daz,
daz ir die recken hóchgemuot
liezet tœten umbe guot,
só spræche ich und manic man
"wer sol dem bî gestân?"
7105 nû merke waz ich meine:
künec, dû belîbest eine
ûf velden und in vesten
von vriunden und von gesten.
dâ von bewic dich umb daz guot

7110 und lœs die recken hóchgemuot.'
der Ermriche gap den rât,
des namen man mir gesaget hât.
daz was niht Sibeche:
dirre der hiez Gibeche
7115 und was ein recke ûz erkorn,
von Gâlaber was er geborn.
Ermrich sprach an der vrist
'sît ez iu allen liep ist,
só wil ich ir tót wenden
7120 und daz guot nâch in senden.'
daz golt daz wart ûfgewegen,
dâ mit man lœsen solt die degen.
é man daz guot sande dar,
dó muost her Dietrich vür wâr
7125 Ermrîchen gisel senden vür,
daz er sin guot iht sus verlûr.
dó diu sicherheit wart getân,
daz die Dietriches man
enphiengen Ermriches guot,
7130 dó tete man als man noch tuot,
dó lie man die gevangen alle:
die vuoren heim mit schalle.
   Hie beleip her Witege der degen.
dó sprach von Berne der bewegen
7135 'nû tæte ich übel an iu wol,
wær ich untriuwen alsó vol
als ir od künic Ermrich.'
dó sprach der recke lobelîch
'des hæt ir, herre, wol gewalt.
7140 wolt aber ir mich' sprach der
helt balt

'beliben lân bî mînem leben,
ich wolte iu mîne triuwe geben,
dar zuo lîp und êre
setzen alsô sêre,
7145 daz mich schiede kein nôt
von iu wan aleine der tôt.'
dô riet marcgrâve Rüedegêr
und ander manic recke hêr
'von Berne künic hôchgemuot,
7150 wir weln iu sagen waz ir tuot.
lât Witegen ûf sîn triuwe.
er hât lîhte gewunnen riuwe
dar umb daz er iu hât getân.'
her Witege sprechen dô began
7155 'nu versuocht mich, künic hêre.
getuo ich immermêre
wider iuch als grôz als umb ein
                    hâr,
sô werde mir verteilet gar
an allen mînen dingen
7160 und müez mir misselingen.'
her Dietrich sprach 'nû sî ge-
                    schehen.
nû wil ich dîne triuwe sehen.
bistû ein rehte getriuwer man,
daz lâ dir nû sehen an.
7165 wis marcgrâve dâ ze Raben,
sît daz der herzoge Saben
leider ze tôde ist erslagen.
den kan ich nimmermêr ver-
                    clagen
und vergizze sîn nimmermê.
7170 mir tuot diu triuwe alsô wê,

der er mir manege hât getân.
swenn ich gedenke dar an,
sô weinent mîniu ougen.
ir sult vür wâr gelouben, [man,
7175 solt noch leben der getriuwe
dar umbe wolte ich Raben lân,
Meilân unde ouch Berne:
swie liep und swie gerne
zuo den steten stê mîn sin,
7180 die wolte ich vliesen durch in.'
Witege der mære,
dem bevalch der Bernære
Raben mit gewalde.
dô swuor ouch im der balde
7185 drîzec eide an der zît:
die lie er alle meine sît.
'Witege, nû bevilhe ich dir,
nu behalt dich alsô an mir,
daz dir diu werlt dar umb sî holt.
7190 bedarft dû silber unde golt,
daz nim von mînem guote,
swaz dû wil in dînem muote.
dâ mit müez dîn got phlegen.
ouch habe dir, ellenthafter de-
                    gen,
7195 den guoten Schemmingen:
der ist ze dînen dingen
guot ze allen zîten
in stürmen und in strîten
beidiu ze vliehen und ze jagen.
7200 dû darft nimmer verzagen,
swenn sô dû dar ûf bist,
sô kan dich in keiner vrist

7141 lan beliben *R A*   7144 setze *A*   7145 mich von euch sch. *A*   7146 von
in *fehlt A*   on allaine *A*   *Ueber* 7147 aueß wie er die lant stifte und wider ze
hevnen für *R*   7147 der marggraue *A*   7155 herre *A*   7160 müz *R*
7161 Der von Perne sp. *A*   7164 das last du dir schawen an *A*   7165 daz ze
R. A   7168 oymmer verklagen *A*   7169 noch vergisse ich s. *A*   7174 ich
sag iv ane lovgen *R*   7177 ouch *fehlt A*   7178 und so g. *A*   7179 stet *A*
7180 daz w. Ich verliesen vmb in *A*   7181 Witegen dem m. *R*   7182 dem *fehlt R*
7186 also menaidig s. *A*   7189 Daz dir div werlt dar vmb sei h. *W*, daz ich
dir si dar umbe h. *R*   sey darumbe *A*   7191. 92 *fehlen A*   7193 müz *R*
7195 Scheminungen *A*   7198 sturm *R*   7201 wann *A*   sô *fehlt A*

niemen wol erriten
nâhen noch witen.'
7205 dô weste der Bernære
leider niht der mære,
daz im leit dâ von geschach.
daz ergie leider dar nâch.
Dô lie ouch er ze Meilân
7210 Tidas den getriuwen man,
der phlac der marke gerne.
dô satzt er hin ze Berne
den unverzagten Elsân.
'dar umb wil ich niht zwivel hân,
7215 du behaldest mir die guoten stat.
dar umb min herz niht sorge hât.'
daz lant, die marc er wol bewarte.
Amelolt beleip ze Garte.
Dâ mit nam er urloup dan
7220 und alle die künc Etzeln man.
si riten gegen den Hiunen.
lât iu diu mære briunen.
dô si ze Saders in die marc
wâren komen mit vreuden starc,
7225 dô kômen boten gegen in,
als ich der mære berihtet bin,
die vrou Helche hete gesant
in der Amelunge lant
dem herren Dietrichen.
7230 der bote solt sicherlichen
diu mære rehte ervarn hân,
wie ez an dem strite wære ergân.
dô widerritens im under wegen.
her Dietrich und ouch Ezeln
degen

7235 an einander sâhens gerne:
dô vrâgt der herre von Berne
den boten lieber mære,
wâ der künic wære.
der bote sagen im began
7240 'dâ ze Etzelburc hân ich in lân
und mine liebe vrouwen.
und solten si getrouwen
iuwer widerkomens in daz lant,
mir ist daz wærlich bekant,
7245 des gewunnens vrœlichen muot.
wol mich daz ich iuch, helde
guot,
hân gesunt alhie gesehen.
nû kan nimmer baz geschehen
vroun Helchen miner vrouwen.
7250 des sult ir ir getrouwen
und si iu vür wâr geseit,
iwer kunft ist Ezele niht leit.
mir ist daz getriulichen kunt,
daz ir sit alle wol gesunt,
7255 dâ vür næm Ezel dehein guot,
wand er treit iu holden muot.'
dô sprach der herre Dietrich
'daz hât uns min herre volleclich
erzeiget mit den triuwen sin
7260 und ouch diu liebe vrouwe min.'
dô sprach der bote alzehant
'nû saget mir, künec von Rœmisch lant,
wie iu dort gelungen si.'
dô sprach der künic valsches vri
7265 'ez ist uns allez wol ergân.
Raben unde Meilân
ist wider komen in min gewalt.

7203 Niemen *W*, lemen *R*   wol *fehlt A*   7207 lait *W*, leide *R*   7208 er-
gieng ab laider seydt d. *A*   7209 liesz er hie zu *A*   7211 der marcgrave g. *R*
7216 nicht zwivel h. *A*   7217 bewart *R*   7218 Gart *R*   7219 von dan *A*
7220 die chvnig *W*, des chvneges *R*   Ezels *R*, Ezel *A*   7222 berôemen *A*
7227 die hette fr. H. *A*   7243 in lr l. *A*   7244 w. wol b. *A*   7247 hie *A*
7249 fraw H. *A*   7251 sei auch euch *A*   7252 zôkunft *A*   Etzeln *A*
7254 alle seit *A*   7455 nymbt *A*   7256 euch vil h. *A*   7261 aber ze hant *A*
7264 wanndels frey *A*   7265 alles *W*, allen *R*

ez ist ein wénic baz gestalt
in mîner armen marke
7270 dann ê' sprach der starke,
'dô ich næste dannen schiet,
dô mich Ermrich verriet.'
dô sprach der bote 'ich wil iuch biten,
ist ein veltstrît gestriten?
7275 ist iu gelungen wol dar an?'
'jâ' sprâchen alle Etzeln man,
'wir haben gesiget vrûmeclîch.
ez hât der künic Ermrich
edeler recken ûz erkorn
7280 sehs und vümfzic tûsent vlorn.'
'sô sît ir heiles ûz komen?
habt ab ir iht schaden genomen?'
dô sprach der milte marcman
'ez ist ân schaden niht ergân.
7285 niuntûsent sint uns erslagen.
alsô soltû rehte sagen
Ezeln dem herren mîn.
dâ mit müez got phlegen dîn.'
urloup nam der bote bereit,
7290 er wart vrô und gemeit.
vaste gâhen er began
vûr sich gein Ezelburc dan.
  Alsô der bote zuo reit,
vor dem palas ûf dem hove breit
7295 stuont er nider ûf daz gras.
in der zît komen was
vrou Helche diu vil guote.
den boten hôchgemuote
si al dort her gâhen sach.
7300 si erkom vil sêre unde sprach
'gote willekomen, Îsolt.

mîn herze grôzen kumber dolt
umb daz widerkomen dîn.
sage mir durch den willen mîn,
7305 waz diut dîn widerrîten?
ich vürhte an disen zîten,
dû bringest leidiu mære
von dem Bernære.
durch got île mir ze sagen,
7310 weder sint die recken erslagen
od sint si gevangen
od wie ist ez ergangen?'
dô sprach her Îsolt zehant
'künigîn von Hiunisch lant,
7315 lât iuwer ungebære.
ich sage iu liebiu mære:
si sint alle wol gesunt.
ich bin in vil kurzer stunt
bî in allen gewesen,
7320 si sint alle wol genesen.
ir ist ein teil tôt
und hât der Bernær sîne nôt
ein wênic überwunden.
si koment in kurzen stunden
7325 her ze Etzelburc vrœlîche.'
vrou Helche diu rîche
vrâgte dô der mære
umb den Bernære.
'wie ist ez dort ergân?
7330 sage mir, helt, wie manegen man
hât der vürste ûz erkorn
an dem strîte dort verlorn?'
her Îsolt sagte ir zehant
'vrowe, si tâten mir bekant
7335 und hôrte ez Rüedegêren sagen,
niuntûsent sint im erslagen,

7270 dann es was sp. *A*   7273 b. herr ich *A*   7276 Etzels *R*, Ezels *A*
7277 frumchleich *W*, frumlich *R*   7279 r. ouch erchorn *R*   7281 lr mit hayl *A*
    7282 lr aber *A*   7285 n. t. die sein uns *A*   7288 mv̂z *R*   7291 v. strei-
chen er *A*   7292 Etzelnburg *A* uö.   7293 Als *A*   7298 dem *A*   7299 heer
geen s. *A*   7305 bedeûtet *A*   7312 ez in e. *R*   7313 her *fehlt R* (*W* der)
zehant *W*, al zehant *R*   7320 wol *fehlt A*   7321 lir *R*   ein klein ding t. *A*
    7326 reichen *A*   7333 saget es zehant *A*   7335 hort ichs *A*   7336 in *R*

dem herren von Berne.'
daz hórt vrou Helche ungerne.
'si hânt ab sich wol gerochen.
7340 erslagen unde erstochen
sint dem künege Ermrîche
sehs und vümfzic tûsent volleclîche.
sînen schaden er wol gandet hât.
Meilân die guoten stat
7345 und ouch die stat ze Rabene,
von danne der starke Sabene
geboren was, vrouwe mîn,
die stete sint bêde wider sîn,
mînes herren Dietriches,
7350 und sint die Ermriches
vil nâch alle drumbe tôt gelegen
und hât gesiget von Bern der
degen.
gesunt ist marcgrâf Rüedegêr
und Dietleip der recke hêr,
7355 Blœdel und hêr Îrinc,
vil wol stêt ir aller dinc.
Nuodunc unde Baltram
wol gesunt ich si gesehen hân.
her Gotel und her Helphrich,
7360 Walther der ellens rîch,
si sint reht alle wol gesunt.'
'sælic müeze sîn dîn munt!'
sprach vrou Helch diu guote
mit tugentlîchem muote.
7365 Dô kom ouch Etzel her gegân
und vant den boten hie stân,
den er gein Rœmisch lant
umb diu mære hete gesant.
dô in Ezel an gesach,

7370 nû sult ir hœren wie er sprach.
'dû hâst mir vreude vil benomen.
mich wundert umb dîn widerkomen
daz dû sô schiere hâst getân.
ich wæn tôt sîn alle mîne man.'
7375 'nein, herre, si sint wol gesunt.
ir sehet si in vil kurzer stunt
hînaht oder morgen:
dar umb sult ir niht sorgen.'
'hâst dûs sô vrœlîch gesehen,
7380 als ich dich selbe hœre jehen,
sô soltû grôze miete hân:
diu marke sî dir undertân
von Rôdnach unz an Budîne.
Îsolt, geselle mîne,
7385 daz wizze, ich bin dir immer
holt.'
'genâde, herre' sprach Îsolt.
Sich vreuten manicvalde
beide junge und alde,
die wâren dirre mære vrô.
7390 in der zît kômen dô
die strîtmüeden recken,
die starken und die kecken
mit schalle ûf den hof geriten.
dô kom mit hêrlîchen siten
7395 Ezele der rîche,
und enphie si güetlîche.
dô dancten im mit schalle
die werden recken alle.
mit vreuden allez daz dâ was
7400 in dem hove und ûf dem palas.
Etzel und her Dietrich
die giengen samt lieplîch

über hof ûf den palas,
dâ diu vil reine Helche was
7405 und ouch manic hêrlîch meit.
den hete vrou Helche geseit,
daz dem Bernære
wol gelungen wære.
als Etzel und her Dietrich
7410 dort her giengen sicherlîch,
vrou Helche zühticlîch ûf stuont,
als noch die reinen vrouwen
tuont.
sprechen si begunde
ûz tugentlîchem munde
7415 'got willekomen, her von Berne.
iuwer komen sihe ich gerne:
mir ist liep, sît ir gesunt.'
dô sprach mit zühten bî der
stunt
der unverzagte Dietrich
7420 'genâde, küneginne rîch.'
die vrouwen die dâ sâzen
ouch des niht vergâzen,
si nigen alle vil gerne
und gruozten den von Berne.
7425 Dô daz grüezen ende nam,
dô kômen ouch dort her gegân
die hôchgemuoten alle,
die enphie man mit schalle.
daz ist mich niht verswigen,
7430 her und dar wart genigen.
dâ wart vrâgen vil getân,
wie der strît wære ergân:
daz tete in der von Berne kunt,
er sagte Ezeln an der stunt

7435 und den vrouwen ûf dem palas,
wie ez allez dort ergangen was.
Dâ was nieman, ern wære vrô.
ouch kom gegangen dô
der junge künec von Rœmisch
lant.
7440 der was Diether genant,
er was bruoder des von Berne.
an einander sâhens gerne.
in kust der herre Dietrich
mit triuwen harte lieplîch.
7445 er sprach 'bruoder Diether,
unser lant lît vast âne wer:
doch muget ir wol trôst hân,
Raben unde Meilân
hân ich wider ertwungen.'
7450 'daz iu ist wol gelungen'
sprach Diether der junge degen,
'des lobe ich got ûf allen wegen.'
Hie mit daz mære ende nam.
'noch vil tiwere ich mich des
scham'
7455 sprach der herre Dietrich,
'daz Lamparten unde Rœmisch
rîch
ein als ungetriuwer man
sol in sînen phlegen hân.'
'nû lât diu mære under wegen.
7460 wir suln ander kurzwîl phlegen'
sprach Etzel der guote
'und leben mit hôhem muote.
wir suln baneken rîten,
und dar nâch bî den zîten
7465 sol ein buhurt sîn getân.'

7411 H. die frawe auf *A*　　7415 h're *RA*　　7416 k. ways ich *A*　　7417 liebe
A　　7418 z. an der *A*　　7423 naigten *A*　　vil *fehlt A*　　7424 grûzden den *R*,
grûeassen d. *A*　　7425 daz *W*, *fehlt R*　　ein e. *R*　　7426 chom *R*　　7429 mir *A*
　　7435 Vnd *W*, von *R*　　und auch den *A*　　7436 dort *fehlt A*　　7437 n. oder
er *A*　　7438 da kam auch g. *A*　　7444 vast l. *A*　　7445 sp. herr Br. *A*　　bv-
der *R*　　7450 iv ist *W*, ist iv *R*　　d. es ist *A*　　7453 m. ein e. *A*　　7455 der
Perner D. *A*　　7456 Lamparten *W*, Lampart *R*　　7457 ein so vng. *A*　　7458 seiner
Phlege *A*　　Ueber 7459 aueñ wie vrô herrat hern Dietrich wart enphestent *R*
7459 m. hie und. *R*　　7465 so sol *A*　　s. erhan *A*

zehant man loben daz began.
  Die mœre wâren nû bereit,
die edeln ritter wol gecleit
die wâren komen alle.
7470 dâ huop sich mit schalle
ein buhurt vor dem palas.
man sach dâ streun ûf daz gras
vil manege buckel rîche.
der buhurt herticlîche
7475 vor dem palas gie entwer,
diu rotte hin, jeniu her.
  Der buhurt werte unz an daz
    zil,
als ich iu bescheiden wil,
unz daz man ezzen solde gân.
7480 alrêst wart der buhurt lân.
die vrouwen heten wol gesehen,
dâ der buhurt was geschehen,
dâ was vreude unde schal.
mit maneger kurzwil in den sal
7485 gie der künic lobelîch.
sin messenie diu was rîch.
mit tanzen und mit singen
hôrt man suoze erclingen.
der schal von den liuten dôz.
7490 diu kurzewîle diu was grôz.
der rîche künec von Rœmisch
    lant
der wîste selbe an sîner hant
den reien in dem palas vor.
mit vreuden vuoren sî enbor.
7495 die der künec dâ mohte hân,
beide vrouwen unde man,
die wâren dâ vil hôchgemuot:

des man nû leider niht entuot.
mich wundert ze allen stunden,
7500 war diu vreude sî verswunden,
daz man der nû sô cleine phliget.
ich wæne trûren habe gesiget.
  In disen vreuden manicvalt,
als ich iu hie hân vor gezalt,
7505 und man in kurzewîle saz,
Ezel des niht vergaz,
er sprach ze dem von Berne
'welt ir mir volgen gerne,
edel künec von Rœmisch rîch,
7510 ir sît nû wol sô mehticlîch
an lîbe und an guote
und ouch mit wîsem muote,
ez ist vol wahsen iuwer lîp:
ir soldet werben umb ein wîp.
7515 des bedorfte vil wol iuwer lant
und ouch die iuren allesant.'
dô sprach der Bernære,
daz des noch wol zît wære.
'mâge vriunde unde man
7520 die sulen iuch des niht erlân
ode ir nemet eine konen:
sô mac iu sælde bî gewonen.'
dô sprach der herre Dietrich
'nû sint elliu mîniu rîch
7525 leider gar ze blœde
und allez mîn gelt œde:
war sol ich danne des êrsten hin,
sît ich sô gar beheret bin
alles des ich solde hân.
7530 mâge liute unde man
die sint gar zergangen.

7468 beklait *A*   7472 auf daz *W*, ôfz *R* ,   7477 ward vntz *A*   7478 Ew
nu b. *A*   7480 Buhurt gelan *A*   7481 h. alle w. *A*   7484 dem *R*   auf dem *A*
7485 liet der *R*   lobeliche *A*   7486 diu *fehlt A*   riche *A*   7487 *beide*
mit *fehlen A*   7488 auf durch den palas klingen *A*   7490 k. was so gr. *A*
7491 von Hunischlant *A*   7492 selb mit s. *A*   7494 fur alles das e. *A*   7495 dâ
fehlt A   7497 vil *fehlt A*   7498 thuet *A*   7500 wa diu *R*, wahin d. *A*
7504 hie *fehlt A*   7512 mit *W*, an *R*   7513 wolgewahsen *R*, erwachsen *A*
7514 solt *A*   7516 allensamt *R*   7522 mag Im selikait b. *A*   7526 alle m. *R*
7527 wo sol ich *A*   7528 verheert *A*

mir ist als eim gevangen,
der mit trûren umbe gât
und lützel iht gewaldes hât.'
7535 vrou Helche diu reine sprach
'vogt von Bern, dîn ungemach
des mac werden guot rât.
Etzel ditz sus niht gesprochen
hât.
ob dû dir wil guotes günnen,
7540 sô nim ûz mînem künne
ein wîp, künic rîche.
daz gevrumt dich sicherlîche.'
dô vrâgte der Bernære,
wer diu vrouwe wære,
7545 die si im geben wolde
od der er muoten solde:
'ir seht wol, vrouwe wolgetân,
daz ich lützel guotes hân.'
dô sprach diu küniginne hêre
7550 'dar umbe zwîvel dû niht mêre.
ich hân einer swester kint,
der lant wît und rîche sint:
bî der soltû belîben.
dû kanst nimmer baz gewîben'
7555 sprach vrou Helche zehant.
'si ist Herrât genant,
diu schœnist diu nû lebentec ist.
ich enlobe si niht durch den list,
daz ich ir triuwe leisten sol:
7560 ich weiz wol si behagt dir wol
mit edele und mit rîcheit,
vür wâr dir daz sî geseit.
ob si ab niht guotes hæte,
sô bin ich wol sô stæte,

7565 daz ich ir elliu mîniu lant
gibe in dîn eines hant.'
mit zühten sprach her Dietrich
'mit urloube, küneginne rîch,
bite ich iuch umb eine vrist.
7570 sît niemen mîner mâge ist
hie, die ich nû solde hân,
ich wil gesprechen mîne man.'
'daz ist mîn wille vil wol,
gerne ich dirs gunnen sol.'
7575 Dan gie der Bernære
und sagte disiu mære
sînen getriuwen liuten
und begunde in bediuten,
waz vrou Helche diu rîche
7580 muote an in sicherlîche.
'si wil des niht rât hân
ode ich grîfe dar an
und neme ein wîp drâte.
nû habt in iurem râte,
7585 wie ich mit disem dinge tuo.
da bedarf ich iuwers râtes zuo.'
bî disen dingn was Rüedegêr.
dô sprach der getriuwe recke hêr
'edel künec von Rœmisch lant,
7590 nû ruocht vernemen al zehant.
ich bin niht ein sô wîse man,
der sinne ich ouch sô vil niht
hân,
daz ich iu gæbe wîsen rât:
ab daz beste daz mîn herze hât
7595 mit wîsheit beslozzen,
daz râte ich unverdrozzen.
sit man ez allez sprechen sol,

7534 iht *fehlt* A   7535 d. vil r. A   7538 d. vm aus a. R, E. umbsust es a. A
7539 Wiltu dir selbes g. g. A   gvnne R   7540 aus meinen kunnen A
7542 g. dir A   7546 die er A   7550 mære R   7551 h. armer sw. A
7552 deren A   7556 ist fraw Herrant g. A   7558 lobe A   7561 m. adel u. A
7562 sey dir das A   7563 aber sy A   7571 nû *fehlt* A   7572 besprechen A
7574 ich dir des gerne A   7580 an in *fehlt* A   7585 disem dinge W, disen
dingen R   7586 dabey darff A   7591 ouch bin ich nicht so R   weyser A
7592 ich niht envollen h. R   7294 aber A

herre von Berne, ir wizzet wol,
wie ez umbe iuch ist gestalt.
7600 iuch twinget nôt unde gewalt.
kumberhaft sint iuriu lant,
dâ von ir gwaltige hant
haben soldet ze allen zîten
in stürmen unde in striten,
7605 dâ sît ir von gescheiden.
lât iu mînen rât niht leiden.
dâ kunnt ir nimmer wider zuo
komen
(ir habt daz selbe wol vernomen)
ez muoz an Etzeln helfe stân.
7610 ez enkan anders niht ergân,
sult ir betwingen iuwer lant,
(iu ist daz selbe wol erkant),
daz muoz mit Etzeln geschehen.
nû lâze ich iuch wol selbe sehen,
7615 nemt ir vroun Herrâten niht,
nimmermêr iu dienst geschiht.
und vrâget alle iuwer man,
ob ich iu rehte gerâten hân.'
dô sprach der alde Hildebrant
7620 und ouch die andern alzehant
'er hât iu getân den besten rât.
sît iwer dinc, herre, alsô stât,
daz ir niht Ezeln muget enbern,
sô sult ir vil gerne gewern'
7625 sprach Hildebrant der guote
'swes vrou Helche an iuch
muote.'
dô sûfte der Bernære.
mit zühten sprach der mære
'swes niht rât sîn kan,

7630 daz sol man lâzen vür sich gân.'
Daz beleip unz an den andern
tac.
her Dietrich sich des gar bewac.
alsô ez begunde tagen
(nû hœret vürbaz mære sagen),
7635 dô sande er nâch Rüedegêren
und nâch andern recken hêren
und bat die alle mit im gân,
dar zuo nam er sîn selbes man.
dâ mit er ze hove gie.
7640 vrou Helche in güetlîche enphie,
alsô tet Ezele der rîche.
dem herren Dietrîche
erbôt man êren genuoc.
zehant man ûf die tische truoc
7645 tischlachen, als man solde,
wand man ezzen wolde.
ûf stuont der Bernære
und ander recken mære.
dô sprach marcgrâve Rüedegêr
7650 'edeliu küniginne hêr,
mîn her von Berne der ist komen,
als ir habt selbe wol vernomen,
swaz ir gebietet daz geschiht:
er brichet iuwers willen niht.'
7655 dô sprach vrou Helche diu vrouwe
'wol ich im des getrouwe,
daz er mînen willen tuot:
daz sol im immer wesen guot.'
ditz geschach ûf dem palas,
7660 dâ der künic Ezel was
und ander manic hôher man.
Ezel sprechen nû began

'sit ez sich só gevüeget hât,
daz ez ist komen an die stat,
7665 só lâze wirz enzlt ergân,
dâ mit ez ende müge hân.'
vrou Helche was vró und gemeit.
zehant si dó niht langer beit,
dó swuor man dem herren Diet-
      rich
7670 vroun Herrât, ein küniginne rich,
zeinem wîbe alzehant
und bevalch ouch ir den wîgant.
vrou Helche gap im rîchez guot,
von Berné dem vürsten hóch-
      gemuot,
7675 si tete im michel ére
und vürdert in ie mére
an allen sînen sachen,
swâ si kunde daz gemachen,
daz im was ére unde guot.
7680 si gap dem vürsten hóchgemuot
Sibenbürgen das guot lant
ze ir swester tohter alzehant.
   Dó diu hîrât ergie
(nù hœret starkiu mœre hie),
7685 dó kómen boten geriten
mit vil leidigen siten
ze Ezelburc vür den sal.
nù wârn gegangen über al
die recken ab dem palas.
7690 der bote der dâ komen was
der was Eckewart genant,
den hete her Amelolt gesant
dem herren Dietrichen

ze Hiunischen rîchen.
7695 der bote wart enphangen wol,
alsó man billîch tuon sol.
den erblihte Hildebrant,
den recken kuste er alzehant.
vür hern Dietrich er dó gie.
7700 lieplîch in der Bernære enphie,
er bat in gotwillckomen sîn.
'sage an, lieber vriunt mîn,
wie stét ez dâ ze Berne
(daz hórte ich harte gerne)
7705 umb Raben und umb Meilân?
ist ez als ich ez lâzen hân?'
Eckewart vil trûriclîchen sach
an sînen herren unde sprach
(sîn ougen wurden treher vol)
7710 'ich enweiz waz ich sagen sol'
sprach der bote ûz erkorn.
'Raben habt ir wider verlorn:
daz hât Witege hin gegeben
und dar zuo al der liute leben,
7715 beidiu wîp unde kint,
alle die in der stat sint,
die hât Ermrich erhangen
und lützel ieman gevangen.
er hât ir vil ze tóde erslagen.
7720 swaz ich von untriwen ie hórte
      sagen,
daz ist ein tou unde ein wint
wider die, die dâ ergangen sint.
ez sol ouch nimmermér gesche-
      hen.
ich hân den jâmer dâ gesehen,

7665 wir bey z. A   7670 Herratē R   die k. A   7671 ze einem W, ze einen R   7672 si was ein chvnegiñ genant R   7673—7682 fehlen R   7676 in yemer und mere A   7677 in a. A   7682 tochtern A   Ueber 7683 auentiu' wie b' dietrich gegen Berne fūr mit herschraft R   7683 der h. A   7688 gegangen W, gegan R   7691 Ekwart R uö.   7692 hete fehlt A   7694 in Hunisch reiche A   7696 als man noch billichen A   7697 Eckewarten den RA   7699 f. den h. A   7702 s. mir Eckewart l. A   7704 vast g. A   7706 Es stet A   hau gelan A   7707 vil fehlt R   7709 w. von weinen v. A   7710 ich ways nit A   7712 widerumb A   7714 aller lewt A   7717 erh. und erslagen A   7718.   7719 fehlen A   7720 untriwe R   7722 die vntriwe die RA

7725 den man muoz immer mére
clagen,
swâ man ez hin hœret sagen.
vierzec hundert vrouwen
den sach ich abe houwen
ir houbet mit den swerten,
7730 dô si genâden gerten.
alle mit jâmer dâ sint.
mér dan sehshundert kint
die hiez henken Ermrich.'
die begunde der herre Dietrich
7735 weinen harte sére.
clegelîch sprach der hére
'owé daz ich ie wart geborn!
alrést hân ich gar verlorn.
nû swindet immermér mîn
muot.
7740 ich wolt verclagen gar daz guot
daz mir hât Ermrich genomen:
ditz leit kan ich nimmer über-
komen.
owé jâmer unde nôt!
owé dû verteilter tôt,
7745 der mich sô lange leben lât!
wie sére mich gevazzet hât
unsælde und grôz arebeit!
mir geschach nie sô leit
in allen mînen jâren.
7750 wie sol ich nû gebâren!
owé ich armer Dietrich!
herre got, wie hâstû mich
sô rehte unsælic getân!
swaz ich liebes ie gewan,
7755 dâ bin ich von gescheiden.
bruoder Diether, uns ist beiden

elliu werltwunne benomen.
wir kunnen nimmer wider komen,
sît sich sô sére offenbâret
7760 allez daz uns beswâret.
des wirt ie mér unde mér.
owé' sprach der vürste hér,
'Witege, ungetriuwer man,
waz hâstû nû an mir getân!'
7765 Nû hete ouch daz mære vernomen
und was an den künic komen,
Ezele von Hiunenlant,
dem was gesaget alzehant,
daz dem Bernære
7770 Raben hin gegeben wære
mit liuten und mit guote.
Ezele der hochgemuote
vil balde vrâgen began
'jâ herre, wer hât daz getân?'
7775 'daz hât Witege der degen.
er hât mit allen sinen phlegen
sich ze Ermrich gephlihtet
und mit dienste zim gerihtet.'
Ezel der begunde clagen
7780 'seht zuo dem ungetriuwen zagen,
welch ein untriwe der hât getân!
an wen suln sich nû die vürsten
lân?'
Hie mit disem mære
gie ouch der Bernære
7785 vür Ezeln ûf den palas.
sîn herze mit leide gevangen
was.

7726 hin *fehlt* A   7727 viertzehen A   7729 den *fehlt* A   7730 gnad
begerten A   7731 alle die m. A   7734 der tugentrich R   7435 Bewainen A
7736 der recke h. A   7742 mag ich A   7747 grôz *fehlt* A   7752 wie
verlast du A   7757 aller w. A   7764 nu W, *fehlt* R   7765 ouch nu d. RA
7767 Etzeln v. Hünischlant A   7775 h. her Weyttege A   7776 der
h. A   7778 d. an In g. A   7779 der *fehlt* A   7780 er sprach s. R   er sp.
nu s. an den u. A   7791 wie ein A   7782 nû *fehlt* R   7786 gevangen W, bevangeu R

als in der künic Ezel sach,
nû hœrt wie güetlîch er sprach
'gehabt iuch wol, her Dietrich,
7790 und wizzet daz endelîch,
ich wâge allez daz ich hân
od ich gereche daz iu ist getân.'
dô sprach der herre Dietrich
'genâde, edeler vürste rich.
7795 al die triuwe die ir an mir tuot,
sol ich immer êre unde guot
gewinnen bî dem leben mîn,
daz muoz durch iuch gewâget
    sîn.'
Ditze grôze herzenleit
7800 was vroun Helchen nû geseit.
do begunde si vil tiure clagen
und in ir herzen tougen tragen
ditze leide mære
umb den Bernære.
7805 daz gestuont unz daz man ezzen
    gie,
Ezel dô daz niht enlie,
er tete der reinen Helchen kunt
und sagte ir bî der selben stunt
die untriuwe und daz mære
7810 umb den Bernære.
si sprach 'daz muoz got sîn ge-
    cleit.
sold ich im wenden sîniu leit,
daz tæte ich mit mîn selbes lîp'
sprach daz vil getriuwe wîp.
7815 die wîl man ob dem tische saz,
dô sach man trüebe unde naz
dem Bernær sîniu ougen.
daz marhte Ezel tougen.

dô man nû hete gezzen,
7820 Ezel der vermezzen
wider den Bernære sprach
'lât iu den starken ungemach
sô nâhen niht ze herzen gân.
tuot reht als ein biderber man,
7825 der gewont hât arebeit.
ich wil mit iu iuwer leit
tragen unz ûf den tac,
daz manz wol gerechen mac.'
Eckewart hinvür trat.
7830 er sprach mit zühten an der
    stat
wider den Bernære
'wie tuot ir nû umb disiu mære?
ich sage iu, mîn her Dietrich,
daz der künic Ermrich
7835 mit grôzer samenunge lît
in dem herzentuom ze Spôlit,
und wil iu noch mêre sagen:
er gewan noch nie bî sînen tagen
ein her alsô creftîclich
7840 über al Rœmischiu rich.'
Ezel vrâgen dô began
'ist ab dir daz kunt getân,
wie grôz mac doch daz her we-
    sen?
mac ab iemen vor im genesen?'
7845 Eckewart der helt sprach
'nie ouge sô grôz her gesach
ûf Rœmischer erde.
er hât' sprach der werde
'wol zwei hundert tûsent man.
7850 mich muoz immer wunder hân,
wâ er si alle habe genomen

od von welhem tievel si sint komen.'
'wundert dich des ?' sprach Dietrich.
'swaz hordes zwéne künege rich
7855 heten von golde und von gesteine,
daz hât er alters eine:
er hât der Harlunge golt,
dà von git er noch lange solt.
sò hât ouch er vür wâr
7860 allen den hort vil gar,
den Dietmâr der vater mîn
ie gewan bî den tagen sîn.'
Ezel sprach besunder
'daz ist niht ein wunder,
7865 mac er vil guotes hân:
des ist im nôt hie an.
her Dietrich, er muoz benamen
 iuch sehen
(und sol daz kurzlich geschehen)
in Rœmischer marke
7870 mit einem her sò starke,
daz nie kein grœzer wart gesehen.
des müezet ir mir selbe jehen.'
'kund ich iu, herre, danken
 wol'
sprach her Dietrich, 'als man sol,
7875 sò dancte ich iu des guotes
der êren und des muotes.
als einen siechen ir mich labt
mit den triuwen, die ir geln mir
 habt:

der sol ich nimmer vergezzen.
7880 kumt ez sò' sprach der vermezzen,
'daz ez iu wider heim kumt,
mit swiu ir mich nù gevrumt,
daz wirt gedienet wol von mir.
künic Etzel, und welt ir,
7885 wir sin immer ungescheiden:
daz stætig ich mit eiden.'
 Des sagte im Ezel grôzen danc.
daz gestuont dar nâch unlanc
unz daz Etzel hiez rîten
7890 und hiez gebieten wîten
eine hervart über sîniu lant
und hiez künden alzehant
allen den sînen hin ze Gran,
dà wolde er samenunge hân.
7895 die brieve die er sande
al umbe in sînem lande,
dà stuont ouch slehtes an geschriben
(des bin ich niht ûz beliben),
waz er geben wolde
7900 allen den ze solde,
die die hervart wolden varn.
'und sagt' sprach Botelunges
 barn,
'swer dar über hie heime bestê,
daz ez dem niht wol ergê.'
7905 diu hervart wîten wart bekant
und ein zil in vor genant.
in wart vil kurzlîche schîn,
wenn si ze Grane solden sîn:
'über aht wochen

7853 sp. her D. *A*   7859 er auch *A*   7860 vil *fehlt A*   7865 gûtes vil *A*
7866 hier an *A*   7867 euch beynamen *RA*   7868 chvzlich *R*   7871 gros-
sers *A*   7873 herre kund ich nu d. w. *A*   7879 nimmer *W*, imm' *R*   7880 kumpt
es ymmer also sp. *A*   7883 wol *fehlt A*   7886 bestûtte *A*   mit den ayden *A*
7889 stuend d. n. vil unlang *A*   7891 h. in s. *R*   7896 in dem l. *A*
7897 schlecht *A*   7901 so die h. *A*   7903 dar vber *W*, daz vrber *R*   her
baym *A*   7906 und *fehlt A*   vor ward g. *A*   genant *W*, benant *R*   7907 und
w. in *A*

7910 si iu der tac gesprochen.
só sol man sich heven von Gran.'
do begunde vrâgen manic man,
war diu hervart solde
od war hin Ezel wolde.
7915 'daz wirt iu danne wol bekant.'
nû lâz wirz dâ mit hie zehant
und kûnden andriu mære hie,
waz man die wil ze Ezelburc
begie.
Daz èrst was daz man boten
sande
7920 hin gegen Rœmisch lande
ze Berne und ze Meilân.
nû wil ich iuch wizzen lân,
die allergrœzisten tugende
die kein vrouwe begie in der
. jugende,
7925 die begie vrou Helche, daz ist
wâr.
si sande vil heimlîche dar
vierzec soumære
ze stiure dem Bernære,
die vuort man gegen Berne.
7930 nû sult ir hœren gerne,
durch waz vrou Helch die tugent
begie,
daz wil ich iu kûnden hie.
si sagte ez heimlîchen
dem herren Dietrîchen, [lant,
7935 si sprach 'kûnec von Rœmisch
ich hân ein teil guotes gesant
dâ hin gegen Berne.

daz solt dù nemen gerne.
daz hân ich dir dar umbe getân,
7940 dù vil unverzagter man,
ob dir guotes werde nôt.
só nim dù daz golt rôt
und gip ez den kecken,
só sint dir holt die recken.
7945 dù weist wol, hôhes kûneges
kint,
swie holt dir die liute sint,
si gewinnent undiensthaften
muot,
swenn dù in niht hâst ze geben
guot.'
Den hôhen vürsten daz wol stât
7950 daz man die liute liep hât
mit helfe und mit guote
'und mit willigem muote.
só sint ouch in die liute holt
und dienent willeclîch den solt.
7955 swer urliugen wil und strîten
sol,
der bedarf der liute gunst wol.
betwungen dienst der ist niht
guot.   [tuot,
swer dienst betwungenlîchen
dâ mac wol schade von ûf gestân.
7960 wil er einen iegelîchen man
in sînen dienst betwingen,
im mac dran misselingen.
owé, waz des nù geschiht!
wie manegen man nù dienen siht
7965 betwungen dienest alle tage.

7910 sey ln d. A   7913 wohin die A   7914 wo E. hin A   7916 wir es
nu zehant A   7919 was *fehlt* R   Daz was daz erste daz A   7920 dahin A
7923 allergrosten A   7924 dechein R   die ye kain A   7926 vil *fehlt* A
7931 durch wen A   div t. R   7935 Fraw Helche sp. A   romislant R uö.
7936 han euch ein A   7937 al da hin A   7941 wurde A   7942 da A
7943 den knechten A   7945 hoch k. A   7947 gew. dir in diensthaftem A
7954 williklichñ A   7955 wer vor lůgen sol A   7957 der wirt nymmer g. A
7958 gezwuugenl. A   7959 da mag dem herrren wol s. davon aufstan A
7961 zwingen A   7962 daran A, dram R   7965 betw. die nv a. R

ez ist nû meist der werlde clage,
daz si só vil dienet áne ir danc
und daz diu helfe ist só cranc,
die man in dar umbe tuot.
7970 des swende got der vürsten guot
und si ir séle und ir leben
dem übeln tievel ergeben!
dirre vluoch clegelîch
gé über die bœsen vürsten rîch,
7975 die nû dâ vürsten sint genant.
ich wil sprechen alzehant,
vervluochet si der sich des vlîzet
daz er dem herren wîzet
ob er indert mit dem guot
7980 etewâ unarcllchen tuot.
ir werdet nimmer áne sorgen:
só kumt ein bote hînt ode morgen
'wol ûf unde sît bereit,
ir vart ze hove wol gecleit,
7985 daz gebiut iu mîn herre.'
so vertiefet ir iuch verre,
ir setzet riute unde velt,
ir verkoufet iuwern huobegelt.
sus swendet ir iuwer guot.
7990 só ir iu schaden dann getuot,
só komt ein ander bote gerant,
der gebiut iu alzehant
'lât die hovevart under wegen:
ez ist ein hervart gewegen,
7995 dâ vart hin mit gesellen vil.'

man stecket iu ûf solhiu zil,
dâ von ir alle verderbet
und armuot erwerbet.
Dise wernde swære
8000 hât Heinrich der Vogelære
gesprochen und getihtet.
ir sît vil unberihtet,
ir grâven vrîen dienestman.
ich sihe wol daz man iu niht
gan
8005 guotes noch der éren.
man wil iu verkéren
iuwer reht alle tage.
ez ist wâr daz ich iu sage.
man setzet die geste
8010 ûf iuwer erbeveste
und müezet ir dar zuo sehen.
swaz iu des immer mac geschehen,
dar umb türret ir niht sprechen
wort
od ir sît alle mort.
8015 sît ich iu, grâven vrîen dienestman,
mit melden niht gebüezen kan,
só gé übr iuch der gotes segen
und ringe iur leit ûf allen wegen!
Ich wil mîn altez mære
8020 von dem Dernære
rehte wider heben an,
wie ez umbe in ende nam.'

7966 ist ist R   allermaist nu A   7967 ir *fehlt* A   7973 disen fl. A
chlagelich R   7974 der ergee ü. alle die f. r. A   7975 dâ *fehlt* A   7977 sey
Er wer sich A   7978 der in die h. A   den R   das w. A   7979 oder ynn-
dert A   7980 ettwen A   archlichen RA   7981 wert R   7982 bot heut
einer m. A   7984 ir werdt ze h. wol klait A   v. gein im w. R   7985 *nach*
7886, *doch corrigiert* R   7986 verthuet A   sere R   7988 v. ewr hôbe vmh
g. A   7990 dann schaden A   7992 g. euch slecht a. A   7993 hochvart A
7996 auf ein solich A   7998 u. in a. ersterbet A   7999 berdiv R   8000 die
hat A   8003 Ir gr. Ir vr. Ir d. A   8005 der *fehlt* A   8007 ewre A
8008 iu *fehlt* A   8010 erbe und veste A   8011 das zn s. A   8013 durfft ir
nymmer sp. A   8014 s. slecht a. A   8015 fr. und d. A   8018 geringere euch
ewr A   ewer W, iv R   *über* 8019 aueñ wie h˘ Dietrich herv˘te gein Berne mit
im fvren helch' svn R

ir habet é wol vernomen,
wie ez her ist bekomen,
8025 wie her Dietrich von den Hiunen schiet
und waz im vrou Helche riet
und wie si im daz guot gap.
vil manegen wislichen rât
riet im diu küniginne rich:
8030 des sagt ir gnâde her Dietrich.
   Nû ist ez komen an den tac,
daz daz starke her lac
dâ ze Grane in der stat,
dar in Ezel geboten hât.
8035 dô sprach der künic Ezel zehant
wider den künec von Rœmisch
lant
'nû sit bereit, her Dietrich,
und vart dâ hin gein Rœmisch
rich.
iuch ensûmet nieman.
8040 anderthalp hundert tûsent man
die sint alle nû bereit,
die wellent rechen iuwer leit.'
vrô wart der Bernære.
er gie mit disem mære
8045 vûr die milten Helchen stân.
er sprach 'lât mich urloup hân,
ich wil ze lande riten.'
ûf stuont an den ziten
vrou Helche und ander vrouwen.
8050 dâ muost man jâmer schouwen.
vrou Helche und vrou Herrât
die bevulhen in bêde an der stat
mit getriulîchem muote

ze heile und ze guote
8055 got verre in sîn gewalt.
von danne schiet der helt balt.
Diethern sînen bruoder liez er
hie.
ûf den palas her Dietrich gie
und nam urloup von dan
8060 beidiu von wîben und von man.
Ezel mit samt im dô reit
gegen Gran, als man seit,
dâ er daz starke her vant.
Ezel mit gewaltiger hant
8065 mit herzen und mit munde
gebieten dô begunde
vil gewaltíclîchen
armen unde richen
ze warten dem von Berne
8070 'swer daz tuot gerne,
dem teile ich williclîch mîn golt
und bin im immer gerne holt.'
beide junge und alde
die lobten vil balde
8075 ze warten dem von Berne.
daz hôrt der Amelunc gerne.
   Nû wil ich iu mére sagen.
Ezel hiez ûf den hof tragen
vil manegen wol geladen schilt.
8080 Ezel der wart nie sô milt
ze geben mit dem guote.
die recken hôhgemuote
die machte er alle riche
durch den herren Dietriche.
8085 er hiez ouch dar nâch ziehen
dar
vil manic râvit (daz ist wâr)

8028 dartzů vil *A*   8033 Daz ze *R*   8034 darein ln *A*   8039 saumet ea
n. *A*   8046 sp. fraw nu l. *A*   8048 st. zu d. *A*   8049 vrou *fehlt R*   und vil
der frawen *A*   8052 Im *A*   8053 mit lautterlichem m. *A*   8055 g. bewar ln
mit seinem *A*   8060 von frawen u. *A*   8061 dô *fehlt A*   8066 do *W*, er *R*
8071 ich mit williclichen *A*   8072 im auch rechtlichen h. *A*   8073 alle j. *A*
8074 l. mit gewalte *A*   8077 N *fehlt R*   mere *W*, mœre *R*   8083 die
fehlt A

und manegem meidem wol ge-
    stalt.
er gap diu ors ungezalt
den edelen und den kecken.
8090 er vertigt al die recken
mit volliclichem guote
und bevalch in ir huote
den herren Dietriche.
hin vuorens gein Rœmisch riche.
8095 Ezel dem Bernær gebôt
'wurd iu iemens mêre nôt,
sô sûmt iuch selben niht dar an,
ir heizet boten strichen dan:
sô kume ich iu vil schiere
8100 und bringe iu recken ziere.
dâ mit müozt ir sælic sin
und alle die recken min,
die ich mit iu sende!
sigehafte hende
8105 vüege iu got der guote
und hab iuch alle in siner huote!'
Nû ist ez an die reise komen.
urloup wart al dâ genomen
von jungen und von alden.
8110 hin sigen dô die balden
durch Saders ûf gein Isterrîch.
daz her leit her Dietrich
mit ganzer ebenmâze
die gelegenlichen strâze
8115 rehte ze Isterrîche in daz lant.
nû wâren Bôlær alzehant
wol mit tûsent orsen ûz komen.
die heten daz vil wol vernomen,
daz ir rehter herre Dietrich

8120 komen solt ze Rœmisch rich.
si heten dâ vor niun tage
(vûr wâr ich iu daz rehte sage)
aht hundert Ermriches man
von dem lebene getân.
8125 die het Ermriche
geschaffet sicherliche
ze huote in die guoten stat.
hœrt wie man mir gesaget hât.
die wolten sô gewaltec sin.
8130 dô wart den burgæren schin
und gedâhten ouch dar an,
daz si heten missetân
an ir rehtem hêrtuom.
daz wolden si nû widertuon.
8135 si heten al die ûz brâht,
mit den si heten des gedâht,
daz si ir lip unde ir leben
dem von Berne wolden geben
ûf genâde gar in sin gewalt.
8140 die stolzen Bôlære balt
vuorten manegen gisel dar.
dô was ouch komen (daz ist wâr)
daz starke her von Hiunisch lant.
man stabt die vanen alzehant
8145 mit gewalte nider vûr die stat.
dô wârn ouch komen, als man
      mir hât
gesaget an dem mære,
die richen burgære.
die vuorten vridebanier.
8150 nû sult ouch ir gelouben mir,
dô nam vil michel wunder
daz starke her besunder,

8088 die ross *A* orse *R* 8090 alle *W*, *fehlt R* 8092 bevilch *A* 8095 gepot *A* 8096 werd *R*, war da *A* in *fehlt A* 8097 selben *W*, selbe *R A* 8108 da *A* 8110 zugen *A* 8112 her *W*, *fehlt R* 8115 Ysterich *R* in *W*, unz in *R* 8116 Boler *W*, Bôler *R* al *fehlt A* 8117 rossen *A* 8119 herre herr D. *A* 8120 solt in R. *A* 8121 niwen *R* h. nun vor neun t. *A* 8128 nu h. *A* 8133 Irem rechten herrenthumb *A* 8140 Bolere *W*, Bôlære *R* 8143 Huneslanndt *A* 8146 als ir gehört hat *R* 8147 sagen an *R* 8149 sy f. *A* 8150 Ir auch *A* 8151 Da *R* vil *fehlt A*

waz daz bediuten wolde.
die dâ riten mit richem solde.
8155 si vuorten deheiner slahte wer.
si erheizten verre von dem her
und giengen in der gebære
vûr den Bernære.
dâ si den künic vunden,
8160 gemeinlîch bî den stunden
si ir houbet neigten nider.
dâz kom in ze staten sider
wider den von Berne.
si begunden alle gerne
8165 biten den künic rich
'hôher vogt, her Dietrich,
wir manen iuch genâden'
sprâchen die dâ lâgen.
'nû tuot hiute küniclîchen
8170 und lât uns sicherlîchen,
herre, wider iuwer hulde hân.
wir haben wider iuch getân,
daz habt ir selbe wol vernomen.
nû si wir ûf genâde komen
8175 zuo iu, her von Rœmisch lant.
durch got, sô sît hiute gemant,
hôher vürste wol gemuot,
gebietet über lîp unde guot,
swie ir wellet, herre.
8180 ob iu immer iht gewerre
von uns deheiner slahte leit,
sô hâht uns, vürste gemeit.
und nemt die gîsl in iwer gewalt.
wir haben die besten ûz gezalt,
8185 die wir inder mohten hân.

ir sult iuch, herre, an uns wol
    lân,
daz ir, vürste hôchgemuot,
von uns gewartet niwan guot.'
dô rieten mâge unde man
8190 dem richen künege lobesan
'ir sult lâzen iuwern zorn,
hôher vürste ûz erkorn.
ir sult iuwern unmuot lân
und sult si hulde lâzen hân.'
8195 do gewert die recken mære
der edele Bernære
und liez si slehtes hulde hân.
dô wart ein sicherheit getân
mit eiden sicherlîchen.
8200 Bôlære die richen
gâben tûsent castellân,
diu besten diu si mohten hân,
mit ganzem willen gerne
ir herren dâ von Berne.
8205 und dannoch tûsent recken starc
und als manec verdecket marc
vertigten si mit gelfe
dem Bernære ze helfe.
Nû ist ez allez wol ergân,
8210 dâ mit seic daz her dan.
Bôlæren er ir gîsel lie
allen ûf ir triuwe hie.
dô vuor er ûf durch Isterrich,
ich mein den herren Dietrich.
8215 grôz was sîn riterschaft.
mit dirre grôzen hers craft
kêrt er gegen Bâdouwe dan.

8153 was dise b. *A*   8156 vor *A*   8160 g. si bi *RA*   gemainiklich *A*
8161 si *fehlt R*   hovpte *R*   8162 in ze hohen st. *A*   8164 beg. im alle *R*
8166 her *fehlt A*   8167 m. heute ewr g. *A*   8171 und lat uns heute euer *A*
8175 h're *R*   euch künig von *A*   8178 gebiet *R*   und über g. *RA*   8180 ymmermer nicht *A*   8182 henngkt uns *A*   vil gemait *A*   8183 dise g. *RA*
8194 han *W*, lan *R*   8195 gew. Diettrichen m. *A*   8196 yedoch der *A*   edele
fehlt A   8198 da *R*   8199 aiden volliklichen *A*   8202 die b. die *R*   8204 dâ
fehlt A   8206 gedecket *R*   8208 d. vogt von Perne ze *A*   8210 zoch *A*
von dan *A*   8211 Bolær *R*   hie *A*   8212 trewen lie *A*   8213 Vnnd zoge
Er *A*   8216 herschaft *R*   8217 Badua *A*

vil dicke er trahten began
mit herzen und mit muote
8220 und sprach ' herre got vil guote,
nù là mich noch den tac geleben
und ruoche mir die vrist geben,
daz ich mich herzenliche
gereche an Ermriche.'
8225 Die werden recken hôchgemuot
tàten als man noch tuot.
si rotierten sich dar zuo,
si warten spâte unde vruo
der vinde zuo zin sêre.
8230 nù sult ir hœren mêre,
wie ich an dem buoche hàn ver-
nomen.
si wârn ze Bâdouwe komen.
dar inne lac gewalticlîch
der junge künic Friderîch
8235 und hete wol zwelf tùsent man.
nù was ouch in daz kunt getàn,
daz der Bernær komen wære
mit manegem recken mære.
dô hete der künec Friderich
8240 sehs tùsent recken lobelîch
ûz al den sinen gewegen,
und wârn ouch daz sô kecke
degen,
als wir daz buoch hœren sagen,
si tàten wunder bî ir tagen.
8245 si riten durch manheit ûz der
stat.
daz her sich nider geleget hât.
dô daz der künic Friderich
gesach, dô sprach der ellensrich

ze sinen geverten allen
8250 'ob ez iu wol gevalle,
sô heb wir ein zecken mit in.
wir riten her unde hin
àne schaden swenn wir wellen,
und möhte wir ersnellen
8255 etlichen Dietriches man,
des müest wir immer êre hàn.'
nù dûhte si der ràt guot.
nider stuondn die helde hôch-
gemuot
und gurten ir marken.
8260 die biderben und die starken
ûf ir ors si dô gesâzen,
manheit si niht vergàzen.
einen vanen hêrlich
vuort der künic Friderîch.
8265 si staphten under schilde
über daz gevilde,
dà si daz her wolden sehen.
nù hœret wie ez was geschehen.
Daz her von Hiunisch lande
8270 sich ouch mit sinnen wande.
si westen endelichen wol,
'als ichz iu rehte sagen sol,
daz daz nimmer wurd verlàn
od si wurden dà bestân
8275 von den recken ûz der stat.
hœrt wie man mir gesaget hât.
si lâgen ungewarnet niht.
in was wol kunt diu zuoversiht.
si heten allez ir her
8280 in huote geleit und ouch ze wer.
vil schier dô sàhens riten

8222 frist zu g. A   8227 sich alle d. A   8229 zû In A   8231 han an dem pâch A   8232 gen Badua A   8237 der von Berne A   8241 allen R.A 8242 ouch fehlt A   8246 nidergelassen h. A   8247 da das gesach der A 8248 gesach fehlt A   der fürste e. A   8249 allen W, alle R.A   8251 zetzen R, zeckzen A   8253 sch. wol wenn A   8254 und fehlt A   wirs e. R 8256 des des m. R   8261 ôrsse R, ross A   8262 sie sich vermassen A 8269 Daz her W, Da bèr R   8270 synne A   8272 ich euch A   8273 gelan A 8274 dà fehlt A   8276 nu h. A   8280 ouch fehlt A

die vinde bi den ziten.
daz sâhen sumelich gerne.
do gebôt der helt von Berne,
8285 daz sich ieman ruorte
noch die schar iht zevuorte.
si gewerten in des endehaft,
si lâgen mit behuoter craft.
die vinde nâhen zuo in riten.
8290 her Dietrich begunde biten
die sinen heben debeinen strit:
'sin wirt noch allez guot zit.'
die vinde hin unde her
umb daz her vaste entwer
8295 begunden strit suochen:
dô wolde ir nieman ruochen.
ez getorste ouch nieman die schar
brechen. swie hart manz suochte dar,
darumbe gâbn die Hiunen cleine.
8300 dô hete sich Wolfhart al eine
ûz dem here hin verstoln.
heimlich unde vil verholn
was er selb ahte geriten.
mit vil unverzagten siten
8305 rante er die vinde an
als ein unverzagter man.
Nû wil ich iuch ze hœren biten,
wer die wâren die dâ riten.
daz eine was her Alphart,
8310 daz ander her Helmschart,
daz dritte was her Nêre,
daz vierde der marcgrâf Gêre,

daz vümfte Else der wigant,
daz sehste her Volcnant,
8315 daz sibende Ilsunc der degen,
daz ahte Wolfhart der bewegen.
sper si undersluogen,
diu ors si dar truogen,
die schefte si zebrâchen,
8320 durch schilde si gestâchen,
strites si gerten,
si griffen zuo den swerten,
houwen si begunden
durch helme tiefe wunden:
8325 si stâchen, si miezen
mit swerten und mit spiezen,
si durchhouten herten stâl,
mit bluote tungten si daz wal.
si liezn in strit enblanden,
8330 si gâben ze beiden handen
diu swert an den ziten.
si begunden vaste striten,
ir leit si vaste râchen,
durch die schar si brâchen.
8335 sam obz ein wint wæte,
daz bluot von swerten dræte.
die werden Dietriches man
tâten schaden vreissam,
si geschieden sich nie
8340 in dem strite dort noch hie.
des gelâgen die vinde under.
si tâten michel wunder
an dem künege Friderich.
ahzec man volleclich
8345 sluoc Wolfhart und sin gesellen,
als wir daz buoch hœren zellen.

8282 seiten *A*   8283 sûmeliche *R*, saumlich *A*   8285 sich *W*, si *R*   nymand *A*   8286 nicht *A*   8287 des g. sy ln *A*   8290 beg. die seinen pitten *A*   8291 leget euch nicht in d. *A*   8292 a. wol z. *A*   8295 b. sy st. *A*   8297 nieman prechen die *A*   8298 brechen *fehlt A*   h. sy es versuchten *A*   8300 al *fehlt A*   8304 unverzagtem *A*   8308 vernembt wer d. w. so mit Wolfharten striten *A*   8309 das was aines A. *A*   8311 was *fehlt A*   8315 Hylsungk *A*   8320 stachen *A*   8331 den seiten *A*   8334 vnnd durch der veinde schar sy fast br. *A*   8335 ob sy ain w. *A*   8335 schrâte *A*   8336 von lren s. *A*   8338 die t. *A*   8344 achtzehen v. *A*   8346 wir daz *W*, wirz *R*

zwô widerkére
und wætlich dannoch mére
stritens durch der vinde schar.
8350 an der driten kére (daz ist wâr)
die si her wider wolten tuon,
dô vie Wolfhart Sibechen suon.
vlühtic wart künc Friderich
gegen der stat sicherlich.
8355 si wârn mit trûren überladen,
si heten genomen grôzen schaden
an ahzec mannen ûz erkorn,
die hete der künic dâ verlorn.
Des strites noch der mære
8360 wesse niht der Bernære,
daz Wolfhart hete dort gestriten.
vil schiere kom er zuo geriten
(der strit der was ergangen)
und vuort mit im gevangen
8365 den Sibechen sun Sabene.
ez was niht von Rabene.
dô her Dietrich Wolfharten sach,
er begunde lachen unde sprach
'dich hât niht guotes ûz lân.
8370 dîn reise sagestû nieman'
sprach der vürste ûz erkorn.
'nû wie, het ich dich alsô ver-
lorn?			[hân.
des müeste ich immer schaden
sag an, wie ist ez dort ergân?
8375 ist der vinde ieman erslagen?'
Wolfhart sprach 'ich wil iu sagen.
ich wæne, ir sin wol ahzec tôt.

hât von wunden ieman nôt
in dem strite enphangen,
8380 daz mac ouch sin ergangen.'
ez sprâchen mâge unde man
'Wolfhart, hætestû niht mér
getân
denn umb des ungetriuwen sun,
dîn reise wære gewesen vrum.
8385 dû hâst Ermrichen sére entsachet.'
dâ mit sich daz her ûf machet.
si riten nâhen zuo der stat,
als man mir gesaget hât.
einen galgen machte Wolfhart.
8390 des ungetriuwen Sibechen zart
der wart gehenket dar an.
daz muosten al die sehen an,
die indert wâren in der stat.
des ungetriuwen Sibechen rât
8395 dâ vil übele ûz gie
an sînem sune, den man hie.
Dâ mit daz her danne reit.
künic Friderîche nie sô leit
geschach bî sînen zîten mé:
8400 schade unde schande tet im wé,
diu im des tages wart getân.
daz her seic vür sich dan
gegen Ermrich über lant.
in was vil rehte bekant
8405 wâ si Ermrichen vunden.
dâ hin si gâhen begunden.
her Dietrich sprach ze Rüedegéren
'welle wir daz ende kéren

8348 oder ettlich *A*   wænlich *R*   8353 w. der k. *A*   8357 manne *R*
8362 er dort heer g. *A*   8363 nach 8364 *A*   8369 ich wane dich hab *A*
8370 daz du d. r. sagest n. *A*   8372 nû *fehlt R*   8374 es dir e. *A*   8380 auch
wol s. *A*   8381 sprach *R*   8382 du nie nicht g. *A*   8383 ung. Sybechen s. *A*
8385 Ermrichen *RA*   enschachet *A*   8386 das her sich damit *A*   8391 wart
gebenget *W*, war erhangen *R*, erhengket *A*   8392 alle *RA*   8397 das das *A*
8398 chvnige F. geschach nie *R*, dem k. F. g. nie *A*   8399 geschach *fehlt RA*
bi debeinen (allen *A*) s. z. *RA*   8400 schande die tetten *A*   8401 die an im *A*
8402 h. zoch f. *A*   8403 ab gegen Erenreichen *A*

gegen Raben durch daz mære?
8410 ich wil' sprach der Bernære
'den grôzen jâmer schouwen,
den Ermrich an den vrouwen
hât begangen und getân.
owê, er ungetriuwer man,
8415 er ist niht von vrouwen komen.
ich hân daz ofte wol vernomen,
im volget nimmer sæld noch
guot,
swer an wîben missetuot.'
Nû sint si komen vûr die stat,
8420 dâ si die grôzen untât
sâhen unde vunden.
do erbeiztens bi den stunden,
die starken Dietriches man.
ez enkunde nieman verlân
8425 od er beweinte dise nôt.
si clagten dirre vrouwen tôt.
man hiez si ab dem galgen
nemen.
als ez in wol muoste zemen,
si wurden begraben vûr die stat.
8430 'der disen mort getân hât,
über den riht daz, reiner Crist!
lâz in des nimmer langer vrist
geniezen durch die marter dîn,
des wil ich bitende immer sîn.'
8435 dô man mit grôzen ungehaben
die vrouwen hete alle begraben,
dô sprach der Bernære
'owê der leiden mære,
diu Witege hât an mir begân.

8440 daz wirt nimmer gelân
unz an mînen lesten tac,
ich riche ez wærlîch, ob ich mac.'
Hie mit si langer niht dâ biten,
daz ende si dâ vûr sich riten
8445 gerihte gegen Bôlonje dan.
in was vil rehte kunt getân,
daz si Ermrîchen
dâ vunden mehticlîchen.
daz was ouch des si dâ gerten.
8450 an einander si dâ werten
des si willen hâten.
vaste begunde dar zuo râten
der unverzagte Wolfhart
'nû gâhet alle an die vart,
8455 daz wir komen dar enzît.
dâ sol geschehen ein solch strît,
daz muoter kint beweinen muoz.
wir machen lebens mit tôde buoz.
dâ sulen vogel unde tier
8460 büezen irs hungers gir
mit âse und mit bluote.
nûtrâ, helde guote!
nû machet setel lære,
daz si diu widermære
8465 heim nimmermêr gesagen.
ez sol niemen dar umb verzagen.
ob Ermrîch vil liute hât:
unser wirt doch guot rât.'
Mit disen mæren wârens komen,
8470 als ich ez rehte hân vernomen.
zuo Bôlonje alsô nâch,

8409 gen *A*   die m. *A*   8412 so E. *A*   8414 awe der vngetrewe *A*
8415 ist nie von *R*   8417 gevolget *R*   *Ueber* 8419 auell wie si die vrowen tôte
funden und begraben wurden in Raben *R*   8422 erbeizten si *W*, erbeizten *R*
8424 kunde *A*   8426 der fr. *A*   8427 liesz *A*   8428 allez trovren m. in z. *R*
wol stônd zu z. *A*   8432 im *A*   lenger *W*, lange *R*   8434 ynimer pit-
tende *A*   8436 vr. alle wrden b. *R*   8439 an mir hat getan *A*   8443 dâ *fehlt*
A   8444 sy für Raben r. *A*   8445 gen Bolunge *A*   8454 alle dise fart *A*
8455 dar bey z. *A*   8456 solcher *A*   8460 gier *R A*   8461 aese *A*
8462 Nur h. *A*   8464 sey *A*   8465 nimmermor *W*, imm'mer *R*   8467—8656
fehlen R (ein blatt)   vil der l. *W*   8469 waren chomen *W*   8471 ze bononie
W   Bolungen *A*

daz man crefticlich wol sach
alle Ermriches ritterschaft.
er hete der liut sô grôze craft,
8475 daz alle die begunden jehen
daz si grœzer her nie heten gesehen.
velt liten unde tal
lac allez vol über al
wol zweier grôzen raste wît,
8480 alsô ahte man ez bî der zît.
  Dô leiten sich ouch die Hiunen
  nider,
die dâ schaden tâten sider.
si herbergten vaste
die mîle und die raste
8485 den vinden nâhen ûf daz zil.
swie ir wære harte vil,
in vorhten doch die Hiunen clein.
si schiet ein smaler rein,
kûm vierteil einer mîle breit.
8490 nû was ez, als mir ist geseit,
harte nâhen bî der naht.
wes dô wart gedâht,
daz wil ich iuch wizzen lân.
manegen wisen urliuges man
8495 het der von Berne dâ mit im,
die ze strîte heten wisen sin,
die wol trahten kunden
wie man ze allen stunden
die vinde solde rîten an.
8500 dô wart manic rât getân
beidiu hin unde her.
ze leste dô riet Rüedegêr
'ich hân einen sin vunden,

der uns an disen stunden
8505 wol ze staten mac gestân,
dâ mit wir den vinden an
gewinnen lîp und êre,
des wir immer mêre
getiuwert sîn die wîl wir leben.
8510 ich wil uns einen rât geben,
dâ mit wir si bestricken:
wir suln ez alsô schicken,
daz ir dehein vûr dise stunt
nimmer mêre kumt gesunt.'
8515 dô sprach der vogt von Berne
'nû hœre ich harte gerne.
rât an, herre Rüedegêr,
dâ mit Ermrîch sîn êr
verliese' sprach her Dietrich.
8520 Rüedegêr der tugentrich
sprach zuo dem künec von Rœmisch lant
'daz tuon ich, herre, dir bekant.
sende nâch den besten allen,
die dir dar zuo gevallen,
8525 sô lâze ich hœren dich den rât,
der uns ze hôhen vrumen stât.
dû weist wol, künec von Rœmisch rich'
sprach Rüedegêr der tugentrich,
'Ermrîches her ist mehtic unde
  starc:
8530 dar zuo sint si ouch sô karc,
si bewarent und behüetent wol,
dâ mit man si gewinnen sol,
als wir si haben gewunnen ê:
daz geschiht nû nimmermê.

8473 Die E. W   8476 nie gr. heer A   8477 velde A   8478 daz was v. W   8480 als man iz achte W   8481 ouch fehlt W   8483 Die herwergten W   8485 nach W   auf Ir zil A   8486 was vast v. A   8487 cleine W   8488 sch. doch ein smal reine W   8489 k. ain v. A   8490 Do waz W   8492 fehlt W   werde A   8494 vrloges A   8496 wisen fehlt W   8500 maniger A   8503 er sprach ich W   und sp. eynen syn han ich f. A   8513 dehainer WA   8516 vast g. A   8518 ere A   8521 chvnige W   8524 d. wol g. W   8527 w. herre Dietrich W   8528 tugentleich A   8530 d. z. so listich unde charch W   8534 g. vil leicht nim. W

8535 wîse und listic si sint,
si werdent nimmermêr sô kint,
daz si uns getuont die stat:
wæn man daz understanden hàt.
wir möhten uns verbrennen,
8540 wolten wir si ane rennen,
dà möhte uns misselingen an.
ich râte' sprach der marcman,
'daz wir listicliche varn
und uns deste baz bewarn.
8545 wir mugen vollecliche hân
anderthalp hundert tûsent man:
die sul wir enzwei wegen.
die hie des wales wellen phlegen,
daz sol man mich wizzen lân'
8550 sprach Rüedegêr der marcman.
'ez gêt doch morgen an ein
strîten.
die andern sulen rîten
hinte alle dise naht.
wizzt ir war umbe ichs hân gedâht?
8555 des habt ir ê niht vernomen.
wir sulen rehte ê tages komen
hinder die vinde an eine stat.
ich weiz wol, swiez morgn ergât,
sô gêt ez an ein strîten.
8560 die wîle sul wir bîten,
unz daz der sturm werde erhân.
sô sul wir si hinden an
gewalticlîchen rîten.
sô mugens uns bî den zîten
8565 enwederhalp entrinnen,

sô mugen si schaden gewinnen
und wir dà bî grôzen vrumen.'
'sô sul wir si ze stücken dru-
nien'
sprach der starke Wolfhart.
8570 'si werdent cleine gespart
von mir swaz ich ir vinde.
ir wîben unde ir kinden
sol ich si senden ungesunt.
und gevüeget mir got die stunt
8575 daz ich kum eines an die stat,
dà muoz ich vehtens werden sat
ode ich muoz dà geligen tôt.
ich geriche etliche nôt,
die uns Ermrich hât getân.'
8580 'nù sule wirz dà mit lân'
sprach der herre Dietrich.
hie wart gewegen endelich,
wer ûf dem wal solte bestân.
den wart gewegen ein houptman.
8585 daz was von Stîre Dietleip.
des wârens vrô, als man seit,
und lobeten in mit schalle
ze houptherren alle.
　　Hie bî im beleip her Paltram,
8590 Nuodunc unde Sintram,
Îrinc unde Blœdelîn,
Helphrich unde Erewîn,
und Hornboge von Pôlân,
her Îsolt und her Îmîân,
8595 Hùnolt unde Sigebant,
Walther der wîgant,
Gotel der marcman,
von Östervranken Herman,

8536 n. also k. A　　8538 wan manz W　　ich waysz wol daz man A
8539 nach 8540 W　　uns wol v. W　　8541 vnd m. u. m. dar an W　　8544 u.
mugen d. A　　8548 waldes A　　8554 wist W　　ich des h. A　　8555 Ir vor
nicht v. A　　8557 ein A　　8560 d. w. so s. W　　8564 uns nicht pei W
8570 w. vil chl. W　　8571 swaz swas W　　8572 weibe vnd ir chinde W A
8574 und fehlt A　　mir nun g. A　　8576 muoz fehlt W　　werde W　　8579 h.
E. W　　8585 St. her D. W　　8587 Im A　　8589 Hie fehlt W　　her fehlt A
8591 u. her Bl. W　　8592 Helfferick A　　8593 und fehlt W　　8594 her vor Is.
fehlt W　　8596 und W. W　　Walteir A

Dancwart unde Hagene,
8600 von den wol zimt ze sagene,
si wåren zwêne degene
in strite vil bewegene.
swaz ich iu der helde genennet
hån,
vûr wår ist mir daz kunt getån,
8605 si wårn in allen landen
die tiuristen ze ir handen,
die ie muoter getruoc.
si wårn noch kûener danne genuoc.
die beliben hie ûf dem wal.
8610 nû hån ich ouch in miner zal,
welhe mit dem von Berne riten,
daz vernemt mit guoten siten.
daz tete der starke Wolfhart,
her Nêre und her Alphart,
8615 her Amelolt und her Eckewart,
her Stûtfuhs und her Helmschart
und her Iubart von Latrån,
Sigehêr und Starkån.
ahi, daz wårn die kecken!
8620 noch ist sô vil der recken,
der ich genennen niht enkan.
nû sulc wir hie heben an,
ob ir ez gerne hœren welt,
sô sî ouch iu hie vor gezelt,
8625 wer die Ermriches wåren,
die ouch niht verbåren,

man muoste si vûr recken hån,
von den då wunder wart getån.
daz was der starke Liudegast,
8630 dem an sterke niht gebrast,
und Liudegêr der unverzagt,
von dem man grôze manheit
sagt.
då was Rûmolt der starke
und Diezolt von Tenemarke,
8635 von Norwæge Hiuzolt,
von Gruonlande Diepolt,
Fridunc von Zæringen,
Walther von Kerlingen,
Sturmgêr von Engellant,
8640 Sigemår von Bråbant,
Tûsunc von Normandie
und siner bruoder drie,
Marchunc von Hessen,
die ouch ze strite wol wessen,
8645 und von den Bergen Ladiner,
der hete då ein starkez her,
Råmunc von Îslande,
des ellen man wol bekande,
Môrolt von Arle
8650 und sin bruoder Karle
(den guoten Karle mein ich niht,
von dem man saget manec geschiht)
Gunthêrê von Rine,
Gernôt der bruoder sine,
8655 Tiwalt von Westevåle,

8600 dem *A* 8601 *fehlt W* 8603 genant *W* 8607 mûter ie *W*
8608 w. starch vnd chûen g. *W* dann kûen g. *A* *Ueber* 8609 auentiur von dem
driten streit wie her dietrich genigte da *W* 8609 die *fehlt W* Hie beliben *W*
8612 Nv v. *W* gutem *A* 8615 her *fehlt beidemale W* 8616 her *fehlt beidemale W* 8617 und her *fehlt W* Robart *A* 8619 hey *A* 8621 kan *A*
8622 hie wider h. *W* 8623 gerne *fehlt A* 8624 hie vor *fehlt A* 8625 E.
rechen w. *W A* *Nach* 8627 ich wil des ersten heben an *A* 8628 dem *W*
war *W* 8629 da *A* 8630 an der st. n. enprast *W* 8632 man manige m. *A*
8633 *nach* 8634 *W* 8636 grûnelande *W* 8638 Baltheir von Chedingen *A*
8640 Sigemair *A* 8641 Tuusunch *W* 8644 westen *A* 8645 und *fehlt W*
ladimer *W* 8647 Raemunc vnnd Ysl. *A* 8648 chande *W* 8649 von Albarle *W*
8650 Barle *A* 8652 s. vil m. *A* manige shiht *W* 8655 Thywalt von
Westervale *A*

Marholt von Gurnewâle,
von Dietmarse Môrunc,
der manheit ein ursprunc:
Heime und Witegouwe,
8660 als ich der mære getrouwe,
Witege und Witegisen.
noch wil ich iuch bewisen,
Madelolt unde Madelgêr
daz wâren zwêne recken hêr.
8665 Nû hân ich iu bêdenthalp genant
die küensten über elliu lant,
die wâren bêdenthalben dâ.
sich gesamte hie noch anderswâ
nie sô manic recke werde
8670 ûf aller der erde,
diu ie erde wart genant.
daz ist mir wærlich bekant.
ir was dâ bêdenthalp sô vil.
dâ mit ich daz lâzen wil
8675 und heben hie mit wider an,
wie Dietrich und sîne man
Ermrich ze leide reit.
als ich iu ê hân geseit,
si vuorten manic kastelân,
8680 diu besten diu si mohten hân,
diu vuort man ledic mit in hin.
als ich der mære berihtet bin,
wîser des heres was Hildebrant.
über wazzer unde über lant
8685 riten si alle die naht,
die wil die mære heten maht.

si riten alle mit gelîcher wer,
unz si daz Ermriches her
umbe riten allez gar.
8690 si kômen neben tage vür wâr
in eine guote gelegenheit.
in der huote wurden si bereit.
dô rotierten si sich enzît
und rihten ir dinc ûf den strît.
8695 si strihten die riemen.
lût wart dâ niemen.
halsperc iserhosen unde helm
daz wart bereit sunder melm
als siz haben wolden
8700 sô si striten solden.
si dahten diu vil guoten marc.
von stâle manic decke starc
leiten si ûf ir kastelân
rehte als siz wolden hân
8705 in dem herten strîte.
nû was ez an der zîte
daz ûf hôhe was der tac.
der von Bern daz her wac.
ze scharen wurden si geslagen.
8710 nû wil ich iu mêre sagen,
er hete zwô und drîzec schar.
ieslîch schar (daz ist wâr)
wâren drithalp tûsent degen.
dô si ze rote wurden gewegen,
8715 zuo ieslîcher schare breit,
als mir vür wâr ist geseit,
vuorten si eine banier,
daz sult ir gelouben mir.

8656 Marolt *W*   8657 Dietmârs *R*   Maysunck *A*   8666 d. chvaisten
vber *W*, d. ch. die vber *R*   8668 nie *A*   noch *fehlt A*   8669 nie *fehlt A*
8671 da ye *A*   8672 w. wol b. *A*   8673 bedenthalbñ vil*A*   8676 wie herr
D. *A*   8677 Ermrichen *R*, Ereureichū *A*   8678 ê *fehlt A*   hab *R*   8679 si
zaumten m. *A*   8680 die b. die *RA*   8681 die *RA*   8683 Des hers weiser *R*
8684 durch w. *A*   8686 Morê *R*   8688 des *A*   8690 n. dem t. das ist
war *A*   8691 eine vil guot *R*   8693 sich an der z. *A*   8694 ding zu dem st.
A   8701 si *fehlt*, gedeckten da vil starche m. *A*   die *R*   8703 si *fehlt A*
8704 sy bewarten es als *A*   8705 dem starchen st. *A*   8706 Da *A*   8707 hohe
auf *A*   8710 mere *W*, mære *R*   8711 er gewan z. *A*   8713 der w. *A*
8714 roden *A*   8717 die f. *A*   si *fehlt RA*

Dô bat der von Berne
8720 alle die recken gerne
'ich wil houptman selbe sîn,
ob got lîht die sælde mîn
an gedenket unde mîniu leit,
daz ich mîner arebeit
8725 hiute etwâ ze ende kum.
dar zuo sî mir dîn helfe vrum,
herre vater, heiliger geist:
want dû mîn reht wol weist.
nû ruoche hiute bedenken mich
8730 durch dînen tôt (des bite ich
        dich)
den dû durch uns hâst genomen.
nû ruoche mir ze helfe komen
und niwan als ich reht hân.
swaz hiut hie schaden wirt ge-
        tân,
8735 daz rihte, vil heiliger Crist,
in den der rehte schuldec ist.
nu verzagt niht, helde guote:
sitzet ûf mit heldes muote
und ruofet alle Jêsum an,
8740 wan er uns wol gehelfen kan.
ieglîch recke gurte sînem marc.
nû haldet, edele helde starc,
und lûzent, recken ûz erkorn:
swenn ir hœrt daz herhorn'
8745 sprach von Bern der unverzeit,
'sô ist al daz her bereit
und zen rossen alle komen.
habt ir rehte daz vernomen,
sô man daz horn geblâsen hât,

8750 sô sîget al daz her von stat:
sô sul ouch wir bereit sîn.
und bittet durch den willen mîn,
daz got der himelische degen
uns haben muoz in sînen phle-
        gen,
8755 beidiu liute unde man
und alle die wir lâzen hân
ûf dem wale hinder uns,
den gebe got sælde unde guns.'
    Vil schiere hôrten si den schal.
8760 daz herhorn lûte erhal
von Ermrîches mehten.
michel was ir brehten,
dâ si rûmten daz wal,
michel was ir herschal.
8765 vaste kurren diu marc.
der stoup was michel unde starc,
der von den rossen ûf gie.
daz sâhen harte gerne hie
die starken Dietrîches man.
8770 hie wart langer niht verlân,
si sâzen ûf diu guoten ros,
si schûhten herte noch diu mos.
si zogten müeziclîchen nâch.
vor der molte si nieman sach
8775 unz si kômen an die vinde gar.
vil schier dô hôrten si vür wâr
diu her zesamne dringen,
diu swert ûf helme clingen,
diu sper verstechen vaste.
8780 daz viuwer ûf erglaste
sam ob berge unde tal

8723 an *fehlt* A   8728 r. vil wol A   8731 du umb all die Cristenhait h. g.
A   8733 u. nicht anders nun als A   8734 schaden W, *fehlt* R   wirt W, wart R
8735 riche R   vil *fehlt* A   8738 auf die ross mit A   8739 r. heût Jhesus A   8741 mâniclich g. A   'gurt sin RA   8742 h. etliche h. A   8743 lusent RA   8744 weu R   8746 daz her allez RA   8747 ze r. A   8750 zeuhet A
daz her allez RA   8751 wir auch A   8754 uns *fehlt* A   8762 gros was
das prachten A   8764 gros was des heres schal A   8766 w. gros u. A
8768 s. vast g. A   8770 gelan A   8773 zogen A   mvzzchleichen W, invzli-
chen R   8774 molten A   8775 untz daz A   k. da die A   8777 da her A
8779 verstochen R   8780 auf glast A

allez brünne über al.

Dô sprach der herre Dietrich
'nûtrâ, helde lobelich!
8785 diu her sint zesamne komen,
daz hân ich gar wol vernomen.
ich hœre diu sper krachen.
ir sult iuch dar zuo machen.
ez muoz nû an ein striten gên.
8790 alle die mir wellen gestên,
die sin ûf diu ors komen.'
dâ wart mit sporn genomen
diu ros ze beiden siten.
von stat begunden riten
8795 die Hiunen lobelichen.
mit samt Dietrichen
bunieret manic werder man.
die vinde brâstens hinden an,
diu sper wurden gezucket,
8800 under uohsen gedrucket.
si schriren alle geliche
mit samt Dietriche
'ahtschavelier Berne!'
daz hôrten vil ungerne
8805 alle Ermriches man.
dâ wart anders niht getân
wan diu swert ze handen genomen.
dâ was manheit ze ellen komen.
der wint von swerten wæte,
8810 daz bluot durch helme schræte.
dâ was niwan 'slach unde stich!'
'hiute geriche ich mich'
sprach der herre Dietrich.

daz viuwer vlouc vreislich
8815 ûz helmen unde ûz ringen.
lûte hôrte man erclingen
diu swert in mannes handen.
ze sturme si sich wanden
beidiu hin unde her.
8820 daz viuwer daz gie vaste entwer
sam ez ein esse blæte.
daz bluot danne schræte
ûf hende unde ûf ougen.
ir sult vür wâr gelouben,
8825 man sach dâ manegen helme rôt
von mannes bluot, dar under
tôt
lâgen vil der recken.
man sach die gêre stecken
durch halsperc tiefe in mannes
lip.
8830 daz beweinten sît diu wip.
Der sturm gie vaste entwer.
dô man vertân het diu sper,
dô greif man zuo den swerten.
an einander si gewerten
8835 mit tiefen verchwunden.
sô si allermeiste kunden,
sluogen si die slege dar.
man nam dâ barmung wênic war.
dâ was wan ach unde wê!
8840 ez geschiht nimmermê
dehein sturm sô herte.
beidenthalp man sich werte
mit slegen harte sêre.
man sach ouch die gêre

8784 nu bunieret h. *A*   8786 ich dar w. *R*   8791 orse *R*   8792 sporen *W*, speren *RA*   8794 beg. sy r. *A*   8797 buieret *R*   8798 prachen sy *A*   8800 u. diu uchsen *R*   8801 schryen *A*, cherten *R*   8803 aherschevolier *A*   8806 nicht aunders *A*   8807 Wan *W*, waud *R*   handen *W*, hande *R*   8808 m. gegen e. *A*   8811 nun slach slach stich stich *A*   8816 mortlichen h. m. klingen *A*   8817 von m. h. *A*   8820 g. recht e. *A*   8822 bl. entwer sch. *A*   8823 und under augen *A*   8824 man sach da sunder lovgen *R*   8825 man sach da *fehlt R*   maneges recken h. *R*   8827 Belagen *A*   8828 geren *A*   8829 in den lip *R*   8830 awe des bewainet seit manig w. *A*   8834 sy perten *A*   8842 man schwerte *A*   8844 ouch *fehlt A*

8845 vliegen her unde hin.
jæmerlich was der gewin,
den si beidenthalp dâ wurben.
die liut niht wæher sturben,
sam ob si slüege ein donèrslac.
8850 slac dâ wider slac gelac.
si brâchen durch unde durch,
man sach von bluote manic vurch
über und über rinnen.
als ich mich kan versinnen,
8855 beidiu bluomen unde gras
in einer varwe allez was,
lant und klê allez rôt.
da gelac sô vil der liute tôt,
daz ez ungelouplich ist
8860 ze sagene gar an dirre vrist.
da gelac vil manic kastelân:
sô sach man hie ze vüezen gân
die werden welrecken.
sich werten sô die kecken
8865 under in beidenthalben ouch:
der tunst ûz ir lîbe rouch
in aller der gebære,
sam ûf dem wale wære
tûsent kolgruobe erzündet an.
8870 daz viuwer ûz den helmen bran
rehte alsam ein glosendiu gluot,
der daz viuwer heize tuot.
dem gelîch die helme gluoten.
die schar einander muoten
8875 reht sam diu ors undr in vlugen.
diu swert si gein einander zugen.
die sluogen, die stâchen,

die schar si durchbrâchen
sam obs der tiuvel vuorte.
8880 ahî, wie manz dâ ruorte
mit sturme und mit strite!
man sach die wunden wîte
durch die halsperge offen stân:
daz bluot niht wæher drûz ran,
8885 ez moht getriben hân ein rat.
ez vrumte niht diu stælîn wât
noch die helme guoten.
diu swert dar durch wuoten
und sluogen wunden lange.
8890 manec stælîniu spange
sach man ûf helmen bresten,
daz viuwer dar nâch glesten.
die küenen Ermrîches man
die sach man wîclîchen stân.
8895 swie si ze vüezen wâren komen
und in diu ors wârn genomen,
doch wertens sich vil sere.
einer mîl lanc ode mére
was mit tôten daz velt gestreut.
8900 owê, dâ wart geunvreut
maneger hôhen vrouwen lîp.
sît beweinten ez diu wîp.
swaz den mannen leides geschiht,
daz lâzents unbeweinet niht.
8905 si striten ie mêr und mére
vil manege umbekêre
beidiu ûf und zetal.
dâ wart getunget daz wal
mit tôten und mit bluote.
8910 dâ sturben helde guote.

8847 dâ *fehlt A*   8848 veher *A*   8849 San *R*   8851 brach *R*   8856 varbe *RA*   8857 allez *fehlt A*   8858 sô *fehlt A*   8860 den leuten zu s. bey d. *A* 8861 g. auch m. *A*   8864 so *W*, do *R*   8865 der winde b. *A*   8868 sam ob auf *A*   8869 gezundet *A*   8871 al *fehlt A*   8873 Dem *W*, Den *R*   8874 die rod *A*   einander *W*, an ander *R*   8876 swer *R*   8877 Dise al. *R*   8884 dar aus *A*   8888 die *R*   8890 an Erenreiches mannen mange *A*   8894 waychlichen *A*, weig'lichen *R*   8895 da sy *A*   8896 wie in *A*   orss *R*   benomen *A* 8897 Sy werten sich *A*   8899 bestreut *A*   8900 was *A*   gevnvreut *W*, gvnevreut *R*   8902 es bewainent alles die w. *A*   8903 mannen ze layde g. *A* 8904 das wart hie lassen n. *A*   8906 vil *fehlt A*

daz gevilde allez vollez lac,
sam ob ein raste langer hac
wær då nidere gevalt.
die tóten lågen ungezalt
8915 ûf dem wal då nidere
vûr uude widere.
    Dirre strit herte
und daz swinde geverte
werte unz über mitten tac,
8920 daz man anders niht då phlac
niwan vehten unde striten.
si liezen nieman erbiten,
daz er den helm hæte
gestriht ze rehter stæte.
8925 beidiu tunst unde nebel
der rouch von libe und von gebel
und begunde gegen den lüften
gån.
ez mohte einander nieman
vor dem tunste gesehen,
8930 alsó hœre wir daz buoch jehen.
ez wart nie só herter strit.
rehte an der nóne zit,
als ich vûr wår hån vernomen,
dó wåren érst zesamne komen
8935 die Dietriches recken.
die starken und die kecken
die heten solch mort getån
an den Ermriches man,
daz ez immer ist ze clagen.
8940 si heten ouch hin wider erslagen
der edelen Hiunen alsó vil,
daz ich ouch daz clagen wil.

schade und nót gie då entwer,
dise hin und jene her.
8945 liep dem Bernære geschach,
dó er Dietleiben sach
und ouch die mit im wåren komen.
sumelíchen wårn diu ros genomen
und sumelich ze tóde erslagen.
8950 man sach si in ir handen tragen
diu swert elliu bluotvar.
dó rief her Dietrich vor der schar
vaste ze Dietleiben dan
'sage an, unverzagter man,
8955 håstû die vinde gar durchriten
då her då dû håst gestriten?'
Dietleip sprach 'daz ist geschehen.
welt ir ez selbe gerne sehen,
só ritet vûr iuch hin ze tal.
8960 ir vindet velt unde wal
getunget mit Ermriches degen.
die unser sint ouch då gelegen.'
    In der zit dó Dietleip daz sagte,
von Berne der unverzagte
8965 sach under schilde
draven über gevilde
drizec tûsent Ermriches man.
her Dietleip ruofen began
'hie vindå vinde!
8970 alrést sul wir hinde
überwinden unser nót
od wir geligen alle tót.'

8911 vol *A*   8913 då *fehlt A*   gevelt *A*   8914 ungezelt *A*   8915 då
fehlt A   8918 geswind *A*   8920 nicht anders *A*   8922 ainer liez den andern
nicht so lanng peiten *A*   8926 leib vnd von *W*, lip vnd óch von *R*   durch leib
und durch g. *A*   8927 und *fehlt A*   auf g. *A*   den *fehlt R*   8928 an einand' *R*
8931 só *fehlt A*   8934 w. allererst *A*   8937 solhen *A*   8938 in den *A*
8939 ist ymmer *A*   8940 geslagen *A*   8942 ich das auch wol kl. *A*
8949 under ln zu t. geslagen *A*   8950 in ir *W*, mit *R*   8958 gerne *fehlt A*
8961 g. von E. *A*   Ermrichs *R*   8963 daz *fehlt A*   8964 dez *A*   8965 da
sach man u. *A*   8966 under g. *A*   8967 wol dr. *A*   8971 ü. al unnser *A*
8972 alle *fehlt A*

vintlîch wart dâ geblicket,
die helme wurden gestricket
8975 vesticlîch ze houbet.
vûr wâr ir daz geloubet,
dô huop sich alrêst der strît.
der wart ouch vil herter sît
danne er ê was ergân.
8980 dô kom man wider man
mit nîde zesamne gerant.
diu sper wurden verswant,
swaz ir ganz was beliben.
dâ wart ein strît alrêst getriben
8985 mit grimmigem muote.
die vesten helme guote
die muosten von einander gân.
von ir slegen mohte niht gestân
die helme noch der halsperc.
8990 si worhten tiwerlîchiu werc.
ez vrumte dehein schildes rant,
die spielten sich unz ûf die hant.
die herten brünne vesten
die muosten von slegen bresten,
8995 daz sich die ringe lôsten.
ine weiz wes si sich trôsten.
si liezen dar strîchen,
si vâhten grimmiclîchen,
si sluogen creftige slege.
9000 ez wurden velt und wege
bestreut mit den tôten.
si begunden an einander schrôten
beidiu ros unde man.
dâ wart alrêst ein strît getân
9005 dâ grôzer jâmer von geschach.
iegelîch sîn leit dâ rach

mit tiefen verchwunden.
swa si an einander kunden
gewinnen mit den swerten,
9010 vil vaste si des gerten.
si erzeigten vilzeclîch ir maht.
der sturm werte unz an die naht.
si wolden sich niht scheiden.
die lieben und die leiden
9015 gelâgen bêdenthalp dâ tôt.
swaz scherm man gein slegen
bôt,
daz vrumte niht umb ein hâr.
si nâmen dâ niht anders war
wan diu swert ze beiden handen.
9020 vil wênic si bekanden
deheine barmunge.
von Berne der junge
rehte vûr si alle vaht.
wa er ie gewünne die maht,
9025 des muoz mich immer wunder
hân.
er liez ouch sô dar nâher gân:
swaz im der vinde wider reit,
als mir daz buoch hât geseit,
der liez er nieman genesen.
9030 si muosten alle tôt wesen,
swâ sî im wider vuorn,
den tôt si von im kurn.
mir ist daz mære ebenkunt,
sehs unde vierzec stunt
9035 durch daz Ermrîches her
mit vil manlîcher wer
der von Berne al eine reit.
als ich iu ê hân geseit,

8977 Da *R*   8978 der sturm ward noch h. *A*   8983 ir vor g. *A*   waren *R*
8984 w. an str. *A*   8985 m. crefftigem m. *A*   8986 die herten h. *A*   helm *R*
8988 moht *W*, maht *R*   8989 weder helm noch h. *A*   8990 worchten *W*,
worten *R*   treuliche *A*   8992 die slug man entzwai vntz *A*   8996 ich wayss
nit *A*   8998 grimmichlichen *W*, grimlichen *R*   8999 sl. teuflische sl. *A*
9002 an *fehlt A*   9006 meniclich *A*   dâ *fehlt A*   9008 swas ane *R*   9010 vil
gerne si *A*   9011 zaigtñ *A*   9015 lagen da beidenthalben *A*   9916 man scherm
A   slege *R*   9024 ye genam die *A*   9025 mus ich *A*   9026 dar *fehlt A*
9029 Da l. *R*   9036 m. vnuerzagter w. *A*   9038 ê *fehlt A*

durchbrach er Ermriches maht;
9040 daz her er allez durchvaht.
dô diu naht begunde
zuo sîgen bî der stunde,
dô wâren, als wir hœren sagen,
die drîzec tûsent gar erslagen:
9045 die Ermriches nôtgestalt
die wurden alle ensamt gevalt.
Rehte dô diu naht was komen,
daz si hete dem tage den schîn
genomen,
dô kom an dem mâle
9050 Marholt von Gurnewâle
mit zwelf tûsent recken.
die starken und die kecken
die hulfen Ermrichen.
die kômen an Dietrichen
9055 mit hertem sturme geriten.
dâ wart alrêste gestriten
von den Hiunen vil hiuzen:
. . . die liezen dar striuzen.
under schilde si sich bugen,
9060 diu scharfen wâfen si zugen
mit grimme von den sîten.
dâ gie ez an ein strîten,
des muoterkint dâ tôt gelac.
ez wart dâ maneges veictac.
9065 si worhten êrste heldes werch,
si schrieten hirn unde verch
durch helm und durch patwât.
rehte man mir gesaget hât,
si schrieten ouch diu hersnier.
9070 in was zesamne alsô gir,

daz ichz niht halbez mac gesagen.
wunden wurden wît geslagen,
dar zuo unmæzlîchen tief.
maneger lûte wâfen rief:
9075 owê, wie den der tôt betwanc!
der strît was in der mâze lanc
wol unz über mitte naht.
ahî, wie Wolfhart dâ vaht!
er stach, er stiez unde sluoc,
9080 er tete den vînden wê genuoc.
sust vâhten si unz an den tac.
wie vil recken dâ gelac,
daz wil ich iu rehte sagen:
des selben nahtes wart erslagen
9085 die zwelfhundert recken gar,
die mit Marholten dar
wâren in den strît bekomen:
den wart daz leben dâ genomen.
ê daz si ouch gelâgen tôt,
9090 dô brâhten si in solhe nôt
die küenen Dietriches degen:
der beleip ouch vil dâ under
wegen.
Dô beliuhten wolt der tac,
daz wal getunget vaste lac
9095 von manegen edelen tôten.
durch helm lac verschrôten
vil manic ûz erwelter man.
daz bluot über die tôten ran,
daz man dar inne unz an die
sporn
9100 muoste waten. dâ wart verlorn

9040 durch d. h. *A*   9042 zu neigen *A*   9043 was *A*   9044 t. man ersl. *A*   9045 ich maine Erenreiches halpt *A*   9046 allesambt *A*   9047. 48 *fehlen R*   9048 het *nach* schein *A*   9049 mit d. m. *A*   9050 Morholt v. Grvnewale *R*, Gurdewale *A s.* 5656   9057 H. die h. *A*   9058 liessen auch d. *A*   9065 allererst *A*   9069 hærsnir *R*   9070 so g. *A*   9071 halb *A*   9072 wurden so g. *A*   9074 m. lovt dem phaffen r. *R*   9075 zwanng *A*   9076 st. der w. *A* m. als l. *A*   9077 wol hintz *A*   9079 stiez êr slôch *R*   9084 bey der ainen nacht w. *A*   9086 Morholten *R*   9087 w. an d. *A*   komen *A*   9088 benomen *A*   9089 auch sy *A*   9091 starchen *A*   9092 dâ *fehlt A*   9093 Recht als begunde leuchten der t. *A*   9099 untz uber die *A*

maneger küener wîgant.
des starken Dietriches hant
rach dâ schaden unde leit,
dâ von man noch hiute seit.
9105 Dô diu sunne begunde
ûf gên bî der stunde
und daz lûhte der tac,
strîtes man alrêste phlac.
ez was dannoch vil vruo.
9110 dô reit der künic Gunthêr zuo,
dem volgten zweinzic tûsent
man,
von den wart alrêst schade getân
den Hiunen sicherlîche
und dem edelen Dietrîche.
9115 dô sach der marcgrâf Rüedegêr
vaste zogen dort her
die starken Burgónis man.
die riten alle kastelân
mit îser wol bedecket.
9120 si wâren unerschrecket
in stürmen unde in strîten.
si wolden bî den zîten
helfen Ermrîchen.
si zogten vrechlîchen
9125 bêde mit rotte und mit scharn.
'wie welle wir nû varn?'
sprach der vogt von Berne
'daz weste ich harte gerne.'
dô sprach Rüedegêr der milde
9130 'dâ haldet under schilde,

als die wînôtigen tuont!'
von rosse manneclîch gestuont
und gurten vlîzeclîch diu marc,
si stricten die riemen starc
9135 an helme unde an brünnen.
'swaz si uns nû künnen
an gewinnen' sprach Rüedegêr,
'ich wil des sîn iuwer wer,
wil got, wir mugen wol genesen.
9140 ir sult stætes herzen wesen
und verzaget niht umb dise nôt.
ez geligt hie nieman tôt
wan der doch muoste tôt geligen.'
nû was ez ouch dar an gedigen
9145 daz die vinde begunden gâhen
zuo den Hiunen nâhen.
dô heten ouch die Dietriches
degen
ze vesten rotten sich gewegen.
die küenen vil vermezzen
9150 die wârn ouch nû gesezzen
ûf ir guotiu kastelân.
dâ kom man wider man
mit starker crefte geriten.
dâ wart ein sturm herte gestriten,
9155 der hertist der dâ ie geschach.
von stat man dô trîben sach
diu ors vaste mit den sporn.
die küenen recken ûz erkorn
zesamne si geranden,

9103 dâ *fehlt* A   9105 Recht da A   9107 daz auch l. A   9108 man da
a. A   9109 d. vast fr. A   9112 dem R   schade allererst A   9114 u. auch
dem starchen D. A   9116 ziehen A   9117 Burgunis A   9118 Sy r. A
9119 m. eysen wol beklaidet A   9121 stvrm R   9124 zugen frechikleichen A
9125 roden A   9126 nu wie A   9128 vast g. A   9131 notigen R   9132 m.
v. r. stŭnd A   9133 Sy g. A   vleizzichleich W, vlizlich R   9134 da wapent
sich die reckchen st. R   9135 In helm vnd in br. R   9136 künne A   9138 gewer A   9139 wils g. so m. wir A   9142 nyemands todt A   9143 Wan W, Niwan
R   ligen A   9144 da A   9145 die Burgûnier b. A   9146 Hûnischen A
9147 auch sy D. A   9148 sich *fehlt* A   9150 ouch nu *fehlt* A   9151 auf die
g. A   9154 st. allererst g. A   9157 grymmeclich die ross mit sp. A
9159 ranten A

9160 diu swert ze beiden handen
vil vaste und bariu vuorten.
ah!, wie sis dà ruorten
beidenthalp mit den slegen!
si begunden diu gebot legen,
9165 des maneger vil riuwic wart.
hin und her vil manege vart
si beide triben unde riten.
só bewegenlìch si striten
beidiu dort unde ouch hie,
9170 daz rehte der tunst ûf gie
von rossen und von liuten.
dà wart ein niderriuten
mit den tòten getàn,
sam ob ein raste langer tan
9175 mit äxen nider wære gevalt.
owé, dà sturben helde balt.
Der strìt der gie vaste entwer.
man sach swert unde gér
in den helmen stecken.
9180 dó wàren die kecken   [men.
mit grimme érst zesamne ko-
ich hàn vür wàr daz vernomen,
daz die küenen recken tiuwer
sluogen daz daz viuwer
9185 ûz swerten unde ûz helmen
spranc.
dó was só michel der clanc
von ir slegen swæren,
sam ob tûsent smide wæren
mit hamer über ambóz gestàn.
9190 si liezen só dar nàher gàn,
daz ichz iu nimmer mac gesagen.

dó wurden solhe slege geslagen,
daz sich die brünne entranden.
diu swert in ir handen
9195 vast in den lìp wuoten.
ich hórt dà nieman muoten
daz er genesen wolde.
si wurben nàch dem solde,
der in ir leben an gewan.
9200 swaz ich noch ie gehórt hàn
von stürmen und von strìten
bì allen mìnen zìten,
daz ist ein wint, als man jach,
wider den strìt der dà geschach.
9205 Si ahten cleine ûf den tót.
si wac ouch ringe diu nót,
die si dó sàhen under in.
si wurben umb einen gwin,
der si von ir leben schiet.
9210 diu houbet man enzwei schriet,
dazz ûf den zanden wider want.
brünne unde schildes rant
daz muoste enzwei allez gàn.
die starken Dietriches man
9215 mit grimme sich werten.
jene her engegen berten
mit slegen, daz ez rehte smarz.
die biulen blà unde swarz
wurden an ir lìbe.
9220 owé der schœnen wìbe,
die verwitewet wurden alle!
der sturm wart mit schalle
und mit grimme dà getàn.
die starken Gunthéres man
9225 werten sich alsó mit slegen.

9160 schwert in b. A   9161 sy vast par f. A   9165 rubig A   9166 vil fehlt A   9167 beide si R   9169 ouch fehlt A   9170 daz fehlt, der t. recht A   9172 reiten A   9174 ein tagweide l. A   9175 aexen (doch x ausgekratzt) R   9179 helme R, helm A   9180 da R   w. allererst d. A   9181 grymmes zu einander k. A   9182 war W, fehlt R   9185 helme R   9186 da R   9189 hammern A   9191 ich euchs A   9192 da R   9195 vast fehlt A   9199 ab gewan A   9205 S fehlt R   9206 wagten ringe A   9207 da sie A   9208 gewin HA   9211 daz A   9212 Brunen A   9218 pevl R   9219 die w. A   9223 und fehlt, da mit gr. g. A

da gelac degen wider degen.
als ich vûr wâr vernomen hân,
einer rant ie den andern an.
her Dietrich und her Gunthér,
9230 die kômen zesamn mit wer.
mit zwein guoten swerten
an einanders bêde werten,
daz velt berge unde tal
allez von ir slegen hal.
9235 von Alzey her Volkér
und Wolfhart der recke hér
die wâren zuo einander komen.
nû habt ir é wol vernomen,
die wâren küene beide.
9240 sich huop ûf der heide
ein sturm vreislîche.
von Lunders Helphrîche
den bestuont der starke Ladiner.
von Lengers Walther
9245 der bestuont den starken Hiu-
si arnten alsó daz golt,   [zolt.
daz ez si sûre muoste an komen.
nû hân ich ouch daz wol ver-
                nomen,
mit wem her Dietleip dâ streit.
9250 daz bât man mir wol gescit.
den hete Heime bestân.
alsó was man wider man
an dem strîte gewegen.
dâ wart sturmes gephlegen
9255 von morgen unz ûf miten tac.
wer sigelôs dô gelac,
daz wil ich iuch wizzen lân:

daz was Gunthér und sine man.
was daz niht ein michel nót?
9260 die zweinzic tûsent lâgen tôt.
des künic Gunthéres man,
der kom nie deheiner dan
niwan zwéne und drîzec.
Wolfhart was des vlîzec,
9265 daz ouch die wæren dâ erslagen.
nû hœre wir daz buoch sagen,
vlühtic wart Gunthér der rîche
ab dem wal vor Dietrîche.
des künic Gunthéres man
9270 die heten grôzen schaden getân
an den Hiunen ûf dem wal.
ich hân ez lâzen ûz der zal,
daz ich ez nimmer tar gesagen,
só vil als ir dâ wart erslagen,
9275 nû seht, welch nôt dâ was,
daz velt bluomen unde gras
überal von bluote ran!
man sach die güsse enouwe gân
sam von regen tuot ein bach.
9280 die tôten nieman vor bluote sach.
    Als Gunthér ab dem wale entran
und der von Berne den sicgenam,
in der zît was ouch komen,
als ich vûr wâr hân vernomen,
9285 Diepolt von Gruonlant.
einen vanen vuorte er in der
der was über al rôt.   [hant,
der helt sich ze sturme bôt.
under sinem vanen breit
9290 aht tûsent recken gemeit

9229 her *nach* und *fehlt* A   9230 chomen W, chom R   9231 zwai A   9234 erhal A   9235 Alsan A   Volker W, Wolfger R   9238 Ir vor wol A   9239 kunig
A   9243 Iadimer R   9244 Lennges A   9246 ordneten A   9247 sow' R
9248 auch ich A   9251 het her II. A   9255 morgens R   9256 da R
9259 das tet G. A   9260 gelagen alle da t. A   9262 kamen dhaine A   9264 des
vil vl. A   9265 waren A   9267 der recke A   9269 die zwaintzig tausent G.
m. A   9273 getar sagen A   9275 s. wie ein n. das w. A   9277 nun von pl.
alles r. A   9278 g. eine g. A   9279 von den r. A   9280 vor dem plute A
9282 und daz der A   gewan A   9285 Diezolt RA s. 8636   Grvnelant R
9287 was weysz und rot A   9288 ze st. sich d. h. p. A   9289 sinen R

zogten under schilde.
ob iuch des niht bevilde,
só sagte ich iu mére.
dar nâch ein recke hére
9295 zogte her mit einem vanen,
der daz niht wolde vermanen,
er mûeste komen in den strit.
nû hœret an dirre zît,
wie der selbe was genant:
9300 Sturmgér von Îslant.
dem volgten sehs tûsent man.
vûr wâr ich daz vernomen hân,
daz wâren recken zuo ir hant.
die man dâ heizet wigant,
9305 daz mohten wol die selben sîn.
owé, daz tâten si dâ schîn
mit maneger vreislîcher tât.
daz buoch mir gesaget hât,
daz wâren sturmgîten
9310 in allen herten strîten.
 Die vierzehn tûsent recken
  starc
die vuortn als manec verdahtez
  marc
mit hertem stâle wol bedaht.
sich huop ein strît vor der naht,
9315 der immermér ist wol ze clagen.
von in wart manic recke erslagen.
si kérten alle an einen ort.
da geschach só creftigez mort
an liuten allenthalben,
9320 die von allen salben
nimmermére wurden heil.
dâ ergie ein urteil,

dâ von man immer sagen muoz.
dâ wart mit tôde lebens buoz.
9325 Gegen den vierzehn tûsent man
kom Tîdas von Meilân
mit einer starken rote geriten.
nû vernemt mit guoten siten,
der wolde helfen gerne
9330 sînem herren von Berne.
jene vierzehntûsent mân
die gehórten Ermrîchen an.
her Tîdas der guote,
der küene hôchgemuote
9335 mit dem zogten siben schar.
islîcher schar (daz ist wâr)
wâren zwei tûsent degen.
die torsten manheit wol phlegen
in strîte ze allen stunden.
9340 niht langer si erwunden,
si triben diu ors mit grimme dar.
veste was Tîdas schar,
als wârn ouch jene her engegen.
dô kómen zesamne kecke degen.
9345 her Tîdas von Meilân
der mante alle sîne man
'verzagt niht, helde alle!'
den puneiz mit schalle
huoben si dar unde her.
9350 in was zesamne harte ger.
daz grimme viuwer als ein loup
ûz den huofîsen stoup.
in einander brâchen die schar.
mit starken slegen (daz ist wâr)
9355 ûf die helme si sluogen.
nitlîch si truogen

9291 die zugen *A* 9293 mere *W*, mære *R* 9294 recken *A* 9295 auch zaigte mit *A* 9298 so sult ir horen an *A* 9300 der hiez S. *A* Sturmger *W*, Stumbger *R* 9304 h. genôttiget w. *A* 9305 selben *W*, selbe *R* 9311 D *fehlt R* 9312 verdeckt m. *A* 9316 da wurden allererst slege geslagen *A* 9317 Die niderpunten vntz in das ort *A* 9318 krefttige *A* 9319 baidenthalben *A* 9323 man noch ymmer *A* 9325 den *fehlt A* 9328 gûtem *A* 9332 gehorten *W*, horten *R* 9335 zugen *A* 9338 getorsten manlich w. *A* 9339 streites ze *A* 9345 her *fehlt A* 9347 Nu v. n. alle *A* 9350 z. vast g. *A* 9353 In *W*, An *R*

diu swert in den henden.
der sturm ze allen enden
wart als ein turnei.
9360 ach und wé dó maneger schrei,
den der grimme tót twanc.
daz hirn ûz en köphen spranc,
ez mohte got erbarmet hân.
daz bluot an den swerten ran
9365 in die hende nider ze tal.
die helme vielen âne zal,
alsó tâten ouch die schilde.
getunget daz gevilde
wart mit tôten über al.
9370 dó was von slegen solch schâl,
daz nieman mohte gehœren
daz grimmiclîche stœren,
daz si an einander tâten.
manegen diu ros trâten,
9375 der wol lenger mohte leben.
dâ wart der solt alsó gegeben
mit tiefen wunden wîten,
daz maneger muoste enbîten
des jungisten urteiles.
9380 owé des unheiles,
daz Ermrîch ie wart geborn!
alle die dâ wurden vlorn,
daz geschach von sînen schulden.
des ist er von gotes hulden
9385 gescheiden immermére.
ez enhet niht widerkére
ûf dem wale dannoch,
der strît der werte iedoch
von mittem tage unz an die naht.

9390 der ez dâ ûz den sorgen vaht,
daz was ot allez Wolfhart,
Nêre unde Helmschart.
Dô diu naht zuo seic,
Wolfhart dannoch nie gesweic
9395 in dem herten strîte.
vast rief der sturmgîte
als ein wüetunder man
'lât, ir helde, et dar gân!
und lâzet nieman genesen!
9400 ez muoz ir urteil hie wesen.
wir suln ouch niht langer leben.
ez wirt niemen vride gegeben
jungen noch den alden.'
do ergrimten die balden,
9405 die starken, die ræzen,
und ouch die widersæzen.
si sluogen, si stâchen,
ir leit si vaste râchen
mit grimmigem muote.
9410 ez wart nie helm só guote
ode er spielt sich von den slegen.
bêdenthalp vielen die degen
tôte nider ûf daz lant:
und wart iu dehein snê bekant,
9415 als er von den alben gât,
noch dicker vielen an der stat
die liute tôt dar nidere.
beide vür und widere
sach man daz viuwer glasten.
9420 si wolden nie gerasten,
unz daz der tac nimmer schein.
wie si getruogen daz enein,

9359 stende w. *A*   9360 we u. wee *A*   9362 den k. *A*   9366 v. nider auf das wal *A*   9369 m. den t. ane zal *A*   9370 sollcher *A*   9372 chrimeliche *R* (gremeleiche *W*)   9373 tetten *A*   9374 nicht willen sy des hetten *A* 9375 daz sy icht lennger wolten l. *A*   9377 m. w. tieffen und weyten *A*   9378 mvz *R*   9382 v'lorn *R*   9388 der herte st. w. *A*   9389 vatz auf die *A*   9391 ot *fehlt A*   9392 her N. u. herr H. *A*   9393 zu nayg *A*   9394 dannoch *fehlt A* 9398 last b. *A*   et *fehlt A*   9400 m. ein vrt. *A*   9402 wirt *W*, wart *R* frid von mir g. *A*   9403 den *fehlt A*   9404 da *R*   9409 grymmigen *A* 9411 spielte *A*   9413 Tot *A*   9414 euch w. nie kain regen b. *A*   9415 so dick der von himel g. *A*   9422 weit sy *A*

daz si ruowe wolden phlegen?
zwischen in wart ein vride ge-
    wegen
9425 unz an den andern tac dan.
daz widerriet dó ein man
Wolfhart der mære.
des volgte der Bernære.
    Der vride widerboten wart.
9430 in der zît hete sich geschart
Pitrunc von Engellant.
der vuort mit werlîcher hant
sehzehen tûsent recken.
die starken und die kecken
9435 wâren dâ mit Ermrîche
ze schaden Dietrîche.
die vuorten einen vanen breit
swarz und wîz, als man seit.
si wârn georset alle wol.
9440 dâ wider ich iu brüeven sol,
die gegen Pitrunge riten
und einen sturm mit im striten.
daz was selbe der Bernære
und manic recke mære.
9445 aht schar vil hêrlîch
riten mit dem herren Dietrîch:
ieslîch schar was wan tûsent
    man.
dâ rante ie einer zwêne an.
dâ wart lachen lâzen.
9450 in gelîchen mâzen
zesamne brâsten diu schar.
ez het her Dietrîch (daz ist wâr)

leider ze vaste nâch.
ein strît dó allerêrste geschach,
9455 daz sît beweinten ougen.
ir sult vür wâr gelouben,
ez wart durch halspere und
    durch schilt
die scharphen gére gezilt,
daz ez durch diu herze brast.
9460 beidiu vriunt unde gast
muosten dâ tôt belîben.
man sach zesamne trîben
den sturm ûf der beide.
dâ was bœsiu ougenweide.
9465 Der sturm der was sô herte.
nieman den andern nerte,
weder der vater dem kinde.
ir slege wârn sô swinde
daz ich im nie gelîche sach.
9470 manic man dô jach,
daz von sô vil liuten
in velden unde in riuten
herter sturm nie wart gestriten.
die halsperge wurden versniten,
9475 daz si enzwei hiengen.
mort si begiengen
an ein ander ûf dem wal.
dâ vielen etlîch ze tal
âne houpt und âne hant.
9480 alsó streuten si daz lant.
von den slegen si sich bugen.
die schilde von den handen vlu-
rebte alsam ein dürrez strô. [gen

9423 rûbe *R*   9424 gewegē *W*, geben *R*   da ward ain f. zw. ln g. *A* 9426 dô *fehlt A*   9429 D *fehlt R*   9431 Pytrvnch v. Engelant *R*   9436 ze schaden *fehlt A*   wider D. *A*   9437 sy f. *A*   ein schare br. *R*   9439 w. beriten a. *A*   9440 hin w. *A*   euch auch brieven *A*   9442 ein *R*   mit ln st. *A*   9444 maniger *A*   9445 vil *fehlt A*   9447 In l. *A*   islicher *R A* wan *W, fehlt R*   neũn *A*   9450 gelich siz dar mazen *R*   9451 prachen zesamen *A*   9454 da *R*   9456 nu gelovbet ane lovgen *R*   9458 geer auf g. *A*   9462 sach entwer tr. *A*   9463 d. streit auf *A*   9465 der *fehlt A*   9466 dem and'm w'te *R*   9469 ichm *R*   nie nicht geleiches *A*   9470 iach *W*, gerach *R*, sprach *A*   9473 wurde *A*   9478 So v. da sechse ze tal *A*   9479 henndt *A* 9483 sam *A*

beidiu trûric und unvrô
9485 wart vil manic werdez wîp
umbe ir lieben mannes lîp:
sô cleit daz kint unde mâc,
owé, der vil dâ tôt gelac.
     Nû hœret grôziu wunder sagen.
9490 dô undr in wurden erslagen
diu ûz erwelten kastelân,
dô muosten si ze vüezen gân.
alrêrste trâten si ein phat
mit strîte an der selben stat.
9495 dâ gie der sturm vaste entwer,
dise hin und jene her.
der mâne in schône lühte.
nieman den andern schûhte,
er wære starc ode cranc.
9500 craft wider craft dâ ranc.
die wîl si heten deheine maht,
si schieden sich nie bî der naht,
unz daz der tac wol ûf sleich.
ir halsperge wâren alsô weich
9505 worden von der hitze.
     'waz wunders ist ab ditze'
sprach der marcgrâve Rüedegêr,
'sul wir geruowen nimmermêr.'
     Dô der tac ûf gie,
9510 dannoch weigerlîchen hie
ze beiden handen truoc daz swert
Pitrunc der recke wert.
sîn schar was worden dünne.
man unde künne
9515 lâgen ûf dem wal erslagen.
si heten cleine vertragen
den starken Dietriches man,

die wârn ouch von ir leben getân.
Alphart der mære
9520 lief von dem Bernære
den küenen Pitrungen an.
Pitrunc der küene man
ouch gegen Alpharten lief.
si holten ûz ir herzen tief
9525 zwêne slege vreislîch.
Pitrunc der ellensrîch
traf Alpharten è,
daz der recke nimmermê
von der stat kom gesunt.
9530 alrêst wart dem Bernære kunt
daz allersterkiste leit
daz im ie geschach, als man
     seit.
dô 'in her Dietrich tôten sach,
dô wart im von dem grimme
     gach
9535 an Pitrungen dâ der stunt.
als noch die liute in zorne tuont,
si liefen bêde einander an.
des muoste ir einer schaden hân.
si striten eine lange zît.
9540 under in herte was der strît.
dem Bernær wart von einem
     man
in dem sturme nie sô wê getân.
dô si gestriten dâ den strît
unz wol ûf vruoimbizzît,
9545 dô dâhte der Bernære
'unser eintweders swære
muoz iezuo ein ende hân.'
er lief Pitrungen an

9485 vil *fehlt A*   9486 liebes *A*   9487 klagt die kinde *A*   chinde *R*
9490 die u. in ward ersl. *A*   9492 stan *A*   9493 alle tr. *R*   9496 und *fehlt A*
     9499 wer *W*, war *R*   9500 dâ *fehlt A*   9501 h. ainiche m. *A*   9502 ge-
schiden sy sich *A*   nie *fehlt R*   9503 daz *W*, *fehlt R*   der ander tag uff *A*
     9506 aber *A*   9510 veintlichen *A*   9520 vor *A*   9533 Do herr D. Alp-
harten t. *A*   9535 stvnt *R*   9537 anand' *R*, aneinander *A*   9540 zwischen
In *A*   9542 in allem den stvrm nie *A*   stvrm *W*, strit *R*   9543 gestriten *W*,
striten *R*   dâ *fehlt A*   9544 auf die f. *A*   9545 gedachte *A*   9548 Er lief
W, do lief er *R*

und sluoc im einn só herten
  slac
9550 daz imz houpt unz ûf den nac
allez samt enzwei gie.
dó hete mit grimme gerochen hie
her Dietrich sinen lieben man.
her Pitrunc ruofen began
9555 'swaz der minen hie mac wesen,
die vliehen, ob si weln genesen!'
daz was sin allerleste wart.
ûf den recken Alphart
viel er tóter dâ nider.
9560 daz wolde rechen sider
Reinhér von Pârise.
der starke und der wise
brâhte kurzlîchen dar
zwelf hérlîche schar,
9565 in ieslîcher schare breit
riten tûsent recken gemeit.
manege brünne stæhn,
die besten die dâ mohten sin,
dâ wâren si gewâpent in.
9570 'ich sihe wol, wir komen nimmer hin'
sprach von Lunders Helphrich.
'edel künec von Rœmisch rich,
wir sulnz enouwe lâzen gân,
sit hie nieman genesen kan.'
9575 'daz ist mir ouch als mære'
sprach der Bernære,
'ob ich hie gelige tót.
ich muoz miner starken nót
hie an ein ende komen
9580 od mir werd der lip benomen.
wir hân noch recken wol gesunt

und hân geaht an dirre stunt,
waz wir liute mugen hân.
ich wæn wol drîzec tûsent man
9585 hab wir noch vollecllchen.'
'nû lâz wir dar strichen'.
sprach Dietleip von Stîrelant.
dó wart gewegen alzehant
sehs schar hérliche.
9590 Dietleip der ellensriche
was ir aller houptman.
als ich vûr wâr vernomen hân,
si heten slehtes sich bewegen,
alle die Dietriches degen,
9595 libes unde guotes.
si wâren eines muotes:
daz erzeigten si des tages wol.
noch mére ich iu sagen sol.
die allertiuristen man,
9600 die der von Berne mohte hân,
die wurden gewegen in den strit.
dó was ez komen an die zit,
daz die vinde mit ir schar
begunden staphen (daz ist wâr)
9605 gegen dem von Rœmisch lant.
dó sprach her Dietrich zehant
'nûtrâ, recken hôchgemuot!'
daz tâten ouch die helde guot.
von stat triben si diu marc.
9610 si kómen dar mit nide starc
ûf einander geriten.
dâ wart langer niht gebiten,
sô zuo den handen diu swert.
dâ wart strites gegert
9615 mit nidigem muote.
die küenen helde guote

9550 Im das *A* hovp *R* 9551 alles sampt *W'*, a. ensamt *R* 9552 gerochen mit grymme *A* 9555 er sprach was noch der *A* 9557 allerlestes wort *A* 9558 Alphort *A* 9559 dâ *fehlt A* 9560 (*W'* wolden) gvlden rekchen s. *R* 9561 Reinher *W*, Reicher *R usf.* 9567 praune *A* 9568 do *R* 9571 helpherigk *A* 9575 auch mir *A* 9580 wirdt *A* 9582 lch h. *A* 9584 in der mazze mer dann dr. *A* 9587 Stîerlant *R* 9588 da *R* 9605 dem vogt von *A* 9607 au bunieret *A* 9610 dar *fehlt A* 9613 nu zu *A*

üf einander sluogen.
mit grimme si truogen
diu swert in den handen.
9620 mit crefte si sich wanden
beidiu hin unde her.
in was zuo einander ger.
dà was jâmer unde wé.
ez geschiht nimmermé
9625 só herter strit an einer stat.
des werd Ermriches nimmer ràt,
der den strit ie gevuogte:
wan in nie genuogte
deheiner untriuwen.
9630 des sol mich cleine riuwen
swaz siner séle geschiht,
daz clage ich nimmer niht.
  Si sluogen hin, jene her.
also gie ez entwer
9635 mit sturme üf der heide.
do geschach vil ze leide
dem künege Ermriche.
ez wart ouch sicherliche
des von Berne niht vergezzen.
9640 vil manegen helt vermezzen
vlós dà der Bernære.
ditz ist ein wârez mære.
  Dirre sturm der was gróz.
daz bluot durch die ringe vlóz
9645 und durch die helme sére.
wa gehórt ir ie mére
einen sturm also langen?
ez was nù só ergangen
swaz dà ze schaden mohte ergân.
9650 doch wart der strit also getân,
er werte dannoch al den tac.
owé, waz liute dà gelac,

é daz ein ende næm der strit!
rehte wol ze nóne zit,
9655 dó was velt unde plân
also jæmerlich getân,
mit bluote überrunnen.
die recken vil versunnen
heten nù vil cleine craft.
9660 diu Ermriches ritterschaft
diu was nù elliu erslagen.
ez ist ze mære wol ze sagen
ditz wunder, daz dà geschach.
man sach von bluote manegen
                        bach
9665 über velt rinnen.
als ich mich kan versinnen,
só lac der liute dà só vil,
daz ich daz wol sprechen wil,
daz bi niemens ziten
9670 in stürmen od in striten
só manic man nie wart erslagen.
wer kunde ez iu ze geloube sa-
                        gen!
  Nù làze wir diu mære stân
und heben hie wider an,
9675 wie sich ende der strit,
(daz vernemt an dirre zit)
den Reinhér von Pârîse
der starke und der wise
mit Dietleiben hie gestreit.
9680 Reinhér hete, als man seit,
mit im dà zwelf tûsent man.
der kom nie deheiner dan
od si lægen alle dà tót.
daz was ein clegelîchiu nót,
9685 daz dà solich mort ergie.
ir hórtet ez gesagen nie.

9624 nymmermer *A*   9626 nymmerme *A*   9630 sol auch m. *A*   9632 be-
klag *A*   9633 Sy slugen sy h. und i. *A*   9644 daz *fehlt A*   9645 und *fehlt A*
helm *W*, ringe *R*   h. hart s. *A*   9646 gehöret *A*   9647 so *A*   9649 nu
nahen zergangen *A*   9650 st. so hert g. *A*   9670 st. und in *A*   9671 maniger
A   9672 Ir waz noch mer dann ich kunde gesagū *A*   9675 enndet *A*   9677 do *R*
9679 streit *A*   9682 dehainer *W*, cheiner *R*   9686 höret es sagen *A*

Rehte gegen âbunt
dô lâgen tôt unde wunt
alle Reinhêres man:
9690 er kom ouch selbe niht von dan.
in sluoc Wolfhart der wîgant.
ouch galt sich mit ellens hant
Reinhêr der mære:
der sluoc dem Bernære
9695 ahte ze tôde sîner man,
die tiursten die er mohte hân.
wer die wæren, die wil ich
iu nennen: nû vernemet mich.
daz eine daz was Helmschart,
9700 daz ander was Alphart,
daz drite her Nêre.
si verclagte nimmermêre
von Bern der herre Dietrich.
noch nenne ich iu sicherlîch
9705 einen recken ûz erkorn,
owê, der ouch dâ wart verlorn.
daz was Iubart von Latrân,
und von Pôle Berhtram
und ouch der küene Ameloit.
9710 wær Rœmisch lant allez golt,
daz hete der vürste ûz erkorn
drîzec stunt gerner vlorn
und het ez allez dar gegeben
umb sîner lieben manne leben.
9715 dâ gelac her Eckenôt,
Eckewart starp dâ tôt,
dô gelac Starchêr der degen.
der ahte recken vil bewegen

vergaz sît nimmermêre
9720 von Berne der hêre.
Dô der tac hine seic
und die naht zuo steic,
dô was ebene unde tal
allez vol über al
9725 getunget mit tôten vaste.
wol ein tiutsche raste
ez mit tôten vollez lac.
dô was ein urteillîcher tac.
do gelac manic breitiu schar.
9730 Ermrich vlôs alle die gar,
die er hete brâht in den strit.
ir lebte niemen bî der zît
niwan einlef hundert man,
uud kômen die niht alle dan
9735 od ir wurd noch vil erslagen.
nû vernemet, ich wil iu sagen,
dô Ermrich daz gesach,
daz er ez hete vaste nâch,
dô habt er bî Ribsteine
9740 dort verre ûf einem reine.
dâ was ouch Sibeche der un-
staete,
von dem die ungetriuwen rete
in die werlt sint bekomen,
als ir dicke habt wol vernomen.
9745 dô kom ouch Witege gerant
dâ er Ermrichen vant.
vil balde er im zuo sprach
als er in verrist an gesach
'wes beit ir, künic rîche,

9687 gegen dem abent *A*   9694 den P. *A*   9696 tivristen *R.A*   9698 iu *fehlt A*   9699 Das was aines H. *A*   9700 a. das was *A*   9702 si *fehlt A* werklagten *A*   9703 von Berne *fehlt A*   Diettreiche *A*   9704 iu *fehlt A* 9708 von Polan Phiran *A*   9710 a. gewesen g. *A*   9712 gerner *W'*, gerne *R* d. mal lieber v. *A*   9715 gel. auch Egkenot *A*   9716 st. auch da *A* 9717 da wart erschlagen St. *A*   9718 r. ausgewegen *A*   9720 herre *A* 9722 straich *A*   9726 teutschiv *H*   einer teutschen *A*   9727 vol *A* 9728 da *H*   9729 Da *H*   wann da g. *A*   9730 v'los *R.A*   9731 pracht an d. *A*   9732 der seinen l. u. mer bey *A*   9734 kamen halt die *A*   Ueber 9737 aveūt wie Ermrich entran vnd der Bernær nach ieit *H*   9739 hôber dort bey *A* 9743 die velde s. komen *A*   wertlt *R*   9744 Ir oft wol habt *A*   9746 und Heyme der weygant *A*   9747 Weyttege zu Erenreichen sp. *A*   9748 verrist *fehlt A*   sach *A*

9750 daz ir niht sicherlîche
vliehet zuo den vesten?
sehet ir dort her bresten
den herren Dietrîchen?
wir suln im entwîchen.
9755 swaz wir nû langer hie bestân,
daz muoz uns an daz leben gân.
mâge und liut sint alle erslagen.
lâz wir uns nû hie betagen,
des müge wir komen in grôze
nôt:
9760 wær unser ein her, sô wær wir
tôt.'
In der zît dô daz geschach,
dô kom gerennet dort her nâch
Gunthêr von Rîne
und Gernôt der bruoder sîne.
9765 die hôhen vürsten ûz erkorn
die heten an dem strite vlorn
niunzehen tûsent man.
vaste ruofen dô began
der hôhe künic Gêrnôt
9770 'swer hie niht welle ligen tôt,
der hebe sich von hinnen,
ob er muge entrinnen.'
dô wart gebiten niht mêr.
Ermrîch der künic hêr
9775 saz ûf ein guot kastelân.
vil vaste vliehen man began.
swer baz moht, der reit dâ hin:
daz was ein wîslîcher sin.
niemen des andern dô erbeit.
9780 nû was ouch komen, als man
seit,
der edele Bernære

mit manegem recken mære
und volgten im wol driu tûsent
man.
diu ûz erwelten kastelân
9785 treip man dar creftîclîchen.
dô jeit man Ermrîchen
gegen Bôlonje zuo der stat.
Wolfhart ruofte unde bat
sînen lieben herren
9790 'nû rechet iuwern werren
und slahet swen ir vindet.
niht nâher ir erwindet
und lât et einen hin niht!'
owê der grôzen geschiht
9795 diu an der vluht dâ geschach!
man schôz, sluoc unde stach
die Ermrîches ûf der strâze:
si sturben âne mâze.
der einlef hundert manne
9800 die mit im vluhen danne,
der kom wan zwei hundert hin.
alsô nam zuo sîn gewin,
mâge und man er dâ verlôs.
owê, wie schiere er si verkôs!
9805 daz et er selbe dâ entran,
ern ruocht umb mâge unde
man.
doch wil ich daz eine sagen
und wil ez immer gote clagen:
daz diu stat sô nâhen was,
9810 daz half leider daz er genas.
dar in entran Ermrîch.
owê, daz riuwet mich.
Sibeche ouch mit im entran.
nû hœrt waz ich vernomen hân.

9758 nû fehlt A   9765 hohsten R   9768 dô fehlt A, da R   9772 sehe
ob A   9773 Da R   nymmer A   9776 man vliehen R   9777 dâ fehlt A
9779 da R   bait A   9783 und fehlt, im v. A   9786 da R   9787 Poloni A
9790 wern A   9792 nahen' R   9793 et fehlt A   Ir einen A   9795 sluht R
9800 die ab dem wal fl. mit im d. A   9801 kamen nun z. A   9802 zu Erenreiches g. A   9803 und leute Er A   9804 ers v. R   er es v. A   9805 et
fehlt A   9810 Daz W, da R   die h. im l. A   9811 D fehlt R
Heldenbuch II.   14

9815 an dem graben vor der stat,
als man mir gesaget hât,
da erreit Eckhart Ribesteinen.
'nů hân ich der rehten einen'
sprach der recke Eckehart.
9820 'nů wirstû langer niht gespart,
dů vil ungetriuwer man.
du gewunne mir min herren an,
die getriuwen Harlungen.
nů wil ich mit dir tungen
9825 einen galgen, ob ich mac.
ez muoz sîn dîn lester tac.
sît mir dich got gevüeget hât,
deheinen ungetriuwen rât
gerætestû nimmer mêre.
9830 du erarnest daz vil sêre.
het ich alsô wærliche
dînen herren Ermriche
alsam hie bî dir,
sô müeste er tôt sîn von mir.'
9835 dô bôt er im creftigez golt.
Eckehart des niht enwolt,
er zuht daz swert mit ellens
hant.
Eckehart der wîgant
Ribstein daz houpt ab sluoc.
9840 alsô tôten er in truoc
unde bant in ûf daz marc.
dan vuort in der helt starc
gegen dem von Berne wider.
dô sach er ûf der strâze nider
9845 der tôten harte vil ligen.
wie ez Ermrich ist gedigen,

daz habt ir alle wol vernomen.
er hât den schaden dâ genomen,
der im immer nâch gât.
9850 dô Eckehart kom an die stat,
dâ der strît was ergân,
dô kômen Dietriches man,
die dâ heten nâch gejeit.
welt ir nů hœren herzeleit
9855 und starken jâmer manicvalt:
umb alle die helde balt,
die an dem strite wârn erslagen,
dar umbe wart michel clagen
von allen Dietriches man.
9860 ez mohte nieman verlân,
er muoste beweinen dise nôt.
ez lac dâ vil ir mâge tôt.
Dô si ir herzen swære
clagten, mit dem mære
9865 dô kom ouch her Dietrich
und Rüedegêr der lobelich,
Nuodunc unde Baltram,
Dietleip unde Sintram,
Îrinc unde Blœdelin,
9870 Walthêr unde Erewin,
Hûnolt unde Sigebant,
Berhthêr und Hildebrant,
Wolfhart unde Starkân,
Friderîch unde Elsân.
9875 die küenen recken mære
mit samt dem Bernære
stuondens nider ûf daz gras.
vil barmeclich diu clage was.
dâ was wê und ungemach.

9817 ekkehart *R*   9819 ekhart *R* uö.   9622 du gewannest mir meinem h. an *A*   9828 du ratest nymmermer dhainen antrewen r. *A*   9829. 30 *fehlen A*   9831 *nach* 9832 *A*   ich ln a. *A*   9832 deinem *A*   9833 Alsan *A*   9834 er müeste den todt kiesen v. m. *A*   9835 Ribestain pot kr. g. *A*   9836 E. sein n. wolt *A*   9839 Ribestainen *A*   9841 auf sein selbs m. *W*   9842 von dann *A*   9843 dem wal w. *A*   9844 dô *fehlt*, er sach *A*   9847 alle *W*, allez *R*   9853 da nach hetten *A*   9858 was ein grosses kl. *A*   9862 Irer mage lag da vil t. *A*   9869 Eirinckh *A*   9874 fridric *A*   9877 Stvdens *R*   9878 pærmeclich *W*, barmlich *R*, parmbertziklich *A*

9880 von Berne der vogt sprach
zuo den recken über al
'ir helde, nû gêt ûf daz wal
und suochet ûz dem bluote
die edeln recken guote.
9885 tuot ez iu selben ze heile.
lât si werden niht ze teile
dem bœsen unkunder.'
si teilten sich besunder,
ûf dem wale hin und her
9890 die tôten plânten si entwer.
die Ermrîchen hôrten an,
die wurden den vogelen dâ verlân:
swaz der von den Hiunen was,
ûz dem bluote man die las
9895 und truoc si ûz an daz lant.
her Dietrîch Alpharten vant
und den küenen Eckewarten
Amelolten und Helmscharten
und Iubarten von Latrân.
9900 dô er sine getriuwe man
sach ligen in dem bluote.
mit grimmigem muote
der von Berne über si saz.
nû muget ir gerne hœren daz,
9905 wie jæmerlîch er clagte.
vor leide er rehte verzagte,
er vie sich selben in daz hâr.
er sprach 'owê, nû hân ich gar
wunne und vreude verlorn,
9910 sît mine recken ûz erkorn
alle hie nû tôt sint.
ich armer Dietmôres kint,

nû muoz ich mit jâmer leben.
herre got, dû hâst mir gegeben
9915 niwan ungemach und herzenleit.
Mariâ, muoter unde meit,
küniginne in himel rîche,
erbarme dich genædiclîche
über mich vreudelôsen man!
9920 owê, was ich nû vloren hân
an dir, getriuwer Alphart!
ich was mit dir vil wol bewart
aller mîner êren,
swar ich hin wolde kêren:
9925 der triwe muoz ich nû âne sîn.
owê des werden libes dîn,
der nû die erde bouwen sol!
nû wirt mir nimmermêre wol
unz an mine leste stunt.'
9930 Alpharten kuste er an den munt:
'owê, hôhgetriuwer lîp!
dine tugende müezen elliu wîp
immer weinen unde clagen,
swâ si hœrent von dir sagen.
9935 Owê, ûz erwelter degen,
Amelolt, recke ûz erwegen!
nû muoz ich mich ouch ânen
dîn.
daz ich âne dich muoz immer
sîn,
daz erbarme dir, heiliger Crist!
9940 waz grôzer triuwen an dir ist,
vil lieber Amelolt, gelegen!
owê, unverzagter degen,
sol ich dich nimmer gesehen!
mir ist an dir sô leit geschehen,

9880 der vogt v. P. da sp. *A*   9886 lats niht werden *R*   9887 Den *R*
9890 si plonten die t. da entw' *R*   plonten *A*   9891 Alle die E. gehorten *A*
9892 dâ *fehlt A*   9893 von H. da was *R*   9894 man sy l. *A*   9895 die trug
man aus *A*   9897 Ekewarten *R*   9900 er die vil g. *A*   9902 grymmigen *A*
9907 selbe *R*   viel im selbs *A*   9911 nû *fehlt A*   9912 Diettreiches *A*
9916 Mariâ *fehlt*, parmhertzige m. und raine m. *A*   9917 k. von h. *A*
9920 v'lorn *RA*   9924 wo *A*   chere *R*   9925 trewen *A*   9927 erden *A*
9932 tugent *A*   9934 horten *R*   9936 A. der r. aus gewegen *A*   9940 Awe
was tr. *A*   9941 vil *fehlt A*   9943 nymmermer *A*

9945 daz nie mensch só leit geschach.'
daz hâr er ûz dem kophe brach.
'owé ich vil unsælec man,
daz ich niht ersterben kan!
zwiu bin ich immermére!
9950 vil lieber recke Nére,
wie möhte ich dich ouch verklagen!
owé, daz ich niht bin erslagen:
des si verteilet diu stunt.
Nére, swem din tugent wære
kunt
9955 als rehte sam si mir ist,
der clagte dich vûr dise vrist
mit triuwen immermére.
owé, getriuwer Nére,
dù wære küene und milte.
9960 nie nihtes dich bevilte
daz tugent und ére heizen sol:
des was din reinez herze vol.
   Owé, lubart von Latrân,
waz ich an dir verloren hân!
9965 wie sol ich nù ân dich geleben?
got herre, dù hâst mir gegeben
grôz ungenâd bî minen tagen.
nie kein mensche wart getragen
só rehte unsælic, als ich bin.
9970 swâ ich mich verwende hin,
dâ ist mir wirser danne wé.
ich verclage dich nimmermé.
dù wære küene unde starc,
dar zuo witzic unde karc,
9975 getriu und vil tugenthaft.

úz genomeniu riterschaft,
die kunde tuon din reiner lip.
alle maget unde wip
sulen dinen tôt wol clagen.
9980 ez gehôrte niemen von dir sagen
untât noch untugende.
dù wære in diner jugende
der triuwen rehte ein róse.
din werdez wip Binôse
9985 mac dich wol weinen unde clagen.
min hundert mohten niht gesagen
die ére diu an dir lac.
dù wære ein blüender óstertac
diner liute und diner mâge,
9990 der milte ein gelîchiu wâge:
ein hagel unde ein bitter dorn,
hôher recke ûz erkorn,
dinen vinden ze allen zîten,
dâ heime und in strîten,
9995 ûf velde und ûf strâze.
owé, wie ich dich lâze!
sol ich dich nimmermér gesehen,
nù ist mir érste leit geschehen.
Hie mit kômen ouch gegân
10000 beide vriunde unde man,
von den ein clage sich dâ huop,
dó man die tôten begruop.
si wunden die hende
und clagten manegen ende:
10005 só griffen sich die in daz hâr,

9945 mennisch so *R*   9946 dem haupt br. *A*   9947 unseliger *A*   9950 vil
fehlt A   9957 hinfür ym. *A*   9959 milt *R*   9960 nye nicht dich des b. *A*
bevilt *R*   9961 tugende *RA*   9965 was sol *A*   9966 geben *R*   awe was un-
gnaden mir got hat g. *A*   9967 in diser welte bey m. t. *A*   9968 es ward nie
m. dhaines g. *A*   9970 wende *A*   9972 lubart ich *A*   9975 vil *fehlt A*
9976 ausgewegen in r. *A*   9979 wol *fehlt A*   9980 hôret *A*   9984 Pinose *A*
9985 bewainen *A*   9988 ein *fehlt R*   blôder *R*   9989 Dine l. *R*   9996 dich
nu l. *A*   9998 érste *fehlt A*   10001 klagen *A*   10002 da *R*   10003 die w.
A   10004 und wainten an manigem e. *A*   10005 gr. sy In in d. h. *A*

só lâgen dise vûr tôte gar,
jene sich ze dem herzen sluo-
     gen,
dô sis ze dem grabe truogen,
der den vater, só der daz kint.
10010 si wâren reht von weinen blint.
só cleit der sus, só cleit der só.
ez wâren alle die unvró,
die dannoch lebten dâ gesunt.
dô man hete bî der stunt
10015 die tôten alle begraben,
sich kunde nie wol gehaben
der künec von Rœmisch rîche
clagte só jæmerlîche
mit maneger ungehabe gróz,
10020 unz daz sîn Wolfhart verdróz.
er sprach 'künec von Rœmisch
     lant,
ir wellet uns allesant
in grózen jâmer bringen.
vreut iuch des gedingen,
10025 edeler künic ûz erkorn:
habt ir die alten verlorn,
só habent si doch lâzen kint,
die nâch nû gewahsen sint
ze mannen volleclîchen,
10030 die dir ûf Ermrîchen
helfent immer mére
und rechen, künic hére,
ir veter die hie sint erslagen.
lâ dîn unmæzlîchez clagen
10035 und gedenke ouch dar an, [kan
daz si nieman lebendic machen

âne got aleine,
Jêsus der vil reine,
der aller dinge schephær ist.
10040 den bitte umb só lange vrist,
daz er dir wende dîniu leit
und daz dû dîner arbeit
ze ende kumest an Ermrîche.
daz râte ich sicherlîche.'
10045 Her Dietrich tete des man in
     bat.
er begie ein tugent an der stat,
daz vil selten dehein künic ie
solhe tugende begie
hie bevor bî ir tagen.
10050 er hiez ûz dem bluote tragen
vil nâch die besten alle.
swie si im wârn ein galle
gewesen, die Ermrîches man,
und swie leit si im heten getân,
10055 doch hiez er si alle begraben
und clagte si mit ungehaben
und beweinte einn ieslîchen
     man.
swie leide er im hete getân,
der ungetriuwe Ermrîch,
10060 man bestattes vaste güetlîch.
Nû sul wirz lâzen ende hân.
dô man mâge unde man
die küenen und die werden
bestatte zuo der erden,
10065 owê, dô rûmte jæmerlîch
daz wal der herre Dietrich.
si riten daz ende nider

10006 also *A*   10007 Sy sich zu den *A*   10009 v. der vater d. *A*
10011 Also klagt Er sunst *A*   10018 kl. sy lam. *A*   10020 daz *fehlt A*
wolfhardten *A*   10022 allensamt *R*, all zehant *A*   10023 in grosses trauren br.
A   10025 Edl *A*   10027 gelassen *A*   10028 nach in g. *R*   nahen nu *A*
10029 mann *A*   10034 ia *R*   10035 ouch *fehlt A*   10038 vil *fehlt A*
10039 *nach* 10040 *RA*   d. gewaltig ist *A*   10044 des *A*   10045 tet als man *A*
10047 die höchsten die ye künig begie *A*   10048 *fehlt A*   10049 bey allen
den t. *A*   10052 weren *A*   10053 gew. weren E. *A*   10054 laide *A*
10055—10058 *fehlen R*   10059 der getriwe Dietrich *R*   10060 der bestatet si
vil tugentlich *R*   10065 da wainet *A*

die rehten strâze hin wider
gegen der stat ze Meilân.
10070 als ich vûr wâr vernomen hân,
dô si wârn bekomen dar,
dô bat her Dietrich vûr wâr
Rüedegér den guoten,
den reinen wolgemuoten,
10075 und ouch alle Ezeln man
durch sinen willen dâ bestân,
daz si ruowe phlægen
und in gemache lægen,
unz in diu müede entwiche
10080 und ouch dáz man gestriche
von der müede diu marc.
des gewerten in die recken
.   starc.
ir wart mit vlîze wol gephlegen.
dô ruoweten die müeden degen
10085 unz an den ahzehenden tac.
wes her Dietrich dô phlac,
daz wil ich iuch wizzen lân.
er besatzte Berne und Meilân,
Muntigel unde ouch Garte.
10090 da beweinte er Alpharte
und den getriuwen Amelolt.
er wesse wol, si wârn im holt.
Nû habt ir selbe wol verno-
    men,
wie ez allez ist nû komen
10095 umbe den Bernære,
wie er alle sine swære
an Ermrichen gerach,
waz wunders dar umbe ge-
    schach,

waz liute drumbe wart erslagen,
10100 als ir ê habt wol gehœret sagen.
nû wil ich iuch wizzen lân,
wie ez beginnet ende hân
ditze buoch von Berne,
ob irz welt hœren gerne.
10105 her Dietrich der hât gesiget.
Ermrich under geliget,
als daz was vil billîch.
dô der herre Dietrich
sin leit ein wênic gerach,
10110 waz im schaden dar umbe ge-
    schach,
daz sul wir dâ mit lâzen stân.
Berne unde Meilân
besatzt her Dietrich zehant
und rûmte dâ mit Rœmisch
    lant.
10115 gegen den Hiunen vuor er
und der marcgrâve Rüedegér:
dô bevalch er Garte
dem küenen Eckeharte.
Nû hât ein ende dez mære.
10120 hin vuor der Bernære
zuo den Hiunen in daz lant.
boten gâhten alzehant
hin ze Ezelburc (daz ist wâr).
si seiten Ezelen gar
10125 lieb und leidiu mære,
wie ez ergangen wære
beidiu ze schaden und ze vrum.
nû ist ez komen an daz drum
des buoches von Berne.
10130 Ezel hôrte gerne,

10071 als si w. komen d. A   10073 Rvdegeren R   10075 Ezeles R A
10076 da zu b. A   10083 mit wunsche wol A   10084 da R   die streitmüden A
10092 wisset A   10094 nû *fehlt* A   10096 er seiner sw. A   10098 wunder A
10100 als ir wol habt horen s. A   10101 so wil ich euch auch w. A   10105 der
fehlt R   10107 da A   10109 seiner laide ein A   10110 drvmb R   10111 wir
da nu l. R   10113 besetzet A   10115 fert er A   10117 er Pern und Garte A
10118 ekewarte R   10119 N *fehlt* R   10121 hin zu A   10127 *beide* ze *fehlen* A
10130 E. sach harte g. R, E. hart g. A

daz der Bernære
an dem sige wære.
  In der zît dô daz geschach,
hie mit man ouch komen sach
10135 den herren Dietrîche.
Ezel der vil rîche
hie mit samt vroun Helchen
          gie,
dâ er die herren wol enphie.
Ezel den von Berne
10140 sach dâ harte gerne.
dô wart vrâgen niht verlân:

wie ez umb den strît was ergân,
des sagte dô her Dietrich.
er bat die küneginne rich
10145 sîne liebe recken clagen
und alle die dâ wârn erslagen.
daz beweinte si vil sêre.
waz touc der rede mêre?
si clagten in ir muote
10150 die edelen recken guote
und swer ûf dem wale dâ ver-
          schiet.
hie mit endet sich daz liet.

10136 vil *fehlt A*   10137 hie *fehlt A*   H. die gie *A*   10140 da sahe h. *A*
10141 Da *R* ·   10142 were ergan *A*   10144 b. fraw Helchen die *A*
10145 r. ze kl. *A*   10148 was tût ou der *A*   10149 klagte *A*   chl. mir m. *R*

RABENSCHLACHT.

1 Welt ir in alten mæren
wunder hœren sagen
von recken lobebæren,
sô sult ir gerne dar zuo dagen.
von grôzer herverte,
wie der von Bern sît sîniu lant er-
    werte

2 Vor dem künege Ermrîche,
daz tuon ich iu bekant.
der wolte gewalticlîche
ertwingen *Rœmisch* lant:
Bâdouwe Garte und Berne,
daz wolte er allez einic hân vil gerne.

3 Dem tete er wol gelîche,
als mir ist geseit. .
dem herren Dietrîche
vrumte er manic starkez leit.
mit roube und mit brande
wuoste er in in eigem sinem lande.

4 Nû sult ir hœren gerne
von grôzer arebeit,
wie der vogt von Berne
sît gerach sîniu leit

an *Ermrîche* dem ungetriuwen.
swaz er ie begie daz kom im sît ze
    riuwen.

5 Nû hœret michel wunder
hie singen unde sagen.
sich hebet an besunder
beidiu weinen unde clagen
und jâmer alsô starke,
der geschach ûf Rœmischer marke.

6 Der künec von Rœmisch rîche
bestuont wan einec jâr
(daz wizzet sicherlîche)
nâch dirre hervart (daz ist wâr)
in Hiunischen landen.
in rouwen sîn man die dâ wârn be-
    standen.

7 Vûr die selben stunde,
als ich vernomen hân,
kom nie ûz sînem munde,
alsô mir ist kunt getân,
guot wort von Ermrîche.
swaz ieman tet, er gehabt sich trû-
    reclîche.

8 Mit disen herzenswæren,
die her Dietrich,
als ich iu wil bewæren,
truoc vil heimlich
und vil tougen in sîm muote,
in rouwen harte sîne helde guote.

9 Er lebte mit getwange
naht unde tac,
und treip daz alsô lange,
daz er niht anders enphlac
wan starkez leit und *michel* sorgen.
alsô quelt er sich âbent unde morgen.

10 Des phlac er alsô verre,
als mir ist geseit,
von Berne der herre,
dem was getriulîchen leit
umb den küenen Alpharten.
er beweint ouch dicke den starken
Helmscharten.

11 Allen den winder
er mit leide ranc.
er gehabte sich vil swinder,
grôziu nôt in des betwanc.
im truobten oft sîn ougen.
des nam war vrou Helche alsô tougen.

12 Dô sich des niht wolde mâzen
der herre Dietrich
noch sîn weinen lâzen
sô rehte unmæzlich,
daz begunde merken sêre
vrou Helche diu milde und diu hêre.

13 Si trahte in ir muote,
als ich vernomen hân,

diu reine und diu guote
vil dicke sprechen began
'owé, nù hôrte ich harte gerne,
jâ herre, waz wirrt dem vogt von
Berne,

14 Daz er sô clegelîche
gebâret alle wege?
er treit heinlîche
grôzez leit in sîner phlege.
ich wesse gerne waz im wære.
möht ich, ich geringet im sîn swære.'

15 Dô sprach gezogenlîche
der marcgrâf Rüedegêr
'küniginne rîche,
ich weiz wol sîniu herzen sêr
und allez daz im wirret.
jâ ist sîn vil daz in vreuden irret.'

16 Dô sprach vrou Helche drâte
mit zühten alzehant
'her Rüedegêr, nù râte,
ûz erwelter wîgant.
wol bedarf ich dîner lêre.
nu ervar vil rehte an dem recken
hêre,

17 Ob im in Ezeln lande
ieman iht habe getân.
vil gerne ich daz bekande,
wold er ez ieman wizzen lân.
'owé, jâ ist mir harte swære
umb den tugenthaften Bernære.'

18 'Ich tuon, vil liebiu vrouwe'
sprach Rüedegêr zehant.
'vil wol ich des getrouwe,
mir sage der künec von Rœmisch lant

8, 3 ich nv w. *R*　　4 vil *fehlt A*　　9, 2 tage *A*　　3 so *RA*　　4 phlac *RA*
5 l. mit grozen sorgē *R*　　6 klagt *A*　　nachts v. *A*　　10, 1 als *R*　3 dem herren *A*
　4 dem *fehlt A*　　treulichen *A*　　6 dickh vmb den *A*　　starch' *R*　　11, 1 Wunder *A*　　4 zwang *A*　　5 siuiu *R*, seine *A*　　6 Helchen vil t. *A*　　12, 5 begunden *A*
　13, 6 gewirret *A uö.*　　14, 6 m. ich im geringen s. s. *R*　　15, 2 marcgrave *R*
u. *immer*　　3 künigin *A uö.*　　4 Seins h. *A*　　6 Ine laider i. *A*　　17, 1 Ezele *R*,
Etzels *A*　　2 hab ieman ichts *A*　　6 Pernâr *A*　　18, 1 thûns *A*　　3 Vil *W*, Wie *R*
ich im des *R*

sinen kumber vollecliche.
er gebâret, des ich wæne, trûrec-
              liche'.
   19 Dan gie der marcgrâf Rüe-
                            degêr
über hof zehant.
gebiten wart dô niemêr,
dô er den Bernære vant,
mit unverzagtem muote
sprach mit zühten Rüedegêr der
                            guote
   20 'Edel vogt von Berne,
ich bin umb sus niht *dâher* komen.
ich bæt dich harte gerne,
wan ich hân daz wol vernomen,
dû ringest mit grôzen sorgeu.
ez ist starkez leit *in dînem herzen*
                      verborgen.
   21 Sage mir waz dir werre,
durch die triuwe dîn.
Etzel mîn herre
und Helche diu vrouwe mîn,
die nimt des michel wunder,
waz daz sî daz dû clagest sô be-
                      sunder.
   22 Alle dîn herzenswære
ist in mit triuwen leit.
nû sage mir diu mære,
küener recke unverzeit,
daz ichz dien immermêre.'
dô sprach mit zühten von Berne
                      der hêre
   23 'Wol mac ich in dem herzen
weinen unde clagen
umb mînen grôzen smerzen,
den muoz ich leider eine tragen

und dicke weinen in dem muote.
jâ riuwent mich die edelen helde
                      guote,
   24 Die ich in Rœmisch lande
alle vloren hân.
owê der grôzen schande,
daz ich mich niht gerechen kan
an dem künege Ermrîche!
daz riuwet mich vil sêre sicherlîche'.
   25 'Dar umbe clage nicht sêre'
sprach der marcman,
'vil edeler vürste hêre!
vil wol ich daz vernomen hân
an vroun Helchen mîner vrouwen,
man muoz dich schiere in Rœmisch
                      lande schouwen.'
   26 Dô sprach der Bernære
mit zühten alzehant
'mir sint wol kunt diu mære,
daz der künec von Hiunisch lant
mir hilfet mîner êren   [gekêren.'
und tuot daz gerne swie wirz an
   27 'Dû solt dich clage mâzen'
sprach der marcman,
'und ouch dîn weinen lâzen.
swaz dir Ermrich hât getân,
daz wirt vil wol gerochen.
ich hân ez umb sus niht gesprochen.'
   28 Ûz dem unmuote
den Bernære nam
Rüedegêr der guote.
er sprach 'dar umbe dû dich scham,
und merke daz vil tougen, [ougen.'
ez sol niemen trüebe sehen dîniu
   29 Dô was ez an daz ende
komen allez an.

19, 1 Von dann gieng *A*   20, 3 dich *fehlt A*   6 im herzen din   21, 4 und
ovch d. *R*   5 Sy n. *A*   22, 2 die ist *A*   6 herre *A*   23, 3 vnd m. *A*   4 ainig *A*
    25, 3 vil edel *A*   6 aber in *R*   laund an sch. *A*   26, 4 daz *fehlt R*   Rö-
misch *A*   5 nymmer e. *A*   ancheren *R*   27, 4 hat Ermrich *R*   28, 4 er *fehlt A*
    29, 2 alzan *R*, alssam *A*

si viengen sich bi hende
her Dietrich und der marcman.
si ziengen über hof mit gewalt
si sahn bi Etzeln manegen recken
balde.

30 Etzele der riche
vil güetlichen sprach
ze dem herren Dietriche.
als er in an gesach
'gote willekomen ir beide!
swenn ich iuch sihe sô ist mir niht
ze leide.

31 Ir benemet mir min swære'
sprach Etzele zehant.
'sælic sî daz mære,
daz ir mir wurdet erkant!
dâ von hân ich hiute wünne.
ir sît mir lieber dann dehein min
künne.'

32 'Got lâz mich mit gesunde'
sprach her Dietrich
'geleben noch die stunde,
edel künec von Hiunisch rich,
daz ich gedien die hôhen êre.
iuwer triwen vergizze ich nimmer
mêre.'

33 Vrou Helche diu reine
ûf den palas
(nû merket waz ich meine)
mit ir vrouwen komen was
reht als man ezzen wolde.
man satzte die herren als man solde.

34 Mit hôchvertigem muote
man ob dem tische saz.
Ezel der vil guote
des vil selten vergaz,

er trôste den Bernære
'nú trôst iuch. unverzagter recke
mære!

35 Wir suln volle hôchzit
benamen hinte hân.
daz wil ich râten âne strit.
von Berne vürste lobesam.
ir sult iuch darzuo rihten.
wir wellen eine hôchzit hinte tihten.

36 Bi vrouwen Herräte
sult ir ligen hînaht.
dar zuo bereit iuch dräte.
sin ist rehte alsô gedäht.'
dô sprach mit zühten der von Berne
'swaz ir und min vrouwe welt. daz
leiste ich gerne.'

37 'Sô sit hôhes muotes,
künec von Ræmisch lant.
libes unde guotes'
sprach Etzele zehant
'verlâze ich iuch nimmermêre.
ich gelige tôt od ir gwinnet wider
Ræmisch êre.

38 Zem allerêrsten meien,
ob ichz geleben sol,
swaz ich hân geheien,
(daz geloubet mir wol)
von silber und von golde,
daz gib ich durch iuwern willen ze
[solde.

39 Ich wil iu mit gelfe. ' [solde.
hundert tûsent man
lâzen ze helfe,
die besten die ich gwinnen kan,
ûf den künic Ermrichen.
er gesigt uns an od er muoz uns
entwichen.'

20, 6 dâ si   30, 2 vil *fehlt R*   tugentlichen R   3 zv̂ RA   4 Ine an sach A
6 mir im hertzen l. A   31, 4 die ir mir thuet bekannt A   6 kain meiner kunde
A   allez min chüne R   32, 4 von Rômisch r. A   6 trew A   33, 2 dem A
34, 2 dem *fehlt R*   3 vil *fehlt A*   4 vil selten des v. R   35, 3 ich *fehlt A*
36, 1 fraw A uö.   3 gerat ich drat A   6 ich alles g. A   38, 1 allernachsten A
39, 5 Daz sag ich iv wærlichen R   6 gesige A

40 'Ich wil ouch iu niht liegen'
sprach marcgräf Rüedegèr .
'noch nieman dà mit triegen,
von Ròme edeler künic hèr.
zwei tùsent helde guote
die vùere ich iu mit unverzagtem
muote.'

41 Dò sprach ùz blüender jugende
Nuodunc der junge degen
und ouch mit reiner tugende
'driu tùsent recken ùz gewegen
vùer ich iu, vogt von Berne: [gerne.'
daz geloubet mir mit rehten triuwen

42 Bitrolf der Stiræere
sprach gezogenlich
'hòher Bernæere,
sò wil ich iu in Rœmisch rich
driu tùsent recken bringen:
dà mit hilf ich iu Rœmisch lant ertwingen.'

43 Mit unverzagtem muote
sprach Dietleip der helt
'vier tùsent recken guote
die hàn ich selbe ùz gewelt,
die làze ich mit iu rìten.
ich wil ouch selb durch iuwern willen striten.'

44 Dò sprach Gotel der marcman
'herre her Dietrich,
àn helfe wil ich iuch niht làn,
daz geloubet ir mir wærlich.
zwei tùsent helde mære
die bringe ich iu mit mir, her
Bernæere.'

45 Dò sprach der recke Blœdelìn
'ich wil ouch dà hin.
versmàht iu niht diu helfe min,
enruochet ir wie arm ich bin.
ze velde, ùf allen stràzen
wil ich iu zwelf hundert recken
làzen.'

46 Hornboge von Bòlàn
sprach zem Bernæer
'vünf tùsent recken ich hie hàn,
daz sint allez degene mæer.
die wil ich' sprach der starke
'iu ze helfe vùern ùf Rœmisch marke.'

47 Walther der Lengesære
sprach dò al zehant
'dèswàr, her Bernære,
und wæren nàher miniu lant,
ich bræhte iu helde guote.
die hulfen iu mit unverzagtem
muote.

48 Doch wil ich daz niht làzen,
ich welle mit iu dar.
ob ez iu kumt ze màzen,
so geleiste ich noch wol, daz ist wàr,
aht hundert werder recken.
jà helfent iu vil gerne die kecken.'

49 'Ich wil nemeu niemens solt,
daz wizzet al zehant'
sprach von gròzen Ungern Isolt.
'ich hàn bràht in Hiunisch lant,
als ich iu hie bediute,
niun tùsent man, màge unde liute.

50 Die fùert mit iu gein Berne,
herre her Dietrich.

40, 1 evch avch *A*   2 sp. der m. *A*   3 betriegen *A*   4 edel *A*   42, 1 Py-
trolf *R*, Pyttrolff *A* Styeræere *R*, Steire *A*   3 Ach h. *A*   5 helden *A*   6 bezwin-
gen *A*   43, 2 Dietlaib *A*   4 selbe *fehlt A*   6 w. euch s. *A*   44, 4 ir *fehlt R*
6 mir zwar h. *A*   45, 1 Plodelin *A*   4 rvchet ir *P*, ir *fehlt R*   reuchet euch *A*
5 veld oder auf *A*   46, 2 Bernæere *R*, Pernere *A*   4 mære *R*, mere *A*
47, 1 lennges here *A*   2 da *R A*   3 deswas *A*   4 w. mir nèher *A*   5 gùt *A*
6 mùt *A*   48, 3 kumbt mit m. *A*   49, 1 niems *R*   3 Hungern Eysolt *A*   6 mage
fehlt R   50, 2 herre *fehlt A*

ich hilfe iu wærlîch gerne
ûf den ungetriuwen Ermrîch.
wir sulen niht belîben,   [ben.'
wir sulen in ûz al der werlt vertrî-
   51 'Ich bin ouch ûf der reise'
sprach von Lunders Helphrîch.
'nû prûeven michel vreise
dem ungetriuwen Ermrîch!
wir striten nâch dem rehte.
ich hân sehs tûsent *man*, ritter unde
             cnehte,
   52 Die in scharphen striten
unverzaget sint.
die sulen mit iu riten,
getriuwer Dietmâres kint,
dâ wir Ermrîchen vinden:
wir rechen uns an wîben unde an
             kinden.'
   53 'Dâ müezen werden siechen
und bluotigiu velt'
sprach her Dietrich von Kriechen.
'wir retten Rœmischen gelt
mit tiefen verchwunden:
wir tuon den schaden des sêre wirt
            enphunden.'
   54 Îrinc der mære
balde hinvür gie.
er sprach zem Bernære
'wizzet daz ich iuch nie gelie,
sît ich iuch ie bekande.
ich *wil iu bringen* siben tûsent
            wigande.'
   55 Norpreht von Bruoveninge
sprach 'ich bin iu bereit.

mich wegent harte ringe
zehen tûsent recken gemeit
ze vüern iu, vogt von Berne.
die helfent iu getriulich unde gerne.'
   56 *Dô sprach* Erwin von Elsen-
         troie
'*wol* mich, daz ich *ie* wart!
ich bringe iu mit schoie
zwelf tûsent recken an die vart.
hey, daz sint allez degene
in scharphen striten küene und be-
            wegene.'
   57 'Sol dan diu reise vür sich
         gên'
sprach her Paltram,
'sô wil ich hie niht bestên:
dar zuo alle die ich hân,
die volgent mir von hinne.
ich hân tûsent recken, als ich mich
           versinne.'
   58 Sintram der kecke
zuo dem Bernære sprach
'ich und manic recke
wir wellen iuwern ungemach
rechen mit rehten triuwen.
kum wir an Ermrîch, ez muoz in
         sêre geriuwen.'
   59 Astolt von Mûtæren
sprach alsam ein degen
'ich wil daz ouch bewæren,
daz ich mich ie hân bewegen
lîbes unde guotes,
her Dietrich, durch iuch und bin
         noch des muotes.

50, 6 aller *A*   werlde *R*   51, 2 Helfrich *R*, Helpherich *A usw.*   3 raise *A*   4 dem verteilten E. *A*   52, 2 unverzaget *W*, unv'zagte *R*   6 weyb *A*   53, 3 Chriechen *R*   4 Romisch *R*   54, 1 Eyring *A*   4 ew *A*   6 bringe iu   55, 1 Bruweninge *A*   2 iu *fehlt A*   6 getriwelichen *R*   56, 1 Erewin *R*, Erwein *A*   troie *fehlt A*   2 sprach wol   wie wol mich das daz *A*   3 ich *W*, Her Dietrich ich *RA*   schoie *fehlt A*   5 ahey *A*   allez *fehlt A*   57, 1 danne *R*   gan *A*   2 Paltram *W*, Baltran *R*   58, 4 die wellen weren ungemach *A*   6 Ermrich' *R*   59, 1 Movtæren *R*   4 hie *R*   6 bin ich ouch des *R*, bin auch noch *A*

60 Anderthalp tûsent kastelân
mac ich gewinnen wol,
in mînen phlegen ich die hân:
dâ mit ich iu helfen sol
Rœmisch lant ze retten.
wir suln Ermrîchen alsô enphetten,

61 Daz er die herzensêre
lange muoz clagen
unde ouch immermêre
muoz von disen dingen sagen.
ich weiz wol, her Bernære,
kum wir ze strîte, ez werdent setel
	lære.'

62 Dietmâr von Wienen
sprechen dô began
'her von Berne, ich wil iu dienen
mit allen den die ich hân.
fünfzehen tûsent helde starke
die vûere ich ûf Rœmische marke.'

63 Dô sprach von Óstervranken
der herzoge Herman
'her Dietrich, welt ir mir danken,
sô wil ich iu bî gestân
mit einlef tûsent mîner recken.
wir sulen Ermrîchen alsô wecken,

64 Daz er unz an sîn ende
muoz leit mit jâmer tragen
und winden sîne hende
und wâfen immer mêre clagen.'
'daz sol nieman widersprechen,
mac ich' sprach Wolfhart, 'sô wil
	ich mich rechen.'

65 Von Beiern her Diepolt
sprach als ein helt guot
'vogt von Berne, ich bin iu holt.
aht tûsent recken hôchgemuot

die trouwe ich wol gewinnen.
die vûere ich iu mitsamt mir von
	hinnen.'

66 Dô sprach von Gran Wolfgér
'ich belîbe niht underwegen.
zweinzic tûsent recken hér
die hân ich in mînen phlegen.
hey, daz sint helde mære!
die helfent iu rechen iuwer swære.'

67 Von Sibenbürgen Tîbalt,
(bruoder vroun Herrât
was der mære helt balt)
er sprach mit zühten an der stat
'künec von Rœmisch lande,
versmâhent iu niht sehzehn tûsent
	wîgande,

68 Die vûere ich iu zewâre
ûf Rœmische marc
Ermrîchen ze vâre'
sprach der junge recke starc.
'welt ir mirs getrouwen,
ir müezet mich in iuwerm dienste
	schouwen.'

69 Rîcholt von Ormenîe
ouch mit zühten sprach
'ich und mîner bruoder drîe,
uns sol ze dienste wesen gâch
iu, rîcher künec von Rôme.
sît uns wan holt und gebt uns daz ze
	lône.

70 Wir bringen ûz unser marke
drîzic tûsent man.
die muge wir' sprach der starke
'wol mit guotem vollen hân.
dâ mit diene wir iu, herre,
zwei ganziu jâr nâhen unde verre.'

61, 1 die *fehlt* A   2 lange und lange *R*   4 von d. d. mûz *R*   6 str. da w. *A*
62, 1 Die mâr *A*   6 Rômischen *A*   63, 6 Ermrichen *W*, Ermrich *R*   64, 6 sp.
W. ob ich mach so *R*   65, 1 Payrn *A*   66, 1 Wolger *A*   5 ahey *A*   sein die
h. *A*   6 iu *fehlt* A   vil ewr schw. *A*   67, 1 siben burgen *R*   68, 2 marche *R*
3 zware *A*   4 starche *R*   5 mir sein g. *A*   69, 1 Reicholt von Ormeie *A*   5 ir
reichen *A*   6 uns nun h. *A*   70, 4 wolle *A*   6 nahend *A*

71 Hinvür trat von Salnicke
der herzoge Berhtram
'nimmer ich gelicke,
unde ouch alle die ich hån,
man muoz mich' sprach der werde
'in iuwerm dienste schen ûf Rœ-
    misch erde.'
  72 Von Kunstenóbel Wicker
dó niht lenger sweic.
'ist iu liep mín wer'
dem Bernær er güetlichen neic,
'des bringet ir mich inne. |hinne.'
zwelf tûsent man vüere ich iu von
  73 Dó sprach gezogenliche
der marcgráf Berhtune
ze dem herren Dietriche
'aller tugende ursprunc
daz bist dû, vogt von Berne.
wir sulen dir mit triuwen helfen
    gerne.
  74 Mín mâc ist vil nâhen
diu schœne Herråt.
nù lå dir daz niht versmåhen,
ob dir mín helfe ze staten stât,
ich bring dir einlef tûsent recken
    ræze,
die hiute mín her Etzel wider sæze:
  75 Ob si im vient wæren,
er mûest ûf si sorge hån.
nù merke an mínen mæren'
sprach der unverzagte man,
'jå sint ez helde stæte.
si kunnen ze urliuge wiser ræte.'

76 Nù merkt ån missewende,
waz ich gesaget hån.
nù håt diu helfe ein ende,
die dem von Bern wolden gestàn
ûf den künic Ermriche.
nù bœret andriu mære sicherliche.
  77 Swaz iu von herten striten
ie wunders ist geseit,
bí iemannes zíten,
von grózen herverten breit,
deist ein tou wider ditz mære.
do gewan ein her alrérste der Ber-
    nære,
  78 Daz nie her só starke
kom in Rœmisch lant.
sich hebet ûf Rœmisch marke
starker roup unde brant.
vür wår ich daz bevinde,
dà geschach leit maneger muoter
    kinde.
  79 Des werde im verteilet,
des schulde ez erste was!
sín sêl sí ungeheilet!
wand ich an buochen nie gelas
von só grózen untriuwen.
des sol ouch mich sín schade cleine
    riuwen.
  80 Ich meine Ermriche,
von dem manegiu leit
sint komen sicherliche,
als ich iu ê hån geseit.
des enkalt er sít vil sére,   [ére.
er gap darumb den líp und al sín

71, 1 Salnike *RA* 2 Perchtram *A* 3 Nymmermer *A* gelike *R* 4 ouch *fehlt R* 6 Herr Diettrich in *A* Römisch' *RA* 72, 1 chvnstenobel *R*, Constenopel *A* Wicbker *R*, Weicher *A* 3 *fehlt W*, der chvne rekche also her *R* 4 er *W*, fehlt *R* zuhticlichen *R* 5 Des bringet ir mich inne *W*, Ich bring iuch mines willen inne *R* 6 zelf *R* 73, 2 Perchtung *A* 5 von *fehlt R* 74, 6 herre *RA* widersetze *A* 75, 1 veint *R*, veinde *A* 6 vrluuge *A* guote r. *R* 76, 1 merchent ane *R* 77, 2 wunder *A* 3 imans *R* 5 taw wider *A* 6 alrérste *fehlt R* 78, 2 bekom *A* 3 Romisch' *R* 4 starch *R, fehlt A* 6 laide *A* 79, 3 ungeholet *A* 6 sch. selten r. *R* 80, 3 ist k. *A* 5 entgalt auch er v. *A* 6 darumb seyd den *A* alle *A*

81 Merket ir besunder,
hie hebe ich wider an,
hapt ez niht vůr wunder,
nů wil ich iuch wizzen lân
diu rehten mære drâte:
nů nimet her Dietrich vroun Herrâte.

82 In dem wîten palas,
dâ selbe Etzel saz,
dâ vil der hôhen recken was
(vůrwâr hœret daz)
und manic werdiu vrouwe,
alrêste ich vreude an dem Bernære
schouwe.

83 Michel wart diu hôchzît,
als ich vernomen hân.
sich gesamte ê noch sît
nie sô manic edel man
in Hiunischen rîchen.
daz tâten si ze liebe Dietrichen.

84 Vrou Helche diu milde
was unmâzen vrô.
tugende si nie bevilde.
si sprach zem künege Etzel dô
‘nů tuo hiute vůrstelîche
durch den unverzagten Dietriche.

85 Dâ bite die recken alle
ûf dem palas wit,
daz si komen mit schalle
ûf den hof in kurzer zît
mit rossen und mit schilten.’
daz tâten si vil gerne durch die milten.

86 Etzel gie balde
dâ er die recken vant.
er bat si mit gewalde

unde ouch güetlîch zehant
daz si sînen willen tæten.
des gewerten in die starken und die
stæten.

87 ‘Ir edelen recken ziere,
nů ruochet alle komen
baltlîchen unde schiere,
als ir habt selbe wol vernomen,
vůr den sal mit hôhem muote.
daz diene ich umb iuch mit lîb und
mit guote.’

88 Gebiten wart niemêre
dâ von manegem man.
durch des Bernæres êre
balde gâhen man began
ze herberge manneclîche.
da bereiten sich die recken ellensrîche.

89 Dô hiez man balde springen,
als ich vernomen hân,
snelleclîchen bringen
diu ûz erwelten kastelân.
die guoten niuwen schilde
die sande den recken vrou Helche
diu milde.

90 Die recken vil vermezzen
sâzen ûf diu kastelân.
dâ wart des niht vergezzén,
si zogten vůr sich ûf den plân.
vůr den palas rîche
kômen mit schall die recken lobelîche.

91 Der buhurt der wart herte
vor dem palas.
manic widergeverte

81 *Ueberschrift in* R auent da nam diet’ch vrôn Herrate   1 ir *fehlt* A   3 ez *fehlt* A   ver w. A   5 drata A   82,2 selbs A   4 hôre A   5 fraw A   6 schaw A   83,3 ee nie n. A   4 nie *fehlt* A   m. hoch edel A   84,1 *fehlt* A   2 die was A   4 zu dem A   6 furstenleiche A   85,1 Nu bitte R   5 orsen und sch. R   86,1 E. der gie R   2 er Dietrichen v. R   87,1 edele R   3 Halde u. R   4 als ir selbe habt v. R   88,5 Zv der herwerge R   6 helde R   89,3 drin-gen R   6 H. diu guote vnd d. m. R   90,2 die R u. ö. vor kastelan   91,3 m. widerdringen R

mit hertem dringen dâ was.
ahi, die buckel rîche
die wurden von den stœzen hertic-
    liche

92 Da zebrochen harte sêre
den recken vor ir hant.
nû vernemet noch mêre:
diu hôhen rîchen gewant
wurden gezerret cleine.
man sach den hof geströuwet von
    gesteine.

93 Ûz den guoten schilden
vielen si ze tal.
vrou Helche diu milde
diu hiez dar geben âne zal
diu cleider unverschrôten,
die samit unde manegen phelle rô-
    ten.

94 Dirre buhurt werte
vil nâch unz ûf die naht.
swer dâ guotes gerte,
dem gap man es volle maht.
von silber und von golde
hiez vrou Helche geben swerz ne-
    men wolde.

95 Der hof vor dem palas
aller lac gestreut.
allez daz dâ indert was,
daz wart mit guote gevreut.
man gap, swer dâ nemen wolde.
daz wolde got, daz ez nû wesen
    solde!

96 Nû merket vil besunder,
waz ich iu wil sagen.

mich nimt des michel wunder.
war komen sîn bî disen tagen
rehtiu milte und êre.
des ist verphlegen leider al ze sêre.

97 Jêsus von himel rîche,
war tuot nû diu werlt daz guot?
daz man sô lesterlîche
ze allen zîten dâ mit tuot!
vervluochet sî der *werlde* jugende,
die mit guote solten begên tugende!

98 Getriuwe und êrbære
was diu werlt bî alten tagen.
ditz ist ein wârez mære,
ir habt ez ofte hœren sagen.
nû ist diu tugent verswunden,
mit schanden lebt diu werlt bî di-
    sen stunden.

99 Nu verwîzet man mir sêre
mîn vluochen und mîn clagen,
daz ich sô gar die êre
hân überlebt bî disen tagen.
ich bite des noch zewâre,
daz wold got, wære ich tôt vor ma-
    negem jâre!

100 Ich wil mich clage mâzen,
wand ez vervæht mich niht,
und al mîn vluochen lâzen.
swaz grôzer schande nû geschiht,
dar ûf ahtet man nû cleine.
nû sîn vür sich verteilet und unreine!

101 An mînem altem mære
hebe ich wider an
wie der Bernære
die schœnen vrouwen wolgetân

91, 5 Ahy *R*, Ahey *A* usw.   92, 1 barte *fehlt R*   2 von *A*   5 zerzerret *A*
6 von edelem g. *R*   93, 6 Samat *A* phellen *A*   94, 2 hin unz *R*   3 gutes
da begerte *A*   4 sein v. *A*   95, 3 allez das daz da *A*   6 es noch w. *A*
96, 4 wohin *A* sy *A*   5 zucht milt *A*   6 das ist *A*   97, 1 Jhesus *A*   2 wahie
A   diu werld nu *RA*   hin daz g. *R*   6 wegen t. *R*   98, 1 Getriv *R*   5 tugende *R* 6 stunden *fehlt R*   99, 5 noch des *R*   100, 1 mich *fehlt R*   clage
fehlt A   3 alles *A*   4 swa grozer schade *R*   5 nu *fehlt A*   6 sein si vur *R*
101 *Ueberschrift in R* auch da nam Dietrich vrou Hᵉraten ze rehter. ê . —   1 alten *A*   4 schœnen *fehlt R*

nam zeinem wîbe.
dar an ich nû stæte belîbe.

  102 Dô diu naht begunde
zuo sîgen unde gân,
(nû hœret hie ze stunde)
dô was ez komen dar an,
daz der künic Etzel wolde
ezzen gân, als er ze rehte solde.

  103 Welt ir nû gerne schouwen,
sô hœret vil bereit.
manic schœniu vrouwe
und manic hêrlîchiu meit.
die mit vroun Helchen giengen,
bî handen si die edelen ritter vien-
                gen.

  104 Si stuonden ûf dem palas,
als mir ist geseit,
dâ daz gesidel bereit was
Etzeln dem künige gemeit.
gewünschet wart dâ dicke,
dâ gie entwer wunder vil der blicke.

  105 Vrou Helche diu süeze
nîgen began,
si teilte ir werde grüeze
mit manegem tugenthaften man.
daz tetes den recken *allen* ze êren.
ir herze kundes manege tugent lêren.

  106 Alle die dâ wâren,
die muosten des jehen,
daz si bî ir jâren
nie niht sô schœnez heten geschen
ûf der erde in allen rîchen
als vrou Herrât die vil tugentlîchen.

  107 Si was alsô schœne,
als ich vernomen hân,

daz ich si immer krœne
beide vür vrouwen und vür man.
ez wart in Hiunisch rîche
mit schœne nie geborn ir gelîche.

  108 Etzel der rîche
ûf stuont vor manegem man.
den herren Dietrîche
hiez er dô sitzen gân
ze der schœnen Herrâte:
er weste wol daz er des willen hâte.

  109 Swaz ir bî iemannes tagen
her habt vernomen
od swaz ir ie gehôrtet sagen,
des bin ich an ein ende komen
mit disem einen mære.
nû vernemt wie ich iu daz bewære.

  110 Allez daz mit vreuden was
über al den sal.
in des küneges palas
hôrt man diezen den schal
von jungen und von alden.
sich freuten dâ die blîden zuo den
                balden.

  111 Dâ was michel êre
von maneger hande spil.
nû vernemet mêre,
waz ich iu bescheiden wil:
si sâzen âne swære.
hie mit wil ich enden daz mære.

  112 Ez wart nie schœner hôchzît
bî aller künege tagen
weder ê noch sît,
als wir daz buoch hœren sagen.
ir leides si vergâzen.
unlange si nâch ezzen dâ sâzen.

    101, 6 ich iv st. *R*   102, 2 saigen *A*   6 als man solde *A*   103, 2 gerait *A*
nö.   3 manig schone frauwen *A*   6 sich die *A*   104, 1 den *R*   5 was *A*
da vil d. *R*   6 entwer also v. *A*   106, 2 die *fehlt R*   5 erden *A*   6 frawen *A*
    vil *fehlt A*   107, 4 *das zweite* vür *fehlt A*   5 Hiunischem *R*   108, 3 Diett-
reich *A*   5 Herrat *A*   6 ich weiz wol daz ir des willen *RA*   hat *A*   109, 3 hôrt
gesagen *A*   110, 4 man disen sch. *A*   6 dâ *fehlt R*   111, 6 ich iv e. *R*
112, 6 vnd lange *A*

113 In einer kemenâte
ein bette was bereit.
der vrouwen Herrâte
volgte manec hêrlichiu meit:
dô gie mit Dietriche
her Rüedegêr und Etzel der riche,
    114 Und Hildebrant der alde,
Wolfhart und Elsân,
und Hûnolt der balde
und von Bôle Berhtram.
daz wâren *edele* recken ze allen
                stunden,
die wol ir herren aller êren gunden.
    115 Ir bette was berihtet,
als ich iu *wol* bescheiden mac,
vil richlîch getihtet.
dar ûfe sicherliche lac
richiu declachen von Troyande,
die besten sidn ûz aller heiden lande.
    116 Nû lâze wir diu mære
beliben under wegen.
vor dem Bernære
kniete manic hôher degen.
daz tâten si im ze êren,
si hulfen im mit triwen sin vreude
                mêren.
    117 Da beleip nieman inne,
als ich vernomen hân,
wan vrou Helch diu küneginne,
dâ her Dietrich slâfen solde gân.
mit freuden si sich machten
slâfen: vrou Helche des dô lachte.
    118 Ir segen güetliche
si über si dô tete.
vrou Helche diu riche

nam urloup an der siete
ûz der kemenâte.
da beleip her Dietrich bî vroun
                Herrâte.
    119 Mit vrœlichem muote
die naht unz an den tac
von Berne der guote
dâ vil lieplichen lac
mit armen umbevangen.
ir leit daz was mit liebe zergangen.
    120 Wie lieplich si dâ lâgen,
dâ wær lanc von ze sagen,
oder wes si phlâgen:
daz wil ich vürbaz verdagen.
ab als ich mich versinne,
zwischen in was lieplichiu minne.
    121 Rehte alsam ein rôse
bran alle zit ir munt.
diu süezen wort lôse
kund si sprechen zaller stunt.
uns saget dick daz mære,
süeziu wort benement grôze swære.
    122 Vrou Herrât und her Dietrich
die lâgen unz an den tac
bî einander lieplich,
als ich iu wol bescheiden mac,
unz an den liehten morgen.
si wâren ze ende komen gar ir sorgen.
    123 Als von himele lûhte
der wunnecliche tac,
vroun Helchen des bedûhte,
dâ si bî Ezelen lac,
owê der *grôzen* leiden mære!
ir troumte wie ein wilder tracke
                wære

124 Gevlogen alsô balde
durch ir kemenâten dach,
und nam ir mit gewalde,
daz si ez mit ir ougen sach,
owê! ir liebe sûne beide.
er vuort si hin ûf eine breite heide.

125 Si hete in ir goume,
waz den kinden geschach.
si sach in dem troume,
daz si der grîfe zebrach.
vor leide si erwahte,
ûz dem slâfe unsanfte si erschrahte.

126 Der troum der seite ir mære,
als ez ouch sît ergie,
dô si dem Bernære
ir liebiu kint ze helfe lie.
owê der jungen künege hêre!
die gesach si leider lebende nimmer-
        mêre.

127 Vrou Helche diu gie drâte
mit zühten alzehant
in eine kemenâte,
dâ si ir juncvrouwen vant. ·
die wahte si güetliche.
dâ mite gie diu küneginne rîche,

128 Dâ si Blœdeline
den werden recken sach.
hœret ûf die triuwe mîne,
wie vrou Helche dô sprach
'herre Blœdel, *küener* recke hêre,
nû brinc mir balde den *marcgrâven*
        Rûedegêre.'

129 'Daz tuon ich willecliche,
edel vrouwe guot.'
dan gie der recke riche,

(unverzaget was sîn muot)
und seite diu mære
Rûedegêre dem milden sunderbære.

130 'Stant ûf, wil dû schouwen,
edel Rûedegêr,
vrou Helchen mîne vrouwen:
diu hât mich gesendet her.
die solt dû balde gesprechen.'
'ir gebot ich nimmer wil zebrechen.'

131 Ûf stuont der hôchgemuote,
an streich er sîniu cleit,
Rûedegêr der guote.
im volgten recken gemeit.
si gâhten bî den stunden,   [den.
dâ si die tugenthaften Helchen fun-

132 Wellet ir nû biten,
ich wil iuch wizzen lân,
ez was an den zîten
der künic Etzel ûf gestân.
mit vrœlichem schalle
die hôhen wârn ze hove komen alle.

133 Vrou Helche diu gie drâte
mit ir vrouwen dan
zuo der kemenâte.
dô was her Dietrich ûf gestân.
dô gruozte in minneclîche
vrou Helche diu edele und diu rîche.

134 'Genâde, liebiu vrouwe'
sprach her Dietrich.
'triuwe ich an iu schouwe,
ir grüezet güetlichen mich.
got füege mir die stunde,
daz ich iuch lange sehe mit gesunde!'

135 'Ir habt vreude deste mêre,
und sol ich lange leben,

124, 4 siz *R*   6 ein *A*   125, 1 heit *R*   grymme *A*   6 von d. *A*   unsae *A*
schrahte *R*   126, 1 der *fehlt A*   6 lebentig *A*   127, 5 weckete *A*   6 künigin *A* uö.   128, 1 Blödelin *A*, blödelinen *R*   3 mein *A*   4 dô *fehlt R*   6 bringe
RA   ? edelen   129, 2 edeliv *R*   3 danne *A*   d. helt r. *R*   6 dem milten Rv-
deg' s. *R*   130, 1 wilt *A*   2 vil edeler *R*   6 wil ich nymmer *A*   131, 2 strich
A   4 dem v. *A*   6 die hohgemvten Helch' *R*   132, 1 Welt *RA*   2 ich wolt *A*
4 gestanden *A*   133, 5 in vil m. *R*   135, 1 freünde *A*   2 und *fehlt A*

edel recke hêre,
iu wirt noch von mir gegeben,
des ir iuch *gevröut* ze allen stunden.
ich hân iuch ze einem vriunde mir
    ervunden.'
  136 Michel wart dô der schal
ûf dem palas.
mit vröuden lebte über al
allez daz dâ indert was.
die küenen helde guote
die bereiten sich mit vrœlichem
    muote.
  137 Dar kômen mit crefte
die recken ûf den plân.
dâ wart mit ritterschefte
der buhurt herte getân.
dâ mit si dienten gerne
dem unverzagten vürsten von Berne.
  138 Der buhurt werte lange,
wol ûf mitten tac.
si riten mit gedrange,
daz man niht anders dâ phlac.
ze kurzwilen si gerten,
si riten *alle* die wîle ez diu ors er-
    werten.
  139 Daz gesidele was bereitet
vûr den palas.
man sach dâ nider gebreitet
vil manegen phelle ûf daz gras.
mit vrœlichem muote
gie dort her vrou Helche diu guote.
  140 Mit maneger hôhen vrouwen
ze wunsche wol gecleit
muoste man des tages schouwen

manege hêrliche meit.
bî handen si sich viengen,
ie zwô und zwô neben einander
    giengen.
  141 Dâ was vreude und wunne,
des muoste man wol jehen.
ich hœre, der liehten sunne
und ir vil lûterlîchem brehen,
daz sich dem niht gelîche.
ir schîn überliuhtet elliu künicrîche.
  142 Neben der sunne schîne
ich gelîchen sol
ûf die triuwe mîne,
daz geloubet mir wol,
die vrouwen hêrlîchen,
die dâ giengen mit vroun Helchen
    der rîchen.
  143 Nû lâze wir daz mære
belîben under wegen
und sagen sunderbære,
wes dâ mêre wart gephlegen.
mit vreuden si sâzen,
mit liebe si ir leides vergâzen.
  144 Diu hôchzît werte
sehs wochen gar.
swer guotes dâ gerte,
dem gap man daz mit vollen dar.
vrou Helche diu reine
diu gap den recken golt und edel
    gesteine,
  145 Die guoten mære schœne
und ouch diu castelân.
ir tugende ich iemer crœne,
ich mein die vrouwen wolgetân.

    135, 3 Edeler *R*   6 vreunt *R*   funden *A*   136, 4 indert *fehlt R*   6 berai-
tetn *A*   138, 4 plach *R*   5 kurzweyle Sy begerten *A*   6 alleweil *A*   ez *fehlt A*
    werten *A*   139, 1 ward *A*   140, 1 bohen *fehlt A*   2 bohe zv *A*   4 manige h.
W, m. vil h'llchev *R*   5 sich die frawen f. *A*   6 Jetz zwo *A*   141, 4 ir *fehlt R*
lauterlicher *A*   gvtlich *R*   5 den muge sich nicht geleiche *A*   6 ellev *W*, alle *RA*
    142, 1 schein *A*   4 gelowet *R*   5 herrleiche *A*   6 fraw *A*   143 *Ueber-
schrift in R* auelt wie diu brovtloft end' nam ull Helchen svne fvren hin   6 ir leides
si *R*   144, 1 Ir h. div w. *R*   4 gar *R*   6 edel *fehlt A*

vrou Helchen die milden.
si gap den recken diu ors mit den
        schilden.
  146 Alsô disiu hôchzît
ein ende hete genomen,
nù sult ir hœren âne strit,
wiez an daz ende ist bekomen.
nu vernemt ez alle gerne,
nù bereitet sich der vogt von Berne.
  147 Ân alle missewende
sult ir daz vernemen.
ez hât nû hie mit ende.
iu mac ze hœren wol gezemen
ditze starke mære.
nù wil sich heben *heim* ze lande
        der Bernære.
  148 Nu vernemet endeliche
rehte waz ich sage,
und hœret al geliche.
ez geschach an Sant Jörgen tage,
sô der walt und diu erde
allez ist geblüemt in süezem werde.
  149 Dô wâren mit schalle
alle die komen,
die nôtgestalden alle,
als ir ê habt vernomen,
die dem von Berne wolden
ûf Ermrichen helfen, als si solden.
  150 Diu starke samenunge
ze Ezelburc was,
ez jâhen alte und junge
und allez daz dâ indert was,
daz ûf der breiten erde
nie zesamne kom sô manic recke
        werde.

  151 Was daz nicht ein unbilde?
als ich iu sagen mac,
daz breite gevilde
zweier tageweide lanc lac
mit liuten bedecket.
alrêst wirt Ermrich mit leide er-
        wecket.
  152 Nû hœret starkiu mære,
diu ich iu sagen wil,
und merket sunderbære,
sô künde ich iu des wunders vil
und wil iu daz bescheiden.
nù lât iu ditze mære niht leiden.
  153 Dô daz her starke
allez was bereit
in Hiunischer marke,
als man mir vür wâr hât geseit,
dô muost man jâmer schouwen,
dô sach man weinen manege werde
        vrouwen.
  154 Ez het Etzel der rîche
bî den selben tagen
zwêne süne hêrlîche,
als wir daz buoch hœren sagen.
vil liep wârn si im beide,
an in lac sîner vreuden ougenweide.
  155 Die jungen künege hêre
die gingen al zehant
mit grôzer herzensêre,
als uns daz mære ist bekant,
vür vroun Helchen die guoten.
dô gie si gegen den kinden wol ge-
        muoten.
  156 'Gote willekomen ir beide,
vil liebe süne min!

145, 6 rosz *A usw.*   146, 1 Als *A*   4 chomen *A*   5 alles *A*   6 bereit *RA*
147, 4 iu *fehlt A*   148, 1 endeleiche *W*, endichliche *R*   4 Sand *R*   149, 1 Do
W, Da *RA*   4 Ir vor h. *A*   6 Ermrich *R*   150, 1 Do diu *R*   2 Etzelnburg *A*
E. chomen w. *R*   4 als uns daz bûch las *R*   151, 2 ich nu s. *A*   4 zweier tageweide *W*, ze vier tageweiden *R*   152, 6 vnd lat *A*   153, 1 daz starche her *A*
6 da *RA*   154, 2 als wir horen sagen *R*   4 bi den selben tagen *R*   155, 3 grossen
A   6 chinden *W*, chvnigē *R*   156, 1 ir *fehlt A*   2 Ir lieben *A*

mln blüendiu ougenweide,
daz müezt ir endelfchen sin,
mln óstertac, mln meie.
swenn ich iuch sihe, waz ich dann
      vreuden heie!'
  157 Si kuste liepliche
diu kint an ir munt.
die jungen künege riche
språchen an der selben stunt
'genåde, liebiu muoter!
owé, wær nù ieman hie só guoter,
  158 Wir bæten harte gerne'
sprach Scharphe der degen,
'wir wolten mit dem von Berne
gein Rœmisch lant after wegen.
wir sæhen et harte gerne,
då von er heizt, die guoten stat ze
      Berne.
  159 Muoter, liebiu vrouwe,
nù bitet den herren mln,
als ich iu des getrouwe,
ob ez mit hulden muge sin,
daz er uns der reise günne.
då varnt hin unser måge und unser
      künne.
  160 Die schaffe er uns ze huote
då bin ùf den wegen.
die küenen recken guote
die habent uns in ir phlegen
und låzent uns niht werren.
nù mant umb uns Ezeln unsern
      herren!'
  161 Vrou Helche trùriclfchen
diu kint ane sach.
zuo den künegen richen

si vil güetlfchen sprach
'der bete sult ir iuch måzen.
liebiu kint, ir sult die reise låzen.
  162 Ez kumt iu niht ze guote,
daz sult ir ùf mir' hån.
slehtes ùz dem muote
só sult ir dise reise lån.
ir muotet kintlichen.
ez stét niht wol in Rœmischen richen.
  163 Ez wurd mir lihte ein riuwe
und lieze ich iuch dar'
sprach diu vil getriuwe.
'ich vürhte leider vür wår
die Ermriches unstæte,
nu belibt hie heime und volget mi-
      ner ræte.
  164 Swie gerne iuch behuoten
ùf der reise alle zit
die küenen und die guoten,
kumt ez danne in den strit,
owé, só wirt iwer vergezzen,
só sit ir tót' sprach diu vil vermezzen.
  165 'Dar umb sult ir niht sorgen,
liebiu muoter mln.
naht und alle morgen
só welle wir sicher sin
bi dem herren Dietriche.
er behüetet uns wol, daz wizzet
      sicherliche.'
  166 Hie mit disem mære
kom Ezel gegån
und ouch der Bernære,
als ich vür wår vernomen hån.
Ezel vant sicherliche
sine liebe süne béde geliche.

156, 5 allein o. *A*   6 sich *R*   157, 6 ieman hie nu *A*   158, 1 pæten dich h. *R*   peiten *A*   5 et *fehlt A*   159, 2 nù *fehlt R*   6 fert *A*   *beide* unser *fehlen A*   160, 5 geweren *A*   6 man *R*   meinen h. *A*   161, 5 in *R*   162, 4 die *A*   5 kunigkleichen *A*   163, 1 wrd *W*, wirt *R*   164, 4 in den strit *fehlt A*   6 die trew gemessen *A*   165, 1 n. trawen *A*   2 liebev *W*, vil l. *R*   4 só *fehlt R* w. bede s. *A*   5 Diettreichen *A*   166 *Ueberschrift in R* aueß wie Helchen svne baten vat' unde mut' umbe die reise   6 lieben *A*

167 Als diu vrouwe guote
Ezeln ane sach,
mit trûrigem muote
diu riche küneginne sprach.
ir truobten sêre d'ougen.
dô vrâgte si der künic Etzel tougen

168 'Mich wundert in dem sinne,
vrouwe wol getân,
edeliu küneginne,
wer hât iu leides iht getân?
jâ müet mich harte sêre
iuwer weinen, küneginne hêre.'

169 'Dâ hât mir ze leide
niemen niht getân.
Ezel, dîne süne beide
die wellent des niht rât hân,
si welnt an disen ziten
mit dem her in Rœmisch lant riten.

170 Des bitent si dich sêre.
edel künic rich,
durch dîn selbes êre,
nû wende dû ez heimlich.
owê, jâ vürhte ich der stunde,
ich gesehe si niemermêre mit ge-
        sunde.'

171 'Daz wirt nimmermêr mîn
und râtes ouch niht.   [wille
offenlich noch stille,
mit minem râte ez nimer geschiht.
wes muotet ir tumben beide!
überhebt mich unde iuch grôzer
        leide!'

172 Dô sprach trûrecliche
Orte der junge degen

'Ezel, künic riche,
wir belîben nimmer underwegen.
von diu lâz uns ûz der huote.
dâ vert hin sô manic recke guote.

173 Die ouch dâ wellent schouwen
Berne und Rœmisch lant.
wil dû uns des getrouwen,
wir loben dir daz hie zehant:
sô wir komen hin ze Berne,
wir riten vürbaz niht, wil dû daz
        sehen gerne.'

174 'Redet drumbe swaz ir wellet,
nimmer ez geschiht.
swaz ir mir vor gezellet,
ich lâze iuch dar benamen niht.
swaz iu dâ geschæche ze leide,
dar umbe stürbe ich, liebe süne
        beide.'

175 Dô sprach der vogt von Berne
'nû lâzet mir diu kint,
sit si sô rehte gerne
der reise sô gar vlizec sint.
ich gelâze si nimer ûz der huote:
ich schaffe ze in die edelen helde
        guote,

176 Die si ûf allen strâzen
habent in ir phlegen.
si müezen sich des mâzen'
sprach von Berne der degen,
'daz si indert vürder riten,
swâ ich si lâze daz si mîn dâ biten.'

177 Ezel der riche
sprach dô an der stat
ze dem herren Dietriche

'jà vürhte ich Ermriches ràt.
wirt er der kinde inne,
er wendet dar zuo alle sine sinne,
　178 Wie er si verràte
und in getuo den tôt.'
her Dietrich sprach dràte
'des sol uns nimmer werden nôt.
ich geschaffe in solhe veste,
dar inne si habent ruowe unde reste.'
　179 'Nu erlàzet si der reise,
durch got, her Dietrich.
machet mir niht vreise'
sprach Ezel der künic rich.
'gewurre mir iht an den kinden,
dar umbe müeste ich immermère
　　　　　swinden.'
　180 'Uns kan niht gewerren'
sprach Orte der degen.
'ich getrouwe minem herren,
er læt uns niht under wegen.
wendet ir uns *der reise,* künic hére,
so geseht ir uns vrô nimmermère.'
　181 Mit weinendem munde
vrou Helche sprach zehant
güetliche dà ze stunde
zem künege von Hiunisch lant
'Ezel, min lieber herre,
dich manent diniu kint alsô verre:
　182 Là si albalde riten,
sit sis niht ràt wellent hàn!
und besende an disen ziten
beidiu màge unde man,
und bevilch dù, künic riche,
diu lieben kint dem herren Dietriche.'

　183 'Mir nàhent michel smerze,
daz geseht ir, vrouwe, wol.
mir siuftet sô daz herze,
mir werdent d'ougen dicke vol.
mir nàhent herzensère,
swiez sich gevûeget' sprach Etzel
　　　　　der hére.
　184 'Ir sult iuch des wol borgen'
sprach Orte zehant.
'war umbe welt ir sorgen,
edel künec von Hiunisch lant?
wir behüeten wol ze wàre,
daz wir den vinden inder komen ze
　　　　　vàre.'
　185 Vrou Helche tugentliche
zem Bernære sprach
'sô dir got der riche,
dù solt dich rihten dar nàch,
des bit ich dich und *Etzel* min herre:
ich bevilhe dir min liebiu kint *alsô*
　　　　　verre.
　186 Mich muoz alréste riuwen
diu reise in Rœmisch lant.
hin ze dinen rehten triuwen'
sprach vrou Helche zehant
'antwurte ich dir, Bernære,
die minen lieben süne, die degen
　　　　　mære.'
　187 'Welt ir mirs getrouwen'
sprach her Dietrich,
'mit gesunde sult irs schouwen
schiere wider in Hiunisch rich.
daz habt ûf minen triuwen,
ir reise sol iuch nimmer geriuwen.'

177, 5 chind da i. *R*　　178, 3 sp. vil dr. *R*　　4 werden nymmer *A*　　6 rû *RA*
179, 2 durch got *fehlt*, herre her D. *R*　　5 gewurde *A*　　180, 3 g. so wol m. *A*
4 last *A*　　nymmermer *A*　　6 d e r r e i s e, i r s e h e t　　181, 2 sprach fr. H. *A*
4 Hünislant *A*　　5 min *fehlt A*　　182, 1 al *fehlt A*　　2 nicht wellen rat *A*
3 sende *A*　　4 b. nach m. und nach m. *A*　　5 die kunige r. *A*　　183, 1 Nu *A*
3 mir *W*, ir s. *R*　　sere d. *A*　　4 dick die augen *A*　　6 fuege *A*　der kunig h. *A*
184, 3 habt Ir *A*　　6 nindert *A*　　zv ungeware *A*　　185, 3 Herre Diettrich so *A*
4 danach *R*　　6 b. hie dir *A*　　div chint bevilhe ich dir ze dinen triwen v. *R*　　186, 6 m.
edelen chint also m. *R*　　187, 1 mir sein *A*　　3 beschawen *A*　　6 der r. *A*　　iv *R*

188 Urloubes dô gerte
her Dietrich zehant.
mit weinen in gewerte
diu küniginne ûz Hiunisch lant.
her Dietrich huop sich drâte
dâ er vant die schœnen Herrâte.
    189 Urloup kurzlîche
nam er an der stunt.
die küneginne rîche
kuste er dicke an den munt:
alsô tet si in hin widere.
si gesach in leider trûric sidere.
    190 Helche diu rîche,
als mir ist geseit,
diu hete heinlîche
ir lieben kinden bereit
zwelf tûsent wîgande,
die si mit ir lieben kinden sande.
    191 Die selben küenen recken
wârn helde vil bewegen.
do bevalch si den kecken
die vil unverzagten degen,
ir liebe süne beide.
sit gehôrte si ir an in vil leide.
    192 Vrou Helche hiez den Bernære
vil balde zuo zir gân.
si sprach 'recke mære,
drîzec tûsent recken *wil* ich dir lân,
die habe von mir ze stiuwer.'
dô dancte ir vil güetlîch der gehiu-
                              wer.
    193 Mit liehtem golde swære
hiez vrou Helche laden
vümf hundert soumære.
des hete si vil cleinen schaden,

want si tete ez gerne.
daz gap si ze stiuwer dem von Berne.
    194 Ez wirt nimmermêre,
als wir hœren sagen,
von küneginne hêre
sô miltiu vrouwe getragen
als vrou Helch diu reine.
ir guot was al der werlde gemeine.
    195 Als sich der Bernære
des goldes underwant,
urloup nam der mære
von vroun Helchen al zehant
und neic gezogenlîchen
allen disen hôhen vrouwen rîchen.
    196 Ez möhte got erbarmen
hie an dirre stunt,
vrou Helch umbevie mit armen,
als mir daz buoch ist rehte kunt,
ir liebe süne hêre.
si gesach si leider lebende nimmer-
                              mêre.
    197 Die herren an ir hende
wiste vrou Helche dan
des hoves an daz ende.
dâ sâzen si ûf diu kastelân.
dâ muost man jâmer schouwen.
diu kint kustn ir muoter unde ir
                              vrouwen.
    198 Dâ hin gein Rœmisch lande
riten dô diu kint.
die jungen wîgande
wurden dâ erslagen sint.
owê der jæmerlîchen vreise,
diu an in geschach! vervluochet sî
                              diu reise!

188, 1 begerte *A*   4 k. von H. *A*   189, 4 an Irn m. *A*   5 im *A*   6 sach *A*
trûric *fehlt A*   190, 4 irn *R*   lieben *fehlt R*   kinde *A*   6 Irn *A*   191, 2 das
w. *A*   6 sy Ir laider laide *A*   192, 2 zu Ir *A*   6 der teure *A*   193, 2 vrowe
R u. meistens so   194, 1 wirt *W*, wart *R*   4 getragen *W*, nie g. *R*   6 aller *A*
werlt *R*   195, 1 sich *fehlt A*   2 sich des *A*   4 wider vr. *A*   al *fehlt R*
5 neiget *A*   196, 1 mohte *R*   3 mit Irn a. *A*   6 lebende *fehlt A*   197, 2 vro
R   6 chint *W*, *fehlt R*   ir *nach* und *fehlt A*   198, 1 gegen *A*

199 Der weinenden blicke,
owé, waz der geschach!
vrou Helche vil dicke
nâch ir lieben kinden sach.
owé, jâ sagt ir ir herze
umb diu kint allen den smerzen.

   200 Ir vil liehten ougen
diu wurden ofte rôt.
den segen si vil tougen
nâch ir lieben kinden bôt.
vûr die selben stunde
gesach man nie lachen von ir munde.

   201 Etzel der rîche
mit dem here reit
unz hin ze Saders sicherlîche,
alsô hât man mir geseit.
dâ was sîn widerkêre:
vûr die zît gesach er diu kint nim-
            mermêre.

   202 Hin zogte mit gewalde
der herre Dietrîch
mit manegem recken balde
durch Saders ûf gein Isterrîch
ûf eigen sîne marke.
nû hœret von einem sturme starke.

   203 Sich hebt in Rœmisch lande
nôt und ungemach.
von roube und von brande
grôziu nôt aldâ geschach.
von strîte michel wunder
nû sult ir alrêst hœren besunder.

   204 Als der vogt von Berne
was komen in Rœmisch lant,
dô sâhen in vil gerne

die sînen recken al zehant.
die kômen ouch mit schalle:
in enphiengen wol die Lamparten
            alle.

   205 Reinher von Meilân
mit hêrlîchen siten,
und von Bôle Berhtram
die kômen ûz der stat geriten,
als sî enphâhen wolden
ir erbeherrn, als si ze rehte solden.

   206 Als Reinher von Meilân
den Bernær ane sach,
als ein unverzagter man
der ûz erwelte recke sprach
'got willekomen, vogt von Berne!
wir sehen iuch mit rehten triuwen
           gerne.

   207 Iuwer kunft in Rœmisch lant
ist uns ze staten komen:
ze vreuden ist ez uns bekant.
ich enweiz, habt ir diu mære ver-
           nomen
von dem künege Ermrîche:
der lît mit here ze Raben gewaltic-
           lîche.'

   208 'Des mac wol werden guot rât'
sprach her Dietrîch.
'dâ ze Raben vor der stat
muoz uns künic Ermrîch
in kurzen zîten schouwen
im ze schaden, des wil ich gote ge-
           trouwen.'

   209 'Daz vüege got der guote!'
sprach her Rüedegêr.

    199, 1 Die *A*   weinden *R*   2 der da g. *R*   5 iz ir ir *R*, iz ir h. *W*   6 chint owe welich ein smerze *R*   201, 2 dem h'ren *R*   4 als man mir hat g. *A*   6 seine k. *A*   202, 1 zoge *A*   4 gegen Ifysterreich *A*   5 sine eigene *R*   6 h. mâre von *A*   203, 4 al *fehlt A*   5 streiten *A*   204, 4 die *fehlt A*   seine *A*   al *fehlt A*   205, 1 Reinher *W*, Reicher *R*, Gunther *A*   Mayland *A*   3 Pole *R A*   Perch-tram *A*   4 die *fehlt R*   6 irn *R*   erpherren *W*, erbe *fehlt R*   von r. *A*   206, 1 Reinher *W*, Reicher *R*, Rainher *A*   Maylan *A*   207, 1 kumen *A*   Romische *R*   4 noweiz *R*, weis nit *A*   208, 4 chvnich *W*, der chunich *R*

'niht anders ich nû muote'
sprach der hôhe recke hêr
'wan daz wir Ermrîchen
vor der stat ze Rabene bestrîchen.

210 Dâ sule wir an im rechen
manegen ungetriuwen rât.
ich wil niht anders sprechen:
swaz er untriuwen hât,
daz müeze got rihten!
vogt von Bern, wir suln uns darzuo
          phlihten,

211 Daz uns ieman vinde
âne wer ûf den wegen.
Ermrichs rête sint swinde:
im wartent ouch die snelle degen,
die ez wol geturren wâgen.
nû hüeten uns vor sînen swinden
          lâgen.'

212 Hie mit disen mæren
ritens vür sich dan,
als ichz iu wil bewæren
unde ouch wol bescheiden kan.
gegen Bâdowe mit gewalde
zogte von Berne der recke balde.

213 Si bewâgen sich der reise,
als ichz vernomen hân.
daz kom sît ze vreise
manegem Ermrîches man,
die drumbe tôt gelâgen.
dô gie ez alrêst an ein starkez wâgen.

214 Als der vogt von Berne
ze Bâdowe was komen,
(nû sult ir hœren gerne,

des ir ê niht habt vernomen
und ouch von niemen sidere)
dô leite sich daz starke her nidere.

215 Ûf daz hêrlîche velt,
als ich iu wil sagen,
manic wünneclîch gezelt
wart dâ ûf geslagen.
dô leiten sich die geste
mit gewalte ze Bâdowe vür die veste.

216 Dô sprach der Bernære
wider sîne man
'der mir sagte nû diu mære,
wem ist diu stat undertân?
daz weste ich harte gerne.'
alsô sprach der werde vogt von Berne.

217 Mit zühten sprach an der
der alte Hildebrant   [stunt
'deist under uns niemen kunt,
edel künec von Rœmisch lant.
wir werden sîn schier inne.
ich ervar ez wol, als ich mich ver-
          sinne.'

218 Der werde vogt von Berne
vür die stat selbe reit.
er wolde ervarn gerne,
als ich iu ê hân geseit,
wer houptman *in der stat* wære.
daz sagt man schiere dem hôhen
          recken mære.

219 Er begunde halden nâhen
ûf dem burcgraben.
ûz der stat si daz wol sâhen
si trahten 'solde wir dich haben

209, 5 Nur *A*   210, 5 môz *R*   211, 1 nyemand *A*   6 hüeten wir vnns *A*
212, 1 disem mâre *A*   3 ich euch das bewâre *A*   4 auch vil wol *A*   5 Badaw *A usw.*   6 der *W*, der chvne *R*   zoge *A*   recke *fehlt A*   213, 2 ich *A*   5 darumb *A*   214 *Ueberschrift in R auch wie Rudeg'* und die rekchen von Bâdowe tiostirten von (*W* vor) dem strite   4 Ir vor n. *A*   6 da *R*   215, 3 manigs wunnekliches *A*   5 Da *R*   216, 3 nu *fehlt R*   diu *fehlt A*   4 st. nu u. *R*   5 vast g. *A*   217, 2 Hyldeprant *A*   3 daz ist *A*   5 vil sch. *R*   218, 2 selbs für d. st. *A*   5 wer dâ   höpman *R usw.*   6 dem Edelen r. *A*   219, 1 beg. balde gahen *R*   2 den *R*   3 wol *fehlt R*   4 trahten *W*, dahten *R*

in unsern phlegen hinne,
wir schieden dich von witzen und
        von sinne.'
    220 Der unverzagte Helphrich
ruofen dó began
einem recken lobelich,
den sach er an der zinne stân
'*heid!* nù sage, recke guote,
des ich dich vrâge' sprach der hóch-
        gemuote.
    221 'Wem wartet disiu veste?
wer ist hie houptman?
vil gerne ich daz weste,
wen hât hie Ermrich verlân?
daz hórte ich harte gerne,
des vrâget iuch mîn herre von
        Berne.'
    222 Dó sprach der degen Rienolt
'ir vrâgt irn wizzet wes.
iu ist niemen hie só holt.
oder waz welt ir des?
wir vûrhten iuch vil cleine.
disiu stat dient iu vûrbaz seine.
    223 Wir haben einen houptman'
sprach Rienolt der degen,
'daz sult ir rehte verstân,
er kan wol urliuges phlegen.
der tuot iu noch vil leide.
sinen namen ich iu wol bescheide.
    224 Rûmolt ist er genennet
von Burgonje lant.
den man vil wol erkennet.
mit ellenthafter hant
hât er bî sinen zîten   [striten.'
wunder getân in manegen herten

    225 Dó sprach der recke Hel-
        phrich
'möhte daz geschehen,
den werden recken lobelich
den wolde wir gerne sehen.
mir ist wol kunt sin ellen:
· ich und er, wir wâren é gesellen.'
    226 'Den werden recken ziere
den muget ir hiute sehen
vor der stat vil schiere.
swaz uns dar umbe mac geschehen,
daz well wir liden gerne.
wolde uns geben vride der herr von
        Berne,
    227 Só tæte wir riterschaft
noch hiute ûz der stat.
wir sehen wol die grózen craft,
die der von Berne bî im hât.
im wartent helde guote,
die unverzaget sint, in ir muote.'
    228 'Vride sî iu gebannen'
sprach her Dietrich.
'vor allen minen mannen
sît âne sorge sicherlich.
dar umb zwivelt ir nimêre:
tuot ritterschaft, des habt ir immer
        êre.'
    229 'Sul wir danne riten
ân angest vûr die stat?'
dó sprach an den zîten
her Dietrich 'daz ist mîn rât.'
dan schiet der vûrste mære,
zuo den sinen reit der Bernære.
    230 Dar nâch in kurzen zîten,
als mir gesaget ist,

    220, 1 Helpherick *A usw.*   2 dò *fehlt A*   4 zynnen *A*   5 sag an r. *A*
221, 1 dise *W*, diu *R*   4 Erenreich hie *A*   5 vast g. *A*   222, 2 v. ir *RA*   3 hie
ist euch nyemand *A*   4 wolt *RA*   223, 4 vrlauges *A*   224, 1 Raßmolt *A*
2 Burgundie *A*   6 m. scharffen st. *A*   225, 1 der degen Helpherick *A*   4 w. vast
gerne *A*   6 wir *fehlt A*   è *fehlt A*   226, 2 mûesset *A*   227 *fehlt R*
228, 4 sorgen *A*   5 nicht mere *A*   229, 2 one sorge *A*   5 von dann *A*

dô sach man dort her riten
in vil kurzlicher vrist
mit speren und mit schilten   [ten.
ûz der stat die küenen und die mil-
    231 Manic schœne kastelân
sach man vor der schar,
als ich vür wâr vernommen hân:
ditze mære daz ist wâr.
do bereiten sich engegene,
abei, die küenen Dietriches degene,
    232 Die tjostieren wolden
durch prîs al zehant,
die ouch vil gerne dolden,
dâ von in ére wart bekant.
heyd, ez wâren helde guote.
jâ nenne ich iu die degene hôchge-
                    muote.
    233 Nû hœret an den mæren,
wie mir ist kunt getân.
daz ein was von Bechlæren
Rûedegér der marcman:
daz ander was von Bruovinge
Nuodunc, den ouch wac vil ringe
    234 Manlîchez ellen:
des was er ein helt.
sol ich iuz allez zellen,
waz der recke ûz erwelt
hât getân bi sinen ziten?
er was ein helt in stürmen unde in
                    striten.
    235 Daz dritte was von Lunders
der starke Helphrich.
nû schouwet ditze wunder,
daz sich dâ huop sicherlîch.

ahī, daz vierde was der starke
Îsolt ûz Hiunischer marke.
    236 Ir kastelân verdecket
ze brîse wâren wol.
ûz herzen wart geweckel
manlîchez ellen, als man sol.
ahī, ûf diu ors si sâzen,
den buneiz si ze rehter tjoste mâzen.
    237 Mit manlîchem ellen
zogte ouch dort her
Rûmolt mit sinen gesellen.
der wâren drizec oder mér.
si hielten under helme
ûf dem ringe schône sunder melme.
    238 Gedrabet under schilte
ûf des ringes zil
kom Rûedegér der milte,
als ich iu bescheiden wil,
ûf eim brûnvarwen marke.
gegen der tjoste hielt der recke
                    starke.
    239 Dô kom mit heldes muote
her gegen im geriten
Rûmolt der guote
mit vil manlîchen siten.
ahī, vür wâr ich iu bescheide,
von stat triben si diu ors beide.
    240 Si kunden ebene riten
schône mit dem sper.
ir schenkel ze bêden siten
die sach man vliegen entwer
sam ez gewünschet wære.
heiles wunschte Rûedegéren der
                    Bernære.

230, 4 chvrzer *R*   231, 5 hin gegene *W*, hin begegene *R*   6 kunen *P, fehlt
R A*   232, 5 gût *A*   6 hochgemût *A*   233, 1 hôrt es an *A*   3 der aine das w. *A*
Pecblaren *A*   5 Bruueninge *A*   6 (*v. d. Hagen*) der starke Norpreht Nû-
dunch *R*, Nudunck *A*   234, 3 es euch *A*   4 daz *A*   6 sturm *R*   235, 5 abey
A usw.   der v. *A*   236, 2 preise vaste wol *A*   237, 1 mænleirhem *W*. manlichen *R*   2 zoge *A usw.*   3 Raumolt *A usw.*   238, 1 Geckraft *A*   5 einem *R.A*
239, 3 Rûmolt *R*   4 maulichem *A*   240, 3 senchel R, schinkl *A*   5 sam ob
ez *R*   6 Rudegern *R*

241 Si trâfen bêde gelîche
mit ritterlîcher hant.
die recken ellens rîche,
als mir ist rehte bekant,
durch ir helme wende
vertâten si diu sper mit ellens heude,
   242 Daz diu drumstücke
ze schivern vlugen entwer.
man sach riechen den rücke
von ir orsen hin unde her.
nit si zesamne hâten,
diu sper si manlîchen vertâten.
   243 Ir schilde *wâren* von rîcher
       koste
die si vuorten vor ir hant.
wider ûf die tjoste
kômen si beide gerant.
dar triben si mit grimme,
si stâchen diu sper durch die ringe,
   244 Und ouch durch beide schilte,
als ich vernomen hân,
daz die recken milte,
als mir ist rehte kunt getân,
dâ muosten vallen beide.
ir vriunde sâhen in ietwederhalp
      leide.
   245 Doch hete getroffen sêre
der milte marcman
Rûmolt den recken hêre.
des muoste er immer schaden hân.
er moht sin niht gelougen:
im brast daz bluot ûz ze beiden
      ougen.
   246 Si gelâgen durch die êre
von den orsen nider.

ez gemuote si vil sêre
manegen tac dar nâch sider.
von stat truoc man si beide.
dem Bernære geschach an Rüede-
      gêren leide.
   247 Dar nâch zogten ûf die tjoste
zwên ellenthafte degen,
der wâpen mit rîcher koste
was vil kürlich gewegen.
ir namen wil ich iu nennen:
si sint des wol wert, daz man si sol
      erkennen.
   248 Von Lunders her Helphrich
der eine was genant,
daz ander ein vürste rich,
geboren von Îrlant
was der hôchgemuote:
Sigebant sô hiez der helt guote.
   249 Daz ich iu nû bescheide,
daz ist diu wârheit:
si wâren starc beide,
von den ich iu hân geseit.
in stürmen unde in striten
muost man si sêre vürhten ze allen
      ziten.
   250 Gezimiert riterlîche
wârens beidesant.
si riten sicherlîche
diu besten ors diu man dâ vant.
ahi, si wâren stætes muotes,
vil bewegen lîbes unde guotes.
   251 Die recken vil vermezzen
sâzen ûf ir marc.
ez enwart dâ niht vergezzen,
zwei sper unmæzlichen starc

<hr>

242, 1 trumelstücke *A*   2 zerschiferten fl. *A*   slugen *R*   3 riuchen *R*
den rauche *A*   5 hetten *A*   6 manlich *R*   vertetten *A*   243, 4 bede *A*
244, 1 bede *A*   5 mvsten *W*, mvstens *R*   6 ietwederm *A*   245, 3 Rvmolt *W*,
Rumolten *R*   4 des er mûste *A*   6 prach *A*   ze *fehlt R*   247, 1 zugen *A*
5 iu *fehlt R*   248, 3 reiche *A*   4 geboren *fehlt A*   Yerlandt *A*, Jerlant *W*, Jers-
lant *R*   6 Sygebant *RA*   also *A*   250, 1 Geziert *A*   2 sambt *A*   4 Ross *A*,
orsse *R*   251, 2 die s. *A*   4 vnm. lanch *R*

diu vuorten si in ir handen.
mit bewegem muote si zesamne
        randen.

252 Ir schenkel vlûgelingen .
ze beiden siten dar
si liezen dar clingen.
si nâmen vintlîchen war,
wâ si treffen wolden:
des warten si, als si ze rehte solden.

253 Diu sper von grôzer crefte
zebrâsten von ir hant.
si wârn an riterschefte
zwêne recken ûz erkant,
die küensten und die besten:
des jach man in von vriunden und
        von gesten.

254 Mit bewegem muote
ûf ir helme zehant
die küenen helde guote
heten diu sper schiere verswant.
si riten vintlîchen,
diu ors muosten von ir stichen
        wichen.

255 Manlîches muotes *si* wielten
hie ûf disem wal.
die dâ den pris behielten,
daz ist ouch in miner zal.
lât iu daz mær niht leiden:
die Ermriches muosten sigelôs danne
        scheiden.

256 Si wurden sô geletzet,
als mir ist kunt getân,
und sô sigelôs gesetzet,
daz si des hœne muosten hân
und schaden immer mêre.
si bejagten dâ harte cleine êre.

257 Hie beleip vor der stat
der herre Dietrich,
als man mir gesaget hât,
untz an den *andern* morgen sicher-
        lich.
nû sult ir hœren gerne,
dô seic daz her ûf gegen Berne.

258 Mit vrœlîchem muote
daz her mit schalle reit.
von Rœmisch lant der guote
der was stolz und gemeit.
ir leit daz was verborgen,
si heten ûf die vinde cleine sorgen.

259 Als ze Berne komen was
daz her von Hiunisch lant,
dô wart geslagen ûf daz gras
manec gezelt al zehant.
vil vreuden si phlâgen,
mit hôchvart und mit schalle si lâgen.

260 Schône und hêrlîche
wart ir dâ gephlegen.
si wâren guotes riche,
alle Dietriches degen.
ouch gap er in noch mêre,
er tete an in die vürstenlîchen êre.

261 Des *andern* morgens, als ez
        tagte,
dô kom ein bote gerant:
alsô man mir sagte,
den hete Friderich gesant
ze dem herren Dietriche.
der sagte im diu mær von Ermriche.

262 Er kom gegangen schiere
vür den Bernær alzehant.
dô seite der recke ziere
dem *edelen* künege von Rœmisch lant

diu starken niuwen mære,
wie gróz daz Ermriches her wære.⟩
   263 Als der vogt von Berne
den boten an gesach,
nû sult ir hœren gerne,
wie rehte güetliche er sprach
'heyd, nû sage an, helt guote,
daz diene ich umb dich' sprach der
             hóchgemuote.
   264 'Nû sage mir bediute'
sprach her Dietrich,
'wie vil mac haben liute
der ungetriuwe Ermrich?
getar ich im wider riten?   [ziten.'
daz weste ich harte gerne an disen
   265 Dó sprach mit triuwen Alpher
'herre Dietrich,
ez ist allez daz komen mit wer
dem ungetriuwen Ermrich
daz indert lebt ûf der erde.
ich wæn her immermér só grózez
             werde.'
   266 'Hâst ab dû daz geahtet,
nû wie vil mac ir sin?
od ieman getrahtet,
daz sage mir ûf die triuwe din.
ez ergé mir swie got welle,   [zelle.'
swaz halt man mir der eise vor ge-
   267 Alpher der mære
ze dem vogt von Berne sprach
'geloubt mir, her Bernære,
grœzer her ich nie gesach
bi allen minen ziten.
ez möht al diu werlt mit sorgen
           gein im riten.

   268 Nû merket vil besunder'
sprach der küene man,
'ist daz niht ein wunder,
daz ich dâ gesehen hân:
ich sach sin her gescharte,
niun hundert vanen ûf einiger warte.
   269 Dar nâch sach ich riten
vil manic schare breit.
bi den selben ziten
alte manic recke gemeit:
eilf hundert tûsent oder mére
die hât Ermrich: daz wizzet, künic
           hére.
   270 Maht dû nû der recken
guoten vollen hân,
der starken und der kecken'
sprach der unverzagte man,
'des ist dir nót wærliche.
ja vürhte ich, wir entrinnen Erm-
           riche.'
   271 'Dû trœst uns untrœstliche'
sprach der marcman.
'wir wellen sicherliche
doch dar umbe daz nicht lân,
ze vlûste od ze gwinne
welle wir besehen, wer ab dem wale
           entrinne.
   272 Nû sult ouch ir niht biten
und bereitet iuch dar zuo,
sit ez gét an ein striten,
só ráte ich wol waz man tuo.
daz nû ist daz beste,
ir lâzet hinder iu alsó die veste:
   273 Ob man dar vlûhtic kére,
daz wir danne haben tróst.

262, 6 des E. *A*   263, 2 an sach *A*   5 Heva *A*   264, 3 han *A*   6 vast g.
A   265, 1 Alpher *W*, Apher *R*   6 w. dehein her *RA*   nymmermer so gros *A*
266, 1 aber *A*   6 frayse von im g. *A*   267, 3 Gelovp *R*   6 es m. mit angst
alle welt gegen *A*   269, 1 D. n. so s. *A*   5 einlef *R*, aindliff *A*   od *R*   6 heer *A*
270, 1. 2 Mahtu der gůten r. wol den v. h. *R*   5 ist euch n. *A*   6 ich *fehlt A*
271, 5 verlust oder *A*   6 welle wir besehen *W*, wir wollen gesehen *R*   sehen
A   wale Ee entrynne *A*   272, 4 daz man *A*   273, 1 man fluchtig werde *A*

ich vürhte harte sére,
dà werdent setel erlóst.
ir sult des wol getrouwen,
dà werdent liehte helme verhouwen.'

274 'Dù redest niht unrehte'
sprach her Dietrich.
'ir ritter unde ir cnehte,
nù bereit iuch alle gelich.
ir sult umb nihtiu sorgen.   [gen.'
wir sulen uns von stat heben mor-

275 Dó hiez vil balde springen
der vürste lobesan,
des nahtes ze hove bringen
beidiu mâge unde man.
daz tâten si vil dràte.
dó wart der herre Dietrich ze ràte

276 Mit vriunden und mit gesten,
mit mâgen und mit man,
mit den aller besten,
die er inder mohte hàn.
nù bit ich iuch' sprach der Bernære,
'daz ir mir ràtet, edele recken mære.

277 Disiu sorge ist niht ringe,
dà wir mit umbe gân.
wie tuo wir disem dinge,
daz ràtet' sprach der küene man,
'so ez uns *beste* kome ze màzen.
nù sprecht, wà welle wir diu kint
                             lâzen?'

278 Dó sprach der Stîrære,
Dietleip der hóchgemuot
'edel Bernære,
ich sage iu rehte waz ir tuot.
wir ràten al geliche,   [riche.
làt hie ze Bern die jungen künege

279 Dà sint si wol verborgen
vor aller missetàt.
só durfe wir nicht sorgen
umb si, swie ez uns ergàt.
si sint àn angest hinne'
sprach Dietleip, 'als ich mich ver-
                             sinne.'

280 Dó sprach der vogt von Berne
'ez ist ouch alsó guot.
ich wil ez leisten gerne,
diu kint sint hie wol behuot.
wir suln si *vil* vrœlich vinden.
nù ràtet ir, wen lâzé ich bi den
                             kinden?'

281 'Daz tuot der iuwern einen,
swelhen só ir welt,
Elsàn den vil reinen'
alsó sprach Rüedegér der helt.
'der phligt ir wol mit éren
unze wir zuo in herwider kéren.'

282 'Ràtet ir mir daz mit schalle'
sprach her Dietrich,
'só sendet nâch im alle
und bevelhet im die künege rich
mit samt mir' sprach der mære.
nâch Elsàn sande dó der Bernære.

283 Alsó der alte Elsàn
ze hove komen was,
her Dietrich unde Etzeln man
die wârn gesezzen ûf ein gras.
dó si den *edelen* recken ane sàhen,
do begunden si in güetliche enphà-
                             hen.

284 Dó sprach der Bernære
ze dem starken Elsàn

273, 6 lihte *R*   274, 5 nichte *A*   275, 3 gen hofe *A*   6 nu w. . *A*
277 *Ueberschrift in R* avent wie vrön Helchen sune und Diether vor Raben erslagen
wrden   1 s. die ist *A*   2 damit wir . *A*   5 allerpeste kumbt *A*   6 kinde *A*
278, 1 Steyre *A*   2 Dietlaib *A*   3 edeler *A*   4 rehte *fehlt A*   279, 1 sein *A*
3 so haben wir nicht s. *A*   280, 4 wol *H'*, vil wol *R*   5 frölichen *A*   6 rat *R*
wen ich laz hie bi *R*   281, 1 einen *fehlt A*   3 vil *fehlt A*   282, 6 Elsam *R*
283, 1 Als *A*   3 Ezel *R*   5 Als si *R*   6 güetlichen *A*

'nů wol mich, recke mære,
daz ich dich sô getriuwen hàn.
hiut bevilhe ich dir *alle* min ére,
der ich in *dirre* werlt sol leben
    immer mére.
285 Hiut antwurte ich dir verre
ûf die triuwe dln'
sprach von Bern der herre
'die lieben juncherren min,
aller mlner sælden wünne.
si sint mir lieber dann dehein min
    künne.
286 Und gedenke, herre Elsàn,
wie mir bevolhen sint
vor manegem unverzagtem man
mlner vrouwen Helchen kint.
getriuwer recke guoter,
ich bevilhe dir diu kint als got sin
    muoter
287 Bevalch Sant Jôhan,
dô er nam den tôt.
nu behüete, herre Elsàn,
dich und diu kint vor aller nôt;
und gip mir *dln triwe* au disen zlten
daz dû diu kint iht lâzest *furder* riten.
288 Die stige solt dû verdürnen
innen unde vor.
ahte niht ûf ir zürnen,
là si nindert komen vür daz tor
ûf stlge noch an stràzen.
oder wirret *den kinden iht*, sô muost
    dû *mir* dln leben làzen.
289 Leben lip und ére
an in beiden stât.
dû solt merken sére,
mln wurde nimmermére ràt,

wære *niht ir muoter vrou Helche*
    min vrouwe.
dû sihst wol, swaz ich in Rœmisch
    lant gebouwe,
290 Daz kumet von ir helfe
und von ander niemen mér.
si hât mir mit gelfe
geschicket manegen recken her.
heyd, und wære niht diu guote,
sô lebte ich iemer mit trûrigem
    muote.
291 Und habe ûf mlnen triuwen
    phant,
helt Elsân,
und wæren dir elliu lant
gewalticlichen undertàn,
geschiht *mir* iht *leides* an den kinden,
daz kan ich noch dû nimmer über-
    winden.
292 Sô tœte ich dich entriuwen,
mit mln selbes hant.
ez kumet dir ze riuwen,
des dû immermére bist gephant
an libe und an guote.
nù là diu kint ninder ûz diner huote.
293 Noch bevilhe ich dir mére'
sprach her Dietrih
'ûf alle dlne ére
Dietheren den künic rich,
den lieben bruoder mine.
den antwurte ich dir ûf die triuwe
    dine.
294 Hin ze einem hôhen phande
ich dirs enpholhen han.
ich wold von Rœmisch lande
mit vürzihte hiute gân,

284, 3 wol mir *A*   6 des ich *A*   der werlde *R*, welte *A*   285, 6 dhainer meiner *A*   286, 4 fraw *A*   6 sine *R*   287, 6 din triwe daz iht l. *W'*, lazest nind' *R.A*   288, 4 für die t. *A*   5 vnd ovf str. *R*   6 in iht   289, 4 lnen w. *A*   mére *fehlt A*   5 und w. *A* ir muoter niht   6 nu sihstu wol *R* waz ich nu in *A*   290, 1 hilffe *A*   2 anders *A*   3 gilffe *A*   291, 4 gewaltichleich *R*   6 nymmermer *A*   292, 3 ze den r. *A*   294, 2 bevolchen *A*   4 fürsichte *A*

ê ich die herren lieze,
ich vertrüege lihter, daz man mich
verstieze.'
295 'Ich lâze in niht gewerren'
sprach Elsân der degen.
'miner lieben herren
wirt mit triuwen wol gephlegen.
got helf mir wan der stunde,
daz ich iuch alle sehe wol gesunde.
296 Ob ich iuch doch niht alle
gesunde süle gesehen,
sô gebe got dazz sô gevalle
daz iu sælde müeze geschehen.
an allen iuwern dingen
lâze iu got baz danne wol gelingen!'
297 'Nu gesegen dich got, Elsân!
wir wellen hinnen varn.
dir ist Berne undertân.
dû solt ez allez wol bewarn,
als ich dir des getrouwe.
got vüege daz ich dich vrœlich ge-
schouwe!'
298 Der Bernær trûreclîche
ze Dietheren sprach
'bruoder, künic rîche,
nû habt hie guoten gemach,
und habt in iuwer huote
die hôhen edelen jungen künege
guote.
299 Ir sit der jâre ein wênic
elter dann si sint.
nû lât ûz iuwern phlegen niht
der tugenthaften Helchen kint.
wellent si inder riten,
daz understât mit vuoge zallen ziten.

300 Behüet iuch vor den schulden,
vil lieber bruoder mîn.
ich gebiute iu bî mîn huldelen,
daz ir iuwer riten lâzet sîn
ûz der stat ze Berne.
gedenket, bruoder Diether, dar an
gerne,
301 Daz unser lant mit swære
leider vaste stât:
und wizzet' sprach der mære,
'ob uns inder missegât
an vroun Helchen kinden,
sô müeze wir ouch immermêre
swinden.
302 An êren und an guote'
sprach her Dietrich.
'an vürstenlîchem muote
müez wir verderben sicherlîch.
verlies wir Hiunisch marke,
sô si wir tôt immermêre' sprach der
starke.
303 'Dâ von sult ir gedenken,
waz ich iu enpholhen hân.
ir lât iuch niht bekrenken
die jungen künege wol getân.
durch got, belîbet hinne!
diu kint sint tump, sô habt ir bezzer
sinne.
304 Unverzagter Elsân,
nu gedenke an mîniu leit,
gedenke waz ich dir enpholhen hân
unde ouch vor hân geseit.
nu behalte mir mîn êre,   [mêre.
daz wil ich umb dich dienen immer-

295, 3 miner *W*, m. vil *R*   4 der wirt *A*   5 mir nun d. *A*   6 wol gesehe *A*
296, 2 sol *A*   3 daz ez *R.A*   6 so l. *A*   297, 1 Ellsan *A*   2 von hynnen *A*
6 daz *W*, daz daz *R*   frôlichen schauwe *A*   298, 6 j. Edel *A*   299, 6 vn-
derstet *A*   300, 1 Behuetet *A*   3 minen *R.A*   301, 3 wisse *A*   6 müz ouch
wir *R*   verschwinden *A*   302, 3 furstlichem *A*   4 verterben *R uö.*   5 Hünische
A   6 immermêre *fehlt A*   303, 6 d. kind die s. *A*   304, 3 ? und   enpholhen *W*,
bevolhen *R*   4 vor hin g. *A*

305 Vröude unde wünne
stét an dir allesant.
vriunde unde künne
daz stét in dîn eines hant.
des phlic hin ze dînen triuwen.
nû lâ dich dînen dienest niht geriuwen.

306 Kumen dir diu mære,
daz wir vlühtic worden sîn'
sprach der Bernære,
'sô hüete bî den triuwen dîn,
des bite ich dich vil gerne,
sô lâz ûz dînen phlegen niht die stat
ze Berne.

307 Und walte guoter sinne,
helt vil lobelîch.
besitze dich hie inne
der ungetriuwe Ermrîch,
so verzage niht, recke hére,
und volge des, als ich dich iezuo lére.

308 Sî daz dû diu mære
ieman hœrest sagen'
sprach der Bernære,
'daz ich ze tôde sî erslagen,
sô lâ dich nieman triegen
und lâ dir die stat niht an erliegen'.

309 Mit zühten sprach dô Elsân
'nû saget mir, herre mîn,
ir sult mich rehte wizzen lân,
wem sol ich wartende sîn,
dâ iuch got vor behüete,
verdurbet ir? vil sére mich daz
müete.'

310 'Daz wil ich dir bescheiden'
sprach her Dietrich.
'got behüete uns vor allen leiden!'

alsô sprach der künic rîch.
'sô soltû, recke starke,
Etzeln warten von Hiunischer marke.

311 Und gip im mit gewalde
diu kint und die stat.
ich weiz wol' sprach der balde,
'daz er daz nimmer gelât,
er behalte wol sîn ére
an mînem bruoder dar nâch immer
mére.'

312 'Daz tuon ich vil gerne'
sprach her Elsân.
'die stat hie ze Berne
die mache ich Etzeln undertân.
ich wil gote ab wol getrouwen,
ir sult si noch vil lange selbe bouwen.'

313 'Daz stét allez in sîner hant.'
sprach her Dietrich,
'der dâ Jêsus ist genant,
der hôhe got von himel rîch.
er sol ouch mîn reht bedenken
und helfe mir mînen vînt bekrenken!

314 Des bite ich dich vil sére,
gewaltiger Crist!
durch dîner marter ére,
nû hilf mir ouch in dirre vrist,
daz ich mîn leit gereche!
und velle ouch mich, ob ich unrehte
spreche!

315 Hilf mir wan nâch mînen
als ich reht hân.   [schulden,
swaz ich muoz jâmers dulden,
dâ bin ich vil unschuldec an!
alsô sprach der *werde* vogt von Berne
'swaz ich sünde *dâ* begén, daz tuon
ich vil ungerne.'

305, 2 allez ensant *R*, alle sambt *A*   5 phlige *R*   6 du *R*   riuwen *R*
306, 6 stat ze *W*, st. hie ze *R A*   307, 2 balt *A*   vil *fehlt A*   3 hier ynne *A*
5 recke sere *A*   308, 6 ab erliegen *A*   309, 6 verderbet *A*   310, 4 redet *R*
5 fürste st. *A*   311, 6 bruoder *W*, br. Diether *R*   312, 3 hiesse Perne *A*
5 aber got *A*   wol *fehlt A*   313, 3 Jhesus *A*   5 Er *W*, Der *R*   314, 4 in *W*
an *R*   315, 6 sunde da mit b. *A*   sunden *R*

316 Vroun Helchen süne beide
die kómen dò gegàn.
in was von herzen leide,
daz si solten hie bestân.
daz clagten si vil sére.
dà tróste si vil manic recke hére.

317 Hie mit disem mære
kom der marcman.
er sach mit grózer swære
die sinen lieben herren stàn.
wol tróst er si beide.
er sprach 'junge künege, war umb
        ist iu só leide?'

318 Dò sprach clagelíche
Scharphe der junge degen
'ir herren lobelíche,
nù làt ir uns under wegen.
owé, daz ist uns ein herzensére,
wirn wizzen ob wir iuch gesehn
        immer mére.

319 Owé des grózen smerzen,
der hiute an mir geschiht!
wie ist mínem herzen,
swenn iuch min ouge scheiden siht
dà hin zuo dem strite!
ich vürhte hart daz ichs niemér er-
        bite,

320 Daz ir kumt her widere
ûz der starken nót.'
daz geschach ouch leider sidere,
wan si kuren den tót,
vroun Helchen süne beide.
si ligent noch ze Raben ûf der heide.

321 'Ir jungen künege hére,
ir sult niht verzagen.'
alsó sprach Rüedegére

'nù làzet iuwer grózez clagen.
ir sehet uns schiere gesunde
hie ze Berne in vil kurzer stunde.'

322 Die jungen künege riche
kuste der marcman.
harte clagelíche
wart ein weinen dà getàn.
owé der grózen herzensére!
si gesâhen an einander nimmermére.

323 Dietleip der Stirære
der kuste ouch diu kint.
owé der leiden mære!
er gesach si nimmermére sint.
leider dà wurden trüebiu ougen,
dà weint vil manic edel recke tou-
        gen.

324 Ez kuste weinunde
der küene Blœdelín
mit siuftundem munde
die vil lieben herren sin.
owé, dò gie ez an ein scheiden. [den.
sich huop grózez weinen von in bei-

325 'Nù siuftet niht ze sére'
sprach her Baltran.
'gedenket, künege hére,
waz an iu éren sol gestàn
und làt iu niht wesen leide.
gedenket waz ir iuwerm vater ge-
        hiezet beide,

326 Und Helchen míner vrou-
        wen,
do ir urloup nàmet dan.
gedenket an daz schouwen'
sprach der unverzagte man,
'daz si tete nàch iu helden.
si beweinte vil sére iuwer scheiden.

316, 5 siv *R*   318, 1 Nu sp. *A*   2 Scharfe *R*   6 wir wissen nit ob *A*
319, 3 we *A*   4 wenn auch mein augen *A*   6 ich sin *RA*   320, 3 ouch *fehlt R*
   5 fraw *A*   321, 4 ir lat *R*   322, 6 s. g. leider *R*   lebentich n. *R*   323, 1 Dietlaib von Steyre *A*   3 mæren *R*   6 edel *fehlt A*   324, 1 waynende *A*   3 seufftzen-
dem *A*   5 da *R*   325, 2 Paltram *A*   3 bedencket *A*   4 stan *A*   5 layd *A*
6 verhiesset bayd *A*   326, 2 n. von dann *A*   6 iwᵗ danne sch. *R*

327 Ir clagelîch hende winden'
sprach her Baltran,
'daz si tete nâch iu kinden,
dâ sult ir wol gedenken an.
mir ist *daz* kunt an disen zîten,
si überwindet nimmermêr iuwer rî-
    ten.
    328 Ir weinen âne mâzen,
des vergizze ich nimmermê.
ir clagen wil ich lâzen:
mir tuot tûsent stunt als wê
Etzel mîn lieber herre.
dar an sult ir durch got gedenken
    verre.
    329 Sîn weinen bitterlîche
daz tuot mir wê genuoc.
gedenket, künege riche,
wie er sich gein dem herzen sluoc.
daz lât iu gên ze herzen
und überhebet in maneges grôzen
    smerzen.'
    330 Beidiu junge und alde
kusten dô diu kint.
owê der leide manicvalde!
si gesâhens nimmermêre sint
leider mit gesunde
âne dâ ze Rabene vil tôtwunde.
    331 Dar gie der Bernære
dâ er diu kint gesach.
der edele recke mære
mit trüeben ougen zuo in sprach
'nu gehabt iuch vil wol beide,
und behüete iuch got vor allem her-
    zen leide!'

332 'Alsô phlege got iwer hin-
    widere,
herre her Dietrich!'
die treher vielen nidere
von ir ougen sicherlîch
ûf die hende und ûf diu cleider.
daz was diu leste schidunge beider.
    333 Baz danne hundert stunt
kuste her Dietrich
sînen bruoder an den munt
und ouch die jungen künege rich.
als tâtens in ouch *vil* dicke.
got mohte erbarmen die weinenden
    blicke.
    334 Hie mit disem mære
wart urloup genomen.
nû ist ez sunderbære
allez an daz ende komen.
daz sult ir hœren gerne,
danne vuor daz her und bliben diu
    kint ze Berne.
    335 Nû gêt ez an ein strîten,
daz muoter kint becleit.
nû hœrt an disen zîten,
ob ez iu ê niht ist geseit,
wie daz her von Hiunisch lande
Ermrichen wuoste mit roub und mit
    brande.
    336 Sô manegen recken balde
gewinnet nimmermêr
kein künec mit gewalde
als von Berne der recke hêr.
si sigen müezeclîche
hin ze Raben gegen Ermriche,

327, 1 klägeliche *A*   6 überwinden *A*   328, 2 des *fehlt A*   3 ich nu l. *R*
5 daz E. tet m. l. h. *R* 6 gedencken durch got *A*   329, 4 sich zu d. *A*   330, 2 da
RA   6 an das Rabe *A*   totewunde *A*   331, 2 sach *R*   4 traurenden *A*
6 allen *R*   332, 1 iuwer got *R*, euch ewr got *A*   3 die Recken vielen *A*   nider
W, da nid' *R*   4 vor Iren augen *A*   333, 1 Baz *W*, Daz *RA*   6 waynende *A*·
334 *Ueberschrift in R* auch wie si von danne urloup namen in Romisch lant   5 Nu
sult *A*   6 von dann *A* bellben *R*   335, 1 stören *A*   3 Ir môgt es gerne hören *A*
   6 wuestend *A*   336, 2 mere *A*   3 deheia *R*   4 als der von *A*   here *A*
5 m. sein si *A*

337 Dâ man dâ solde strîten,
als ez ouch sît ergie.
dô was ez an den zîten.
als ich iu wil bescheiden hie,
in dem herbest nâhen.
der nebel was grôz, dâ von si wênic
    gesâhen.

338 Daz her von Hiunisch lande
leite durch die marc
der die strâze wol bekande,
Hildebrant der recke starc,
ûf velde und ûf stîgen.
dâ hin gegen Raben begunde daz
    her sîgen.

339 Dô daz her von Berne
wol raste lanc gereit,
nû sult ir hœren gerne,
wie mir daz buoch hât geseit.
owê, der jâmer twanc sêre
dâ ze Bern die jungen künege hêre.

340 Bî handen sich dô viengen
der reinen Helchen kint.
mit Diether si giengen,
(alsô sagte man mir sint)
dâ si ir meister vunden.
si bâten Elsânen bî den stunden.

341 Si knieten vûr in nidere
und bâten in zehant.
daz kom in ze schaden sidere,
daz ist mir wærlîch wol bekant.
si kusten in an die hende.
owê, dô nâhent leider in der ende.

342 'Elsân, meister herre'
sprach Orte der degen,

·wir manen dich vil verre.
wir sin hie in dinen phlegen:
nû gunne uns ze rîten
vûr die stat, wir kumen in kurzen
    zîten.

343 Wir wolden schouwen gerne
ditze bou sô hêrlîch,
die stat hie ze Berne.
und lœge diu in Hiunisch rîch,
wes bedörft wir danne mêre?
sin hete min vater Etzel immer êre.'

344 Mit triuwen sprach dô Elsân
'vil liebe herren min,
die bete sult ir slehtes lân,
wande des mac niht gesin.
min êre stêt ze phande
dem unverzagtem künec von Rœ-
    misch lande.

345 Ir sult hie inne bîten.
ich getar iuch ninder lân,
ich lâze iuch ninder rîten.
daz sult ir âne zorn lân.
wær iht daz iu leide geschæhe,
den tôt ich gerner an mir selben
    sæhe.'

346 'Jâ well wir ninder verre
rîten' sprâchen diu kint.
'Elsân, lieber herre,
wir sin niht sô gar blint.
wir behüeten uns in der mâze,
daz uns niht gewirret ûf der strâze.'

347 'Nû überhebt mich maneger
    swære'
sprach her Elsân.

337, 3 Da R   5 in den h. A   6 nebel der w. R   338, 1 Hunischen A
4 Hilprant R   starche A (: 2 marche)   339, 5 j. der zwang A   340, 1 h. sie
sich v. A   6 Elsan A   341, 2 manten A   5 im R   6 in leid' R, leider fehlt A
das e. A   343, 2 sô fehlt A   3 hiesse B. A   5 waz b. RA   344, 3 schlecht A
4 wan R, wann A   des W, das R   sein A   6 chvnige R, kunige A
345, 1 hynne A   2 getar W, tar R   4 ir herren on A   ir niht vur zorn han R
5 laiden A   6 lieber A   selben W, selbe R   346, 4 gar fehlt A   gar erblint R
6 enwirt A

'jâ vürhte ich den Bernære,
gegen dem ich mich vertriuwet hân.
ez möht mich lîhte geriuwen,
und wær doch immer kranc an mi-
          nen triuwen.'
  348 'Swaz dû unbillîche
nû begêst dar an,
gegen *dem* herren Dietriche
ich daz wol versüenen kan.
ez kumet dir niht ze swære.
wer wænstû, der ez sage dem Ber-
          nære?'
  349 'Lâz uns al balde riten'
sprach her Diether.
'wir weln mit niemen striten,
wir vüern deheiner slahte wer.
wir kumen her wider schiere,
daz geloube mir' sprach der degen
          ziere.
  350 Dô sprach der starke Elsân
'nû sit der bete gewert.
hinder iu wil ich niht bestân:
sit ir ze riten gerne gert,
sô mac ich daz niht lâzen,
ich wil mit iu riten ûf die strâzen.'
  351 Vrô wurden sicherlîche
diu kint wol getân.
die jungen künege rîche
die gâhten vrœlichen dan,
dâ si diu marc vunden.
si sâzen ûf diu ors bi den stunden.
  352 Die hôhen künege wandels vri
die gâhten ûz der stat.
si kômen leider alle dri
ûf ein unrehtez phat.
dem begundens nâch riten.
si truoc diu selbe strâze bi den ziten

  353 In selben ze leide
ze Rabene ûf den sant
über die breiten heide,
als mir daz mære ist bekant,
(vervluochet si diu reise!
an in geschach vil jæmerlîchiu vreise)
  354 Ê daz sich her Elsân
berihte ûz der stat.
nû wil ich iuch wizzen lân,
wie man mir gesaget hât.
owé, dô gâhte er nâch den kinden.
er kunde si umb die stat ninder
          vinden.
  355 Dô sluoc er sich ze herzen.
grôz was sin ungemach.
dô tobte er von dem smerzen,
dâ er der kinde niene sach.
owé, dô mêrte sich sin swære,
vor leide weinte dô der degen mære:
  356 Wan im sô vil ze leide
bi sinem leben *nie* geschach.
ûf der breiten heide
er diu kint ninder sach.
owé, dô muoste er stille halden:
'nû muoz ich mit jâmer immer al-
          den.
  357 War sol ich nû kêren,
ich armer Elsân?
der mich daz kunde lêren!'
vil lûte ruofen er began.
im was leit âne mâze,
im antwurt leider niemen ûf der
          strâze.
  358 Vür wâr ir daz geloubet,
daz ich iu sagen wil:
vreuden wart er beroubet,
sines leides wart sô vil.

347, 3 Ich fürchte den *A*   348, 2 nu *fehlt A*   6 mainstu *A*   wær wænestv *R*
349, 1 Lat *R*   als *A*   350, 4 geren *A*   5 gelassen *A*   351. 5 marche *R*
6 orsse *R*, ross *A*   353, 1 selbe *A*   5 owe v. *A*   354, 1 her *fehlt A*
355, 6 der helt m. *R*   356, 1 nie sô   2 bey seinen tagen *A*   357, 1 Wahin *A*
3 des *A*   4 vil *fehlt A*   5 laid im hertzen one m. *A*

owé, dò reit er allez umbe.
er wânde er vund die jungen künege
    tumbe.

359 In herzen und in gebele
lac sin ungemach.
vor dem starken nebele
er der kinde niene sach.
owé, si riten im ûz den ougen.
do begunde er suochen diu kint alsô
    tougen.

360 Er trahte in dem muote
alsam ein trûric man.
vil ofte sprach der guote
'owé, waz hàn ich getân!
nû muoz ich immermére
hinvür leben mit grózem herzen sére.'

361 Er trahte in sinem muote
'ich weiz wol daz diu kint
in selben niht ze guote
nàch dem her gestrichen sint.
owé, nù werdent si versêret.
si sint wan zuo dem here hin ge-
    kéret.'

362 Dò gurte er sinem Blanken
baldeclichen baz.
mit manigem gedanken
ûf daz kastelàn er saz.
owé, im was von herzen leide,
dò reit er nâch den kinden ûf die
    heide.

363 Nù hœret vremdiu mære,
diu tuon ich iu kunt;
und merket sunderbære,
waz ich iu sage an dirre stunt
von den jungen künegen richen.
die bràht niht guotes leider sicher-
    lichen

364 Ûf eine unrehte stràze
dà hin vür Raben nider.
diu truoc si in der mâze
dà in geschach vil leide sider.
owé, dà nàmen si den ende
von des ungetriuwen Witegen hende.

365 Welt ir hœren nù den strit,
den wil ich iu sagen.
nu vernemet rehte an dirre zit
von grózem weinen unde clagen.
si kômen sicherliche
in ein tal, die jungen künege riche.

366 Si heten allen den tac
dem here gestrichen nâch.
vür wâr ich iu daz sagen mac,
in was unmæzlichen gâch,
owé, jà meine ich, zuo dem leide,
dà si erslagen wurden ûf der heide.

367 Die edelen künege hére
muosten ir riten làn.
si heten gestrichen sére.
do begunde ouch vaste sigen an
diu naht in ze leide.
si beliben alle dri ûf der heide

368 Unz an den andern morgen
daz ez begunde tagen.
mit vil grózen sorgen
sprach Diether, als ich iu wil sagen,
'nù ràtet, liebe herren'
sprach Diether, 'ich vürhte grózen
    werren,

369 Daz unser meister Elsàn
uns vil gesuochet hât.
wir haben sére missetàn,
wir sin ze verre von der stat.'
'daz ist niht ein michel wunder'
alsò sprach her Orte besunder.

358, 6 maynet *A*   359, 1 Im *A*
daht *R*   6 nun zu *A*   362, 1 seinen blancken *A*   4 er auf d. c. s. *A*   6 Awe
da rit *A*   363, 4 stunt *W*, *fehlt R*   364, 3 Die *R*, Da tr. *A*   4 in ze laid g. s.
A   5 das e. *A*   6 Weytegen *A usw.*   365, 1 nu hóren *A*   4 grossen *A*
367, 6 drie *R*   368, 6 werra *W*, wera *R*

360, 6 grossen *A*   361, 1 trahte *W*

370 Diether der künic hêre
hete sorgen vil.
er sprach 'mich wundert sêre,
daz der nebel sich niht üf lâzen wil.
daz beswæret mich entriuwen.
jâ vûrhte ich, uns muoz diu vart
       geriuwen.'
   371 Si gurten dô ir marken
mit williger hant.
die jungen künege starke
die kêrten dâ mit über lant
gegen dem mere nidere.
dâ vant man si erslagen leider sidere.
   372 Wol ze vruoimbizzit
dô kômen si geriten
üf eine schœne beide wît.
nû vernemt mit guoten siten,
da erbeiztens üf der beide,
her Diether und vroun Helchen sûne
       beide.
   373 Si trahten vil besunder
'jâ herre, wâ muge wir sîn?'
'des hât mich michel wunder'
sprach Diether 'üf die triuwe mîn.
wir sîn missekêret,
uns hât diu wisheit unrehte gelêret.'
   374 Hie mit disen sachen
begunde ez werden lieht,
sich begunde der nebel üf machen.
des hân ich missaget nieht,
vil heiter schein diu sunne.
nû vreu ich mich' sprach Scharphe
       'dirre wunne.'
   375 'Wâffen, heiliger Crist'
sprach Orte zehant,

'wie rehte schœne hie ist
ditze hêrliche lant!
owê, vogt von Berne,
ir muget wol hie wonen immer
       gerne.'
   376 In den selben zîten,
als man mir sagte sint,
dô sâben dort her riten
den starken Witegen diu kint.
owê, er was in komen ze nâhen!
diu kint sprâchen wider einander dôs
       in sâhen
   377 'Jâ herre got der guote,
wer mac jener recke sîn,
der mit sô vrevelem muote
dort haldet? trûtgeselle mîn,
daz soltû uns bescheiden,
weder ist er ein Cristen oder ein
       heiden?
   378 Er haldet sô vrechliche,
er mac wol ein recke sîn.
er ist hôhes muotes rîche,
wæne ich üf die triuwe mîn.
welle wir zuo im riten?
er gebâret rehte sam er welle striten.
   379 Er haldet under schilde
mit manlicher wer.'
do erblihte ouch in der milde,
owê, der junge Diether.
do begunde er siuften tougen,
im wurden sêre trüebe sîniu ougen.
   380 Ein leit im in daz herze
rehte von grunde schôz.
do gedâhte er an den smerzen
und an die untriuwe grôz,

   370, 2 ze vil R   4 daz sich d. n. niht R A   5 beswæret W, swæret R   6 ich
vnnder unns die A   371, 1 da R   marche R   372, 4 gûtem A   6 fraw A
373, 2 wir nu s. A   374, 6 sarphe A   375, 4 herlich R   6 hie wol ymmer wu-
nen A   376 Ueberschrift in R auest wie Helche sune und Dieth' mit Witegen st'ten
do er sy sluoch   2 seit A   4 Weitdegen A   6 si   ersahen R   377, 3 freyem A
    5 des s. A   378, 1 frecheclich A   379, 5 Do begunde seuften t. W, Der be-
gvnde ersiuften R   380, 2 auf v. gr. A

die er an im hete begangen.
sin lip wart mit leide bevangen.
   381 Vroun Helchen süne beide
sâhen an Diethern wol,
daz im was vil leide.
ir ougen wurden *von weinen* vol.
owé, si vrâgten in der mære,
waz im só snelle dâ geschehen wære.
   382 'Mir mac wol wesen leide'
sprach *Diether* der lobesan.
'der dort baldet ûf der heide,
der hât mir leide getân.
owé, sold ich mich an im rechen,
daz tæte ich gerne: waz mac ich
                  mèr sprechen?'
   383 'Nù vrâge ich dich vil verre'
sprach Orte der degen,
'Diether, lieber herre,
wer ist der recke vil bewegen?
wil dù uns in nennen,
er komt só hin niht, wir suln in an
                  rennen.'
   384 Mit manegen herzenleiden
sprach Diether zehant
ze sinen herren beiden
'er ist Witege genant.
hey*d*, sold er von miner hende
iezuo hie kiesen den ende!'
   385 'Nù si wir junge recken'
sprach Scharphe zehant.
'wir sulen an den kecken
und houwen sines schiltes rant.
wir müezen mit im striten,
und getar er unser ûf der heide er-
                  biten.'

   386 Her Witege der rief sère,
dó er diu kint ersach,
der edele recke hère
vil unvorhtlichen sprach
'nù sagt mir, recken mære,
sit ir gesinde von dem Bernære?'
   387 'Des werdet ir wol inne'
sprach Diether zehant.
'owé, war tât ir iuwer sinne,
dó ir verkouftet unser lant?
daz arnet ir vil sère,
ir müezt noch drumbe geben lip und
                  ére.
   388 Weizgot, her Witege,
ir kumet só hin niht.
ir müezet hiute gelten
die ungetriuwen geschiht.
jâ büezet ir die schande,
ir lât uns iuwer houbet zeinem
                  phande.'
   389 'Ir redet kintliche'
sprach Witege al zehant.
'waz bestèt iuch Rœmisch riche?
varet wider in Hiunisch lant!
und strâfet mich niht sère,
od ir *beschouwet* Hiunisch lant nim-
                  mermère.'
   390 'Owé, zage ungetriuwer,
wie tarstù só offenbâr
gestrâfen künege *só* tiuwer!
daz muostù arnen vür wâr.'
mit kintheit si dó sâzen
ûf diu ors, der zageheit si vergâzen.
   391 Eine strâzes nider ruhten
über ein tiefez tal,

380, 6 seit leib mit jammer ward bev. *A*   381, 4 w e i n e n s   6 dâ *fehlt A*
382, 6 mere *A*   384, 1 manigen *W*, manigem *R*   6 das e. *A*   385, 2 Sarphe
A   4 seinen schilde r. *A*   6 hayden peyten *A*   386, 1 Herre *A*   ruoffet *A*
2 sach *A*   4 unforchteklichen *A*   387, 1 ynnen *A*   3 wo tet *A*   4 verchovfet
RA   6 dar umb *A*   388, 2 also *A*   3 gelten *W*, enkelten *R*   389, 1 Ir sprechet k. *A*   5 mich mich nicht *A*   6 oder *A*   390, 1 zager *A*   2 getarst du *A*
offenwar *A*   3 so reiche künige *A*   6 ross *A usw.*   391, 1 rugkten *A*

diu scharphen swert si zuhten.
owé, dó nàhent in ir val!
gegen Witegen si dó randen,
si vuorten bariu swert an ir handen.
392 Die hôhen künege riche,
als ich vernomen hàn,
die riten sicherliche
driu úz erweltiu kastelàn.
owé, si wàren grimmes muotes,
si bewàgen sich des libes und des
.guotes.
393 Als Witege der starke
diu kint her riten sach,
dó gurte er sínem marke:
vil baldeclichen daz geschach.
owé, der recke vil vermezzen
der kom mit zorne úf sín ors gesezzen.
394 Er dàhte in sínem sinne
'da ist et niht anders an.
é daz ich iu entrinne,
ez muoz mir an daz leben gàn.'
- owé, dó nam er Schemmingen [gen.
ze beiden sporn, dó liez er dar clin-
395 Gelich einem degene
bungieren dó began
Scharphe der bewegene
reit den starken Witegen an.
owé, mit grimmigem muote
zuhte daz swert der junge degen
guote.
396 Er lie dar nàher clingen
mit ellenthafter hant.
dó heten si gedingen,
als mir daz buoch ist bekant.

owé, si wàren küene beide:
des gelac ir einer tôt úf der heide.
397 Witege der hére
rante Scharphen an
mit einem scharphen gére.
er traf, als ich vernomen hàn,
owé, den jungen künic richen
úf sine brust, daz wizzet sicherlichen.
398 Er traf den künic hére
tiefe in den lip,
daz dar nàch immer mére
zen Hiunen beweinte manic wip.
owé der jæmerlichen stunde!
er kom von danne nimmermér gesunde.
399 Idoch swie kint wære
Scharphe der junge degen,
jà saget uns daz mære,
er werte sich mit starken slegen.
doch muoste er leider sterben,
von dem starken Witegen gar verderben.
400 Scharphe der junge herre
vrumte manegen slac
úz sínem herzen verre.
ahí, waz er manheit phlac!
er vaht mit heldes muote.
owé, daz kom im leider niht ze guote.
401 Nú seit uns daz mære,
wie wol her Scharphe streit.
swie starc her Witege wære
und swaz man wunders von im seit,
doch sluoc im zwô wunden
vroun Helchen sun, her Scharphe bi
den stunden.

391, 3 zugkten *A*   4 n. mir wol *A*   6 plosse schw. *A*   in ir *W*, mit *R*
392, 6 des *vor* guotes *W*, *fehlt R*   393, 3 seinen *A*   6 kom do vf s. o. sa gesezzen
R (*ohne* sa *W*)   auf das ross *A*   394, 2 et *fehlt A*   anders niht *R*   4 mir vmb
das *A*   5 scheminingen *A*   6 die l. *A*   395, 2 puniern *A*   da *R*   5 grymmiger *A*
    6 ruckte *A*   397, 1 herre *A*   2 Scharffen *A*   3 e. starchen g. *R*   398, 2 so
l. *A*   4 ze den *A*   6 dan *R*   399, 1 kindtlicher w. *A*   6 gar *fehlt A*   v*t*wen *R*
401, 4 und *fehlt*, wie vil man *A*   6 her *fehlt A*

402 Dirre gróze smerze
der tet Witegen wé
und lac im in dem herzen.
nû sult ir vernemen mé.
mit grimme er Mimmingen *zuhte*,
an den jungen Scharphen er dô rubte.

403 Mit einem slage sô herte
traf er dô daz kint.
manlîch er sich werte,
alsô sagte man mir sint.
leider des enphie er herzensére,
er kom hin zen Hiunen nimmer
                    mére.

404 Daz ich iu nû bescheide,
daz ist diu wârheit.
gelîche si trâfen beide,
Witege und Scharphe, als man seit.
owé, der künec von Iliunisch rîche
der lac dâ tôt, daz wizzet sicherlîche.

405 Ich stén der mære unlougen,
swer mich der vrâgen wil:
zwischen sînen ougen
dâ stach er im des tôdes zil.
durch hirne und durch zende
sluoc er daz kint mit manlîcher
                    hende.

406 Ê daz der künic rîche
kom tôt ûf daz lant,
daz wizzet sicherlîche,
daz swert mit ellenthafter hant
het er geriden vaste:
er sluoc *Witegen* ûf den helm daz
              viuwer dar ûz glaste,

407 Daz die herten spangen
brâsten sunder wanc.

er moht sîn niht erlangen,
sîniu maht diu was ze kranc.
iedoch schóz Witege der starke
mit dem slage nider von dem marke.

408 Ahî, nû sult ir mezzen
und rehte daz verstân
und ouch des niht vergezzen,
wær Scharphe gewahsen zeinem man,
ez müesten elliu rîche
im gedient hân vil gewalticlîche.

409 Dô starp von Witegen hande
der junge künic rîch.
tôt zuo dem lande
schóz Scharphe nider sicherlîch.
owé, dô sâhen in vil leide,
ich meine dise edele künege beide.

410 Mit grimmigem muote
rante her Orte dar.
daz kom im niht ze guote
leider sît, daz ist wâr.
heid, dô saz ûf Schemmingen
her Witege mit manlîchen sinnen.

411 Dô hete er bar in der hant
Mimmingen daz edel swert.
her Orte ûf Witegen kom gerant.
dâ wart strîtes gegert.
ahî, wie sich beide werten!
mit grimme sì ûf die helme berten,

412 Daz daz wilde viuwer
ûz den swerten spranc.
Orten vil tiuwer
sînes bruoder ende twanc.
owé, er hiete in gerne gerochen,
dar an hân ich niht unrehte gespro-
                    chen.

402, 1 Disen grozen smerzen *R*, grosser schmertzen *A*   5 myningen *A*   er
zuhte   403, 2 dô *fehlt A*   3 mannlichen *A*   4 mir swint *A*   6 ze den *A*
404, 5 von *W*, ovz *R*   405, 1 on laugen *A*   5 hiern *A*   6 kinde *A*   406, 2 lannde
A   4 hannde *A*   5 erriden *R*   6 ovfn helm daz daz v. *R*   407, 4 Awe sein *A*
6 Mit *W*, von *R*   408, 4 zenē *R*   409, 4 schoss er sicherlich *A*   5 da *R*
im *A*   410, 5 spranch vf *R*   6 manl. dingen *A*   411, 2 in mimigen *A*
3 chom ouf W. *R*   4 begert *A*   5 wie sich *W*, wie si sich *RA*   412, 3 tewre *A*

413 Der künec ûz Hiunisch riche
ûf Witegen vaste wac
harte manliche
manegen bitterlichen slac.
owé, jâ riuwent si mich leider,
ir harnasch was niwan sumerclei-
德
    der.
414 Orte der mære
habte Witegen vaste an,
er sluoc im slege swære.
der sweiz *Witegen* durch die brünne
    ran.
owé, vil dicke weint der guote
sinen bruoder Scharphen mit trûri-
    gem muote.
415 Als der helt Witege sach,
daz er niht moht komen dan,
mit grimmegem muote er dô sprach
als ein unverzagter man
'owé, künec von Hiunisch riche,
ir habt getân hiute vil kintliche.
416 Nu gedenkt in iuwerm
sprach der küene man,   [muote'
'edel künic guote,
ich hân iu leides vil getân.
noch volget miner lêre:
vart iuwer strâze, dran geschiht iu
    êre.
417 Ich slahe iuch vil ungerne,
daz sult ir vür wâr hân.
ich vürhte den vogt von Berne,
dem ir ze helfe sit verlân.
heid, und hæt ir guote sinne,
so entwichet ir mir kurzlich von
    hinne.'

418 'Wærlich, mordære,
ez muoz din tôt nû sin.
du erarnest sunderbære   ~
den vil lieben bruoder min,
der hie tôt lit ûf der heide.
daz kumt dir noch biute ze leide.'
419 'Neinâ, künic riche,
nû lâz dinen zorn,
und gedenke sicherliche,
ez ist ein schedel baz verkorn
dann ob sin wirt ie mére.
belibestû gesunt, deist dinem vater
    ein *michel* ére.'
420 'Bœswiht aller tugende,
zwiu wænstû, daz ich si?
der mir in miner jugende
immer solde wonen bi,
dâ hâstû mich von gescheiden.
mir muoz min leben immer mére
    leiden.'
421 Daz swert ze beiden handen
nemen er began.
zesamne si geranden.
zwei ûz erweltiu kastelân
mit nide si dô twungen.   [gen.
si sluogen ûf die helme dazs erclun-
422 Mit zorne si sich wanden,
michel was ir nit.
diu swert an ir handen
diu wâren scharph an der zit,
owé, si sniten gar ze sére.
daz überwant ouch Orte nimmer-
    mére.
423 Si triben *an* einander umbe
ein harte lange stunt.

413, 1 k. von H. *A*   3 manlichen *R*   6 nun *A*, wan *R*   414, 2 hûb *A*   4 prewne *A* im?   415, 2 Daz er *W*, da er *R*   von dana *A*   3 grimmigem *W*, g'mmem *R*, grymmigen *A*   416, 4 laid getan *A*   6 daran *RA*   417, 1 slach *RA*   4 lan *A*   6 entweichet *A* kurtzlichen *A* hynnen *A*   418, 2 nû *fehlt A*   3 arnest *A*   419, 1 Nayn *A*   3 Nu g. *R*   5 ie *fehlt A*   6 daz ist *RA*   421, 5 da *R* rungen *A*   6 helm *A* klungen *A*   422, 2 gros w. *A*   3 in Ira *A*   423, 2 vast l. stunde *A*

Orte der tumbe
machte Witegen drier wunden wunt.
owé, daz half in lützel leider!
Etzel muost sich ânen ir beider.

424 Mit grimme si dô rungen
ein harte lange zît.
diu swert in ir handen clungen,
si vâhten einen herten strît.
ditz ist ein wârez mære:
geloubet mir, swie küen her Witege
wære,

425 Er kom in michel sorge
von dem jungen degen.
er hete sin allez borge
und schônte sin mit den slegen:
des het er vil nâch sêre
enkolten von dem jungen künege
hêre.

426 'Noch moht irz allez lâzen'
sprach Witege zehant.
'ez kumet iu niht ze mâzen,
wirt iu min grôzer zorn bekant,
sô slahe ich iuch entriuwen.
so ez danne geschiht, waz hilfet
mich min riuwen?'

427 'Ich sol dich bringen inne,
wes ich willen gên dir hân.
dû kumest sô niht hinne,
dû vil ungetriuwer man.
dû giltest mir ûf der heide
minen bruoder, an dem ich mir sihe
vil leide.'

428 Underdiu was ûf daz marc
komen Diether.
dar treip der edele vürste starc
mit vil manlicher wer.
do bestuonden si in beide
die jungen künege, Witegen ûf der
heide.

429 Si vrumten herteclîche
manegen starken slac
ûf Witegen sicherlîche.
si striten allen einen tac
unz gegen dem âbunde.   [sunde.
daz kom ir einem leider ze unge-

430 An disem mære ich vinde,
vil herte was ir strît.
si sluogen slege swinde,
si heten ûf einander nît
in herzen und in muote.
daz kom in leider sît niht ze guote.

431 Si habten in an vil sêre
mit slegen âne zal.
die jungen künege hêre
die triben Witegen ûf dem wal
hin und her vast umbe.
owé, si wârn ze strîte gar ze tumbe.

432 Vor unde hinden
liefen si in an.
im wart von slegen swinden
zewâre nie sô wê getân
sam von den jungen herren.
daz kom in leider sît ze grôzem
werren.

433 Si habten in an sô vaste
mit slegen ûf dem plân.
daz viuwer rehte erglaste
ûz ir helmen, daz ez bran.
owé, die recken ûz erkorne [zorne.
die bestuont alrêst her Witege mit

423, 4 wundte *A*   5 waz half In das laider *A*   6 a. siner sune b. *R*   424, 1 dô
fehlt A   2 ein *fehlt A*   426, 1 Noch *W*, Doch *R*   a. wol l. *R*   6 so iz g. w. h.
m. danne m. r. *R*   427, 1 inne *W*, innen *R*   2 willens *A*   3 von hinnen *R*
428, 1 In der *R*, Underdem *A*   3 der vil e. *R*   5 da *R*   429, 4 allen *W*, alle *R*
a. den t. *A*   5 biz *R*   abende *A*   430, 5 im h. u. im m. *A*   431, 6 streiten *A*
432, 4 zewâre *fehlt R*   6 in *W*, im *R*   grossen gewerren *A*   433, 1 im an
also v. *A*   2 auf den plan *W*, ovf dem wal *R*   3 glaste *A*   4 Irn helm *A*

434 Daz swert ze beiden handen
nam der küene man.
zesamne si dó randen,
als ich vür wár vernomen hàn,
mit grimmigem muote,
Witege der starke und die helde
   guote.
 435 Owé der leiden mære,
diu zwischen in geschach!
dar umbe ist mir vil swære.
Witegen wart von grimme gàch.
owé, des muoste enkelten sère
von Hiunisch lant der junge künic
   hére.
 436 Mit dem guoten swerte,
daz Witege dó truoc,
Orten er dó gerte.
krefticlíche er dar sluoc,
mit manlícher hende
sluoc er den künic nider unz ûf die
   zende,
 437 Durch daz hirne nidere
und durch den drüzzel dan.
daz beweinte tiure sidere
manic Etzelen man.
owé, ze lebene er niemer phlac:
er sluoc in durch daz houbet daz
   er tót gelac.
 438 Von Hiunisch lant der herre
von dem orse schóz
ûf daz lant vil verre.
daz was ein unbilde gróz:
ahí, alsó töuwunde   [stunde.
spranc ûf daz kint bí der selben

 439 Witegen dem starken
sluoc ez einen slac,
daz er viel von dem marke
und dar nidere gelac.
owé, dó was ouch ez ergangen,
den jungen künic hete der tót gevangen.
 440 Dó starp von Witegen bende
der künec von Hiunischlant.
er nam dó den ende
unde starp ouch al zehant.
owé, do gelâgen si ûf der heide,
nû sint si tót, vroun Helchen süne
   beide.
 441 Diethern von Rœmisch lande
wart von herzen leit.
er nam daz swert ze hande,
dar lief der degen unverzeit.
ûf Witegen er dó berte,
mit grimme sich her Witege dó werte.
 442 Si liezen in strít enblanden,
in was von herzen zorn.
diu swert in ir handen
den edelen recken ûz erkorn
begunden erclingen sére,
man mohte ez hœren *einer mîle lanc*
   od mére.
 443 Si vrumten gremlîche
ûf einander manegen slac,
dà von Diether der ríche
leider sît tót gelac.
si begunden zürnen beide,
si tráten ein langez phat ûf der
   heide.

434, 3 dó *fehlt A* geranten *A* 5 grymmigen *A* 6 und der güte *A*
435, 2 daz zwischen da geschach *R* 436, 1 guotem *R* 3 gerte *W*, gerten *R*
4 krefftiklichen *A* 437, 4 Ezel *R*, Etzels *A* 5 er da n. *A* 438, 3 untz auf *A*
5 a. da wunde *A*, a. sere wunde *R* 6 an der *A* selben *fehlt R* 439, 3 marchen *A* 4 da n. *RA* 6 gevangen *W*, bevägen *R* 440, 1 Da *R* bende *W*,
hande *R* 3 da *R* das ende *A* 4 ouch *fehlt A* 5 si *fehlt R* 441, 1 Diether
A land *A* 3 schw. in bede hant *A* 4 vnv'zet *R* 6 m. g. h. W. sich w. *A*
442, 5 klingen *A* 6 eine mîle 443, 1 grymmeklichen *A* 3 awe dauon *A*

444 Dietheren harte sére
siner herren tôt betwanc.
dem jungen recken hére
daz bluot ûz den ougen spranc.
owé, ja geschach im nie sô leide,
àn do er von Witegen selb starp ûf
          der heide.
445 Die slege von ir swerten
clungen vreislîch.
ze lebne si niht gerten.
Diether der künic rîch
der sluoc ûf Witegen sére.
dô wold er rechn die jungen künege
          hére.
446 Mit grimmigem muote
liefen si an einander an.
die edelen helde guote
wârn von den orsen gestân.
ir slege hullen vaste,
daz viuwer rehte von ir ougen glaste.
447 Nû hœret sunderbære,
wie uns daz buoch las.
mir kündet daz mære,
wà von Diether sô lange genas,
daz wil ich iu bescheiden.
làt ir iu daz mære niht leiden.
448 Von sô tumben jâren,
als wir hœren jehen,
alle die dô wâren,
die Diethern hêten gesehen,
die sagten von im mære,
daz sîn gelîch mit snelheit ninder
          wære.
449 Beidiu dar unde dan,
Diether vil dicke spranc.
Witegen wegen er began

manegen slac àn sinen danc.
owé, daz vrumt ab in vil seine,
er was im an den creften gar ze
          cleine.
450 Nû wil ich iu bescheiden
hie an dirre zît:
zwischen in beiden
werte lange der strît,
unz daz der tac wolde
scheiden hin, als er tuon solde.
451 Swie kint her Diether wære,
er tete doch Witegen wé.
mir seit vûr wâr daz mære,
(nû ruochet ir vernemen mé)
starker wunden viere
sluoc Witegen Diether der ziere.
452 Daz muote Witegen sére,
er warf den schilt ûf daz lant.
Witege der degen hére
nam daz swert in beide hant.
ze einander si dô ruhten,
diu scharphen swert si dô mit zorne
          zuhten.
453 Witege mit grimme
lief Diethern an.
owé, dô wac in ringe
Diether der vürste wolgetân.
verteilet sî dem swerte!
er traf in an der stat, dâ er sîn
          gerte.
454 Nû hœret ditze mære,
wie ich vernomen hân,
und ouch die swinden swære.
Witege der ungetriuwe man
sluoc vil creftieclîchen
ûf Diethern den jungen künic rîchen.

444, 2 not *R*   5 ia gesach er im *R*   6 on das er selb starb von W. *A*
445, 3 begerten *A*   6 kunigen *A*   446, 1 grimmigen *A*   4 den *W*, *fehlt R*
6 vor *A*   447, 4 da von *A*   448, 4 Dietherren *A* uö.   6 snellecheit *R*
449, 1 Baide *A*   2 vil *fehlt A* offte *A*   5 ab' *R* im *A* sûne *A*   6 gar *fehlt A*
   451, 1 kintlich *A*   2 der tet *A*   6 der Diether *A*   452, 3 Weyttegen *A*
6 mit zorn sy da z. *A*   453, 1 Witigen *RA* 2 l. her Diether *R*   4 Diether *fehlt A*

455 Daz swert durch daz absel-
            bein
und *durch* den lip nider wuot.
zwivel ist des dehein,
ez was unmâzen guot.
owé, daz was ein grôzer smerze:
er sluoc enzwei leber unde herze.

456 Owé der grôzen schande,
diu Witegen wart bekant!
der künec von Rœmisch lande
sprach ûz dem tôde sâ zehant
'owé, bruoder Dietriche,
ich gesihe dich nimmermére sicher-
            liche !'

457 Dem edeln künege werde
diu craft gar besleif.
nider zuo der erde
mit beiden handen er dô greif
und bôt si zuo dem munde
zuo unsers herren opher sâ ze
            stunde.

458 Mit andâht und mit riuwe
dâ sin ende was.
Diether der getriuwe
lie sich nider ûf daz gras,
ûf rahte er sine hende:
'ich bite dich, herre, durch *willen*
            diner urstende,

459 Daz dû dich ruochst erbarmen
über mine grôze nôt
und über mich vil armen
durch dinen heiligen tôt.
owé, nù mac et ich nimére.'
dâ mit starp der edele künic hére.

460 Disen grôzen smerzen
weinen dô began
mit allem sinem herzen
Witege der ungetriuwe man.
dô kuste er an den stunden
Diethern in alle sine wunden.

461 'Und solde ich dich noch
von aller diner nôt,   [heilen
got müeze mir verteilen,
dar umbe wolde ich ligen tôt.
owé, nù muoz ich sicherliche
alliu lant rûmen vor Dietriche.'

462 Im was von herzen leide
endelîch genuoc.
sine hende beide
er im selben in diu ougen sluoc.
'owé dirre leiden mære,   [nære.'
der nù gevreischet von mir der Ber-

463 Er gie ze Schemmingen
und wolde riten dan.
an allen sinen dingen
geswichen im diu craft began.
ahi, dô wart im érste leide,
er muost sich nider legen ûf die
            heide.

464 Nù ist endelîche
daz mære ze ende komen.
die jungen künege riche
die habent nù den tôt genomen.
owé, nù riuwent si mich sére:
nù überwindet ez vrou Helche nim-
            mermére.

465 Nù lâze wir daz mære
mit disen dingen stân.

455, 1 durchz a. *R*   1. 2. Durch d. s. u. d. d. l. das schwert n. *A*   3 kain *A*
4 daz auf dem gürtl wider stând *A*   456, 2 ware *A*   4 da z. *A*   6 dich lebentich n. *R*   457; 4 hennden *A*   6 o. an der st. *A*   459, 3 und *fehlt A*
5 m. doch Ich *A*   nymmermere *A*   460, 2 dô *fehlt A*   5 den selben st. *R*
6 Dietherren *A*   alle seine *W*, allen sinen *R*   461, 3 mâz *R*   462, 3 die seinen
h. *A*   4 selb *R*   im selber in *A*   6 v. dir *A*   463, 1 Scheminigñ *A*   2 von
dann *A*   4 beswoichen *A*   5 allererste *A*   465 *Ueberschrift in R* aueñt wir
diu her mit einander striten da

ir wizzet wol sunderbære,
wie ez umb die herren ist ergån:
welt ir nù erbîten,
só sage ich iu von stürmen und von
striten.

466 Nù wil ich sicherlîche
heben wider an
den strit von Ermriche,
als ich vür wår vernomen hån,
und ouch von dem von Berne.
disen strit den sult ir hœren gerne.

467 Als der herre Dietrich
mit dem here was komen
hin ze Raben vil gewalticlîch,
als ir wol habt vernomen,
ahî, im warten helde balde.
dó leiten si sich nider mit gewalde.

468 Welt ir nù hœren gerne,
diu hêrlîchen gezelt
diu hiez der von Berne
slahen nider ûf daz velt.
ahî, mit unverzagtem muote
rotierten sich die küenen helde
guote.

469 Sumelîche hât des wunder,
daz daz her só lange lac.
nù hœret vil besunder:
daz man dâ strites niht enphlac,
dâ was ein vride gebannen
beidenthalbe von ir bêder mannen.

470 Die wîl daz her mit vride lac
ûf der heide wît,
in der vrist dort geschach
von den kinden der strit.

owé, daz enweste niemen leider,
des muost sich Etzel ånen *siner*
süne beider.

471 Daz her mit grimmem zorne
gegen einander lac.
die recken ûz erkorne,
als ich iu wol gesagen mac,
die rieten zuo dem strite.
mit disem mære ich iu niht langer
bîte.

472 Nù wil ich niht vergezzen,
ob ir ez hœren welt,
den strit wil ich mezzen.
man sach manegen kürlîchen helt
zogen über gevilde.
man sach dâ vliegen vanen unde
schilde.

473 Der werde vogt von Berne
zuo den sinen sprach,
(daz sult ir hœren gerne)
dó er dort her zogen sach
Ermriches helfære.
der was só vil, als uns saget daz
mære,

474 Tal unde lîten
daz was allez vol.
nù hœrt an disen zîten,
waz ich iu mère sagen sol.
der künec von Rœmisch lande
sprach zuo dem alten Hildebrande

475 'Nù habe in dînem muote
durch die triuwe dîn,
edel recke guoto,
zele waz der vanen muge sîn.

465, 5 empeiten *A*   6 stvrm *R*   466, 4 vür war *fehlt A*   6 den *fehlt A*
467, 1 der Perner Diettrich *A*   3 hin gen R. *A*   4 lr selb h. *A*   6 nider *fehlt A*
469, 5 mit unverzagten *A*   6 die Edlen h. *A*   469, 1 Sumlich die bat w. *A*
4 m. nicht streites da phl. *A* enplach *R*   6 bedenthalben *A*   470, 2 hayden *A*
3 geschach dort *A*   6 annen *A*   ir *vergl.* 423, 6   471, 1 grymmigen *A*
4 ich euch nu w. sagen *A*   5 riten *R*   6 ich nu n. lenger *A*   472, 4 chvrleichen
W, chunen *R*   5 ziehen *A*   6 vad' *R*   473, 4 ziehen *A*   474, 4 mer was ich
euch s. *A*   mère *fehlt R*   6 Hilbrande *A*   475, 3 Edel *W*, Edeler *R*   4 zele *W*,
zelle *R*

vil gerne ich daz bekande.
ez ist al diu werlt in Rœmisch lande.'
476 'Dar umb sult ir niht sorgen'
sprach her Hildebrant,
'ich nenne iu unverborgen
die vanen alle hie zehant.
nû hœret an disen zíten,
ich sihe dort her ein breite rote rîten.
477 Dâ vor ein vane vliuget
unmæzlichen breit.
daz ouge mir niht liuget'
sprach Hildebrant der unverzeit.
'heid, jâ sint ez helde guote,
in scharphen strîten mit bewegem
muote.
478 Diu rote diu dort her sîget,
diu ist mir wol erkant.
der vane der dâ mit stîget,
den vûeret Fruot von Tenelant'.
daz wâffen wil ich nennen,
daz ir ez vûrbaz muget wol erkennen.
479 Daz was ein lewe von golde
rôt
in einem vanen wîz.
nû sult ir hœren grôze nôt.
dar an lac grôzer vlîz
mit alsô rîcher koste.
diu schar hielt vîntlîche gein der
tjoste.
480 Darndch wie vil der schare
wæren
mit dem vanen breit,
daz ist mir ein kundez mære.
man hât mir endelich geseit,

drizec tûsent helde ir wâren,
man sach si harte manlîch gebâren.
481 Nû vernemet mit guoten si-
grôzes wunders mêr.   [ten
ez kom ein schar dar nâch geriten,
daz wâren et ouch recken hêr,
die ich kan wol genennen,
die muost man in scharphen strîten
dicke erkennen.
482 Daz was von Normandie
der künic Herman
und sîner bruoder drîe,
als ich vür wâr vernomen hân.
ahi, daz wâren ouch die kecken,
die man dâ heizet ûz erwelte recken.
483 Einen vanen hêrlîch
den vuorte er an der hant.
der ûz erwelte künic rîch
der was in strîten wol erkant.
man widersaz in sêre.   [hêre.
des muoste enkelten manic recke
484 Rôt unde grüene
der vane was gestalt.
Herman der küene
hete recken dâ gewalt
zweinzec tûsent volleclîche.
dâ mit wolde er dienen Ermrîche.
485 Bî den selben zîten
dô kom geriten her,
die ouch wol torsten strîten;
wol drizic tûsent ode mêr.
heid, daz wâren recken mære,
die tâten schaden dem edelen Bernære.

475, 6 alle die welt im Römischen l. *A*   476, 2 sp. der H. *A*   6 rôt *R*, roden *A*
477, 1 Daruor *A*   3 die augen m. n. leügent *A*   4 sp. her H. *A*   5 ahey *A*
6 mit vil bewegem m. *W*, mit unbewegem *R*   478, 1 stiget *RA*   2 bekant *A*
3 siget *RA*   4 Frâte *R*, Fruet *A*   6 wol mugt *R*   479, 4 er was gebrûet
sonnder vleis *A*   6 veindtlichen gegen *A*   480, 1 der vanen w. *R*   wâre *A*
5 Helden w. *A*   481, 1 gûtem *A*   3 chomen sch. *R*   aber dar nach *A*   4 w.
doch auch *A*   5 nennen *A*   482, 1 Normandei *A*   3 drey *A*   6 h. die ausser-
welten *A*   483, 1 Ain f. herrlichen *A*   3 reichen *A*   484, 4 het da Recken *A*
485, 2 chomen *R*   3 getorsten *A*

486 Welt ir nû gerne vernemen,
sô tuon ich iu kunt.
iu sol ze hœren wol gezemen,
ich wil iu sagen an dirre stunt:
ez wâren helde starke,
geboren von Messie ûz der marke.

487 Walkêr was genennet
der helt vil hôchgemuot,
den man vil wol erkennet,
dâ man mit strite wunder tuot.
der wolde Ermrîche
helfen ûf den küenen Dietrîche.

488 Dar nâch zogte mit gewalde,
daz sage ich iu vûr wâr,
Gunther der vil balde
mit maneger hêrlîchen schar.
owê, der vuorte helde starke,
die tâten schaden ûf Rœmischer
marke.

489 Einen vanen grasgrüene
vuort her Gunther.
selbe was er küene,
er machte leider âne wer
vil manegen Etzeln recken.
grôzez mort tâten dâ die kecken.

490 Dar nâch in kurzen zîten
dô zogte ûz der stat,
die ouch wolden strîten,
als man mir gesaget hât,
zwelf tûsent wîgande.
die wâren komen von Westvâlen
lande.

491 Ir aller houptherre,
der zwelf tûsent man,
von dem huop sich dâ werre.
sînen namen ich iu wol nennen kan.
Erwîn was er genennet,
den man in scharphen strîten wol
erkennet.

492 Dô zogte ûf daz gevilde
der küene marcman.
vierzic tûsent schilde
die wârn im einen undertân.
ahî, die wâren von Westvâle.
die Hiunen widersâzn in vaste bi
dem mâle.

493 Wie sîn vane was gestalt,
daz wil ich iuch wizzen lân,
den dâ vuorte der helt balt.
der was hêrlîch getân.
ahî, daz was ein strûz wilde,
gar swarz in einem wîzen schilde.

494 Sturmgêr von Hessen
ouch mit schalle zuo reit
mit schœnen scharen sehsen.
daz wâren helde vil gemeit,
ahî, die getorsten wol gestrîten
mit den vinden swinde ze allen zîten.

495 Sivrit von Niderlant
der zogte dar nâch.
einen vanen rôt in der hant
man den vürsten vüeren sach.
sehs und zweinzic tûsent degene
die vuort von Niderlant Sivrit der
bewegene.

496 Môrunc von Engellande
der vuorte vierzec schar.
nieman in dâ bekande

486, 6 Messey *A*   487, 1 Walckner *A*   was er g. *R*   2 der fürste h. *A*
488, 1 zoge *A*   3 vil *fehlt A*   489, 2 den f. *A*   3 selbs *A*   5 Ezeles *R*
6 grosse *A*   490, 2 zoge *A*   6 Westen lande *A*   491, 3 von den *A*   4 genennen *RA*   5 Ellewin *R*, Ennewein *W*, Enenum *AP*   492, 1 zoch er vnnder Schilde *A*   2 der starche m. *A*   3 v. t. recken milte *A*   4 einen *fehlt A*   5 Ahey er was *A*   Westevale *R*   6 In harte vast *A*   493, 1 Die *R*   494, 1 Sturmbger *R*, Stringer *A*   495, 1 Seyfrid *A usw.*   Niderlaande *A*   2 zoge *A*   3 einen roten fanen *A*   hannde *A*   496, 1 Engelande *A*

wan Hildebrant, daz ist wâr.
einen vanen guote
den vuorte selbe der vürste hôchgemuote.
 497 Daz was ein pantel silberwîz,
als ich vernomen hân,
(dar an lac manic spæher vlîz)
daz velt swarz als ein ram.
owé, daz wâren helde stæte,
die rieten ûf den von Berne swinde
   ræte.
 498 Vünfzehn tûsent wîgande
die riten ouch dort her
mit dem von Grüenlande,.
der hiez der herzoge Strîtgér.
der daz nû hœren wolde,
sîn vane was gepruoft von liehtem
   golde.
 499 Wie solde ich iu genennen
die recken ûz erkant?
wand ich mac niht erkennen
daz drîzigst teil ir allersant.
ir sult ab wizzen sicherlîche,
dâ wâren vier und vümfzic vürsten
   rîche.
 500 Der schal wærlîche
was âne mâzen grôz.
daz velt sicherlîche
von des heres craft erdôz.
si herbergten vaste
von der stat wol anderthalbe raste.
 501 Man staht die vanen alle
nider ûf den plân.
mit einem starken schalle
lâgen Ermrîches man.

aht, nû sult ir hœren gerne,
dô aht sîn her der werde vogt von
   Berne.
 502 Mit unverzagtem muote
sprach her Dietrich
'ir edele helde guote,
swaz iuwer sî von Hiunisch rîch,
ir sult iuch dar nâch phlihten.
mich dunket daz sich die vinde rihten
 503 Sam si wellen strîten:
dem gebârent si gelich.
nû sul ouch wir niht bîten'
sprach der künec von Rœmisch rîch.
'nu bereitet iuch mit schalle.
ir sult gedenken hiute dar an alle,
 504 Daz uns niemen mac scheiden
ûf dirre heide wît,
die lieben zuo den leiden.
nu bedenket daz an dirre zît,
ir vriunde und ir geste.
wizzet daz uns verre sint die veste.
 505 Ir gürtet vlîzeclîche
diu guoten kastelân
und gebâret manlîche.
ez mac niemen understân,
ez gêt hiute an ein vehten.
bitet got, daz er uns helfe nâch dem
   rehten,
 506 Und uns hiute bedenke
durch sînen bittern tôt
und unser vinde bekrenke:
sô überwind wir unser nôt.
wie wol ich des gote getrouwe!
des wis ze dînem kinde bote, hime-
   lisch vrouwe!

496,4 nun *A* 497,4 ram *W*, ran *R* 5 awe daz w. *W*, o. si w. *R* 6 schwinder *A*
498, 6 gebrŵet von reichem solde *A* 499,1 Die *A* 3 bekennen *A* 4 drizgist *R*
allersant *P*, aller lant *RA* 5 aber *RA* 500,1 sch. unmêssiklich *A* 4 dos *A*
5 herwerten *R* 502, 3 edele *fehlt A* 6 v. her r. *R* 503, 3 sullen wir auch *A*
505, 1 williklich *A* 506, 2 süessen t. *A* 5 Vil w. *A* 6 des hin zu ewrem *A*
himelischin *R*, himelische *A*

507 Nû mane ich iuch noch mére'
sprach her Dietrich,
'ir edele recken hére,
ir sult gedenken sicherlich
und traht in iuwerm muote,
als ez uns allen kumen sule ze guote.

508 Ich sihe dort her stgen
die Ermriches man,
die vanen vaste stigen.
ez muoz et nû an ein striten gàn.
nû kum uns got ze helfe!
si zogent dort her mit einem grôzen
gelfe.'

509 'Des sol werden guot ràt'
sprach her Rüedegér.
'swie vil ab Ermrich recken hât
an disen strit brâht mit im her,
wir mugen é niht ersterben.
nû lâze uns got den sic an im erwerben

510 Durch siner marter ére!'
sprach der marcman.
'ir edelen recken hére,
nû gedenket dar an,
wir sin von einem lande.
gedenket dar an wie uns Etzel sande

511 Ze helfe dem von Berne
dà her in Rœmisch rich.
manlich unde gerne
helfet retten dem herren Dietrich
sin ére und sine marke.
des lônet iu mit guote der vil
starke.',

512 'Wir sin gemanet lîhte'
sprâchen Etzeln man.
'nû tuot iuwer bîhte,

ir edele recken lobesan,
gegen gote andæhtecliche.
daz ràte ich iu mit triuwen sicherliche.'

513 Mit gemeiner menige
vallen man began
nider an ir venige,
alle Dietriches man.
ein bischof was ir bîhtigære.
wider den beclagten si sich aller ir
swære.

514 Si wurden bîhtec âne wer,
als ich vernomen hân.
ez wâren under dem her
vierhundert cappelàn,
die hôrten ir bîhte schône.
got der vuogte in craft mit sinem
lône.

515 Dô die recken lobelîchen
ir bîhte heten getân,
die armen zuo den richen,
dar nâch ruofen man began
'nû gâhet, helde, balde!
ir heizt iu diu ors bringen mit gewalde!

516 Dort zogent her die vînde,
daz sehet ir alle wol.
wir sullen vehten hinte
daz daz gevilde werde vol
von manegem edelen tôten.
wir sulen ros und liute nider schrôten,

517 Helme unde schilde
und swaz wir kumen an.
wir tungen daz gevilde,
daz man enouwe sehe gàn

507, 3 edlen A   4 sich'liche R   6 sol A   509, 4 mûs doch nur A   6 zo-
hen da heer A   509, 3 wil aber A   511, 1 helffen A   6 vil fehlt A   512, 1 Mir
R   2 sp. alle E. A   3 Nun A   4 edlen A   5 g. vil a. R   513, 1 menge A
3 Veninge A   5 bischolf R   514, 4 chaplan R   515, 6 br. die ross A
516, 1 ziehen A   6 aider fehlt A   517, 4 man hinab s. A

den bach von dem bluote.
daz ist min wille' sprach Wolfhart
    der guote.

518 'Wir suln uns alsó rechen'
sprach der wüetende man,
'mit scharen durch si brechen,
daz man offen sehe stân
halsperg unde helme.
dâ wil ich vehten' sprach *Wolfhart*
    'sunder melme,

519 Daz von minen handen
muoz vliezen daz bluot.
ich sol minen anden
rechen' sprach der helt guot.
'ich gemache setel lære,
daz man dâ von muoz immer sagen
    mære.'

520 Nu vernemet sunderliche,
waz ich iu sagen wil.
die recken ellensriche
die heten hôher vreuden vil
gegen disem starken strite.
'ahî' sprach Wolfhart, 'wie ich
    hiute rîte!'

521 Diu ûz erwelten kastelân
diu wâren elliu komen,
diu man ze strite solde hân,
als ir ê wol habt vernomen.
ahî, dô garten sich mit schalle
zuo dem strit die küenen recken
    alle.

522 Verdecket wurden dô diu
    marc
in manegen herten stâl.

die ûz erwelten recken starc
die heten zageheit ninder mâl.
si wâren vesteclîche
ze scharen gewegen gegen Erm-
    riche.

523 Der zageheit si vergâzen,
daz sage ich iu vür wâr.
ûf diu ors si sâzen.
nû sult ir hœren sunderbâr
iteniuwiu mære.
mit zühten sprach dô der Bernære

524 'Ich wolde iu râten gerne,
ir helde lobelîch,
uns ist diu stat ze Berne
leider verre sicherlîch.
nû varen wislîche.
ez sint kündege liute bî dem künege
    Ermriche,

525 Die wol kunnen vâren
der liute ûf alle wegen.
si habent bî ir jâren
maneges strites gephlegen.
ahî, si lâzent sich niht schrecken.
jâ sint ez allez ûz erwelte recken.'

526 'Daz ist niht ein wunder'
sprach Wolfhart der helt.
'ir gelit dest mér under'
sprach der recke ûz erwelt.
'ich vürhte mir niht sére:
ist ir vil, wir slahen ir deste mére.

527 Raben unde gire
die wartent âne zal.
edel Dietleip von Stîre,
nû schouwe nider ûf daz wal:

518, 6 er   519, 3 Ich sol *W*, ich riche *R*   ich sol raumen an den recken *A*   4 rechen *W*, *fehlt RA*   5 mache *A*   520, 5 gegem d. starchem *R*   521, 2 diu *fehlt A*   3 zu dem *A*   4 wol *fehlt A*   5 wapnet sich *A*   6 in den str. *A*   522, 1 dô *fehlt A*   marche *A*   5 frechleiche *A*   6 gein *R*   523, 5 nitnewe *A*   524, 1 iu *fehlt A*   3 st. von B'ne *R*   5 varend vil vleisseklichen *A*   525, 5 sy l. sy n. *A*   526, 1 D. i. ein michel w. *A*   4 der auzerwelte helt *W*, od ir tût mir swaz ir welt *R*   6 so slahen wir Ir *A*   dest *R*   527, 1 Raben vnde gier *W*, Die raben und die gyer *R*, Saben und Seiger *A*   3 Styer *R*, Steyr *A*

si wartent vaste der tôten.
si enruochten wær wir alle nû ver-
          schrôten.
    528 Nû habet manlîch herze
und unverzagten muot.
ez ist ein cleiner smerze,
der schade den man uns hiute tuot.
ir neigt iuch under schilde,
ir tunget vast mit tôten daz gevilde.'
    529 Der künec von Rœmisch
          riche
unvorhteclîche sprach
'ir helde lobelîche,
nû riht iuch alle dar nâch.
ich sage iu daz in triuwen,   [wen,
wir sulen Ermrîche schaden brin-
    530 Daz er ez überwinde
hinevür nimmermê.
und schaffet daz man vinde,
ê daz der starke strît ergê,
solhe sinne in iuwerm muote,
daz Ermrîche nimmer kume ze
          guote.'
    531 'Nû volget mîner lêre'
sprach der milte marcman:
'dar an geschiht iu êre,
daz sult ir slehtes ûf mir hân.
nu gebiet in kurzen zîten:
bitet mâge und ouch die liute rîten.
    532 Daz râte ich endelîche'
sprach Rüedegêr der degen.
'ir sehet wol Ermrîche,
der hât die sînen alle gewegen.
nû tuot ir sam, vogt von Berne:
daz sehe wir sicherlîche alle gerne.'

    533 Dô sprach der herre Dietrîch
als ein getriuwer helt
'ir küene recken lobelîch,
nû schaffetz selbe swie ir welt.
des volge ich iu vil gerne
swenne ir welt' sprach der vogt von
          Berne.
    534 'Sô wil ich rotemeister we-
          sen'
sprach her Rüedegêr.
die besten hiez er ûz lesen,
gebiten wart dâ niht mêr.
nû zweient sich diu mære.
mit zühten sprach dô der Bernære
    535 'Sô ir nû ûz gezellet
mâge unde man,
sô schafft mich swar ir wellet:
daz wil ich âne zorn lân.
ez gêt nû an ein strîten.
mit swem ir welt, dâ heizet mich
          mit rîten.'
    536 'Sô wil ich râten gerne'
sprach der marcman,
'edel vogt von Berne,
drîzic tûsent sult ir hân
der edelen welrecken.
dir leistent getriuwen dienest die
          vil kecken.
    537 Swaz der von Stîrmarke
hie allezan sîn,
Dietleip, degen starke,
die sulen warten dem vanen dîn.
ich weste gern diu mære,
wie vil der dînen nôtgestalden
          wære.'

527, 6 enr. und w. *R*   nû *fehlt R*   528, 1 mannliche *A*   4 uns *W*, *fehlt R*
529, 2 vnforchtlichen *A*   5 entriuwen *R*, mit tr. *A*   530, 1 überwindet *A*
2 hinnefvr *R* nymmerner *A*   3 d. Ir vindet *A*   6 nymmermer *A*   531, 6 Nu
pittet magt *A*   ouch die *fehlt A*   ze r. *A*   532, 3 Erenreichen *A*   4 sein *A*
533, 3 küenen *A*   4 schaftes wie ir selbs *A*   534, 4 nimer *R*   535, 1 So *W*,
Do *R*   auz *W*, *fehlt R*   gezelt *R*   3 mich selbe *R*   welt *R*   536, 6 die l. *R*
537, 1 Styerm. *R*, Steirmarch *A*   2 allesam *A*, alzan *R*   4 dem *W*, den *R*   fane *A*

538 'Des bringe ich dich wol
inne,
milter marcman.
als ich mich versinne,
zweinzec tûsent recken ich hie hân.
ahi, daz sint allez recken,
die turren ez in strîte vol gestrecken.'
539 Von Kriechen her Dietrich
Rüedegêren ane sach.
einem degene vil gelich
mit unverzagtem muote er sprach
wider den vogt von Berne
'ich gevaht bî mînen zîten nie sô
gerne
540 In allen stürmen herten,
des sult ir iuch an mich lân.
ich und mîne geverten,
uns wartent ahzehn tûsent man.
mînen vanen wil selbe ich leiten:
wir suln uns in iuwerm dienste hiute
arbeiten.
541 Von Lunders her Helphrich
sprach als ein wîgant
'zwelf tûsent helde lobelîch
wartent hie mîner hant.
ahi, die slahent slege swinde,
si habent sich bewegen wîb unde
kinde.'
542 Hinvür trat her Îrinc
als ein helt guot.
'wir haben getrahtet unser dinc'
sprach der recke hôchgemuot.
'sehzehn tûsent vollecliche
die habe wir hie, künec von Rœmisch
rîche,

543 Ich und mîn bruoder Erewîn,
daz wizzet vür wâr.
habt daz ûf den triuwen mîn,
swar ich kêre mit der schar
(des sît ân alle swære)
die helfent iu mit triuwen, *unverzagter* Bernære'.
544 Gotel der marcman
sprach zem künec von Rœmisch lant
'sehs und zweinzec tûsent *recken*
ich hie hân,
des sult ir hân ûf mir phant.
die geturren wol gestriten.
mit dem vanen wil ich selbe rîten.'
545 Von Antîoch her Îmiân
sprach als ein helt guot
'under mînem vanen ich hie hân
vierzic tûsent recken hôchgemuot.
ahi, daz sint die dâ stritent!
Ermrîche si noch hiute ze leide rî-
tent.'
546 Dô sprach von Bruovinge
der starke Norpreht
'mich vreut ein guot gedinge,
wir vehten alle umb daz reht.
sehs und drizec tûsent helde guote
die wartent mir mit unverzagtem
muote.'
547 'Daz ist ein schar hêrlîch'
sprach her Rüedegêr.
'ob got wil, ez sol Ermrîch
gewinnen solich herzensêr,
daz er unz an sîn ende
dar umb muoz immer winden sîne
hende.'

539, 2 sprach der marchman *R*   5 allez *fehlt A*   6 sturm wol *R*   strecken *A*
539, 1 Chriechen h. Ditrich *R*   3 vil *fehlt A*   geleiche *A*   540, 3 Mir und
mînen gev. *R*   4 uns *fehlt R*   541, 1 Helfferick *A*   6 die h. *A*   habent *W*,
hant *R*   542, 1 Yrinch *R*, Eirinch *A*   3 geachtet *A*   5 t. rekchen v. *R*   willik-
leichen *A*   543, 1 Erwein *A*   4 wohin *A*   6 her?   544, 1 Gottel *A*   2 zu
dem künige *A*   chvnige *R*   545, 1 Anthyoch h. yman *A*   5 die die da *A*
546, 1 Pruveninge *A*   547, 6 immer *fehlt R*

548 Von grôzen Ungern Îsolt
sprechen dô began
'vogt von Berne, ich bin iu holt
und dar zuo alle die ich hân,
des bringe ich iuch wol inne.
ich hân *hie* vümfzec tûsent *man*,
        als ich mich versinne.'

549 Einen vanen breiten,
künic Dietrich,
den wil ich selbe leiten,
ûf den ungetriuwen Ermrich.
ahi, wir kumen im ze leide!
man siht noch hiut die tôten ûf der
        heide.'

550 Nuodunc unde Rücdegêr
die heten in ir phlegen
zweinzic tûsent recken hêr.
ahi, daz wâren allez degen
in stûrmen unde in striten!
si wurhten manegiu wunder bî ir
        ziten.

551 Hinevür trat mit gewalde
her Walther zehant.
der küene und der balde
sprach wider den künec von Rœmisch
        lant
'vil edeler Bernære,
dû solt ouch hœren miniu mære.

552 Vrou Helche diu milde
hât dir gesendet her
vümfzec tûsent schilde,
(ich wæn aber wol, ir si mêr)
und als manic ors verdecket.
Ermrich wirt mit riuwen erwecket.

553 Der houbetman sol ich sîn,
si wartent mîner hant.

Etzel der herre mîn
hât den vanen her gesant,
der ze Hiunisch lant gehœret.
die vinde werdent noch hiute ge-
        stœret

554 Mit jâmer und mit leide,
dazz muoter kint beweinen muoz.
noch hiute ûf dirre heide
mache wir lebens mit tôde buoz
und manegen satel lære.'
'daz vüege got!' sprach der Bernære.

555 Nû hân ich niht vergezzen
od ich habe iu genant,
alle die sint gemezzen,
die dem künec von Rœmisch lant
mit triuwen helfen wolden.
die heten sich gescharet als si solden.

556 Nû gêt ez an ein striten,
als mir gesaget ist.
si wâren an den ziten
mit vil *manlicher* vrist
ûf diu guoten ors gesezzen.
von stat zogte daz her vil vermezzen.

557 Nû sult ir hœren vür wâr,
wie man mir hât geseit.
in der vorderisten schar
der werde vogt von Berne reit.
ahi, der künec von Rœmisch lande
valte des tages *manegen* tôten zuo
        dem sande.

558 Selb er den vanen vuorte
vor der breiten schar.
ahi, wie er vuorte
in dem strîte! daz ist wâr.
diu her sîgen begunden   [den.
gegen einander kürlich bî den stun-

548, 1 Hungerne Eysolt *A*   549, 1 Eeinen *R*   3 selber *A*   550, 1 Nudungk *A*
    2 h. mir p. *A*   5 sturm *R*   552, 4 si *fehlt R*, sein *W*   553, 2 die w. *A*
4 hât *fehlt R*   daher sant *R*   554, 2 das es *A*, daz *R*   555 *Ueberschrift in R*
anent von dem grozen strite wie Ermrich sigles wart   2 oder *A*   4 chvaige *R*
6 Sy h. *A*   556, 4 kurzlicher?   6 zoge *A*   z. der helt vil *R*   557, 2 hat
seit *R*   6 die?

559 Beide berge unde tal
diezen began.
harte michel was der schal,
ob ir ez rehte welt verstån.
man hôrt dâ michel krachen,
dô sich diu her begunden ûf machen.

560 Welt ir nû hœren gerne,
wie mir ist geseit:
nâch dem vogt von Berne
Dietleip von Stîre reit
mit drîzectûsent recken.
ahî, die vuorten einen vanen kecken.

561 Nâch Dietleip dem Stîrære
zogt her Rüedegêr.
dem volgten sunderbære
zweinzictûsent recken hêr.
ir sult vür wâr gelouben,
si begunden Ermrichen sêre rouben.

562 Nâch Rüedegêr dem milden
zogt her Blœdelin
mit ahzehn tûsent schilden.
ahî, daz muosten ouch recken sîn!
si vuorten ein vanen schœnen.
dô wolte got Ermrichen hœnen.

563 Her Dietrich von Kriechen
het dâ manegen man.
des wart vil der siechen
mit starken wunden vreissan.
si worhten starkiu wunder.
des muoste Ermrich geligen under.

564 An êren und an guote
vil leide im geschach.
got liez in ûz der huot
sich üebete sîn ungemach,

untz ez gie an al sîn êre.
daz diente er wol: waz touc der
rede mêre?

565 Nû hete sich mit schalle
daz her gar bereit.
si wârn zen rossen alle.
als man mir vür wâr hât geseit,
die biderben und die starken
sâzen alle gewâpent ûf den marken.

566 Mit zühten sprach her Helphrîch
als ein wîs man
'edel künec von Rœmisch rîch,
woldet irz âne zorn lân,
einen rât riet ich iu gerne,
der iu ze vrumen hulfe, her von
Berne,

567 Und ouch der Ermriche
an alle sîn êre gât.'
si sprâchen alle gelîche
'daz wære uns ein vil guot rât.
nû rât an, helt mære,
dâ mit wir überwinden unser swære.'

568 'Des wil ich iu berihten'
sprach Helphrîch der degen.
'ir sult iuch dar nâch phlihten
und sendet balde after wegen
zweinzic tûsent recken.
jâ nenne ich iu die küenen und die
kecken.

569 Ez nâhent alzan zuo der naht'
sprach her Helphrîch.
'dar umb ich des listes hân gedâht,
daz sage ich iu, her Dietrich.

559, 2 dosen *A* 3 ward d. hal *A* 6 heer gegen einander beg. machen *A*
560, 4 Dietlaip *A usw.* 6 ein *H* 561, 1 Steire *A* 2 zuhe *A usw.* 562, 1 Rv-
degern *RA* 2 Plodelin *A* 5 einen *RA* 6 da *R* 564, 4 sich fugte *R*
5 untz *W*, biz *H* untz zergie all sein e. *A* 6 verdient *A* taugt *A* 565, 3 ze
r. *A* zen r. chomē a. *R* 4 als man mir v. w. hat g. *W*, als mir v. w. ist g. *R*
6 gewappen *H* 566, 1 Helpherick *A usf.* 2 weyser *A* 4 wolt ir es *A* 6 zu
statten kumbt herre *A* 567, 1 dem E. *A* 4 vil *fehlt A* güter *A* 5 sage h.
m. *A* 568, 6 die starken und *A* 569, 1 alsam *A*, alzant *R*

wir mugen Ermrichen
nimmer baz gewinnen, daz wizzt
     endelichen.
 570 Dâ müezt ir mich selb ane
daz ich wâr hân.   [manen,
wir haben Ermriches vanen'
sprach der unverzagte man.
'den vüere wir ze leide
Ermriche morgen ûf die grüenen
     heide.
 571 Alle die naht sul wir riten'
sprach her Helphrich
'und hie niht langer biten.
wir suln den künic Ermrich
von ern und von guote scheiden.
nû lâzet iu mînen rât niht leiden.
 572 Als ez morgen tagen welle,
(nu vernemt mit guoten siten)
sô sul wir Ermriches her
allez haben umberiten.
wir suln des niht erwinden,
Ermriches vanen sul wir dann ane
     binden.
 573 Und habt in iuwern sinnen,
waz ich gesprochen hân.
sô dan diu her beginnen
von stat zogen ûf den plân
und daz man welle striten,
sô sul wir hinden an die vinde riten.
 574 Sô wænet Ermriche,
wir gehœren in an.
den vanen hêrliche
widersitzet nieman.
ahî, wie wir si danne enphetten!
unser lant wir von Ermriche retten.

 575 Die mit dem vanen riten,
die sol man ûz wegen.
dâ mit sol man niht biten'
alsô sprach Helphrich der degen.
'ich weste ez harte gerne,
wer suln si sin?' sprach der vogt
     von Berne.
 576 'Welt ir, die wil ich nennen,
die iu dâ hin sint guot.
ir mugt si gerne erkennen.
ez sint recken hôchgemuot,
edel vogt von Rœmisch riche.
ich wil ir einer sin' sprach her Hel-
     phriche.
 577 'Sô si daz ander Ortwin,
der recke hôchgemuot,
und habet ûf den triuwen min,
er ist iu zuo der reise guot.
der dritte recke mære
daz si Dietleip der Stirære.
 578 Sô si daz vierde Sindolt
ein recke ûz erkorn.
wir geben Ermrich den solt
dâ von muoterkint wirt vlorn.
daz vümfte si der kecke
Îsolt, ein unverzagter recke.
 579 Daz sehste si her Sintram,
den lâze ich hie niht.
daz sibende si her Baltram.
und kumet uns der morgen lieht,
sô brüef wir herzen swære.
Ermrich e wir vil setel lære.
 580 D e si her Blœdelin,
ein recke ch.
daz niunde sol von Kriechen sin

569, 6 endechlichen *W*, sicherlichen *R* 570, 5 im ze l. *R* 6 die praiten hayden *A* 571, 1 dise *A* 6 lat *RA* 572, 2 gûtem *A* 3 E. gesellen *R* 4 alle *R*
 5 s. der raise n. *A* 573, 4 von stat *fehlt R* zu ziehen *A* 574, 2 und wir
horen *R* Im *A* 6 vor *A* 575, 4 so *R* 5 vast g. *A* 576, 1 Welt ir so w.
ich sy n. *A* 577, 2 ein Recke *A* 4 iu *fehlt A* 6 Steire *A* 578, 6 Eysolt *A*
 579, 2 niht sin *R* 4 m. schin *R* 5 wir lr h. *A* 6 vil *fehlt A* 580, 1 Plodelin *A* 3 der n. *A* Chrichen *R* sein *W*, *fehlt R*

der unverzagte Dietrich.
des *zehenden* mac ich niht vergezzen,
daz *si her* Nuodunc der vil vermezzen.

551 Mit uns sol ouch riten
Gotel der marcman.
der hilfet uns ze striten.
dannoch sul wir einen hân,
der uns die strâze leite.
daz si her Hildebrant der unverzeite.'

552 Nû hân ich iu geahtet
mit ûz genomen phlegen
und ebene getrahtet
die vil unverzagten degen,
die küenen und die rezen. [siezen.
von danne huoben sich die wider-

553 Sehs und zweinzic tûsent
    kastelân
die vuortens mit in dar,
diu besten diu si mohten hân.
disiu mære diu sint wâr.
Hildebrant der was wisere
al dâ hin, geloubet mir diu mære.

554 'Nù vüege uns got der guote,
daz wir in kurzer stunt'
sprach *Hildebrant* der hôchgemuote
'an einander sehen wol gesunt.
sô kan uns niht gewerren.'
urloup nam Hildebrant ze sinem
    herren.

555 Si gâhten über gevilde
alle die naht.
si riten niwan die wi[illegible]
dâ si dâ heten hin g[illegible]
dar kômen si âne s[illegible]
rehte dô in lûhte der morgen.

556 Von dem here wol mile lanc
erbeizten si ûf daz wal.
ir sinne wâren niht ze kranc.
si leiten sich nider in ein tal,
dâ kund si gesehen niemen.
dâ strihten si daz harnasch mit den
    riemen.

557 Nû sult ir hœren âne strit,
ich wil iu sagen sâ.
rehte unz an vruomhizzit
lâgen si in der huote dâ.
dar nâch in kurzen stunden
diu starken her ûf machen sich be-
    gunden.

558 Nu lât iuch niht verdriezen
und vernemet über al.
sich huop ein starkez diezen
und ein vreislicher schal.
berc und tal nâch krahte,
dô sich daz Ermriches her ûf mahte.

559 Dô hiez künic Ermrich
blâsen daz herhorn.
daz erhôrte Helphrich.
dô sprach der recke ûz erkorn
'nû sul wir niht langer biten.
ich sihe daz her alzan von stat riten.

560 Nû sitzet ûf diu kastelân!'
sprach Helphrich der wîgant.
'wir suln niht langer hie bestân.'
'wer wil den vanen hie ze hant
vor uns allen vüeren?
wir sulen ez mit strite vaste rüeren.'

561 'Ich wil des vanen selbe
    phlegen'
sprach her Helphrich.

550, 6 der zehende si der sey *A* Nudungk *A* uö. 551, 2 Gottel *A*
6 der küene unv. *A* 552, 3 und vil e. *R* 6 dannen *A* die starchen w. *A*
553, 3 pesten so si *A* 5 der *fehlt A* 6 nu geloubet *R* 554, 1 got ze güte *A*
6 nam her H. *A* 555, 3 nun *A* 4 hin hetten *A* 556, 1 mere *R* 5 nyeman *A*
6 richten *A* 557, 2 so *A* 4 do *A* 6 sich auf machen *A* 558, 6 da *R*
des E. *A* 559, 1 künic *fehlt A* 6 alssam *A* von d' stat *R* 560, 4 fanen
nu zeh. *A*

'nu gedenket, ůz erwelte degen,
wie iuch mant her Dietrich.
helfet weren im sin ére.
daz dient er mit guot umbe iuch
    immer mére.'
  592 Hie mit disem mære
si nåch dem here riten.
die recken lobebære
die zogten mit vil senften siten
unz daz si kômen also nåhen,
daz si diu her zesamne bresten så-
    hen.
  593 'Habt ir gegürtet diu marc?'
sprach her Helphrich.
dô sprâchen die recken starc
'wir sin bereit alle gelich.'
'bungieret swenne ir wellet,
sô si diu vriuntschaft elliu ůz gezel-
    let.'
  594 Die helme ůf gebunden
heten si zehant.
Helphrich zuo den stunden
nam den vanen in die hant.
er sprach 'nů schriet alle gelîche
ahtschavelier Bern!' daz tâten si
    manlîche.
  595 Diu ůz erwelten castelân
diu nam man mit den sporn.
diu molte begunde ůf gån.
dar triben die recken ůz erkorn
mit unverzagtem muote.
daz kom Ermriche niht ze guote.
  596 Diu sper si schiere verstå-
    chen
ůf Ermriches man.

die schefte si zebråchen,
als ich vůr wår vernomen hån.
dar nåch griffens zuo den swerten.
der Ermriches si ze grimme gerten.
  597 Si begunden ůf si dringen
mit vreislichen slegen.
si liezen dar cliugen
die starken Dietriches degen.
si striten bi den stunden,
des die Ermriches man vil tiure en-
    phunden.
  598 Si riten si dar nidere
rehte alsam ein strô.
si mohten sich niht gehaben widere.
des wâren die Dietriches vrô.
si tâten schaden grôzen:
si sluogen die angeleiten zuo den
    blôzen.
  599 Si liezen inz enblanden,
als si des twanc diu nôt.
diu swert in ir handen
diu wârn von bluote vaste rôt.
owé, der mort was dà niht cleine.
daz bruofte allez Ermrich der un-
    reine.
  600 Daz breite gevilde
allez vol von tôten lac.
helme unde schilde,
als ich vůr wâr wol sagen mac,
die wurden dà verschrôten.
ungezalt vielen ze tal die tôten
  601 Beidenthalbe nidere
ůf daz breite wal.
die Ermrichs sluogen ouch hin wi-
    dere.

591, 3 aus erwelten *A*   6 gen iv *R*   592, 3 lobære *R*   4 zugen *A*   5 als *R*, so *A*   593, 2 Helphereich *A*   5 Bugieret *R*, bunieret *A*   6 vrevntschaf *R*   594, 2 heten si zeh. *W*, wrden sn zeh. *R*   6 ahtschaveilir *R*, Herschovolier *A*   595, 3 der molte *A*   4 tr. Diettrichen aus erkorn *A*   596, 6 sy mit grossem gr. begerten *A*   597, 3 l. so dar *A* chingen *R*   6 man vil *fehlt R*   598, 1 der n. *R* 2 sam als *A*   3 si gehabten? 6 angelegten *A*   599, 1 liessens e. *A*   5 dâ *fehlt A*   600, 2 allez *fehlt A* von toten vol l. *A*   6 v. da die *A*   601, 3 d. E. die schl. *A*

si vielen vaste âne zal.
owé, daz velt lac getunget.
Wolfhart des tages vaste junget.

602 Daz was ein michel wunder,
daz ebene unde tal
(nû merket vil besunder)
lac allez vol überal.
owé, dâ sturben helde guote.
die tôten sach niemen vor dem bluote.

603 Herte dô wider herte
vil eislîchen streit.
swinde was daz geverte,
alsô hât man mir geseit.
owé der jæmerlîchen swære!
dâ wart erslagen manic recke mære.

604 Wol unz über mitten tac
werte der strit.
dâ was slac wider slac,
dar nâch haz wider nît.
den solt arnten si vil tiuwer.
si sluogen rehte, daz daz wilde viuwer

605 Niht wæher ûz ir helmeu
vlouc,
sam ez vuorte ein wint.
ze vehten si dâ niht entrouc.
daz beweinten wîp unde kint
leider sît vil sêre.
si kômen widere lebende nimmermêre.

606 Von ir slegen wæte ein schal,
dâ maht gein crefte ranc,
daz beide berge unde tal
von ir starken slegen clanc.
an dem mære ich daz vinde,
ir slege wâren bitter unde swinde.

607 Dâ was niht wider kêrens an.
sich hebet alrêst der strit.
dô kom man wider man
mit zorne an der selben zît.
owé der jæmerlîchen stunde,
des man mit strite alrêste dâ begunde!

608 Die schiver von den scheften
vaste vlugen entwer,
dâ diu her mit creften
und ouch mit manlîcher ger
durch einander brâchen.
owé, wie si dâ sluogen unde stâchen!

609 Die ringe sich entranden
und ouch die helme liebt.
diu swert in ir handen
(des missesage ich nieht)
durch die halsperge wuoten.
dâ sturben die grimmen zuo den
guoten.

610 Ez wâren die besten
dâ zuo einander komen.
man sach daz viuwer glesten,
als ich vûr wâr hân vernomen,
vil liehte ûz ir schilden.
owé, wie sî an einander zilden

611 Mit tiefen verchwunden
durch manegen halsperc!
niht anders sî kunden,
si worhten tievellîchiu werc.
man sach daz velt dâ tungen.
die Hiunen sturben zuo den Amelungen.

612 Die Dietriches degene
die liezen dar gân.

601, 4 vast ze tal *A*　6 Wolfhart d. t. in dem streite v. *A*　602, 3 vil *fehlt A*　6 toten sach *W*, t. die s. *R*　603, 1 dô *fehlt A*　2 da vil vaste str. *A* 3 geswinde *A*　604, 1 unz *fehlt A*　5 wil t. *R*　605, 1 Niht wæher *fehlt A* helme *R*　Iren helm *A*　2 sam ob es *A*　4 entog *A*, entovch *W* (entrôch *R*) 6 chom *W*, chom *R*　lebentig *A*　606, 1 ward ein *A*　5 An *W*, In *R*　608, 1 schi-fern *A*　609, 3 missage *RA*　4 niht *R*　610, 2 z. e. da ch. *R*　3 presten *A* 611, 4 teufelischer *A*

also tâten her engegene
die küenen Ermriches man.
an einander si sich houten,
daz velt si mit den tôten vaste bou-
      ten.

613 Ze lebene si niht gerten,
daz wart dâ vil wol schin.
ez kunde von swerten
ein sturm nimmer herter sin.
si stâchen, si sluogen,
grôzen haz si ûf einander truogen.

614 Wol unz über mitten tac
werte dirre strit,
daz man anders dâ niht phlac.
nû hœret an dirre zît.
als der mitte tac begunde
sîgen zuo, dô kom ouch an der
      stunde

615 Der edele Bernære
mit manlichen siten
und manic recke mære.
si heten al den tac gestriten
von ir walstat her engegene.
alrêst kômn zesamne die Dietriches
      degene.

616 Dâ wart unmæzlichen grôz
der starke herschal.
daz gevilde allez nâch dôz,
alsam tete berc unde tal.
starc was ir messente.
Hornbogen volgten schœner schare
      drie.

617 Welt ir nû hœren gerne,
mit wem der dâ was:
er diente dem von Berne,
alsô uns daz buoch las.

er vrumte Ermriche
grôzen schaden, daz wizzet sicher
      lîche.

618 Die Dietriches recken
die stuonden ûf daz lant.
die starken und die kecken
die liezen ruowen alzehant
diu ors sicherlichen.
si hiezen den sweiz ab in strichen.

619 Die helme si ab gebunden,
als man mir sagte sint.
an den selben stunden,
dô vuogte in got einen wint,
der kuolte in ir herze.
dô huop sich aber Ermriches smerze.

620 Mit zühten sprach her Rüe-
      degêr
als ein helt guot
'wir sulen biten nû niht mêr,
ir küenen recken hôchgemuot.
bereitet iuch an disen zîten:
ich sihe dort her ein starke rote
      rîten.

621 Dâ vor ein vane vliuget,
der verret harte wol.
min sin mich niht entriuget:
ich wil râten, als man sol,
daz wir uns wegen alle.
man biuzt uns an mit einem starken
      schalle.'

622 Si gurten den marken
mit willen underwant,
die küenen und die starken,
mit vil werlicher hant.
ûf diu kastelân si sâzen.   [mâzen.
ir rote si in dem starken sturme

612, 3 engene *R*   613, 1 begerten *A*   4 gesein *A*   614, 3 daz *fehlt R*
nichts annders da *A*   4 nu solt ir hôren an *A*   5 mittage *A*   616, 1 unmæzlich *R*
4 perge *A*   5 messeney *A*   6 Horenpogen v. grosser sch. *A*   618, 5 orsae *R*
619, 1 ab punden *A*   2 sagen sind *A*   620, 4 chvne *R*   621, 1 Dar nor *A*
6 m. plaset n. *A*   622, 1 die m. *A*   2 sunder want *RA*   5 castelan da s. *A*
6 den *A*

623 An den selben ziten.
dô daz wart getân,
dô sach dort her riten
Rüedegér der marcman,
ahî, einen recken guote,
der was aller rôt von dem bluote.

624 Er selbe und sin kastelân
was allez bluotvar.
solde er tûsent wunden hân,
daz wil ich sprechen vür wâr,
er möhte sô eisliche
niht sin gewesen, daz wizzet sicherliche.

625 Wolfhart der starke
reit den selben an.
der saz ûf einem marke,
dem besten daz diu werlt ie gewan.
ahî, daz wil ich iu nennen,
daz ir ez an dem mære mugt erkennen.

626 Valke was daz ors genant,
als ich vernomen hân.
ez was daz beste über elliu lant,
des hôrte ich jehen manegen man.
als ich mich kan versinnen,
des wart ouch der von Berne sît
wol innen

627 In manegen herten striten,
dâ er ez inne reit.
ez sweich im nie bî sinen ziten,
als mir vür wâr ist geseit.
heid, ez was àn mâzen stæte.
ez vlouc über velt rehte alsam ez
wæte.

628 Nû hœret sunderbære,
waz ich iu tuon bekant.

Starcher der vil mære
kom Wolfharten an gerant.
diu sper si beide verswanden,
si wâren starc in armen unde in
handen.

629 Wolfharten den recken
er von dem orse stach
den küenen und den kecken.
dô daz her Dietrich gesach,
daz wart im harte swære.
mit grimme reit dar der Bernære.

630 In twanc unmæzliche
ein grimmiger zorn.
der künec von Rœmisch riche
sluoc ûf den recken ûz erkorn
mit beiden sinen handen:
er schiet Starchern von allen sinen
landen.

631 Er wunte in harte sêre
durch einen helm guot,
daz dem recken hêre
beidiu hirne unde bluot
ûz brast *dd* ze sinen ougen.
er sprach 'dû maht des slages niht
gelougen.'

632 Ouch sluoc Starcher der
mære,
als ich iu tuon bekant,
dem küenen Bernære
den schilt enzwei vor der hant
mit manlicher hende.
dâ mit nam her Starcher den ende.

633 Nider von dem kastelân
viel er ûf daz gras:
der vil unverzagte man
harte schiere tôt was.

623, 1 In *A*   5 gûten *A*   624, 3 ob er t. wunde solte h. *A*   625, 2 der rait
mit denselben an *A*   3 der selbe s. *RA*   4 das peste d. *A*   626, 1 das selbe
ors *R*   6 s. vil wol *A*   627, 3 beswoich *R*   geschwayg nymmer b. *A*   6 reht
W, *fehlt R*   628, 3 Starcker *A*   vil *fehlt A*   6 arm *R*   629, 1 Wolffhart *A*
630, 2 grimmer *A*   6 Starckherren *A*   631, 2 seinen *A*   5 ausprach *A*
632, 1 Starcker *A*   5 hande *A*   6 her *fehlt A*   Starckher *A*   das e. *A*

von Berne der starke
zôch sich alzehant zuo dem marke.

634 Ditze edel kastelân
gewan her Dietrich,
als ich vür wâr vernomen hân,
alrêste des tages sicherlich.
ahî, ez kom im sît ze guote:
ez gevreute in harte dicke in sînem
    muote.

635 Dar nâch in kurzen zîten
(welt ir vernemen mêr)
dô sâhen si zuo rîten
die edelen welrecken hêr:
die kecken zuo ir handen,
die heten gesamnet sich von mane-
    gen landen.

636 Sîvrit von Niderlant
reit in der vordristen schar.
einen vanen vuorte er in der hant
harte guoten, daz ist wâr.
heid, jâ volgten im die kecken:
er hete mêr danne drîzic tûsent
    recken.

637 Manec verdecket kastelân
man dâ vüeren sach.
welt ir, ich wil iuch hœren lân,
wie der vogt von Berne sprach
'ir mæren helde guote,
nû trahtet mit unverzagtem muote.

638 Ich sihe dort her rîten
vil manegen wîgant:
die wellen mit uns strîten.
des sît gewarnet alzehant,
und râtet, liebe gesellen,
wen wir der unsern an si schicken
    wellen.'

639 'Wer tæte ez sô billîche'
sprach Wolfhart zehant
'als ir, künec von Rœmisch riche?
wir vehten wan umb iuwer lant.'
dô sprach der vogt von Berne
'ich tuon ez selbe billich unde gerne.

640 Die mir nû helfen wellen,
die sitzen ûf diu marc.'
'wir sulen die vinde erschellen'
sprach Wolfhart der recke starc
'daz si des sêre enphinden.
wir scheiden si von wîben und von
    kinden.'

641 Vierzec tûsent recken
die wâren nû geschart.
die küenen und die kecken
in liebten brünnen wol bewart,
ahî, ûf diu ors si sâzen.
si kêrten in gelîchen ebenmâzen

642 Und zogten under schilde
aldâ hin zehant.
Rüedegêr der milde
sprach wider den vogt von Rœmisch
    lant
'owê, ez gêt nû an ein strîten.
ich sihe dort einen den tiuristen rîten,

643 Den elliu diu riche
manlîch hânt ûz erkant.
ez ist sicherlîche
der hôhe künec von Niderlant.
ahî, im volgent helde guote.'
alsô sprach Rüedegêr der hôchge-
    muote.

644 'Daz ist ein grôziu vreise'
sprach her Wolfhart.
'si geriuwet lîht diu reise,

635, 3 si *fehlt* R 6 sich gesamnet RA 636, 1 Seyfrid A usw. 4 hart gute A 5 Ahey ia A 637, 2 da ziehen A 3 w. Ir so wil ich A 638, 6 der unsern *fehlt* A sy nů s. A 639, 3 reichen A 4 nůn A 6 es vil b. A 640, 2 mach R 641, 2 w. do g. R 4 lihte brunne R prune A 642, 1 zogen sich v. A 643, 2 manlich hut A 5 volgeten A 644, 2 sprachs A

daz si die starken widervart
gesagent nimmer mére.
si lâzent uns hie ir lîp unde ir ére.'
    645 Si zogten müezeclîche
vûr sich ûf daz velt.
die helde ellensrîche
die gâben bluotigen gelt
ûf der breiten heide.
in geschach dâ beidenthalbe leide.
    646 Dô der vogt von Berne
mit sîner rote was komen,
(nû sult ir hœren gerne,
wie ich an dem mære hân vernomen)
ahî, mit ellenthaftem muote
was ouch komen Sivrit der guote.
    647 Zwischen in beiden
was ez niht ze wît,
daz wil ich iu bescheiden.
si hielten unlange zît
die edeln künege rîche.
Sivrit reit an den starken Dietrîche.
    648 Zwei scharphiu sper si vuor-
                          ten
in ir ellens hant.
mit zorne si diu ors ruorten,
si kômen ûf einander gerant.
si warten vîntlîche
ietweder des andern sicherlîche.
    649 Welt ir nû hœren gerne,
sô tuon ich iu bekant:
den werden vogt von Berne
traf der künec von Niderlant
mit einem stiche swinde,
als ich ez an disem mære vinde,
    650 Durch den schilt vesten
und durch den halsperc.

von nœten muoste bresten
daz herte stælîne werc.
er hete vil nâch den ende
genomen von Sivrides hende.
    651 Wie er sich erwerte,
daz tuon ich iu kunt:
od waz in erwerte,
daz sult ir hœren hie ze stunt.
daz tete ein hemd sîdîne,   [sîne.
daz truoc er under dem halsperge
    652 Dar in vier heiltuom lâgen
versigelet alle zît,
diu sin vil vaste phlâgen,
swenne er reit in den strît.
ich wil iuch des bewîsen,
dar ûf wider want daz sperîsen.
    653 Der schaft muost abe bresten
von disem stiche starc.
von sînen creften vesten
muost sich biegen daz marc.
doch sult ir hœren gerne,
Sivrides vergaz ouch niht der vogt
                          von Berne.
    654 Er traf vil williclîche
mit manlîcher hant
Sivrit den künic rîche,
als mir daz mære ist bekant.
den helm durch beide wende
stach er daz sper slehte unz an daz
                          ende,
    655 Daz man sach ze stücken
die drumes zol ûf gân.
dar begundens rücken
die starken Dietrîches man:
als tâten her engegene
die unverzagten Sivrides degene.

    644, 4 starken *fehlt R*   6 *beide* ir *fehlen A*   645, 1 zugen *A*   647, 1 Zw.
den scharen baiden *A*   4 s. h. vil und berait *A*   648, 5 waren *A* 6 dem andern *A*
    649, 5 st. so sw. *A*   6 an dem m. *R*   650, 4 stäblin *A*   651, 1 sich werte
R   5 hemde *RA*   seydene *A*   652, 1 Dar ynne *A*, Darumbe *R*   hertuom *R*
653, 1 sch. der m. *A*   6 ouch *fehlt A*   654, 1 tr. In w. *A*   6 slehte *fehlt R*
655, 2 trümer zol *A*   3 sy ze r. *A*   5 Also *A*

656 Ze sturme si sich wanden
an der selben zît,
si zuhten diu swert ze handen.
sich huop ein grimmiger strit.
owê, wie si ir leit râchen!
mit den roten si durch einander
    brâchen.
657 Ze lebene si niht gerten.
dâ wart ein suonestac.
man hôrte von ir swerten
manegen bitterlichen slac
ûf die helme clingen.
jâ heten si ze lebene niht gedingen.
658 Swinde was ir geverte.
maht gegen der sterke vaht.
beidenthalbe man sich werte.
der strit werte unz an die naht.
owê, si stâchen unde sluogen,
an einander si vil cleine vertruogen.
659 Den solt si arnten tiuwer
leider ûf dem wal.
daz grimme wilde viuwer
sach man vliegen âne zal
ûz helmen und ûz schilden.
da gelâgen die argen zuo den milden.
660 Si sturben sunder melme
vaste âne zal.
si sluogen durch die helme,
daz daz houbet und diu hirneschal
enzwei sich allez trande.
mort tâten die von Etzeln lande.
661 Die starken Sivrides man
die wâren ouch bewegen.
si liezen vast dar nâher gân.
swaz si erreichten mit den slegen,

vür war ich iu bediute,
si sluogen beidiu ros unde liute.
662 Si liezen inz enblanden,
grimmic was ir zorn.
die ringe si entranden,
die starken recken ûz erkorn.
si houten tiefe wunden,
die dar nâch wurden nimmermêr
    gebunden.
663 Si bruoften grôzen smerzen.
grimmic was ir nit.
si wâren hertes herzen.
si vâhten einen starken strit.
vür wâr ir daz geloubet: [houbet.
si sluogen durch diu hersnier ab diu
664 Daz sagte man mir sidere,
die wîle der tac schein,
unz ûf den gürtel nidere
den lîp und ouch daz ahselbein
houwen si begunden.
daz wâren ungevüege tiefe wunden.
665 Man sluoc dâ eteslîchen
gar ob der gürtel abe,
daz wizzet sicherlîchen.
sich ringte Sivrides habe,
er vlôs dâ edele recken.
sich gulten ouch vil tiure dâ die
    kecken.
666 Si enwolden niht entwîchen
beidenthalben dan.
si liezen dar strîchen
baz danne ich iuz gesagen kan.
mort tâten die vil kecken.
man sach die gêre in den halspergen
    stecken,

656, 3 rugten *A*   mit den h. *A*   5 l. da rachen *R*   6 si in einander *R*
657, 1 begerten *A*   2 sûnztach *R*   3 hort von *W*, h. da v. *R*   5 Helmen *A*
658, 2 der *fehlt R*   659, 4 das sach *A*   5 helme *RA*   6 armen *A*   660, 1 melmen *A*   4 haupt *W*, hŏp *R*   5 entrandte *A*   661, 4 und ouch Ermriches degen *R*
    662, 1 l. es emplanden *A*   5 die h. *A*   6 nimmermer wurden *RA*   663, 6 diu
nach durch *fehlt R*   664, 4 hachselbein *R*   665, 4 ringeret *A*   6 ouch *fehlt A*
    dâ *fehlt A*   666, 2 bedenthalbe *A*   5 mit t. *A*

667 Daz ez dâ zuo dem herzen
hinden ûz brast.
owé des grôzen smerzen!
dâ starp manic werder gast.
vil cleine was ir barmen.
man sach manegen wunt in houbet
	unde in armen.
668 Was daz niht'ein wunder
diu nôt diu dâ geschach?
nû merket vil besunder,
manegen man dâ riten sach,
dem houbet unde zende
allez was enzwei, dar zuo ab die
	hende.
669 Der jâmer was manicvalt,
michel was diu nôt.
owé, dâ sturben helde balt.
daz breite velt daz was rôt.
owé, überal von bluote.
da gelâgen ûz erwelte degene guote.
670 Dirre sturm werte
die naht unz an den tac,
daz man niht anders gerte
niwan daz man vehtens phlac.
owé, dô was vil cleiniu wunne.
als des morgens ûf gie diu sunne,
671 Dô lebte dâ nieman,
daz sage ich iu vûr wâr.
der zweier richen künege man
die wâren tôt alle gar:
ir lebt wênic bi den stunden.
dennoch si des sturmes niht erwun-
	den.
672 Her Sivrit und her Dietrich
die wâren ûf dem wal

zesamne komen sicherlich.
ungehiuwer was der schal,
der dâ clanc von ir swerten.
mit nîde se beide an einander ger-
	ten.
673 Die edeln recken milde,
daz ist mir wol bekant,
die heten die schilde
gar gehouwen von der hant.
si vâhten sam si wunnen.
diu ougen in vor zorne rehte brun-
	nen.
674 An einander si dâ muoten
mit slegen, daz ist wâr.
die halsperge rehte gluoten
von der hitze sunderhâr.
daz mær ich unsanfte lîde:
heizer tunst der rouch ûz ir lîbe.
675 Die slege ungehirmlichen
clungen ûz ir hant.
si liezen dar strichen
die küenen recken ûz erkant.
si getorste niemen scheiden,
ez mohte ouch niemen komen zuo
	in beiden.
676 Si wâren béde tumbe
und grimmic gemuot,
si triben einander umbe
die hôhen edeln recken guot.
der sweiz von in schræte,
ein swinder wint von ir swerten
	wæte.
677 Si werten lange an ir wer,
als mir daz buoch ist kunt.
durch daz creftige her

sluogens vier und drizec stunt.
vil wit wârn ir gazzen.   [vazzen.
si begunden mit slegen einander vûr
      678 Si vâhten mit einander hie
ein harte lange zît,
daz si sich geschieden nie.
harte swinde was der strit.
doch kom ez zuo den stunden,
ê daz si des strites vol erwunden,
      679 Dô hete der von Berne
den künec von Niderlant,
welt ir ez hœren gerne,
gevetelt vûr mit heldes hant.
er sluoc die slege vreislichen,
her Sivrit muoste allez vor im wichen.
      680 Dô in her Dietrich brâhte
wider an die walstat,
der Bernær gedâhte,
als man mir gesaget hât,
und lief dar an der stunde,
als er immer allermeiste kunde.
      681 Harte crefticliche
sluoc er einen slac
Sivride dem ellens richen,
daz er nider vor im gelac
gestrahter in dem schilde.
sigelôs wart der küene und der milde.
      682 Dô der herre Dietrich
den andern slac dar bôt,
her Sivrit der lobelich
rief vil lûte, des gie im nôt,
'edel künec von Rœmisch riche,
lâ mich leben, sô tuost dû vürsten-
                  liche!'
      683 Den guoten Palmungen
er dem vogt von Berne gap.

des het er in betwungen.
er liez in leben, als er in hat.
iedoch sprach *her Dietrich* mit sinnen
'her Sivrit, ichn lâz iuch niht ko-
                  men hinnen.'
      684 Er bevalch in sehs recken
hie an dirre zît.
die huoten des kecken.
her Dietrich kêrt widr in den strit
mit ahttûsent helden guoten.
ein starkez her kom mit dem mil-
                  den Fruoten.
      685 Des wâren sehzehn tûsent
                  man,
als mir ist geseit.
die rante der starke Nuodunc an
mit manegem degen unverzeit.
owê, sich huop an den zîten
zwischen in ein grimmigez striten.
      686 Fruote von Tenemarken
vuort einen vanen breit.
sich huop von dem starken
beidiu nôt und arebeit.
von stat si dors sprancten,
diu sper si vil müezeclichen sancten.
      687 Nuodunc der mære
der reit Fruoten an.
hie mit ich daz bewære,
dâ kom man wider man
mit grimmigem muote.
dâ liezen si die zageheit ûz der
                  huote.
      688 Diu sper si verstâchen,
dâ huoben si mit an.
die schefte si zebrâchen.
dô wart langer niht verlân,

677, 6 an einander *A*   678, 1 hie *fehlt A*   3 nie geschieden *A*   6 ê *fehlt A*
vol *fehlt A*   679, 2 Nyderlanndt *A*   4 m. recken h. *A*   680, 1 her Sifrit *R*
2 w. auf die *A*   6 immer *fehlt A*   681. 4 lag *A*   6 s. lag der *A*   682, 4 der
rueft *A*   5 er sprach e. *A*   6 nu lass *A*   furstleiche *A*   683, 5 e r   6 ich l.
A   nicht also von h. *A*   686, 1 Frût *A*   6 mvzchleichen *W*, muzlich *R*
688, 3 zerbrachen *A*   4 da *R*   nicht lenger *A*

si ruhten zuo den swerten.
mit dem grimmen tôde si an einan-
        der werten.
    689 Vil rehte man nù merke,
waz ich sagen wil.
diu craft vaht gegen der sterke.
da geschach schaden harte vil,
mit strite si sich wurren,
diu ors von den stichen sêre kurren.
    690 Die küenen recken milden,
die vehtens niht entrouc,
die sluogen daz ûz den schilden
und ûz den helmen viuwer vlouc.
die halsperge vesten   .
die muosten vor ir grimmen slegen
        bresten.
    691 Si begunden sêre koufen
daz Ermrîches golt.
die tôten lâgen ze houfen.
verteilet müeze sîn der solt,
den si dâ enphiengen!
der recken slege gar ze verche gien-
        gen.
    692 Man hôrt die slege hellen
ûf manegem helme lieht.
die starken und die snellen
die schônten an einander nicht.
si wurfen, sî stiezen,
mit den swerten si die tiefen wun-
        den miezen.
    693 Mich nimt des immer wunder,
wie si ez mohten erwern.
ir slege sô besunder
muosten ûz von beine swern.

mit grimme si daz wal trâten,
dâ si sich des lebens bewegen hâten.
    694 Dâ was nôt und ungemach
leider âne zal.
die tôten man vallen sach
von den orsen ûf daz wal.
die jungen und die alden,
ez sturben dâ die tumben zuo den
        balden.
    695 Swaz iu von herfen strîten
ie wunders ist geseit
bî iemannes zîten,
daz ist ein cleiniu arebeit
wider disen sturm starken.
si vielen ungezalt von den marken.
    696 Die den mort dâ tâten,
die sint mir wol bekant,
die sich des bewegen hâten,
daz si bürge unde lant
nimmermêr wolten beschouwen.
si begunden êrst die herten ringe
        houwen.
    697 Die halsperge sich lôsten
von ir herten slegen.
ich enweiz wes si sich trôsten.
die vil unverzagten degen
die vâhten sam ez brünne,
dâ was niwan wê und lützel wünne.
    698 Daz starke wilde viuwer
ûz ir helmen spranc.
ir slege wârn ungehiuwer,
grôzer zorn si des twanc.
swen si mohtn erlangen,
umb den was ez alzehant ergangen.

    688, 6 werten *W*, gerten *R*   689, 3 gegen chreſte *R*   5 werten *A*   6 si stachen recht daz die Ross kurten *A*   690, 2 *hinter* 4 *A*   entovch *RA*   4 und auch den *A* 6 grymmigen *A*   691, 1 Ny *A*   2 des E. *A*   4 müz *R*   5 enpflegen *R*   6 grossen mort sy an einander begiengen *A*   692, 2 manigem *W*, manigen *R*   6 den *fehlt R*
    693, 1 nam *W*, hat *R*   des michel wunder *R*   3 solch Ir sl. bes. *A*   694, 6 dâ *fehlt A*   die sêſten zû *R*   695, 2 wunder *A*   696, 6 allererste *A*   697, 3 ich wayss nit *A*   5 sam ob ez *R*, als es *A*   6 nûn ach und wee *A*   698, 3 unge-hewre *A*   5 was sy m. *A*

699 Der grimme zorn wahte
ûz ir herzen grunt.
si sluogen daz ez krahte,
daz ist mir endelîchen kunt.
diu swert clungen in ir handen,
mit slegen si die liehten helme ent-
    randen,
 700 Daz si sich muosten klieben
unz ûf die patwât.
die leiden zuo den lieben,
als man mir gesaget hât,
die gelâgen dâ tôte.
si gulten sich bêdenthalbe vil genôte.
 701 Herte der sturm was,
als ich vernomen hân.
man sach bluomen unde gras
mit bluote allez enouwe gân.
die helme und die schilde
die lâgen ungezalt ûf der wilde.
 702 Slac dâ wider slac gelac
hin unde her.
si striten allen den tac.
wâ geschach daz iemêr?
si tâten schaden herten,
beidenthalben si sich manlîch werten.
 703 Nuodunc der guote
kecklîchen vaht,
und gegen im der milte Fruote.
der strit werte unz an die naht.
nu geloubet mir diu mære,
her Dietleip der edele Stîrære
 704 Der hete mit heldes muote
einen recken bestân.
Marke hiez der guote.
er was ein ûz erwelter man

in stürmen unde in striten.
er begie vil *manic* wunder bi sinen
    ziten.
 705 Von Alzey her Volkêr
den bestuont her Paltram.
daz wâren zwêne recken hêr,
als ich vür wâr vernomen hân,
mit lîbe und mit guote.
si wâren unverzaget in ir muote.
 706 Von Lunders her Helphrîch,
daz tuon ich iu bekant,
der kom harte manlîch
an einen recken gerant.
des namen wil ich iu nennen,
daz ir in an dem mære muget er-
    kennen.
 707 Er was von Pârîse,
Baldunc sô hiez er.
er warp nâch hôhem prîse,
dar zuo was im harte ger.
owê, die zwêne helde mære
die sluogen ûf einander slege swære.
 708 Gotel der marcman
der bestuont mit ellens hant
einen recken lobesan,
des name ist mir wol erkant.
Wikêr was er genennet,
den man in manegem strite wol
    erkennet.
 709 Îrinc der mære
mit manlîchen siten
der kom sunderbære
an einen recken geriten,
der hiez Hiuzolt von Grüenlande.
owê, niht guotes leider in dar sande.

699, 1 facht *PA* 5 erkrumbten *A* 6 sich die *R* tranden *R* 700, 5 todt *A*
6 bedenthalb *R* 701, 5 helmen *A* 702, 1 lag *A* 6 beidenthalp *R*
703, 4 der strait verre vntz in die n. *A* 704, 3 Marche *RA* 5 sturm *R*
705, 1 alzai h. Volcker *A* 2 den *fehlt R* Baltran *R* 3 here *A* 706, 1 Hel-
pherickh *A* 5 iu *fehlt A* 6 in *W*, *fehlt R* 707, 3 nach lobes pr. *A* 709, 4 bekant *A* 5 Weicker *A* 709, 1 Eyring *A* 5 Hûzolt *R*, Heysolt *A* 6 in leider
RA da gesande *A*

710 Blœdelln der kecke,
als mir daz mære ist kunt,
den bestuont ein recke
mit starker craft an der stunt.
ich wil des niht vergezzen,
Sturmholt hiez der vil vermezzen.

711 Von Swangöu was er geborn.
er hete an siner schar
zwelf tûsent recken ûz erkorn:
daz ich iu sage, daz ist wâr.
owê, die nâmen dâ den ende
allermeist von Blœdelines hende.

712 Nû hœret starkiu mære,
diu ich iu tuon bekant.
Walther der Lengesære
der bestuont mit ellens hant
Heimen den vil starken.
si sâzen bêde ûf zwein guoten marken.

713 Von Kriechen her Dietrich
den bestuont an der zit
ein edel recke lobelich.
nû sult ir hœren âne strit,
wie der ist geheizen.   [zen.
den sach man dâ tiefe wunden mei-

714 Bitrunc von Môrlande
hiez der voledegen.
vil wol man in bekande.
er was ein vürste ûz gewegen
mit manlichem ellen,
ich künd iu sin tugent nimmer
vol gezellen.

715 Îsolt der guote
der bestuont mit ellens hant,
der küene hôchgemuote,

einen recken ûz erkant.
der hiez Gêrolt von Sahsen.
er was mit starken striten wol gewahsen.

716 Von Salnike her Berhtram
den bestuont ein recke guot,
den ich genennen vil wol kan:
Sigehêr hiez der hôchgemuot.
er was von Zieringen,   [gen.
er hete zuo dem lebne niht gedin-

717 Nû hœret disiu mære,
waz dâ die recken tuont.
Wolfhart der lobebære
einen recken dâ bestuont,
den küensten und den besten,
den si über beidiu her dâ inder westen.

718 Von Norwæge hiez er Buozolt,
als mir ist geseit.
der was den Hiunen niht ze holt:
des kômen si in arebeit.
Buozolt und Wolfharte
die kômen gein einander wol gescharte.

719 Rüedegêr von Bechelæren,
als ich hân vernomen
an disen starken mæren,
was her gegen im bekomen   [gen.
der marcgrâve Walther von Etzelin-
dô huop sich ein vreislichez dringen.

720 Hildebrant der alde,
als mir ist gesaget,
der küene und der balde,
den bestuont ein recke unverzaget,

710, 1 Plodelin *R*   6 der *W*, er *R*   vil *fehlt A*   711, 1 Swangiv *R*, Swain-
gew *A*   6 allermaist *W*, almeist *R*   712, 3 lengesere *A*   5 Heynen *R*, Haymen *A*
vil *fehlt A*   713, 2 den *fehlt R*, der *W*   714, 1 Pittrung *A*   2 vogtdegen *A*
4 er *fehlt A*   6 enkunde *A*   sine *RA*   nymmermer *A*   vol *W*, gar *R*
zelen *A*   715, 1 Eysolt *A*   6 wol *fehlt A*   716, 2 ein helt g. *A*   4 Sigheer *A*
717, 6 inder da *R*   inder *fehlt A*   718, 1. 5 Pawsolt *A*   6 wol *fehlt A*
719, 1 Pechlaren *A*   2 also han ich v. *A*   5 Palth' *R*   6 da *R*   frayslich *A*

Tibån von Gurdenwåle.
sich huop ein grózer sturm bî dem
　　　　　　måle.
721 Von Antîoch her Imiån,
ein mærer helt guot,
den bestuont, als ich vernomen hån,
ein richer vürste hóchgemuot.
der was vermæret wîten,
den man då wol erkande in allen
　　　　　　strîten.
722 Daz was von Wurmz Gunther,
als mir gesaget ist.
mit vil manlîcher wer
was er ein recke ze aller vrist.
der edele künic hère
pruofte den Hiunen manic herzen
　　　　　　sère.
723 Den unverzagten Gérnôt
bestuont her Eckewart.
des gelac då manic helt tôt.
des sî vervluochet diu vart,
die si in Rœmisch lant ie *getåten!*
Ermrich der hete sî alle verråten.
724 *Nentwin* von Elsentroye
der kom ouch in den strît.
den bestuont mit grózer schoye
Wolfkêr der starke bî der zît.
ahî, zesamne kómen dó die kecken.
des sturben då die küenen welrecken.
725 Ruodwin von Treisenmûre
der kom dort her geriten.
den huop ouch vil untûre
(nû vernemet mit guoten siten)

vehten ze allen stunden.
dem hån ich einen geverten vunden.
726 Den wil ich iu nennen,
ob ir ez hœren welt,
daz ir in muget erkennen.
Friderich hiez der helt:
er was von Sêlande, 　　　 [kande.
den man in vremden landen wol er-
727 Her Stuotfuhs von Rîne
(nu vernemet åne zorn
ûf die triuwe mîne)
den bestuont ein recke ûz erkorn,
des ich niht mac vergezzen:
Sigemår so hiez der vil vermezzen.
728 Er was då ze Engellande
ein gewaltic künic rîch.
zweinzec tûsent wigande
die warten im då volleclîch.
owé, die wurden erslagen sidere,
der kom nie deheiner lebendec wi-
　　　　　　dere.
729 Von Brûnswic Tirolt
ein vürste was genant,
dem wårn die Hiunen niht ze holt.
an den kom her Sigebant.
ahî, die wåren küene beide,
si gelågen ouch sît tôt ûf der heide.
730 Nû wil ich vürbaz setzen,
als mir ist kunt getån.
Ortwin von Metzen,
der bestuont einen küenen man.
der was lantgråf dåtz Düringen.
der liez ouch mit strîte dar clingen.

720, 6 st. mit dem *A*　721, 5 ain der tewrist bey den zeiten *A*　722, 1 Bvrmz *R*　6 prachte *A*　723, 2 den b. *A*　Ekewart *R*　724, 1 Nentwin *R*　Erwin 3 grózer *fehlt A*　4 Wolfker *W*, Volker *R*, Wiger *A*　5 dô *fehlt A*　6 die vil küenen recken *A*　· 725, 1 Rvdwein v. Treisenmower *R*, Rudewin von Traissenmûer *A*　3 den auch hûb *A*　4 gûtem *A*　727, 4 Frideger *A*　6 Den *W*, dem *R* fremden reichen w. *A*　bekande *A*　727, 1 Stovtfvhs *R*, Stautfuhs *A* 6 Sigmair also *A*　vil *fehlt A*　728, 1 dà *fehlt R*　Engelande *A*　2 ein *fehlt A* gewaltiger *A*　4 waren *A*　729, 1 Brönswich *H*, Braunsweig *A*　Tyerolt *R*, Turolt *A*　730, 5 lantgrave *R*　l. ze D. *A*　6 lies es auch *A*　dar naher *R*, heer *A*

731 Der was geheizen Markis,
ein recke unverzagt.
in herten stürmen was er wis,
alsô hât man mir gesagt.
er kunde wîse ræte:
er was starc milde unde stæte.
 732 Sindolt der mære
rêit Witegouwen an.
vil wol ich daz bewærre,
si wâren zwêne kecke man.
do bestuont Witegîsen
Berhtramen, den küenen und den
    wîsen.
 733 Welt ir nù hœren gerne;
sô wil ich iuch wizzen lân,
wen der vogt von Berne
in dem sturme sol bestân.
aht, daz wil ich iu mezzen,
des enwil ouch ich nù niht vergezzen.
 734 Ahî, daz ist von Sahsen
der küene Liudgast.
des ellen wäs gewahsen,
daz im dar an niht gebrast
bî allen sînen ziten.
daz het er wol erzeigt in manegen
    herten strîten.
 735 Von Missen her Liudgêr
ouch niht sus beleip:
Bitrolf der marcgrâve hêr
bestuont in, als mir ist geseit.
der lantgrâve Uolrich von Tegelin-
    gen,
den wil ich brüeven ouch ze disen
    dingen.

736 Den bestuont her Albrant,
ein ûz erwelter degen.
ich tuon iu rehte daz bekant,
dâ wâren recken vil bewegen
lîbes unde guotes,
in dem strite zorniges muotes.
 737 Nù sult ir merken ebensleht,
sô tuon ich iu kunt.
von Bruoveningen Norpreht
der bestuont an der stunt
einen edelen vürsten rîchen
in scharphen strîten vil behagen-
    lîchen.
 738 Môrunc was er genant,
als ich vernomen hân,
ein werder recke ûz erkant.
des muoste im jehen manic man,
daz er daz beste tæte.
er kunde ouch die wislîchen ræte.
 739 Von Sibenbürgen Marholt
der kom ze voller zît.
der was Ermrîche niht ze holt.
nù sult ir hœren âne strît,
Gêrbart der hôchgemuote
der kom dar, daz was ein helt guote.
 740 Nu hân ich iu gemezzen
die ellenthaften degen,
und niemens dâ vergezzen,
die dâ wol strîtes mohten phlegen.
nù gêt ez an ein strîten,
daz maneger dâ des urteils muoz
    erbîten.
 741 Zesamne si staphten
die recken ûz erkorn.

 731, 1 Markeis *RA* 3 st. synnig und weis *A* 732, 2 Witegowen *W*, Wite-govnen *R*, Weitegowen *A* 3 wie wol *A* 4 kecke *W*, chvne *R* 5 weitegevsen *A* 733, 6 wil *R* und wil des auch nicht v. *A* 734, 1 d. was von *A* 2 d. kü-nig Leudegast *A* 735, 1 Michsen *R*, Meyssen *A* Liuder *R*, Ludeger *A* 2 sunst nicht *A* 3 Pitrolf *R*, Pitterolf *A* 6 berüemen *A* ouch *fehlt A* 736, 5 vnd ovch *R* 6 st. vil z. *A* 737, 3 Prvaeningen *R* Pruwenigen Horprecht *A* 738, 1 Morungk *A* 5 in urlaûgen stete *A* 739, 6 Heya der reckche *R* Gerbare *A* 6 dar der was *A* 740, 3 niemen *R* 6 dâ *fehlt A* mûs des urtailes enbeiten *A*

vintlichen si kaphten.
sich huop ein grimmiger zorn.
diu scharphen swert si vuorten,
alrêste si ez manlîchen ruorten.

742 Zesamne si drungen,
der sturm der wart starc.
die liehten helme erclungen,
vaste kurren diu mare.
si houten tiefe wunden.
sich huop ein grôzer wuof bi den
        stunden.

743 Man sach daz viuwer glesten
ûz den swerten guot.
die helme muosten bresten,
dar ûz schræte daz bluot.
ez enwart nie strit sô herte.
harte jæmerlich was daz geverte.

744 Ûf der heide witc
worhten si diu starken werc.
in dem starken strite
wart vil manic halsperc
durchhouwen und durchschrôten.
dâ gelac harte vil der tôten.

745 Dâ sturben helde guote
und recken ûz erkorn.
si wuoten in dem bluote
an maneger stat unz über die sporn.
si wurben nâch des tôdes ende.
ir wâfen vaste sniten in ir hende.

746 Dô schriren die hie wâfen
vaste ûf dem wal:
sô wâren die entslâfen,
die ahten cleine ûf den schal.
owê der jæmerlichen swære!
lûte rief dô Wolfhart der mære

747 'Wir suln daz velt vüllen
hiute mit den scharn,
daz man mit den züllen
ûf dem bluote müeze varn.
ahi, dâ sih ich min tunge!'
alsô sprach Wolfhart der junge.

748 Die starken Hiunen alle
die liezen dar gân
in dem sturm mit schalle.
daz viuwer ûz ir helmen bran
sam ez ein blâsbalc blæte.
daz bluot immer nâch den slegen
        schræte.

749 Lungel unde herze
muoste enzwei gân,
daz was ein grôzer smerze.
dâ vaht man wider man
sam si der tiuvel vuorte.
ahi, wie ez Wolfhart dâ ruorte!

750 Diu barmunge was cleine
diu zwischen in dâ was.
velt unde steine,
dar zuo bluomen unde gras
was allez rôt von bluote.
nû riuwent mich die edelen helde
        guote.

751 Der schal von ir hande
der was unmâzen grôz.
man sach ûf dem lande
der erde harte wênic blôz.
diu rote an einander muote.
diu heide was swarz dâ si ê bluote.

752 Man sach die schilde vliegen
vaste von ir hant.
uns welle daz buoch liegen,

741, 3 veintlich R   schaſſten A   742, 2 was R   3 helm klungen A
743, 4 daz ouz R   dar nach schr. A   5 ward A   744, 5 und auch d. A
745, 4 st. aus ü. A   5 des lebens e. R   6 sn. vaste A   746, 1 schryen A
6 rueſſt her W. A   747, 5 mine R   749, 2 das mûst A   750, 1 Die parmungen
die w. A   was vil cl. R   2 so zw. A   dâ fehlt A   751, 1 handen A   2 w.
ungefüege g. A   4 harte fehlt R   5 an W'P, fehlt RA   6 Ec schon plûte A
752, 3 w. dann das A

die halsberge wurden ouch entrant
vil vaste und vil sére,
daz si ez überwunden nimmer mére.

 753 Man sach daz bluot rinnen
vaste über velt.
als ich mich kan versinnen,
dá was vil jæmerlich der gelt.
si sluogen. si stâchen,
ine weiz waz si an einander râchen.

 754 Die liehten herten helme
die mohten niht gestân.
die recken sunder melme
die ranten vaste einander an.
diu ors sich muosten biegen,
man sach daz viuwer ûz den swerten vliegen.

 755 Si gelâgen vaste under
beidenthalbe dâ.
nú merket ditze wunder,
ez geschach nie anderswâ
ein sturm alsó herte.
die liehten halsperge man verscherte.

 756 Arme unde hende
die wurden hin geslagen.
é daz der sturm næm ende,
ich wil iu endelichen sagen,
si sturben et alle gelîche.
grôzen schaden nam dâ Ermriche.

 757 Beidiu ebene unde tal
was vil nâch allez vol
mit den tôten über al.
ich enweiz waz ich iu sagen sol.
si muosten et alle belîben.
owé der mære diu ir schœnen wîben

 758 Sit kômen heim ze lande!
daz was ein michel clagen.

si wurben nâch dem phande,
dâ von ir noch hœret sagen.
daz kom et allez von Ermrichen.
des müeze im got an dem urteile
   geswichen!

 759 Und gewinn sin nimmer
   ruoche
weder dort noch hie!
daz ich im alsó vluoche,
daz moht ich gelâzen nie.
jâ muost von sinen schulden
manic man den grimmen tôt dulden.

 760 Si liezen dar strichen
die recken hôchgemuot.
si wolten niht entwichen
einander, daz was niht guot.
des muosten si dâ sterben. [werben.
si wolden beidenthalben ruom er-

 761 Si begunden vaste grimmen
mit slegen durch unde durch
und ûf einander limmen,
man sach velt unde vurch
allez sweben mit bluote.
da gelâgen ûz erwelte recken guote.

 762 Si wurden gerochen sidere
die dâ lâgen *tôt* ûf dem wal.
sô vielen dâ drizec nidere
von den orsen ze tal,
der ân houbet, der ân hende.
si nâmen alle jæmerlichen ende.

 763 Vaste schrei her Wolfhart,
als ich hân vernomen.
der was mit grimmiger vart
her wider durch die vinde komen.
owé, der edele helt guote
der was aller rôt von dem bluote.

 753, 4 jammerlicher gelt *A* 754, 1 helmen *A* 2 bestan *A* 3 melmen *A*
 4 an einander *A* 5 môsten sich *A* biugen *R* 6 vliugen *R* 756, 5 et *fehlt*
A 757, 5 ot *A* 758, 2 da *R* 4 hôret noch *A* 5 ot *A* 759, 6 den *W*, da
R 760, 4 an einander *A* 761, 6 lagen auserwelten *A* 762, 2 da *fehlt R*
 5 so der a. h. so der a. h. *R* 6 a. ein jammerlichs e. *A*

764 Beidiu helm unde schilt
daz was zerhacket gar.
er was mit wunden gezilt,
disiu mære diu sint wâr.
er hete ouch sich vergolten,
grôzen jâmer si von sînen handen
      dolten.

765 Die jungen und die alden
die mohten niht mê.
die starken und die balden
den geschach von slegen wê.
vil michel was ir swære.
nû sult ir hœren diu vil starken mære.

766 Die schar zesamne drungen
vaste ûf dem wal,
die alden und die jungen.
harte michel was der schal.
bewegen si sich hâten,
ein swindez phat si mit den vüezen
      trâten.

767 Si wâren strîtes vlîzec
dort und ouch hie.
sô vielen dâ wol drîzec.
solh wunder gesâht ir nie
bî allen iuwern zîten.
ez gie alrêst an ein hertez strîten.

768 Diu nôt diu was manicvalt
von ir slegen starc.
dâ sturben die helde balt,
dar zuo diu ûz erwelten marc.
owê der jæmerlîchen leide!
da gelâgen recken tôt ûf der heide.

769 Die tiefen wunden herte
die wurden dâ geslagen.
niemen den andern nerte.
mîn viere mohten niht gesagen

die nôt noch daz wunder.
ir gelac dô beidenthalp vil under.

770 Si stâchen, si miezen
die edelen brünne lieht
mit swerten und mit spiezen.
einer schônte des andern nieht.
des muosten si verderben
und des grimmen tôdes dâ ersterben.

771 Ez geschach bî niemens zîten
ein mort alsô grôz
in allen herten strîten.
die gêre man durch die brünne schôz,
daz si in dem lîbe stahten.
den grimmen zorn si ûz ir lîben
      wahten.

772 Welt ir nû hœren gerne,
waz wunders dâ begie
der werde vogt von Berne,
daz wil ich iu bescheiden hie.
daz ist mir ein kundez mære,
zwei tûsent man sluoc dâ der Ber-
      nære.

773 Der edele vürste mære,
alsô mir ist bekant,
der rîche Bernære
der rette vaste sîniu lant
vor dem künege Ermrîche.
sîniu leit diu rach er williclîche.

774 Lîbes unde guotes
wâren si bewegen.
manlîches muotes
sach man die ûz erwelten degen.
si striten mit grimme,
als ich mich an dem mære versinne.

775 Welt ir nû gerne vernemen
daz mære an dirre zît,

764, 5 sich ouch so verg. R   765, 2 niht mê *W*, nie mê R   5 vil gros *A*
766, 1 scharn *A*   2 dem *W*, den R   6 mit füessen sy tratten *A*   767, 2 ouch
fehlt A   3 wol *fehlt A*   768, 4 unverzagten m. R   769, 3 dem s. werte *A*
6 beidenthalbe vil da R   770, 2 e. prawne l. *A*   3 und *fehlt A*   6 sterben *A*
771, 4 die *vor* gêre *fehlt R*   preûne *A*   6 leibe *W*, herzen R   772, 2 w. w. man de
R   773, 1 f. herre *A*   2 als *A*   3 von Perne der herre *A*   774, 6 mich *fehlt A*

sô mac iu harte wol gezemen:
ich wil iu sagen, wie der strît
ein ende nam ze leste.
dâ sturben beide vriunde unde geste.

776 Unz an den einleften tac
werte dirre strît,
als ich vür wâr wol sagen mac.
diu vil starke heide wît
lac elliu vol von tôten.
dâ wurden helme und schilde vil
verschrôten.

777 Diu ûz erwelten kastelân
gelâgen ouch dâ tôt.
als ich vür wâr vernomen hân,
daz velt was über al rôt
von maneges mannes bluote.
da verdurben ûz erwelte recken
guote.

778 Nû merket vil besunder
an disen mæren ouch,
was daz niht ein wunder?
der tunst von ir lîben rouch
in allem dem gebære,
sam ob ieslîcher an gezündet wære.

779 Ich gehôrt bî mînen zîten
an buochen nie gelesen,
in allen landen wîten
ist nie kein strît sô herte gewesen
sam der ze Raben sicherlîche.
des müeze got verteilen Ermrîche!

780 Mich muoz des immer wun-
wie siz erwerten ie.   [der hân,
daz selbe spricht noch manic man,
man vrâget dort unde ouch hie,
wie si daz ie erwerten   [swerten.
daz lange vehten mit den scharphen

781 Swinde was daz geverte
ûf der heide breit.
die liehten helme herte
man mit swerten gar durchsneit,
daz daz bluot muost dar ûz rinnen,
als ich mich an dem mære kan versinnen.

782 In disem sturme vreislich
der dâ gie entwer,
dô kom der herre Dietrich
gedrungen bitterlich dort her.
der edele und der ziere
den heten bestanden edeler recken
viere.

783 Si liezen ûf in dringen
mit slegen âne zal.
michel was daz clingen,
daz velt allez nâch erhal.
si striten sam si tobten.
bewegen wâren die hôchgelobten.

784 Der edele künec von Rœmisch lant
houwen began.
er frumt dâ nider ûf den sant
manegen unverzagten man,
tôte unde wunde,
daz iu daz nieman vol gesagen kunde.

785 Sînen schaden rach er tiuwer
mit eislichen slegen.
er sluoc vil ungehiuwer
ûf die Ermrîches degen.
er rach sich an in sêre,
daz si ez überwunden nimmer mêre.

786 Fruote von Tenemarke
mit grimme dort her gie
mit eime sturme starke.

775, 6 bede freundt *A*   vreunt *R*   778, 4 leiben *W*,
libe *R*   5 allem dem *W*, aller der *R*   6 sam ob isleicher *W*, sam ein iegelicher *R*
779, 2 puechern *A*   4 nyndert st. herter *A*   780, 5 des *A*   siz *R*   6 lange
fehlt A   mit so sch. *A*   781, 2 hayden *A*   4 gar *fehlt A*   783, 4 hal *A*
6 hohen g. *A*   784, 3 auf das landt *A*   6 n. recht vol sagen *A*   wol *R*
785, 2 eytligen *A*

solhes wunders gesäht ir nie
als von sinen handen.
in widersäzen sére die von Hiunisch
  landen.
787 Er truoc in siner hende
ein wäpen alsó breit.
dä von nam den ende
vil manic recke gemeit.
er lie dar näher strichen,
er kom mit slegen an den starken
  Dietrichen.
788 Die zwéne recken milde
küene und úz erkant
die liezen die schilde
und nämen diu swert in béde hant.
si gunden an einander loufen.
dó wolden si ir leben beide verkoufen.
789 Mit grimmigem muote
sluogen si dar.
die vrechen helde guote
die nämen vintlichen war,
wä si treffen kunden.
si vähten grimmecliche bi den stunden.
790 Man hórte ir slege hellen
über berc und über tal.
die küenen und die snellen
die sluogen vaste äne zal
daz in daz viuwer lühte.
nune weiz ich, wes den Bernære be-
  dühte.
791 Só er almeiste mohte,
an Fruoten er dó lief.
er tete als im getohte.
er holte úz sinem herzen tief

einen slac só herticlichen:
des enkalt vil sére Fruote der riche.
792 Er traf in mit dem swerte
vaste sunder melm
reht dä er sin gerte
úf den liehten guoten helm.
des slages mohte er niht gelougen.
im spranc daz bluot úz beiden sinen
  ougen.
793 Nú merket rehte waz ich
  sage.
dó der slac was ergân,
(hier an ich iuch niht verdage)
Fruote der unverzagte man
der begunde zehant vallen.
daz erbarmte sére sinen recken
  allen.
794 Er hete den künic hére
só sére nider geslagen,
daz er dar nâch immer mére
muoste mære dä von sagen.
ez was vil nâch gewesen sin ende.
er rahte dem Bernære beide hende.
795 Daz erbarmte alsó sére
den künec von Rœmisch lant.
er sûmte sich niht mére,
er zuhte in úf sâ zehant.
vor dem tóde er in nerte:
er stuont über in selbe unde werte.
796 Nú wizzet sicherliche,
und wær des niht gewesen,
Fruote der riche
wære nimmermér genesen
vor Dietriches recken.
alsó nerte her Dietrich den kecken.

787, 1 an seinen hennden *A* 2 ein *fehlt A* 4 vil *fehlt R* 788, 5 begunden *RA* an *fehlt R* 789, 1 grymmigen *A* 4 die *fehlt A* 790, 3 die snellen und di chvenen *R doch durch ein beigefügtes zeichen corrigiert* 6 was *A* 791, 1 Do er allermeist *A* 6 entgelt *A* frete *W*, Vrevete *R uö.* 792, 6 aus ze baiden augen *A* 793, 3 iv *R* 6 sere den seinen *A* 794, 2 so hart n. *A* 3 symmermere *A* 795, 2 dem künige *A* 6 unde *W*, fehlt *R* 796, 1 Nú fehlt *R* 2 und fehlt *R* 4 der wer *A* nimmer g. *R* 5 vor den D. *A* 6 erneret *A*

797 Den tugenthaften Fruoten
bevalch er al zehant,
den milten und den guoten,
dem unverzagten Hildebrant.
daz tete der Bernœre
umbe daz daz er ân angest wære.

798 Nû sult ir hœren gerne
noch mére an dirre zît.
der werde vogt von Berne
kêrt aber wider in den strît.
ahî, er liez imz wol enblanden,
er gap daz edel swert ze beiden
    handen.

799 Gelîche einem wurme
werte noch sîn craft.
in dem herten sturme
erzeigte er sîne meisterschaft.
er vaht vil menlichen,
er wold in dem sturme niemen ent-
    wichen.

800 In den selben zîten
dô sach her Dietrich
zwêne recken dort her rîten.
do begunde er gâhen sicherlîch.
owé, dô sach er an den stunden
den einen recken harte sêre wunden.

801 Wer der selbe wære,
den er dâ wunden sach,
daz ist mir ein kundez mære.
alsô uns daz buoch verjach,
owé, jâ was ez sicherlîche
von Lunders der starke Helphrîche.

802 Der in dà hete bestanden,
daz was ein helt guot,

unverzaget ze sînen handen.
Mórunc hiez der hôchgemuot.
owé, jâ hete er Helphrîche
ze tôde erslagen, wan daz ez wande
    her Dietriche.

803 Dem edelen Bernære
dem wart unmâzen gâch,
dô er sunderbære
Helphrîchen in den nœten sach.
owé, dar lief der ûz erkorne:
er nam daz swert mit grimmigem
    zorne.

804 Als er almeiste kunde,
sluoc er einen slac
Mórungen an der stunde,
daz er gestrahter vor im lac.
owé, dô nâhent im der ende.
er sluoc in durch den helm unz ûf
    die zende,

805 Daz der recke milte
ê tôt gelegen was.
er gelac in dem schilte
leider tôt ûf dem gras.
owé der grôzen herzenswære!
dise nôt klagte der Bernære.

806 Alsô der recke Mórunc
den lîp hete verlorn,
daz wold mit triwen ein recke junc
rechen biderbe und ûz erkorn:
daz was Mórholt von Îrlande.
an den starken Bernære er rande

807 Mit einem guoten marke,
als mir gesaget ist.
Mórholt der vil starke

797, 1 vrueten *R*   2 er *fehlt A*   3 den m. vnt den g. *W*, dem m. v. dem g. *R* dem g. *A*   798, 5 liez *W'*, hiez *R*   im wol *A*   799, 2 noch *fehlt A* 5 manalichen *A*   6 dem streite n. *A*   800, 3 streiten *A*   4 er vragen *R* sicherlich *fehlt A*   6 harte *fehlt R*   801, 4 als *A* iach *A* 6 Helffereiche *A* 802, 4 Horung *A*   4 der helt h. *R* 803, 2 den *fehlt A* on massen *A* 6 grymmigen *A*   804, 1 allermaiste *A* 3. 4 *fehlen RW* 3 an den stunden *A* 5 das e. *A* 6 Helme *A* 805, 2 gelegen *fehlt A* 806, 3. 4 d. w. m. t. rechen ein Recke auserkorn *A* 5 Jerlande *R* Morolt von Eyerlannde *A* 807, 3 Morolt *A* vil *fehlt A*

der schôz an der selben vrist
ûf den Bernære
(daz was im komen nâch ze grôzer
    swære)
  808 Mit einem scharphen gêre
unmæzlichen breit,
der ze beiden ecken sêre
und vil vreislichen sneit.
nu geloubet mir diu mære,
dô nerte got den edelen Bernære.
  809 Der werde vogt von Berne
der was ouch an in komen.
er wolt sich rechen gerne, [nomen.
ze beiden handen het erz swert geer was erzûrnet sêre,
daz überwant Môrholt nimmer mêre.
  810 Er sluoc in ob dem satelbogen
durch den halsperc,
des enhân ich niht gelogen.
er schriet in tiefe in daz verch,
daz er bî der stunde   [sunde.
von der stat kom nimmermêr ge-
  811 Gunther von Rîne
mit einer breiten schar,
ûf die triuwe mîne,
der was ouch nû komen dar.
owê, der vuorte die vil kecken,
die wâren zuo ir handen welrecken.
  812 Rüedegêr der marcman
und ouch her Dietrich
die ranten Guntheren an
mit manegem recken lobelîch.
owê, dô gie ez an ein houwen:
daz beweinten sît die vil schœnen
    vrouwen.

  813 Diu sper si ûf stâchen
mit creften, daz ist wâr,
die schefte si zebrâchen
beidenthalben in der schar.
mit grimme si dar ruhten,
mit zorne si diu scharphen swert
    zuhten.
  814 Alrêst wart herte der strit,
daz wizzet sicherlîch.
zesamne truoc si der nît
die hôhen recken ellens rîch.
si bewâgen sich des guotes,
si wâren ûf einander grimmes muo-
    tes.
  815 Alrêst kômen mit schalle
zesamne diu her.
die küenen recken alle
die griffen vaste zuo der wer.
mit grimmigem zorne
vâhten êrst die recken ûz erkorne.
  816 Si liezen dar clingen
mit eislîchen slegen.
michel was daz dringen
von den recken ûz gewegen.
owê, sich huop alrêst ein strîten.
man sach daz bluot in tal unde in
    lîten
  817 Harte vaste rinnen
hin unde her.
si striten âne sinnen,
in was zuo zeinander ger.
owê, vil michel was diu swære,
si machten alrêst manegen satel lære.
  818 Bluotic wart diu heide
von maneges mannes bluot.

807, 5 den edelen B. *R*   6 nahend *A*   grozzer *W*, grozen *R*   808, 2 unmæs-
siklichen *A*   3 sere *fehlt A*   4 und *fehlt A*   grymmiklichen *A*   6 den werden
pernere *A*   809, 2 auch nu an *A*   4 er daz *RA*   genomen *W*, *fehlt R*   6 Marolt *A*   810, 3 han *A*   811, 1 Reine *A*   812, 6 die verwaisten fr. *A*
813, 6 die sch. schwert mit zorn sy zugkten *A*   814, 1 Allererst *A usw.*   was *A*
    2 sicherliche *R*   6 grimmiges *A*   815, 4 gr. alle zô *R*   5 grymmigen *A*
6 allererst *A*   816, 6 vnd an l. *A*   817, 4 zu einander *A*   6 allererst vil s. *A*

owê der grózen leide!
mich riuwet manic helt guot,
der dâ nam den ende.
nù bitet alle, daz got Ermrich
        schende!
  819 Geliche si sich wâgen
vûr unde wider.
tôt si gelâgen
ûf dem wale leider sider.
vil michel was diu vreise,
des wart sit vil manic armer weise.
  820 Diu swert von ir handen
entwer vaste vlugen.
ze strite si sich wanden,
diu scharphen wâfen sî zugen.
si sluogen durch die ringe.
niemen ich sin leben ûz dinge.
  821 Si sluogen durch diu houbet
diu hirne rehte enzwei.
vûr wâr ir daz geloubet,
vil lûte dô maneger schrei.
owé, der jâmer der was veste.
dâ sturben die vriunde und die geste.
  822 Si worhten bî den stunden
tiuvelischiu werc.
si sluogen tiefe wunden
durch manegen herten halsperc.
ez wart bî niemans ziten
sô manic man erslagen in sturme
        und in striten.
  823 Si striten alsô lange
her unde hin.
si wurben mit getwange

umb einen jæmerlichen gwin.
si sluogen ûf einander vaste.
daz wilde viuwer von ir ougen glaste.
  824 Ze lebene niemen gerte
ûf des strites zil.
manegen man dâ werte
der starken wunden alsô vil.
nît si ûf einander truogen,
die swinden slege si grimmeclichen
        sluogen.
  825 Durch helm und durch hirn-
        schal
wurden slege dar geslagen
unz ûf den drûzzel ze tal.
dâ was wuofen unde clagen,
diu sper durch herze gestochen,
die gére in tiefen wunden ab gebro-
        chen.
  826 Nâch des tôdes ende
wurben si zehant.
mit manlicher hende
si salzten diu vil swæren phant,
diu erlóst wurden nimmére.
nù riuwent mich die edelen recken
        hére.
  827 Nù vernemet mit guoten
waz ich iu sagen mac.   [siten,
diu her heten *mit einander* gestriten
rehte unz an den zwelften tac.
reht an dem zwelften morgen
(disiu mær sag ich iu unverborgen)
  828 Dô wâren bêdenthalben
diu her vil nàch erslagen.

818, 4 manich edel rekche g. *R*   5 Di da namen *R*   6 Ermrichen *R*, Eronrei-chen *A*   619, 2 widere *A*   4 sidere *A*   6 der wirdt *A*   vil *fehlt A*
820, 2 entwer *fehlt A*   4 wappen *R*   821, 2 rehte *fehlt A*   3 wâr *fehlt A*
4 das plât durch die wunden tay *A*   822, 2 die teufelische *A*   823, 3 wrben *W*, wurden *R*   gedinge *A*   4 einen *W*, *fehlt R*   iæmerlichen *W*, iæmerlich *R*
5 an einander *A*   6 Daz *W*, daz daz *R*   vor *A*   824, 3 man *fehlt R*   6 si ouf einand' sl. *R*   825, 4 Was waffen v. *A*   chriegen v. *R*   6 in don t. *R*
826, 2 wrben *W*, wurden *R*   3 mænlicher *R*   4 da vil schwérer *A*   5 nimmer-mere *RA*   827, 1 gûtem *A*   5 *und 6 umgestellt R*

si muosten sich mit bluote salben
die küenen recken zuo den zagen.
owé der *starken* unmuozen! (vuozen.
diu ors wârn tôt, dô striten si ze

829 Herte wider herte
gie dà vaste entwer.
swinde was daz geverte.
die vâhten hin, sô dise her.
owé, der solt wart jæmerlîche
von dem unverzagten Dietriche.

830 Mit grimmigem zorne
huop sich der schal.
die recken ûz erkorne
die tungeten vaste daz wal
mit manegem edeln tôten
dà wurden hende und houbet ab
geschrôten.

831 Leit was Ermriche,
michel was sin clagen.
er rief gewalticlîche,
als ich iu nû wil sagen .
'nû wol ûf, al die minen!
ir slahet Dietrichen unde al die sînen!'

832 Sturmgêr der mære
ze Ermrichen sprach
'ûf den Bernære
sol niemen wesen ze gâch.
jâ hât er vil noch recken,
die werent sich, der starken und
der kecken.'

833 Dô sprach der künic Ermrich
als ein witzic man
'weiz ab iemen sicherlîch,
wie vil mac Dietrich noch liute hân?'
dô sprach mit gewalde
her Heime der starke und der balde

834 'Wil dû daz hœren gerne,
künic Ermrich,
ez hât der vogt von Berne
wol vierzictûsent volleclîch:
ahî, und sint daz die besten,
in herten striten die vil nôtvesten.'

835 'Daz wære ein michel wunder
unde ein starkez dinc'
sprach Ermrich besunder.
'wer solt mit in hân gerinc?
owé, so ist mîn her gar ze cleine,
sô gebâr wir gein iu gar ze seine.

836 Si sigent mit gewalde
vaste gegen uns dort her.
nù schaffet daz, helde balde,
der sturm gêt iezuo vaste entwer.
nù wert iuch wicræzen:
uns bestênt die küenen widersæzen.'

837 Heime und Witegîsen
die heten in ir pflegen,
des wil ich iuch bewîsen,
wol ahzehen tûsent degen.
ahî, daz wâren helde stæte,
die sluogen durch die ringe daz daz
bluot ûz schræte.

838 Heime und Witegîsen
die leiten die schar.
nù wil ich iuch bewîsen,
wer gegen in kom, daz ist wâr.
daz tet Rüedegêr der milde,
dem volgten sehzehen tûsent schilde.

839 Si truogen in ir handen
manegen starken gêr.
vil wênic si bekanden
barmunge noch herzen sêr.

828, 4 r. ovz den *R*   829, 4 sô *fehlt A*   5 d. strit w. *R*   830, 1 grymmigen *A*   6 belm u. h. *R*, haubt und hend *A*   831, 2 gross w. *A*   3 rueñt *A uö*.
5. 6 alle *R*   und *fehlt A*   832, 1 Stvringer *RA*   5 vil der r. *R*   833, 3 was aber *A*   6 Hayme *A usw.*   835, 2 starch d. *A*   5. 6 ze *fehlt A*   836, 5 reich-ressen *A*   837, 1 Wytegeysen *A usw.* .   6 dar aus *A*   838, 2 leitten *R*   839, 2 m. scharffen g. *A*

ahî, die küenen unbetwungen
harte vaste gein einander rungen.
　840 Her Heime der mære,
daz tuon ich iu bekant,
der truoc sunderbære
Ermriches vanen an der hant.
die schilde si bî riemen viengen,
beidenthalbe si ze vüezen giengen.
　841 Heime und her Rüedegér
liefen an einander an.
gebiten wart dâ nimér,
dâ wart wunder getân.
ahî, zesamne si dô stiezen,
grimmeclich si ûf einander miezen.
　842 Ez mohte vor ir herten slegen
der stahel niht gestân.
si begunden diu bot legen
mit starken wunden vreissan.
ahî, die recken ellens rîche
die sluogen ûf einander tiuvellîche,
　843 Daz vil vaste daz bluot
durch die ringe dranc.
si heten zornigen muot.
der strît was âne mâze lanc.
an einander si *vil cleine* schônten,
mit tiefen wunden si vil vaste lônten.
　844 Si sluogen durch die ringe
rehte daz ez bran.
niemen ich ûz dinge,
dâ starp man wider man.
die halsperge sich entranden,
daz bluot ran in nider an den handen.
　845 Dirre strît herte
wert unz ûf mitten tac.

Heime der starke
sigelôs dô gelac.
sîner ahzehntûsent manne
der kômen wan zwelfe dô von
　　danne.
　846 Si lâgen unbescholten,
daz wil ich iu sagen.
si heten sich vergolten
und vil sêr hin wider geslagen.
ez gelâgen dâ die kecken,
ez lebten wan sehzic Rüedegéres
　　recken.
　847 Heime daz wal rûmte,
dô er den sic het vlorn.
niht langer er sich sûmte,
hin vlôch der recke ûz erkorn.
er sagte Ermriche
'wir sin sigelôs worden sicherlîche.'
　848　Wernher von Wernhers
　　marke
der sûmte sich niht mêr.
zehen tûsent recken starke
die volgten dem vürsten hér.
owé, die wolten Ermriche
helfen ûf den küenen Dietrîche.
　849 Si drungen mit schalle
ûf den breiten plân
neben einander alle.
vaste gâhen man began.
owé, dâ huop sich ein strîten.
si kômen zesamne an einer lîten.
　850 Wer gein Wernhere kom an
　　der vart,
daz wil ich iuch wizzen lân.

839, 5 vmbetungen *A*　　6 vast gein *W*, v. da g. *R*　　drungen *A*　　840, 5 ahey die *A*　　841, 1 her *fehlt A*　　2 l. bede an e. *A*　　5 dô *fehlt A*　　842, 1 von *R* herten *fehlt R*　　3 gepot *A*　　843, 1 Das vil grymmige plât *A*　　4 on massen *A* 5 niht　klaines *A*　　844, 6 in den *A*　　845, 3. 4 Heime sich da werte unz er sigelos gelach *R*　　5 man *A*　　6 chom da *fehlt A*　　dan *A*　　846, 5 lagen *A*　　die vil ch. *R*　　6 niwan *R*, nûn *A*　　847, 2 die erden sich *A*　　3 laang er sich *A* 848, 1 Werenheres march *A*　　3 starch *A*　　849, 4 g. sy began *A*　　850, 1 gegen werenheren *A*　　an der vart *fehlt A*

daz tete der starke Wolfhart
und mit im zehen tûsent man.
heid, daz wâren die vil kecken.
dô kômen alrêste zesamne wel-
       recken.

851 Die liezen inz enblanden,
als mir ist geseit,
dem herzen und den handen.
zorn wider zorn dâ streit.
owé, des enkulten si vil tiuwer,
ir slege wâren swinde und unge-
       hiuwer.

852 Si sluogen durch die kophe
und durch die helme lieht.
si vielen als ein hophe,
des missesage ich nicht.
owé, vil tief wârn ir wunden. [den.
si schriren alle wâffen bî den stun-

853 Vûr unde widere
daz viuwer vaste spranc.
die tôten vielen nidere,
der tôt si jæmerlîch betwanc.
owé, alsô kuren si den ende.
mort begie Wolfhart mit ellens hende.

854 Lûte bî der stunde
Wolfhart ruofen began
als er almeiste kunde
'nû wert iuch, Dietriches man!
wir mugen niht entrinnen,
jâ kan niemen komen lebende *von*
       hinnen.

855 Von diu gelt iuch willeclîchen.
da enist niht anders an,
ir lât dar nâher strîchen'
sprach der unverzagte man.

'ir tunget vast die wilde.
werfet von den handen die schilde,

856 Und nemet diu swert mit
gerâten sî iu daz.   [creften,
wir müezen uns beheften,
ez enkom uns nie baz.'
des volgten sî im alle,
si liefen dar mit einem grôzen
       schalle.

857 Als tâten her engegene
die Ermrîches man.
die küenen dietdegene
die sluogen, daz daz viuwer bran
ûz ir helmen vaste.
si sluogen sêre daz ez rehte erglaste.

858 Die recken ûz erkorne
die heten sich bewegen
mit grimmigem zorne.
die starken Dietriches degen
die *strîten* manlîche,
si râchen sich an dem ungetriuwen
       Ermrîche.

859 Do ez nâhenen begunde
zuo der naht dan,
owé der leiden stunde!
do gelâgen vriunde unde man
alle tôt dâ nidere.
daz wolde rechen Ermrîch sidere

860 Vil vaste an dem von Berne,
als ich vernomen hân.
nû sult ir hœren gerne,
wie mir ist kunt getân.
als diu naht komen solde
und daz der tac von dannen schei-
       den wolde,

851, 3 und *fehlt* A   852, 3 daz sy nidervielen A   als ein hophe *fehlt* A
4 missesagen R   5 tief *W*, tieffe R   6 schryen A   853, 3 vielen *W*, vielen vielen R   d' nidere R   4 iammerlichen zwang A   5 luren A   6 Wolfhart begie
mort mit sin' h. R   854, 1 den stunden A   3 allermaist A   855, 1 Wann der
giltet A   2 ist A   856, 4 kam A   6 grozzen *W*, grozem R   857, 3 k. Diett-
richs degen A   5 helme vil vaste R   6 schl. rechte daz es seer glaste A   858, 2 bewegene R   3 grymmigen A   5 râchen   859, 5 dâ *fehlt* A   860, 4 khunt ist A
     6 daß R

861 Wernher von Wernhers marke
und alle sine man
(was daz niht ein wunder starke?)
die muosten tôte dâ bestân.
dâ mit was ez *allez* ergangen,
Ermrich was mit jâmer bevangen.

862 Die dannoch lebendec wâren,
die huoben dô die vluht,
man sach dâ gebâren
niemen mit manlîcher zuht.
von danne si dô gâhten,
zuo der stat si baltlîchen nâhten.

863 Hin vlôch der künic Ermrich
(daz tuon ich iu bekant)
und ouch her Sibeche sicherlîch.
an den kom Eckehart zehant.
daz kom im wol ze mâze,
er vie den ungetriuwen ûf der strâze.

864 Als in hete gevangen
der küene Eckehart,
er sprach 'nû muost dû hangen.
nû wol mich dirre reise wart!
nû sint gerochen mîne herren,
nû kan mir leides nimmer niht ge-
    werren.'

865 Nû hœret sicherlîche
grôzez wunder sagen.
ûf der vluht wart Ermrîche
niunhundert man dannoch erslagen.
owê, jâ clage ich clegelîchen,
daz si niht selbe sluogen Ermrîchen.

866 Nû hœret disiu mære,
diu ich iu tuon bekant.

Eckehart der lobebære
der hete Sibechen al zehant
twerhes ûf daz ros gebunden,
er vuorte in nacket durchz her bî
    den stunden.

867 Vrô wart der Bernære,
ein ende nam der strît,
dô kurzte sich sîn swære.
dô gebôt er bî der zît
den jungen und den alden,
dar zuo den blîden und den balden

868 'Nû gêt ir recken über al
balde an dirre stunt
und suocht die tôten ûf dem wal.
und vindet ir iemen undr in wunt,
sô hebt in ûz dem bluote.'
daz tâten alzehant die helde guote.

869 Nû hœret vürbaz mêre
von weinen und von clagen.
grôz was diu herzensêre,
dô man die tôten sach tragen
an die trucken ûz dem bluote.
in der zît kom Elsân der guote.

870 Als in der vogt von Berne
erbeizen nider sach,
nû sult ir bœren gerne,
wie güetlîche er zuo im sprach.
wol enphie er in von verren.
sîn êrstiu vrâge daz was umb die
    herren.

871 'Sage an, herre Elsân,
ûf die triuwe dîn,
der vrâge mac ich niht rât hân,
wie stêt ez umb die herren mîn?

861, 1 Werenheres march *A*   3 ein iamer starch *A*   4 wie mues ainer da b. *A*
862, 2 h. die fl. dan *A*   4 mannlich nyeman *A*   5 d. schire si *R*   6 baltlich si
do *R*   863, 3 Sibeck *A*   4 Ekehart *R*   864, 2 Ekkehart *R uö*.   4 diser raise fart *A*
6 nymmermer n. geweren *A*   865, 2 noch gr. *A*   3 der vart w. *R*   6 slâgen selb
E. *R*   866, 6 nacht *R*, nahent *A*   durch das *A*   867, 3 chvrzte *W'*, chvrtzet *R*, kur-
tzet *A*   4 er gebot an d. z. *R*   6 plœden *A*   868, 5 hebt sy aus *A*   869 *Ueberschrift
in R* avett wie man diu chint tote vant vü wie her Dietrich clagte   1 mâre *A*
6 der g. *W*, der vil g. *R*   870, 4 güetlichen *A*   zuo im *fehlt A*   6 daz *fehlt A*

wie gehabent si sich beide?
trœste mich nâch mlnem herzen-
        leide.'
872 Elsân der guote
sinen herren ane sach.
mit trûrigem muote
er zuo dem Bernære sprach
'*herre*, nû vrâget mich niht mêre;
ich hân verlorn die jungen künege
        hêre
873 Und mlnen juncherren
den lieben bruoder din.
in sol ab niht gewerren,
des wil ich got getrûwent sin.'
owê, als er vol sagt diu mære,
dô begunde ouch weiuen der Ber-
        .   nære.
874 Sin herze wart erschrecket
mit riuwen al zehant.
der vane was gestecket
ûf dem wale in den sant.
owê der clegelichen swære!
mit siuften sprach dô der Bernære
875 'Herre, ist ab hie ieman,
der iht wizze umb diu kint?
mich muoz des michel wunder hân,
daz si bi dem vanen niht sint.
owê, stüend ez et umb si rehte!
dô hiez er gâhen ritter unde cnehte.
876 'Niemen sol erwinden,
mâge unde man.
ez muoz mir nâch den kinden
an alle mine êre gân.
owê mir immer mêre!   [min êre.'
nu verliuse ich alrêst guot und al

877 Dô der Bernære
alsô clagen began,
dô kom mit herzenswære
Helphrich der vil küene man.
owê, dô viel der helt starke
vür tôt nider von sinem marke.
878 Die sinen hende beide
er zesamne tiure sluoc
mit jâmer und mit leide,
dâ in sin herze zuo truoc.
sprechen er begunde
mit weinden ougen und mit clagen-
        dem munde.
879 Der edele recke mære
vie sich selb in daz hâr.
daz gesach der Bernære,
er lief vil baltlichen dar.
owê, der edele vürste riche
der sprach zuo dem küenen Hel-
        phriche
880 'Sage an, helt guote,
,waz ist dir geschehen?
dû clagest mit trûregem muote.
jâ herre, waz hâstû gesehen?
daz weste ich harte gerne.'
dô sprach her Helphrich wider den
        vogt von Berne
881 'Wizzet ir niht der mære,
vogt von Rœmisch rich,
und ouch der herzenswære?
die jungen künege lobellch
die sint erslagen beide   [heide.'
und iuwer bruoder Diether ûf der
882 Nû bœret endeliche,
wie ez dort geschach.

872, 4 zu dem pernere Er sp. *A*   6 Ich han iv v. *W'*, ja han ich v. *R*   873, 3 wer-ren *A*   5 er *W'*, *fehlt R*   875, 1 aber *A*   2 vmb baide k. *A*   4 dem aiuen n. *A*   5 stünd aber es vmb *A*   6 reuter *A*   876, 3 Er *A*   4 min *R*   6 alle m. *A*   877, 3 chom *W'*, *fehlt R*   hertzen sere *A*   4 vil *fehlt A*   878, 2 zes. er *A*   4 dar-zů In s. h. *A*   6 und *fehlt R*   klagelichem *A*   879, 2 selbe *W'*, *fehlt R*   4 da lief er paltlichen d. *A*   balde *R*   6 der *fehlt A*   880, 5 vast g. *A*   881, 2 riche *R*   4 lobeliche *R*   882, 2 da g. *A*

von Berne der vil riche
daz hâr ûz der swarte brach
'owê mir immer mére!
alrést hân ich verloren lîp und êre.'
   883 Zuo dem guoten marke
gâhen er began.
dô volgten im vil starke
beidiu mâge unde man.
owê, gâhen er begunde,
dâ er die herren vant vil tôtwunde.
   884 Bî Raben ûf dem sande
dâ lâgen diu kint.
über si dô rande
her Dietrich, der si rach sint.
owê, mit vil trûrigem muote,
mit triuwen sprach der edel helt
               guote.
   885 Dô was ouch komen Rûe-
               degér
und Gotel der marcman,
und ander manic recke hêr,
der ich genennen niene kan..
owê, bî handen si sich viengen,
über ir liebe herren si dô giengen.
   886 Dô viel der Bernære
ûf die herren sîn
mit clegelîcher swære.
im wart dô jâmers nôt schîn.
owê, er kuste si in die wunden:
'nû hân ich alrést mînen jâmer
               vunden.'
   887 Er nam die hende beide,
in diu ougen er sich sluoc.
'owê der grôzen leide!

daz mich mîn muoter ie getruoc,
daz müeze got erbarmen!
nu beschuof er nie deheinen man
               sô armen.
   888 Owé und iemer mére ach,
daz ich ie wart geborn!'
daz hâr er ûz der swarte brach,
der edele recke ûz erkorn.
vil sére er weinen gunde.
'nû sî verfluochet diu zît und diu
               stunde,
   889 Und sî verfluochet der tac'
sprach her Dietrich,
'dâ mîn geburt ane lac!
daz riuwet harte sére mich.
owé, wer sol mir nû getrouwen!
sô manz nû seit vroun Helchen mî-
               ner vrouwen,
   890 Diu spricht mir ûf mîn
               triuwe
hinnevûr immer mé.
owé der herzen riuwe!
mir ist wirs danne wé.'
owé, er kust die herren beide.
'nu geschach bî mînen tagen mir
               nie sô leide.'
   891 Dô sprach der marcgrâf Rûe-
               degér
wider den künec von Ræmischlant
'ir muget wol clagen immermér:
iuch hât got hôhe gephant.
owé, nû riuwet ir mich sére.
Hiunisch lant gesehet ir nimmer-
               mére.'

882, 3 vil *fehlt A*   4 har auz *W*, har er uz *R*   schwarten *A*   6 gût vnd ere *A*
883, 1 gûten *W*, gvtem *R*   3 nu volgeten *A*   4 baide magt *A*   6 vil *fehlt A*
884, 3 sy gerande *A*   dô *W*, fehlt *R*   5 vil *fehlt A*   6 edel *fehlt R*   h. g.
W, h. also g. *R*   885, 1 was ch. *W*, was was chounē *R*   4 des *A*   886, 1 Dar
A   4 da *R*   887, 3 Awe grosser l. *A*   6 du beschueffe *R*, der beschueff *A*   er
W, fehlt *RA*   mensch *R*   888, 1 mére *fehlt A*   5 begvnde *RA*   889, 1 Nu *R*
6 wann man es nu sagt fraü H. *A*   vroun Helchen seit *R*   890, 2 nymmermer
A   4 wirser *A*   6 g. mir bi minen tagen nie *RA*   891, 1 Margrave *W*, March-
rawe *R*   2 zehant?   3 mer *fehlt A*   5 mich vil s. *R*   6 L das g. *A*

892 'Owé mir, armer Dietrich,
wé und immer wé!
verliuse ich alsó Rœmisch rich,
war zuo bin ich immermé?
owé, mîn jâmer der ist veste.
got vüege daz mir daz herze schiere
                    ab breste!'
893 Zuo dem herzen sére
slahen er began.
'got, durch dîner marter êre
und durch daz bluot, daz von dir
                    ran,
nû lâ mich iezuo sterben
und des grimmegen tôdes gar ver-
                    derben!'
894 Hende unde vüeze
grimmen er began.
'got mich tœten müeze,
sît er mir niht êren gan,
und gesende mir den ende!'
er begunde bîzen in arm unde in
                    hende.
895 'Ich bite iuch, muoter unde
                    meit,
künegîn von himelrîch,
daz ir bedenket mîniu leit!'
sprach der herre Dietrich.
'wâfen hiute und immer mére
sî geschriren über mîn leben und
                    mîn ére!'
896 Ein gelit ûz sîner hende
bîzen er began.
'got schiere mich geschende,
unsælde sî mir ûfgetân!

nimmermér werd ich geheilet,
elliu vreude sî mir widerteilet!
897 Des bite ich vlîzeclîche
dich, vil heiliger got!
ich armer Dietrîche,
ez hat der tiuvel sînen spot
alrêst ûz mir gerihtet!
unsælde hât sich ze mir gephlihtet.
898 Mîn wirt nû nimmermére
in dirre werlde rât.
swelhez ende ich kêre,
man sprichet an islîcher stat
nâhen unde verren   [herren!'
'seht, daz ist der verrâten hât sîn
899 Daz sprechents al gelîche,
swie unschuldic ich bin.
owé, armer Dietrîche,
wâ wil dû nû kêren hin?
wie sol ich nû gebâren?
daz wold got, wære ich tôt vor ma-
                    negen jâren!'
900 Die jungen künege tumbe
die nam her Dietrich,
er kêrt si bêde umbe,
er sach ir wunden vreislich.
owé, dô wart im êrste leide.
nû merket rehte waz ich iu be-
                    scheide.
901 Er schoute die tiefen wunden,
die wâren harte wît.
er sprach an den stunden
'ich sihe wol an dirre zît,
mit einem kurzen worte: [orte
die wunden sint mit Mimmunges

892, 1 mir vil a. *R*   armen *A*   2 awe und *A*   immermer we *R*   3 und v. *A*
alsô *fehlt A*   Hûnische reiche *A*   6 s. zerpreste *A*   893, 1 Nu *R*   6 grym-
men tode verd. *A*   894, 5 vnd sende mich an das e. *A*   6 armen *A*   895, 2 von
W, in *R*   6 und vber min *R*   896, 1 glid *A*   3 g. mich schier schennde *A*
6 alle *A*   897, 2 dich vil *fehlt A*   898, 3 ich hin kere *A*   6 seht *fehlt R*
seinen *A*   899, 3 owe vil a. *R*   900, 2 die *fehlt A*   5 allererste *A*
901, 2 vast *A*   4 syhe das w. *A*   6 sint mit *W*, sint geslagen m. *R*   mimißiges
R, mynniges *A*

902 Geslagen und gehouwen,
daz ist mir wol bekant.
ich wil des got getrouwen,
er werd dar umbe noch geschant!
owé, verworhter übeltæte, [hæte!
daz wolde got, daz ich dich bi mir

903 Dâ vür gert ich niht mére'
sprach her Dietrîch.
'mîne herzen sére
die geriche ich vil gewislîch.
nû lâz mich got niht ersterben,
ich müeze noch den sic an dir er-
　　　werben!'

904 Daz ich iu nû bescheide,
daz ist diu wârheit.
dem Bernær was sô leide,
alsô man mir hât geseit,
daz im ûz beiden ougen
daz bluot ran, des bin ich âne lougen.

905 In dirre herzensére,
die her Dietrîch
clagte Rüedegére,
dô sprach der marcgrâf lobelîch
'vil edel vogt von Berne,
möht ich iu gehelfen, daz tæt ich
　　　vil gerne.'

906 Hin gie der Bernære,
da er sînen bruoder vant.
sich huop ein ungebære
von dem recken al zehant.
owé, wer mohte daz verlâzen?
dâ was michel weinen âne mâzen.

907 'Nû breitet sich mîn werre
und méret sich mîn clagen.

owé, bruoder, herre,
daz ich niht lige bî dir erslagen!
daz clage ich gote vil tiuwer.'
im wâren dougen rôt alsam ein
　　　viuwer.

908 'Herre got, bedenke
die mînen grôzen nôt.
den lîp mir niht bekrenke
und lâ mich é niht sterben tôt
unz daz ich mich gereche!
îne weiz waz ich mér dar umbe
　　　spreche.

909 Mîner vreuden ôstertac
hân ich nû verlorn.
owé, waz tugent an dir lac,
junger recke ûz erkorn!
wie hât mich got von dir gescheiden!
mir muoz mîn leben immermére
　　　leiden.

910 Mîn vreude und mîn wünne
ist mit dir gelegen.
dû wær mîn næhstez künne.
owé, welch ein volclegen
ûz dir gewahsen wære,
mir ze trôste' sprach der Bernære.

911 'Dîner liute und dîner mâge
wær dû ein meien tac,
der milt ein glîchiu wâge.
ahî, waz dîn herze tugende phlac!
owé, daz ist nû gar zergangen.
nû bin ouch ich mit jâmer gar be-
　　　vangen.

912 Dû wær der tugende beie
slebt alle zît,

902, 1 vnt *R*　4 noch *fehlt A*　5 Awe verworchter vbel tete *W*, owe wi worht er vbel ræte *R*　6 pei *W*, *fehlt R*　903, 1 Darfur *A*　begert *A*　4 die *fehlt R* gerich ich *W*, gert ich *R*　6 den *fehlt A*　904, 1 Swaz *R*, Was *A*　4 hat man mir *A*　905, 5 edler *A*　6 vil *fehlt R*　906, 4 den *A*　907, 1 Nun *A* 3 Brúder Diether h. *A*　4 n. bi dir bin R　908, 2 grozzen *W*, groze *R*　6 ich wais nit *A*　909, 2 die h. *A*　910, 1 *beide* mîn *fehlen A*　2 die ist *A*　3 du vermainest es k. *A*　6 sprach *fehlt A*　911, 2 werest *A*　tage *A*　4 Aby *W*, hay *R* dein *W*, dine *R*　6 gar *fehlt A*　912, 1 warest *A*

dar zuo ein blüender meie.
owé, wie daz nù nider lit!
nu gesiht man nimmer mère
von dir weder tugende noch ére.')

913 Sich selben er bî dem hàre
mit bèden handen vie,
er roufte sich ze wàre.
so getàne clage gehòrte ich nie
in allen mînen zîten.
in der vrist dò sach man Witegen
riten.

914 Vaste über heide
gàhen er began.
in disem herzenleide
sprach Rüedegèr der marcman
'owé, wes bit ir, vogt von Berne:
welt ir sehen iuwern vint vil gerne?

915 Sò gàhet zuo dem marke,
ùz erwelter degen!'
ùf spranc der vil starke,
im was bereit zuo den wegen
Valke daz ros guote.
dar ùf saz er mit trùrigem muote.

916 Sîn leit begunde in grîfen,
grimmic was sîn zorn.
dò liez er nider slîfen
dem orse in die sîten die sporn.
owé, dò reit er ùf die heide.
dò sach er beide liebe unde leide.

917 Welhez daz liebe wære,
daz er dà gesach?
daz ist mir ein kundez mære
rehte als ez dò geschach.
daz liep was an den zîten,
daz er sach Witegen vor im rîten.

918 Dò was daz daz leide,
daz im dà wider gie,
daz er sîne herren beide
und sînen bruoder tòten lie.
owé, daz was ein gròz gebreste.
er sprach 'armez herze, daz dù bist
sò veste!'

919 Dò sùmten sich niht mère
die Etzelen man.
mit samt Rüedegère
vaste gàhen man began.
owé, im was von herzen leide,
si mohten *dem Bernære* niht gevol-
gen ùf der heide.

920 Si muosten hie belîben,
daz sage ich iu vùr wàr.
her Dietrich gund dar trîben
daz edel ros sunderbàr.
heid, der edel vogt von Berne
der hete et Witegen erriten vil gerne.

921 Daz edel ors lief vaste,
vil willic was sîn muot.
daz wilde viuwer glaste
von den îsen, als ez dicke tuot.
owé, dò clagte der Bernære,
alsò mir ist kunt ditze mære.

922 Ruofen er begunde
Witegen vaste an,
als er almeiste kunde
'nù bîte, ellens rîcher man!
durch willen aller vrouwen,
là mich durch ir willen dîne manheit schouwen!

923 Bist dù ein welrecke,
sò læst dù dich erbiten,

912, 3 blvder *R*   6 tugent *A*   913, 1 er *fehlt RA*   2 h. er vie *R*, mit hennden er sich vie *A*   6 Weitegen *A usw.*   914, 5 wes *W*, was b. *R*   6 schawen *A*   vil *fehlt A*   915, 3 vil *fehlt A*   5 r. vil g. *R*   916, 1 Kein *R*, Ein *A*   2 ward *A*   4 seittē *W*, site *R*   917, 6 Weitegen sach *A*   918, 4 tot *A*   5 grosser *A*   919, 1 sich ouch niht *R*   6 so *R*   im   920, 3 begvnd *RA*   6 hiet W. *W*, hete *fehlt R*   err. vast g. *A*   921, 1 veste *A*   2 vil *fehlt A*   williklich *A*   3 gleste *A*   4 den *W*; dem *R*   6 als *RA*   922, 3 allermaist *A*   923, 2 last *A*

in scharphen striten kecke.
nu erbeize mit mannlichen siten,
unz daz ich dich errite.'
'ich behüetez wol' dàht Witege 'daz
    ich bite.'
   924 Her Dietrich rief vil sére
über schiltes rant
'nû bite, degen hére'
sprach der recke zehant,
'durch willen aller meide,
daz ich àne strit alsó von dir iht
    scheide.
   925 Und gedenke dar an, recke,
durch die tugende din'
sprach von Berne der kecke,
'daz dù *der küenen einer wil* sin
in stürmen unde in striten.
bistù küene, só soltù min biten.'
   926 Ie lenger, só ie mére
her Witege von im reit.
er vorhte in harte sére,
alsó hàt man mir geseit.
er getorste niht gebiten.
dó rief aber her Dietrich bi den ziten
   927 'Owé, Witege herre,
nû tuo alsam ein man,
und gedenke dar an verre,
waz dù manheit hàst getàn
und erbit min ûf der heide
und scheide mich von minem her-
    zen leide,
   928 Daz ich von dinen schulden
hie enphangen hàn.
ich muoz jàmer dulden.
daz hastù mir allez getàn.

owé, nu erbeize, helt guote.
und erlœse mich von trûrigem
    muote.
   929 Ich mane dich harte verre
durch alle ritterschaft,
sage an, Witege herre,
durch dine mannliche craft,
des ich dich nù vràge: [tràge.'
jà bit ich dich, daz dich des iht be-
   930 Mit disem starken mære
wolt er in ûf hàn,
der edele Bernære:
dó mohte ez leider niht ergàn.
owé, her Witege was im ze wise.
Witege sprach ze Rienolden lise
   931 'Lieber ôheim mine,
nù gàhe vûr dich hin.
jà vûrhte ich sére dine:
gar àn angest ich selbe bin,
möhtestù nù komen hinne!
ich genæse wol, als ich mich ver-
    sinne.'
   932 Der edele Bernære
aber ruofen began
'küener degen mære,
wurd dù ie ein biderbe man,
so erbeize zuo mir nidere.
ich weiz wol, ich kom nimmermére
    widere.'
   933 Witege wolt niht biten,
daz was dem Bernær leit.
an den selben ziten
sprach von Berne der unverzeit
'owé und owé immermére!'
alsó sprach von Berne der hére.

923, 4 mannlichem *A* 6 b. das wol *A* 924, 1 rueffet *A uö.* vil *fehlt A* 2 über des sch. *R* 4 sp. her Diettrich z. *A* 6 von dir also *R* 925, 4 wil der küenen einer 5 sturm *R* 6 m. nu biten *R* 926, 3 im *A* 927, 1 Weyttege *A* 2 nûa *A* als sam *A uö.* 5 peyt *A* 928, 5 h. vil g. *R* 6 lose *R* 929, 4 dein *A* 5 nu da v. *R* 930, 4 m. sein *A* leider *fehlt A* 6 Ryenolden hart l. *A* 931, 1 meiner *A* 4 gar angstlich ich selber *A* 6 genes ee w. *A* 932, 2 aber *fehlt A* 3 Edel d. *A* 4 warest du ye ain küener man *A* 933, 6 herre *A*

934 'Nû sage an, herre Witege,
wie werten sich diu kint,
die von dînen schulden
ûf der heide erslagen sint?
owé, daz hôrte ich harte gerne,
woldestû mirz sagen' sprach der
vogt von Berne.

935 'Waz heten dir ze leide
die herren getân,
den dû ûf der heide
ir leben hâst gewunnen an?
owé, waz rech dû an den kinden?
nû mac et ich dich leider niht vinden

936 Nâch min selbes muote,
als ich des willen hân.
noch beite, helt guote!
dû gesigest mir wærlich an:
ich bin tôt in liden und in henden.
ob dû niht bîtest, sô müez dich got
schenden!

937 Sant Gangolf und Sant Zêne
die müezen dir bi gestân!
owé, nû sint doch iuwer zwêne'
sprach der ellenthafte man.
heid, nû kêrâ, helt, nû kêre!
slehestû mich, des hastû immer êre.

938 Berne und Meilân
daz wirt dir gegeben,
dar zuo allez, daz ich hân:
und benimestû mir daz leben,
sô wirt dir Rœmisch riche
ledecliche' sprach her Dietriche.

939 'Nû kêre, helt mære,
durch elliu werdiu wîp!'

sprach der Bernære
'ich weiz wol, daz dû mir den lîp
benimest ûf dirre heide.
nû scheide mich von grôzem herzenleide.'

940 Dô sprach der helt Rienolt
ze Witegen al zehant
'nû diene wir der vrouwen solt,
ûz erwelter wîgant.
waz wirret uns daz bîten?
er kan uns beiden nimmermêr gestriten.'

941 Witege der starke
ze Rienolten sprach
'nû gürte dînem marke
und lâ dir hinnen wesen gâch!
und sûmen uns niht mêre,
od wir vliesen beide leben und êre.'

942 Unervorhticliche
sprach her Rienolt
'ich næm niht Rœmisch riche
und dar zuo aller Kriechen golt,
daz man mich an vlühte vunde.
ich wil benamen bîten hie ze stunde.'

943 'Neinâ, lieber ôheim mîn,
des entuo dû niht.
und lâ dir daz gerâten sîn:
wizze daz dir liep dâ von geschiht.
nû volge mir, recke hêre,   [mêre.'
od wir gesehen an einander nimmer-

944 'Daz sî, als got welle'
sprach Rienolt der wîgant.
'Witege, trûtgeselle,
ez muoz versuochen ê mîn hant

934, 3 schvlden *W*', sch. unsitige *R*   935, 5 rachest *A*   6 ot *A*   leider *fehlt*
A   936, 3 h. vil g. *R*   5 glidern *A*   6 schenden *W*, geschenden *H*   937, 2 bey
stan *A*   3 sein dein doch zw. *A*   5 kere helt *A*   938, 1 Mayland *A*   6 ledich-
lich *R*   939, 2 aller werden *A*   940, 5 gewirret *A*   6 mer *fehlt RA*
941, 2 Reinolden *A*   3 deinen marchen *A*   4 von binnen *A*   5 nie mere *R*
6 oder *A*   942, 1 Vnerforchtleiche *A*   5 flüchten *A*   6 bite *R*   943, 1 N.
herre o. *R*   2 dû *fehlt A*   4 und w. *R*   liep davon *W*, davon liep *R*   6 oder *A*
944, 4 ê *fehlt A*

an dem Bernære.'
'sô phlege dîn got!' sprach Witege
    der mære.
    945 Dô sprach aber Rienolt,
Witegen swestersun
'ôheim, dû gedenken solt,
vliehen daz ist niemen vrum,
heid, nû bîte, recke mære!
jâ slahe wir benamen den Bernære.'
    946 Witege sprach mit zorne
'dû redest alsam ein kint.
recke ûz erkorne,
du enweist wie *des Bernæres* tücke
    sint.
owé, nû sihestû wie er limmet,
rehte alsam ein hûs, daz dâ brinnet.'
    947 'Daz ist niht ein wunder'
sprach Rienolt der degen.
'wir slahen in besunder
âne schaden ûf den wegen,
getarst et dû gebîten.
nû sichz an, ich wil eine mit im
    strîten.'
    948 'Ich sihe wol, trût neve mîn,
dû wilt et hie bestân.
nû muoz ich mich bewegen dîn,
da enist nû niht anders an.
erkandestû, recke mære,
Dietrîchen als ich, dû vluhest den
    Bernære.
    949 Rienolt, helt guoter,
nû müez got phlegen dîn!
wærstû mîn vater oder *mîn* muoter,
sô müest ich doch dîn âne sîn.

owé, ungerne ich von dir scheide.'
hin reit er und bleip Rienolt ûf der
    heide.
    950 Do erbeizte zuo der erde
Rienolt der wigant.
der edele recke werde
gurt sînem orse al zehant.
dar ûf saz er manlîche,
dô was ouch komen von Berne her
    Dietrîche.
    951 Sper, helm unde schilt,
als mir ist kunt getân,
daz hete der recke milt
ûf dem wale dort verlân.
dar treip Rienolt der mære,
mit dem sper traf er den Bernære.
    952 Durch daz starke härsnier
er daz sper stach.
nû sult ir gelouben mir,
zuo den swerten wart in gâch.
diu ors si zesamne truogen,
mit den swerten si ûf einander sluo-
    gen,
    953 Daz daz wilde viuwer
ûz den swerten spranc.
von Berne der tiuwer
daz wâpen grimmeclîchen twanc
mit manlîcher hende.
er sluoc Rienolten durch helm unz
    ûf die zende,
    954 Daz der recke mære
von dem slage grôz
mit clagelîcher swære
nider von dem orse schôz.

945, 3 Ohaim *W*, ohein *R*   gedencke lieber oheim *A*   4 daz *fehlt R*
946, 4 du waist nit recht wie *A*   sine   zuhte *R*   5 limbet *A*   6 sam als *A*
daz dâ *fehlt A*   947, 4 an unser sch. *R*   5 darft nur du *A*   getar *R*   gebeiten *R*
6 ainig *A*   948, 2 du wilt In b. *A*   4 da ist *A*   5 Erchandes W, bechandestu *R*
au r. *R*   949, 4 môz *RA*   6 hin rant Er *A*   beleip *RA*   950, 4 d' g. *R*
5 er vil m. *R*   6 von Berne *fehlt A*   951, 5 der rekche m. *R*   952, 3 das solt *A*
953, 3 der vil t. *R*   4 waffenn *A*   6 Reinolten durch den h. *A*   954, 4 todt
von *A*   dem *fehlt A*

owé, do geschach im nie só leide.
Dietrich reit nàch Witegen ûf die
heide.

955 In begunde grîfen
ein unmæzlicher zorn.
dó liez er nider slîfen
dem orse in die siten die sporn.
ûf die heide er kérte
nâch Witegen, als in sin herze lérte.

956 Lûte ruofen begunde
der künec von Ræmisch lant,
als er almeiste kunde
'nû bite, Witege, wigant,
und hære miniu mære.
jâ hân ich gerochen ein *wénic* miner swære.

957 Helt, wære dir nû leide,
só ræchestû die nót.
Rienolt ûf der heide
lît von mínen handen tót.
bistû ein recke *küene und* mære,
só richestû in' sprach der Bernære.

958 Ie lenger só ie mére
Witege gâhen began.
Schemmingen mante er sére,
als ich vür wâr vernomen hàn.
owé, daz sach vil ungerne
der unverzagte vogt von Berne.

959 'Linse unde lindez heu
daz wil ich dir geben,
dà mit ich dich wol gevreu' [leben.'
sprach Witege 'und nerstû mir daz
owé, sîne sprünge wâren wîte.
ez truoc in von einem herten strîte.

960 Dó clagte der Bernære
vil sére disiu dinc
'owé der leiden mære!
dù tuost mir leit, Schemminc.
des trûre ich in dem sinne.
dù treist mir mînen vîant von hinne.

961 Daz clage ich immér mére'
sprach der helt guot.
Valken habt er an só sére
daz er dræste daz bluot.
heid, er begunde vaste gâhen.
er was dem starken Witegen komen
só nâhen,

962 Daz zwischen in beiden
kûm was rosseloufes wît.
nû wil ich iu bescheiden,
welt irz hœrn an dirre zît.
si begunden beide gâhen.
Witege was dem mere komen só
nâhen.

963 Er dâhte bi den zîten
'da enist niht anders an.
ich mac dir niht gestrîten:
jâ herre, wie sol mirz ergân?
só mac ich ouch niht entrinnen.
herre got, nû ruoche mir helfen
hinnen.'

964 Ich sage iu unverborgen
hie an dirre zît,
dó Witege begunde sorgen
umb sîn leben ûf der heide wît,
in der vrist dó kom ein merminne.
diu want Witegen an, als ich mich
versinne.

954, 6 Herr D. *A*   955, 4 in die seiten *W*, in sîte *R*, seit *A*   6 er do cherte
R   6 als sin herze g'te *R*   956, 1 r. er b. *A*   3 allermaist *A*   4 weigande *A*
6 teil   957, 1 Wâr dir helt nu l. *A*   4 der leyt *A*   959, 1 l. und ie m. *R*
3 scheminingen *A* nö.   5 s. er vil *R*   959, 4 sp. Weite und *A*   960, 5 in
den sinnen *R*   6 tregst *A*   hinnē *R*   961, 3 falchen hub er an vil sere *A*
4 daz er es sporet daz es plât *A*   6 was aber W. *R*   962, 2 komen was *A*
4 an *fehlt A*   6 komen *fehlt A*   963, 1 gedachte *A*   2 dan ist *RA*   3 m. mit
dir *A*   4 ez mir *R*   5 so kan ich *A*   6 von hinnen *A*   964, 1 chlage *R*
4 vmb das l. *A*   5 merinne *A*   6 die was Weytegen Ane als *A*

965 Si nam den helt starke
und vuorte in mit ir dan
mit samt sinem marke,
si nerte den vil küenen man.
si vuorte in dà ze stunde
mit ir nider zuo des meres grunde.

966 Dó sin der Bernære
nimmer vor im sach,
vil michel wart sin swære,
wand im leider nie geschach
bi allen sinen ziten.
er begunde nàch im in daz mer riten.

967 Waz touc der rede mére?
unz an den satelbogen
swamt der degen hére,
daz ich niht hàn gelogen.
owé, dó muoste er widerkéren:
daz begunde im sin herze vaste séren.

968 Nider úf dem sande
erbeizt der helt starc.
der künec von flœmisch lande
der lie ruowen daz marc
und wolde ouch langer biten,
ob er Witegen inder sæhe riten.

969 Dó Witege der mære
kom an des meres grunt,
vrou Wàchilt vràgte in sunderbære
‘nú sage mir, helt, an dirre stunt,
daz hórte ich harte gerne:
war umbe vlühe dù den vogt von
     Berne?’

970 ‘Daz hàn ich àne schulde,
vrouwe, niht getàn.
des Bernæres hulde
ich leider niht enhàn.

owé, ich hàn im getàn vil ze leide:
ich hàn erslagen sinen bruoder Die-
     ther úf der heide.’

971 ‘Dù hàst vil zagelíche
gevaren und getàn.
dem herren Dietríche
dem hietstú wol gesiget an.
owé, zwiu bistù, degen hére!
nù muostù dich hüeten immermére.’

972 ‘Só wil ich wider riten
und wil in bestàn:
ich muoz mit im striten’
sprach der unverzagte man.
‘owé, daz ist nù ze spàte.
die reise ich dir gar wider ràte.’

973 ‘Nù von welhen dingen
hiete ich in hiute só lihte erslagen?
des müez mir misselingen!’
si sprach ‘daz wil ich dir sagen.
dà was daz edel gesmíde
allez rehte ergluot an sinem libe.

974 Daz ist nù worden herte.
des là dich, helt, an mich,
verlorn wær din geverte:
jà slüege er endelíchen dich.
er ist ergremet an disen ziten.
din drizic möhten im niemér ge-
     striten.’

975 Hie mit disem mære
hebe ich wider an
und sage von dem Bernære.
dó der unverzagte man
Witegen ninder kunde vinden,
dó kérte er wider über die heide
     zuo den kinden.

965, 4 nere A 966, 4 wann Im nie laider A 6 nach Weitigen in A in daz mer fehlt R 967, 1 taugt A mare A 4 han fehlt A 6 leren R 968, 1 den A 4 der fehlt A 6 yndert Weitegen A 969, 3 Wæchilt R, Nothilt A 4 saget A 5 hore A 970, 4 nichte han A 5 im fehlt R 6 Diethern A 971, 4 dem fehlt A 973, 2 hiute in 4 ich W, fehlt R 974, 5 ergremt W, ergrimmet R.A 6 nimm' R.A 975 Ueberschrift in R aveüt wie Dietrich chlagt ob vrovn Helchen sunen 2 heben wir A 3 sagen A 6 haiden A

976 Sin clage was ûz der mâze
grôz alsô man seit.
ûf der selben strâze
Rüedegêr im wider reit,
Dietleip und Helphrîche.
dô weinten si mitsamt Dietrîche.

977 Als der herre Dietrich
ûf daz wal wider reit,
dô saz er über die künege rich.
vil michel was sin herzeleit.
owê, er kuste si in die wunden
'daz wold got, læge ich tôt an disen
stunden!'

978 Er sluoc sich in diu ougen
vil vaste und in den munt.
er sprach 'offenbâr noch tougen
gesiht man mich vûr dise stunt
gelachen nimmer mêre,
od ich gereche mine herzensêre.'

979 Mit triuwen sprach her Helphrich
als ein wis man
'ûz erwelter Dietrich,
ir sult iuwer weinen lân
und traht *ein anders* an disen
sachen:
si kan ân got niemen lebendec
machen.'

980 'Daz wolde got der riche,
und solde ich in ir leben'
sprach her Dietriche
'wol gesunt wider geben!
nimmer müez ich guot erwerben,
ich wold den worten iezuo vûr si
sterben.'

981 Die küenen recken werde,
als man mir sagte sint,
die bestatten zuo der erde
Diethern und vroun Helchen kint.
owê, mit trûrigem muote
weinte dâ vil manic helt guote.

982 Ich gehôrt nie sicherlichen
bî allen minen tagen
von helden lobelichen
sô grôzez weinen unde clagen.
owê, si weinten al gelîche
die hôhen recken von Hiunischem
riche.

983 'Rüedegêr und Dietleip
und Gotel der marcman
der clage was michel unde breit,
als ich vûr wâr vernomen hân.
owê, ir vreuden si vergâzen,
mit jâmer si ûf daz gras nidersâzen.

984 Si begunden jâmer schouwen,
ir clage was vreissam.
'owê miner lieben vrouwen!'
sprach Rüedegêr der marcman
'owê der herzenswære!
unde owê der bitterlichen mære,

985 Diu Etzel min herre
nû leider hœret sagen!
sich hebet ein solich werre,
dâ von wir alle müezen clagen.
owê, vervluochet si diu reise!
uns ist ûf gestanden nôt und vreise.'

986 Dô sprach von Lunders Helphrich
'wie lange sul wir clagen?

976, 1 massen *A*   2 als mir ist geseit *R*   977, 2 wider auf das wal *A*
4 gros *A*   6 g. und læg *R*   978, 3 offen ware *A*   4 die st. *A*   979, 2 als sam
A   6 gemachen *R*   980, 5 müss *A*   6 yetz *A*   981, 1 werden *R*   2 man
fehlt *A*   sagen *A*   3 bestat man *R*   erde, *W*, erden *RA*   6 m. rekche g. *R*
982, 1 sichelichen *R*   4 gros *A*   6 Hûnischen reichen *A*   983, 1 Dietleip vnd
Rudeger *R*   3 die kl. *A*   die chlagten da vil sere *R*   984, 3 m. hertzenlieben *A*
6 der vil b. *A*   985, 4 alle *W'*, allen *R*   m. verzagen *A*

ez ist vil unmügelîch.
wir suln darumbe niht verzagen,
ob uns ist geschehen vil leide.
wir suln binne rîten über heide.'

987 Mit jâmeriger swære,
mit weinen und mit clagen
muoste man den Bernære
zuo dem orse hin tragen.
owé, daz jæmerlîche scheiden,
daz mohte hân beweinet ein heiden.

988 Die Dietrîches recken
und ouch Etzeln man,
die küenen und die kecken
die riten trûreclîche dan
vür Raben bî den stunden,
dô si vil manegen edelen tôten
vunden.

989 Man sagte dem Bernære
vil gewalteclîch,
daz in der stat wære
der ungetriuwe Ermrîch.
vor leide begund *her Dietrich* switzen.
her Rüedgér sprach 'sô sul wir in
besitzen.'

990 Mit samt Dietrîche
gâhte manic man
vil gewalticlîche,
alsó ich vernomen hân.
vür Raben leiten si sich nidere:
dâ tâten si den grôzen schaden sidere.

991 Der künic Ermrîche
gebieten began
vil gewalticlîche
'beidiu mâge unde man,
wol ûf und wert die veste!'

sprach der künic 'daz ist uns daz
beste.'

992 Daz tâten si alle gelîche
mit williger hant.
ez kom mit Ermrîche
ûz dâ ze dem tore gerant
wol aht tûsent degene.
daz gesach her Helpfrîch der bewegene.

993 Dô er Ermrîche
dort her gâhen sach,
harte manlîche
Helphrîch der recke sprach
'nû wol ûf *alle* an disen zîten!
uns wellent starke vinde an rîten.'

994 Dietleip unde Rüedegér,
Wolfhart und Sintram
und ander manic recke hér.
der ich genennen niene kan,
die liezen vast dar strîchen.
da bestuonden si den künic Ermrîchen.

995 Gegen einander si dâ ruhten,
dar triben si diu marc.
mit grimme sî zubten
diu scharphen wâfen alsó starc.
owé, wie si ûf einander miezen
beidenthalp mit swerten und mit
spiezen!

996 Dâ wart ouch durchstochen
vil manic halsperc,
diu sper enzwei gebrochen.
si worhten vreislîchiu werc.
da wurden geslagen *tiefe* wunden,
die dar nâch wurden nimmermére
gebunden.

986, 3 unmæzlich *R*   5 vil *fehlt R*   8 von hinnen r. ü. die h. *A*   987, 1 clâ-
gelicher *A*   3 dem *R*   4 hin zu dem Ross *A*   5 des iammerlichen *A*   988, 2 ovch
chvnich Ezeles *R*   989, 5 begunde *W, fehlt R*   e r   6 wir nider sitzen *A*
991, 4 bayden magt *A*   992, 1 si *fehlt R*   alle *fehlt A*   3 chom *W*, chomen *R*
    4 ze ainem tor *A*   993, 4 Helffereich der küene sp. *A*   994, 4 nicht genennen
kan *A*   995, 6 bedenthalben *A*   996, 1 ouch *fehlt A*   6 nimmermere wrden *R A*

997 Si sluogen durch diu houbet
rehte als durch den snê.
vür wâr ir daz geloubet,
dâ was niwan ach unde wê.
owé, dâ nam maneger den ende.
man sach dâ ligen vüeze unde hende

998 Ungezalt ûf dem gras
und manegen schœnen lîp.
owé der nôt, diu dâ was!
daz beweint sît manic werdez wîp.
owé, dâ wurden setel lære.
in der zît kom ouch der Bernære.

999 Daz ors ze beiden sîten
nam der helt guot.
dâ gie ez an ein strîten,
dâ sach man vliezen daz bluot
ûz houbet und ûz armen.
dâ was ein nôt, ez möhte got er-
        harmen.

1000 Beidiu vür und widere
clungen diu swert.
die tôten vielen *vaste* nidere.
dâ wart strîtes gegert
mit jæmerlîchem leide.
dâ was harte bœse *diu* ougenweide.

1001 Mit des tôdes ende
gâben si gesuoch.
si schrieten durch die *helmes* wende
niht wæher sam ez wære ein tuoch.
owé, die halsperge sî entranden.
si nâmen schaden an vüezen und an
        handen.

1002 Nase, ougen unde munt
wart allez hin geslagen.
jâ tuot mir daz mære kunt,

dâ wart lützel vertragen.
durch die herzen sî stâchen.
ir mâge sî mit grimme vaste râchen.

1003 Her Dietrich der sturmgîte
rechen sich began.
in dem herten strîte
die starken Ermriches man
alle samt dâ tôt gelâgen.   [wâgen.
Ermrich wolde ez vürbaz ninder

1004 Gegen einer porten balde
vliehen er began.
nâch jagten mit gewalde
die starken Dietriches man.
si kômen sicherlîche
in die stat mit samt Ermriche.

1005 Alrêst huop sich ein strîten.
dô si kômen in die stat.
ez was an den zîten,
als man mir gesaget hât,
mit samt Dietriche
vier tûsent man *komen in die stat*
        sicherlîche.

1006 Türne unde palas
begund man stürmen an.
diu nôt harte grôz was.
des gelac vil manic küener man.
nû wizzet sicherlîche,   [riche.
alrêst wart leide dem künege Erm-

1007 Grôz was Ermriches swære,
als ich vernomen hân.
nû saget mir daz mære,
er bat mâge unde man
alle heinlîchen
'swer mir hilfet hin, den wil ich
        immer rîchen.'

1008 Môrunc von Tuscân
dem gap Ermrîch
zwei hundert kastelân
und als manegen soumer sicherlîch,
daz er im half von dannen.
Ermrîch entran von allen sînen
mannen.
1009 Rehte wol umb mitte naht,
als mir ist geseit,
wart sîner reise gedâht.
al die naht er vaste reit.
owê der *leitlîchen* mære!
des enweste leider niht der Bernære.
1010 Ich sage iu unverborgen,
waz dâ geschach.
an dem andern morgen
palas und turn man nider brach.
her Dietrîch rach sich tiuwer,
er hiez vaste an werfen daz viuwer.
1011 Die palas sich enzunden
vaste über al.
der wuof bî den stunden
was vil michel und der schal.
owê, da gelâgen helde guote.
her Dietrîch rach sich wol nâch sî-
nem muote.
1012 Türne unde palas
über al die stat
wider den von Berne was,
als man mir gesaget hât.
sich werten die burgær sêre:
des gelâgen dâ helde hêre.
1013 Als diu naht begunde
vaste sîgen an,

sich bedâhten bî der stunde,
als ich vûr wâr vernomen hân,
die stolzen burgære:
si ergâben sich dem edelen Bernære.
1014 Si vereinten sich des alle
beidiu junc unt alt,
si ergâben sich mit schalle
in des Bernæres gewalt.
ir lîp ir guot ir êre
daz gâben si ûf genâde dem vûrsten
hêre.
1015 Hie wart im mit gewalde
Raben undertân
und manic recke balde.
dô daz allez was ergân,
daz er Raben gewan widere,
daz kom Ermrîch ze grôzem scha-
den sidere.
1016 Als der herre Dietrîch
die stat überwant,
dô clagte er harte jæmerlîch.
er sprach ze Rûedegêre zehant
'nû rât mir, recke mære,
wie ich gebâre' sprach der Bernære.
1017 'Rît ich in Hiunisch marke'
sprach her Dietrîch,
'sô vûrht ich die clage starke,
die Etzel der künic rîch
tuot nâch sînen kinden.
hôrt ich sîn clage, dar umbe müeste
ich swinden.
1018 Sô kan ich ouch niht *ge-*
schouwen
daz weinen jæmerlîch

1008, 1 Tuschon *A*   1009, 4 al *fehlt A*   die gantz n. *A*   5 leiden leidich-lichen *R*   6 weste *R*, wisto *A*   leider *fehlt A*   1010, 3 andern *W*, and'm *R* 4 tûrn *R*   6 ein w. *A*   1011, 1 Der *A*   2 vil v. da v. *R*   3 auflauf *A*   4 vil *fehlt R*   6 Herre *A*   1012, 1 Turen *A*   2 alle *A*   6 vnz ovf die naht wât d' strit *RA*   da *W*, *fehlt R*   1013, 3 bedacht bey den stunden *A*   6 die erg. *R* 1014, 2 junge *R*   1015, 1 im *fehlt A*   5 gewan Raben *R*   6 Erenreichen *A* zu grossen *A*   1016, 1 der Perner D. *A*   4 Rudeg'n *RA*   1017, 3 starche *W*, *fehlt R*   6 sein *W*, die *R*   1018, 1 auch ich *A*

an Helchen miner vrouwen'
sprach der herre Dietrich.
'ich bite dich, Rüedgér herre,
daz dù dar an ruochest denken verre,
    1019 Daz wir mit triuwen beide
hân gelebet manegen tac.
von minem herzenleide
nieman mich baz erlœsen mac
danne dù, helt guote.
nù bite ich dich mit lûterlichem
                        muote,
    1020 Daz dù in Hiunisch riche
ruochest entreden mich.
des bite ich vlîzeclîche
mit rehter wârheit dich.
dâ mit habe iuch got in *sîner* huote!'
urloup nâmen dô die helde guote.
    1021 Der künec von Rœmisch
                        riche
weinen began.
er kuste si al gelîche
die starken Etzelen man.
owé, si weinten alle sére.
her Dietrich sprach ze dem marc-
                        grâven Rüedegére
    1022 'Là dich mîn leit riuwen,
milter marcman,
und sage bî dinen triuwen
die schult diech an den kinden hân.
und là dich des niht betrâgen,
ob dich mîn vrou Helche welle vrâgen.
    1023 Nù wirp vlîzeclîchen
mîne bôteschaft
bin ze *vroun* Helchen der richen

und mane si mit vil grózer craft.
und mane die küniginne hére,
daz ich ir hân gedienet harte sére.
    1024 Und wirp mir umbe hulde.
milter marcman,
und sage mine unschulde
Etzeln dem künege lobesam.
nù wirp ez vlîzocliche
umbe mich vil armen Dietriche.
    1025 Maht dù mir mit sinnen
daz niht getragen an,
daz ich hulde müge gewinnen,
unverzagter marcman,
sô sende mit gewalde
mir her gein Berne einen boten balde,
    1026 Der mir sage diu mære:
dâ rihte ich mich nâch'
sprach der Bernære.
'ich weiz wol, daz mîn ungemach
nimmermér gewinnet ende.'
er kuste Rüedegéren an die hende.
    1027 Urloup nâmen si mit schalle.
michel was diu nót.
si begunden weinen alle,
dâ wurden liehtiu ougen rót.
mit dirre clage starke
rûmten si Rœmische marke.
    1028 Diu ûz erwelten kastelân,
silber unde golt,
daz begunden si hie lân.
niemen des ruochen wolt
ze nemen von dem Berne.
daz sach der herre Dietrich vil un-
                        gerne.

    1018, 3 an vroun H. *R*   4 sp. her D.   6 r. ze denken *A*   1019, 1
mit guoten triwen han *R*   2 hân *fehlt R*   3 h. nieman *R*   4 nieman *fehlt
R*   mach *W*, chan *R*   5 h. vil g. *R*   6 ich helt dich *A*   1020, 6 da *R*
1021, 4 Ezeles *R A*   6 e r   1022, 4 schulde *R A*   1023, 1 wirbe *R A*   3 fraw
A   6 vast s. *A*   1024, 1 umb ir h. *R*   4 Etzelen *fehlt A*   1025, 1 mir dann
mit *A*   5 so s. mir m. g. *A*   6 mir *fehlt A*   mir einen boten ze B. vil b. *R*
1026, 1 sage *W*, sagt *R*   1027 *Ueberschrift in R* aventt wie sich d' strit endet uñ
wie si heim in hiunen fûren   1028, 3 die *A*   begvndens *W*, begvndes *R*   5 dem
vogt von B. *R*

1029 Vûr sich si dô strichen
dâ hin durch Isterrich.
diu vreude was in entwichen,
si riten harte clagelîch
dâ hin in Hiunisch marke.
swaz si ie getrôste Dietleip der starke,

1030 Des nâmens war vil cleine.
der jâmer der was grôz,
nû merket waz ich meine,
unz daz sîn Rüedegêren verdrôz.
wol trôste si der guote
'nu gehabt iuch wol, helde hôch-
      gemuote!

1031 Und claget niht ze sêre:
ez ist doch ergân.
die jungen künege hêre
mugen nimmer mêre ûf gestân
unz an daz jungest ende.
got helfe mir, daz in got schiere
      geschende!

1032 Ich meine den starken
      Witegen,
von dem wir hân verlorn
die jungen künege rîchen'
sprach Rüedegêr der ûz erkorn.
'owê, wie sol ich nû geschouwen
daz grôze leit an Helchen mîner
      vrouwen!'

1033 In disen grôzen swæren
kômen si in Etzeln lant.
swaz iu von starken mæren
jâmers nôt ie wart bekant,
des wil ich gar vergezzen.
dise clage wil ich vûr alle clage mez-
      zen.

1034 In die guoten stat ze Gran
kômen si geriten,
Rüedegêr und Etzeln man.
dô wart langer niht gebiten,
dô giengen si ze râte.
Rüedegêr der milte der sprach drâte

1035 'Ir helde lobelîche,
nû grîfet dar an,
vrou Helche diu rîche
diu ist in der stat hie ze Gran.
wie welle wir nû gebâren?'
dô sprachen si al gelîche die dâ
      wâren

1036 'Wir mugen niht gedingen:
nû rûme wir daz lant.'
'uns muoz nû misselingen'
sprach her Rüedegêr zehant.
'owê der clagelîchen swære!
daz wolte got, daz ich nû tôt wære!'

1037 'Ir tuot harte zagelîch'
sprach her Sintram.
'nû bitet den recken Helphrich
und den milten marcman,
daz si ze hove bringen
diu mære und unser unschulde ûz
      dingen.'

1038 Die küenen recken starke
die wârn erbeizet nider
ze der erde von den marken,
alsô sagte man mir sider.
owê, die schœnen mœre beide
die kômen vrouwen Helchen ze leide.

1039 Dô die helde guote
ze hove wolten gân,
dô wârens sunder huote,

1029, 4 r. vast kl. *A*   5 gein H. *A*   6 getröst ye Diettlaib *A*   1030,
1—1061, 6 *fehlen R*   vil *fehlt A*   4 redegeren *A*   1031, 2 zergan *A*
4 die m. *W*   mere *fehlt W*   6 schende *A*   1032, 3 reichen jungen chvnige *W*
1034, 1 ze Gran *fehlt A*   3 Ezels *W*   6 der vor sprach *fehlt A*   1036, 4 sp.
Rvdeger al zeh. *W*   5 der iæmerlichen sw. *W*   1037, 1 t. vast z. *A*   chlægleich
W   6 aus dinge *A*   1038, 2 die *fehlt W*   3 von dem marche *W*   4 so *W*
1039, 1 Daz *W*   3 da was sonder hût *A*

als ich vůr wâr vernomen hân,
ûf den hof geloufen.
dô gie ez an ein clagelîchez koufen.
  1040 Die guoten mœre beide
· liefen vůr den palas.
owê der grôzen leide!
ietweder satel rôt was
von der jungen künege bluote.
in der zît kom vrou Helche diu guote
  1041 Wol mit vierzec vrouwen
in einen garten dan,
als si wolte schouwen
die schœnen bluomen ûf dem plân.
owê, ir liehtiu ougenweide
diu wart trüebe mit grôzem herzen-
            leide.
  1042 Die schœnen mœre hêrlîch
si dort stên sach.
sêre erschrac diu küneginne rîch.
zuo ir vrouwen si dô sprach
'owê, mir ist harte swære,
mir kument schiere iteniuwiu mære.
  1043 Dort stênt zwei herlîchiu
            marc
rehte den gelîch'
sprach diu küneginne starc,
'diu mîniu kint ûz Hiunisch rîch
riten gegen Berne.
wæren siz, daz weste ich harte gerne.'
  1044 Dar nâch vil kurzlîche
kom her Rüedegêr
mit samt Helphrîche:
si giengen clegelîch dort her.
owê, daz erbliht vrou Helch diu
            guote:
dô gâhte si mit trûrigem muote.

  1045 Mit siuften alsô verre
sprechen si began
'got willekomen, Rüedgêr herre,
alsô sîn alle Etzeln man.
nû scheit mich, helt, von leide:
sag an, wâ sint mine liebe süne beide?
  1046 Nû sît ir kumen alle,
miner *lieben* süne sihe ich niht.
ir ritet niht mit schalle:
jâ vürhte ich grôze geschiht.
mine liebe süne hêre,
die gesihe ich wærlîch nimmer mêre.'
  1047 Der unverzagte marcman
moht vor leide niht gestên.
als ich vůr wâr vernomen hân,
im begunden sêre übergên,
owê, diu sinen beiden ougen.
daz erbliht vrou Helche vil tougen.
  1048 Als vrou Helch diu hêre
Rüedegêren weinen sach,
mit grôzem herzen sêre
diu riche küneginne sprach
'owê mir immer mêre!
alrêst verliuse ich vreude und al
            mîn êre.
  1049 Nû bin ich hie und dort
            verlorn,
ich vil armez wîp.
nû sage an, recke ûz erkorn,
wie stêt ez umb der kinde lîp?
nû künde mir wærlîche,
wie stêt ez umb die hôhen künege
            riche?'
  1050 Rüedegêr der milde
vor leide niht ensprach.
owê, daz grôze unbilde

1041, 1 iunchvrowen *H*   1042, 1 Moren *A*   3 vil sere erschrahte *H*
4 iunchvrowen *H*   1043, 2 dem g. *A*   6 daz hort ich *H*   vast g. *A*
1045, 5 schaide *H*   6 liebe *fehlt A*   1046, 4 grosser *A*   5 herre *A*   6
werlich lebentig n. *A*   wærlich *fehlt H*   nimmere *H*   1047, 5 beden *A*   paidiv
H   1048, 3 grossen *A*   5 mir hivt vnd i. *H*   6 alle m. *AH*   1049, 3 an
Rudeger Recke a. *A*   4 d' edeln chinde *H*

vrou Helche vil wol an im sach.
owé, dô wart ir érste leide
umbe ir herzeliebe süne beide!

　1051 'Tugenthafter marcman,
lâ dîn schimphen sîn.
sage mir, recke lobesam,
von den lieben kinden mîn
mit endehaften mâzen,
weder lebent si od hâstûstôte lâzen ?'

　1052 Er sprach 'vrouwe hére,
ich wil iu rehte sagen,
nû claget niht ze sére.
si sint leider erslagen
die iuwern süne beide,
si ligent dâ ze Raben ûf der heide.

　1053 Daz ichz iuch lange ver-
　　　　　　dagte,
sô wurd ez iu doch geseit'
sprach der unverzagte.
'leider ez ist diu wârheit.
vil edel vrouwe hére,
als sére weinet niht, ir gesehet si
　　　　　　nimmermére.'

　1054 Als diu küneginne rîch
diu mære rehte vernam,
do begundes vallen clegelîch
nider zuo der erde dan.
ir vreude diu nam ende,
si begunde sére winden die hende.

　1055 'Owé mir, ich vil·armez
　　　　　　wîp,
daz ich ie wart geborn!

zwiu sol mir immermér der lîp!
armiu Helche, nû hâstû verlorn
triuwe, vreude und wünne!
nû lebet nieman, der mich getrœ-
　　　　　　sten künne.'

　1056 Mit ir handen beiden
si sich ze herzen sluoc.
'owé, armiu Helche,
daz dich dîn muoter ie getruoc
ze solhem herzenleide!
nû hân ich vlorn mîn liehte ougen-
　　　　　　weide.

　1057 Owé der herzensére,
die ich vil armiu hân!
swâ ich mich nû hin kére,
dâ sihe ich nieman gegen mir gân.
owé, nû muoz ich leben mit sorgen,
nû ist mîn vreude gar mit leide ver-
　　　　　　borgen.

　1058 Owé, Scharphe, liebez kint,
sol ich dich niemér gesehen!
mîniu leit vil michel sint.
wie künde mir wirs geschehen!
owé, wer lœst mich nû von sorgen?
liebiu kint, ir waht mich alle morgen.'

　1059 Dô sprach von Lunders
'vrouwe wolgetàn,　　　[Helphrîch
lât iuwer clagen unmæzlîch:
wan ez erwenden nieman kan. ...
nimmer müez ich guot erwerben,
den worten daz si solten leben, ich
　　　　　　wold iezuo sterben.'

1060 Ir hende unde ir vüeze
daz gegihte sère brach.
diu reine vrouwe süeze
harte jæmerliche sprach
'owé, wie möht ich min weinen làzen!
mir ist wè ûf stigen und ûf stràzen.

1061 Owè, liebiu blüendiu jugent'
sprach vrou Helche zehant,
'owè hòchgelobtiu tugent,
diu mir an *minen* kinden was be-
            kant:
wie bin ich von den gescheiden!
mir muoz min leben immermère
            leiden.

1062 Owè, milter marcman,
clagen ich wol mac.
jà weiz rehte nieman,
waz tugende an minen kinden lac.
owé, lieht was min ougen weide!
swenne si des morgens giengen gein
            mir beide,

1063 Sò nàmen si ir hende
und trûten mich dà mite.
daz hât nù allez ende.
ir vil tugentlicher site,
owé, ir liebe *süeze* grüeze
die dûhten mich sò reine und sò
            süeze.

1064 Wunne miner besten zit,
wie hàn ich dich verlorn!
immer ir vervluochet sit!'
sprach diu vrouwe ûz erkorn.
'jà meine ich den von Berne.
owè, daz ich in ie gesach sò gerne!

1065 Nù muoz ich jàmer dulden'
sprach diu vrouwe hòbgeborn.
'von Dietriches schulden
hàn ich miniu kint verlorn.
owé, verteilter Bernære,
ir sit mir hinvür immermér unmære.

1066 Wol weiz ich, milter Rüe-
            degér,
daz er verràten hât diu kint.
daz entsagt mir hinvür nieman mér,
miniu kint verkoufet sint.
vil wol weiz ich diu mære,
daz hat getàn selbe der Bernære.

1067 Owé, Orte, lieber suon!
diu süezen teidinc din,
sol ich der, armiu Helche, nuon
immermér verteilet sin!
owé der dinen süezen mære,
diu lòsten ofte mich von gròzer
            swære.

1068 Din kintlichiu güete
gap mir vreuden vil.
din tugentlich gemüete
was ie miner vreuden spil.
owé, din *süezer* munt ròt als ein ròse,
der kunde süeziu wort sprechen lòse.

1069 Ez gesach nie mensch mit
            ougen
zwei kint sò wol gezogen
offenbàr noch tougen,
des enhàn ich niht gelogen.
owé, wie habents ir ende
verdienet ie? daz got in drumbe
            schende!

1060, 2 gicht *A*   vil s. *W*   4 vil i. *W*   5 verlazzen *W*   6 an st. u. an str. *W*   1061, 1 liebia *fehlt A*   blüendiu *fehlt W*   jugende *A*   3 tugende *A* 4 den   1062, 4 die tugende die an *A*   tugenden *W*   6 gegen *A*   1063, 6 ge- dauchten *A*   1064, 3 vmmermere *A*   4 diu reine ûz *R*   1065, 4 ia han *R* 6 mir *fehlt R*   1066, 1 ich *fehlt A*   3 sagt *A*   ensagt mir hinpfvr *R*   4 mine sune *R*   1067, 3. 4 sol ich der nûn arme Helche vert. s. *A*   6 erlossten *A*   mich ofte *R*   mich vil o. *A*   1068, 3 tugentliches *A*   5 alsam *R*   1069, 1 mensch *W*, mennisch *R*   3 offenwar *A*   4 han *A*   6 in darumb got *R*

1070 Jâ meine ich Dietrîchen
den künec von Rœmisch lant.
ich clage sicherlîchen,
daz er mir ie wart bekant.
daz clage ich immermêre:
ich hân von im verloren al mîn
   êre.'
 1071 Vrou Herrât kom gegangen
und manic hêriu meit.
mit jâmer wâren si bevangen,
alsô hât man mir geseit.
ir vreude si vergâzen,
zuo vroun Helchen si dô nider sâzen.
 1072 Vrou Helche vil drâte
sprechen began
ze vroun Herrâte
'stêt ûf und seht mich niemer an!
ich hân von iu grôze herzensêre.
iu geschiht von mir guot nimmermêre.
 1073 Vervluochet sî diu stunde,
vervluochet sî der tac,
do ich gebens ie begunde!
alrêste ich daz wol weinen mac.
versenket sîn diu mære,
dô mir alrêste wart kunt der Bernære!'
 1074 Dô sprach der marcgrâf
   Rüedegêr
'vrouwe wolgetân,
der rede sprechet niht mêr:
harte übel ich iu des gan.
ich hœre ez vil ungerne.
ir zîhet vil unrehte den von Berne.

1075 Mîn lîp der müeze verswin-
sprach Rüedegêr sicherlîch, [den'
'ob an iuwern kinden
iht schulde habe her Dietrich.
ich satzte *mîn leben* drumbe ze
   phande,
er gienge hiut von Rœmisch lande,
 1076 Von êren und von guote'
sprach der marcman.
'ich weiz daz wol an sîm muote,
solten diu kint ir leben hân,
er sturbe vür si wærlîche.
daz geloubet mir, küneginne rîche.
 1077 Iu ist genuoc leide
an mînen herrn geschehen.
liebe ougenweide
müeze ich nimmermêr gesehen,
den worten, daz si leben solden,
ich wold den tôt iezuo vür si dolden.
 1078 Welt ir mirs getrouwen,
liebiu vrouwe mîn,
ich lâze iuch daz wol schouwen,
daz mir niht leider kund gesîn
umb iuwer süne beide.
nû merket mêre, waz ich iu bescheide.
 1079 Küniginne hêre,
jâ riuwet mich ir lîp:
mich muoz ouch riuwen sêre
Diether, der bî in tôter lît.
owê, den jungen künec von Berne,
den hât vlorn sîn bruoder Dietrich
   vil ungerne.

1080 Bî iuwern sünen beiden
lît Diether erslagen.
ez möhte ein wilder heiden
wol immer weinen unde clagen.
ich gesach bî mînen jâren   [bâren,
nie deheinen man sô clegelîche ge-

   1081 Sô den herren Dietriche'
sprach her Rüedegêr.
'küneginne rîche,
nû volget mir: des habt ir êr.
daz sehe wir alle gerne,
lât hulde hân den herren von Berne!

   1082 Vernemet sîn unschulde'
sprach der marcman,
'und sendet im iuwer hulde,
daz ist tugentlîch getân.
geloupt mir endelîchen,   [chen,
swie ir verliest den herren Dietrî-

   1083 Des muoz al Hiunisch lant
immer schaden hân.
habt ûf mînen triuwen phant,
edel vrouwe wol getân:
verliese wir Dietrichen,
des habe wir immer schaden in Hiu-
            nisch rîchen.

   1084 Nû volgt uns, vrouwe, gerne
und tuot daz an dirre stat,
und hœrt, waz iu der von Berne
bî uns her enboten hât,
daz ir dar an gedenket, [bekrenket.'
daz er iuch bî sînen tagen nie habe

   1085 Vrou Helche diu guote
Rüedegêren ane sach.
mit trûrigem muote
diu edele küneginne sprach
'owé, nû sage mir, Rüedgêr herre,

des mane ich dich bî dînen triuwen
           verre:

   1086 Clagt iht jæmerlîche
der vürste ûz Rœmisch lant?
daz sage mir endelîche
und tuo mir daz vür wâr bekant,
ist aber sicherlîche
Diether tôt, der junge künic rîche?'

   1087 Her Rüedegêr sprach
leider ez ist wâr.   ['vrouwe,
swie sére man mir missetrouwe,
ich liuge doch niht umbe ein hâr.'
owé, dô daz vrou Helche hôrte,
ir grôzez leit sich dô von grunde
           stôrte.

   1088 'Ich sach mit mînen ougen'
sprach der marcman,
'offenbâr, niht tougen,
edel vrouwe wol getân,
daz der herre Dietriche   [rîche.
in ir wunden kust die jungen künege

   1089 Des mohte in nieman wen-
got daz vil wol weiz,   [den.
ich sach, daz er ûz sînen henden
diu lit mit vleisch mit alle beiz.
nû wizzet, vrouwe hêre,   [mêre.'
sîner clage vergizze ich nimmer

   1090 Ûf rihten sich begunde
vrou Helche sâ zehant.
mit siuftendem munde
sprach diu vrowe von Hiunisch lant
'owé. nû clage ich sicherlîchen,
daz ich hân geftuocht dem herren
           Dietrichen.

   1091 Im ist wol als leide
an sîm bruoder geschehen,

1081, 1 Wann den *A*   Dietriche *W*, Dietrich *R*   2 Rvdeger *W*, Rudegere *R*
4 ere *R*   5 da sehen *A*   6 haben *R*   1083, 1 Des *W'*, Den *R*   al *fehlt A*
2 ymmermer *A*   3 Habt das auf *A*   6 Hiunischen *R*   1084, 4 iu bî   6 habe nie *R*
1087, 4 dannoch liege ich n. *A*   6 sich von grundt da *A*   1089, 1 gewennden *A*
1090, 2 al zehant *A*   6 gevluochet han *RA*   den *R*   1091, 2 sinem *RA*

sam mir an mínen kinden,
des muoz ich endellchen jehen.
owé, armer Bernære,
nu erbarmet mir dín gróziu herzen-
　　　　　　swœre.
　1092 Daz ich dir gevluochet hân,
daz rihte in mich, Crist!
ich hân vil übel dar an getân.
nu gewer mich got in kurzer vrist,
daz mín leben neme ein ende:
des bite ich got, daz er daz niemer
　　　　　　wende!
　1093 Mir wirt herzenswære
nú nimmermére buoz.
der tót mir lieber wære,
danne daz ich alsó leben muoz.
owé, swaz ich armiu nú geweine,
só bin ich doch míner kinde immer
　　　　　　eine.'
　1094 'Edeliu küneginne rich'
sprach her Rüedegér,
'welt ir mir sagen endellch
durch iuwer hóchgeborne ér,
daz hórte ich harte gerne:
wie welt ir tuon umb den vogt von
　　　　　　Berne?
　1095 Welt ir sín unschulde
bedenken, vrouwe mín,
so enbiet im iuwer hulde:
des wil ich gerne bote sín.
und geloubet mir wærllchen,
behaltet ir den herren Dietríchen,
　1096 Des habt ir immer ére:
und ist ouch dar zuo guot,

edeliu vrouwe hére,
wol erkenne ich Dietríches muot.
er ist an triuwen stæte:
Etzel sín immer schaden hæte.
　1097 Ich láze iuch daz wol schou-
in vil kurzer vrist,　　　　　　[wen
Helche, liebiu vrouwe,
daz ein schedel michels bezzer ist
dann ein gróz herzensére:
wirt ein schedel zeinem schaden, só
　　　　　　ist sín mére.'
　1098 Vrou Helche tugentlíchen
ze Rüedegéren sprach
'dir sol nách Dietríchen
baltllchen wesen gâch,
und sage dem vogt von Berne,
ich sehe in hiute und immer alsó
　　　　　　gerne,
　1099 Sam in dem érsten jâre,
dó ich in érste sach.
ich clage daz sunderbâre,
daz mir der tót dó niht geschach.
daz beweine ich noch entriuwen.
wær ich dó tót, só hete ich nú niht
　　　　　　riuwen.'
　1100 'Nú sagt an, liebiu vrouwe,'
sprach der marcman,
'sol ich iu des getrouwen
und mich des slehtes an iuch lân,
ob ich bringe den Bernære,
her ze hove, daz er ân angest sí vor
　　　　　　aller swære?'
　1101 'Ich sage dir unverborgen
allen mínen muot.

dar umb soltû niht sorgen,
ân angest ist der helt guot.
und sage im' sprach diu küneginne,
'daz ich im Etzeln hulde wol ge-
    winne.'
  1102 Hie mit disem mære
Etzel kom gegân.
er vant mit herzenswære
die tugenthaften Helchen stân
und mit clagelîchem muote.
alzehant sprach Etzel der guote
  1103 'Triutinne, liebiu vrouwe,
dû solt sagen mir,
jâmer ich an dir schouwe.
küneginne rîch, waz wirret dir?
daz sage mir durch dîn êre.
mich dunket des, dû tragest her-
    zensêre.'
  1104 In den selben zîten
dô kom ouch Rüedegêr.
Etzel moht niht gebîten,
im was vor vreuden harte ger.
dar lief der künic rîche.
do enphie er Rüedegêren minnec-
    lîche.
  1105 'Got wilkomen, lieber marc-
    man'
sprach Etzel zehant.
'daz ich dich gesehen hân,
daz ist ze vreuden mir bekant.
nû sage mir sicherlîche,
wie ist ez ergangn in Rœmisch rîche?
  1106 Wâ sint mîniu lieben kint,
vil edeler Rüedegêr,
daz die mit dir niht komen sint?'
do gesweic der marcgrâve hêr.

owê, im übergiengen sîniu ougen.
er begunde sich von Etzeln wenden
    tougen.
  1107 Wol verstuont Etzel diu
daz dem dinge niht reht was. [mære,
mit grôzer herzenswære
seic er nider ûf daz gras.
'owê' sprechen er begunde,
ein wort mit vil siuftendem munde.
  1108 'Owê mir immermêre,
daz ich ie wart geborn!
mîne liebe süne hêre
die wæne ich beide hân verlorn.
owê mîner lieben kinde, [vinde!
die wæne ich lebendec nimmermêre
  1109 Ir leben daz hât ende
swie ez komen sî.'
vor leide want er die hende.
'nû wirde ich leides niemermêre vrî!
owê mîner grôzen leide!
sage an, Rüedegêr, und lebent mîn
    süne noch beide?'
  1110 Vor weinen niht enkunde
Rüedegêr gesagen.
mit siuftendem munde
huop sich dâ weinen unde clagen.
si wârn alle mit jâmer bevangen.
'ich sihe et wol' sprach Etzel, 'eist
    ergangen.
  1111 Wê mir immermêre,
noch wirs denne wê!
ich hân vlorn al die êre
die ich sold haben immermê.
owê Helche, liebiu vrouwe,
alrêst ich an dir grôzen unsin
    schouwe.'

    1101, 5 im *W*, mir *R*   1102, 2 Ezel chom *W*, chom Ezele *R*   4 tugentlichen *R* 5 klagendem *A* 6 Etzel *fehlt R* der vil g. *R*   1104, 3 erbiten *R* 6 ynnikleiche *A*   1105, 1 Willechomen *R* 6 Romisch *W*, Romischem *R* reichen *A*   1106, 2 v. ed. *fehlt A* herre B. *A* 4 des g. *A* 6 E. umb keren t. *A* 1107, 2 rehte *R* 6 sevftenden *R*   1109, 5 m. vil gr. *R* 6 und *fehlt A* 1110, 6 s. au wol *A* ez ist *RA*   1111, 2 wirser *A*

1112 ‘Nû clage mæzliche,
Etzel, herre mîn!
ez ist in Rœmisch rîche
ergangen umb die sûne dîn.
si sint erslagen beide,
si ligent dâ ze Raben ûf der heide.

1113 Unde Diether der junc
der lît bî in erslagen.
aller tugende ursprunc
der ist mit im in die erde begraben.
rede drumbe, *swaz du wellest*, künic hére:
dú gesihest *dîniu kint* nimmermére.’

1114 Daz hâr ûz der swarte
vor leide Etzel brach.
er roufte sich bî dem barte,
michel was sîn ungemach.
owé, nû muoz ich jâmer dulden!
swaz ich nû leides hân, vrou Helche,
daz kumet von iuwern schulden.

1115 Ir woldet iuch nie gemâzen,
küneginne rîch.
diu kint hiezt ir mich lâzen
dem ungetriuwen Dietrîch.
owê der *grôzen* herzenleide!
Dietrîch hât si verrâten beide.’

1116 ‘Ir zihet in unschulden’
sprach her Rüedegér.
‘Etzel, ze dînen hulden
müeze ich komen nimmermér:
nu geloube mir diu mære,
vil unschuldic ist der Bernære.’ [man’

1117 ‘Nû sage mir, milter marc-
sprach Etzel zehant,

‘wer hât *diu kint* von ir leben getân?
daz tuo mir rehte bekant.
od wie ist ez ergangen?
ich bin mit grôzem jâmer bevangen.’

1118 ‘Ez hât Witege getân’
sprach her Rüedegér.
‘wil dû ez rehte verstân,
Etzel, edel künic hér,
só sage ich dir diu mære.
diu kint lie der edele Bernære

1119 In der stat ze Berne
und schuof in michel huot.
wiltû daz hœren gerne:
ir phlac ein edel recke guot,
her Elsân der alde.
er hât sîn sére enkolten’ sprach der
balde.

1120 ‘Ich sach mit mînen ougen,
daz im her Dietrich
abe sluoc daz houbet:
daz geloubet, Etzel, künic rîch.’
Etzel sprach ‘nû sage *mir* an disen
zîten,
sæhe ab dû diu kint beidiu strîten?

1121 Und sint si in dem sturme
bédesamt erslagen?
daz soltû mir rehte,
Rüedegér, durch dîne triuwe sagen.’
er sprach ‘nein si, lieber herre,
si wurden erslagen von dem here
verre.

1122 Wir liezen dâ ze Berne
hinder uns diu kint.

1112, 1 mässiklich *A*   5 sein *A*   6 dâ *fehlt R*   1113, 1 ivage *RA*   3 tugent *R*   vrsprvnge *RA*   4 ist zv im in *R*   6 diniv chint gesihstu *R*   swaz dú
wellest dû   si   1114, 2 Ezele vor leide *R*   6 Helche *fehlt R*   1115, 1 wolt
A   5 herzen *W*, *fehlt R*   1116, 1 Du zihest *R*   3 unhulden *A*   1117, 3 si
5 oder *A*   iz ergangen *W*, ez in erg. *R*   1118, 1 getan Weytege *A*   3 Wilt du
es horen rechte *A*   1119, 2 und lie in *R*   1120, 1 Vurwar ir daz geloubet *R*
2 d. In her *A*   3 sl. sein h. *A*   4 daz wizzet edel ch. r. *R*   5 mir helt an *A*
6 du *W*, *fehlt R*   1121, 1 Und *fehlt A*   dem here *R*   3 soltu rekche Rv deg'e
R   4 mir dvrch *R*   1122, 1 perne *W*, B. bestan *R*

dô wir dannen kômen,
dô riten si nâch uns leider sint.
owé, si kômen ûf ein heide
niderhalp Raben: dâ ligent si noch
beide.

1123 Witege unde Rienolt
wârn ûf die warte geriten.
gegen in kômen diu kint,
diu sit leider mit in striten.
owé, dâ nâmen si den ende
alle dri von sin eines hende.

1124 Die wile daz diu kint hie
dô strit ouch wir dort. [striten,
Ermrich der ist überriten,
wir haben getân an im den mort.
Ermrich ist sigelôs danne gescheiden,
er hât vlorn manegen cristen unde
heiden.

1125 Dô die vinde gar gelâgen
slehtes über al
und daz wir siges phlâgen,
dô zogte wir ûz ab dem wal.
owé, dô kômen uns diu mære,
daz der schade umb diu kint ergangen wære.

1126 Dô gâht wir über heide
dâ diu kint wârn erslagen.
owé, herre, ich mac vor leide
dir der mære niht gesagen.
owé, dô wart ein hendewinden
und ein grôzez weinen ob den kinden.

1127 Ich sach daz her Dietrich
baz danne drizec stunt

kuste die jungen künege rich
in ir wundn und an den munt.
owé, sin jæmerlichez weinen
daz kan ich dir nimmer rehte be-
scheinen.

1128 Vüeze unde hende,
ougen unde munt
daz brach er manegen ende,
daz ist mir wærlichen kunt.
owé, ich gesach nie vürsten richen
gebâren alsô rehte clegelichen.

1129 Wir sâhen alle besunder,
daz er Diethers vergaz.
was daz niht ein wunder?
über dine süne er gesaz,
vil leit was im ir ende.
er beiz im selben zwei lit ûz der
hende.

1130 Daz ich dir lange sagte,
künic, diniu leit,
wie verre her Dietrich jagte
Witegen den helt unverzeit,
daz wære ein langez mære.
künec, beginc din gnâde an dem
Bernære!

1131 Und lâz in haben hulde,
dar an tuostû wol.
bedenke sin unschulde!
mit triwen ich dir daz râten sol.
lâz ez in vriuntschaft setzen!
er mac dich diner leide wol ergetzen.'

1132 Etzel sprach mit hulden
alsam ein helt guot
'sit ir in saget ze unschulden,

1122, 3 do wir von danne warn chomen *W'*, do wir do waren chomen dan *R*
1123, 1 Rienolt sint *R* 1124, 1 daz *fehlt A* 2 wir auch d. *A* 3 der *fehlt R*
4 an in *R* den crefftigen m. *A* 5 e r danne *fehlt A* 1125, 1 gar
fehlt A geligten *A* 2 schlecht *A* 3 wir gesigten *A* 4 zugen *A*
1126, 1—1140 *fehlen R* 2 da wir die kind funden e. *A* 6 gros *A*
1127, 6 nymmermer *A* 1128, 3 er an m. *A* 6 geclagen *A* 1129, 2 Diether-
res *A* 5 o wie laid *A* 6 glid *W A* aus seiner h. *A* 1130, 5 wer ze hörn
ein *W* 6 ch. tû dein *W* 1131, 3 dein u. *A* 4 dir *fehlt A* 1132, 3 seit
du in sagest *W*

swaz dann vrou Helche mit im tuot,
daz tuon ouch ich vil gerne.
nû sage mine hulde dem von Berne.'
    1133 Rüedegér wart vró der
            mære.
niht langer er dó beit,
nâch dem Bernære
gegen Berne er dó balde reit.
heid, dà vant er Dietrichen,
er sagt im die hult von Hiunisch
            richen.
    1134 Nâch grózer herzenswære
wart her Dietrich hóchgemuot.
hie mit disem mære
reit gegen Hiunen der helt guot.
hin ze Etzelburc sicherlichen
brâht Rüedegér den herren Dietri-
            chen.
    1135 Hie kómen mit schalle
beide junge und alt,
die Etzeln recken alle.
si enphiengen den helt balt.
ûf den sal gie her Dietriche:
dó gruozte in trâge Etzel der riche.
    1136 Her Dietrich bót sín hou-
            bet nider
Etzeln ûf den vuoz.
daz erbarmte vroun Helchen sider.
in ir grózen unmuoz

begundes weisen sére.
si moht die barmung angesehen niht
            mére.
    1137 Der herre Dietriche
zuo Etzeln dó sprach
'edel künic riche,
rich an mir dinen ungemach
und din liebe süne beide!
von minem leben dû mich iezuo
            scheide!'
    1138 Etzel in ûf zuhte,
sprechen er began,
an sich er in druhte,
'swaz dû mir leides hâst getân,
des soltû haben hulde.
jâ gibe ich dir an minen kinden
            keine schulde.'
    1139 'Genâde, lieber herre!'
sprach her Dietrich.
'din triwe sih ich nû verre,
dû tuost an mir nû küniclich.
nu geloube mir diu mære,
ich gelige tót od ich geriche dine
            swære.'
    1140 Hie mit gewan hulde
der herre Dietrich.
si vergâben im sin schulde.
Etzel und die küneginne rich.
vró wart der Bernære.
hie mit hât ein ende ditze mære.

   1132, 6 dem rechen von *W*   1133, 4 er palde gegen Perne do rait *W*
1134, 4 den H. *A*   der reche g. *W*   1135, 1 kam *A*   4 e. von Perne den *A*
den rechen g. *W*   1136, 1 Her *fehlt W*   nidere *A*   3 sidere *A*   5 begunden
W   6 nicht angesehen mere *A*   1137, 1 her Diettreich *A*   4 rich *fehlt A*
5 lieben *fehlt A*   1138, 1 gezugte *A*   4 Er sprach daz du mir h. g. *A*   6 deheine
W   1139, 4 nû *fehlt A*   6 gelige danne tot oder ich gereche *W*   1140 *fehlt A*
   Danach in W A. M. E. N Swem ditz pûch sol   Der ist gantzer tvgent vol
Also jechent im dev weip   Sælich sei sein weder leip   (*rot*) an disem ende sei ge-
lopt   maria mûter vnde got

ANMERKUNGEN

ALPHART 10,3 ich begie an dir min ère guot unde lant. *Der zweite halbvers ist vielleicht als absoluter accusativ zu rechtfertigen, etwa wie Kudrun 208, 1 Er was ze Friesen herre wazzer unde lant. Soll geändert werden, so ist verschiednes möglich:* mit guote und mit lant, *oder* ich gap dir guot u. l.

73, 2 *und* 76, 2 und ein, hiez. *Ich hätte das handschriftliche* einer *nicht ändern sollen. So heisst es bei Reinman von Brennenberg, zu MSF. s.* 262 und einer hiez Wahsmuot. *Häufiger ist die ausdrucksweise bei vorangeschicktem substantiv, zb. Willehalm* 89, 4 ein alter kapelân, hiez Steven. *Ottokar* 407ᵇ ein phaffe, hiez cardinâl, 408ᵃ ein volc, heizet phaffen.

100, 3 miner sterke ich nie gewuoc. *Die bedeutung* 'erwähnte, gedachte' *passt hier so wenig wie Parz.* 158, 26 durch daz si laghens min gewuoc *und H. Trist.* 2205 des grôzen wortes Keie dicke dâ gewuoc. gewahen *dient in diesen beispielen nur zur umschreibung der tätigkeit und ist etwa durch* 'üben, zeigen' *zu übersetzen.*

150, 1 ûz den vanden *muss wol bleiben,* vande *ist* 'geselle, gesinde' *s. Schmeller, bair. wb. Die mhd. form ist freilich sonst* vende.

223, 1 liest. *Andre zusammenziehungen von* lâzen *s. zu MSF. s.* 277.

261, 1 Dû bræche ie an den triuwen, *wie es heisst* brüchic an *s. Haltaus gloss.*

276, 2 werdent clagen. suln? *doch s. Sommer zu Flore* 3144 (3609. 4656) *und füge hinzu Koloez. ood.* 100, 142. 196, 211. *Livl. chron.* 6113. *Vielleicht ist die stelle verderbt um einen inneren reim hervorzubringen, der freilich ebenso falsch ist wie Kudr.* 1106 wâren: varen.

400, 2 der sol min ôheim sin. ôheim *ist wol als ehrenbezeichnung des fremden gemeint, wie noch jetzt im niederdeutschen.*

DIETRICHS FLUCHT 61 allez daz *ohne folgenden relativsatz und ohne beziehung auf etwas vorhergehendes findet sich auch* 140. 3050. 7399, alle die 762. 1806. 1867. 5682. 8475. *vgl. Helbl.* 7, 1129 ûf der erd trid allen den.

208 sit diu ère ist ab geborn 'hat abgenommen'. *So Ott.* 355ᵇ swâ rehter erpherren bar ein gevürstez lant wirt, wie gar ez ab birt von tage ze tage! 366ᵇ daz ich (spricht bischof Leupolt von Seckau) vil ungern liez an mir ab bern die geheim und die èr die gegen landes vürsten enther mîn vorvarn habent brâht.

682 aller hande kurzewile man hete wol ûf ein mile ûf einem hêrlichen plân 'gegen, etwa eine meile'. *So Staufenberger* 513 si riten bi der wîle wol ûf eine halbe mile.

734 lûter vêch gap man dâ. *Dieselbe verbindung, die die weisse des hermelins hervorhebt, findet sich auch Ott.* 229ᵃ *an lûterem vêhen were. Vergl. auch Ott.* 647ᵇ mit lûterblanc hermelin.

950 *auffallender constructionswechsel.*

1147 cleider von Troyande, ûz der beiden lande die aller besten siden: die mohten wol geliden '*sich gefallen lassen*' die hôhen boten riche, *vergl. Kudr.* 482, 3. 4 die aller besten siden die man möhte vinden (daz mohten si wol liden) die sach man an den tugentlichen kinden.

2383 urliugen: triugen. *Zu diesem infinitive vergl. Ottokar* 15ᵃ als verre der sin min mohte geziugen, sô hân ich sunder liugen.

2418 nû hœret disiu mære nuon. *Man könnte versucht sein hier die lesart der Weltchronik* 288 *aufzunehmen:* von dem ich iu nû kunt tuon. *Allein* nuon *hat auch die Rabenschl.* 1067, 3 *im reim auf* suon.

2453 wer der eine wære? daz ist der Bernære. *Solche frage und antwort auch* 2012. 3887. 9422. 9697. *So Ott.* 26ᵃ waz diu herzogin Gêrdrût getuo? der wart Medelicke genant. 26ᵇ Waz dô die herren tâten? si begunden sich berâten uô. *Helbling* 15, 568 wer bî der sprâche wære des küneges halp von Ungern dâ? der bischolf von Goletschâ. *Aber auch Parz. öfter zb.* 23, 11 op sin wirt iht mit im var? er und sine riter gar. *Biter.* 3973 wie si gevuoren nâch der zît? vil wol gedingen mohte sît der vürste ûz Pôlân.

2806 diu sippe diu ist ûz gezelt zwischen iu unde sin: *derselbe ausdruck* 3852.

3019 nûtrâ, herre Dietrich! *Die lesart* nûtrâ *der besten hs. auf welche die änderungen der anderen hinweisen, habe ich hier und* 3208. 3216. 6750. 8784. 9607 *nicht verlassen, so nahe auch* nû dar *oder* hurtâ *gelegen hätten. Auch Ottokar hat* 536ᵇ Nûtrâ zieren liute, gedenket an die stunde.

3028 ze sich(: Dietrich), *so ausser dem reim* 2550. *vgl. Ott.* 635ᵇ (: dich).

3269 von sprunge varn *kann hier nur heissen 'erst beginnen'. Man erklärt es 'in sprüngen dahinfahren' und denkt dabei wol an ein pferd, wie es Greg.* 1426 heisst sô mich daz ors v. sp. truoc; *doch steht dann meist* in sprüngen, *frauendienst* 172, 3 daz (ros) fuor in sp. durch die stat. *Neidh.* 100, 34 *bildlich* herze, sô verst in den sprüngen brehen. *Eine andre erklärung ergibt sich aus bruder Wernher MSH.* 230ᵇ daz wazzer ninder ist sô guot sô dâ ez ûz von sprunge gât '*vom quelle kommt.*' *Daher wird die jugend oft durch den ausdruck* von sprunge varn *bezeichnet: Neidh.* 8, 39 muoter, noch hiure sit ir tumber als ir von sprunge vart. *Ott.* 210ᵃ vürsten junge sô si varent von sp. 538ᵃ ich bin ein ritter junge und var dâ her v. sp. *So sind auch einige der beispiele des mhd. wb. zu erklären, von welchen hierher besonders passt Titurel (bei Hahn)* 2053, 2 sin schilt alrêst v. sp. vert in siner niwen riterschefte.

3291 abtschavelier Berne, *auch* 6461. 8903 *und Rab.* 594. *So a. Ermrich Fl.* 3745. *In der Windhager hs. des Ortnit heisst es* 304 Schach za valyr Ortneit! *Da könnte allerdings dieselbe vorsatzsilbe vorliegen, wie g. Gerh.* 3648 tay tsavalier.

3525 die sachhaften wurden gezalt '*die gefangenen*'. *In anderer bedeutung 'wichtig, bedeutend', nicht 'streitig' wie das mhd. wb. erklärt, Ott.* 691ᵇ. 828ᵇ *und* 413ᵃ manic vintschaft ist gescheiden diu sachhaft ist gewesen.

3729 ir eismende diu was grôz. *Doch wol ein altfranzösisches* eisement '*bequemlichkeit*'.

4070 unervarn *weiss ich nicht zu erklären noch zu bessern.*

4335 diu verteilte jugende '*der verruchte knabe*' *von Ermrich gebraucht, ist* doppelt *anstössig.*

5970 wider gelt, *man erwartete gerade* âne gelt.

5974 der hute den hort. *Zu diesem etwas auffallenden ausdrucke vergl. Kudr.* 709, 2 ir beste habe der creſte.

6030 wir solden stunt sia after wegen. *Dieses stunt 'längst' habe ich sonst nicht gefunden.*

6404 an einander, *das auch in der hs. der Kudrun öfters für* einander steht, habe ich auch 7235. 7442. 8834 *beibehalten.*

6586 den Bernære dô niht entrouc, er tete swaz er gemohte. entrouc *habe ich hier und Rabens. 605. 609 geschrieben, was einen sinn gibt und nahe liegt; Rabens.* 605 *hat es auch die hs. R. Merkwürdig ist freilich die sonstige übereinstimmung der hss.* in entouc.

6958 manic tür unde tor begunde man in dô tragen vor an graben unde an mûre. *Ist hier einem vor* tragen *einem wehren, gegen jemand verteidigen?*

7074 den namen *'die summe'?*

8848 die lint niht wæher sturben sam ob si slüege ein donerslac *'nicht feiner, so dicht'. Ebenso* 8884 daz bluot niht wæher drûz ran, ez moht getriben hân ein rat. *Rabens.* 604. 605 daz wilde viuwer Niht wæher ûz ir helmen vlouc sam ez vuorte ein wint. 1001 si schrieten durch die [helmes] wende niht wæher sam ez wære ein tuoch.

9466 nieman den andern nerte weder der vater dem kinde. *Der constructionswechsel ist wol so su erklären, dass ein andres verbum des schonens oder helfens,* etwa vrumen *untergeschoben wurde. s. Gramm.* 4, 689.

9912 ich armer Dietmâres kint *s. Gramm.* 4, 267. *Ebenso Rabens.* 52, 4 getriuwer D. k.

RABENSCHLACHT 3, 6 in eigem sinem lande; *dieselbe wortstellung auch* 202, 5 ûf eigen sine marke.

98, 4 ir habt ez ofte hœren sagen. *Ueber hœren statt* gehœret *s. gramm.* 4, 169. *Noch zwei beispiele kann ich anführen aus einem mittelrheinischen gedichte des XIV jahrh., welches demnächst in Haupts zeitschrift auszüglich mitgeteilt werden soll, Grimms hs. fol.* 46ᵇ Ich han si horen nennen, 47ᵇ Das han ich von eme horen jen.

189, 6 sidere. *Dieses unregelmässige comparativadverb kommt noch* 214, 5. 320, 3. 341, 3. 437, 3. 664, 1. 728, 5. 762, 1. 859, 6. 990, 6. 1015, 6 *im reime vor; daneben das regelmässige* sider 246, 4. 364, 4. 1038, 4. 1136, 3. *Auch die Flucht hat beides:* sidere 1780, sider 6846. sidere *erscheint auch Dietr. und Wenezlan* 4 rw. a. daz manen half in sidere; *und in einer von Wackernagel in Hoffmanns fundgr.* 1, 297 *angeführten stelle aus dem alten drucke des Titurel XXIX,* 50.

252, 1—3 Ir schenkel vlügelingen ze beiden sîten dar si liezen dar clingen: si liezen *ist wol doppelt construiert.*

622, 2 underwant = unerwant. *Vielleicht steht aber das unverständliche* sunderwant *für* sunder wanc.

679, 1—4 Dô hete der von Berne den künec von Niderlant . . . gevetelt vür mit heldes hant. *Ich kann das wort* vür veteln *nicht belegen: es bedeutet gewiss dasselbe wie* vür vazzen, *das zb.* 677, 6 *erscheint.*

730, 5 Der was lantgrâve dâ ze Dûringen (: clingen). *Diese betonung* Dûringen *findet sich oft bei Ottacker zb.* 78ᵇ 104ᵃ 114ᵇ 333ᵃ.

931, 1. 3 Lieber ôheim mîne .. jâ vürhte ich sêre dîne. *Das schwachflectierte nachgesetzte pron. poss. findet sich öfter, so Parz.* 498, 26 der aue dîne. *Bit.* 9446 daz houbet mîne. *Das angesetzte e bleibt aber auch bei anderen casus: Rabenschl.* 651, 6 under dem halsperge sîne; *und* 931, 3 *(s. o.) ist es sogar dem genitiv des pron. pers. angehängt. vergl. das praet.* greife *Neidh.* 90, 13.

937, 1 Sant Gangolf und Sant Zêne die müezen dir bi gestân! *vergl. Neidh. s.* 149 Her Nithart, daz iu Sante Zêne lône! *beidemale ironische anrufung der heiligen, die vielmehr strafen sollen. Eine besondre beziehung der beiden heiligen, etwa des Gangolf auf den fliehenden, gehenden; oder des h. Zeno, weil er nach seiner legende durch sein gebet einen wagen aufhält, dessen pferde durchgahn, darf man hier nicht suchen.*

942, 2—5 Ich næm niht Rœmisch riche und dar zuo aller Kriechen golt daz man mich an vlühten vunde. *Neidh.* 72, 6—8 ir sult wizzen, aller Kriechen golt möhte ein herze niht sô vrô gemachen sô reiner wibe minne. *Rudolf von Rotenburg MSH.* 1, 87ᵃ al der Kriechen bougen. *Ulrich von Lichtenstein* 50, 1 aller heiden golt. *Später noch häufiger. Eberhard von Zersne minne regel v.* 971 Were mya der Nebelungen schatz da tzu allir Greken golt. *Arolsener hs. der weltchronik* 147ᵈ *sagt Deidamia* Mocht ich mit icht ein man gesein daz nem ich fur der Chriechen golt. *Die obenerwähnte Grimmsche hs. fol.* 64. Ich kuer sich (l. si, *die geliebte*) voor alre Grieken golt. *Vielleicht stammt die redensart aus einer sagenhaften situation, etwa aus Wolfdietrich. Wenigstens A.* 376 *ist es ganz eigentlich gemeint, wenn der hold sagt* wær Kunstenôbel min eigen und al der Kriechen golt. *Auf diesen sagenhaften reichtum wird Parz.* 563, 8 *anspielen* dô Kriechen sô stuont daz man hort darinne vaat.

959, 1 *P* Ainse, *W* Imse; *keine hs. hat Amse. Ainse wird wol nur verschriebenen anfangsbuchstaben haben.*

989, 5 vor leide begunde er switzen. *Ulrichs frauenbuch* 646, 10 vor leide er drumbe switzet. *Arolsener weltchronik* 108ᵃ die ander fraw nicht sitzet vor zoren si switzet. *Grimmsche hs.* 28ᵈ Vil menche hertze van mynnen zwitzet die mishopen doit virtzeren.

NAMENSVERZEICHNISSE

Garten einen oheim Dietrichs erschlagen 47

Kerlingen, Walthèr von 11. 37. 38. 40.
42. 44. 47. 49. 50. 52
Crist 14-16. 28. 35
Cristenheit 30

Lamparten 9, der keiser von L.
Limme, *Witiges helm* 52.

Meilân, Rienolt von 49
Mimmunc, *Witiges swert* 52
Mûtâren 31

Nagelrinc, *Heimes schwert* 33. 52
Nère, *Dietrichs mann* 9. 11, *Hildebrants
bruder* 48
Nitgèr, *kommt Dietrich zu hilfe* 37, herzoge 38. 39. 43. 44. 47
Nüerenberc, ze N. der Sant 11
Nuodunc, *Dietrichs man* 48. 50, herzoge
ûz Diutschlant, *ihm dient* Swanvelden
und ze Nüerenberc der Sant 11

Raben 52
Randolt, *Ermenrichs mann, Rienolts bru-
der* 25
Râtwin, *Dietrichs mann* 11
Richart *Dietrichs mann* 11
Rienolt, *Ermenrichs mann*, 25. 49. 52,
Randolts bruder 25, von Meilân 49
Rin 47, Stûdenfuhs von dem R. 41. 42.
44. 45
Rœmisch rich, *Ermenrich untertan* 10
Rôme, der keiser von R. 12. 14. 41
Röschlin, *Eckeharts pferd* 51

Sant, der S. ze Nüerenberc, *dient Nu-
dung* 11
Schemming, *Witiges pferd* 29
Schiltbrant, *Dietrichs mann* 11
Sèwart, der alte 25, *von Wolfhart er-
schlagen* 51
Sibeche 7. 10. 11. 48-51, der ungetriuwe
10 uö.

Sigebant, *Dietrichs mann* 11. 49
Sigehèr, *Dietrichs mann* 11, Sigehères
barn (Alphart) 13
Sigestap, *Dietrichs mann* 11. 48, der jun-
ge 52
Sigewin, *Ermenrichs mann, von Alphart
erschlagen* 20
Stûdenfuhs 39. 41-45, von dem Rine
42 usw. Geres *bruder* 42. 44
Swanvelden, *dient Nudung* 11
Swèden *heimat der Amelgart* 15

Tenemarke, Huc v. T. *kommt Dietrich zu
hilfe* 37-40. 42. 44. 50. 52
Tuscân, Helmnôt von T. 11, Bertram herzoge von T. 25, ein grâve v. T. 50

Uote, diu herzoginne 52, *hat ihren oheim
Alphart erzogen* 14. 15. 22

Walderich, *Dietrichs mann* 11. 49
Walthèr von Kerlingen, *Dietrichs mann*
11, *in Brisach, kommt Dietrich zu hilfe*
37. 38. 40. 42. 44. 47. 49. 50. 52
Wichèr, *Dietrichs mann* 11
Wicnant, *Dietrichs mann* 11
Wielandes barn (*Witige*) 32. 34.
Witege, *Ermenrichs mann* 4. 7. 22. 25-36
49. 50. 52, Wielandes barn 32. 34, *Hei-
mes geselle* 22 uö. den er bei Mutaren
gerettet hat 31, *früher Dietrichs mann*
26. 27.
Witschach, *Dietrichs mann* 11
Wolfhart *Dietrichs mann* 11. 13. 22. 45.
48-51, *bruder Alpharts* 13. 22, *oheim
Hildebrants* 51
Wolfhelm, *Dietrichs mann* 11
Wolfwin, *Dietrichs mann* 11
Wülfinc *Dietrichs mann* 11
Wülfinc *Ermenrichs mann, herzoge*, 9.
20. 21, *aus Dietrichs geschlecht* 19, *von
Alphart erschlagen* 19
Wülfinge, *Dietrichs mannen* 7. 10. 11-13.
27. 32. 45. 49. *einer aus dem ge-
schlechte auf Ermenrichs seite* 21

DIETRICHS FLUCHT

Âbel, herzoge 63
Alphart 103. 143. 147. 154. 155. 186.
190, *fällt* 205. 206; *fällt* 208. 211. 214
Alzey 201
Amelgart, *tochter des Pallus* 86. 87
Amelolt von Garten 113-115. 125. 126.
140-142. 147. 160. 176. 190, *fällt* 209.
211. 214
Amelunc, *sohn Hugdietrichs* 93. 94

Amelunc, der (*Dietrich*) 182, der junge
144, Amelunges man 109
Amelunge lant 169
Ankône 98. 100
Antîoch 136. 148
Arle 191
Arnolt, herzoge 71. 73, *bruder Ruans* 63
Artûs 58. 59. 64

RABENSCHLACHT

279. 286. 295. 297. 298. 302. 304—306.
  311. 312. 314—317. 319—324. 326
Rûmolt von Burgonje lant 240—242
Ruodwîn von Treisenmûre 257

Saders 239
Sahsen 256. 288
Salnicke 226. 286
Scharphe 234. 249. 254—258. 318
Schemmine 256. 257. 262. 309
Sêlant 257
Siberhe, *wird von Eckehart gefangen* 300
Sîbenbürgen 225. 288
Sivrit von Niderlant 265. 279—283
Sigebant von Îrlant 242
Sigebant, *Dietrichs mann* 287
Sindolt 273. 288
Sigehêr von Zæringen 286
Sigemâr, künic von Engellant 287
Sintram 224. 273. 312. 316
Starcher *fällt* 278
Stirmarke 269
Stîre 265. 272
Stîrære 223. 245. 249. 272. 273. 295
Stritgêr, herzoge von Grüenlant 266
Sturmgêr von Hessen 265. 297
Sturmholt von Swangöu 286
Stûtfuhs von Rîne 257
Swangöu 286

Tegelingen 289
Tenelant 264

Tenemarke 253. 292
Tibân von Gurdenwâle 257
Tibalt von Sibenbürgen, bruoder vroun
  Herrât 225
Tirolt von Brûnswîc 287
Treisenmûre 257
Troyande 230
Tuscân 314

Ungern, grôzen U. 223. 271
Uolrich, lantgrâve ze Tegelingen 285

Wâchilt, vrou 310
Walkêr 265
Walther 271, der Lengesærr 223. 286
Wernher von Wernhersmarke 298, *fällt*
  300
Westvâlenlant 265
Wiene 225
Wickêr von Kunstenôbel 226
Wickêr, *Ermrichs mann* 285
Witege 253—262. 305—310. 316. 324.
  325
Witegisen 288. 299
Witegouwe 289
Wolfgêr 287, von Gran 225
Wolfhart 225. 230. 288. 276. 278. 279.
  286. 289. 290. 299. 312
Wurmz 287

Zæringen 256
Zêne, Sant 307

LIES Einl. XI, z. 19 224, 1—4; *XI*, z. 24 10, 1; *XII*, 2. 6 v. u. 56, L
2; *XVI*. z. 11 18, 3. 4. 19, L. 2. 20, L. 2 *haben cäsurreim; XVI*, s. v. u. 44, 3.
4   *Alph.* 74, 2 Hûnbreht   76, 2 Walderich   77, 2 Walthêr   162, 3 hân
181, 2 daz   194, 1 *komma statt des punctes*   197, 1 in   328, 3 sprâchen
Dietr. fl. 807 daz   2044 Sigemunt   2266 dar umbe   2443 siehte   2497
dâ von   3474 Dietrich   4384 dû   6400 'wan   6746 nimmêr   7029 lihte
anm. laid *A*   8969 vinde   9154 gestriten   *Rabens.* 231, 3 vernomen   293,
2 Dietrich   401, 5 wunden   516, 3 hinte   727, 1 Stûtfuhs (*ebenso Dietr. fl.*
3015)   s. 331 *fehlt* Bouge 11

Verlag der Weidmannschen Buchhandlung (J. Reimer) in Berlin.

Druck von Carl Schultze in Berlin, Kommandantenstr. 12.